AMOR VINCIT OMNIA
아모르 빈치트 옴니아

LOVE CONQUERS ALL

사랑은 모든 것을 극복한다

HABE AMBITIONEM ET ARDOREM
하베 암비티오넴 에트 아르도렘

HAVE AMBITION AND PASSION

야망과 열정을 가져라

NUNC EST BIBENDUM
눙 에스트 비벤둠

NOW IS THE TIME TO DRINK

이제 술을 마실 때가 되었다

VERITATIS LUMEN
베리타티스 루멘

THE LIGHT OF TRUTH.

진리의 빛

알아두면 잘난 척하기 딱 좋은

영어잡학사전

알아두면 잘난 척하기 딱 좋은
영어잡학사전

초　　판 6쇄 발행 · 2020년 4월 30일

개정판 1쇄 인쇄 · 2024년 8월　9일
개정판 1쇄 발행 · 2024년 8월 16일

지은이 · 김대웅
펴낸이 · 이춘원
펴낸곳 · 노마드
기　　획 · 강영길
편　　집 · 이경미
디자인 · 블루
마케팅 · 강영길

주　　소 · 경기도 고양시 일산동구 무궁화로 120번길 40-14 (정발산동)
전　　화 · (031) 911-8017
팩　　스 · (031) 911-8018
이메일 · bookvillagekr@hanmail.net
등록일 · 2005년 4월 20일
등록번호 · 제014-000023호

※ 잘못된 책은 구입하신 서점에서 교환해 드립니다.
※ 책값은 뒤표지에 있습니다.

ISBN 979-11-86288-75-7 (03840)

알아두면 잘난 척하기 딱 좋은

영어잡학사전

Dictionary of English Miscellaneous Knowledge for confidence

A Perfect Book For Humblebrag

김 대 웅 지음

nomad
노마드

요즘은 영어권 나라로 유학이나 어학 연수를 다녀온 학생들도 많고, 심지어 직장까지 그만두고 어학연수를 다녀온 사람들도 있어 웬만하면 영어 회화는 잘들 합니다. 하지만 영어권 나라의 문화를 이해하려면 회화와는 성격이 다른 풍부한 어휘력과 문장 독해력이 필요합니다. 그렇다고 무작정 단어를 외우는 무리수를 두어서는 안 됩니다. 그 단어가 가지고 있는 고유의 뜻을 이해하고, 거기서 파생된 단어들을 거미줄 치듯이 연상 작용을 통해 엮어서 이해해야 합니다. 그러기 위해서는 단어의 어원(etymology)을 익히는 것이 중요합니다.

이 책은 독자 여러분이 영어의 뿌리, 즉 어원을 익혀서 그 줄기와 가지, 즉 단어들을 쉽고도 자연스럽게 터득할 수 있도록 도와줄 것입니다. 하나를 알면 열을 깨우칠 수 있는 이 어원 공부를 통해서 여러분은 어휘 실력을 놀랍도록 향상시킬 수 있을 것입니다. 더구나 모르는 단어를 만나도 어원을 알면 대강의 뜻을 짐작할 수도 있습니다.

이 같은 맥락에서 20여 년 전에 나온 『꼬리에 꼬리를 무는 영어』도 이 책과 비슷하다고 할 수 있습니다. 그 책은 우리 주변의 일상생활이나 사물을 접두어를 통해 뜻을 알아가는 훌륭한 책이지만, 이 책은 단어의 어원을 밝히고 그 단어가 문화사적으로 어떻게 변모하고 파생되었는지를 설명해놓았습니다. 그런 측면에서 볼 때 앞의 책은 수평적(horizontal)이고, 이 책은 수직적(vertical)이라 할 수 있습니다.

알아두면 정말로 쓸모 있는 이 영어잡학사전은 모두 10개의 장과 부록으로 구성되어 있습니다.

제1장은 자연환경과 민족에 관련된 단어들, 제2장은 사회생활과 관련된 단어들, 제3장은 정치·경제와 군사·외교에 관련된 단어들, 제4장은 문화·예술과 종교에 관련된

단어들, 제5장은 과학 기술과 산업에 관련된 단어들이 소개되어 있으며, 제6장과 7장은 약간 성격을 달리해 각종 동물들과 식물들이 가지고 있는 은유와 상징을 설명해놓았습니다. 그리고 제8장은 그리스 로마 신화에서 유래된 단어들을 모아보았고, 제9장은 영미권 사람들의 이름에 관한 내용을, 제10장에서는 미국과 영국의 각 주와 주요 도시 이름의 유래와 특성을 간단히 소개해보았습니다. 마지막으로, 부록에서는 머리에서 발끝까지 신체 각 부위의 단어들이 지닌 은유와 거기에 관계된 질병들을 설명해놓았으며, 유용하게 써먹을 수 있는 라틴어 관용구도 실어보았습니다.

하지만 독자 여러분은 어떤 장을 먼저 펼쳐보든 상관없습니다. 각 장마다 독자성을 갖추고 있기 때문입니다.

오랫동안 이리저리 고치고 내용을 채워보았지만 아직도 부족한 점이 있을 것입니다. 앞으로 좀 더 내용을 보강하고 최신의 정보를 보충해 보다 알찬 내용이 되도록 노력하고자 합니다. 독자 여러분들의 지적과 질타를 달게 받을 준비가 되어 있으니 많은 관심 부탁드립니다.

아무쪼록 이 책을 읽고 난 독자 여러분들이 영어가 두렵지 않고 친숙하게 느껴지기를 바라는 마음 간절합니다.

사직동에서 김대웅

CONTENTS

ОΙΚΟΥΜΕΝΗ ΧΡΟΝΟΣΙΝΙΑΣ ΟΔΥΣΣΕΙΑ ΟΜΗΡΟΣ ΜΥΘΟΣ

CHAPTER_5
과학 기술과 산업

영어잡학사전

알아두면 잘난 척하기 딱 좋은
영어잡학사전

Chapter

1

자연환경과 민족

●●●우주의 지붕 Heaven

　기우(杞憂)는 중국의 기(杞)나라 사람이 하늘을 쳐다보고 혹시 무너져 내리면 어쩌나 걱정을 했다는 고사에서 유래된 말이다. 지금은 '쓸데없는 걱정'을 뜻하지만, 당시에는 하늘을 우주의 지붕이라 여겼기 때문에 떠받치는 기둥이 없으니 얼마나 걱정이 컸겠는가. 하늘(天空)을 뜻하는 영어 단어로는 heaven, sky, firmament가 있다. 그런데 서기 1000년경 기독교의 영향력이 커지면서 heaven에는 신이 사는 나라, 즉 '천국'이라는 개념이 덧붙여졌다. 그래서 새들이 날아다니는 하늘은 고대 노르드어(스칸디나비아에서 사용된 북부 게르만어)에서 차용된 sky(원래 뜻은 구름이었다)가 그 의미를 대신했다.

　이때부터 신이 살고 있다고 여긴 하늘은 heaven(天)으로, 우리가 두 눈으로 볼 수 있는 하늘은 sky(空)로 구분되었다. 그러나 독일어 Himmel이나 프랑스어 ciel은 천(天)과 공(空)의 의미를 모두 가지고 있다. heaven이나 Himmel의 어원은 인도유럽조어 kem(덮다)으로, 고대 게르만족도 중국의 기나라와 마찬가지로 '천'을 우주의 '지붕'이나 '덮개'로 생각한 것이다. 이 kem은 프랑스어로 흘러들어가 chemise(슈미즈. 여성용 속옷, 탄피, 책의 커버, 싸개 등의 뜻도 있다)와 camisole(여성용 재킷)의 어원이 되기도 했다. 원래는 둘 다 여성용 속옷을 뜻했는데 chemise는 12세기경에, camisole은 1816년경에 영어권으로 들어오면서 의미가 달라진 것이다. 그러나 두 단어 모두 여성의 몸을 덮는다는 점에서는 원래의 뜻을 간직하고 있는 셈이다.

　한편, firmament(창공蒼空)는 라틴어 firmus(단단하다)에서 비롯된 단어이다. 여기에서 firm(고정시키다), affirm(ad. …으로 + 굳어지다 = 긍정하다), confirm(con. 완전히 + 굳어지다 = 확인·입증하다), infirm(in. 부정의 접두사 + 굳어지다 = 허약하다) 등이 파생되었다. 또한 farm(농장)도 이와 어원이 똑같은데, 본래는 '단단하다' '고정된 지붕'이라는 뜻으로 쓰이다가 '지대' '농장'으로 뜻이 변화된 것이다. 이 farmer라는 단어를 처음 쓴 사람은 1382년에 완역 영어판 『성경』을 집필한 영국의 신학자 위클리프(John Wycliffe, 1329~1384)로, 당시에는 '지대 징수인'이라는 뜻으로 쓰였으며, 농장주라는 뜻으로 쓰인 것은 '엔클루저 운동'이 벌어진 16세기 이후부터이다.

・ **By heaven(s)!** 맹세코(by Jove)

- **Heaven dust** 코카인
- **Move heaven and earth** 있는 힘을 다하다
- **The eye of heaven** 태양
- **As firm as a rock** 반석 같은, 요지부동의
- **Skyline** 지평선(horizon)
- **Under the open sky** 야외에서

●●●밤하늘에 빛나는 촛불 Star

별을 뜻하는 영어 star와 독일어 Stern, 라틴어 stella, 그리스어 astron은 모두 인도유
럽조어 ster에서 비롯되었다. 이것은 '초저녁의 밝은 별'이라는 뜻을 담고 있다. 예로
부터 서양 사람들은 태어날 때의 별의 위치와 각도에 따라 각자의 운명이 결정된다
고 믿었다. 예수가 베들레헴에서 태어났을 때 하늘에서 별이 떨어져 아기가 태어난
마구간에서 멈추자, 이를 예사롭지 않게 여긴 동방박사 3명이 찾아와 아기 예수를 배
알했다는 구절도 있지 않은가.

Astronomy(천문학)는 별이 조수의 간만, 기후, 자연현상 등에 어떤 영향을 주는가를
연구하는 학문이다. 이 단어는 12세기 말경 프랑스어 astrology(점성술)에서 차용해온
것으로, 약 200년 뒤인 1375년에 '천체의 연구'라는 뜻으로 쓰였다.

Astronomy는 astro(별) + nomos(법칙), astrology는 astro(별) + logos(학문)의 합성어인
데, 14세기에는 이 두 가지가 거의 같은 의미로 사용되었다. 이후 과학이 발달함에 따
라 별이 인간의 운명에 영향을 미친다는 생각이 희
미해지면서 과학적인 '천문학'으로 정착되었다. 사
실 천문학이 자리 잡기 이전에는 점성술사가 천문
학자를 겸하고 있었다. 독일의 천문학자 요하네스
케플러(Johannes Kepler, 1571~1630)도 낮에는 점성술
사였고 밤에는 천문학자였다고 한다. 그래서 그는
다음과 같은 명언을 남기기도 했다. "만약 딸인 점
성술이 빵을 벌어주지 못했다면 어머니인 천문학
은 굶어죽었을 것이다."

독일의 천문학자 케플러

이후 19세기에는 신파극의 인기배우를 star라 불렀으며, 20세기에 영화가 미국 할리우드에서 꽃을 피우자 은막(銀幕, screen)의 스타(film star, movie star)로서 대중의 인기를 한몸에 받는 배우를 가리키는 말이 되었다. 이처럼 별은 저 높은 하늘에서 반짝거리며 아무리 손을 뻗어도 닿지 않는 지고존재(至高存在)의 상징이었으며, 머나먼 장래에 대한 동경을 뜻하기도 했다. 윌리엄 셰익스피어(1564~1616)의 유명한 연애 소설 『로미오와 줄리엣』에 'star - crossed lovers'라는 구절이 있는데, 이는 '불행한 별의 연인들'이라는 뜻이다. 그리고 "Night's candles are burnt out(밤하늘의 촛불들이 다 타버렸구나)"이라는 구절의 night's candles는 별을 가리킨다.

- **Curse my star** 내 운명을 저주하다
- **See stars** 눈에서 불꽃이 튀다
- **The stars and stripes** 성조기(미국 국기)
- **Stardust** 소성단(小星團), 매력, 황홀

●●●한 달을 측정하는 잣대 Moon

달(moon)은 인도유럽조어 mens(측정하다)에서 비롯된 단어로, 원래는 '측정하는 것'이라는 뜻이다. 고대 게르만인은 달의 위치와 모양을 보고 다음 달까지의 시간을 측정했다. 이 moon에서 파생된 month(달력상의 달, 개월)는 바로 보름에서 그 다음 보름 때까지의 시간을 나타내는 단어였다. 옛날 서양 사람들은 달이 차고 기우는 것이 사람에게 커다란 영향을 미친다고 여겼다. 라틴어 luna(달)에서 비롯된 lunatic이나 moonstruck은 모두 '미친, 발광한'이라는 뜻인데 원래는 '달에서 영향을 받았다'는 뜻이다. 또한 여성의 생리(mense, menstruction 월경)가 한 달이 주기인 것도 상징적인 의미로 생각할 수 있다.

달과 같이 '측정한다'라는 어원을 가진 단어로 meal(식사)과 measure(치수, 크기)이 있다. meal은 원래 '정해진 시간'이라는 뜻이었는데, 시간 개념이 탈락되어 '식사'로 바뀐 것이다. 독일어에서도 Mal(횟수, 때)과 Mahl(식사)은 어원이 같으며, 우리말에 아침과 저녁이 시각을 가리키는 동시에 식사라는 뜻을 가진 것과 마찬가지이다.

Measure는 원래 라틴어 mensura(잣대)에서 유래되었다. 우리는 고대 그리스 철학

자 프로타고라스(BC 485?~BC 414?)의 "인간은 만물의 척도(Homo Mensura, Man is the measure of all things)"라는 말을 익히 들어서 알고 있다. mensura에서 파생된 단어로는 immense(im. 부정의 접두사 + 측정하다 = 무한의), bimensal(격월의, 두 달 계속의), semester(1년 2학기제의 한 학기) 등이 있다. 중세의 연금술 용어인 menstruum(용매, solvent)도 같은 어원인데, 이것은 아마도 월경의 용해력에 비유한 것 같다.

'측정하다'와 관계가 있는 meter(운율의 격 또는 잣대의 미터)도 그리스어에서 영어로 흘러들어온 것이다. 1미터는 처음에 지구 자오선의 4,000만 분의 1 길이였는데, 지금은 진공상태에서 빛이 299,792,458분의 1초 동안에 나아가는 거리로 정의되고 있다.

- **Blue moon** 한 달에 두 번 보름달이 뜰 경우 두 번째 보름달을 말하며, 서양에서는 두려움과 공포의 대상이었다
- **The man in the moon** 달 표면의 반점, 가상의 인물
- **New(half, full, old) moon** 초승달(반달, 보름달, 그믐달)
- **Moonlight flitting** 야반도주
- **Moonshine** 금주법 시대의 밀주 위스키, 달빛, 허튼소리
- **PMS(premenstrual syndrom)** 월경전 증후군
- **Measure for measure** 복수, 앙갚음(tit for tat)

●●●●태양이 떠오르는 곳 Orient

서양의 역사학자들이 '오리엔트 문명'을 말할 때는 이집트 문명과 메소포타미아 문명을 가리킨다. 그리고 고대 로마시대의 '빛은 동방에서'라는 글귀의 동방도 지금처럼 아시아 지역을 지칭하는 것이 아니라 그리스나 페니키아를 가리킨다. 당시에 빛은 문명을 상징했기 때문에 그곳에서 받은 문화적 영향을 엿볼 수 있는 대목이다. 역사적 발전을 거듭하면서 의미가 달라진 동방은 18세기 이후 산업혁명이 진행되면서, 즉 식민지 쟁탈을 위한 제국주의(imperialism)가 만연되면서 인도와 중국 등 동아시아 지역까지 포함하게 되었다. 그러다가 제2차 세계대전이 끝난 뒤부터 아시아 전체를 아우르게 된 것이다.

Orient의 어원은 라틴어 동사 oriri(떠오르다)에서 파생된 명사 orieus(떠오르는 곳)이다. 즉, 이 단어는 '해가 떠오르는 곳'이 동쪽이기 때문에 붙여졌는데, 14세기 고프랑스어

orient(동쪽 땅)에서 영어로 차용된 단어이다. 19세기 이후부터 orient에 '동방'이라는 지명과 더불어 '방향을 확인하다, 방위를 정하다'라는 동사의 뜻이 포함되었다.

이와 반대로 '서양'에 '서반구' 또는 '해가 지는 곳'이라는 단어는 occident인데, 어원은 라틴어 occidens(해가 지는 곳)이다. 이 서양(西洋)이라는 단어는 중국 원나라 때 처음 사용했는데, 중국을 중심으로 '서쪽에 있는 바다,' 즉 남태평양과 인도양을 가리켰다. 그 후 명나라 말기 서양의 선교사들이 진출하면서부터 지금의 유럽을 뜻하는 말로 확대되었다.

- **Orientate** 동쪽을 향하다, 환경에 적응하다
- **Orientation** 동쪽으로 향하게 함, 오리엔테이션, 방위, 방침, 적응
- **Orient Express** 파리와 이스탄불을 잇는 최초의 유럽횡단열차로 호화스러움의 극치를 달렸는데, 1883년에 개통해 1977년에 운행이 중단되었다
- **Occidental** 서양의, (보석의) 광택이 떨어지는
- **Occiput** 후두부

●●● 형님 바다와 아우 바다 Ocean & Sea

모든 강물의 종착인 바다를 가리키는 말로는 ocean과 sea가 있다. 태평양과 대서양은 각각 the Pacific과 the Atlantic Ocean이며, 동해는 the East Sea, 흑해는 the Black Sea이다. 이처럼 지도에서는 ocean이 sea보다 큰 개념으로 표기된다. 이는 고대 그리스 밀레투스 출신의 지리학자 헤카타이오스(Hekataios of Miletos, BC 550?~BC 475?)가 그린 세계지도에서 유래되었다. 그의 세계지도는 지중해(the Mediterranean Sea 대지 사이의 바다)를 중심으로 원반형으로 그려졌다. 그리스가 지도의 한가운데 있고 북반부에 에우로페(Europe 유럽)가, 남반부에 아시아(Asia)가 자리 잡고 있다. 그는 이 원반형의 대륙을 둘러싸고 있는 바다가 바로 오케아노스(oceanos, 대해·대양)이며, 이곳에 오케아노스라는 대양의 신이 살고 있다고 생각했다. ocean은 '땅끝과 맞닿는 곳'이라는 이미지 때문에 sea보다는 멀고 큰 외해(外海) 개념으로 쓰였다. 이에 반해 sea는 반드시 육지가 있는 바다를 가리켰다. 이 단어는 게르만조어 Saiwaz(바다, 호수)에서 비롯된 것으로 추정된다. 여기서 saiwalo(바다에서 나온 것)가 파생되었으며, 이 단어는 영어 soul(정신, 영혼)과 독일어 Seele(영혼, 혼백)의 어원이 되었다. 고대 게르만족은 바다를 생전과 사후의 영

18

혼이 머무는 곳으로 여겼기 때문에 사람은 죽어서 영혼의 고향인 바다로 돌아간다고 믿었다.

허풍이 센 중국인들은 베이징 시내의 조그만 호수도 바다로 불렀다. 북해 · 중해 · 남해가 바로 그것인데, 이는 북방 이민족들이 침입해올까 염려스러워 "베이징이 얼마나 크면 바다가 3개나 있을까" 하고 겁을 주기 위해서였다고 한다. 또 고대영어 mere(바다, 호수, 연못)와 독일어 Meer와 Mehre(암말)도 라틴어 mare(바다)에서 비롯된 낱말들이다. 그리스 신화에서 곡물의 여신 데메테르가 포세이돈에게 벗어나기 위해 암말로 변했다는 이야기가 전해진다. 데메테르를 놓치기 싫었던 포세이돈은 수말로 변해 도망가던 그녀를 붙잡아 사랑을 이루었다. 그래서 문학적으로도 파도를 암말의 갈기로 표현하는 경우가 종종 있다.

하지만 mere는 지금 거의 쓰이지 않아 mere(바다) + maid(소녀) = mermaid(인어, 여자 수영선수) 정도로만 흔적이 남아 있을 뿐이다. 엘리자베스 여왕 시대에 문인들이 많이 몰려들었던 런던의 유명한 술집 이름도 'Mermaid Tavern(인어 선술집)'이다. 같은 어원을 가진 단어로는 marine(바다의, 해병대), marina(요트 선착장)가 있다. 이 밖에 식초와 포도주에 향료를 넣은 양념 marinade도 같은 어원에서 나왔는데, 이는 옛날에 생선과 고기를 바닷물에 절여 보관했기 때문에 생긴 단어이다.

인어 선술집의 팻말

- **Oceania** '바다의 나라'라는 뜻, 즉 대양주
- **Oceanography** 해양학(oceanology)
- **Oceanarium** 해양 수족관
- **Half seas over** 술에 취한(drunken)
- **Go to sea** 뱃사람이 되다, 출항하다
- **Take the sea** 출범하다, 승선하다
- **Sea bank** [wall] 방파제

●●●세 개의 육지가 이어지는 곳 Continent

고대 그리스인들은 세계가 지중해와 그 주위를 둘러싼 남유럽 · 소아시아 · 북아

그리스의 세계관이 담긴 세계지도

프리카로 이루어져 있다고 생각했다. 이처럼 지중해 주변의 세 육지, 즉 지금의 유럽과 아시아, 아프리카로 넓게 이어진 육지를 continent(대륙)라고 불렀다. 이것은 원래 라틴어 동사 continere(함께 있다, 함께 포괄하다)에서 파생된 continens(이어진 곳)가 어원인데, 고프랑스어 continent(대륙)가 영어로 직접 차용된 말이다.

이와 똑같은 어원을 가진 단어로는 continue(last 계속하다 · 지속하다, prolong 연장하다 · 늘이다)와 contain(포함하다, 내포하다, 억제하다)을 꼽을 수 있다.

이처럼 continent는 육지가 서로 이어진 개념과 육지가 지중해를 에워싸고 있는 이미지에서 위와 같은 단어의 어원이 되었다. 실제로 지중해는 서쪽의 지브롤터 해협까지이고, 더 나아가면 대서양이라는 망망대해가 펼쳐지기 때문에 이는 다분히 그리스적 세계관에 따른 것이라 할 수 있다.

- **Please, contain yourself** 제발, 참으세요
- **A contained angle** 끼인각(두 직선 사이의 각)
- **Continental System** 1806년에 나폴레옹이 영국에 펼친 대륙 봉쇄정책(Continental blockade, French System)
- **Continental Shelf** 대륙붕
- **The Continental Sunday** (휴식 · 예배가 아닌) 여가활동으로 보내는 일요일
- **Continently** 자제(절제)하여
- **Continuation School(class)** 보습학교(반), 야간 성인학교
- **Continuous** [direct] **current** 직류(直流)

●●●땅이 불거져 나온 곳 Mountain

우리는 지리산이나 설악산처럼 높은 산이 아니라 야트막한 산 밑에만 살아도 "나는 산중에 살고 있다"고 이야기한다. 국토의 70퍼센트가 산으로 되어 있는 우리나라에는 일산 · 마산 · 부산 · 군산 등 높지 않은 산이 있는 곳의 지명에 산(山)이 들어갈

정도이다. 평평한 곳보다 조금 높으면 그냥 산이라고 부르는 게 우리의 정서이다. 하지만 영어의 mountain은 보통 거대한 바위가 있고, 겨울에는 온통 눈으로 덮이는 높은 산의 이미지를 지니고 있다. 따라서 영어로 'My house is on a mountain'이라고 하면 첩첩산중에 살고 있다고 보아야 하며, 우리나라 사람들이 산속에 살고 있다는 표현은 오히려 'My house is on a hill'이 보다 나을 것이다.

애칭을 부르기 좋아하는 미국에서는 산이 아닌 곳도 산이라 부르기도 한다. 미국의 초대 대통령 조지 워싱턴(1732~1799)은 독립전쟁 당시까지 살고 있던 집을 'Mount Vernon'이라고 불렀다(현재는 기념관으로 개조되었다). 그곳은 포토맥 강이 내려다보이는 작은 언덕에 자리 잡고 있다. 또 제3대 대통령 토머스 제퍼슨(1743~1826)은 젊은 시절 건축가

제퍼슨이 직접 지은 몬티셀로 저택

이기도 했던 까닭에 직접 집을 지었는데, '작은 산'이라는 뜻의 'Monticello'라고 이름을 붙였다. 이 건물 역시 버지니아 변두리에 산이 보이는 야트막한 언덕에 세워졌다. 이는 전통을 중시하는 유럽과는 달리 재미있는 애칭이나 별명을 만들기 좋아하는 미국인들의 취향을 보여준다.

Mountain은 프랑스어 montaigne(산, 산악)에서 차용해온 것으로, 프랑스어 mont(산, 언덕)과 라틴어 mons(또는 montis)에서 비롯되었고, 인도유럽조어인 men(융기, 돌출)까지 거슬러 올라간다. 이를 미루어 짐작해보건대 옛날 사람들은 대지가 돌출해서 산이 되었다고 생각한 것 같다.

- **Mont Blanc(Monte Bianca)** 알프스의 최고봉(하얀 산)
- **Montreal** (왕의 산) 캐나다의 도시 몬트리올
- **Montparnasse** (아폴론이 살던 파르나소스 산) 파리 몽파르나스 언덕
- **Montmartre** (담비산) 파리 몽마르트르 언덕
- **Mount the throne** 왕위에 오르다
- **Make a mountain (out) of a molehill** 침소봉대하다
- **Muhammad must go to the mountain** 목마른 사람이 우물을 판다(무함마드가 자기 앞으로 신을 부르겠다고 했으나 오지 않자 자신이 산으로 간 고사에서 비롯)

•••땅을 재는 기술 Geography

지리(地理)는 한자로 '땅을 다스리다'라는 뜻이다. 서양에서의 지리는 그리스어 geo(지구, 토지)와 graphe(묘사하다)의 합성어 'geography'인데, 중세영어에서는 earth + craft, 즉 '땅을 재는 기술'을 뜻했다.

Geo는 그리스 신화에서 '대지의 여신'으로 등장하는 가이아(Gaia, Gaea)에서 따온 것이다. 로마 신화에서 이와 동급의 여신은 테라(Terra) 또는 텔루스(Tellus)이다. 여기에서 Terrestrial(celestrial 지구의, 지상의, 현세의), terrarium(육생동물 사육장, 육생식물 재배용 유리 그릇), terrain(지대, 지역), terra cotta(점토 질그릇), terrace(계단식 뜰, 테라스, 주황), terra rossa(red earth 테라로사, 붉은 흙), terraqueous(terra + aqueous, 수륙의), territory(영토, 영지) 등의 단어들이 만들어졌다.

수학의 한 분야인 '기하학'도 geo(토지)와 metry(Geometry, 측정하다)의 합성어이다('Rival' 항목 참조). 고대 이집트에서는 홍수가 나면 토지의 경계를 알 수 없었기 때문에 그때마다 시비가 일었다. 이러한 시비를 사전에 방지하기 위해 실제의 토지면적을

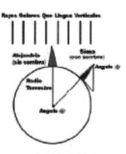

에라토스테네스의
지구 둘레 측정법

같은 비율로 축소하여 파피루스에 옮기는 방법을 고안했다. 이러한 기하학의 정점에 선 사람은 최초로 '지리'라는 말을 사용한 알렉산드리아의 도서관장 에라토스테네스(Eratosthenes, BC 273?~BC 192?)이다. 그는 하지(夏至)의 정오 무렵 시에네(지금의 아스완)의 한 우물에 태양이 비치자 (그래서 그림자가 없다), 그때가 태양이 지구 바로 위에 오는 순간이라고 추정했다. 그리고 같은 자오선(경선) 상에 있는 오벨리스크의 그림자를 재어 삼각형의 주변, 즉 오벨리스크의 높이와 그림자의 길이를 계산했다. 이를 바탕

으로 하여 삼각형의 각도를 계산하고 다시 그것으로 태양이 수직에서 비껴선 각도를 알아냈다. 계산의 결과는 7° 12″으로, 원의 약 50분의 1에 해당했다. 또 낙타를 이용해 시에네부터 알렉산드리아까지의 거리를 측정하여 그것을 50배 한 것이 지구의 둘레라고 추정했다. 그 추정치는 약 4만 킬로미터에 해당되었는데 실제 측정치 39,776 킬로미터와 거의 일치했다.

- **Geocentric** 지구 중심의(천동설 the geocentric theory, geocentricism)
- **Geodesy** 측지학
- **Geognosy** 지구 구조학, 지질학
- **Geology** 지질학
- **Geomorphology** 지형학
- **Geophagy** 흙을 먹는 버릇, 어린이의 토식증(土食症)

●●● 천 조각에 그린 지도 Map

1963년 터키 중서부의 카탈 후유크(Catal Huyuk)에서 기원전 6200년경 제작된 세계에서 가장 오래된 지도가 발견되었다. 이것은 신석기시대의 유물을 발굴하는 과정에서 출토되었는데, 벽에 그려진 이 지도는 발굴된 실제 도시의 윤곽과 거의 일치했다고 한다.

기원전 5000년경 바빌로니아에서는 점토판에 지도를 그렸으며, 그리스 천문학자 프톨레마이오스(Klaudios Ptolemaeos, 85?~165?)

벽에 그려진 최고(最古)의 도시 지도(아래 부분)

는 150년경 저서 『지리학(Geographike Hyphegesis)』에 덴마크와 아프리카까지 그려넣은 세계지도를 수록하기도 했다. 1569년 플랑드르 출신의 지리학자 메르카토르(Gerardus Mercator, 1512~1594)는 직접 창안해낸 '메르카토르 도법'을 이용하여 세계지도를 완성했다. 이 도법은 항해도 작성에 가장 적합하여 오늘날에도 널리 이용되고 있다. 반면, 적도에서 멀어짐에 따라 위선의 간격을 점점 넓혀야 했기 때문에 그린란드와 북반구가 실제보다 더 크게 그려진 단점이 있다.

보통 지도는 위쪽이 북쪽이며 오른쪽이 동쪽이다. 16세기 이후 식민주의가 한창 무르익던 시절에 유럽인들은 세계의 중심이 유럽이라고 생각했기 때문에 지도의 중앙부를 차지했다. 바로 이와 같은 맥락에서 아랍은 중근동(中近東), 우리나라와 일본을 극동(極東) 또는 원동(遠東)이라고 불렀다.

구 소련의 외상을 지냈던 안드레이 그로미코(Andrey Gromyko, 1909~1989)는 세계지도를 거꾸로 돌려놓고, 즉 소련이 아래쪽으로 위치한 지도를 바라보며 유럽과 중국을 경계해야 할 대상으로 삼았다고 한다. 또 중세 기독교 사회의 세계지도는 원형이었는데, 예루살렘이 지도의 중앙을 차지했으며 위쪽을 동쪽으로 잡았다. '천국의 동산'이 동쪽에 있고 '구원자'가 동방(orient)에서 나타날 것이라고 믿었기 때문이다. 방위(方位)라는 뜻의 orientation은 바로 여기서 유래되었다('Orient' 항목 참조). 지도는 라틴어 'mappa munda(세계지도)'에서 mappa만 떨어져 나온 형태인 map(atlas 지도책)이 되었다. 같은 어원을 가진 영어 mop(자루걸레)도 천 조각과 연관이 깊다. 이 mappa는 고프랑스어로 들어올 때 발음하기 불편해 'm'이 'n'으로 바뀌어 nappe(식탁보)가 되었는데, 이것이 영어로 들어오면서 napery(table linen 테이블보), nap(보풀), nappy(diaper 기저귀) 등으로 그 형태와 의미가 다양해졌다. 여기에 '작다'는 뜻의 접미어 kin이 붙어 napkin(냅킨)이 생겨났다.

Napkin을 프랑스어로는 napperon이라고 한다. 14세기 초에 유입되었을 때는 naperon이었지만, 부정관사 a가 어두에 붙어 a napron이 anapron으로 굳어졌다. 그러나 이것이 다시 an apron으로 분리되어 쓰이다가 15세기 말부터 오늘날의 apron(앞치마)으로 쓰이기 시작했다.

- **Off the map** 하찮은
- **On the map** 중요한
- **Map out** …의 계획을 정밀하게 세우다
- **Hide〔wrap〕in a nap** 수건에 싸두다(「루가 복음서」 제19장 20절), 쓰지 않고 썩히다
- **Be tied to one's wife's apron** 아내에게 쥐여 살다
- **Apron stage** (세 방향에서 볼 수 있도록) 튀어나온 무대, 앞무대

●●●해가 길어지는 계절 Spring

추운 겨울이 지나고 만물이 소생하는 봄이 되면 자연히 해가 길어지기 마련이다. 그래서 중세 때까지 봄은 lenten 또는 lent라고 했다. 이는 서게르만어 langi(long) + tinaz(days) = langitinaz에서 나온 말로, '해가 길어짐'을 뜻했다.

하지만 lenten이나 단축형 lent는 Ash Wednesday(재의 수요일. 사순절 첫날 참석자의 머

리에 재를 뿌리던 관습에서 비롯되었다)부터 Easter Eve(부활절 전날)까지 40일간 단식과 참회를 행하는 '사순절(四旬節)'이라는 말로 정착되어 springtime이나 spring이 그 자리를 대신하게 되었다. 다른 게르만어 계통, 특히 독일어 Lenz는 지금도 시어(詩語)로 '봄'이나 '청춘'을 뜻하는 말로 쓰인다. 하지만 계절상의 '봄'은 주로 Fruhling이라는 단어를 많이 사용한다.

우리가 보통 '봄'이라는 뜻으로 쓰는 spring은 단어는 초목의 잎이나 싹이 용수철처럼 땅을 뚫고 튀어나오는 모습에서 따온 말로, spring of the leaf의 단축형이다.

- **Easter** 부활절(춘분 이후 첫 보름달이 뜬 다음에 오는 일요일, Easter Sunday라고도 한다)
- **Lenten** 사순절의, 고기 없는, 검소한(the lenten fare 고기가 안 들어간 요리)
- **Spring break** 봄 방학
- **Spring cleaning** 춘계 대청소
- **Sprinkler** 자동 소화장치, 살수장치
- **Spring scale** (balance) 용수철 저울
- **Wednesdays** 수요일마다(on wednesdays)

◦◦◦열 받는 계절 Summer

무더운 계절 summer는 고대영어 sumor, sumur가 변형된 것인데, 이 단어는 인도유럽조어 sema를 차용했다. sema는 독일어 Sommer, 네덜란드어 zomer, 스웨텐어와 덴마크어 sommer처럼 '여름'을 나타내는 게르만어 어근으로 많이 쓰이고 있다.

그리스어로 여름은 thermos(따뜻하다)에서 나온 theros라고 하며, 라틴어로는 aestus(불, 열)에서 나온 aestas라고 한다. 바로 여기서 프랑스어 été와 이탈리아어 estate가 파생되었다. 이처럼 여름은 뜨거운 것과 직결되어 있음을 여러 나라의 단어들을 통해 알 수 있다.

- **Summer complaint** (어린이의) 여름 설사
- **Summerhouse** 정자, (피서지의) 별장
- **Summer and winter** 일년 내내, 꼬박 한 해를 보내다, …에 충실하다

- **Summer person** 피서객
- **Thermometer** 온도계, 체온계(clinical thermometer)
- **Thermos bottle** 보온병
- **Thermoregulation** 체온 조절
- **Indian Summer** 늦가을의 봄날 같은 화창한 날씨
- **Old wives' summer** 음력 10월의 따뜻한 날씨

●●●수확의 계절 Autumn

영어에서는 '가을'을 나타내는 단어들이 많다. 특히 게르만어 계통의 kerp(따다, 뽑아내다)에서 나온 고대영어 haerfest, 독일어 Herbst, 스웨덴어 host, 네덜란드어 herfst 등이 '가을'을 뜻했다. 이것들은 모두 korpistos(수확하기 가장 적당한 시기)의 의미로 쓰였다. 그래서 harvest는 '가을'보다는 오히려 '수확' '수확기' '결과' '대가' 등의 뜻으로 많이 쓰인다.

고대영어 haerfest는 18세기부터 서서히 autumn으로 대체되기 시작했는데, 라틴어 autumus(늘리다, 불리다)에서 파생된 프랑스어 autumne(가을, 난숙기)가 영어로 차용되었기 때문이다.

이 밖에 fall도 '가을'을 뜻하는 단어이다. 이것은 1600년경 영국에서 생겼지만, 영국보다는 오히려 미국에서 많이 쓴다. spring이 초목의 싹이나 잎이 '솟아나는' 계절이지만 fall은 잎이 나무에서 '떨어지는(fall at the leaf)' 죽음의 시기인 것이다.

- **Autumnal equinox** 추분, 추분점(the autumnal equinoctial point)
- **Autumnal tints** 추색, 단풍
- **It's the harvest of your mistake** 그것은 네 실수의 대가이다
- **An abundant(a bad) harvest** 풍작(흉작)
- **Make a long harvest for a little corn** 작은 노력으로 큰 수확을 얻다, 새우로 고래를 잡다
- **I fall in love with her** 난 그녀와 사랑에 빠졌어
- **In the fall of life** 만년에
- **Brisk fall days** 상쾌한 가을의 나날들

•••시련의 계절 Winter

춥고 밤이 길며 흰 눈이 펑펑 내리는 계절, 바로 겨울 하면 떠오르는 이미지들이다. 일찍이 중부 유럽에 살고 있던 고대 게르만족에게 겨울(Wentruz 하얀 계절, 눈의 계절)은 대지가 온통 눈과 얼음으로 뒤덮여 기나긴 시련의 계절이었다. 그해에 수확한 곡물로 긴 겨울을 버텨야 했기 때문에 생사의 고비로 생각했던 것은 당연하다.

현대영어에서는 year가 '한 해'를 뜻하지만 11세기 이전에는 wintra(winter)가 year의 의미를 가지고 있었다. 겨울을 기준으로 세월을 가늠한 것은 겨울의 혹독함이 얼마나 컸는지를 잘 보여주는 대목이다.

하지만 겨울이 춥고 모질수록 다시 찾아오는 봄에 대한 희망은 더욱 절실해진다. 영국의 시인 셸리(Percy B. Shelley, 1792~1822)도 "If winter comes, can spring be far behind? (겨울이 오면 봄은 멀지 않다)"라고 노래했다.

우리에게도 세 해의 겨울을 뜻하는 삼동(三冬)이라는 말이 있는 것을 보면 겨울을 기준삼아 햇수를 계산한 것을 알 수 있다. 그러나 중부 유럽의 게르만인들보다는 따뜻한 곳에서 살아온 중국인들은 1년을 보통 춘추(春秋)라고 표현했다.

- **A man of sixty winters** 60세 노인
- **Winter solstice** 동지(冬至)
- **Winter garden** 동원(冬園, 열대 식물을 겨울에 관리하는 정원)
- **Winter sleep** 겨울잠(hibernation)
- **Winterize** 방한 장치를 하다
- **Wintry** 겨울처럼 추운, 냉담한, 쓸쓸한
- **Winter-hardy** 내한성(耐寒性)의, 월동성의
- **General winter** 동장군(冬將軍)

•••동이 트는 곳 East

인도유럽조어 aus(빛나다)에서 라틴어 aurora(여명)가 나왔고, 다시 여기에서 게르만어 Aust(일출의 방향)와 영어 east(동쪽)가 나왔다. 특히 aurora는 영어에 그대로 차용되어 dawn of north(북극지방의 여명), 즉 '북극광'을 뜻하게 되었다. 앞 문장에서 쓰인

dawn은 aurora와 마찬가지로 '빛나다' '밝아지다' '여명' '새벽'을 뜻한다.

또한 게르만어 Aust는 Austria(Eastern Kingdom, 오스트리아), Auster(로마 신화의 남풍 여신, 남풍) 등의 어근이 되었다.

- **East end**   런던 동부 지역의 하층민 상업지구(↔ West end)
- **East(South) China Sea**   동(남)중국해
- **The Eastern Orthodox Church**   동방정교회
- **Eastern Establishment**   동부 주류파(미국 동부 아이비리그 대학 출신으로 정·재계의 중추를 이루는 인맥)
- **East India Company**   동인도회사(17~19세기경 영국과 네덜란드, 프랑스 등이 동인도 무역을 위해 만든 상사)
- **From dawn till dusk〔dark〕**   새벽부터 저녁까지
- **Go to East**   정동(正東)으로 가다
- **An east wind**   동풍(샛바람)

●●●해가 지는 곳 West

East가 동이 트는 아침과 관계가 있다면 west는 '일몰' '석양'을 뜻하는 단어에서 '일몰의 방향'으로까지 의미가 확대된 단어이다.

West는 인도유럽조어 wespero(석양, 밤)에서 파생되었는데, wespero는 그리스어 hesperos와 라틴어 vespera를 거쳐 영어로 들어오면서 vesper(저녁, 어둠별)가 되었는데 곧 저녁 기도의 종, 저녁 기도시간(evensong)의 뜻을 가지게 되었다.

- **West end**   런던의 대저택이나 큰 상점 등이 많은 부유한 서부지구(↔ East end)
- **The western hemisphere**   서반구
- **Western look**   웨스턴 룩(미국 서부의 카우보이 복장을 모방한 패션)
- **West Point**   웨스트 포인트(뉴욕 주에 있는 미국육군사관학교)
- **Vespertine**   밤의, 저녁의, 저녁에 일어나는
- **Zephyr**   서풍(하늬바람, 갈바람)

●●● 태양이 있는 곳 South

북반구(the Northern Hemisphere)에 사는 유럽인들은 해가 잘 드는 곳의 방위를 sunth(태양, 남쪽)이라고 불렀다. 이것은 인도유럽조어 sawel(태양)에서 파생된 것으로 고대영어에서는 n이 탈락해 suth로 되었다가 south로 바뀌면서 남쪽을 뜻하는 단어가 되었다.

이처럼 남쪽(south)과 태양(sun)은 한 어근에서 나온 단어이다. 독일어의 Süd와 Sonne, 네덜란드어의 zuiden과 zon 등도 마찬가지 성격을 띤다.

- **South-East Asia Treaty Organization** 동남아시아 조약기구(SEATO)
- **The Southern Strategy** 남부전략(선거에서 남부 백인표를 모으면 이길 수 있다는 전략)
- **The South(North) pole** 남극(북극), 자석의 남극(북극)
- **Auster** 남풍(마파람)
- **Australia**〔Tera Australis; 남쪽의 땅〕 오스트레일리아

●●● 태양이 떠오르는 곳의 왼쪽 North

태양의 움직임은 동서남북의 방위를 결정하는 기본이었다. 게르만어계의 어근 nurthrg은 '북쪽'을 나타내는 모든 게르만어계의 단어들, 즉 독일어 Nord, 네덜란드어 noord, 노르웨이와 스웨덴어 nord 등을 만들어냈다.

하지만 그리스어 nerteros는 인도유럽조어 nerteros(왼쪽으로, 아래로)를 그대로 들여와 '아래로' '지옥으로' '왼쪽'이라는 뜻이었다. 동쪽에서 솟아오르는 태양을 향해 기도하는 사람들에게 '왼쪽'은 곧 '북쪽'이었기 때문이다.

- **Due north** 정북(正北)에
- **Northern(Southern) most** 최북단(최남단)의
- **Boreas** 북풍, 삭풍(朔風)
- **North star** 북극성(Polaris)

●●● 뒤에 있어야 숨는다 Hinder

Behind는 be + hind, 즉 '뒤에 있는'이라는 뜻이다. 형용사 hind(posterior)는 '뒤'라는 뜻을 가지고 있다. hinder가 동사로 쓰이면 '뒤에 잡아놓다' '방해하다'라는 뜻이다. hinterland는 hinter + land로 도시에서 멀리 떨어진 '오지' '벽지'를 뜻한다.

- **Hinder** …을 방해하다, 훼방놓다(interrupt), 가로막다, …을 지연시키다
- **Hindrance** 방해(물), 훼방 · 장애(물)
- **Without let or hindrance** 지장없이, 무사히

●●● 공기처럼 중요한 것 Water

우리가 일상적인 생활을 유지하기 위해서 가장 필요한 것이 바로 물이다. 주변에서 쉽게 얻을 수 있기 때문에 우리는 그 고마움을 느끼지 못하고 살아왔다.

공해와 대기오염이 심각해지고 수돗물을 불신하는 요즘엔 사정이 완전히 달라졌다. 생수값이 기름값보다 비싸지고 공기 좋은 곳의 산소를 캔에 담아 파는 업체까지 생겨났을 정도이니 말이다.

Water는 인도유럽조어인 wed(비가 많은, 물)에서 비롯된 것으로 추정되는데 wet(젖은), wash(씻다), otter(수달)도 어원이 같다. 독일어의 Wasser(물), Wasche(빨래)도 마찬가지이다.

또 물을 뜻하는 단어로는 라틴어 aqua가 있다. 이 단어는 인도유럽조어 akwa(물, 강)와 산스크리트어 '알가(閼伽. 물, 용액)'에서 비롯되었다. aqua는 aquarium(수족관), aqualung(수중 호흡기), aqua regia(왕수, 금을 녹이는 액체), aquaculture(양식, 양어) 등의 어근이 되었고, aquarius(물병자리)나 aquanaut(스킨스쿠버)도 같은 어근을 지니고 있다.

그런데 영어에서 water는 뜨거운 물, 즉 hot water의 의미가 강하다. 하지만 우리에게 물은 차갑다는 이미지가 강하다. 흔히 일의 순조로움을 방해할 때 '찬물을 끼얹었다' '물 먹인다' 등의 표현을 쓰지 않는가.

- **Wet blanket** 결점을 들춰내는 사람

- **Water dog** 헤엄 잘 치는 개
- **Written in water** 덧없는(transient, fleeting)
- **Water closet** 수세식 변소
- **Waterman** 뱃사공(charon)
- **Water works** 상수도

●●● 강을 사이에 두고 벌인 다툼 Rival

일반적으로 강을 뜻하는 영어는 river이며, 이보다 작은 규모의 순으로 나열하면 stream(시내) 〉 brook(개천) 〉 brooklet(실개천) 등이다. river는 13세기에 riviere에서 차용되었으며, '물 가장자리'를 뜻하는 이탈리아어 riviera에서 나온 말이다. 프랑스 남동부의 아름다운 항구도시 니스에서 이탈리아 북서부 라스페치아에 이르는 관광 휴양지 리비에라(Riviera)도 바로 이 단어가 고유명사화된 것이다. 자문화에 대한 자부심이 대단하기로 유명한 프랑스인들은 이곳을 '검푸른 해안'이라는 뜻의 코트다쥐르(Cote d'Azur)라 부른-11다. 이래저래 따져보면 리비에라가 물 가장자리에 있는 것만은 분명하다.

세계 4대 고대문명의 발상지는 모두 큰 강을 끼고 형성되었다. 강은 농사에 필요한 물과 먹을거리를 제공하며 농경사회에서 아주 중요한 역할을 했다. 또 강이 범람하면 원래의 토지경계선이 없어져 땅주인들에게 시비거리를 제공했다. 땅주인들 간의 시비를 없애기 위해 측량술(geometry, surveying)이 발달할 수밖에 없었다('Geography' 항목 참조). 하지만 강을 사이에 두고 사는 사람들도 물을 둘러싼 다툼이 끊이질 않았다. 이때부터 강은 경계나 국경이 되었기 때문에 강을 건너다니는 것은 목숨을 거는 일이 되었는지도 모르겠다. 지금도 river에는 '생사의 갈림길'이라는 뜻이 있으며, cross the river(강을 건너다)도 'die(죽다)'와 같은 뜻으로 쓰이고 있다.

Rival은 river와 어원이 같은데, 라틴어 rivalis(강의 양쪽에 사는 사람)에서 비롯되었다. 지금은 스포츠뿐만 아니라 온갖 분야에서 선의의 경쟁상대를 '라이벌'이라고 부르지만 본래 좋은 어감은 아니었다. friendly라는 형용사를 붙여야 겨우 '서로 지지 않으려는 경쟁상대'가 될 뿐이다.

Rival과 같은 어원을 가진 단어로는 arrive(냇가에 도달하다, 목적지에 도착하다)와 derive(냇가에서 물을 퍼올리다, 유래하다)가 있다. 이 두 단어는 현재 강의 의미가 탈락되어 일반적인 뜻으로 쓰이고 있다.

- **Sell a person down the river** 배신하다
- **River horse** 하마(hippopotamus)
- **The stream of times** 시대의 조류, 풍조
- **Stream of consciousness** 의식의 흐름(초현실주의 문학 용어)
- **Send up the river** 교도소에 집어넣다
- **River novel** 대하소설(roman-fleuve)

●●●흐름의 이미지 Flow

예로부터 흘러가는 구름과 물은 사물의 변화를 나타내는 말로 자주 인용되었다. 또한 '세월유수(歲月流水)'라는 말이 있듯이 시간이 빨리 지나가는 것도 물의 흐름에 비유하곤 했다. flow는 '물이 흐르다'라는 뜻이다. 이것은 flood(홍수)와 같은 뜻이며 float(뜨다), fleet(덧없이 지나가다, 함대, 개울, 강어귀) 등도 물의 흐름과 관계있는 말이다. 독일어의 FluB(강)도 flow와 같은 어원에서 비롯되었다.

Fluid와 flux에도 물이 흐르다는 뜻이 들어 있다. 프랑스어에서 흘러들어온 단어들은 라틴어 fluere(흐르다)에서 유래되었으며, fluent(유창한, 물 흐르는 듯한), superfluous(여분의), influence(영향), confluence(conflux, 합류지) 등이 파생되었다. 독일 중서부의 라인 강과 모젤 강의 합류지이자 포도산지로 유명한 코블렌츠(Koblenz)도 여기서 유래되었다. 우리나라의 북한강과 남한강이 만나는 지점에 자리 잡고 있는 '두물머리,' 곧 양수리와 같은 곳이라 할 수 있다. 이 밖에도 affluence(풍부, 부유), afflux(충혈), influx(유입), efflux(유출, 발산) 등이 바로 여기서 파생되었다.

흐르는 것은 물만이 아니다. influence라는 단어가 14세기에 프랑스에서 들어왔을 때는 점성술 용어로 '별의 정기가 흘러 생기는 힘'이라는 뜻이었다. 같은 어원의 이탈리아어 influenza(flu 유행성 감기)는 1743년에 유럽을 휩쓸면서 영국으로 들어온 단어이다. 이 단어를 통해 당시에는 의학이 자연과 불가분의 관계에 있었음을 알 수 있다. 또 이 단어는 셰익스피어가 문학작품에 사용하면서부터 '다른 사람에게 끼치는 영향력'이라는 뜻으로 쓰이기도 했다.

- **Flow like water** 아낌없이 제공되다
- **The flow of spirits** 자유로운 기분
- **Noah's Flood** 노아의 홍수(the Deluge)
- **Flux and reflux** 밀물과 썰물, 흥망성쇠

●●●모든 길은 로마로 통한다 Street

길을 뜻하는 단어에는 street와 road 등이 있
는데, 전자는 라틴어에서 따온 것이고 후자는
게르만조어에서 변화된 것이다. 영국은 서기
43년부터 약 350년 동안 로마제국의 지배하에
있었기 때문에 지금도 언어뿐만 아니라 하드리
아누스 시대의 성벽 등 당시의 유적들도 많이
남아 있다.

"모든 길은 로마로 통한다."

로마제국은 군단을 신속히 이동시키기 위해 로마 도로(Roman street)라는 도로를 건
설하고, 이 도로를 따라 작은 성벽을 쌓고 주둔지를 구축했다. 바로 이 도로를 라틴어
로 via strata라고 불렀다. 이것이 영어로 차용되면서 본래 '도로'를 뜻하는 via가 탈락
하고 '포장된'이라는 뜻의 strata가 street로 변형되어 오늘날의 도로라는 뜻으로 굳어
진 것이다. street는 엄밀히 구분하자면 '포장도로'라고 해야 맞다. 나중에 via는 전치
사로 활용되어 '…을 경유하여(by way of)'의 뜻으로 쓰였는데, Via Airmail(항공편) 등이
그 예이다.

Road는 게르만조어에서 비롯된 ride(말을 타고 가다, 본래의 뜻은 '말로 가는 곳'이라는 뜻이
다)와 관계가 깊다. 또한 인도유럽조어 reidh(말에 오르다)에서 파생된 ready(준비시키다, 준
비된)와 raid(급습, 수색) 모두 비포장도로의 성격을 띠는 road와 깊은 관련이 있다고 할
수 있다.

영국의 워틀링 도로(Watling Street)와 셰익스피어의 고향 스트랫퍼드 어폰 에이번
(Stratford upon Avon), 프랑스 북동부의 국경도시 스트라스부르(Strassbourg)와 독일 남서
부 카를 마르크스의 고향인 트리어(Trier) 등의 지명에는 아직도 로마 도로의 흔적이
남아 있다. 빼어난 경관을 자랑하는 로만티셰 슈트라세(Romantische Strasse), 즉 뷔르츠

부르크에서 퓌센까지 이어진 길도 마찬가지이다.

Trier는 라틴어 trivium에서 비롯되었는데, '3'을 뜻하는 tri와 vium(via의 단수형)의 합성어, 즉 3교차로를 뜻한다. 로마 도로가 3개나 교차된 곳이었으니 로마시대 때 트리어가 얼마나 번성했는지를 짐작할 수 있다. 이 trivium에서 trivial(trifle, slight 하찮은)이라는 단어도 파생되었다. 3교차로에는 언제나 사람들로 북적거렸기 때문에 어디에서나 사람들을 흔하게 볼 수 있다는 뜻의 trivial로 변형된 것이다.

라틴어 strata는 프랑스어 estraier(길을 잃다)로 정착하기도 했다. 이 단어가 영어로 차용되면서 astray(길을 잃어)가 되었으며, a가 탈락하여 또 하나의 단어 stray(가축 무리가 길을 잃다)가 되었다.

- **Lombard Street** 영국 금융가
- **Wall Street** 미국 금융가
- **A stray-sheep** 길 잃은 한 마리 양, 속세인
- **Road show** 순회공연, 특별 독점 영화를 상영하다
- **Road agent** 노상강도
- **Trivialist** 잡학자

●●● 유대인의 강제 거주지역 Ghetto

Ghetto의 유래에 대해 여러 가지 설이 있다. 『옥스퍼드 영어사전』에서는 이탈리아어 borghetto(영어의 borough:區)에서 앞부분이 생략된 것이라고 주장한다. 히브리어 get(격리시키는 행위, 이혼)이 변형된 것이라는 학자도 있다. 이 가운데 가장 유력한 가설은 이탈리아의 베네치아에 처음 설치되었다고 보는 것이다. 1513년 베네치아의 유대인들은 Geto라는 작은 섬으로 추방당한 적이 있었다. 그 후 유대인들은 베네치아 공화국의 법에 따라 특정지역에 격리되어 살 수밖에 없었는데, 이 지역의 이름을 바로 Ghetto라고 불렀던 것이다.

지금은 '유대인 강제 거주지역' 이외에도 흑인이나 소수의 라틴아메리카계 사람들이 사는 '빈민가'나 '슬럼가'를 가리키는 경우가 많으며, '특정 사치집단의 거주지'를 뜻하기도 한다.

•••같은 말을 하는 민족들 Slave

고대 그리스시대에는 흑해(the Black Sea) 북쪽에서 살던 슬라브족(Slaves)을 노예로 끌고 오는 일들이 빈번하게 발생했다. 끌려온 이들은 노동력을 강제로 착취당하고 전투용병으로 동원되기도 했다. 로마시대에 들어서도 대토지소유제(Latifundium)를 유지하기 위해 꼭 필요한 존재들이었다.

중세의 '암흑시대(the Dark Ages)'에 들어서도 러시아·불가리아·세르비아·크로아티아·폴란드·체코슬로바키아 등 여러 슬라브 민족이 신성로마제국이나 오스만투르크 제국에 정복당하면서 노예가 되는 일이 흔하게 일어났다. 이런 역사적 과정을 거치면서 '슬라브족'은 자연스럽게 '노예'와 동의어가 되고 말았다.

Slave의 어원은 원래 슬라브어 slveninu(슬라브족)인데, '같은 말을 쓰는 여러 민족'이라는 뜻을 가진 slovo(말, 언어)와 깊은 관계가 있다. 그리스어로는 이들을 sklavos(슬라브족)라고 불렀는데, 중기 라틴어에서는 sclabus가 slabus가 되면서 '노예'라는 뜻으로 변하게 되었다. 이것이 다시 프랑스어의 esclave(슬라브족은 Slave), 독일어 Sklave(슬라브족은 Slawe)를 거쳐 영어의 slave로 정착하기에 이르렀다.

- **Slave bangle** (금, 은, 유리로 된) 여성용 팔찌(원래는 노예의 탈출을 막기 위한 ball and chain에서 유래)
- **Slavish** 노예 같은, 천한, 비열한(base)
- **Slavocracy** (남북전쟁 이전의) 노예 소유자, 노예제 지지자
- **Pan-Slavism** 범슬라브주의
- **Slaver** ① 군침, 침(saliva), 아첨하다(flatter), 군침을 흘리다(slobber 침으로 더럽히다, drivel 침을 흘리다)
  ② 노예 상인, 노예 무역선

•••에우로페가 남긴 이름 Europe

지금 우리가 유럽(Europe)이라고 부르는 대륙의 이름은 기원전 8세기 그리스의 시인이자 『신통기』의 저자인 헤시오도스(Hesiodos)의 작품에 처음 등장한다. 페니키아(Phoenicia, 지금의 레바논 지역)의 공주 에우로페(Europe)와 제우스 이야기로, 마침내 유럽 대륙의 이름이 사람들에게 각인된 것이다.

에우로페를 납치하는 제우스

페니키아의 왕 아게노르(Agenor)와 텔레파사(Telephassa) 사이에 태어난 에우로페는 너무나 아름다워 그 소문이 그리스에까지 퍼졌다. 그 소문을 듣고 제우스는 아름다운 황소로 변해 페니키아로 건너가 마침 해변가에서 노닐던 에우로페와 시녀들에게 접근했다. 에우로페는 난데없이 나타난 황소를 보고 호기심이 발동하여 등에 올라타 보았다. 그러자 황소는 시녀들이 손 쓸 틈도 없이 재빨리 바다를 건너서 에우로페를 크레타 섬에 내려놓았다. 본래 모습으로 돌아온 제우스는 에우로페를 차분히 달래 딕테의 산에 있는 동굴 속으로 데려가 정을 나누었다. 에우로페는 제우스와의 사이에서 세 아들 미노스, 라다만티스, 사르페돈을 낳았고 그 후 크레타의 왕 아스테리오스와 결혼하여 크레테(Crete)라는 딸을 낳았다. 아스테리오스는 에우로페가 제우스와의 사이에서 낳은 세 아들을 양자로 맞이해 후계자로 삼기까지 했다.

한편, 아게노르는 세 아들과 아내에게 딸 에우로페를 찾아오도록 했으나, 아무도 에우로페를 찾을 수 없어 결국 에우로페는 유럽 대륙의 이름으로 사람들의 기억속에 남았으며, 황소는 별자리가 되어 하늘에 그 모습을 아로새겼다.

- **EU(Europe Union)** 유럽 국가들의 경제적 번영을 위해 1993년 11월, '마스트리히트 조약'에 따라 EC에서 변경된 유럽연합의 명칭이다
- **유럽연합**
  회원국 : 27개국
  인구 : 4억 8700만 명 · 면적 420만km²
  GDP : 10조 8169억 유로(25개국 기준)
- **유럽통합 과정**
  1957년 : 로마조약 체결(※유럽통합의 기초 마련) 프랑스 · 독일 · 이탈리아 · 네덜란드 · 벨기에 · 룩셈부르크 6개국 유럽경제공동체(EEC) 출범
  1967년 : 유럽공동체(EC) 출범
  1973년 : 영국 · 아일랜드 · 덴마크 EC 가입
  1991년 : 마스트리히트 조약 체결(※유럽통합의 틀을 마련)
  1993년 : 유럽연합(EU) 출범

1995년 : 15개국으로 확대(스웨덴 · 핀란드 · 오스트리아 가입)

2002년 : 유로화 도입

2004년 : 체코 · 헝가리 등 10개국 가입

2005년 : EU헌법안 부결(프랑스 · 네덜란드)

2007년 : 27개국으로 확대(불가리아 · 루마니아 가입)

●●● 진실을 나타내는 색깔 White

흰색은 진실과 순결을 상징한다. 웨딩드레스와 항복이나 휴전을 표시하는 깃발도 모두 흰색이다. 알프스에서 피는 스위스의 국화(國花) 에델바이스(Edelweiss)도 독일어로 edel(고귀한, 귀족의)과 weiss(흰색)의 합성어이다. 흰색이 갖는 상징성 덕분에 여성의 이름으로 쓰이기도 했다. 프랑스 계통의 블랑슈(Blanche)나 이탈리아계의 비안카 (Bianca), 영국계의 화이트(White) 등이 이에 해당한다.

프랑스어 blanc은 게르만조어 blank(빛나다)에서 파생되었는데, 인도유럽조어 bhleg(타다, 빛나다)까지 거슬러 올라간다. 이후 12세기 초 blanc이 영어로 blank가 되어 '하얗다' '색이 없다'라는 뜻을 지니고 있었으나 13세기 말 '공백' '백지'라는 뜻으로 바뀌었다.

영어 blanket(모포, 원래의 뜻은 하얀 천 조각)의 어원 역시 blanc이다. blanket는 원래 염색하지 않은 하얀 모직으로 만든 옷을 뜻했는데, 1340년 영국의 블랭키즈가 담요를 생산하면서 '모포' '담요'의 뜻으로 굳어졌다.

흰색을 나타내는 라틴어 albus(하얗다)에서 유래된 영어로는 album(앨범)이 있다. 나중에 '흰색 하드 커버로 된 책'이라는 뜻으로 바뀌었는데, 사진을 앨범에 꽂아 정리하는 사람이 드물어 요즘에는 레코드나 CD를 뜻하는 단어가 되었다.

잉글랜드의 옛 지명 앨비언(Albion 하얀 섬)도 같은 어원을 갖고 있다. 실제로 잉글랜드 도버 해협의 절벽이 백악질(白堊質)로 이루어져 있는 것과 관련하여 앨비언이라는 이름을 붙였다는 가설이 제기되기도 했다.

- **Albumin** 알부민, (알의) 흰자위
- **White hope** 흑인에게서 헤비급 타이틀을 쟁취할 수 있는 백인 권투선수(수훈 기대주)

- **White-lipped** 입술이 파랗게 질린
- **Blanket bombing** 융단 폭격
- **Wet blanket** 말썽꾼, 판을 깨는 짓
- **Albinism** 색소 결핍증

●●●젊음의 색깔 Green

'녹음(綠陰)의 계절'인 여름은 주변이 온통 초록빛으로 물든다. 그래서 green은 단어 자체에서 여름의 이미지가 강하게 느껴진다. 풍요의 계절인 가을 이전에 찾아오는 계절이라 green에는 익지 않은(immature), 경험이 없는(inexperienced), 팔팔한(vital) 젊은(young) 등의 여러 의미를 담고 있다.

라틴어 viridis(녹색)에서 파생된 green은 '자라다'라는 의미의 grow와도 같은 계통의 단어이다. 여기서 파생된 grass는 '파랗게 자란 풀, 잔디'이며, 가축이 '풀을 뜯어먹는 것'을 graze라고 한다.

- **Greenhouse effect** (탄산 가스에 의한 지구 대기의) 온실 효과
- **Greenish** 녹색을 띤, 푸르스름한
- **Greens fee** 골프 코스 사용료
- **Growth hormone** 성장 호르몬
- **Grasshopper** 메뚜기, 여치류

Chapter

2

인간관계와 사회생활

●●●남자만 인간인가 Man

영어의 man과 human, 독일어의 Mann과 Mensch, 프랑스어의 homme 등에는 공통점이 있다. 바로 '인간'을 뜻하는 단어들이다. 인간을 가리키는 단어의 대표격인 man에는 '인간'뿐만 아니라 '남자'라는 뜻도 있는데, 이것은 인도유럽어족이 부계제 사회였음을 보여주는 중요한 단서가 된다. 고대영어에서는 남자(wer)와 여자(wif, 현대영어의 wife)의 구별이 있었기 때문이다.

Wer는 인도유럽조어 wiros(남자)로 거슬러 올라갈 수 있다. 이 단어에서 라틴어 vir(남자)가 파생되었으며, 이것이 프랑스를 거쳐 영어로 들어와 virile(남자다운, 강인한)과 virtue(미덕)가 되었다. 그 후 13세기 초에 wer는 man으로 대체되면서 사라지고 man이 고대영어 이전처럼 '인간'과 '남자'의 두 가지 뜻으로 사용되기 시작했다. 현대영어에서 wer는 werwolf(늑대인간)와 world(세계, 원래의 뜻은 '인간 시대')에 약간의 흔적만 남아 있을 뿐이다.

Man은 인도유럽조어 men(생각하다)에서 유래된 단어로, '생각하는 사람'이라는 뜻을 지니고 있다. mankind(생각하는 사람의 종류 → 인류), mind(마음), mention(마음과 접촉하다 → 언급), monument(상기하다 → 기념물), mania(정신의 흥분 → 열광), reminiscence(다시 마음속에 떠오르는 것 → 회상), automatic(스스로 생각하는 것 → 자동장치), amnesia(상기할 것이 없다 → 기억상실증) 등은 모두 men에서 파생된 단어로 man과 맥락을 같이한다.

그리고 demonstration(증명, 실연, 공개 수업)과 monitor(감시자)는 man과 같은 뿌리로, demonstration은 1839년 이후 시위운동(demo 데모)의 뜻이 강해 지금은 주로 정치적 용어로 쓰이고 있으며, monitor는 20세기에 들어서 텔레비전의 광고나 방송의 비평 감상을 보고하는 사람의 뜻으로 쓰이고 있다.

프랑스어 homme는 라틴어 homo에서 파생된 낱말이다. 현생인류의 라틴어 학명 homo sapiens sapiens(지혜를 가진 자)에서의 homo는 humus(흙, 대지)에서 파생되었다. 이 라틴어 homo에서 비롯된 영어가 바로 human(인간, 인류)이며 humane(자비로운), humble(겸손한, 천박한, 낮추다), humdrum(평범한, 단조로운, 평범한 사람) 등도 모두 같은 어원을 지니고 있다.

예로부터 인간은 죽어서 흙으로 돌아간다고 믿었고, 흙에서 자라는 식물을 먹는 우리는 '대지에 머리를 숙여' 인간의 '겸손함'을 표현한다. 이 모든 단어들은 humus

를 어원으로 삼아 탄생되었지만, humus 자체도 영어로 넘어와 '부식토' '부엽토' 가
되었다.

- **A man on horseback** 독재자(dictator, tyrant)
- **My man!** 야, 임마!
- **Old man!** 여보게!
- **As one man** 다 함께
- **The Man of blood and iron** 독일의 철혈재상 비스마르크
- **You are the man!** 장하다
- **To the last man** 만장일치로, 마지막 한 사람까지
- **The virile age** 남자의 창 나이
- **Virile power** 생식 능력

●●●로마의 시민 People

우리가 '민중' 또는 '인민'으로 부르는 영어 표현은 people이다. 이것은 라틴어
populus(민중)에서 비롯되었는데, 13세기 후반 프랑스어로 차용된 후 영어로 정착되
었다. romanus는 당시 '로마 시민'을 가리켰으며, 하층계급의 평민들은 plebs라고 불
렸다. 시민의 의미를 가장 정확하게 표현한 단어는 프랑스어 citoyen(공민)에서 차용
된 citizen이다. 1863년 11월 19일 미국의 에이브러햄 링컨 대통령이 게티즈버그에서
연설하여 유명해진 "Of the People, By the People, For the People"도 국민이 아니라
민중이나 인민이 정확한 번역이다. 우리가 흔히 이야기하는 국민(國民)은 일제시대
때 불리던 황국신민(皇國臣民)의 준말이기 때문이다.

People과 같은 어원을 가진 형용사로는 popular(대중적인, 인기 있는)가 있다. "Vox
populi, Vox dei(민중의 소리는 신의 소리)"에서 비롯된 popular voice(여론)에도 people의
개념이 남아 있다. public(공공의), publication(출판, 공표), publicity(명성, 홍보)도 같은 어
원에서 비롯된 단어들이다.

미국에서는 공립학교를 public school이라고 부르지만, 영국의 경우 public school
은 '이튼칼리지(Eton College, 1440년 개교)'나 '해로스쿨(Harrow School, 1572년 개교)'처럼 전

통적으로 상류계급 자제들에게 기숙사 제도를 바탕으로
중·고등학교 과정을 교육시키는 사립 명문학교를 말한
다. 당시 상류계급은 가정교사가 있었기 때문에 오히려
중류계급의 자제들이 많이 입학했으며, 18세기 이후 비
로소 상류계급의 자제들이 많이 입학하여 지금처럼 세계
적인 명문학교로 발전하게 되었다.

이튼칼리지 마크

- **As people go** 상식대로 하면
- **Pub** 영국의 선술집(public house의 준말)
- **Public debt** 공채
- **Public relations** 섭외(PR), 공보
- **Salespeople** 판매원
- **People farm** 대도시, 정신병원
- **Bag people** 무주택자
- **Beautiful people** 상류인사들(glitterati), 사교계인사들(BP)

●●●남녀평등으로 사라질지도 모르는 단어
Woman

여성을 뜻하는 단어에는 girl(소녀), maiden(처녀), lady(숙녀, 귀부인), wife(아내),
woman(여성), female(여성·암컷) 등이 있다.

Girl은 중세영어에 처음 등장하여 남녀구별 없이 어린아이의 뜻으로만 사용되었다.
시간이 흘러 14세기 후반부터 girl은 여자아이를 부르는 호칭으로 자리 잡게 되었다.

Wife는 고대영어 wif에서 유래되었음은 앞에서 이야기한 바 있다. wife는 본래 결
혼 여부에 관계없이 일반적으로 여성을 가리켰지만 19세기 중반부터 남자의 여자 →
아내라는 뜻으로 한정시켜 사용했다. 또 midwife(조산원)나 fishwife(생선 파는 아줌마)처
럼 사회적 지위가 낮은 여성이나 특정 직업에 종사하는 여성을 가리킬 때 쓰였다. 이
들과는 다르게 housewife(전업주부)는 처음부터 결혼한 여자를 뜻했다.

Lady는 lord(지배자, 군주, 원래의 뜻은 '빵을 지키는 사람')에 대조되는 단어인데 고대영어

hlaefdige(빵을 반죽하는 사람)가 줄어들어 14세기 중반에 lady로 굳어진 것이다. 처음에는 '빵을 반죽하는 사람'의 뜻으로 쓰이다가 곧이어 '귀족의 딸'이나 '마님'을 뜻했고, 나중에는 '왕비'의 뜻으로도 쓰이게 되었다.

한편, woman은 고대영어 wifmann(wif + mann)의 철자와 발음이 바뀌고 뜻은 그대로 남아 지금까지 이어지고 있다. 복수형 women의 발음이 [wimin]으로 된 데에는 여러 가지 설들이 존재한다. 어미 men의 영향 때문이라는 설도 있고, 단수형과 구별하기 위해 어원에 가까운 발음을 하게 되었다는 설도 있다. 최근에는 복수형을 womyn으로 표기한 사전이 선보이기까지 했다.

페미니즘 운동이 활발하게 전개되고 있는 미국에서는 남녀 성차별을 연상시키는 어휘들이 점차 사라지고 있는 추세이다. salesman(봉급 생활자)은 salesperson으로, cameraman(카메라맨)은 camera operator로, anchorman(뉴스 진행자)은 anchor로, policeman(경찰)은 policeofficer로, stewardess(스튜어디스)는 flight attendant로 바꾸어 부르고 있다.

- **A woman of the world**   세상 물정을 잘 아는 여자
- **Womanaut**   여성 우주비행사(woman astronaut)
- **Woman of letters**   여류 작가, 여성 학자
- **Woman suffrage**   여성 참정권
- **Womanfully**   여성 특유의 끈기로
- **A old wives' tale**   허황된 이야기
- **Our Lady**   성모 마리아
- **Girl Friday**   무슨 일이든 충직한 여직원(다니엘 디포의 『로빈슨 크루소』에 나오는 충실한 원주민 하인의 이름이 'Friday'인데, 그것에 빗대어 만든 말이다)

●●●아이들의 본보기 Father

아버지를 뜻하는 영어 father, 독일어 Vater, 프랑스어 Pere, 스페인어 padre는 모두 인도유럽조어 pater에서 파생되었다. 이들은 공통된 어원에서 갈라졌기 때문에 발음도 비슷하다.

성 패트릭

그래서 paternal(부친의), patriarchy(가장, 장로) 등에 아버지의 뜻이 강하게 남아 있으며, 간접적으로는 fatherly(아버지다운), patrician(고대 로마 귀족 ↔ plebeian 평민), patron(후원자), patrimony(세습 재산), patriot(애국자), patristic(교부의), patronymic(아버지의 이름을 딴 이름, 예를 들면 son of John = Johnson) 등에 흔적이 남아 있다. 남자 이름 Patrick(애칭은 Pat)과 여자 이름 Patricia(애칭은 Patty)는 바로 patrician에서 비롯되었다.

스코틀랜드 출신 사제 패트릭은 아일랜드로 파견 나가 가톨릭을 섬 전체에 전파했다. 나중에 그 공로를 인정받아 성 패트릭(Saint Patric, 385~461)이라는 칭호를 받아 아일랜드의 수호성인이 되었다. 이 패트릭 계열의 이름을 가진 미국인들을 아일랜드계라고 보아도 무리가 없을 것이다.

Pattern(모범, 유형)은 라틴어 patronus(보호자, 영주)에서 나온 말로 patron과 함께 프랑스어로 차용되었다. patron이 원래 '아버지 같은 보호자'의 뜻이 있었던 것처럼 pattern도 '아버지 같은 본보기'를 가리키는 말이었다. 영주가 농노를 보호해주는 아버지 역할을 했던 것처럼 아버지는 어느 시대를 막론하고 아이들에게 모범을 보여야 하는 존재이다.

- **The Holy Father** 로마 교황
- **Father Christmas** 산타클로스(Santa Claus)
- **All father** 하느님
- **Father figure** 아버지 같은 사람, 신뢰가는 지도자
- **Father confessor** 고해신부, 속내를 털어놓을수 있는 사람
- **Father-in-law** 시아버지, 장인
- **The child is father of the man** 어린이는 어른의 아버지
- **Like father, like son** 부전자전(父傳子傳)
- **Under the patronage of** …의 보호 아래
- **The wish is father to the thought** 소망은 생각의 아버지

●●●말을 아직 못하는 자 Child

영어 infant와 child, 독일어 Kind, 프랑스어 enfant 등은 어린이를 가리키는 단어이다. 라틴어로는 원래 '말을 아직 못 하는 자'라는 뜻이다. 영어 infant는 child보다 더 어린 '유아'를 뜻하지만, 독일어 Kind에는 그러한 구분이 없다.

Child의 복수는 childs가 아니라 children이다. 10세기 후반에는 복수형이 childru였다가 중세영어에서 childre로 바뀌었다. 이후 brethren(동포, 원래 brother의 복수형)의 영향을 받아 약변화 명사의 복수 어미로 쓰인 en이 붙어 children이 되었다. 보통 우리도 '아이'보다는 '아이들'이라는 표현을 많이 쓰듯이 영어에서도 단수 child보다는 복수 children을 자주 쓴다. 가톨릭에서 아이들과 관계가 깊은 수호성인은 성 니콜라스(Saint Nicholas)이다. 그는 남몰래 선행을 베푼 일화로 유명하며, 뱃사람과 나그네, 러시아인들의 수호신이기도 하다. 성 니콜라스 축일은 12월 6일인데, 이 날을 '서양의 어린이 날'이라고 이야기한다. 어른들이 아이들에게 선물을 주는 관습이 있었기 때문이다. 또 아메리카 신대륙으로 이주한 네덜란드 사람들이 성 니콜라스를 산테 클라스라고 부르면서 오늘날의 산타 클로스(Santa Claus)의 기원이 되었다.

성 니콜라스

- **Child abuse** 아동학대
- **Child-care** 육아, 보육
- **Child custody** 자녀 양육권
- **Child endowment** (benefit) 아동 (양육)수당
- **Childish** 유치한
- **Childlike** 천진난만한
- **Brainchild** 두뇌의 소산, 창작물
- **Be mere child's play** 식은 죽 먹기

- **Infanticide** 유아 살해
- **Infantile paralysis** 소아마비(poliomyelitis)

● ● ● Girl은 원래 소년이었다? Girl

정말로 girl은 소년이었을까? 아니다. 옛날에는 girl이 '소녀'뿐만 아니라 '소년'까지 포함한 '어린아이'라는 뜻을 지니고 있었다('Woman' 항목 참조). 하지만 이는 그리 놀랄 만한 일은 아니다. 우리도 '청소년'이라고 말할 때 남녀가 모두 포함되어 있음을 잘 알고 있지 않은가.

영국의 작가 제프리 초서(Geoffrey Chaucer, 1343~1400)의 『캔터베리 이야기』를 보면 girl이 소년을 가리킬 때도 쓰였음을 알 수 있다. girl이 '소녀'라는 뜻으로 굳어진 것에는 여러 가지 설들이 존재한다. 가장 일반적인 여자 이름 Gill의 영향으로 15세기 이후 girl이 '소녀'를 뜻하는 단어로 굳어졌다고 이야기한다. 한편으로는 man이라는 단어가 '남자'를 뜻하는 단어로 쓰이기 시작하면서 girl이 소녀의 뜻으로 알려지기 시작했다는 설도 있다. 『성경』에서도 신이 인간을 창조할 때 아담이라는 남자부터 만들었다고 나와 있다. 이는 남성우월주의라는 논리가 성립될 수 있겠으나 특정화가 이루어진 정확한 경위는 아직도 밝혀지지 않고 있다.

- **Jack and Gill** 젊은 남녀
- **Every Jack has his Gill** 어떤 남자라도 짝이 있다, 즉 짚신도 짝이 있다
- **Shopgirl** 여점원
- **A girl of the town** 창녀
- **Gossipy old girls** 이야기하기를 좋아하는 할머니들
- **My dear girl** 당신(아내에 대한 애칭)
- **Old girl** 옛 동창생(↔ old boy)
- **You go girl!** 힘내라, 옳소!
- **The principal girl** 주연 여배우(the leading actress, 주로 희가극·무언극에서)

● ● ●아버지의 누이, 어머니의 오빠
Aunt, Uncle

아버지의 누이(고모)를 가리키는 aunt와 어머니의 남자 형제(외삼촌)라는 뜻의 uncle 은 13세기 말 프랑스어에서 차용되었다. uncle의 어원은 라틴어 avunculus(어머니의 남 자 형제)인데, 이것이 할아버지를 뜻하는 라틴어 avus에서 파생되었기 때문에 어쩌면 '나이 많은 남자'의 뜻으로 사용되었을지도 모른다. 이 avunculus에서 접두어 av와 접미어 us를 생략한 uncul이 영어에서 uncle로 굳어진 것이다. 영어의 형용사 avuncular(백부의, 숙부의)도 바로 avus에서 비롯된 단어이다.

Aunt는 라틴어 amita(아버지의 누이), 그리스어 amma(어머니, 유모)와 궤를 같이하는 단어로, 인도유럽어의 mamma(엄마)까지 거슬러 올라갈 수 있다. 영어에서 mamma 는 어린아이가 mother 대신 엄마를 부를 때 쓰는 말이다. 또 젖을 뜻하기도 하는데, 우리도 아기들이 어머니를 '엄마'라 부르고 갓난아기에게 주는 음식도 '맘마'라고 부르는 것을 보았을 때 인도유럽조어와 우리말과의 인연이 전혀 없는 것은 아니다.

프랑스에서는 aunt와 uncle이 백모·숙모와 백부·숙부를 뜻했지만, 라틴어로 거 슬러 올라가면 aunt는 '아버지의 누이'이며, uncle은 '어머니의 남자 형제'였음을 알 수 있다. 라틴어에서는 '아버지의 형제'나 '어머니의 자매'를 가리키는 단어도 각각 있었듯이 확실한 구별이 있었던 것 같다. 사실 고대영어에서도 친가나 외가 쪽을 구 분하여 쓰던 단어가 있었다고 하는데, 사용하기 편리한 프랑스어를 차용했기 때문에 우리와는 달리 족보를 명확히 따지기가 어렵다.

- **Agony aunt** 여성 인생상담자
- **Aunt edna** 보통사람들의 대표로서의 관객, 시청자
- **Aunt Jane**   백인에게 아부하는 흑인 여성
- **My aunt!** 어머나!
- **Uncle** 전당포 주인(pawnbroker)
- **Uncle Sam** 전형적인 미국인(전형적인 영국인은 John Bull)
- **Say uncle** 졌다고 말하다
- **Uncle Tomism** 백인과 통합하려는 흑인의 온건 노선
- **Uncle Tomahawk** 백인에게 융화된 아메리칸 인디언(Tomahawk는 인디언 돌도끼)
- **Dutch Uncle** 엄한 사람

●●●화장실의 남자 Gentleman

공중화장실에 가면 남자용에는 gentleman, 여자용에는 lady라는 팻말이 붙어 있다 (앞에 모두 for가 생략). 특별한 의미가 있는 것은 아니고 단순히 성별을 구분하기 위해 붙이는 것이다.

Gentleman은 라틴어 형용사 gentle에 man이 붙은 합성어 형태로, 원래 귀족이나 귀족에 준하는 훌륭한 가문 출신의 인물을 뜻했다. gentle은 gentilis(같은 부족, 씨족)에서 비롯되었으며, gens(태생, 씨족)로까지 거슬러 올라간다. 여기서 파생된 영어로는 genus(종류, 속), general(일반적인), generation(발생, 세대), genesis(기원, 창세기), gentry(상류 사회, 신사층) 등이 있다. 그리고 18세기 말 자연과학의 발달로 hydrogen(수소, 물에서 생긴 것)과 oxygen(산소, 신맛에서 생긴 것) 등 '종류'라는 뜻을 지닌 화학용어의 접미어로도 쓰이게 되었다.

이처럼 gentleman은 귀족이나 상류계급의 가문과 관련된 단어로, 15세기 때 영국에 처음 등장했다고 한다. 당시는 백년전쟁(1337~1453)이 끝나고 헨리 7세가 즉위해 절대 군주체제였기 때문에 도덕적 의미는 별로 없었던 것 같다. 이후 이탈리아의 르네상스 시기에 인간의 존엄성을 확립하고자 하는 인본주의 운동 속에서 gentleman의 새로운 개념이 정착되었다고 보는 게 타당할 것이다.

한편, 빠르게 변화하는 사회에 걸맞은 gentleman의 자질이 절실하게 요구되자 gentle(가문이 좋은)은 '친절한, 온화한'으로, generous(고귀한 태생의)는 '관대한, 대범한'으로 의미변화가 일어났다. 우리가 머릿속에 그리는 영국 신사는 '중절모에 우산을 든 남자'가 아니라 '육체적으로나 도덕적으로 남에게 절대 피해를 주지 않는 남자'로 바뀌게 되었다. 자신의 꾸준한 노력과 교육을 통해 신사가 되는 것이 훨씬 더 중요한 시대가 온 것이다.

- **Gentleman farmer** 취미로 농사짓는 사람
- **Gentleman's agreement** 신사협정
- **Gentle sex** 여성
- **Gentle and simple** 신분의 고하를 막론하고
- **Gentleman at large** 실업자
- **Gentleman of the road** 노상강도

- **General Election Day** 미국의 총선거일
- **General resemblance** 대동소이
- **A gentleman of the three outs** 돈(pocket), 옷(elbow), 신용(credit)이 없는 사람

●●●원래는 애인 Friend

영어 friend, 독일어 Freund, 프랑스어 ami, 라틴어 amicus, 그리스어 philos 등은 모두 '친구'라는 뜻과 함께 '사랑한다'와 '친밀한'이라는 뜻을 가진다.

영어 friend의 어원은 고대영어 freond(사랑한다)으로, '사랑하는 사람'을 뜻하는 단어였다. friend의 반의어는 fiend가 되었는데, 원래는 '미워하는 사람'이었다가 나중에는 '적'으로 뜻이 바뀌었고, 중세 때는 '그리스도의 적'인 '악마(satan)'라는 뜻으로 쓰이기 시작했다.

friend와 같은 어원을 갖고 있는 free(자유로운)도 원래는 '친밀한'이라는 뜻이었다. 이것이 '자유로운'으로 뜻이 바뀐 것은 당시에는 자유민들만이 애정을 공공연하게 표현할 수 있었기 때문이다.

이 밖에 프랑스어 ami, 이탈리아어 amico, 스페인어 amigo 등은 모두 라틴어 amicus에서 변화된 것들인데, 이것은 동사 amare(사랑한다)의 명사형이다. 여기서 파생된 amator(사랑하는 사람)는 1784년에 프랑스어로 차용되었으며, 다시 영어로 들어왔을 때는 이미 friend가 '친구'로 정착되어 있었기 때문에 amateur(아마추어)라는 뜻으로 변해버렸다. 우리가 보통 스포츠에서 아마추어라고 하면 풋내기나 실력이 없는 선수라는 어감을 풍기지만, 어원상 따져보면 '좋아함'이 최우선 조건임을 알아야 할 것이다.

한편, 그리스어로 '친구'를 나타내는 philos는 형용사로 '좋아하는, 사랑하는'의 뜻이었다. 이것을 어근으로 한 단어에는 philosophy(철학), philology(문헌학), philharmonic (음악을 좋아하는), philanthropy(박애) 등이 있으며, 또 Francophile(프랑스를 좋아하는 사람 ↔ Francophobe), bibliophile(책을 좋아하는 사람, 애서가)처럼 접미어로 쓰이는 경우도 많다.

- **Friendly society** 공제조합(benefit society), 상조회(a mutual aid society)

- **Friendly fire** 아군에 의한 오발
- **A cigarette friend** 애연가(a heavy smoker)
- **A friend at court** 높은 지위에 있는 친구
- **Philosopher's stone** 현자의 돌(비금속을 황금으로 바꾸는 힘이 있는 것, 즉 실현 불가능한 이상을 뜻한다)
- **Ph.D** Doctor of Philosophy의 줄임말, (인문계) 박사
- **You are a philosopher!** 너 참 잘 관두었다
- **Earth friendly** 자연(환경) 친화적인
- **Be friends with** …와 친해지다
- **Next friend** 소송대기인, 후견인
- **Dumb friend** 애완동물(pet)

●●●우리에게 널리 알려진 사람 Noble

귀족(noble)은 nobilis, 즉 '널리 알려진(well-known)' '유명한(famous, celebrated)'의 뜻을 가진 라틴어에서 비롯되었다. 귀족들은 세상사람들에게 잘 알려져 있기 때문에 처신에도 신경을 써야 한다. 그래서 이들은 보통사람들보다 높은 도덕적 의무를 져야 하는데, 그것을 'Noblesse Oblige(노블레스 오블리주, 귀족 신분에 따른 도덕적 의무)'라고 한다.

영어 noble은 프랑스어 noble을 그대로 차용한 단어이다. 주로 형용사로 쓰이며, 명사로는 nobility라고 한다. 귀족은 다음과 같은 5계급이 있다. Duke(공작, 부인은 Duchess), Marquis(후작, 부인은 Marquise이다. 영국에서는 Marquess라고 한다), Count(백작, 부인은 Countess라고 한다. 영국에서는 Earl, 프랑스는 Comte, 이탈리아는 Comte, 독일은 Graf라고 한다), Viscount(자작, 부인은 Viscountess), Baron(남작, 부인은 Baroness)의 순이다.

그 밑으로 신사계급(Gentry)으로 분류되는 Baronet(준남작)과 Knight(나이트작)가 있는데, 귀족은 아니지만 Sir(경)의 칭호를 붙인다. Baronet을 Knight와 구별하기 위해 Sir Issac Newton, Bart.라고 쓰며, 부를 때는 성(Newton)을 빼고 'Sir Issac'이라 한다. 그 부인에게는 dame이라는 칭호를 주고, 부를 때는 성을 빼고 이름 앞에 Lady를 붙인다.

- **Noble art** [science] 권투(boxing)
- **Danseur noble** 발레리나의 상대역 남자 무용수
- **On a noble scale** 굉장한 규모로 (계획하다)
- **Grand duke** 대공(大公)
- **Duke out** 서로 치고받다
- **An oil baron** 석유왕
- **Baron of beef** 소의 허릿살(filet mignon, 필레미뇽)
- **The Knight of the Round Table** 원탁(圓卓) 기사단

● ● ● ● 이발사와 의사는 동급 Barber

고대 이집트나 메소포타미아 국가에서는 이발사가 외과수술도 하고 치아도 뽑았다. 세계에서 가장 오래된 성문법인 『함무라비 법전(the code of Hammurabi)』에도 이와 같은 기록이 남아 있다. 고대 이발사들의 주임무는 수염을 다듬는 일이었다. 당시에는 수염이 권위를 상징했기 때문에 아무나 기르지 못했으며, 수염을 가지런히 다듬는 일은 대단히 중요한 일이었다.

기원전 1600년부터 등장한 이발사는 수염을 다듬는 것 이외에도 고혈압의 응급조치로 실시하는 방혈(放血; 정맥의 피를 뽑는 행위)과 간단한 외과수술 등 의사로서의 역할을 톡톡히 해냈다. 하지만 1804년 프랑스의 장 바버라는 최초의 전문 이발사가 등장한 이후로 이발사와 외과의사가 서로 다른 직종으로 갈라졌다. 이발사 겸 외과의사를 barber surgeon이라고 불렀지만, 이제는 돌팔이 의사로 뜻이 변질되었다.

오늘날 이발소임을 표시하는 파란색과 빨간색, 흰색의 나선형 줄무늬 기둥 간판(the barber's pole)은 원래 각각 '정맥'과 '동맥' '붕대'를 상징하는 것으로 일찍이 이발소가 외과수술까지 했음을 보여주고 있다.

이발사나 이발소를 가리키는 barber는 라틴어 barba(수염)가 어원인데, 고프랑스어 barbeor가 변해서 된 barbour를 13세기 말에 영어로 차용한 것이다. barber와 같은 어원을 가진 단어로 영어의 beard, 독일어의 Bart, 네덜란드어의 barrd 등이 있다. 또 얼굴에서 자라는 barber는 땅에서 자라는 잔디의 모습과도 비슷해 '잔디를 깎다(cut the grass)'라는 뜻도 가지고 있다.

수염은 자라는 부위에 따라 이름도 다양하다. 코밑수염은 mustache, 턱수염은 beard, goatee(염소수염), 구레나룻은 whiskers나 muttonchops 등이다. mustache와 whiskers가 연결된 수염은 burnsides라고 하는데, 미국 남북전쟁 당시 북군의 번사이드(Ambrose Burnside, 1824~1881) 장군의 이름에서 따왔다.

앰브로즈 번사이드 장군

- **Barber chair** 이발소 의자, 우주선의 좌석
- **Barber's itch** 모창(毛瘡, 기계독)
- **Barbershop** 이발소
- **Do a barber** 잘 지껄이다
- **A barbershop quartet** 남성 4부합창
- **Hairdresser** 미용사
- **Handlebar mustache** 팔자 수염

●●●만물의 척도 Foot

자(scale)가 발명되기 이전에 사람들은 대개 신체의 일부분인 손과 발을 이용해 사물의 길이를 측정했다. 큐빗(Cubit, 완척, 腕尺)은 라틴어 cubitum(팔꿈치)에서 비롯된 단위로, 팔꿈치에서 가운뎃손가락 끝까지의 길이(약 46~56센티미터)를 가리킨다. 일찍이 이집트에서는 왕의 팔길이를 기준으로 삼았다고 전한다. 이 단위는 14세기 초 영어로 흘러들어와 위클리프의 영역 『성경』에 처음 사용되었지만 19세기 말부터는 척도의 단위로 쓰이지 않았다.

팔꿈치 elbow는 고대영어 elnboga(팔꿈치)가 변화된 것이다. 접두어 eln은 13세기 중반 elne로, 14세기 초에는 elle, 그 후에는 어미 e가 탈락해 ell(엘, 알파벳 L자)이 되었으며, 접미어 boga는 bow(활)가 되었다.

큐빗 엘은 지금 척도의 단위로 쓰이지 않지만 foot, mile, fathom, span 등의 단위는 유용하게 쓰이고 있다. 1푸트(foot)는 약 30센티미터이다. 이 발로 천 걸음을 걸으면 1마일(mile)이 된다.

그런데 라틴어 mille passuum이라는 단어가 있다. 이것은 영어로 thousand paces, 즉 천 걸음을 말하는데, '천'을 뜻하는 라틴어 mille이 나중에 영어의 mile이 되었다. 그렇다면 1마일이 약 1,600미터이므로 로마시대 군인들의 한 걸음 보폭은 놀랍게도 1미터 60센티미터라는 계산이 나온다. 당시 군인들은 긴 다리를 가진 거인들이었을까? 물론 아니다. 왼발과 오른발이 각각 한 걸음씩 나아간 것을 한 걸음으로 계산했기 때문에 이런 수치가 나온 것이다.

발을 나타내는 단어들은 모두 인도유럽조어 pod와 ped에서 파생되었다. 독일어로는 Fuss, 네덜란드어 voet, 덴마크어 fod, 스웨덴어는 fot 등인데 게르만어 계통에서는 p음이 f음으로 변화되었다. 그러나 그리스어 pous와 라틴어 pes처럼 게르만어 계통이 아닌 것들은 음가를 그대로 간직하고 있다.

패덤(fathom)은 양팔을 옆으로 벌린 정도의 길이(6피트, 약 183센티미터)에서 비롯된 단위이다. 영미권 국가에서 수심을 측정할 때의 단위(sound)로 사용된다. 동사로 '수심을 측정하다' '간파하다' 라는 뜻도 가지고 있다.

스팬(span)은 한 뼘(9인치, 약 23센티미터)의 길이를 가리키는데, 16세기 말부터는 짧은 거리나 잠깐의 시간을 비유적으로 나타내기도 했다. 건축용어로 아치형 홍예(虹霓, 무지개)의 기둥 사이의 거리를 나타낼 때 쓰이기도 한다.

- **Footage** 피트로 잰 길이(영화 필름의 길이에 사용)
- **Give him an inch and he will take an ell** 한 치를 주면 한 자를 달라 한다
- **The span of life** 짧은 인생, 일생
- **Fathometer** 음향측심기
- **Life span** 수명

●●●행동의 거울 Manner

영국 신사와 프랑스 궁정생활에서 연상되는 단어는 뭐니뭐니 해도 매너(manners)이다. 이 매너의 어원은 라틴어 manus(손)이다. 이것이 고프랑스어로 들어갔다가 영어로 차용되면서 manner가 된 것이다. 처음에는 '손을 움직이는 방법'의 뜻으로 쓰이

수도원의 사자생

다가 나중에는 '방법' '태도'로 쓰이고 복수형은 '예의범절' '풍습'으로도 쓰이게 되었다.

서양 사람들은 손과 관련된 다양한 영어 낱말들을 만들어내기 위해 라틴어 manus를 어원으로 삼았다. manufacture는 '손으로 만들어진 것,' 즉 '수공업 제품'을 뜻하며 동사로 '제조하다'라는 뜻을 가지고 있다. manuscript는 '손으로 쓴 것,' 즉 '사본' '원고' '필사' 등의 뜻을 가진다. 인쇄술이 발명되기 이전에는 사람들이 일일이 손으로 적어 책을 만들었는데, 특히 중세시대에 『성경』을 필사하는 수도사들을 사자생(寫字生, ameriuensis, copyist)이라고 불렀다. 또 manual은 원래 '손에 쥐다'라는 뜻이며 형용사로는 '수중의,' 명사로는 '편람' '소책자'라는 뜻이다.

여성들의 손을 예쁘게 단장시키는 데 빼놓을 수 없는 매니큐어(manicure)는 프랑스어 manucure에서 차용해온 말인데, 이것은 라틴어 manus와 curare(관리하다)의 합성어이다. 가톨릭 사제가 미사 때 왼팔에 걸치는 수대(手帶) maniple도 라틴어 mani(손)와 pulus(조그만 수건)의 합성어이다.

손의 의미가 확연하게 드러나진 않지만 여전히 그 흔적이 남아 있는 단어로는 command(수중에 넣다 → 명령하다), demand(내놓다 → 요구하다), manage(손으로 인수하다 → 관리하다), recommend(누구의 손에 맡기다 → 추천하다) 등이 있다. 특히 manage는 이탈리아에서 유래된 단어로 처음에는 '손으로 말을 길들이다'라는 뜻으로 쓰였다. 그러다 후에 '전쟁을 이끌다,' 중상주의 시대에는 '가계를 꾸려나가다'로 쓰이다가 지금은 '관리하다' '먹다'라는 뜻으로까지 확대되었다.

- **Shark's manners** 탐욕
- **Manual alphabet** 농아의 수화(手話)문자
- **Win a lady's hand** 여자의 결혼 승낙을 얻어내다
- **Can you manage another?** 더 먹을 수 있어?
- **Manual training** 작업교육, 공작(工作)
- **Bimanual** 양손을 쓰는

- **Manufactured home** 조립식 주택(prefabricated house)
- **Manual dexterity** 손재주가 있음

●●●왼손잡이는 불길하다? Left

악수는 천상의 신이 지상의 지배자에게 권력을 수여한다는 의미가 담긴 동작이라고 전해진다. 이집트 상형문자에서 악수 그림이 표현하는 것도 같은 맥락이다. 미켈란젤로가 그린 바티칸의 '시스티나 성당' 천장 벽화에도 이런 악수의 의식이 반영되어 있다.

로마시대 때 악수는 사람들끼리 서로 해칠 의사가 없다는 의미의 몸짓이다. 주로 무기를 쓰는 오른손으로 악수를 하면 상대의 공격을 걱정하지 않아도 되었기 때문이다.

이런 오른손잡이들과 달리 왼손잡이들은 왼손으로 무기를 썼기 때문에 상황이 달라진다. 그래서 왼손잡이는 못 믿을 상대로 생각했으며, '불길한(inauspicious)'이라는 뜻의 라틴어 sinister를 '왼손잡이(a left-handed person, a left hander)'라 불렀다. 이후 오른쪽(right)은 '정의로운' '정상적인(normal)' '건강한(healthy)' 등 긍정적인 의미를 차지했으며, 왼쪽(left)은 '급진적인' '좌익의' 등 부정적인 의미로밖에 쓰이지 못했다.

이외에 왼쪽을 가리키는 말로 counterclockwise(영국에서는 anticlockwise)가 있다. '왼쪽으로 도는' '시계 반대방향으로 도는'이라는 뜻으로, clockwise는 그 반대이다. 여기에서 wise는 crosswise(십자형으로, 엇갈리게, 가로로)나 lengthwise(세로의, 기다란), crabwise(게처럼, 옆으로 기어서, 신중히)에서처럼 '방식(way)'이라는 뜻의 접미어로도 쓰였다.

미국의 야구장 구조는 투수의 왼손(left paw, paw는 익살스럽게 사람의 손을 뜻하기도 한다) 방향이 남향이 되는 곳이 많았기 때문에 좌완투수를 southpaw라 부르기도 한다.

이처럼 왼손잡이들은 오래전부터 내려온 편견 때문에 사회생활에서 큰 불편을 겪었다. 그래서 왼손잡이들의 권익을 보호하고 편견을 불식시키기 위해 '영국 왼손잡이협회'는 1992년 8월 13일을 '세계 왼손잡이의 날'로 정해 지금까지 다채로운 행사를 열고 있다.

그런데 하필 불길한 숫자 13일로 정했을까. 다행히 그날은 목요일이었다.

- **Sinister symptoms** 불길한 징후
- **Sinistrodextral** 왼쪽에서 오른쪽으로 움직이는
- **Dexter** 오른쪽의(↔ sinister)
- **Dextral** 오른쪽의, 오른쪽으로 감긴, 오른손잡이
- **Dextrous(Dexterous)** 솜씨 좋은, 영리한, 민첩한
- **Ambidextrous** 양손잡이의, 두 마음을 품은(deceitful)

●●● 인간의 정교한 능력을 계발시킨 Number

인류는 불을 이용하고 언어를 구사하며 수를 헤아릴 줄 알기 때문에 동물과 구별된다. 이 가운데 특히 수의 발명은 인간의 두뇌를 비약적으로 발달시켜주었다. 말을 배우기 훨씬 전부터 인간은 익숙한 물건을 수량적으로 인식할 줄 알았으며, 언어의 발달과 사용은 인간의 수량적 인식과 정교함을 확대시키는 데 결정적인 도움이 되었다.

'수(數)'를 나타내는 영어 number의 어원은 라틴어 numerus이다. 하지만 궁극적으로는 인도유럽조어 nem(나누다)까지 거슬러 올라가야 한다. 여기서 그리스어 nomos(법칙, 법)와 라틴어 numerus(수, 순서, 조화)가 파생되었다. astronomy(천문학), autonomy(자율, 자치), gastronomy(요리법), economy(경제) 등은 바로 그리스어 nomos를 어미로 삼은 단어들이다.

라틴어 numerus의 수단 · 방법을 나타내는 탈격형 numero(수에 따라, 순서대로)에서 프랑스어 nombre(수)가 나왔으며, 이후 13세기 후반에 영어권으로 들어오면서 number가 되었다. number보다 나중에 영어로 차용된 numeral(수사), numerous(다수의), enumerate(열거하다, 계산하다) 등은 'b'가 삽입되지 않은 옛 형태를 잘 유지하고 있다.

우리가 number의 생략형으로 쓰는 No.는 바로 라틴어 Numero의 약자이고 '순서대로 1'이라는 뜻이다. 하지만 지금은 '일인자(numero uno),' 조직의 '최고위층(top)' '최고품(supremacy)' '자기 자신(oneself)'이라는 뜻으로 다양하게 쓰인다. 약간 지저분한 이야기이지만 No.1은 어린이의 소변을 가리키며, No.2는 대변을 가리킨다. 우리식으로는 '대소변'이지만 서양식으로는 '소대변'인 셈이다. 그러면 No.3는 무엇일

까? 우리 영화 「No.3」에서는 '삼류 인
생'을 뜻했다. 하지만 미국에서는 코카
인(cocain)을 가리키는데, 이니셜 c 가 알
파벳 순서로 세 번째라는 이유에서다.
코카인에 의지해 살아가는 인생이 바로
삼류 인생이지 않을까 싶다. 이 밖에도
No.10은 런던 다우닝가 10번지(No.10
Downing Street)에 자리 잡은 '영국 수상
관저'를 가리킨다.

'다우닝가 10번지' 앞에서 입주식을 갖는
브라운 총리 부부

- **Numbers** 『구약성경』에서 모세5경 중 하나인 「민수기」
- **Make up by numbers** 수로(수의 우세로) 때우다
- **Numerate** 계산하다(caculate)
- **Numerous** 많은(many)
- **Enumeration** 셈, 계산(numeration)
- **Numerology** 수비학(數秘學)

●●●원래는 오후 3시 Noon

지금은 noon이 정오(正午, midday)를 가리키지만, 8세기 중반의 문헌에서는 로마식
으로 일출부터 9번째, 즉 오후 3시를 나타냈던 단어였다. noon은 라틴어 nona hora
에서 비롯되었는데, nona는 ninth, hora는 hour, 즉 '아홉 번째 시각'이라는 뜻이다.
이 단어가 기독교화되면서 현재의 6시경인 일출에서부터 1시간씩 계산하여 9번째
시각인 오후 3시가 바로 noon이 되었던 것이다.

초기 가톨릭 교회에서는 하루에 일곱 번 정시에 축복기도를 올렸는데, 이를 성무
일도(聖務日禱)라고 한다. 특히 제9시에 드리는 5번째 축복기도는 매우 중요하게 여겼
다. 『성경』에는 예수 그리스도가 십자가에 못 박혀 돌아가실 때 제6시(현재의 12시)부
터 제9시(현재의 오후 3시)까지 온 천지가 칠흑같이 어두웠다고 전한다. 곧 제9시가 되
자 예수 그리스도는 "Eloi, Eloi, Lama Sabachthani?(나의 하느님, 나의 하느님, 어찌하여 나를

버리시나이까?"라고 외치며 숨을 거두었다고 한다.

이런 연유에서 성직자들은 오후 3시의 기도를 각별히 여긴 것이다. 시간이 흘러 14세기 중반에 이르자 noon이 슬그머니 12시로 옮겨졌다. 정확한 이유는 문헌상에 나와 있지 않은 까닭에 그저 추측할 도리밖에 없다. 당시 성직자들은 오후 3시의 기도가 끝난 뒤 점심을 먹었는데, 해가 뜨자마자 아침식사를 했기 때문에 점심식사 때까지 기다리는 시간이 너무 길어 무척 배가 고팠을 것이다. 그래서 신에 대한 경배도 좋지만 우선 배가 불러야 진지한 기도가 나오리라고 생각했던 모양이다.

어느새 noon은 암묵적이지만 압도적인 지지를 받아 12시로 옮겨졌다. 이때부터 noon은 '정오'를 뜻하게 되었으며, forenoon은 '오전'을, afternoon은 '오후'를 가리키게 되었다.

현재 정오는 고대 로마식으로 따지면 제6시, 즉 'sexta hora'이다. 이 sexta는 나중에 스페인어 siesta(낮잠, 휴식)가 되었고, 17세기 중반에 영어로 들어와 '오후의 낮잠이나 휴식(nooning)'을 뜻하게 되었다.

- **The noon of life** 장년기
- **As clear as noonday** 아주 명백한
- **Noon basket** (점심) 도시락(lunchbox)
- **Take one's nooning** 점심을 먹다(take lunch), 휴식을 취하다(rest)

●●●잘게 나누어진 시간 Minute

시간의 단위로는 시(hour), 분(minute), 초(second)가 있다. 이것은 1시간 = 60분 = 3,600초로 60진법으로 이루어져 있다. 이 중에서 minute의 어원은 그리스의 천문학자이자 수학자로 '천동설(the geocentric theory)'을 주장한 프톨레마이오스가 각도의 60분의 1을 가리키는 그리스어를 라틴어로 번역한 minutia(작은 것, 적은 것)이다. minute는 처음에 각도의 단어로 쓰이다가 나중에는 시간의 단위로도 쓰이게 되었다.

분(分)을 가리키는 minute와 같은 단어로 '세밀한'이라는 뜻의 minute(마이뉴트)는 발음이 전혀 다르지만 모두 '작다'를 뜻하는 라틴어에서 파생된 이중어(二重語)이다.

여러 가지 음식이 자세히 적힌 식당의 차림표(menu)도 같은 어원을 가지고 있다. 독일에서는 차림표를 말할 때 Menu(정식)보다는 Speisekarte라는 단어를 많이 쓴다.

초(秒)를 가리키는 second는 라틴어 secundus(뒤따르다)가 프랑스어 second로 변한 것을 영어로 차용한 것이다. minute가 라틴어 pars minuta prima(첫 번째의 분)에서 나왔기 때문에 second는 second minute, 즉 '두 번째의 분 = 초'가 되었던 것이다.

이 밖에 second는 두 번째를 뜻하는 말로 많이 쓰이고 있다. 예를 들어 야구에서 2루, 복싱에서 선수의 트레이너, 운송 수단의 이등석, 펜싱에서 후속동작 등 다양한 분야에 퍼져 있다.

서수(ordinal number)는 라틴어 ordinalis에서 비롯된 단어인데, 여기서 파생된 order는 현대영어의 other로 변형되어 '또 다른'이라는 뜻으로 쓰이고 있다.

- **In a minute** 당장, 즉시
- **By the minute** 시시각각으로
- **Up to the minute** 최신의(up to date)
- **Minute particles** 미립자
- **Minute diffrences** 사소한 차이
- **Ptolemaic** 천동설의(→ Copernican 지동설의)
- **Second self** 아주 친한 친구
- **In a second** 순식간에
- **A good second** 1등이나 다름없는 2등
- **Every other day** 하루 걸러서
- **The other day** 며칠 전에

●●●술이 전혀 없는 곳 Bar

1920년대 미국에서는 금주법이 시행되어 그 덕분에 칵테일이 상당한 인기를 얻기 시작했다. 이 칵테일을 파는 곳이 바로 '칵테일 바(cocktail bar)'이며, 여기서 손님과 대화를 나누면서 온갖 칵테일을 만들어주는 사람을 bartender(미국), 또는 barman(영국)이라고 부른다. 여기서 bar는 술과 전혀 관계가 없다.

Bar는 라틴어 barra(막대기)가 고프랑스어로 들어가 barra(빗장)가 된 뒤, 영어로 차용된 말이다. '통행이나 출입을 통제하는 방책(防柵)'이라는 뜻으로 쓰였지만, 오늘날에는 barrier(장벽, 울타리)로 쓰이고 있다. 이후 bar는 검문소에 설치된 '가로막'의 의미로 사용되었다.

동사형 embarrass는 '어리둥절하게 하다, 방해하다'라는 뜻이다. 말을 타고 가다 갑자기 가로막이 내려오면서 말이 놀라 멈칫하는 상황을 머릿속에 그려보면 쉽게 짐작할 수 있을 것이다. embarrass는 17세기 후반 프랑스에서 들어온 단어로, 어원은 이탈리아어 in(속으로) + barra(막대기) = inbarazzo(속에 막대기를 두다)이다.

점차 bar는 가정집 '대문'이나 '빗장'의 뜻으로 쓰이기 시작했으며, 동사로 '빗장을 지르다' '문단속을 하다'라는 뜻으로도 쓰였다. 지금도 영국의 런던에서는 서쪽 입구를 'Temple Bar'라고 부른다. 이 문은 1666년 '런던 대화재' 이후에 세워진 문으로 반

역자나 죄인의 목을 잘라 매달아 놓았던 곳이다. 한 나라의 국왕일지라도 런던 시장의 허가증이 있어야 들어갈 수 있었던 런던 자치시의 정문이었다. 지금도 여전히 엘리자베스 여왕이 런던 시로 들어올 때 시장의 허가를 받는 전통적인 의식을 거행하고 있다. 아쉽게도 1879년에 문이 헐려 그 자리에 기념비만 남아 있다.

또 법정에서 재판관과 피고 사이에 놓인 난간의 뜻으로 쓰이면서 법정용어로 자리를 잡았고 14세기 초에는 '법정(court)'으로 승격되었다.

템플 바

우리가 흔히 알고 있는 술집의 뜻으로 쓰이게 된 것은 16세기 말부터이다. 20세기에 들어서는 호텔과 커피숍, 경양식을 파는 '스넥바(a snack bar)'에 이르기까지 쓰임새가 확대되었다.

- **A bar to happiness** 행복의 장애
- **Cross the bar** 죽다(die)
- **At bar** 공개 법정에서
- **Behind bars** 옥중에서
- **Practice at the bar** 변호사를 개업하다

- **Civil court** 민사 재판소
- **Criminal court** 형사 재판소

●●●●제2의 천성 Habit

우리는 보통 '습관'이라고 하면 영어로 habit와 custom을 쓴다. 하지만 두 단어의 쓰임새는 약간 다르다. habit는 개인적인 습관을 뜻하지만, custom은 사회적 · 집단적 관행이나 관습을 나타내기 때문이다. habit는 '지니다, 보유하다'를 뜻하는 라틴어 habere(to have, hold)의 명사형 habitus에서 비롯되었다.

'가지고 있는 것, 지니고 있는 것'은 이미 단어 속에 '의복'이나 '습관'의 뜻이 담겨 있었으며, 이것이 고프랑스어로 흘러 들어갔다가 다시 영어로 들어와 '의복(dress)'을, 특히 '수도사들이 입는 옷'을 뜻하게 되었다.

라틴어 habere에서 파생된 영어로는 ex(밖으로) + habere(지니다) = exhibit(전시하다), in(속으로) + habere(지니다) = inhibit(억제하다), pro(앞의) + habere(지니다) = prohibit(금지, 방해하다) 등이 있다. habere에 접두사 de(떨어져 있는)가 붙은 debita(부채)가 고프랑스어의 dette가 되었다. 이것이 처음에 영어로 들어올 때는 프랑스어 그대로 dette로 쓰였지만, 나중에 라틴어의 원형(debiteur 채무자)을 의식해 b를 집어넣음으로써 지금의 debt(빚, 채무)가 되었다. 하지만 당시에 b의 발음을 확정하지 않아 지금까지도 b는 묵음으로 남아 있다.

able(…할 수 있는, 유능한)과 명사형 ability(능력)도 habere의 어두 h가 탈락되어 고프랑스어로 들어갔다가 영어로 들어왔기 때문에 서로 다르게 보일지 모르겠지만 역시 똑같은 어원을 가진 단어이다.

라틴어 consuescere(익숙해지다)가 어원인 custom은 고프랑스어 custume(익숙해진 복장)이 되었다. 중세시대에는 계급과 직업, 지역에 따라 옷이 달랐기 때문에 입고 있는 옷만 보면 그 사람의 배경을 알 수 있었다. 이 단어가 영어로 들어오면서 costume(복장)이 된 것이다.

복수형 customs는 '관세'를 뜻하는데, 이는 중세시대에 시장의 상품에 영주가 세금을 부과했던 관습에서 비롯된 것이다. 어미에 er(행위자)을 붙인 customer가 영어로 들어왔을 때는 '세리(稅吏)'로 불렸고, 뇌물을 바라는 세리처럼 뻔질나게 자주 찾아온다는 뜻에서 유래된 '고객' '단골'이라는 뜻으로 변하게 되었다. 더구나 다루기 힘들고 보기 싫은 사람(fellow)에게도 customer라고 부르는데, 앞에서 언급한 세리의 이미지가 반영된 것이다. 이 custom에 접두어 a(…으로)를 붙이면 accustom(익숙해지다)이라는 동사가 된다.

- **A monk's habit** 수도복
- **Liquor habit** 음주벽, 술버릇
- **A man of corpulent habit** 비만체질
- **Early habits** 일찍 자고 일찍 일어나는 습관
- **Habit is a second nature** 습관은 제2의 천성이다
- **Custom made** 맞춤의(↔ ready made 기성품의)
- **Custom office** 세관
- **Costume ball** 가장무도회(fancy dress ball)
- **Habitue** 단골 손님
- **As is one's custom** 여느 때와 다름없이(usually)

●●●바람의 눈이자 눈의 구멍 Window

'창문'을 뜻하는 window는 고노르드어 vindauga에서 차용해온 단어이다. 즉, vindr(바람) + auga(눈) = '바람의 눈'이라는 뜻인데, 추운 지방에서 살았던 고대 게르만족의 창문은 지금처럼 크지 않았음을 짐작할 수 있다. 이후 vindr는 영어 wind(바람)와 독일어 Wind(바람)로 형태가 변화되었고, auga는 독일어 Auge(눈)로 굳어졌다. weather(폭풍 → 날씨)와 wither(시들다, 시들게 하다)도 wind에서 파생되었으며, 라틴어 ventus(바람)를 어원으로 하는 vent(통풍구)나 ventilation(통풍, 공개토론)도 모두 window와 같은 계통의 단어들이다.

Window가 영어로 들어오면서 창문의 뜻으로 쓰이고 있던 고대영어 eagthyrel의 자리를 대신 차지했다. eag는 눈을, thyrel는 구멍을 뜻했는데, eag는 영어의 eye가 되었고 thyrel은 nosu(코) + thyrel(구멍) = nostril(콧구멍)이라는 복합어의 어미에 흔적을 남겼

다. thyrel의 동사 thylian(구멍을 뚫다)은 thrill(오싹하게 하다, 소름끼치다, 전율, 떨림)로 변했다. 구멍 뚫는 것을 머릿속에 그리다 보면 소름이 끼쳐 온몸에 찌릿찌릿한 느낌이 들기 때문에 뜻이 변했을 것이다.

한편, 1483년의 어떤 책에는 fenestras와 wyndowes가 '창(窓)'의 동의어로 나와 있다. 이는 당시에 window 이외에도 라틴어 fenestra(창)에서 유래된 fenestras가 창으로 쓰였음을 보여준 것이다. 이것이 나중에 독일어로 차용되면서 Fenster(창)가 되었지만, 영어에는 fenestrate(창이 있는), fenestra(천공, 창)와 fenestella(작은 창) 그리고 de(off)라는 접두어가 붙은 defenestration(창밖으로 내던지기)에 겨우 흔적이 남아 있다.

창문은 고대 게르만족에게는 '바람의 눈,' 앵글로색슨족에게는 '눈의 구멍'이라는 뜻이었다. 우리에겐 '눈은 마음의 창'이라는 말이 있는데, 서양도 마찬가지였던 모양이다. 한자로 창(窓)은 穴(구멍)과 心(마음)을 합쳐서 만든 글자이다. 동양과 서양 가릴 것 없이 구멍이라는 뜻이 들어 있음은 우연이 아닌 것 같다.

- **He has all his goods in the window** 그는 겉치레뿐이다
- **Wind bell** 풍경(風磬)
- **Wind band** 취주악대, 군악대
- **Throw the house out at window** 엉망진창으로 만들다
- **Find out where the wind blows** 여론의 동향을 살피다
- **Give vent to** 누설하다
- **The green eye** 질투의 눈
- **Big thrill!** 거, 참 감격스럽군!(비꼬는 말)

●●●조그만 천 조각 Toilet

화장실을 뜻하는 영어 단어에는 toilet, W.C, bathroom, lavatory 등이 있다. 이 중에서 toilet은 프랑스어 toilette이 16세기 중반에 영어로 들어온 것이다.

프랑스어 toilette는 toile(아마포, 천)에 '작게 하다, 순하게 하다'라는 뜻의 ette가 붙어 천조각'을 뜻했다. 현대 프랑스어에서도 보자기, 화장대, 의상 등을 가리킨다. 영어도 마찬가지로 처음에는 손발을 닦는 타월(towel)과 동의어로 쓰다가 17세기부터 화

장대, 화장이라는 뜻으로 바뀌었다. toiletry(set)가 비누·치약 등 세면용품을 포함한 화장품을 뜻하는 것도 바로 이 때문이다. 이후 toilet는 화장실이라는 의미로 쓰이기 시작했고 변기는 toilet bowel이라고 불렀다. W.C는 water closet, 즉 수세식 화장실을 말한다. 이는 17세기부터 대도시에 물로 씻어 내리는 장치가 보급되면서 생긴 단어이다. 이전에는 오물을 요강에다 담아 무조건 밖으로 내던졌다. 떨어지는 이 오물을 맞지 않으려고 사람들이 생각해낸 것이 바로 망토이며, 오물이 상습적이고 다량으로 버려지는 곳을 표시해둔 팻말이 오늘날 예의범절을 뜻하는 에티켓(etiquette)이었다.

일반 가정의 화장실을 영국에서는 lavatory라고 하지만, 미국에서는 bathroom을 많이 쓴다. lavatory는 세면장·화장실이고, bathroom은 욕실이라는 뜻인데, 거기에 대부분 변기가 있기 때문에 완곡한 표현이 가능해진 것이다. 공공장소나 호텔에 있는 화장실을 lavatory라고도 한다. 여기에는 반드시 Men과 Women, 또는 Gentlemen 과 Lady라는 단어나 일러스트로 남녀 구분을 해주기 때문에 외국인들이 실수하는 경우가 거의 없다. 한때 미국에서 흑백 갈등이 심했던 시절에는 이러한 표시 이외에 백인 전용 화장실을 뜻하는 'for White Only'라는 한심한 팻말도 자주 볼 수 있었다.

- **Make one's toilet** 화장하다
- **Succession bath** 냉온 교대 목욕
- **Have a bathe** 해수욕하다
- **Bathing beauty** 수영복 차림의 미인
- **I am busy at my toilet** 난 화장하느라 바빠

●●●죽는 것도 가지가지 Die

주변 사람들 가운데 건강을 무척 생각해 도가 지나칠 정도로 챙기는 이가 있었다. 오후 10시에 잠자리에 들어 오전 6시에 일어나 운동을 한 다음 생식(生食)을 하고, 휴식을 취하다가 오후에는 헬스 클럽에서 신체를 단련하는 것이 그의 일과였다. 그러던 어느 날 그가 난데없이 교통사고로 세상을 떠나고 말았다. 사람은 아무리 자기 관리를 철저히 해도 죽기 마련이다.

영어로 '죽다, 세상을 떠나다'는 die이다. die 이외에도 pass away(완곡한 표현), decease(법률적 표현) 등이 있다. die는 고노르드어에서 차용해온 단어이다. 고대영어에서는 형용사 dead와 명사 death는 있었지만 동사형은 없었다. 대신 steofan(굶어 죽다)과 sweltan(더워서 죽다)을 동사로 사용하고 있었다. 그런데 노르만인이 가져온 die가 dead나 death와 형태가 비슷했기 때문에 금방 steofan과 sweltan을 밀어내고 동사로 자리 잡게 되었다.

이후 steofan은 영어의 starve, 독일어의 sterben의 형태로 굳어졌는데, starve는 '굶어 죽다'는 의미와 함께 '몹시 배고프다'로 뜻이 대폭 축소되었다. 또한 sweltan도 '더워서 죽다'로 쓰이다가 swelter로 단어형태가 바뀌면서 '더워서 지치다'라는 뜻으로 변해 직접적인 죽음과 거리가 멀어졌다.

이러한 현상은 die도 마찬가지이다. I'm dying for a camera(나는 카메라가 몹시 갖고 싶다), The sad scene was died down(슬픈 장면이 사라졌다) 등에서처럼 die도 이제는 죽음의 의미와 거리를 두고 있다. 과학과 의학의 발달로 인간의 평균수명이 늘어나자 죽음에 대한 생각을 소홀히 하거나, 삶에 대한 애착이 강해지는 등의 의식이 언어에 반영된 현상인지도 모른다.

인간은 유한적 존재이므로 누구나 죽는다. 다만 언제 죽을지 모를 뿐이다. 우리는 오로지 Never say die!(낙담하지 마! 또는 제발 힘 좀 내!)라고 말할 수 있을 뿐이다.

- **Die hard** 좀처럼 죽지 않다(영화 제목), 끈질긴(diehardism = 완고한 보수주의)
- **Die in** 드러눕는 시위행동
- **Die to the world** 속세를 버리다
- **The engine is starve of fuel** 연료가 떨어지다
- **In a swelter** 땀투성이가 되어, 흥분하여

◦ ◦ ◦ ● 고통스러운 것 Pressure

Pressure(압박, 압력)의 어원은 라틴어 pressus이다. 14세기 말 영어로 차용되었을 때는 '고통, 고난'이라는 종교적 의미로 쓰였다. 이후 15세기경부터 '압박'이라는 의미

로 변했으며, '이성의 시대'라 불리는 17세기 말부터는 자연과학의 발달에 영향을 받아 '물리학적 압력'을 뜻하게 되었다. 그래서 'the pressure of air(공기의 압력)'이라는 말이 1660년에 처음 등장했다.

Pressure의 동사 press(누르다)는 고프랑스어 presser(누르다)에서 차용해온 것으로, 라틴어 동사 pressare(고통을 당하다)에서 비롯된 단어이다. press가 처음 영어로 쓰일 때는 '힘주어 밀다'라는 뜻이었는데, 여기에 각종 접두사가 붙어 다음과 같은 다양한 표현들이 선보였다.

com(함께) + press(밀다) = compress(압축하다, 요약하다)

de(…로부터) + press(밀다) = depress(낙담시키다)

ex(밖으로) + press(밀다) = express(표현하다)

in(속으로) + press(밀다) = impress(인상을 주다)

re(다시) + press(밀다) = repress(억제하다, 억누르다)

sub(밑으로) + press(밀다) = suppress(억압하다, 진압하다)

구텐베르크의 인쇄기

특히 express는 '급행의, 명백한'이라는 형용사의 뜻도 있는데, 1841년에는 special train(급행열차)을 대신해 express train이라는 단어를 사용했다.

Press는 동사 이외에 명사로도 쓰인다. 처음에는 '절박함'의 뜻이었는데, 1454년 독일의 마인츠에서 구텐베르크(Johannnes Gutenberg, 1397~1468)가 납을 녹여 주형으로 만든 활자에 잉크를 묻혀 종이에 찍는 '활판 인쇄술'을 발명한 이후 1535년에는 '인쇄기'라는 단어가 추가되었다. 이후 신문이 대중화되자 '신문'이란 뜻이 추가되었고, 20세기에 들어서부터는 '언론계'라는 뜻으로도 쓰이고 있다.

• Financial pressure 재정난

- **Pressure of the times** 불경기
- **Freedom of the press** 언론 · 출판의 자유
- **Press home** 강조하다(emphasize)
- **Press-run** (신문, 잡지) 발행 부수
- **Pressure group** 압력 단체

●●● 항상 돈을 조심하라 Money

돈은 인간에게 가장 유용한 발명품 가운데 하나이지만, '청색 악마'라는 별명도 가지고 있다. 원시시대 때 인간은 화폐의 대용품으로 가축, 소금, 치즈, 가죽, 조개 껍질, 담배 등을 사용했다. 특히 로마시대에는 소금(salarium)을 급료로 주었는데, 여기서 봉급(salary)이라는 단어가 유래되었다('Salt' 항목 참조). 그리고 여러 지역에서 소(cattle)를 돈 대신 사용하면서 여러 가지 단어들이 파생되었다. 라틴어 pecus(소, 가축)에서 파생된 pecuniary(금전상의, 재정상의), chattel(동산)이나 capital(자본)도 소(cattle)에서 파생되었다. 또 fee(수수료)도 고노르드어 fe(소)에서 비롯되었다. 오늘날 영어로 동전의 앞뒤를 각각 '머리'와 '꼬리'라고 말하는 것도 바로 이러한 의미를 따른 것이다.

최초로 주화를 만들어 사용한 나라는 리디아이다. '역사의 아버지' 헤로도토스는 『역사(Histories)』에서 "리디아인들은 금과 은을 화폐로 주조하여 사용한 최초의 민족이다"라고 기록했다. 이들은 금 80퍼센트, 은 20퍼센트를 섞어 그 합성물을 '엘렉트럼(eclectrum)'이라고 불렀는데, 이것이 바로 세계 최초의 주화이다.

리디아의 '엘렉트럼'

영어로 동전은 coin, 지폐는 paper currency라고 하지만 일반적으로 돈(화폐)은 money라고 부른다. 이것은 그리스의 헤라(Hera) 여신에 해당하는 로마 최고 여신 유노(Juno)를 모시는 신전 '유노 모네타(Juno Moneta)'에서 따온 말이다. 신전의 이름에 라틴어 동사 monere(to warn 조언하다, 경고하다)의 명사형 moneta(조언자)가 붙은 까닭은 유노가 '여성과 결혼의 수호신'이었기 때문이다. 남자

고르는 법을 한 수 지도해주었으니까 말이다.

바로 이 신전에서 기원전 268년 로마 최초의 주화와 은화가 주조된 덕분에 moneta는 '주조소' '화폐'라는 뜻으로 쓰이게 되었다. 이후 고지독일어의 Moneten(gelt)과 고프랑스어의 monnaie(argent)가 moneta에서 갈라져 나왔으며, 고프랑스어 monnaie는 13세기 중반 영어로 들어오면서 money가 되었다. 라틴어 moneta는 이미 8세기 초에 또 다른 경로를 통해 영어로 그대로 차용되어 mynt가 되었다. 이것이 근대영어로 mint가 되어 '경화(硬貨)'의 뜻으로 쓰이다가 지금은 '조폐국'과 '거액'이라는 뜻으로 쓰이고 있다.

한편, 라틴어 동사 monere에서 파생된 또 다른 영어로는 monitor(TV · 라디오 모니터, 감지용 수상기), monster(괴물), monition(경고), admonition(훈계), summon(소환하다) 등이 있다. 괴물은 신이 인간에게 경고의 의미로 보낸 존재이며, 돈은 신중하게 다루어야 한다. 따라서 '괴물'과 '돈' 모두 '경고'와 밀접한 관계가 있음을 짐작할 수 있다.

- **Appearance money** 출장 사례금
- **Beer money** 팁, 남편의 비밀용돈
- **Money crop** 환금 작물(cash crop)
- **Money box** 돈궤(cash box), 금고, 저금통
- **Money for jam** 노다지
- **Marry money** 부자와 결혼하다
- **What's the money?** 얼마예요?(How much does it cost?)
- **He had lost both capital and interest** 그는 이자는 물론 원금까지 잃었다
- **Capital punishment** 사형(the death penalty)

●●● 밀을 빻으면 하얗다 Wheat & White

'흰색'을 뜻하는 white와 '밀'을 뜻하는 wheat는 같은 어원에서 유래되었다. 밀을 제분하여 나온 하얀 밀가루를 보면 금세 수긍이 간다. white는 산스크리트어 sveta(밝은)에서 나온 고지독일어 hwiz(하얀)가 고대영어로 들어오면서 hwiz로 되었다가 중세부터 지금의 형태를 유지해왔다. wheat도 고지독일어 hwizzi가 중세영어로 들어오면

서 whete가 되었으며, 이후 wheat로 자리 잡게 되었다.

White는 black에 대비해서 백인이라는 뜻으로도 쓰이며, 순백의 이미지를 갖고 있다. 라틴어 albus(하얀)에서 비롯된 albino도 흰색이라는 뜻을 담고 있어 '흰둥이'나 '동식물의 백변종(白變種)'을 뜻한다('White' 항목 참조).

- **(As) white as a sheet** 〔cloth, ghost〕 백지장 같은, 아주 창백한
- **(As) white as snow** 〔milk, chalk〕 새하얀, 순백의, 결백한
- **In the white** 흰 바탕 그대로의, 미완성 상태의
- **A white space** 여백
- **Mark with a white stone** 대서특필하다
- **Wheat belt** 밀 생산 지대

●●●소금은 로마시대의 봉급 Salt

소금은 인간 생명의 유지에 아주 중요한 물질이다. 더구나 아주 오래전부터 중요한 상업의 대상이었기 때문에 유럽에서는 국가가 개입할 정도였다. 또 종교적으로도 소금은 매우 신성시되었다. 특히 기독교에서는 독실한 신도의 좌우명을 '빛'과 '소금'으로 비유할 만큼 성스러운 것으로 여겨왔다.

소금은 사회의 변화에도 지대한 영향을 미쳤다. 로마제국 시대의 독일처럼 소금이 부족한 곳에서는 적절히 분배할 필요가 있었기 때문에 억압통치를 할 수밖에 없었고, 영국에서 자유와 민주주의가 발전할 수 있었던 것은 소금이 풍부했기 때문이라는 설까지 나올 정도였다.

소금은 인도유럽조어 sal에서 비롯되어 라틴어 sal, 프랑스어 sel, 독일어 Salz, 영어 salt, 그리고 슬라브어 sol에 이르기까지 형태가 거의 비슷하다. 특히 라틴어 salarium은 로마시대에 병사에게 지불했던 agentum salarium(은화를 대신하는 소금)에서 알 수 있듯이 '급료'의 뜻을 가지고 있었다. 여기서 salarium이 고프랑스어로 차용되었다가 영어로 들어와 지금의 salary(봉급)가 되었던 것이다. 우리가 보통 '월급쟁이'를 영어로 salaryman이라고 부르는 것은 일본식 영어이며, 영어권에서는 office worker라고 부른다.

로마시대에는 로마와 아드리아 해안의 도시 트론토(Tronto)를 잇는 가도가 있었는데, 이것을 소금길(Via Salaria)이라 불렀다. 음악의 신동 모차르트의 고향 오스트리아의 잘츠부르크(Salzburg)는 바로 '소금의 산'이라는 뜻으로, 이곳에서 일찍이 암염(岩鹽)이 채굴되어서 붙여진 이름이다.

라틴어 sal에서 유래된 영어로는 salad(샐러드), salami(살라미 소시지), saline(염분이 있는, 염전, 염수) 등이 있다. sauce(소스)와 sausage(소시지)도 어원이 같지만, 이것들은 고프랑스어로 들어갔다가 영어로 차용되면서 l이 탈락한 경우이다. 특히 salad는 라틴어 sal에서 변형된 salata(소금으로 맛을 낸 것)가 고프랑스어로 차용되고, 다시 영어로 들어오면서 '채소 요리'로 뜻이 바뀌었다. 로마시대 때에는 사람들이 채소를 소금물에 절여서 먹었기 때문이다.

- **Rock salt** 암염(halite)
- **Attic salt** (wit) 점잖은 재담(기지)
- **Salt and pepper** 마리화나(미국의 속어)
- **Worth one's salt** 급료 값을 하는
- **Salt away** 소금에 절여두다, 안전하게 투자하다
- **Be true to one's salt** (주인을) 충실히 섬기다
- **Talk full of salt** 재치가 넘치는 이야기를 하다
- **In one's salad days** 풋내기 시절
- **I have not a sausage** 나는 빈털터리이다
- **Hunger is the best sauce** 시장이 반찬이다

●●●미국의 386세대 Yuppie

Yuppie라는 단어는 1984년 〈타임〉지에 처음 등장했다. '도시에 살면서 전문직에 종사하는 중산층 젊은이,' 즉 'Young Urban Professional'의 이니셜 YUP와 '정치색이 짙은 반체제 젊은이' yippie의 합성어이다. 여기서의 yippie는 young international party(청년 국제당)와 hippie(히피)의 합성어이다.

'여피'는 1960년대 세대상을 구체적으로 반영한 사회학 용어로 '히피'에서 영향을 받은 것이라 할 수 있다. 히피는 인습적인 가치관을 거부하고 자유의 철학과 자유연

대 그리고 자유로운 환각제 사용을 신봉했다.

'히피'는 1950년대에 '평화와 사랑'을 상징하는 꽃을 꽂고 다녀 붙게 된 '플라워 차일드(flower child 또는 flower people)'라는 말과 함께 등장했다. hip이라는 단어는 자의식이 너무 강하거나 인습에 사로잡히지 않는 스타일의 선봉에 서고 싶은 사람들을 비웃는 말인 hipster(유행에 민감한 사람, 먼저 새로운 지식을 받아들이는 사람, 소식통)에서 나온 말이다. 이것은 '엉덩이'와 '우울'이라는 뜻 말고도 '정통한' '세련된'이라는 형용사로도 쓰이고 있다.

여피와 비슷한 말로 '염피(Yumpie, Young Upwardly Mobile People 상승 지향성의 젊은이)'가 있는데, 발음하기가 어려워 지금은 거의 쓰이지 않는다.

● ● ● 팬티가 아닌 바지 Pants

미국 사람들은 바지를 pants, 영국에서는 trousers라고 한다. 여기서 잠깐 속옷의 용어를 정리해보자. panty는 여성이나 어린이용 속옷, under pants는 남성용 속옷, drawers는 일반적인 속옷을 뜻한다. pants는 pantaloons(판탈롱)에서 유래되었다. 19세기 말과 20세기 초까지만 해도 pantaloons은 trousers와 같이 쓰였지만, 19세기 중반부터 일반화되기 시작하여 20세기에 들어서부터는 pantaloons의 줄임말 pants가 완전히 바지의 의미로 자리 잡았다.

Pants의 모태인 pantaloons은 14세기에 내과의사로 활약했던 '판탈레오네(San Pantaleane)'에서 따온 말이다. 그리스어 pan(모든)과 lean(사자)의 합성어인 그의 이름은 '아주 용감한'이라는 뜻을 담고 있지만, 이탈리아 희극에서는 베네치아에 사는 나이든 호색한으로 자리매김했다. 주인공 판탈레오네는 테 없는 모자와 정강이 부분이 좁은 지저분한 바지를 입었는데, 그의 이름을 따서 바지에 판탈롱이라는 명칭을 붙인 것이다.

- **Catch a person with a person's pants down** 불시에 습격하다
- **Piss (Shit) one's pants** 기겁을 하다
- **Beat the pants off** …을 철저히 패배시키다

- **Wear the pants** (가정에서) 주도권을 쥐다
- **To get into one's pants** 육체관계를 맺다
- **Fancy pants** 멋쟁이

●●●●접시는 원래 평평한 것 Plate

접시의 종류에는 dish(조금 깊고 큰 요리 접시), saucer(커피잔 받침 접시), plate(dish에서 음식을 덜어 먹을 수 있는 밑이 평평한 옆접시) 등이 있다. 하지만 총칭으로 말할 때에는 대개 dishes(식기류)라고 한다.

평평한 접시를 가리키는 plate는 그리스어 platys(넓은, 큰)에서 차용한 라틴어 plattus(평평한, 넓은)가 고프랑스어 plat(plateau)로 되었다가 영어로 차용된 것이다. '접시' 이외에도 '금속판' '간판' '판유리' '헌금 접시' 등 평평함의 뜻을 가진 다양한 단어로 쓰이고 있다.

Plate에서 파생된 plateau(고원, 대지, 큰접시, 위가 납작한 여성용 모자, 안정기)도 고프랑스어에서 그대로 차용해온 것이다. 'Balance' 항목에서 알 수 있듯이, 라틴어 어원인 bilanx(두 개의 접시)의 lanx도 plate와 같은 뜻이다. 이 plate의 형용사형은 plane(평평한)이다.

- **Argentine plate** 양은(洋銀)
- **Side dish** 곁들이는 요리
- **Dishcloth** (영국의) 행주(미국은 dish towel)
- **Flying saucer** 비행접시(UFO는 Unidentified Flying Object의 약자로, '미확인 비행물체')
- **I have a lot** (enough) **on my plate at tonight** 오늘 밤 난 할 일이 많아
- **Plane iron** 대팻날
- **I put up my plate on ILSAN** 나 일산에서 개업했어

●●●●산책길에서 쇼핑센터로 Mall

젊은이들이 공원이나 교외를 산책하는 것을 cruising(stroll)이라고 한다. go cruising은

'이성을 꼬드기러 가다'라는 뜻으로도 많이 쓰인다. 이러한 모습은 mall이라는 단어가 처음 등장한 17세기의 영국으로 거슬러 올라간다. 런던 '세인트 제임스 공원(The St. James Park)'은 나무가 울창한 산책로로 유명하다. 나무가 울창한 산책로를 바로 mall이라고 하며, 멋쟁이 신사들과 상류층 부인들이 가장 많이 모이는 시간대를 high mall이라고 불렀다. 원래 이 공원의 산책로는 pall-mall(또는 줄여서 mall)이라는 게임을 하던 길고 좁은 길이었다. pall-mall은 나무공을 망치로 쳐서 좁은 길의 끝에 매달아 놓은 철제 고리를 통과시키는 것으로, 요즘의 게이트 볼(the gate ball)과 비슷한 게임이었다.

Pall-mall은 이탈리아어 balla(공)와 라틴어 malleus(망치)에서 파생된 maglio(mallet, hammer)의 합성어 pallamaglio(palla는 balla의 또 다른 형태)가 프랑스어 pollemaill로 된 것을 영어로 차용한 것이다. 영어에서 mall은 바로 이 게임에서 쓰이는 mallet(maul 나무 망치)을 가리키는 말이었다. 지금은 '쇼핑 센터'나 '보행자 전용상가'를 가리키는 말로 의미가 확대되었다.

참고로 트라팔가르 광장에서 세인트 제임스 궁전에 이르는 클럽거리 street Pall Mall에는 영국 육군성 건물이 있었기 때문에 지금도 Pall Mall은 '영국 육군성'이라는 뜻으로 쓰이고 있다.

●●● 죄인에게 찍는 낙인 Brand

우리는 보통 브랜드 하면 '루이 뷔통' '구찌' '프라다' 등 명품을 떠올리기 마련이지만, 이는 19세기 후반 대중상품이 일반화되면서부터 쓰이기 시작했다. 원래 brand는 죄인에게 형벌의 의미로 찍거나 일생의 오명으로 따라다니던 '낙인'을 가리키는 말이었다.

이후 이 말은 목축업자의 전문용어가 되었다. 자신의 목장 소유의 가축임을 증명하기 위해 고유 문양을 새긴 인두를 불에 달궈서 가축의 엉덩이에 낙인을 찍었는데, 그 소인(燒印)을 brand라 부른 것이다. 요즘은 이를 잔인하고 비인간적인 행위로 여겨 도장으로 대신하고 있다.

약간 다른 이야기이지만 brand와 brandy는 어원이 같다. brandy는 burnt wine의 단축형으로 모두 burn에서 나온 말이다. brand wine은 현대어로 burnt wine이라 할 수 있는

데, 와인을 증류시켜 만든다.

한편, 같은 와인인 champagne(샴페인)은 프랑스 동부 샹파뉴 지방(지금의 샹파뉴아르덴주)에서 생산되는 발포성 백포도주를 말한다. 이는 라틴어 champania(들이 많은 지방)에서 나온 말로 영어에는 champaign(평원)으로 남아 있다.

●●● 월초의 포고령 Calendar

고대 로마시대에 금융업자들은 매달 '초하루(calendae 빚 값는 날)'에 이자를 지불했기 때문에 금전대출이나 이자지불 내역을 적은 '출납부'를 calendarium이라고 불렀다. 이 단어는 라틴어 calare(소집하다, 포고하다)에서 나온 말로, 매달 초하루에 축제일이 언제인지를 알려주어 이를 축하하고 성스러운 날이 되도록 한 데서 유래되었다. 이것이 프랑스어로 들어가 calendrier(달력, 역법, 일람표, 일정표)가 되었고, 영어에 그대로 차용되어 기원전 46년 율리우스 카이사르가 정한 '율리우스력(구태양력)'을 가리키다가 1582년 교황 그레고리우스 13세(재위기간 1572~1585)가 정한 '그레고리력(신태양력)'을 가리키게 되었다.

러시아, 중국, 터키, 구 유고슬라비아, 루마니아, 그리스 등의 국가는 20세기에 들어서야 그레고리력으로 바꾸었기 때문에 우리가 쓰는 달력과 13일간의 격차가 있다. 그래서 1917년에 일어난 러시아의 '10월 혁명'은 율리우스력으로 10월 24일이지만 지금 우리가 쓰는 그레고리력으로는 11월 6일이다.

지금은 '달력' 이외에도 '목록(list)' '의사일정표(schedule)' '대학요람(catalogue)' 등의 뜻으로도 많이 쓰이고 있다.

- **The debt would be paid on the Greek calends** 절대로 빚을 안 갚을 거야(고대 그리스 달력에는 초하루라는 개념이 없었다)
- **That event is on the calendar** 그 행사는 일정에 잡혀 있어
- **Behind(ahead of, on) schedule** 예정보다 늦게(빨리, 예정대로)
- **Calendar clock** 월, 일, 요일이 모두 표시된 시계
- **Calendar art** 값싼 그림(달력 등에 실린 그림)

●●●욕망의 화신 Love

게르만어 계통의 언어는 인도유럽조어 pri(to love 사랑하다)를 '사랑'이라는 말로 받아들이지 않고 free(자유), friend(친구) 등의 어원으로 삼았다('Friend' 항목 참조). 그 대신 leubh(desire 욕망)에서 비롯된 고대영어 lufu를 love의 형태로 '사랑'이라는 단어를 정착시켰다. 그런데 love 이외에 leave('start' 뜻이 아닌 명사로 'permission'라는 뜻으로 쓰일 때)와 believe(be convinced of 믿다)의 어원도 바로 leubh이며, libido(애욕, 성적 충동, 리비도)는 라틴어의 의미를 거의 간직하고 있는 단어라 할 수 있다.

한편, 로망스어 계통에서는 초기 라틴어 amma(어머니)에서 비롯된 amare(사랑하다), amor에서 '사랑'이라는 단어가 생겨났다. 프랑스어 amour, 이탈리아어 amore, 스페인어 amar 등이 바로 그것들이다.

이 단어들은 다시 영어로 들어와 다음과 같은 단어들로 정착되면서 어휘를 더욱더 풍부하게 해주었다. 예를 들면 amour(정사), amateur(아마추어), enamor(매혹하다), paramour(par = with, amour = love, 기혼자의 정부), amicable(우호적인), amiable(붙임성 있는), enemy(적) 등이다.

- **Love handles** 아랫배의 군살
- **Love match** 연애 결혼
- **Amateur night** 프로답지 않은 서투른
- **I'm enamored of the girl** 나는 그 소녀에게 반했다
- **How goes the enemy?** 지금 몇 시냐?(What time is it?)

●●●명세일람표에서 시간표로 Schedule

Schedule은 라틴어 schedula(종이, 한 장)에서 나온 단어이다. 중세 이후에는 '문서(document)' '기록(record)' '목록(list)'이라는 뜻을 가지고 있었다. 프랑스어의 cédule(계약증서, 차용증, 소환장, 소득신고서), 독일어의 Schedul(종이조각, 메모용지)도 바로 여기서 파생된 단어들이다.

Schedule은 중세 때 프랑스어에서 영어로 건너왔기 때문에 처음에는 cedule 또는 sedule로 쓰고 〔sedjyl〕로 발음하다가 근대에 들어 schedule로 쓰고 발음도 〔sedju:l〕로

바뀌었다. 바로 이때쯤 미국으로 건너간 schedule은 '시간표(timetable)' '예정표'라는 뜻으로까지 확대되면서 웹스터(webster)의 청색 표지 '철자교본 규칙(blue-backed speller)'에 따라 sch를 [sk-]로 발음하기에 이르렀다. 이와 같은 예는 school[sku:l], scheme([ski:m] 계획 설계 도식), schism[skizm, sizm]에서도 찾아볼 수 있다. 그러나 schist[sist]는 프랑스어식 발음을 그대로 따랐다.

- **According to schedule** 예정대로
- **On schedule** 예정대로, 정시에
- **Scheduled castes** 지정 카스트(불가촉 천민[untouchables]을 가리키는 공식 호칭)
- **A heavy schedule** 분주한 일정

●●● 꼬리를 내리는 사람 Coward

'겁쟁이'라는 뜻의 coward는 발음상 cowherd(소치기)나 cowhead(소의 머리)와 비슷하기 때문에 cow(암소)가 그 어원이 아닐까 하는 생각을 하기 쉽다. 물론 그렇지 않다.

Coward는 라틴어 cauda(꼬리)에서 유래된 고프랑스어 coe, cue(현대 프랑스어로는 queue)와 경멸이나 비난의 뜻이 담긴 어떤 사람을 가리키는 접미사 ard(또는 art)의 복합어 coart에서 유래되었다. '다리 사이에 꼬리를 내리고 도망가는 개(a dog that runs away with its tail between its legs)'의 모습에서 비겁자를 연상했기 때문이지 않을까 싶다. 겁쟁이는 어떤 위험이 닥쳤을 때 '꽁무니 빼기(tum tail)'가 십상이니 말이다.

이 단어의 또 다른 기원설은 토끼에서 비롯된다. 고프랑스어에서도 토끼를 coart (hare)라고 했다. 조심스럽고(cowardly) 겁많은(timid) 토끼와 겁쟁이의 이미지가 딱 들어맞았기 때문이다.

- **Don't play the coward** 비겁한 짓을 하지 마라
- **Deer and hare are timid animals** 사슴과 토끼는 겁 많은 동물들이다
- **The tail of the eye** 눈초리
- **He twisted the tail of me** 그가 내 비위를 거슬렀다
- **Tailender** 꼴찌, 최하위
- **Tailer** 미행자(shadow)

- **E-tailing** 전자 - 소매거래
- **Volume retailer** 대량 판매점

●●● '어리석은'에서 '멋진'으로 변신한 Nice

오늘날 여러 가지 것을 좋다고 시인하는 뜻을 지닌 nice라는 단어는 처음부터 그렇게 멋진 말(nice word)은 아니었다. 이것은 라틴어 ne(not) + scire(know) = nescire(not to know)의 형용사 nescius(ignorant 알지 못하는, 무지한)에서 따온 고프랑스어 nice(어리석은)가 13세기경 그대로 영어로 들어온 것이다. 현대 프랑스어에서도 nice는 '단순한' '고지식한'이라는 뜻으로 쓰이고 있다.

여기서 잠깐, 프랑스 남부 휴양도시 니스(Nice) 사람들이 그렇다는 말은 아니다. 영어에서도 nice는 초기에 '어리석은' '난잡한' '사내답지 못한' 등 부정적이거나 조소적인 뜻으로 사용되었다가 나중에는 '게으른' '연약한'으로, 다시 '섬세한' '지나치게 세련된' '수줍어하는'으로 뜻이 바뀌었다. 이후 16세기에는 '기호가 까다로운' '꼼꼼한,' 18세기에는 '식욕을 돋우는'으로 쓰이면서 '상쾌한' '즐거운'을 유추해냈으며, 바로 여기서 오늘날의 '훌륭한' '친절한' '정밀한' '매력적인' '쾌활한' '흐뭇한' '아름다운' '맛있는'이라는 뜻이 생겨났다.

참고로 음식에 쓰이는 nice, 즉 '맛있는'이라는 뜻을 가진 단어로는 sweet(주로 달고 맛있는 과자·과일·술에 사용)와 delicious(최고의 맛을 나타낼 때 사용)가 있음을 기억해두자.

- **He is my friend as nice as can be** 그는 더없이 좋은 내 친구이다
- **It is nice of you go invite me** 초대해주셔서 고맙습니다
- **Niceish income** 짭짤한 수입
- **Nice-looking** 예쁜, 애교가 있는
- **Nicety** 명확, 정밀
- **Nice and** 매우, 참, 충분히
- **Say nice things** 입에 발린 소리를 하다

●●● '세우다'에서 '뒤집다'로 뒤집힌 Upset

'배가 전복하다, 밥상을 뒤엎다.' 이 문장에서 연상되는 것은 위가 아래로 되고 아래가 위로 되는 모습이다. 사전에서 upset을 찾아보면 동사로 ① 뒤엎다, 전복시키다 ② 당황하게 하다, 정신을 못차리게 하다 ③ (계획 등을) 망쳐놓다, 어긋나게 하다 ④ 예상을 뒤엎고 이기다 ⑤ 몸(위장)을 상하게 하다 등의 뜻이 있다. 그리고 명사로 ① 전복, 전도(轉倒), 뒤집힘, 혼란 ② 당황, 낭패 ③ 불화, 싸움 ④ 역전패 ⑤ 탈 등의 뜻을 담고 있다.

Upset의 본래 의미는 setup이었다. upload가 loadup과 의미가 똑같고 uphold가 holdup과 의미가 비슷한 만큼 upset이 setup과 무관할 수 없다. 실제로 18세기경까지 upset은 '세우다, 설립하다'라는 뜻으로 쓰였으며, 19세기에 들어서면서 그 의미가 역전되기 시작한 것이다.

- **An upset in the family** 가정불화
- **Upset price** (경매 등에서의) 처음 부르는 가격(참고로 floor price는 '수출 최저 가격')
- **Stomach upset** 복통

●●● 조용히 그만두어야 완전하다 Quiet

Quiet(still, silent 조용한)와 quit(give up, stop 그만두다) 그리고 quite(completely, wholly, entirely, thoroughly 완전히)는 어감이 비슷하다. 물론 어감뿐만 아니라 거슬러 올라가면 어원도 같다. 모두 라틴어 quies(평온한)에서 비롯되었기 때문이다.

예를 들어 어느 지역에 엄청난 자연재해가 발생했다고 치자. 사람들은 그곳을 버리고 다른 곳으로 떠난다(quit). 그러면 그곳은 조용해지고(quiet), 사람도 동물도 아무것도 남은 것이 없이 완전히(quite) 폐허가 되고 만다. 이렇게 연상을 하면 이해하기가 좀 쉬울 것이다.

- **Keep a thing quiet〔secret〕** …을 비밀로 해두다

78

- **Quiet room** (정신병동) 격리실
- **Quietude** 고요함, 조용함(calmness), 정책, 평온
- **Quitting time** 퇴근시간
- **Quitclaim** 권리포기(양도), 권리포기 각서(양도각서)
- **Quit rate** 해고율, 퇴직률
- **He is now quite a man** 그는 이젠 제법 어른이다
- **Be quite the thing** 대유행이다

●●●나그네들의 쉼터 Station

1830년 9월 15일 세계 최초의 여객기차가 리버풀과 맨체스터 구간을 달릴 때 사람들은 이 힘센 기계의 위력에 한편으로는 우려를, 한편으로는 감탄을 금치 못했다. 당시 영국 사람들은 기차 연기가 새들을 질식시키고 불꽃이 튀어 들판을 태울 것이며 임산부의 진통을 가중시킬 것이라고 우려했다.

그러나 기차는 운송수단의 혁명을 일으켰으며, 자동차에 밀리기 전까지는 성장의 시대를 주도했다. 이러한 기차가 역으로 미끄러져 들어오면서 내는 날카로운 쇳소리, 기적 소리, 차에 오르내리는 승객들, 이별과 만남의 모습 등은 기차역에서만 느낄 수 있는 정감어린 광경이 아닐 수 없다.

역 또는 정거장은 영어로 station이라고 한다. 이것은 라틴어 statio(서 있는 것)에서 고프랑스어를 거쳐 영어로 들어왔다. 처음에는 '서 있는 장소'를 뜻하다가 나중에는 '일을 볼 수 있는 장소' '사업장'의 뜻에서 나그네와 상인들의 휴게소나 숙박시설을 뜻하는 '역(驛)'으로 쓰였다. 오늘날의 정거장(station)으로 쓰인 것은 1830년 기차가 발명된 이후였다.

이어서 1886년 독일의 G. 다임러와 K. 벤츠가 자동차를 대중화하자 bus station(버스 터미널)이 생겼으며 police station(경찰서), fire station(소방서), power station(발전소) 등이 생겨났다. 20세기에 들어와서는 1909년에 meteorolgical(weather) station(기상대), 1912년에 radio station(라디오 방송국)이 생겼으며, 1920년대에 filling station(주유소), 1940년대에 TV station(텔레비전 방송국), 1960년대에 space station(우주 정거장)이 차례로 등장했다.

런던의 '서적 출판업 조합'

Stationer(문방구 상인)는 원래 움직이지 않는 상인, 즉 가게에서 장사하는 사람을 뜻했는데, 이는 행상인(peddler)과 구별하기 위해서였다. 이 단어는 라틴어에서 영어로 들어와 처음에는 '서적상'을 가리켰다. 영국에서는 1911년까지 stationer's hall(서적 출판업 조합)이 모든 서적의 출납을 독점하기도 했다. 같은 어원에서 파생된 단어로는 stance(자세), status(상태, 지위), statue(상), stature(신장), statute(성문법), stay(머물다) 등이 있으며, standard(기준, 표준)도 마찬가지이다. standard는 원래 프랑스어로는 '군기(軍旗)'를 뜻했으며, 군기는 곧 지휘관이 서 있는 곳을 가리켰다. 또한 state도 같은 어원을 가지고 있다. 원래 '자기 발로 서 있는 상태'의 뜻에서 '일정한 상태' '국가'로 변했으며, 미국에서는 연방을 구성하는 주(州)를 가리킨다. 동사 state는 '자신의 입장을 말하다'에서 '입장을 표명하다' '진술하다'로 굳어졌으며, 명사형은 statement(성명, 계산서)이다.

라틴어 statio에 접두어를 붙여 변형시킨 단어로는 circum(주위에) + stance(서 있는 것) = circumstance(사정, 상황, 환경), dis(떨어져) + stance(서 있는 것) = distance(거리), in(속으로) + stance(서 있는 것) = instance(사례, 경우), sub(아래에) + stance(서 있는 것) = substance(본질, 실체) 등이 있다. 한편, understand는 라틴어에서 비롯된 것이 아니라, 고대영어에서 합성된 단어이다. 즉, under(사이에) + stand(서다) = understand(양쪽 상대의 사이에 서면 그의 기분을 안다 → 이해하다)가 된 것이다.

- **Status quo** 현상
- **People of station** 명사들
- **Stationaries** 상비군
- **Stay at home** 방에 콕 처박혀 있는 사람
- **The statue of liberty** 자유의 여신상(공식 이름은 Liberty Enlightening the World)

Chapter

3

정치·경제와
군사·외교

●●●맨 앞에 앉는 사람 President

라틴어 praesidens는 '맨 앞에 앉는 사람'이라는 뜻이다. 이것이 프랑스어로 흘러들어갔다가 14세기 후반에 영어의 president가 되었다. 초창기에 이것은 위클리프의 영역 『성경』에서도 볼 수 있듯이 '식민지의 총독'으로 번역되었는데, 나중에는 사회 조직의 장(長)을 가리켰다. 15세기 중반에는 대학의 학장으로, 17세기 후반에는 학회의 회장으로, 18세기 후반에는 회사의 사장으로 뜻이 확장되었는데, 이들 모두 구성원의 대표로서 조직을 운영하는 막중한 임무를 맡은 사람들이었다. president가 공화국의 책임자인 대통령으로 처음 사용된 것은 1787년에 작성된 미합중국의 헌법 초안에서였다. 이 초안을 기초로 1789년 역사적인 미합중국의 헌법이 제정되었다.

미합중국의 헌법

Pre는 '앞에'라는 뜻의 라틴어 접두사인데, 영어에서는 pre가 붙은 단어들이 상당히 많다. 몇 가지를 간추려 보면 다음과 같다.

pre(앞에) + dicere(말하다) = predict(예언하다)

pre(앞에) + cedere(가다) = precede(앞장서다)

pre(앞에) + caution(조심) = precaution(예방 조치, 경계)

pre(앞에) + cedent(관례) = precedent(전례, 판례)

pre(앞에) + fari(말하다) = preface(서문)

pre(앞에) + judicium(판단) = prejudice(편견)

pre(앞에) + ferre(나르다) = prefer(오히려 …을 좋아하다)

pre(앞에) + mium(사다) = premium(상금, 할증료)

pre(앞에) + scribere(쓰다) = prescription(처방전, 규정)

pre(앞에) + esse(있다) = present(출석한, 현재의)

pre(앞에) + parare(뜻이 있는) = prepare(준비하다)

• **Presidential government** 대통령 책임제 정부(cabinet government는 내각제 정부)

- **President elect** 대통령 당선자(취임 전의 대통령 호칭)

●●●하급 각료 Minister

대통령중심제인 우리나라와 달리 영국은 의원내각제를 채택하고 있는 나라이다. 이 체제는 총선에서 다수 의석을 차지한 정당의 당수가 수상으로 선출되고, 수상이 내각을 조직하는 정치형태이다.

수상을 Prime minister(공화제에서는 국무총리)라고 하는데, minister는 '심부름꾼이나 사제의 공양물'을 뜻하는 라틴어 minister(ministra)에서 비롯된 단어이다. 이것은 나중에 프랑스어로 차용되었다가 13세기 말에 영어로 들어와 '목사' '성직자'의 뜻을 갖게 되었다. 라틴어 minister는 비교급 형용사 minus(작은)에서 파생된 단어로, '보다 작은 사람'의 뜻이었다('Minute' 항목 참조). 신체적으로 작았다기보다는 신분이 낮았기 때문에 비유적으로 쓰인 것이다. 그래서 minister는 동사로 '하인 노릇을 하다' '섬기다' 라는 뜻이 있다. 반의어는 magis(큰)인데, 여기서 명사형 magister(스승)가 파생되었고, 영어에서는 master(선생, 대가)가 되었다. '미시적' '미세한'이라는 뜻의 micro와 '거시적' '장대한'이라는 뜻의 macro의 어근도 여기서 나왔다.

정치계에서 minister는 각료, 즉 행정부처의 책임자를 가리킨다. 예를 들어 Foreign Minister는 외무부 장관(미국의 각료는 secretary라고 한다)을 가리키는데, 미국에서는 국무부 장관(the Secretary of State)이 그 직책을 수행한다.

- **The ministerial benches** 영국 하원의 여당석
- **Minister to** …에 도움이 되다
- **Ministrant** 봉사자, 보좌관(assistant)
- **Minimum** 최소, 최소한도의(↔ maximum 최대, 최대한도의)

●●●정의의 상징 저울 Balance

저울(balance)은 라틴어 bi(두 개) + lanx(접시) = bilanx(두 개의 접시)에서 비롯된 단어로

고프랑스어 balance를 그대로 들여온 것이다. 가로대에 두 개의 접시를 달고 접시 위에 물건을 올려놓아 균형을 이루었을 때 양쪽의 무게가 같다는 원리에서 저울(천칭)이 만들어졌다.

이처럼 저울은 공정거래의 기초가 되어 나중에는 정의(justice)를 상징하게 되었다. 고대 이집트에서도 죽은 자의 천당과 지옥행을 가리기 위해 죽은 자를 안내하는 신 아누비스가 지켜보는 가운데 그 심장을 천칭에 달았다. 진실을 상징하는 타조의 깃털을 접시 한쪽에 올려놓고 심장과 균형을 이루면 오시리스 신에게 환영을 받고, 기울어지면 괴물의 먹잇감이 되었다.

지금도 법무장교의 배지에 저울이 새겨져 있으며, 법관의 치우치지 않는 법집행을 상기시키기 위해 법원 입구에 천칭을 든 여신상에도 남아 있다. balance는 '저울' 이외에도 '평형' '균형(equilibrium)' '(마음의) 평정' '(여론의) 우세' '국제수지' '차액' 등의 뜻으로도 쓰이며, 별자리에서 the Balance는 '천칭좌(Libra 저울자리)'를 뜻한다.

- **Balance the books**   결산하다
- **Balance in**   …을 망설이다
- **On balance**   모든 것을 고려하여, 결국
- **Keep(lose) one's balance**   균형을 유지하다(잃다)
- **Balance of trade(payment)**   무역수지(국제수지)
- **Tip the balance**   사태(국면)를 좌우하다
- **Balance sheet**   대차대조표
- **The balance of advantage is with us**   승산은 우리에게 있다

●●● 입후보자의 첫째 조건은 청렴결백
Candidate

정치가가 되기 위해 '입후보 하는 행위(candidacy)'는 아주 오랜 역사를 지니고 있어 기원전 400년경 고대 로마시대까지 거슬러 올라갈 수 있다.

라틴어 candidus(희다)에서 나온 candidatus는 '흰옷을 입고 있다'라는 뜻으로, 관직에 진출하려는 사람을 가리켰다. 당시 관리가 되려는 로마 시민들(peoples)은 대부분

석회가루를 입힌 토가(toga)를 입고 선거운동을 벌였기 때문이다. 예로부터 흰색은 더러움 없이 고결하다는 것을 상징했다.

이처럼 candidus에서 유래된 candor(공정, 정직), candid(frank 솔직한, outspoken 거리낌 없는, impartial 공평한)에는 본래의 의미가 포함되어 있으나, 어찌된 일인지 candidate에는 없다. 예나 지금이나 정치판이 혼탁하기 때문이리라. 그래서 candidate는 '후보자' '지망자' '지원자'라는 뜻밖에 남아 있지 않다.

- **Many of ex-convicts had run candidate at the provincial councilor** 지방의회 의원 선거 입후보자들 중에는 전과자들이 많았다
- **A candidate for the president** 대통령 입후보자
- **Please, speak with candor!** 솔직하게(frankly) 말하시죠!
- **To be (quite (perfectly)) candid** 솔직하게 말하면

●●● 결투 신청용 장갑이었던 Gauntlet

중세시대 기사들의 손 가리개로 쓰였던 gauntlet. 지금은 승마나 펜싱 등의 경기 때 착용하는 긴 장갑을 뜻한다. gauntlet는 고프랑스어 gant(장갑)의 지소어 gantelet에서 차용해온 말이다.

중세시대 때 법정에서는 언도된 판결문을 지킨다는 약속으로 재판소에 저당물(mortgage, security)을 예치했다. 저당(抵當)이란 피고로부터 예치된 보증가치가 있는 자산을 말하는데, 장갑(glove)이 저당의 형식적인 징표가 되어 '저당잡힐 자산을 직접 건네주는 손'을 뜻했다. 이 장갑의 의미는 '노르만 정복(1066년)' 이후 대륙에서 영국으로 도입된 '결투재판(a trial by battle)'으로까지 변용되기에 이르렀다. 자신의 주장을 무기로써 끝까지 지킬 것을 다짐하는 뜻으로 장갑을 땅에 던졌던 것이다. 그래서 throw down the gauntlet는 '도전하다'라는 뜻이며, take up the gauntlet는 장갑을 집어들다, 즉 '도전에 응하다' '반항하는 태도를 보이다'라는 뜻이다.

하지만 run the gauntlet라는 숙어에서의 gauntlet는 전혀 다른 유래를 갖고 있다. 이 때의 gauntlet는 '옛날에 두 줄로 늘어선 사람들의 사이를 죄인이 달려가게 하고 양쪽에서 매질하는 태형'을 말한다. 이 단어는 신교도와 구교도의 종교적 갈등으로 유럽

전체를 공포로 몰아넣었던 '30년 전쟁(1618~1648)' 당시 영국 용병이 스웨덴 병사로부터 gatlopp를 gantlope라고 귀동냥해서 들어온 말이다. gatlopp는 스웨덴어 gata(좁은 길)와 lopp(진로)의 합성어로 영어의 gate(문), gait(걸음걸이, 보조), leap(도약), lope(도약, 구보)와 똑같은 어원을 갖고 있다. 이러한 유래 때문에 run the gauntlet는 '심한 비평을 받다' '시련을 겪다'라는 뜻으로도 많이 쓰인다.

참고로 gaunt는 형용사로서의 뜻은 '야윈' '수척한(thin, lean)' '황량한(desolate)' '섬뜩한(startling)'이며, 동사로는 '수척하게 만들다'라는 뜻이다.

- **Look before you leap** 돌다리도 두드려보고 건너라
- **With a leap** 단번에
- **A leap in the dark** 무모한 짓, 폭거
- **Go one's own gait** 나름의 방식대로 하다

●●● 억제하고 완화하는 힘 Detente

1970년대 냉전시대를 청산한 데탕트(detente)는 '서로 다른 정치 이데올로기를 가진 국가들이 적대관계를 청산하고 우호적인 관계를 추구하는 외교정책'을 말한다. 이 시대를 풍미한 사람으로 가장 먼저 떠오르는 사람은 리처드 닉슨 대통령 당시 핑퐁 외교로 중국과 수교를 정상화시킨 미 국무부 장관 헨리 키신저(Henry Alfred Kissinger)이다.

Detente라는 단어가 영어에 처음으로 등장한 것은 17세기였다. 원래는 라틴어 detendre(늦추다, 원상태로 돌리다)에서 유래된 고프랑스어 destente가 그 어원인데, 이것은 석궁에서 화살을 당길 때 활줄을 멈추게 하거나 발사하기 위한 장치를 가리켰다. 현대 프랑스어에서는 détente로 형태가 바뀌어 '방아쇠' '시계의 종소리를 울리게 하는 시동장치'의 뜻으로 쓰이고 있다.

그러나 영어에서 detente는 '시계(톱니바퀴)의 멈춤장치' '멈춤쇠'의 뜻을 갖게 되었다. 그래서 detention은 '붙들림' '지체' '저지' '구류' '유치'라는 뜻이며, detain은 '말리다' '유치·구금하다' '보류하다'라는 뜻으로 똑같은 어원을 갖고 있다.

이후 20세기에 프랑스어 détente(이완, 완화)가 다시 영어로 차용되면서 detente는 '긴장완화'라는 뜻으로 쓰이게 되었다. 특히 제2차 세계대전이 끝난 1945년부터

1973년 미·중 국교 수립 때까지 이어진 '냉전시대'가 끝나자 detente는 국제외교 무대에서 중요한 단어로 급부상하게 되었다.

- **Detainee** 억류자
- **Detentenik** 데탕트 정책 지지자
- **Detainer** 불법점유(유치), 구금 갱신(영장)
- **A detention cell** 유치장
- **Detention camp** 억류소, 임시 수용소
- **Detention home** 소년원

●●● 개혁과 정보 공개
Perestroika & Glasnost

　구 소련의 해체를 가속화시키고 동독과 서독의 통일을 추진시킨 역사적인 전기를 마련했던 위대한 단어는 perestroika와 glasnost이다. 구 소련의 고르바초프 서기장이 1987년부터 내세운 개혁의 기치가 perestroika와 glasnost였기 때문이다. 러시아어 perestroika는 pere(re)와 stroika(structure)의 합성어로 영어의 restructure(재건)를 뜻한다. 이에 비해 stroika는 라틴어 struere(쌓아올리다)에서 유래된 슬라브어인데, 영어에서는 structure(구조), destroy(파괴하다), construct(건설하다), instruct(가르치다), obstruct(방해하다), construe(해석하다) 등의 어근이 되었다.

　한편, '정보공개'를 뜻하는 glasnost는 라틴어 gallus(수탉, 우는 때를 알리는 새라는 의미에서 '갈리아의 수탉', 즉 프랑스의 상징이 파생되었다)에서 유래된 golos(voice)에 명사형 어미 nost(ness)가 붙은 것으로, 문자 그대로 '어떤 사실을 표명함(giving voice)' '어떤 사실을 공개함(openness)'이라는 뜻을 담고 있다.

　1987년 이후 영어에서는 이 말을 보다 광범위하게 쓰기 시작하여 '일부러 숨기지 않음' '솔직함' '자유로운 언론'이라는 뜻으로까지 확대되었다. 하지만 러시아인들이 이와 같은 의미로 쓸 때는 glasnost 대신 otkrobennost(openness)를 선호한다.

●●● 죄인을 다루던 도끼 Fascism

고대 로마시대에 릭토르(lictor)라는 직책의 관리는 집정관(consul)의 뒤를 따라다니며 죄인을 다루던 사람이었다. 그는 자작나무 가지에 붉은 가죽끈으로 도끼날을 감은 fasces(도끼몽둥이)를 들고 다니며 죄인을 때리거나 죄인의 목을 치는 데 사용했다. 후에 집정관의 권위(authority)를 나타내는 표식이 되었다.

1919년 3월 이탈리아의 베니토 무솔리니(Benito Mussolini, 1883~1945)가 밀라노에서 '이탈리아 전투자 파쇼'를 결성했을 때 그에게서 로마시대의 '릭토르'로 되돌아간 모습을 발견할 수 있었다. fasces라는 고대 로마시대의 형집행 도구는 현대 로마에서 흩어진 가지들을 묶는 견고한 통합 이외에 절대권력의 상징으로 무솔리니를 통해 부활했다.

Fasces(단수형은 fascis)는 라틴어로 다발(bundle, band)을 뜻했으며 영어로 들어와선 '도끼 몽둥이' '도끼 몽둥이가 상징하는 관직'의 뜻으로 쓰이다가, 무솔리니 등장 이후 '파시스트 당의 상징'의 뜻으로 쓰이고 있다. 또 fascia(띠, 끈, 리본), facia(가게의 간판), fascicle(작은 다발, 출판물의 분책), fascine(fagot 흙이 무너지는 것을 막는 섶나무, 나뭇단) 등의 어원이기도 하다.

●●● 집회 · 회의에서 사물로 Thing

인도유럽조어 tenk(잡아당기다, 늘이다)에서 나온 thing은 처음엔 '집회' '회의'를 가리켰다. 노르웨이 · 덴마크 · 스웨덴 등 스칸디나비아 국가들의 언어에는 지금도 이 뜻이 그대로 남아 있으며, 아이슬란드의 Althing(의회), 노르웨이의 Storting(의회), 덴마크의 Folkething(국회)처럼 오히려 그 뜻이 확대되어 쓰이고 있는 실정이다.

Tenk는 게르만어의 하나인 고트어(Gottic) thins로 변해 '연속되는 시간'이나 '어떤 일 때문에 예정된 시간,' 나아가 '집회의 시간'이나 '집회일'을 뜻하게 되었다. 그 후 독일어에서는 Ding으로, 영어에서는 thing으로 자리 잡았으며, 처음에는 모두 '집회' '재판' '민회'라는 뜻으로 쓰였다. 하지만 점차 '법정이나 집회에 제출된 사건'이나 '소송' '발언' '실체' '사물' '사정' 등 의미 변천 과정을 거치게 되었다.

이와 똑같은 의미의 라틴어는 causa(소송의 결과, 신청)이다. 이 단어의 뜻이 두 갈래로 나뉘어 프랑스어 chose, 스페인어와 이탈리아어 cosa는 영어의 thing과 같은 뜻으로 정착되었고, 프랑스어 cause(이유, 소송)는 영어 cause(원인, 이유, 주장, 운동, 소송)와 같은 뜻으로 자리를 굳혔다.

- **A near thing**   이길 가능성이 거의 없어 보이는 시합
- **A sure thing**   확실한 일
- **Things are getting better**   사태가 호전되고 있다
- **As thing are**   지금으로선
- **He can't get a thing out of money**   그는 돈 좋은 줄 모른다
- **I'm not quite the thing today**   오늘 컨디션이 좋지 않다
- **A make(join) common cause with B**   A가 B와 제휴하다(공동전선을 펴다)
- **A causal relationship**   인과관계

···●내부의 적 제5열 Fifth Column

스페인 내전(1936~1939) 당시 인민전선 정부에 맞선 프랑코 장군 휘하의 에밀리오 몰라는 라디오 방송을 통해 "우리 반란군이 이미 시의 외곽에서 4열 종대로 마드리드를 포위하고 있고, 시내에 잠복하고 있는 제5열(fifth column)이 반란군에 가담할 것이다"라고 선언함으로써 '제5열'이라는 단어가 군사용어로 첫선을 보였다.

어깨를 나란히 하고 길게 종대(縱隊)로 열을 지어 진군하는 것은 고대 로마군의 전투 형태이며, 이 열을 columna(pillar 기둥, 원주)라고 불렀다. 이것이 20세기에 영어로 들어와 스페인 내전에 처음 등장하면서 '내부의 파괴 활동가' '적과 내통하는 사람'을 뜻하게 되었다. 이 단어는 특히 이 전쟁에 국제 의용군으로 참전했던 어네스트 헤밍웨이(Ernest Hemingway, 1899~1961)의 1932년작 희곡 『제5열(The Fifth Column)』이 발표된 이후 정치용어로 널리 사용되었다. 이 내전에는 헤밍웨이 외에도 피카소, 네루, 브레히트, 베르나노스, 노먼 베쑨 등의 지성인들이 반프랑코 인민전선을 응원했다.

이처럼 제4열(fourth column)은 외부로부터의 공격군을 뜻하며, 제5열은 내부의 적을 가리키는데, 그렇다면 제6열(sixth column)은 무엇을 뜻할까? sixth column은 상대방에

불리한 유언비어를 내부에 퍼뜨려 제5열을 돕는 사람들을 말한다.

- **A column of water(mercury)** 물기둥(수은주)
- **In column of fours** 4열종대로
- **In our column** (신문의) 본란에서, 본지에서
- **Columnist** (신문의) 특별기고가
- **Agony column** 개인 광고란(구인 · 분실물 광고)

●●● 사라센 제국의 사령관 Admiral

중세 사라센 제국의 황제 칼리프(Kaliph)나 1922년 공화국 이전 터키 제국의 술탄(Sultan, 칼리프가 수여한 통치자 칭호)의 휘하에 있는 사령관 또는 토후를 amara(아마라)라고 한다. 이것은 '명령하다'라는 뜻의 동사 amir에서 나온 것으로, 영어의 emir(또는 amir, 이슬람 국가의 왕족, 토후, 수장)와 동족임을 쉽게 알 수 있을 것이다. 따라서 '아랍에미리트연합(United Arab Emirate)은 바로 '아랍 수장(토후)들이 연합한 나라'라는 뜻이다.

사령관은 전체의 지휘를 맡고 있기 때문에 아랍어에서는 amir-al-bahr(바다의 사령관)처럼 amir에 'al(…의)'이라는 전치사를 붙였다. 라틴어에서는 amiral을 한 단어로 잘못 알아듣고 amiralis라는 형태로 받아들였으며, 고프랑스어 amira를 거쳐 영어로 들어왔을 때는 admiral이 되었다.

Admiral은 중세 라틴어 형용사 admirabilis(칭찬받을 만한, 훌륭한)의 영향이 컸는데, 이 것은 admire(칭찬하다, 감탄하다), admiration(감탄, 칭찬), admirer(찬미자, 숭배자) 등의 단어들을 만들어낸 어근이기도 하다.

지중해를 장악했던 사라센 제국시대의 아랍인들이 Emir of the Sea(바다의 사령관)라는 직함 휘하의 해군을 스페인과 시칠리아 섬에 주둔시키자 이탈리아와 프랑스, 에드워드 3세(재위기간 1327~1377) 치하의 영국 해군은 이 직함을 차용하여 해군 사령관을 'admiral of the Sea(navy)'라고 불렀다. 현대영어에서도 admiral은 '해군 대장' '제독'이라는 뜻으로 쓰이고 있다.

- **The Board of Admirals** 해군 장성회의

- **The Admiralty** 해군본부, 해군 대장직, 해상권
- **Fleet Admiral** 해군 원수
- **The Minister〔Secretary〕of the Navy** 해군 장관
- **The naval academy(cadet)** 해군사관학교(생도)
- **Naval brigade** 해병대(marine corps)

●●●돌아다니며 하는 선거 유세 Ambition

로마시대 평민들은 귀족에 맞서 자신들의 권익을 보호할 수 있는 평민회(Concilium Plebis)를 만들고, 자신들의 대표자인 호민관(tribunus plebis)을 선출했다. 이들은 행정관들의 어떤 행위도 금지시킬 수 있는 거부권(veto, '나는 금지시킨다'라는 뜻)을 행사할 수 있었고 신분 보장도 되었지만, 군사권이 없어 그 위세에는 한계가 있었다.

처음에는 호민관을 2명 선출했으나 나중에는 4명, 10명으로 늘어났다. 호민관에 입후보하는 사람들은 모두 자신의 청렴결백을 간접적으로 입증하기 위해 흰옷을 입고 유세를 다녔다('Candidate' 항목 참조). 이것을 라틴어로 ambire(go around 구하러 돌아다니다)라고 불렀는데, 나중에 '유세하다(stump)'로까지 뜻이 확대되었다. 영어 ambit에는 그 의미가 남아 '구내(precinct)' '구역' '영역(scope)' '주위'라는 뜻을 가지고 있다.

당연한 일이겠지만 표를 얻기 위한 입후보자들의 노력은 아주 대단했다. 그래서 ambire는 ambitio(ambition)라는 명사로 변하면서 '승진·지위·권력에 대한 열망'이 되었다. 이렇게 14세기경 프랑스어를 통해 영어로 들어온 ambition은 처음엔 '몰락 이전의 오만'이라는 뜻이 강했으나 점차 '야망'이나 '야심'으로, ambitious는 '야심 찬' '열망하는' '거창한'이라는 뜻으로 굳어지게 되었다.

미국으로 건너온 ambition은 남부에선 다소 부정적인 이미지의 '원한(grudge)' '악의 (malice)' '집요(tenancy)'라는 뜻으로, ambitious는 '어쩔 도리 없는(irresistible, inevitable)' '악의에 찬(malicious)' '화를 내다(angry)'라는 뜻으로 많이 쓰였다. 반면 북부에서는 다소 긍정적인 의미의 '정력적인(vigorous)' '근면한(diligent)'이라는 뜻으로 쓰였다.

- **Boys, be ambitious!** 소년들이여, 야망을 품어라(링컨 대통령의 유명한 연설문)
- **The Presdent was his only ambition** 대통령이 그의 유일한 야망이었다

- **She has an ambitious style** 그녀는 화려한 문체의 소유자이다
- **An ambitious attempt(project)** 대규모 계획(기획)

●●●●마구간 담당에서 원수로의 신분 상승
Marshal

Marshal은 '말 사육 담당'을 가리키는 고지독일어 Marahskalk에서 비롯된 단어로 marah(mare 암말)와 skalc(servant 하인)의 복합어이다. 중세시대의 전쟁에서는 기병대 (the cavalry)가 아주 중요한 역할을 했기 때문에 말의 질병을 치료해주고 발굽에 편자 (horseshoe)를 박는 일은 막중한 임무 가운데 하나였다.

13세기경 영어로 들어온 marshal은 '편자공(marechal, marechal ferrant)'에서 '법정 관리인'으로 신분이 상승되었으며, 나중에는 '의전관' '문장원 총재'를 거쳐서 '육군 원수 (Field Marshal)'로까지 승승장구했다. 하지만 현대 프랑스어 maréchal에는 '원수'뿐만 아니라 여전히 '편자공' '마부'라는 뜻도 가지고 있다. 나중에 미국으로 건너온 marshal은 '보안관(sheriff)'이나 '(연방 재판소의) 집행관'을 뜻했으며, 육군 원수는 'General of the Army'라고 불렀다.

Marshal과 비슷한 변화를 거친 단어로는 constable이 있다. 이것은 companion of the stable(마구간의 동료)의 준말이며, 미국에서는 '경찰관(policeman)' '치안관'이라는 뜻으로 쓰이지만, 프랑스에서는 프랑스 원수(the Constable of France), 영국에서는 시종 무관(the Lord High Constable of England)의 뜻으로 쓰인다.

〈영국 공군 장성 서열〉
- **Marshal of the Royal Air Force** 원수
- **An air chief Marshal** 대장
- **An air Marshal** 중장
- **An air vice Marshal** 소장
- **An air commodore** 준장

●●●프랑스 혁명을 가리켰던 말 Terrorism

Terrorism은 '프랑스 혁명(1789년 7월 14일 바스티유 감옥 습격사건으로 시작)' 당시의 공포 정치 시대(the Reign of Terror)에서 비롯된 말이다. 상퀼로트(Sans Culottes, 퀼로트(반바지)를 입지 않은 민중들)의 도움으로 자코뱅당의 지도자가 된 로베스피에르(Robespierre, 1758~1794)는 '공안위원회'를 설치하여 혁명에 반대하는 무리를 가차 없이 단두대(guillotine)에서 처형시켰다. 하지만 그는 미터법을 도입하고 민중을 위한 물가 정책과 혁명 달력을 새로 만드는 등 획기적인 정책을 펼치기도 했다. 가혹한 그의 추진력 때문에 누가 언제 단두대에 끌려갈지 아무도 알 수 없었다. 결국 '테르미도르 반동(1794년 7월 27일)'으로 그도 단두대의 이슬로 사라지고 말았다.

'프랑스 혁명'이 일어났을 당시 미국에서는 조지 워싱턴이 대통령에 취임했다. 이 때 영자 신문에 혁명을 Terrorism이라고 보도했고 로베스피에르 일파를 Terrorist라고 불렀다.

이후 terrorism은 '공포정치' 이외에도 사회적인 '폭력주의' '테러 행위'까지로 그 뜻이 확대되었다. terror(공포, 테러, 가공할 일, 무서운 사람)는 프랑스어 terreur에서 차용해온 것인데, 궁극적으로는 라틴어 terrere(위험하다)에서 파생된 단어이다. 여기서 영어의 terrible(무서운, 가공할), terrific(excellent 빼어난, stunning 대단한, brilliant 훌륭한), terrify(frighter 놀라게 하다, 놀래다) 라는 단어가 생겨났다.

단두대에서 처형되는 로베스피에르

- **White terror** 백색 테러(혁명파에 대한 반혁명파의 보복)
- **Red terror** 프랑스 혁명 당시의 공포시대, 적색 테러(공포정치)
- **Holy terror** 무서운 사람(것), 망나니, 골칫거리
- **A terrific vacation** 아주 멋진 휴가
- **The police terrified him into confessing to the crime** 경찰은 그를 위협하여 자백하게 했다
- **You terrify me!** 놀랐잖아!
- **A terrible man to drink** 술고래
- **Enfant terrible** (어른이 당황할 말이나 질문을 하는) 무서운 아이, 올되고 깜찍한 아이

●●● 범인을 증명하려면 3명의 증언자가 필요
Testimony

로마시대의 율법에 따르면 범인임을 증명하기 위해서는 반드시 3명의 증언자가 필요했다. 그래서 라틴어로 '증인'은 tris(3)와 stare(서 있다)의 복합어 동사 testari(증언하다)에서 나온 testis(증거, 증인)라고 한다.

기독교가 로마의 국교로 정해진 이후 testis는 testimonium이라는 말도 만들어냈다. 이것은 원래 '계약의 궤(the Ark of the Covenant)'에 담겨 있던 '증거판'을 뜻했는데, 다름 아닌 모세의 '십계(the Ten Commandments)'가 새겨진 두 개의 석판을 일컫는다. 바로 여기서 testimony(증언, 고백, 증거, 입증, 율법, 증거판, 증거판의 궤)라는 단어가 생겨났다.

Testis에서 똑같이 파생된 testamentum은 기독교 전래 이후 '그리스도의 유언'이라는 뜻으로 쓰였는데, 여기서 Vetus Testamentum(the Old Testament 구약성경)와 Novum Testamentum(the New Testament 신약성경)이 나왔다. 이후 13세기경 testament라는 형태로 영어에 차용되면서 일반적인 '유언' '유서' '성약' '성서'라는 뜻으로 쓰이게 되었다.

재미있는 사실은 testis가 영어로 들어와서는 '고환(testicle)'이라는 뜻으로만 쓰인다는 사실이다. 『성경』에 "넓적다리 위에 손을 올리고"라는 표현이 있는데, 옛날 서양에서는 선서할 때 왼손을 남성의 심볼 위에 얹어놓던 관습 때문이다. 사실 남성이 남성임을 증명할 수 있는 유일한 '증거'는 '고환'이 아닌가.

- **Testation** 유언에 의한 유산 처리, 유증(遺贈)
- **Testator** 유언자
- **Testicular feminization** 정소성(精巢性) 여성화, 즉 고환의 미숙으로 남성이 여성의 외모로 태어나는 것
- **This incident testified to our moral hazard** 이 사건은 우리의 도덕적 해이를 증명해주었다
- **My poverty is a testimony to my innocence** 가난함이 내가 결백하다는 증거이다
- **He bore testimony against me** 그가 나에게 불리한 증언을 했다
- **Testimonial** 증명서, 추천장, 감사장, 상장

Left, Right & Center

프랑스 혁명이 발발하기 직전인
1789년 5월 5일 성직자, 귀족, 평민
출신 의원으로 구성된 '삼부회(Les
Etats Generaux, The Estates General)'가 마
지막으로 소집되었다.

성직자와 귀족 대표들은 기존 체
제를 유지하려 했고, 평민 대표들은
국민이 국가의 감독권을 갖는 새로
운 체제를 열망했다. 하지만 양자의

마지막으로 소집된 '삼부회'

견해가 첨예하게 대립하여 결국 회의가 결렬되자 평민 대표들은 명분 없는 '삼부회'
를 거부하고 6월 17일 '국민의회(Assemblee Nationale, National Assembly)'를 출범시켰다.

6월 19일 제1신분인 성직자 대표들도 세가 불리해지자 '국민의회'에 참여하기로
하고 다음날 베르사유 궁전의 회의장으로 나갔으나, 그곳은 이미 국왕과 귀족들에
의해 폐쇄되어 있었다. 다음 날, 혁명의 중심세력인 제3신분 대표들은 차선책으로 실
내 구회장(球戲場 ; 영어로 Tennis Court라고 하는데, 라켓을 사용하지 않고 손바닥으로 하는 공놀이
였기 때문에 엄밀히 따지면 테니스 코트는 아니다)으로 옮겨 선서에 서명했다. 이것이 바로
'테니스 코트 선서'이다. 6월 22일, 성직자 대표들도 생 루이 수도원(Saint Louis Temple)
에서 모임을 갖고 있던 제3신분과 합류했다.

결국 제3신분과 성직자 대표들의 압력을 견디지 못한 루이 16세는 1789년 6월 23
일 '테니스 코트 선서'를 받아들이고, 마침내 7월 9일 '제헌의회(L' Assemblee Nationale
Constituante, The Constitutional Assembly)'를 출범시켰다.

이때 생 루이 수도원에 모인 제3신분 대표들은 좌석의 왼쪽에 앉았고 성직자 대표
들은 오른쪽에 앉았다. 이런 연유로 민주적 · 자유주의적 시각을 가진 급진세력은 좌
파(Gauche, Left)라고 불렸으며, 보수적이고 귀족적인 왕당파는 우파(Droite, Right)라고
불렸던 것이다. 자연스럽게 center는 좌우 극단에 치우치지 않는 '온건파'를 가리키
게 되었다.

- **He sit on the Right(Left, Center)** 그는 우파(좌파, 중도파)이다
- **Keep to the Right(Left)** 우측(좌측) 통행
- **Right〔Smart〕 money** 전문가의 투자금
- **Right(left) wing** 우익(좌익)
- **Right hand man** 오른팔 같은 사람, 심복(right man)
- **Left luggage office** 수화물 임시보관소(checkroom)
- **What is left of** 나머지(remainings), 잉여(surplus)
- **The center of gravity** 무게중심
- **He came to the center** 그는 막강한 자리를 차지했다

●●● 책상이 지배하는 정치 Bureaucracy

'관료정치(주의, 제도)'를 뜻하는 bureaucracy는 고프랑스어 bure(책상을 덮는 천)와 그리스어 cratya(지배)의 합성어이다. 단어 그대로 '책상에서 문서를 작성하는 사람에 의한 지배,' 즉 관료에 의한 정치를 뜻한다.

프랑스어 bureau를 그대로 차용한 영어 bureau는 '사무용 책상'에서 '사무실' '국(局)'으로까지 뜻이 확대되었다. bureaucracy에서 파생된 단어로는 bureaucrat(관료, 관료주의자, 관료적인 사람), bureaucratese(까다로운 관청용어), bureaucratic(관료정치의, 관료적인), bureaucratism(관료주의, 관료기질), bureaucratize(관료체제로 하다, 관료화하다) 등이 있다.

또 cracy가 접미어로 붙은 단어로는 다음과 같다.

aristos(최선의) + cracy(지배) = aristocracy(귀족정치)

plutos(부) + cracy(지배) = plutocracy(금권정치)

demos(민중) + cracy(지배) = democracy(민주정치)

techne(기술) + cracy(지배) = technocracy(기술에 의한 지배)

mob(폭도, 군중) + cracy(지배) = mobocracy(중우〔衆愚〕정치)

mono(혼자), autos(자신의) + cracy(지배) = monocracy, autocracy(독재정치, 전제정치)

하지만 고대 그리스시대의 '참주(僭主)정치'는 -cracy 없이 tyrant(폭군, 참주)에서 파생

된 tyranny(포학, 학대, 폭정, 압제, 전제정치)라고 하며, '군주정치'는 monarchy, '전체주의'는 totalitarianism(totalism)이라고 한다. -cracy는 또한 cotton과 결합해서 cottonocracy(면업왕국, 면업자, 남북전쟁 당시 남부의 목화 재배자)와 같은 단어도 만들어냈다.

●●●벌금은 골치 아픈 것 Pain

Pain은 그리스어 poine(벌, 벌금)와 라틴어 poena(벌, 벌금)에서 유래된 프랑스어 peine(벌, 괴로움, 고통, 근심 걱정)을 차용한 단어인데, 여기서 penal(형벌의, 형사상의), punish(처벌하다), impunity(무사, 처벌되지 않음) 등의 단어들이 나왔다.

중세 기독교 사회에서는 고뇌와 괴로움이 자신의 죄 때문에 생기는 것이어서 연옥(purgatory)이나 지옥(hell)에서 벌금(penalty)을 물어야 한다고 믿었다. 여기서 pain은 '지옥의 괴로움'을 뜻했으며, 이후에는 '괴로움'이란 뜻을 간직한 채 일반화되었다. 마찬가지로 pain on my head도 '두통'이 아니라 '범죄에 대한 처벌'로 목이 잘리는 것을 뜻하기에 이르렀다. 이것은 지금도 'on(under) pain of death,' 즉 '위반하면 사형에 처한다는 조건으로'라는 표현으로 남아 있다.

현대영어에서 pain은 '고뇌'나 '번민' '골칫거리' 등 정신적인 괴로움뿐만 아니라 두통(pain in the head, headache), 근육통(pain in the muscle, muscular aches) 등 신체적 고통까지도 포함하고 있다.

또한 동사 pine(명사 pine은 소나무)도 라틴어 poena에서 유래했지만, pain과 달리 프랑스어를 통하지 않고 기독교가 전파됨과 동시에 게르만어로 들어갔다. pine도 처음에는 기독교적 개념으로 '지옥의 괴로움'을 뜻했기 때문에 영어에서도 '괴로워하다'라는 뜻으로 쓰이다가 점차 일상생활에 자리 잡으면서 '고문이나 배고픔으로 몹시 지치다' '굶어 죽다'라는 뜻으로 쓰였다. 하지만 15세기 말부터는 이런 의미가 점차 사라지고, '괴로움이나 슬픔으로 쇠약해지다'라는 뜻으로 바뀌었으며, 지금은 '몹시 애태우다(anxious for)' '연모하다(yearn for)' '갈망하다(eager for)' 등을 뜻하게 되었다.

- **No pain(s), no gain(s)** 수고 없이 이득 없다
- **A pain in the neck(ass)** 눈엣가시

- **All ladies secretly pined for my affection** 모든 여성들이 나를 연모했다
- **Non-converted long-term prisoners pine to return home in the North Korea**
  비전향 장기수들은 북녘에 있는 고향으로 돌아가길 갈망하고 있다
- **Disappointed in love, I have pined away** 실연에 빠진 나는 몹시 수척해졌다

●●●놓인 상태 그대로 Law

온갖 사람들이 모여 사는 사회에는 공정성의 기준이 필요하다. 그것이 바로 법(law)
이다. law는 게르만조어 lag(놓다, 두다)에서 비롯된 고대영어 lagu(놓인 것)의 형태가 변
화한 것이다. 그리고 lair(짐승의 보금자리, 소굴), lay(놓다, 깔다), lie(눕다, …상태에 있다) 등도
law와 같은 어원을 갖고 있다.

독일어에서도 setzen(놓다, 두다)에서 Gesetz(법)가 유래되었는데, Gesetz는 원래 '놓
인 것'이라는 뜻이었다. 또한 우리나라 맥주시장에서 히트를 친 라거 맥주(Lager Beer)
는 1853년 독일의 Lagerbier에서 영어로 들어온 단어이다. 이것은 통이나 탱크에 저온
상태에서 그대로 수개월간 저장·숙성시킨 약한 맥주를 가리킨다. 반대로 우리나라
에서는 병에 맥주를 담아 가열시켜 살균처리한 맥주를 말한다. 하지만 정작 독일어
Lager에는 '보금자리' '창고' '술통' 등의 뜻만 있지 맥주란 뜻은 찾아볼 수 없다.

게르만조어에서 나온 law는 '문자로 쓰인 것' → '정해진 것' → '법'으로 뜻이 변
화된 것으로 추정되는데, 굳이 문자가 아니더라도 당사자나 공동체 구성원끼리 관습
으로 정하거나 상식적으로 충분히 납득할 수 있는 것도 법이라 불렀을 것이다. 오늘
날 성문법(statute)이 아니라 영국처럼 판례를 중시하는 불문법(不文法, an unwritten)으로
이루어진 나라도 많으니 말이다.

한편, law는 법 이외에 '법칙'이라는 뜻도 있다. 이미 13세기 초에 law of nature(자
연법칙)라는 개념이 영어에 등장했다. 이보다 훨씬 앞서 고대 로마시대의 유명한 웅변
가 키케로(Marcus Tullius Cicero, BC 106~BC 43)도 "lex nature(신의 명령)"라는 말을 자주 입
에 올렸다.

Law와 같은 어원을 갖는 단어로는 발음까지 비슷한 low(낮은, 낮은 것)가 있다. 이것
도 원래 '놓인 곳'에서 '낮은'으로 의미가 축소된 것이다.

- **The civil law** 민법
- **The criminal law** 형법
- **The administrative law** 행정법
- **The law of reality** 물권법
- **Law- abiding** 준법
- **Law and order** 법과 질서
- **Everybody is equal before the law** 만인은 법 앞에 평등하다
- **The law of mortality** 생자필멸의 법칙

● ● ● 대화로 정치하는 곳 Parliament

우리는 국민이 선출한 대표자들로 구성된 합의체로서 국민을 대표하는 기관을 국회라 부른다. 국가의 통치권상으로 입법부라고 부르는데, 이 의회제도의 모태는 영국이다. 영국에서는 의회를 parliament라고 하지만, 미국에서는 congress라고 한다.

Parliament는 고프랑스어 parlement(대화의 장소)가 13세기 중반 영국으로 들어오면서 '의회'가 되었다. parlement는 동사 parler(이야기하다)에서 파생된 명사인데, 영어의 parley(담판을 벌이다), parlor(living room 응접실, caboose 열차 승무원실), parole(password 가석방, 서약, 암호) 등도 같은 어원을 갖고 있다. 이 중에서도 parlor는 '응접실'이라는 본래의 뜻 이외에 a tonsorial parlor(이발소), a shoeshine parlor(구두 닦는 집), a beauty parlor(미장원)처럼 가게(shop)의 의미로도 쓰인다. a parlor house는 19세기에 등장한 '고급 매춘굴'을 뜻하는데 정해진 암호를 대어야만 들어갈 수 있어서 생긴 말이다.

미국에서는 영국처럼 parliament를 쓰지 않고 congress를 쓴 까닭이 무엇일까. 영국에 좋지 않은 감정이 있어 그랬던 것이다. 영국의 parliament가 미국의 독립을 인정하지 않자 미국은 1775년 '독립전쟁'을 일으켰다. 그 후 미국은 '대륙회의(the continental congress, 13개 식민지의 대표로 구성됨)'에서 1776년 7월 4일 '독립선언서(the Declaration of Independence)'를 낭독한 지

'독립선언서' 채택 광경

7년 뒤인 1783년에야 비로소 정식으로 영국으로부터 독립을 승인받았다.

Congress는 라틴어 동사 congredi(모이다)에서 비롯되었는데, 이것은 con(같이)과 gradi(나아가다)의 합성어이다. 이와 같은 계통의 단어로는 pro(앞으로) + gradi(나아가다) = progress(진보하다)와 re(뒤로) + gradi(나아가다) = regress(후퇴하다)가 있다.

- **Parliamentary agent** (정당의) 의회 대리인
- **Parlor pink** 겉으로만 좌익에 동조하는 척하는 진보파
- **Member of Parliament**〔Congress〕 국회의원(하원의원)
- **Parolee** 가석방자
- **Parlormaid** 하녀
- **Congress boots**〔gaiters〕 발목 부츠

●●● 국민이 주인인 Democracy

국민이 주인인 국가를 민주주의 국가라고 한다. 민주주의(democracy)라는 말은 고대 그리스의 폴리스(polis 도시국가)에서 탄생했다. 이 단어의 기원은 그리스어 demos(민중) + kratos(지배, 힘) = demokratia(민중에 의한 지배, 민주주의)까지 거슬러 올라가야 한다. 원래의 뜻이 '민중에 의한 지배'라 할지라도 오늘날의 democracy와는 성격이 많이 달랐다. 당시의 democracy는 '귀족정치'를 뜻하는 aristocracy의 반대 개념으로 쓰였다. 라틴어 aristos(가장 뛰어난 사람) + kratos(지배, 힘) = aristokratia(가장 뛰어난 사람에 의한 지배)에서 비롯된 말이다. 폴리스에서는 demos(민중)가 직접 정치에 참여했지만, 여성과 외

국인 그리고 노예에게는 시민권을 주지 않았기 때문에 지금의 민주주의 형태와는 사뭇 달랐다.

아무래도 오늘날 민주주의의 기원은 미국이라는 새로운 국가의 탄생에서 찾을 수 있다. 1801년 미국의 제3대 대통령인 토머스 제퍼슨(Thomas Jefferson, 1743~1826)이 결성한 민주공화당(the Democratic Republican Party)이 곧 민주주의의 상징이 되었다. 이후 이 정당은 1828년부터 Republican(공화당원)을 삭제하고 오늘날 민주당(the

토머스 제퍼슨

Democratic Party)의 기원이 되었다. 물론 미국도 흑백 차별 등 심각한 문제가 없진 않지만 민주주의의 선두 그룹에 있다는 사실은 부정하기 힘들다.

이 밖에 demos에서 파생된 단어로는 demos(민중) + agogos(지도자) = demagogue(선동 정치가)와 epi(사이에) + demos(민중) = epidemic(유행성의, 유행하고 있는) 등이 있다.

- **The Democratic Party** 미국 민주당(당나귀가 상징, Donkey) ↔ the Republican Party(미국 공화당 코끼리가 상징, Elephant)
- **Democrat** 민주주의자, 민주당원
- **Democratization** 민주화
- **Demoralize** …의 풍기를 문란하게 하다, …의 사기를 꺾다
- **Mob psychology** 군중심리

●●●거꾸로 돌리는 정치 행위 Revolution

혁명(revolution)이란 기존의 낡은 체제를 뒤엎고 새로운 형태의 정치·사회제도를 건설하는 정치적 행위를 말한다. 역사상 처음으로 혁명이라는 단어를 사용한 정치적 행위는 영국의 '명예혁명(the Glorious Revolution. 피를 흘리지 않아 the Bloodless Revolution이라고도 부른다)'이다. 이때부터 영국에서는 '정부 전복을 목적으로 하는 대규모의 조직적 반란'을 rebellion, '권위에 복종을 거부하는 비조직적 폭동'은 revolt라고 불렀다.

역사적으로 가장 큰 영향을 미친 혁명은 '프랑스 대혁명(the French Revolution, 1789)'으로, 20세기에 일어난 '러시아 혁명(the Russian Revolution, 1917),' '중국 혁명(the Chinese Revolution, 1949)'과 함께 '아래로부터의 혁명(the revolution from below)'을 성공시킨 3대 혁명으로 꼽히고 있다.

Revolution은 원래 라틴어 re(뒤로)와 volvere(돌리다)의 합성어 revolvere(회전시키다)의 명사형 revolution에서 나왔다. 이것이 14세기 말 고프랑스어에서 영어로 들어와 처음에는 '회전' '공전'이라는 말로 쓰였다. "The earth revolves on its axis(지구는 지축을 중심으로 자전한다)" 등과 같은 글에서는 지금도 rotation의 의미로 쓰이고 있다. 15세기에 이르러 의미가 확대되어 '대규모 정치적 변혁'이 되고, 17세기에 이르러서는 '혁명'이라는 의미로 자리 잡게 되었다. 현재의 정치적 상황을 갈아엎는다는 뜻으로

쓰인 것이다.

19세기에 들어서자 revolution은 정치적인 의미뿐만 아니라 지질학 용어로 '애팔래치아 조산(造山)운동(the Appalachian Revolution)' 등에 쓰였으며, 20세기에는 근대적 농업 기술을 통한 '식량증산운동(the Green Revolution),' 컴퓨터의 보급에 따른 '정보혁명(the Informational Revolution)' 등 사회의 다양한 분야에서 일어난 '일대 변혁'을 가리키는 단어로 자리 잡게 되었다.

특히 영어에서는 라틴어 동사 vlovere에 접두어를 붙여 여러 가지 단어를 만들어 냈다. in(속으로) + volvere(돌리다) = involve(말려들다, 포함하다), ex(밖으로) + volvere(돌리다) = evolve(전개하다, 진화하다), circum(주위로) + volvere(돌리다) = circumvolve(회전하다), con(함께) + volvere(돌리다) = convolve(말다, 감다), inter(속으로) + volvere(돌리다) = intervolve(뒤얽히다, 서로 얽히게 하다) 등이 있다.

Volvere에서 파생된 단어로는 vale(골짜기), volume(두루마리 → 책), volt(감아타는 말타기 기술, 펜싱에서 찌르기 피하는 동작), vault(둥근 천장, 뛰다 = jump) 등이 있으며, revolver는 탄창이 돌아가는 6연발 권총을 뜻한다. 스웨덴의 유명한 자동차 메이커 '볼보(Volvo)'도 바퀴가 '도는 것'이라는 뜻에서 자동차의 이미지를 따온 상호이다.

볼보의 심벌마크

- **The Revolutionary War** 미국의 독립전쟁(1775~1783)
- **The policy of the big revolver** 보복관세를 통한 위협 정책
- **A revolving door** 현관 회전문

●●●어떤 이유에서든 전쟁은 나쁜 것 War

인류에게 가장 불미스러우면서도 정당한 집단적 행위는 다름아닌 '전쟁'이다. 어떤 의미에서라도 전쟁은 정당화될 수 없지만, 주관적으로는 가장 정당한 집단적 행위이다. 아이러니컬하게도 인류는 전쟁을 통해 문화를 파괴하고 동시에 문화를 발전시킨 야누스적인 역사를 가지고 있다. 전쟁을 나타내는 영어로는 war > battle > combat

등이 있는데, war는 '두 나라 이상의 장기적인 전면전'을, battle은 '특정 지역에서 벌어지는 두 군대 이상의 국지전'을, combat는 '소규모의 국지전'을 가리킨다.

War는 1066년 영국을 정복한 노르만인들이 고프랑스어의 방언 werre에서 차용해 온 단어이다. werre는 게르만조어 wers(혼란시키다)에서 비롯된 고지독일어 Werra(혼란, 불화)와 같은 어원을 갖고 있다. 이 Werra에서 영어 worse(보다 나쁜)가 파생되었기 때문에 war와 worse는 뿌리가 같다. 노르만인들이 war를 들여오기 이전에도 고대영어로 winnan(싸우다)이라는 동사에서 생긴 winn(싸움)이 있었지만 13세기 후반에 폐어가 되고 말았다. 그 후 이 단어는 win(이기다, 승리 = victory)이라는 단어로 잔재를 남겼다.

이처럼 war가 고프랑스어에서 비롯되었지만 정작 현대 프랑스어에서는 형태가 전혀 다른 guerre로 변했다. 파리를 중심으로 한 중부 프랑스에서 guise(방식, 방법)의 어원이 wisa이듯이 w가 g로 변했기 때문에 영어와 다른 형태를 취하게 된 것이다. 따라서 노르만의 고프랑스어에서 비롯된 영어와 중부 프랑스어에서 들어온 영어는 쉽게 구별할 수 있다. 예를 들면 warrant(근거, 보증), ward(감시, 후견), wage(임금), reward(보수, 보상)은 전자에서, guarantee(보증, 담보), guard(경계, 감시인), gage(저당물, 도전장), regard(관심, 주의, 존중)은 후자에서 비롯된 것이다.

이 밖에도 guerre와 같은 계통의 스페인어 guerrilla(게릴라, 작은전쟁)는 1815년 '워털루 전투'에서 나폴레옹 군대를 격파한 영국의 웰링턴 공작(Duke of Wellington, 1769~1852)이 1809년 처음 영어로 들여온 단어이다. 그는 전투 중에 숲 속에서도 덤불 사이를 쉽게 다닐 수 있도록 무릎까지 오는 긴 부츠, 즉 '웰링턴 부츠(Wellington boots, Wellingtons)'를 고안해낸 것으로도 유명하다.

웰링턴 공작

- **The war to end war** 전쟁을 끝내기 위한 전쟁(제1차 세계대전 당시 구호)
- **War of nerves** 신경전
- **White war** 무혈전쟁(경제 전쟁)
- **To make matters worse** 설상가상으로(worse than all)
- **Mount (the) guard** 보초를 서다
- **An advanced guard** 전방부대(advance guard 친위대, 선발대)

- **Ward heeler** 말단 당원, 지방 운동원
- **Ward sister** 병실 담당 간호사

●●●투표는 총알보다 강하다 Ballot

미국의 제16대 대통령 에이브러햄 링컨의 연설 가운데 "투표(ballot)는 총알(bullet)보다 강하다"라는 구절이 있다. 이 두 단어는 모두 같은 어원을 갖고 있으며 철자와 발음도 비슷해 민주주의의 개념을 표현하는 데 아주 적합하다.

Ballot(투표)의 어원은 이탈리아 방언 ballotta(작은 공)이다. ballotta는 balla(공)에 '작다'라는 뜻의 지소어 'otta'가 붙은 것이다. 고대 그리스의 아테네에서는 재판을 벌여 유죄와 무죄를 가릴 때 배심원들이 흰 공(찬성)과 검은 공(반대)을 투표함에 넣었는데, 이때의 공이 ballotta이다. 이러한 흔적이 바로 영어의 black ball(흑구, 반대투표 vote against)에 남아 있다. 이후 르네상스 시기의 베네치아 공화국에서는 이러한 관습을 받아들여 ballotta는 '비밀투표'라는 뜻이 되었다.

인도유럽조어 bhel(부풀다)에서 비롯되어 고노르드어에 들어갔다가 영어로 차용된 ball(공)은 이탈리아어 balla(공)와 같은 뿌리를 갖고 있다. balla에서 파생된 단어로는 '크다'라는 접미어 'one'가 붙은 ballone(큰 공)이 있는데, 16세기 말 영어로 들어와 balloon이 되었다. 처음에 들어올 당시에는 '큰공 놀이'라는 뜻이었으나, 1782년 11월 21일 프랑스의 몽골피에 형제가 만든 기구가 세계 최초로 하늘을 날게 된 이후부터 '기구, 풍선'이라는 뜻으로 쓰였다. 광고용으로 띄우는 애드벌룬(ad-balloon)은 advertising(광고) + balloon의 합성어이다.

프랑스어에서 차용한 발레 전문용어로 ballonne(발로네)가 있는데, 이것은 무용수가 기구처럼 한발로 사뿐히 뛰어오르고, 다른 발로는 뛰어오른 다리를 마주치는 동작(pas ballonne)을 말한다.

몽골피에 형제가 만든 기구

한편, bullet(소총탄, 작은 공, 낚시추)는 프랑스어 boule(공)에 '작다'는 뜻의 지소어 'ette'가 붙은 boulette(작은 공)가 16세기에 영어로 들어온 단어이다. 이 프랑스어 boule는 라틴어

bulla(공, 거품, 교황 인장)로 거슬러 올라갈 수 있다. 당시 로마 교황의 설교는 공문서 형태로 만들어져 반드시 '둥근 교황의 인장'이 찍혀야 했다. 그리고 bullet에 '작다'라는 뜻의 접미어 'in'이 붙어 bulletin(고시, 회보, 정기 보고서)이 되었다. 처음에 '공식증명서'라는 뜻으로 쓰였는데, 여기서도 로마 교황의 인장이 지닌 위력을 엿볼 수 있다.

- **Ballot for(against) a candidate**   후보자에게 찬성(반대) 투표를 하다
- **Cast〔Take〕a ballot**   투표하다
- **Bullethead**   둥근머리, 바보, 고집쟁이
- **Bullet bait**   총알받이, 초년병
- **Bulletproof vest**   방탄조끼
- **Rig the ballot**   표를 조작하다
- **Balloonfish**   복어
- **Ballotage**   결선 투표

◦◦●●워싱턴의 하얀 집 White House

세계를 움직이는 하얀 건물 백악관(白堊館, White House)은 '하얀 옥(玉)으로 지은 저택'이라는 뜻이다. 반절로 자르면 정육면체가 되는 4층짜리 건물의 백악관은 워싱턴 시내 펜실베이니아 거리 1600번지에 버티고 서 있다. 우리나라에서는 백악관이 예식장 상호로도 쓰이지만, 워싱턴의 백악관은 명실상부한 세계 최고의 권부(權府)이다. 백악관의 서쪽 건물에 자리 잡고 있는 대통령의 집무실은 달걀 모양으로, 'Oval Office'라 불린다. 이곳에는 2,000여 명의 미국 최고의 엘리트들이 각 분야에 포진해 있다.

백악관의 대통령 집무실은 첨단 정보 센터처럼 되어 있다. 지하실에 있는 상황실(Situation Room)은 전 세계에 배치된 미군의 동정, 중앙정보국(CIA)의 보고, 인공위성을 통해 수시로 세계 각국의 정보들을 한눈에 알아볼 수 있는 시스템을 갖추고 있다.

백악관은 미국의 살아 있는 역사 박물관이기도 하다. 미국 연방정부의 청사 중 가장 오래된 건물이기 때문이다. 초대 대통령 워싱턴이 1792년 대통령 관저의 설계를 공모해 아일랜드 출신의 건축가 제임스 호번(James Hoban)의 작품을 선정했다. 좌우대칭형으로 단순하고 깨끗한 이미지를 한껏 살린 백악관의 첫 입주자는 제2대 대통령

백악관의 '오벌 오피스'

존 애덤스였다. 1814년에 워싱턴을 침공한 영국군들이 백악관 전체를 불태우는 바람에 역사적 상처를 입기도 했다. 하지만 제임스 호번이 다시 나서서 3년 동안 개축하여 오늘날의 백악관 모습으로 복원시켰다.

'백악관'이라는 공식 명칭은 1901년에 취임한 제26대 대통령 시어도어 루스벨트(Theodore Roosevelt)가 채택했다. 처음에는 주위 사람들이 '대통령 궁(President's Palace)'으로 부르자고 했으나 대통령 관저 이름을 공모할 당시 '대통령의 집(President's House)'으로 결정된 이 이름을 고수했다. 그러던 1811년 어느 날, 어떤 신문기자가 건물의 색깔을 보고 'White House'라고 부른 데서 유래되어 백악관이라 불리기도 했는데, 90년이 지난 20세기에 들어서 비로소 정식으로 백악관이라 불리게 된 것이다. 백악관이 현대적인 모습으로 완전히 재단장한 것은 제2차 세계대전이 끝난 직후인 트루먼 대통령과 케네디 대통령 때 두 번이었다.

●●●성문의 통행증 Passport

대부분의 국가에서는 자국의 여행자가 해외로 나갈 때 반드시 여권(passport)을 휴대하도록 의무화하고 있다. 자국의 외무부에서 발행하는 이 여권은 자국 국민이 해외에서 아무 탈없이 여행할 수 있도록 도움을 준다. 필요한 경우엔 신변 보호와 지원까지 해줄 수 있도록 해당국에 요청하는 문구가 명시되어 있다. 그렇기 때문에 여권은 신분증명서와 보호의뢰증의 성격을 띤 국외 여행문서라 할 수 있다.

역사상 가장 오래된 여권은 고대 그리스시대의 원로원이 관료들을 우대하기 위해 만든 서장(書狀)이다. 로마시대에도 황제가 저명인사들에게 교부한 특별여권(tractoria)이 있었다. 중세시대에도 여권과 비슷한 안전통행증(conduit)이 프랑스의 상파뉴 지방에서 발견되기도 했다. 이것은 곳곳의 정기 장날을 찾아다니는 상인들을 보호하기 위해 교부해준 서장이었는데, 여기에는 상인들이 통행할 수 있는 코스가 지정되어 있었다. 물론 상인들은 이와 같은 보호의 대가로 돈을 지불해야만 했다. 1331년 필리프 6세도 국왕 소유의 정기시장을 보호·육성하기 위해 전용 통행증(Sauf conduit)을 교부했는데, 이때부터 비로소 증명서에 공적인 성격이 부여되었다. 여기서 sauf는 '금품의 면제'를 뜻했는데, 외국인들에게도 적용된 이 전용 통행증은 점차 국내 여행용 여권을 뜻하게 되었다.

여권의 어원은 라틴어 passare(통행하다)와 porta(문, 출입구, 통행)가 프랑스어로 들어와 변형된 passer와 porte의 합성어 passeport이다. 이 단어가 영어로 차용되면서 passport가 되었는데, 원래는 도시의 성문을 출입하는 통행증이었다. passport가 선박의 항구 출입증에서 기원한 것이라고 주장하는 사람도 있다. port가 항구이기 때문에 이 주장도 어느 정도는 설득력이 있다고 할 수 있다('Port' 항목 참조).

- **Passage** 통행, 통과, 경과, 우송, 여행
- **A bird of passage** 철새, 방랑자
- **Passer-by** 통행인(passenger 승객)
- **Passe-partout(=pass everywhere)** 사진틀, 만능열쇠(master key)
- **Passee** 휴가증, 무료입장권 소지자

●●●파피루스 두루마리의 겉장 Protocol

고대 그리스에서는 파피루스 두루마리로 된 문서의 겉장에 또 한 장의 종이를 아교로 붙였다. 여기에는 문서가 작성된 날짜와 차례 또는 유래 같은 것들을 기록해놓아 일일이 펼쳐보지 않아도 대강 그 문서의 내용을 알 수 있도록 했다. 이러한 내용을 적어놓은 첫장을 바로 protocol(원고의 첫장)이라고 불렀다.

Protocol은 pro(처음의)와 kolla(아교)의 합성어로 중세 가톨릭교회에서는 교황의 칙허장이나 칙서의 서두나 말미에 붙는 정식문(定式文)을 가리키는 protocollum의 어원이 되었다. 이 단어가 다시 중프랑스어로 들어와 prothocole(문서의 원본, 거래의 기록), protocol이 되었는데, 19세기 중반까지는 '검사(檢死, 시체의 부검)'나 '과학 실험의 과정에 관한 공식기록'을 뜻했다.

이후 영어에 그대로 차용된 protocol은 특히 제2차 세계대전 당시 독일이 소련과 비

밀리에 발트3국(에스토니아, 라트비아, 리투아니아)을 접수한 의정서가 폭로되면서부터 일반적인 의미보다는 주로 외교용어로서 '조약원안(original draft of a diplomatic document)' '협정(formal statement of a transaction)' '의정서를 작성(기록)하다'라는 뜻으로 쓰였다.

특히 컴퓨터가 보급된 이후부터 protocol은 부수 컴퓨터와 단말기 사이의 데이터 통신을 원활하게 하는 데 필요한 통신속도, 통신방식, 데이터 형식 등을 통일시킨 규약을 뜻하기도 한다.

- **Prototype** 원형(archetype), 본보기(model), 표준(standard)
- **Protoplasm** (생물학의) 원형질(原形質)
- **Protomartyr** 최초의 순교자(특히 기독교 최초의 순교자 성 스테파노를 가리킨다)
- **File transfer protocol** 파일 전송 규약(FTP)
- **Colloid** 아교질, 콜로이드

●●● 세계 어디서나 통하는 말 OK

'좋았어(all right)' '알았어(agreed)' '됐어(yes)' 등의 뜻을 지닌 OK는 세계적으로 가장 널리 퍼진 영어 중 하나일 것이다. 이 OK의 정식표기가 Okay, Okeh, Okey, Okey Doke(y)인 만큼 그 유래도 가지가지이다. 그 가운데 어느 정도 신빙성이 있는 일곱 가지 설을 소개하면 다음과 같다.

첫째, 초모토 인디언 말로 "그것이 좋다"를 뜻하는 Oken에서 유래되었다.

둘째, 이로쿠로이 인디언 추장 케오쿠크(Keokuk)가 자신의 이름 앞에 영어로 '장로'를 뜻하는 old를 붙여 협정문서에 이니셜 OK로 사인한 데서 유래되었다.

셋째, 1830년대 '난 몰라'라는 유행어 Don't know의 이니셜 DK가 나중에 와전된 것이다.

넷째, 그리스어로 Olla Kall('모든 것이 좋다'라는 뜻)의 이니셜에서 유래되었다.

다섯째, 카리브해에 있는 아이티 공화국의 항구도시 오카예(Auxcayes)에서 뉴욕으로 수출하는 럼주가 크게 호평을 받아 품절되자 선원들이 "Good!"의 은어로 OK라고 부른 데서 유래되었다.

여섯째, 1839년 3월 23일 〈보스턴 모닝 글로브〉지의 편집주간 C. G. 그린이 "All

Correct(모든 것이 옳다)"의 스펠링을 "Oll Korrect"라고 잘못 쓴 데서 유래되었다. 그런데 이 사건은 제7대 대통령 앤드류 잭슨이 테네시 주 고등법원 판사 시절의 공문서에 "All Korrect"라고 잘못 사인한 '역사적 실수'를 다시 재현했다는 설도 있다.

일곱째, 1840년 제8대 대통령 마틴 밴 뷰렌의 재선을 지지하는 민주당원들이 그의 출신지인 뉴욕 주의 킨더 후크 마을이 부러워서 'OK 클럽(Old kinder hook Club)'이라는 후원회를 결성한 뒤 대대적으로 선거활동을 전개한 데서 유래되었다.

이 중에서 여섯 번째와 일곱 번째가 가장 유력한 설이라고 전해진다. 하지만 3월 23일자 〈보스턴 모닝 글로브〉지는 물론이고, 앤드류 잭슨이 사인했다는 공문서도 남아 있지 않다. 아무튼 OK의 유래가 확실하지 않다는 것만큼은 분명하다.

- **That's OK** (사과에 대해서) 걱정마! 됐어!
- **It's OK with〔by〕me** 괜찮아! 허락하마!(I agree)
- **It's this OK with you?** 이것이 좋은가?

●●●바다의 관문 Port

항구를 뜻하는 영어로는 port와 harbor, haven이 있다. port는 '하역장'으로서의 harbor, 즉 '항구도시'의 뜻이 강하며, harbor는 '배가 대피할 수 있는 곳'의 뜻이 강하다.

Port는 라틴어 portus(문, 입구)에서 비롯된 단어인데, 앵글로색슨족이 대륙에서 브리튼 섬으로 들어올 때 가지고 온 단어이다. 서기 400년, 무자비한 반달족이 로마로 쳐들어올 때 '소금길(Via Salaria)'을 통해 진격해 들어와 '소금문(Porta Salaria)'을 열고 로마 시내로 물밀 듯이 덮쳐 왔다. 이때 '소금문'의 porta는 portus의 복수형이다.

기차나 비행기가 운송수단으로 각광받기 이전에는 대량의 인원과 물자를 운반할 수 있는 것은 해상 교통수단뿐이었다. 따라서 항구는 번성했고 자연스럽게 도시를 이루게 되었다. 영국 햄프셔 주 남부의 포츠머스(Portsmouth)는 예로부터 이름난 항구 도시로 영국의 해군기지가 자리 잡고 있으며(참고로 영국해군사관학교〔Royal Navy College〕는 데본〔Devon〕 주의 다트머스〔Dartmouth〕에 있다), 미국의 포츠머스는 1905년 '러일전쟁'이 끝난 후 '포츠머스 강화조약'이 체결된 역사적인 항구도시이기도 하다. 또 미국 오리건 주 북서부의 포틀랜드(Portland)는 어항(漁港)으로 유명하며, 메인 주의 항구도시 이름이기도 하다. 중국 요동반도의 항구도시 뤼순(旅順)도 영어로는 'Port Arther'라고 부른다. 독일 북서부에 있는 브레머하벤(Bremerhaven)도 지명을 보면 항구도시임을 바로 알 수 있을 것이다.

비행기를 탈 때 필요한 passport(여권)도 16세기 초 프랑스어에서 영어로 들어왔을 때는 '항구 출입 허가증'을 뜻했다. 따라서 사람들이 비행기를 타고 다니면서부터 공항을 자연스럽게 'Airport'라고 불렀던 것이다. 또한 port는 포르투갈산 적포도주인 '포트와인'이라는 뜻도 있는데, 이 포도주를 처음으로 수출한 항구가 오포토(Oporto)였기 때문에 붙여졌다. 포르투갈(Portugal)이라는 국명은 항구도시 포르투스(Portus)와 칼레(Cale)가 합쳐서 이루어진 도시 이름이 나중에 나라 이름으로까지 확대되었다.

Port에는 '나르다'라는 뜻도 있었지만, 시간이 흐르면서 carry에게 자리를 넘겨주었다. 하지만 지금도 import(수입), export(수출), transport(수송하다), report(보고하다) 등 원래의 뜻이 살아 있는 단어들이 많다.

- **Any port in a storm** 궁여지책
- **Portal** 정문(gate)
- **Porterhouse** 선술집
- **Portico** 현관(philosophers of the portico 스토아 학파, 제논이 주로 현관에서 강의를 한 데서 유래)
- **Port-au-prince** 포르토프랭스(아이티의 수도)
- **Clear〔Leave〕a port** 출항하다
- **Enter〔Make〕a port** 입장하다

●●●40일간의 검역 Quarantine

공항이나 항구에서 전염병 감염 여부를 검사하고 필요에 따라 소독이나 격리 조치를 취하는 검역소에서 quarantine이라는 사인보드를 쉽게 접할 수 있다. 옛날 바닷길밖에 없었던 시절에는 입항한 외국 선박들을 대상으로 40일간의 검역 정박기간을 정해두었다. 이 기간 동안 문제가 없어야 이국땅을 밟을 수 있었다.

이 40일을 뜻하는 이탈리아어 quarantine이 영어로 들어와 지금은 '검역(檢疫)하다' '격리하다' '정선(停船)을 명하다' '고립시키다' '정치적·경제적으로 절교하다' '검역 격리' '교통 차단' '검역소' '격리소' '검역 정선기간' '검역 정선항구' '고립화(isolation)' '절교' 등을 뜻하게 되었다.

Quarter는 라틴어로 '4분의 1(a fourth)'이라는 뜻인데, quart는 '4분의 1 갤런,' quartet는 '4중주'라는 뜻이다.

●●●가장 오래된 직업 Merchant

인류 역사상 가장 오래된 직업은 창녀와 상인이다. 최하층에 속하는 이 두 직업은 냉엄한 계급사회에서 살아남기 위한 눈물겨운 노력의 산물일지도 모른다. 물론 우리나라도 마찬가지였다. 조선시대의 '사농공상(士農工商)'이라는 계급서열에서도 알 수 있듯이, 상인은 가장 천한 계급이었다.

상인을 뜻하는 영어로는 merchant(도매상), trader(무역상), dealer(판매업자) 등이 있지만, 일반적으로는 merchant를 많이 쓴다. merchant는 mercy(자비, 은총)에서 비롯된 단어로 어원은 라틴어 merces(보수, 임금)이며, merx(상품)의 파생어이다. 이것이 프랑스어로 흘러들어가 12세기 말 영어로 차용된 것이다. '보수'라는 단어가 '자비, 은총'으로 변한 배후에는 기독교의 영향력이 컸던 것으로 보인다. 하늘나라에서 은혜를 입는다는 사실을 구체적으로 설명하기 위해 상품의 매매에 따른 이윤의 획득을 '신의 은총'으로 비유했던 것이다. 실제로 종교개혁가 장 칼뱅(Jean Calvin, 1509~1564)도 저서인 『기독교 강의』에서 "이윤은 신의 은총"이라고 말했다('Bank' 항목 참조).

라틴어 merces를 어원으로 삼는 단어에는 com(같이) + merces(상품) = commerce(상업), market(시장), mart(상업 중심지) 등이 있는데, 나중에 mercy는 종교적인 의미로, 프랑스어 merci는 thank you의 의미로 쓰이게 되었으며(merci beaucoup = thank you very much), '거래, 시장'의 뜻을 지닌 단어 marche가 대신했다.

Merchant가 상인으로 자리 잡기 전에는 ceapman이 상인이었다. 현대영어로는 chapman인데 이것은 지금 '행상인'으로 쓰이며, chap은 '놈(fellow)'이라는 뜻으로 쓰이고 있다. 당시 상인들은 대부분 행상을 했기 때문에 길거리에서 지내야 했을 것이

장 칼뱅의 『기독교 강의』

다. 그래서 길을 가다 마주치면 반가워도 서로 이름을 몰라서 그저 '이봐!' 하고 소리치는 사람들이 많았기 때문에 '놈'이라는 뜻으로 변한 것은 이해할 만하다.

8세기경부터 쓰인 ceap(거래, 장사)은 라틴어 caupo(행상인, 여인숙 주인)에서 나왔는데, 중세영어에서는 good chepe(좋은 거래 → 싸다)의 단축형으로 cheap이 되었다. 16세기 말부터 '값싼, 시시한'으로 이미지가 전락했지만, 런던의 Chepside처럼 엄연히 도시 이름으로 남아 있다. 지명으로 보아 이 도시는 중세시대에 시장이 번성했음을 쉽게 짐작할 수 있다.

또한 ceap는 독일어의 Kauf(매매)로 지금까지 그 의미가 남아 있으며, 전자가 Chapman이라는 성(姓)을 남겼듯이, 후자도 Kaufmann(상인)이라는 성을 남겼다.

- Merchant prince 대상인, 거상(巨商)
- Merchant of death 죽음의 상인(무기상)
- General merchandise 잡화
- Mercantilism 중상주의
- Mercy stroke 최후의 일격
- A speed merchant 속도 광
- Cheapie 싸구려 물건

●●●벤치에서 일했던 Bank

은행의 기원은 고대 그리스와 로마의 환전상이었다. 은행을 뜻하는 bank의 기원은 이탈리아어 banka인데, 프랑스어 banque를 거쳐 15세기 말에 영어로 들어와 bank가 되었다. 중세 이탈리아, 특히 베네치아와 플로렌스, 제노바 등지의 상인들은 지중해 무역을 통해 엄청난 부를 쌓았다. 이들은 유럽 각 도시에 지점을 차려놓고 각국의 귀족들에게 돈을 빌려주고 이자를 받았다. 이미 14세기경부터 번성한 고리대금업은 하느님이 지상을 내려다보며 얼굴을 찌푸렸어도 유럽의 상인들이 멀리하기엔 너무나 매력적인 직업 중 하나였다. 그래서 교회는 이들과 대타협을 이끌어내어 상인들의 고리대금업과 무역을 통한 이윤 증대를 정당화시켜줄 수밖에 없었다. 그것이 바로 프랑스의 종교개혁가 장 칼뱅이 주장한 "이윤은 신의 은총"이라는 말의 배경이다.

　Bank는 게르만조어에서 비롯되었는데, 게르만 일족인 롬바르드(Lombard)족이 북부 이탈리아에 정착하면서 사용했던 말이다. 처음에는 '환전상의 작업대'를 가리켰다. 이들은 가톨릭 신자들로부터 온갖 손가락질을 받아가면서 작업대를 놓고 환전과 고리대금업을 시작했다. 이 작업대의 의미가 점차 확대되어 금융업자의 점포를 가리키게 되었다. 런던에 최초로 금융업을 시작한 사람들 가운데는 롬바르디아 출신이 많았으며, 그들이 집중적으로 모여 있던 곳이 바로 오늘날 영국 금융가의 중심지인 '롬바르드 가(Rombard Street)'이다.

　Bank는 bench(긴 의자, 작업대)와 어원이 같지만 '봉우리'라는 뜻의 고노르드어에서 유래된 bank(제방)와는 기원이 다르다. '은행'이라는 뜻의 bank에서 파생된 단어로는 영어 bankrupt(파산시키다, 성격 파탄자)와 독일어 Bankrott가 있다. 원래의 뜻은 'banco rotto(부서진 작업대)'인데, 환전상이 정확히 계산해주지 않아 화가 난 손님이 작업대를 부숴버렸다는 에피소드에서 나온 말이다. 명사형 bankruptcy는 '파산' '도산' '파탄'이라는 뜻이다. 그리고 banquet(정식 연회)도 bank와 어원이 같은데 원래는 프랑스어 banque(작업대) + ette(작게 하다) = banquet(작은 테이블 → 연회)에서 비롯된 말이다. 지금은 은행의 개념 이외에도 '아이디어 뱅크' '안구은행' '정자은행' 등 '저장'과 '보관'의 의미로까지 선보이고 있다.

- **I'm making bank**　난 큰 돈을 벌었다
- **A savings bank**　저축은행
- **In the bank**　빚을 지고(in debt)
- **Bank on**　의지하다(rely on, depend on)
- **Banknote**　영국 지폐(미국에서는 bankbill이라고 하는데, 이것은 영국에서 은행도 어음을 뜻한다)
- **Like the money in the bank**　확실한(certain, sure, conclusive), 안전한(safe, secure)
- **Stool**　등없는 걸상

●●●동업자에서 동료로 Fellow

Fellow는 고대영어 feoh(fee 재산, 소유권) + lag(lay 가로눕히다, 두다) = feohlaga에서 나온 단어로, 직역하면 '돈을 가로놓는 사람,' 즉 공동의 사업에 자금을 투자하는 '공동 경영자'를 뜻했다. lay에는 지금도 '돈을 걸다'라는 뜻이 있다. 고대영어에서 feoh는 라틴어 pecus(소, 가축)에서 나와 게르만어 fihu를 거쳐 들어온 것으로 '재산' '돈'의 의미로까지 확대되었다('Money' 항목 참조).

'수수료' '요금' '수업료' '사례금' 등을 뜻하는 fee는 pecus가 또 다른 경로인 고프랑스어 fief(봉토, 영지)를 거친 것이기 때문에 지금도 '영지' '봉토'라는 뜻을 가지고 있다. 또 fief는 그대로 영어에 차용되어 fief(feud, feudality 봉토, 영지), feudal(영지의, 봉토의, 봉건시대의)이라는 단어를 만들어냈다.

현대영어에서 feeling는 좋은 의미의 '동무(comrade)' '친구(companion)' '동아리(accomplice)' '동료' '동업자'라는 뜻을 갖고 있지만, 다소 부정적인 의미의 '한패거리' '경쟁자(rival)' '필적자' '놈' '녀석' '정부(情夫)'라는 뜻도 가지고 있다. 동업자들 중에는 좋은 사람도 있지만 나쁜 사람들도 있기 때문이리라.

이 밖에 fellow는 fellow feeling(동정, 공감), fellow servant(동료 고용인), fellow worker(동료 노동자) 등과 같은 복합어에도 많이 쓰이고 있다.

- **A fellow in misery is a real friend**   가난할 때의 친구가 진짜 친구다
- **He is hail fellow well met with me**   그는 나와 서로 배짱이 맞는다
- **Feudalism**   봉건제도(주의)
- **My dear fellow!**   여보게!
- **Poor fellow!**   불쌍한 놈!, 가엾어라!
- **A fellow countryman**   동포
- **Fellow students**   학교동무
- **Fellow traveler**   길동무, 동조자(sympathizer)
- **Class fellow**   동급생, 급우(classmate)

114

●●●와인 중개인에서 증권 중개인으로 Broker

14세기경 broker는 '선술집 주인'이나 '바텐더'라는 뜻으로 쓰였다. 이것은 라틴어 brocca(뾰족한 것), 고프랑스어 broche(쇠꼬챙이, 꼬치, 브로치), 중세영어 brokoor를 거쳐 또 다른 파생어 broach(꼬챙이에 꿰다, 큰 통에 구멍을 뚫다, 브로치, 꼬챙이, 송곳, 첨탑)를 만들어내기도 했다.

중세시대 때 broker들은 와인(wine)을 싼값에 대량으로 구입해서 차익을 남기고 되파는 게 주업(主業)이었다. 그래서 물건을 팔기 위해 사들이거나 다른 사람을 위해 대신 사주는 '중개인'이나 '대리인(agent)' 등 온갖 종류의 도매상을 가리키게 되었다. 이와 같은 행위는 자신의 노동으로 돈을 버는 것이 아니라 돈으로 돈을 버는 것이기 때문에 고리대금업(usury)처럼 사람들에게 나쁜 인상을 주었다. 그 후 broker에는 자연스럽게 경멸적인 의미가 더해져 '뚜쟁이' '매춘업소 주인' 등을 가리키게 되었으나, 예외적으로 marriage broker(결혼 중매인)는 완전히 합법적인 직업이 되었다.

17세기에 이르러 하층민들의 경제적 어려움을 덜어주기도 하면서 실제로 고리대금을 일삼는 전당포(pawn shop)가 나타나자, 그 주인을 pawn broker라고 부르게 되었다. 사실 pawning(저당 잡히고 돈 빌리는 행위)은 아주 오랜 역사를 가지고 있다. 이 단어는 노르만 정복 이후 영어로 들어온 pan(노획품, 약탈품)에서 유래되었는데, 프랑스에서 귀족의 옷을 저당잡은 관습에서 생긴 pan(천 조각, 면)이 어원이다. pan은 영어로 차용되어 pane(창유리[windowpane], 바둑판의 눈금, 창유리를 끼우다, 옷조각을 이어 만들다)과 panel(판넬, 네모꼴, 양피지 조각, 토론단, 심사위원단) 등의 단어를 만들어내기도 했다.

오늘날 broker는 '증권 중개인' '거간꾼(middleman)'이라는 뜻으로 많이 쓰이며, 현대 정치에서는 '뒷거래로 후보자 지명에 유리하게 하는 자,' power broker는 '무대 뒤에서 정권을 휘두르는 유력자'라는 뜻으로 많이 쓰이고 있다.

- A broker house 증권회사
- A street (curbstone) broker 장외 거래인
- Broach spire 8각 첨탑, 특히 이집트의 방첨탑(方尖塔)은 obelisk라고 한다
- Diligence is set at my pawn 근면이 나의 신조이다
- Panel discussion 공개 토론회
- Panelist (공개 토론회의) 토론자, 연사

- **Pawner** 전당 잡는 자, 질권자(전당 잡히는 자는 pawnor)

◦◦●곰 발바닥으로 내리치면 약세, 황소 뿔로 떠받으면 강세
Bear & Bull

주식시장에서 '약세시장' '(더 값이 내리길 기대하고) 파는 쪽' '시세 하락을 내다보는 사람'을 bear(곰)라고 한다. 최초로 주식거래소가 등장했을 때 bear는 '팔려도 곧바로 구입자에게 양도하지 않는 주식'이라는 뜻이었다. 실제로 주식이 양도되기까지 파는 사람은 시세차를 남기기 위해서 팔려고 계약한 가격보다 더 주가가 내리기를 기대했던 것이다.

이런 투기꾼을 'bearskin jobber(곰가죽을 파는 장내 중매인)'이라고 불렀는데, "Don't sell the skin before the bear is catched(곰을 잡기도 전에 곰가죽을 팔지 마라)"라는 격언에서 유래되었다(Don't count one's chickens before the eggs hatched라는 표현과 같다). 곰을 잡기도 전에 곰가죽을 미리 파는 것은 '투기꾼(speculator)'이나 하는 짓이니까 말이다. 이런 연유로 bear는 주식시장에서 투기꾼을 가리키게 되었고, 약세시장을 뜻하게 되었다.

Bull은 bear와 반대로 '강세시장' '(값이 오르길 기대하고 주식을) 사는 쪽' '시세 상승을 내다보는 사람'이라는 뜻이다. 곰이 앞발로 먹잇감을 내리쳐 쓰러뜨리는 모습과 황소가 뿔로 상대를 받아쳐 올리는 모습을 본따 주식시장의 하락세와 상승세를 나타낸 것이다.

- **Bulldyke** 남성 역할의 여성 동성애자
- **Bull pen** 유치장, 노무자 합숙소, 구원투수가 워밍업하는 곳, 구원투수
- **Teddy bear** 곰 인형
- **Skin the bear at once** 요점(급소)을 찌르다
- **Bull dance** 남자들끼리의 댄스
- **Take the bull by the horns** 의연하게 난국에 맞서다
- **Irish bull** 언어(언행)상의 모순

●●●만인에게 공개된 것 Patent

글로벌 시대의 '특허제도'는 핵무기 못지않은 위력을 지니고 있다. 이 제도의 역사는 1474년 베네치아 공화국까지 거슬러 올라간다. 베네치아 공화국은 이때부터 발명품에 대해 10년간 특허권을 주었다. 이 제도는 1475년부터 1550년까지 지속되었으며, 그동안 약 100여 건 정도의 발명품이 등록되었는데, 갈릴레이(G. Galilei, 1564~1642)도 1594년 '양수·관개용 기계'를 발명해 특허를 받기도 했다.

근대적인 의미의 특허제도는 1624년 영국에서 제정·시행된 '전매 조례'이다. 영국에도 베네치아와 비슷한 제도가 있었지만, 1560년경 처음으로 독점적 특허자, 즉 '전매 특허증(letters patent)'을 발급해주었다. 당시의 특허장은 영국 왕실의 재정 수입을 꾀하는 수단으로, '발명 특허'보다는 오히려 소금의 독점 판매권이나 주류 판매권과 같은 일용품의 영업 특권으로 악용되었다. 이런 이유로 국민들의 반발이 심해 소송사건들이 끊이질 않았다. 부작용이 심각한 것을 인식한 의회는 1624년 '전매 조례(the Patent Acts)'를 선포해 기존에 국왕이 부여한 모든 전매권을 무효로 만들어버렸다.

1790년 미국, 1793년 프랑스, 1877년 독일에서 각각 특허제도를 도입했으며, 아시아에서는 '메이지(明治) 유신'으로 근대화에 박차를 가했던 일본이 1885년에 처음 특허제도를 실시했다.

'특허' 또는 '전매 특허'를 뜻하는 영어는 patent이다. 라틴어 patens(열린)에서 비롯되었으며, 고프랑스어 patent(명백한, 면허증)에서 차용해온 단어이다. patent 이외에도 '면허, 인가, 방종'이라는 뜻을 지닌 단어로는 licence가 있다. 이것은 라틴어 licentia(허가) → licet에서 비롯된 고프랑스어 licence가 다시 영어로 차용된 경우이다.

- **Apply〔Ask〕for a patent** 특허를 출원하다
- **The patent law** 특허법
- **Patently** 분명히, 공공연히(openly)
- **Patentor** 전매 특허권 인가자
- **Patentee** 전매 특허권 소지자
- **A patent mistake** 명백한(evident) 잘못

●●●옷을 겹겹이 입는 것처럼 늘어나는 이익 Invest

16세기에 인도네시아 몰카 제도(Molca Islands)의 향신료 무역을 독점하고 있던 네덜란드 동인도회사는 후추(pepper)의 가격을 세 배나 올렸다. 그러자 가장 큰 피해를 본 영국은 1600년 엘리자베스 여왕의 칙허장에 따라 '동인도회사'를 설립하고 자금의 투자(investment)를 제도화시켰다. 당시 이 회사에 투자했던 125명의 주주들은 두 배가량의 이익을 남겼다. 이처럼 investment가 경제용어로 쓰이기 전에는 라틴어로 '옷으로 감싸다'라는 뜻으로 쓰이고 있었는데, in(속으로) + vestire(감싸다, 옷을 입히다)의 합성어 investire에서 파생된 단어이다. vestire는 trans(변환) + vestire(입히다) = travesty(희화화하다, 변장시키다, 익살맞은 모방으로 조롱하다, 익살맞게 고치기, 졸렬한 모조품)와 vest(조끼), transvestite(이성복장 도착자) 등의 어근이기도 하다.

셰익스피어 시대에는 비유적으로 '어떤 특성(성격)으로 치장하다' '어떤 특성을 부여하다'라는 뜻으로 쓰였으며, 동인도회사 설립 이후에는 마치 자기 자본이 새로운 옷을 입는 것처럼 새로운 형태의 '기대 또는 이익을 얻기 위해 자금을 맡기다'라는 금전의 의미로까지 확대되었다.

- **Darkness invests〔covers〕the earth at night**　밤에는 어둠이 땅 위를 덮는다
- **The enemy invested the castle**　적들이 성을 포위했다
- **You must play it close to the vest!**　쓸데없는 위험을 피하라!
- **Ex-president's wealth must become vested in the Nation**　전직 대통령들의 재산을 국가에 귀속시켜야만 한다
- **Transvestism**　(이성의 옷을 입고 싶어 하는) 복장 도착증
- **A city invested with fog**　안개에 싸인 도시(London)
- **A person invested with dignity**　위엄 있는 사람

●●●의무와 채무는 동격 Duty

프랑스의 나폴레옹 1세가 유럽을 제패하자 불안감을 떨치지 못한 영국은 서인도 제도와 이탈리아 · 스위스 등에 대한 프랑스의 제국주의 정책을 비난하며 프랑스와

118

전쟁을 개시했다. 1805년 10월 21일 새벽, 영국은 스페인 남서부 트라팔가르(Trafalgar) 앞바다에서 프랑스 · 스페인 연합 함대를 격파하고 해상권을 장악하기에 이르렀다. 지상군이 취약한 영국은 오스트리아 · 프로이센 · 러시아 등을 이 전쟁에 끌어들였으며, 해군력이 미약한 프랑스는 1806년 영국의 유럽 진출을 차단하여 경제력을 마비시키기 위해 '대륙봉쇄정책(Continental System)'을 펼쳤다. 이 전쟁은 근대적인 경제 전쟁의 시초였지만 결정적인 효과는 거두지 못했던 것으로 평가되고 있다. 영국은 1807년 프랑스의 해로를 차단하고, 남아메리카와의 무역을 증진시켜 대륙봉쇄정책에 적극적으로 대응했기 때문이다.

트라팔가르 해전을 승리로 이끈 넬슨 제독(Horatio Nelson, 1758~1805)은 전투에 앞서 "England expects that every man will do his duty(영국은 제군들이 임무를 다할 것을 바라마지 않는다)"라는 말로 장병들의 사기를 돋우었다. 그리하여 영국은 역사적인 승리의 기쁨을 맛보았지만 넬슨 제독은 프랑스군의 총탄에 맞아 장렬하게 전사하고 말았다. 임진왜란 때 이순신 장군이 왜의 수군을 격파하던 중 적의 유탄에 맞아 숨을 거두기 직전에 "나의 죽음을 부하들에게 알리지 마라"고 말했던 것처럼 그도 "Thank god, I have done my duty(신이여, 고맙습니다. 제 임무를 다하게 해주셔서…)"라는 말을 남기고 세상을 떠났다고 한다.

영국 해군에게 용기를 심어준 duty라는 단어는 당시에는 임무나 직무를 뜻했지만, 지금은 주로 법적 · 도의적 의무(responsibility)를 가리킨다. 이 단어는 프랑스어 동사 devoir(…해야만 한다)의 과거분사 du에 명사형 어미 ty가 붙어 duty가 되었다. 과거분사 du는 그대로 영어에 어미 e가 붙어 due(당연히 치러야 할, 부과금)로 자리 잡았다.

라틴어 debere(짐을 지다)에서 유래된 프랑스어 devoir에는 se mettre en devoir de(…할 준비를 하다)라는 숙어가 있다. 이 중에서 en devoir가 복합어 형태로 영어에 들어와 endeavor(노력하다)가 되었다. '의무와 채무' '노력하다'는 모두 동일한 어원을 갖고 있기 때문에 의무를 다하거나 채무를 갚는 데는 부단한 노력이 필요하다는 의미를 함축하고 있다.

- **As in duty bound** 의무상
- **Off duty** 비번으로, 근무 외에(↔ on duty 당번으로, 근무중에)
- **Take a person's duty** …의 일을 대신하다

- **Make every endeavor** 온갖 노력을 다하다
- **Duty call** 의리상의 방문
- **Duty free** 면세의, 면세품
- **Duty solicitor** 국선 변호인
- **Active duty** 현역(근무)
- **Death duty** 상속세

●●●세금 징수인에서 넝마주이로 Scavenger

Scavenger는 쓰레기더미에서 쓸 만한 물건을 줍는 넝마주이, (독수리 · 하이에나 등) 청소 동물, (쇠똥구리 등) 청소 곤충, 동사로 '청소부 노릇을 하다, 지저분한 일을 하다' 등의 뜻을 지니고 있다. 또한 '세금징수인'에서 의미 하락을 겪은 애석한 단어이다.

14~16세기 영국의 도시에서는 외지에서 들여오는 대부분의 물품에 대해 높은 세금을 매겨 자기 고장의 산업을 보호했다. 이때 '검열'을 뜻하는 프랑스어 scavage가 '세금'이라는 뜻으로 사용되었는데, 런던에서는 '세금을 징수하는 사람'을 scavenger라 불렀다. 이들은 세금을 징수하러 가면서 쓰레기를 주웠는데, 말이나 개의 배설물도 포함되어 있었다. 얼마 지나지 않아 징수체계가 바뀌어 scavenger 제도는 사라졌지만, 청소부라는 의미만 단어에 남게 되었다. 시간이 흐르면서 이 단어는 쓰레기 수거를 담당하는 사람뿐만 아니라, 청소 동물이나 청소 곤충까지 일컫게 되었다.

이 배설과 관계된 단어로는 scatology(분변학, 동물의 배설물 내용을 조사해 식성을 연구하는 학문)가 있으며, 라틴어 anus(고리, 링)에서 나온 anus(항문), anal(항문의) 등이 있다.

●●●광고는 자본주의의 꽃 Advertising

상품이 있는 한 광고는 사라지지 않는다. 광고는 자본주의의 꽃이라 불리며, 찬반 양론이 난무한 가운데서도 급속한 성장을 이뤘다. 이제 우리는 광고의 홍수 속에서 생활할 수밖에 없는 처지가 되었다.

광고는 한자로 '넓을 廣'과 '알릴 告'의 합성어로 '널리 알린다'라는 뜻이다. 영어로는 advertising, advertisement인데, 라틴어 advertere(attract 주의를 끌다)와 고프랑스어 advertir(pay heed to 유의하다, 마음에 두다)에서 비롯된 단어이다. 독일어의 Reklame나 프랑스어의 réclame은 라틴어 clamare(부르짖다)의 명사형 clamor에 '반복'의 뜻을 지닌 접두어 re를 붙인 것이다. 초기의 광고는 반복해서 부르짖는 '주의환기형'이었음을 알 수 있다. 하지만 지금의 광고는 AIDMA, 즉 주의(attention) → 흥미(interest) → 욕구(desire) → 기억(memory) → 행동(action)의 모든 단계를 포함하는 것으로 발전했다.

가장 오래된 광고는 기원전 196년 이집트의 왕 프톨레마이오스 5세를 경배하는 내용을 광고한 '로제타 스톤(Rosetta Stone)'이다. 1799년 나폴레옹 군대가 이집트 원정 때 발견한 것을 1822년 샹폴리옹이 해독했다. 그 상단에는 성각 문자, 중단에는 고대 이집트 민중의 디모틱 문자, 하단에는 그리스 문자로 새겨져 있다.

현대적 의미의 광고는 광고 에이전시가 출현한 19세기에 시작되었다. 당시엔 신문의 지면을 사서 광고주에게 나누어 파는 스페이스 브로커(space broker) 형태로 출발했지만, 1920년대부터 전문 카피라이터가 채용되고 시장조사(research)가 동원됨으로써 단순한 광고의 차원을 넘어서 하나의 문화로까지 자리 잡게 되었다. 다음은 광고의 중요성에 대해 언급한 아주 유명한 역설이다.

"이제 거미는 광고하지 않는 상인을 찾아내 그 가게 문 앞에 거미줄을 쳐야 한다. 그래야만 거미는 불안에서 벗어나 편안한 삶을 누릴 수 있다."

- **Political propaganda** 정치 선전
- **A malicious propaganda** 흑색 선전, 적에게 흘리는 허위 정보
- **Advocacy advertising** (자기) 옹호성 광고
- **Classified advertising** 안내 광고(란)
- **Advertising agency** 광고대행사
- **Claim** 주장하다(assert), 요구하다(demand), 요구·주장(assertion), 권리(right), 자격(title)
- **Lay〔Make〕claim to** …에 대한 권리(소유권)를 주장하다
- **Proclaim** 선언하다(declare), 선포하다

●●●등록상표가 된 창업자 Adidas

스포츠용품의 세계적인 메이커로 아디다스(Adidas), 푸마(Puma), 리복(Reebok), 나이키(Nike)를 꼽을 수 있다. 이중 아디다스와 푸마의 주인은 형제간이다. 1924년 독일의 제화공 아돌프 다슬러(Adofe Dassler)는 형 루돌프 다슬러(Rudolpy Dassler)와 함께 헤르초게나우라흐에 '다슬러 형제 신발공장'을 세웠다. 품질의 우수성 덕분에 성장을 거듭한 이들은 1948년 형이 '푸마'를 설립하고 1949년에 동생이 '아디다스'를 설립하면서 각자의 길을 걷게 되었다. 아디다스의 아디(Adi)는 아돌프의 애칭이다.

창업자의 이름을 등록상표로 한 예로는 1899년 아스피린을 발명한 독일의 세계적인 제약회사 바이엘(Friedrich Bayer이 세웠다)과 자동차 회사 Daimler Benz(1926년 Gottlieb Daimler와 Karl Benz의 합병회사), Porche(폭스바겐을 디자인한 오스트리아의 페르디난트 포르셰의 아들로 이 차를 만든 Ferry Porche), Rolls Royce(1906년 귀족 아들 롤스와 방앗간집 아들 로이스의 합작회사로, 롤스가 판매를 맡았고 로이스는 생산을 맡았다), 세계적인 아이스크림 상표 Beskin & Robbins 31(Beskin과 Robbins의 합자회사로, 31은 한 달 동안 매일 다른 맛의 아이스크림을 선보인다는 뜻이다), 미국 택배회사 DHL(Adrian Dalsey, Lary Hillblom, Robert Lynn 등 세 명의 변호사 이름의 이니셜을 따서 만든 합자회사) 등을 꼽을 수 있다.

등록상표가 일반명사가 된 경우도 아주 많다. 1893년에 등록상표가 된 Coca Cola는 프랭크 로빈슨이라는 사람이 1886년에 지은 것으로, cocaine의 어원인 coca와 cola nut(콜라열매)의 성분으로 만들어졌기 때문에 붙인 이름이다. 이것은 Coke(1909)라고도 부르는데, 유사품이 많이 나돌자 1916년 사용금지처분을 내려 '코카콜라'사만 독점 사용하게 되었다. 또 1948년에 등장한 Xerox라는 복사기 상표는 1965년에 '서류 복사기' '복사' '복사하다'라는 일반명사가 되었다. 크라이슬러사의 Jeep(지프)나 Klaxson(전기 경적)도 마찬가지이다.

이 밖에 Kimberly Clark 사의 Kleenex를 꼽을 수 있다. 이 상표는 clean(청결한, 깨끗이 하다)의 이니셜을 회사명에 맞게 K로 바꾸로 ex(밖으로, 떠나다)를 어미에 붙여 'Clean away(깨끗이 하다)'의 의미를 담았다.

1920년대에는 단어의 의미를 살린 상표들이 대거 등장했다. Lux(비누. 고급, 화려함의 이미지), Pyrex(내열그릇. pyro〔불꽃〕+ rex〔탕〕), Chesebrough-Pond's 사의 Cutex(손톱광택제) 등이 대표적인 예이다.

Chapter 4

문화·예술과 종교

●●● '밭갈이'에서 '마음갈이'로 Culture

독일의 사회주의 철학자이자 혁명 이론가인 프리드리히 엥겔스(Friedrich Engels, 1820~1895)는 저서 『가족, 사유재산 및 국가의 기원』(1884)에서 인류의 진화 과정을 야만(savagery), 미개(barbarism), 문명(civilization)의 3단계로 구분했다. '주로 물질적 측면에서 인간 생활이 발전된 상태'를 문명(文明)이라 하며, 문화(文化)는 '인류가 학습을 통해 일구어놓은 정신적 · 물질적 성과 전반'을 가리킨다. 두 번째 단계 '미개'는 '뭔가 알 수 없는 말을 지껄이는 사람'이라는 뜻의 barbaroi에서 유래된 단어인데, 북아프리카 유목민 '베르베르인'도 여기서 나온 말이다.

라틴어 civilis(시민)를 어원으로 삼는 문명은 독일어와 프랑스어, 영어 모두에서 'civilization(문명, 개화)'이라고 한다. 또한 라틴어 cultura(경작)를 어원으로 삼는 문화는 영어와 프랑스어로는 'culture,' 독일어로는 'Kultur'이다. 그러나 원래의 뜻 '경작'은 cultivation과 고대영어의 tillage(경작, 경지, 경작물)에서 파생되었다.

Culture가 영어로 처음 들어온 15세기경에는 '동식물의 사육과 재배'라는 뜻으로 쓰였으며, 16세기경부터는 '심신의 연마,' 즉 '단련, 수련'의 뜻으로 쓰였고, 19세기경부터 '교양'이나 '문화'를 뜻하게 되었다.

또 어두에 라틴어 ager(밭)에서 파생된 agri를 붙여 agriculture(농업)를 만들어냈는데, 토지의 단위를 나타낼 때 쓰이는 acre(에이커, 약 224평)도 ager에서 파생된 단어이다.

라틴어 cultura의 동사 colere(땅을 갈다)에서 '경작된 토지'라는 뜻의 colonia가 파생되었으며, 여기서 프랑스어 colonie와 영어 colony(식민지)가 갈라져 나왔다. 로마제국은 유럽과 소아시아, 북아프리카를 속국과 식민지로 삼았기 때문에 아직도 명칭에 colonia의 잔재가 남아 있는 곳이 많다.

독일 남서부의 도시 쾰른(Köln, Cologne)도 그중 하나인데, 물맛이 좋아 나폴레옹이 그곳에 들렀을 때 'eau de Cologne(오드 콜로뉴, '쾰른의 물'이라는 뜻)'라는 명칭을 하사했다고 한다. 지금은 일반적으로 향수를 가리킨다.

- **A cultured pearl** 양식진주
- **Culture shock** 문화충격(이질적 문화나 새로운 생활양식을 대할 때 받는 충격)
- **Cultural exchange** 문화교류
- **Cultural lag** 문화적 지체

- **The culture of oysters** 굴 양식
- **God's acre** 묘지

•••건물의 층계 Story

역사(history)란 어떠한 사실을 충실히 기술한 이야기(story)를 말한다. 어떤 학자는 story 가운데 가장 으뜸가는 이야기들, 즉 high story → hi-story → history라는 변천 과정을 주장하기도 하지만 그다지 설득력이 있어 보이지 않는다. history와 story는 그리스어 histor(a man of knowledge 학식 있는 사람)에서 나온 historia(조사 결과 얻어진 지식, 기록, 설명)가 라틴어 historia로 차용되었다가 다시 고프랑스어 histoire가 되었다. 중세영어도 프랑스어의 영향을 받아 hystorie나 histoire로 표기했으며, 당시 history와 story는 크게 구별되지 않았다. history는 '역사' 이외에도 '연혁' '이력' '내력' '사극' '전기'의 뜻을 갖고 있다.

Story는 말하는 자 중심의 모든 이야기를, tale은 각색이 되거나 허구적인 이야기, narrative는 형식적인 서술의 이야기를, account는 설명을 위한 사실적인 이야기를 뜻한다. 14세기경 story는 가끔씩 역사적이거나 전설적인 사건 등을 묘사한 그림이나 조각을 가리키기도 했다. 특히 건축분야에서는 '건물의 정면 외벽에 층마다 장식된 스테인드 글라스(stained glass) 창문이나 조각품'을 가리켰다. 이렇듯 중세 초의 건물들은 층마다 각기 다른 창문과 조각품 때문에 확실히 구별할 수 있었다. 그래서 story는 자연스럽게 '층' '높이'라는 뜻을 갖게 되었다.

다만, story는 1층과 2층 사이의 공간을 뜻하므로 on the floor처럼 on을 쓰지 않고 in the story로 써야 한다. 전치사가 다른 것에 유의하자.

- **As the story goes** 소문에 따르면
- **But that is another story** 각설하고, 본론으로 들어가서
- **To make a long story short** 한마디로 말하자면(in a word)
- **President Kim's award of a Nobel Prize will become history** 김 대통령의 노벨상 수상은 역사에 길이 남을 것이다
- **Historic rehabilitation** 역사적 건물의 복원

◦◦◦●종이를 쓰기까지 1천 년 걸린 유럽 Paper

최초로 종이를 만든 채륜

인간의 축적된 지식을 기록하고 보존하며 모든 사람이 공유할 수 있게 된 것은 바로 종이와 인쇄술 덕분이다. 중국에서 처음 발명된 종이는 후한(後漢)시대인 105년 환관이었던 채륜(蔡倫)이 발명했다고 기록되어 있다. 이 획기적인 필사용품은 곧바로 비단을 대신했으며, 제조 비법도 비밀에 부쳐져 한동안 국외로 빠져나가지 못했다.

그로부터 1,000년 후 아랍과 중국은 서로 세력 확장을 꾀하다가 사마르칸트 근처에서 충돌하게 된다. 여기서 패배한 중국이 아랍에게 두 명의 제지 기술자를 넘겨주었다. 이들이 사마르칸트에서 제지 가게를 차리면서 종이가 아랍 세계에 널리 퍼지게 되었다. 이후 아랍 세력은 북아프리카와 스페인까지 영토를 확장해 사라센 제국을 건설했는데, 12세기 중반에는 유럽 최초의 제지공장을 스페인에 세웠다. 두 명의 제지 기술자 덕분에 종이는 유럽 전역에 널리 보급될 수 있었다.

종이를 뜻하는 paper의 어원은 그리스어 papuros(파피루스 풀)이다. 고대 이집트나 지중해 연안 지역에서는 기원전 3000년경부터 파피루스(papirus)의 줄기를 잘라 가로 세로로 겹쳐 압축시킨 다음, 말려서 일정한 크기로 잘라 종이 대용으로 쓰면서 paper의 어원이 된 것이다.

초기의 책은 파피루스를 병풍식으로 길게 펼쳐 두루마리 형태로 만들었다. 이것을 그리스어로 byblos라고 하는데, 페니키아의 비블로스(Byblos, 현재 시리아의 마니요스) 항구를 통해 파피루스를 대량으로 들여왔기 때문에 붙여진 이름이다. 로마인들은 파피루스 종이로 두루마리를 만든 것을 '볼룸(volume)'이라고 불렀는데, 이 단어도 영어에서 '책'을 뜻하는 단어로 남았다. 또한 byblos에서 biblion(소책자)이 나왔고 라틴어로 biblia(책)와 되었으며, 가장 으뜸인 책이라는 뜻으로 Bible(성경)이 생겨났다.

한편, 인도유럽조어 loubh(나무껍질)에서 라틴어 liber(책)가 나왔으며, 여기서 프랑스어 libre(책)과 영어 library(도서관)가 파생되었다. 이와 똑같은 어원을 갖는 게르만어 계통의 단어로는 영어 leaf(잎, 페이지를 넘기다)와 독일어 Laub(잎, 넌)를 꼽을 수 있다.

그리스인들은 4세기 이전까지 주로 파피루스를 사용했으나, 이후부터는 양피지를 사용했다. 로마인들은 그리스인들과 다르게 이 양피지를 겉장으로 하고 '너도밤나무(beech, 독일어로 Buche)'의 껍질로 만든 종이를 속지로 해서 책을 만들었기 때문에 영어로 '책'을 book(독일어로는 Buch)이라고 한다.

- **Paper blockade** (선언에 불과한) 지상(紙上) 봉쇄
- **Paper currency** 지폐
- **Paper over the cracks** 감추다, 얼버무리다
- **Paper the house** 무료 입장권으로 만원이 되게 하다
- **Speak like a book** 정확하게 말하다
- **By the book** 규칙대로, 정식으로
- **Book in** 예약하다(reserve), 출근하여 서명하다
- **Leaf through** 쭉 훑어보다

● ● ● '교과서'가 아니라 '직물' Text

우리는 교과서를 영어로 text라고 부르지만, 실은 textbook이라고 해야 맞다. ballpoint pen을 ballpen, notebook을 note라고 부르는 것과 마찬가지로 text도 일본식 영어이기 때문이다. text는 '본문, 원문, 성경의 구절'을 뜻하며, note는 '메모, 주석'을 뜻한다. textbook도 18세기 초까지는 고전작품의 원본을 베껴 쓰거나, 선생님의 설명을 메모해두는 책자에 지나지 않았다.

14세기 말경 고프랑스어에서 영어로 들어온 text는 라틴어 textus(짜여진 것)의 동사 texere(짜다)에서 파생된 것이다. 이 text에서 파생된 영어 단어로는 textile(직물원료)와 texture(직물, 감촉, 질감, 문장의 구성)가 있으며, 접두어 con(함께)과 text(구성된 문장)의 합성어 context(문맥), contexture(조직, 구조, 직물)와, sub(밑에)와 text(직물)의 합성어 subtle(천 밑에서 통하는, 즉 미묘한(subtle)) 등이 있다.

라틴어 textus에서 파생된 단어로는 tissue(조직, 얇은 직물, 연속)가 있다. 이 단어가 고

프랑스어 tissu(리본, 머리띠)에서 14세기 말경 영어로 들어올 때는 '호화스런 옷감으로 짠 띠'의 뜻으로 쓰였다. 지금은 보통 화장지라는 뜻으로 쓰이는데, 원래는 tissue paper가 맞는 말이다. tissue paper가 처음 영어에 정착되었을 당시에는 '얇은 종이'라는 뜻이었다. 그래서 주로 책의 삽화 위에 붙이거나 미술품 포장용으로 쓰이거나 지금의 파라핀 종이처럼 책 사이에 끼우는 데 쓰였다.

- **Go by text** 정석대로 하다
- **Textured vegetable protein** 콩단백질로 만든 인조고기
- **Golden text** 주일학교용 교훈책
- **Tissue of lies** 거짓말투성이
- **Tissue culture** 조직배양
- **A forged note** 위조 달러

●●●배 속에 매달려 있는 장식물, 충수 Appendix

척추동물에만 있는 맹장은 소장에서 대장으로 이어지는 부분의 조그마한 관을 말한다. 그 아래에 약 10센티미터가량의 충수(appendix)라는 돌기가 붙어 있는데, 일명 '막창자 꼬리'라고도 한다. 라틴어 pendere(매달리다)에서 유래된 것으로, 고프랑스어로 들어갔다가 14세기 초 영어로 차용되면서 pendant(매달린 것)가 되었다.

현재 영어의 pendant는 목걸이, 팔찌, 귀고리 등 '여성의 장식용 액세서리'를 가리키며, '회중시계의 시계줄'과 '샹들리에' '천장에 매달린 장식용품 모두'를 가리키기도 한다. 이 pendant에서 파생된 단어로는 pendulum(회중시계의 시계줄)과 appendix(복수형은 appendices)가 있다.

Appendix가 16세기 중반에 처음 영어로 들어왔을 때는 '부가물'이라는 뜻으로 쓰이다가 얼마 후 '부록'이라는 뜻으로 쓰였으며, 1615년에는 '충수(또는 충양돌기)'라는 의학용어로 쓰이기도 했다. 이후 19세기 말 미국에서 쓰이기 시작한 appendicitis(맹장염)와 appendectomy(충수절단 수술, 맹장 수술)라는 의학용어도 바로 이 낱말에서 나왔다. 단어 그대로 하면 몸속의 '부록'에 불과한 맹장이어서 사실상 없어도 생명에는 지장이 없다.

이 밖에도 라틴어 pendere에서 파생된 영어로는 suspense(미결, 불안), suspension(부

유, 정학, 지불정지), expense(비용), expensive(값비싼), expenditure(지출) 등이 있으며, 접두어가 붙어 여러 가지 단어를 만들어내기도 했다.

예를 들면, ap(…에) + pend(매달리다) = append(덧붙이다 = affix), de(밑으로) + pend(매달리다) = depend(의존하다 = rely), ex(밖으로) + pend(매달리다) = expend(소비하다 = exhaust), sus(밑으로) + pend(매달리다) = suspend(일시 정지하다) 등이 바로 그것들이다.

- **The swing of the pendulum** 추의 운동
- **At the expense of** …을 희생하여
- **During the pendency of** …이 계류(소송)중인, …이 미해결인
- **Suspended animation** 인사불성
- **Suspended sentence** 집행 유예

●●●바뀐 단락 앞의 짧은 가로줄 Paragraph

¶

필크로우

지금은 문장(sentence)의 단락이 바뀔 때 앞글자를 한 칸 안으로 들여쓰지만, 고대 그리스의 사본에서는 문장이 바뀌면 다음 문장 바로 앞에 짧은 가로줄을 그었으며, 희곡의 대사가 바뀔 때도 마찬가지였다. 이 가로줄은 계속되는 본문의 문장과 문장 사이의 옆에 그었기 때문에 para(…옆에) + graphos(쓰인) = paragraphos(가로로 쓴 것)라고 불렀다.

이 말은 라틴어에 차용된 후 고프랑스어를 거쳐 16세기에 영어로 들어와 단락의 기호를 가리키게 되었다. 그리스의 사자생(寫字生)들은 때때로 이 가로줄과 더불어 쐐기형의 표시를 사용하기도 했다. 이것은 패러그래프를 나타내는 이니셜 P의 대칭형, 즉 '¶'의 원형이 되었는데, 그 모양 때문에 pilcrow(깃털이 뜯긴 까마귀)라고 부르기도 한다. 이 표시는 인쇄업자들이 단락을 시작할 때 첫 문장 이니셜을 한 칸 들여쓰는 것이 관습으로 굳어질 때까지 계속되었다.

Paragraph는 인쇄술과 활자 매체가 급속히 발달한 이후부터는 '단락' '절' '항'이라는 뜻으로 쓰였으며, an editorial paragraph(짧은 사설)에서 짐작할 수 있듯이 '단편기사' '단평' '기사를 쓰다' 등의 뜻이 추가되었다.

〈문장에 쓰이는 부호들〉

• Punctuation

아포스트로피	apostrophe : (` , ´)
괄호	brackets : ( ), [ ], { }, < >
콜론(쌍점)	colon : (:)
쉼표	comma : (,)
줄표	dash : (-, ·, —)
생략부호	ellipsis : (... , ⋯)

• General typography

앰퍼샌드	ampersand : (&) (= short and)
별표	asterisk : (∗)
앳 마크	at mark : (@)
역사선	backslash : (\ )
굵은 점	bullet : (·)
탈자	caret : (^)
통화부호	currency : (¤) ₵, $, ¥, ₩, £
칼표	dagger : (†) (‡)
도	degree : (°)
이모티콘	emoticons(emotion + icon) : (^-^, *^^*)
번호기호	number sign : (#)
백분율	percent : (%)

● ● ●무모하게 제출하는 나의 하루 보고서

Diary

우리의 심금을 울려 세계적으로 유명해진 일기책은 바로 『안네의 일기』이다. 유대계 네덜란드인 소녀 안네 프랑크(Anne Frank)는 자기 집 지하 비밀 대피소에서 바깥세상을 제대로 보지 못하면서도 일기를 썼는데, 온갖 사람과 사물을 매일 보는 우리는 왜 제대로 일기를 쓰지 못하는 것일까? 영국의 철학자 프랜시스 베이컨(F. Bacon, 1561~1626)의 『수상록』 한 구절이 생각난다.

"배로 여행하다 보면 하늘과 바다밖에 안 보이는데도 사람들은 열심히 일기를 쓴다. 그런데 육지를 여행하면 여러 가지를 볼 수 있음에도 거의 적어두질 않는다. 참으로 이상한 일이다."

프랜시스 베이컨

Diary는 16세기 말경 영어로 들어올 당시 '하루에 생긴 일의 기록 · 보고서'를 뜻했으며, 지금의 '일기'와 거의 비슷했다. 요컨대 '일기'는 개인의 메모에 날짜를 기입해 하루도 빠짐없이 기록해서 간직하는 것이기 때문에 '일기를 쓰다'는 'keep a diary'라고 한다. 어원에서도 알 수 있듯이 diary는 '하루분의 할당(식량)'이라는 뜻이었기 때문에 일기를 쓰는 것은 어쩌면 '마음의 양식'을 쌓는 것일지도 모른다.

Diary의 어원은 라틴어 dies(일, 日)에서 파생된 diarium(하루분의 할당, 하루 급료)이다. diurnal(낮 동안의, 주행성(晝行性)의 ↔ nocturnal)과 dial(다이얼)도 같은 어원을 갖고 있다. dies에서 파생되어 고프랑스어를 거쳐서 12세기 중반에 영어로 들어온 단어로는 journey(하루의 여정, 여행)과 14세기에 들어온 journal(교회나 수도원의 하루하루의 기록, 잡지, 신문)이 있다.

라틴어 dies는 인도유럽조어 dei와 deya(빛이 반짝거리다)에서 파생된 dyeus(하늘)가 어원이다. 또한 산스크리트어 dyaus(아버지), 그리스어 Zeus(하늘의 신 제우스), 라틴어 Jupiter(하늘의 신 주피터)도 모두 dies와 뿌리가 같다.

- **Keep a diary** 일기를 쓰다(diarize)
- **Journey's end** 여로의 끝
- **Journeywork** 허드렛일
- **I wish you a pleasant journey!** 잘 다녀오세요!(A pleasant journey to you!)

● ● ● 발행인에서 편집자로 Editor

우리가 보통 편집자로 부르는 editor는 라틴어 edit(발행자)가 어원인데, 동사 edere

는 ex(밖으로) + dare(주다)의 복합어이다. 유럽에서 독일의 구텐베르크가 1455년에 활판인쇄술을 발명하자 editor는 '책을 발행하는 사람'으로 쓰이다가 17세기경에 영어로 들어왔다. 처음에는 인쇄소에서 편집작업도 겸했기 때문에 영어에서도 '발행인'으로 쓰였지만, publisher가 '출판인'이라는 뜻으로 쓰이게 되어 1712년부터는 '편집자'의 뜻만 남게 되었다. 하지만 프랑스어에서는 지금도 editeur가 '발행인' '출판업자'로 쓰이고 있다.

라틴어 dare(주다)와 같은 어근을 가진 단어로는 editor 이외에도 donor(기부자, 헌혈자 = bestow ↔ donee)가 있다. donor의 어원은 라틴어 donare(선물로 주다)인데, 명사형 donation(기부)과 함께 15세기 초 프랑스어에서 영어로 들어왔다.

Traitor라는 단어는 라틴어 trans(저쪽에) + dare(주다) = tradere(넘겨주다)에서 파생되었는데, 원래의 뜻은 '적에게 넘겨주다'라는 뜻이었다. 이 단어가 프랑스어로 들어가 traitre가 되었고, 11세기 말에 영어로 차용되면서 예수 그리스도를 배반한 가롯 유다를 가리킬 때 쓰이는 경우가 많았다. 나중에는 '배신자'와 국가의 '반역자'라는 뜻으로까지 의미가 확대되었다. 반면, traditor는 로마의 박해에 굴복하여 성서와 성물을 넘겨준 초기 기독교도를 가리킬 때만 쓰였다.

이 밖에 traitor와 어원이 같은 단어로 tradition(전통)이 있는데, '선조로부터 물려받은 것'이라는 뜻이다.

- **Go through 5 editions** (책이) 5판을 거듭하다
- **An inferior edition of his father** 아버지만 못한 아들
- **Edition princeps** 초판(first edition)
- **Edition de luxe** 호화판
- **Bulldog edition** 새벽판 신문(원거리로 발송)
- **Author's edition** 자비출판
- **Editorial** 논설(leading article), 편집의
- **An Editor-in-chief** 편집장(chief editor)
- **The Traitor's Gate** 역적문(옛날 국사범을 가두었던 런던탑의 템스 강쪽 문)
- **Tradition says that** …라고 전해 내려오다
- **Donate blood** 헌혈하다
- **Condonation** 용서, 묵과(간통에 대해서)

● ● ● 이끌어주는 사람 Producer

라틴어 ducere는 '끌어당기다' '인도하다'라는 뜻인데, 여기에 온갖 접두어가 붙어 여러 가지 단어들이 파생되었다. intro(…속으로) + ducere(이끌다) = introduce의 원래 뜻은 '새로운 사고와 사물을 도입하다'였는데, 14세기 말에 영어로 들어와 15세기 중반에 지금 우리가 쓰는 '소개하다'라는 뜻으로 굳어졌다.

  con(함께) + ducere(이끌다) = conduct(지도, 행위, 지휘하다)

  de(아래로) + ducere(이끌다) = deduce(추론·연역하다)

  in(속으로) + ducere(이끌다) = induce(유발하다, 귀납하다)

  pro(앞으로) + ducere(이끌다) = produce(생산하다)

  re(뒤로) + ducere(이끌다) = reduce(환원시키다, 줄이다)

  ab(떨어져) + ducere(이끌다) = abduct(유괴하다, 외전시키다 ↔ adduct)

  sub(아래로) + ducerer(이끌다) = subdue(정복하다 = conquer)

  ed(밖으로) + ducere(이끌다) = educate(교육시키다, 아이들의 자질을 이끌어내다)

Produce에서 사람을 나타내는 접미사 er이 붙은 producer(생산자)가 파생되었는데, 현대의 과학기술 발전과 다양한 오락시설의 발달 덕분에 영화와 텔레비전, 라디오의 '프로그램 제작자'나 '감독'의 뜻으로 많이 쓰인다. 또 명사형 product에서 파생된 productor는 18세기경부터 오케스트라의 '지휘자'로, 19세기에는 미국에서 기차나 자동차의 '안내원'이라는 뜻으로 쓰였다. 그리고 educate는 본래 '아이를 기르다'라는 뜻이었는데, 영국의 문호 셰익스피어가 처음으로 '교육시키다'라는 뜻으로 사용했다고 한다.

Ducere의 명사형 dux(지휘자)는 프랑스어로 들어갔다가, 1129년에 다시 영어로 들어오면서 duke(공작)로 변했다. 당시 duke는 공작령의 세습군주로 영지 내의 가신과 농노들을 이끄는 존재였으나, 오늘날 영국에서는 왕실 이외에 최고의 세습귀족으로 군림하고 있다. 중세 이탈리아의 베네치아 공화국과 제노바 공화국의 우두머리 Doge도 같은 어원을 가지고 있다.

- **Primary producer** 제1차 생산자, 즉 식물(↔ primary consumer 제1차 소비자, 초식동물)
- **Producer goods** 생산재(↔ consumer goods 소비재)
- **Production line** 생산 라인
- **Producing lot** 영화 제작소
- **The Iron Duke** 웰링턴 공
- **Dukes** 주먹(fists), 손

●●● 인생에서 가장 한가한 학창시절 School

학창시절엔 빨리 졸업해서 어른이 되었으면 하지만, 막상 어른이 되고 나면 역시 학창시절이 가장 좋았다고들 한다. 어른이 되면 생활의 문제를 자신이 직접 책임져야 하지만 학창시절엔 부모의 덕으로 학업에만 신경쓰면 그만인 것을 그때는 왜 몰랐을까.

'학교'를 가리키는 단어 school은 그리스어 schole(여가, 토론, 강의)에서 비롯되었다. 독일어의 Schule나 프랑스어의 école도 마찬가지이다. 이처럼 그리스어 schole는 지금의 학교와는 거리가 멀었다. 고대 그리스인에게 여가는 진리 탐구를 위해 사색하고 토론하는 귀중한 시간이었다. 따라서 라틴어 schola(학교)가 여기서 비롯되었으며, 9세기경 영어로 차용된 것이 바로 school이다.

고대 그리스는 아주 뛰어난 헬레니즘(Hellenism) 문화를 꽃피운 나라이다. 다른 한편으로는 폴리스(polis 도시국가)끼리의 전쟁이 끊이질 않아 오늘날의 학교 같은 것을 만들어 사색하거나 토론을 벌일 수가 없었다. 그래서 그리스 사람들은 틈이 나면, 즉 여가(leisure)가 생길 때마다 관조와 사색을 즐기고 토론을 일삼았던 것이다.

바로 이러한 전통에 따라 '여가'에서 '배우는 시간, 배우는 장소'의 단계를 거치면서 오늘날 명실상부한 school의 의미를 갖게 되었다. 또한 17세기 이후에는 같은 생각이나 이름을 가지고 있는 사람들끼리의 그룹도 school이라고 불렀는데, 이때는 학교가 아니라 '학파'라는 뜻이었다(the Stoic School 스토아 학파). 단어의 뜻을 살펴보더라도 학창시절은 인생에서 최고의 여가 시간이라 해도 무리는 아닐 것이다. 단, 사색하고 토론을 즐길 줄 아는 여가가 되어야 함은 물론이다.

- **School up** 물고기(고래)가 떼지어 수면 위로 모이다(school〔group〕 물고기 · 고래 떼)
- **School colors** 특정 색의 교복
- **School age** 학령아동
- **After school** 방과후
- **At school** 수업 중
- **In school** 재학 중
- **School supplies** 학용품

●●●매력적인 글래머와 딱딱한 문법은 한식구
Grammar

그리스 · 로마시대나 중세 때까지만 해도 문자는 왕이나 귀족들, 성직자와 서기들만 알고 또한 쓸 줄 알았다. 하층민들이 문자를 쓰게 되면 절대 권력에 도전할지도 모른다는 지배계급의 짧은 생각이 인류를 오랫동안 '암흑시대(Dark Age)'로 몰아넣었던 것이다. 따라서 하층민들은 문자가 신성하고 이상한 마법과도 같은 것이라고 여길 수밖에 없었다.

르네상스 시기에서부터 근대 초기까지 grammar는 '라틴어 문법(Latin Grammar)'을 의미했다. 당시에는 라틴어를 유일한 교양 언어로 여겼기 때문이다. 이러한 의식의 산물이 바로 16세기에 세워진 영국의 '고전문법학교(Grammar School)'이다. 이 학교는 라틴어 문법을 중심으로 가르치는 중등학교였는데, 지금은 public school과 마찬가지로 7년제 공 · 사립 중등학교로 변했다. 미국에서는 8년제 초등학교의 하급 4년을 primary school이라 하고, 상급 4년을 grammar school이라고 부른다.

Grammar의 어원은 그리스어 techne grammatike를 라틴어로 번역한 ars grammatica(쓰기 위한 기술)이다. 여기서 기술을 뜻하는 ars가 떨어져 나가 '문자 쓰는 법'이라는 뜻의 grammar가 14세기 초에 영어로 들어온 것이다. 이후 grammar는 '문법, 어법, 원리'라는 뜻과 함께 '외국어 초급 교본, 학술 입문서, 초보'라는 뜻으로도 널리 쓰였다.

또 18세기 초에는 사장어(死藏語)나 다름없었던 grammar의 또 다른 형태 gramarye의 r이 l로 바뀌어 glamour라는 형태로 쓰이기 시작했다. 이 단어가 쓰일 당시에는

'마법'이라는 뜻만 있었으며, 19세기 중반부터는 '넋을 잃을 만한 매력'의 뜻으로 많이 쓰이게 되었다. 특히 20세기에 할리우드 영화의 성장에 힘입어 glamour라는 단어는 자신의 '매력'을 한껏 발산할 수 있었다.

문법을 배우는 것은 누가 뭐래도 딱딱하고 지루하다. 옛날 하층민들이 라틴어를 대했을 때의 느낌과 마찬가지일 것이다. 어렵기만 한 '문법'을 익히고 나면 그 나라의 말이 지닌 '매력'을 간파할 수 있다. grammar는 딱딱하긴 하지만 glamour를 찾아내는 지름길이 아닐 수 없다.

- **Grammarian** 문법학자, 고전어학자
- **Glamour puss** 아주 매력적인 미녀(glamour girl)
- **Cast a glamour over** …에 마법을 걸다

●●● 현명하지도 우둔하지도 않은 대학 2학년
Sophomore

Sophomore는 그리스어의 sophos(지혜로운)에 moros(우둔한)를 붙여서 만든 단어이다. 1학년보다는 현명하지만 3학년보다는 우둔하다는 뜻인데, 17세기경 케임브리지 대학에서 처음 사용하기 시작했다. 지금은 '(경험 등이) 2년째인 사람'을 가리킨다.

Sophomore slump는 운동선수나 직장인의 '2년차 증후군'을 말하며, Sophomore jinx는 '대흥행을 거둔 영화의 후속편은 전편만 못하다'는 것을 뜻한다. 참고로 1학년은 Freshman, 3학년은 Junior, 4학년은 Senior라고 한다.

●●● 펜과 연필은 사촌간? Pen & Pencil

Pen과 pencil은 발음과 철자가 서로 비슷해 언뜻 보면 사촌간으로 생각하기 쉽다. 하지만 이들의 어원은 전혀 다르다. pen은 라틴어 penna(깃털)에서 유래되었으며, 프랑스어 plume도 본래 의미는 '깃털'이지만 '펜'이라는 뜻도 있다. 깃털 달린 펜으로 악보

를 그리고 있는 베토벤의 사진을 보면 이해하기가 수월할 것이다. 여기서 차용한 영어 plume과 plumage라는 단어에는 모두 '깃털'의 의미만 있지 '펜'이라는 의미는 없다.

Pencil(프랑스어로는 cryon)은 화가들이 쓰는 '화필'을 뜻하는데, 1564년 영국에서 흑연이 발견되고, 이듬해 침 모양으로 절단한 흑연에 실을 감거나 나무에 끼워서 사용하면서부터 '연필'을 뜻했다. 이는 라틴어 penis(뾰족한 것)에서 유래된 것으로 연필심이 뾰족한 데서 붙인 말이다.

여기서 파생된 단어들로는 pennant(원래 배에 거는 가늘고 긴 삼각기로 지금은 '우승기'라는 말로 발전), pennant race(우승기를 놓고 겨루는 경기), peninsula(반도), penetrate(꿰뚫다, 관통하다) 등이 있다.

●●●초콜릿과 전혀 관계없는 날
St. Valentine's Day

2월 14일은 '성 밸런타인 축제일(St. Valentine's day)'이다. 서양에서는 이날 젊은 남녀들이 사랑하는 사람이나 마음속에 연정을 품어온 사람에게 조그만 선물과 함께 그림이나 글을 적어 넣은 카드를 보내곤 한다. 성 밸런티누스(St. Valentinus)는 3세기경 로마의 사제로 황제의 허락없이 청춘남녀들의 결혼을 주관한 죄로 270년경 2월 14일 로마에서 순교했다.

성 밸런티누스

그런데 2월 14일이 어떻게 사랑을 고백하는 날로 굳어지게 되었을까? 여기에는 두 가지 설이 있다. 고대 로마시대의 '풍요의 신' 루페르쿠스(Lupercus)의 축일(Lupercalia)이 2월 15일인데, 이교도들은 이날 일종의 '연인 고르기'라는 관습을 치렀다. 그래서 하루 전날인 2월 14일, 즉 성 밸런티누스가 순교한 날에 이 '연인 고르기'의 관습을 결부시켰다는 설이 있다. 또 하나는 2월의 둘째 주가 되면 새들이 봄이 찾아오는 것을 기뻐해 짝짓기를 시작한다는 민간 전승에서 비롯되었다는 설이다. 하지만 어느 것도 확실치 않기 때문에 성 밸런티누스 축일과 사랑의 고백은 우연으로

치부할 수밖에 없을 것 같다.

 이날만 되면 여성이 남성에게 초콜릿을 선물하는 이상한 풍습은 일본과 한국밖에 없다. 일본의 한 제과업체가 초콜릿의 매상을 올리기 위해 짜낸 아이디어인데, 우리가 일본인의 얄팍한 상술을 흉내내고 있는 것이다. 코코아가 원산지인 멕시코에서 스페인을 거쳐 유럽에 전래된 것이 15세기 말이니 3세기경의 성 밸런티누스가 초콜릿이 무엇인지 알 턱이 없지 않은가.

 Valentine의 어원은 라틴어 valens(강한, 원기 왕성한)인데, 주로 남자의 이름에 쓰였고, 17세기 이후부터는 여자 이름(Valentina)으로도 쓰였다. 라틴어 valens는 고프랑스어를 거쳐 14세기 초 영어로 들어올 때 valiant(용맹스러운)가 되었다. 아마도 전쟁터에서 기사들이 보인 용맹스러움을 가리키는 말이 아니었을까 싶다. valens의 동사형은 valere(힘이 있다)인데, 여기서 파생된 영어에는 valid(법적으로 힘이 있다, 유효한, 확실한, 명사형은 validity)와 부정접두어 in을 붙인 invalid(허약한, 증거가 부족한, 무효의)가 있으며, value(힘, 가치), available(이용가능한, 쓸모있는), prae(넘어서) + valere(힘이 있다) = prevail(우세하다, 압도하다), equi(동등한) + valens(힘) = equivalence(동등, 등가) 등도 모두 같은 어원을 가지고 있다.

 1910년 '동일한 대상에 상반되는 감정을 동시에 지닌 정신 상태'를 가리키는 독일어 Ambivalenz(양면 감정, 가치)는 스위스의 정신과 의사 오이겐 블로일러(Eugen Bleuler, 1857~1939)가 만든 단어이다. 이것은 라틴어 ambi(양쪽으로)와 valere(힘이 있다)의 합성어로 1912년 영어에 차용되어 ambivalence가 되었는데, 보통 '마음의 갈등'이나 '애매모호함'을 나타낼 때 쓰인다.

- **Value-free** 가치중립성
- **Value added** 부가가치
- **Valuable** 가치있는
- **Ambiversion** 양향성(내향성과 외향성의 중간성격)
- **Pot - valiant** 술김에 용감한, 술의 힘을 빌린

●●●자나 깨나 조심, 조심 Ware

'세공품, 물품, 도자기류' 등을 뜻하는 ware는 glassware(유리제품), ironware(철제품), tableware(식기)처럼 복합어로 많이 쓰인다. 컴퓨터의 전자기기 모두를 뜻하는 hardware(금속물)에 대응하여 1962년에 '하드웨어에 들어가는 프로그램이나 데이터'를 뜻하는 software가 만들어졌다.

Ware는 게르만조어 waro(주의하다)가 어원인데, 11세기 초에 영어로 들어왔다. warn(경고하다)도 어원이 같으며, ware에 다양한 접두어를 붙인 aware(알아차리다), beware(조심하다)도 뿌리가 같다. 또한 명사형 ward(보호, 감시, 피보호자, 병동, 수용소), warden(governor 감시자), steward(집사, 객실 승무원), guardian(보호자↔ward 피보호자, minor 미성년자), reward(보상·보답하다), regard(주의·간주하다) 등도 같은 뿌리임은 이미 'War' 항목에서 살펴본 바 있다.

Ward에서 파생된 이름으로는 Edward와 Howard, Steward가 있다. Edward는 고대 영어 ead(풍부한)와 ward(파수꾼)의 복합어인데, 원래는 '보물 지킴이'라는 뜻이다. Edward를 성으로 삼은 영국 왕에는 절대왕정을 확립시킨 에드워드 1세(재위기간 1272 ~1307)부터 에드워드 8세(재위기간 1936. 1~12, 미국인 이혼녀 심프슨 부인과의 로맨스 때문에 왕좌에서 물러나 '윈저 공'이 되었다)까지 있으며, 현재 찰스 황태자의 장남도 에드워드이다. Howard는 '야경꾼'이라는 뜻이며, Steward(집사)는 고대영어 stigweard에서 유래되었다. stig는 '저택, 돼지우리'라는 뜻이라서 steward는 '저택 파수꾼'이나 '돼지우리 감시자'라는 뜻이다. 지금은 여객기의 승무원이라는 뜻이며, 여성 승무원은 stewardess 라고 부른다. 하지만 미국에서는 남녀 차별을 없애기 위해 여객기 승무원은 모두 flight attendant라고 부른다.

심프슨 부인과 윈저 공

- **Praise one's own wares** 자화자찬하다
- **Warehouse** 창고
- **I'm under ward now** 나는 지금 감금되어 있어요

• **Casual ward** 부랑자 임시수용소, 응급처치실

●●●침대 둘레에 드리운 천 Curtain

　지루한 연극을 보고 있다가 막이 내리면 안도의 한숨과 함께 힘껏 박수를 친다. 자리에서 일어나려는 순간 배우들이 다시 나와 인사를 하면 할 수 없이 자리에 앉아 박수를 쳐준다. 이런 상황이 세 번씩 반복되면 정말 죽을 맛이다. 이것이 바로 커튼 콜 (curtain call)이라 부르는 형식적이면서도, 필수적이자 암묵적인 관행이다. '커튼 콜'은 관객이 박수로 배우를 무대로 다시 불러내는 것인데, 배우들이 먼저 나와버리니 박수를 안 칠 수도 없고, 정말 난감한 일이 아닐 수 없다.

　Curtain(막, 휘장, 칸막이)은 원래 라틴어 cortina(courtyard 안마당, 둘러싸인 곳)에서 비롯된 것으로 14세기 초에 영어로 전해졌다. 옛날 서양의 왕실이나 귀족의 침실에는 침대 둘레에 드리운 천이 있었는데, 바로 이것을 curtain이라고 불렀다. 여기서 파생된 영어로는 court(앞마당, 궁정, 법정, 아첨)가 있다. courtesy(예의, 공손, 호의)와 형용사 courteous(예의 바른, 정중한)는 고프랑스어에서 영어로 들어온 단어이다. 예의범절과 정중함이 바로 궁중생활의 기본이었기 때문에 그 상관관계를 충분히 짐작할 수 있을 것이다.

　20세기에 이르러 curtain은 정치용어로 크게 유행했다. 영국의 수상 처칠(Winston Leonard Spencer Churchill, 1874~1965)이 1946년 3월 5일 미국 방문시 미주리 주의 웨스트민스터 대학에서 강연하면서, 당시 베를린 장벽을 구축한 소련과 동유럽이 블록을 형성하여 서방세계와 대치하려 한다고 폭로했다. 이는 바야흐로 '냉전의 시대(the Cold War Age)'가 도래했음을 알리는 신호탄이 되었다.

　"An iron curtain has descended across the Continent(대륙을 가로질러 '철의 장막'이 드리워졌다)."

　뒤이어 1949년에 마오쩌둥이 이끄는 인민해방군이 장제스 정부를 타이완으로 밀어내고 '중화인민공화국'을 수립하자 서방세계는 이제 중국이 '죽(竹)의 장막(bamboo curtain)'을 치고 있다고 비난하기도 했다.

• **Drop (Ring down) the curtain** 막을 내리다, 활동을 중지하다
• **Raise (Ring up) the curtain** 막을 올리다, 활동을 개시하다

- **Act curtain** 막간에 내리는 막
- **Curtainfall** 대단원, 사건의 결말
- **Curtain lecture** 잠자리에서 아내의 잔소리
- **By courtesy** 관례상(↔ by right 정당하게)
- **Courtesy card** 우대권
- **The Supreme court** 대법원
- **Civil court** 민사법원
- **Criminal court** 형사법원

● ● ● 자기는 돼지야? Porcelain

이탈리아 여행가 마르코 폴로(Marco Polo, 1254~1324)가 중국(China)에서 가져온 하얗고 투명한 자기(磁器)를 이탈리아에 선보였다. 나름대로 자기에 일가견이 있었던 이탈리아 사람들은 세련되고 고도의 예술적 가치를 지닌 이 중국산 자기를 보고 감탄을 금치 못했다. 이 자기의 표면은 마치 보랏빛이 찬란한 조개의 껍질, 즉 porcellana 와 닮았기 때문에 그대로 자기의 명칭으로 삼았다.

Porcellana는 라틴어 porcus(돼지)의 지소어 porcellus(중돼지)에서 나온 말이다. 돼지와 보랏빛 조개는 어떤 관계가 있기에 그런 이름이 붙었을까? porcellus의 여성형은 porcella(중돼지 암컷)인데, 이 조개의 구멍 부분이 porcella의 음부를 닮았기 때문이라는 설이 유력하다. porcus가 속어로 '외음부'를 뜻하기 때문에 그럴듯하다.

소문자 china가 '자기'로 자리를 잡은 것은 마르코 폴로 당시 이탈리아 사람들이 중국을 자기와 동일시했기 때문이었다. 도기류는 pottery, 도예는 ceramic art라고 한다. 참고로 '돼지고기'를 가리키는 pork도 라틴어 porcus에서 유래된 단어인데, 고프랑스어를 거쳐 14세기에 영어로 자리 잡았다.

- **Porcelain clay** (그릇 만드는) 고령토(Kaolin)
- **Porcelain enamel** 법랑(표면에 광택이 나는 사기제품 냄비)
- **Porkchopper** 돼지고기 자르는 사람이나 칼, 무위도식하는 정치인이나 무노동 유임금의 조합간부
- **Chinashop** 도자기 상점
- **Goryeo celadon**(porcelain) 고려청자(celadon은 청자, 회청색)

●●●● 알약이 신문으로 Tabloid

〈데일리 메일〉의 로고

Tabloid는 '내용물이 농축되어 체내에서 흡수되기 쉽도록 알약으로 만든 것'으로 바로우즈 웰컴사 (Barouse Welcome Co. Ltd)가 처음 개 발하여 1884년에 등록한 상표이름 이었다. 이것이 나중에 보통명사화 가 되어 '알약' '정제'의 뜻으로 자 리 잡았다. tabloid는 프랑스어 table(탁자)에서 나온 tablet(평판, 알약)과 cylindroid(원통 형의, 타원), colloid(콜로이드의, 콜로이드, 아교질), crystalloid(결정상의, 투명한), android(인조 인간의, 인조인간) 등 '…의 형태를 띤'이라는 뜻의 접미사 -oid를 조합해서 만든 단어 이다. 이 접미사는 그리스어 eidos(형태, 종류)에서 왔다.

이후 저널리즘(journalism)의 세계로 뛰어들어 기존 신문의 절반 크기로 값싸고 센 세이셔널한 기사로 채워진 신문을 뜻하게 되었다. 일반약이 알약으로 부피가 줄었 듯이 기존 신문의 크기가 반으로 줄었기 때문에 붙인 명칭이라 할 수 있다. 노스클 리프(Northcliff, 1865~1922)는 19세기 말부터 20세기 초에 걸쳐 영국의 유력지들을 매 수하여 지면에 혁신을 가져왔다. 그는 일상에 쫓겨 신문 볼 틈도 없었던 대중을 위 해 tabloid form이라는 작은 지면으로 뉴스를 제공한 것이다. 1891년에 창간한 〈데 일리 메일(The Daily Mail)〉은 삽화가 들어 있는 1/2페니의 조간신문을 발행해 창간호 만 무려 40여만 부가 팔리는 등 신문의 대중화에 크게 기여했다.

그 후 tabloid는 작은 신문의 이미지 때문에 in tabloid form(요약하여)이라는 속어에 서도 보이듯이 '요약'이라는 뜻을 하나 더 얻게 되었다.

●●●● 박수로 배우를 몰아내는 행위 Explode

Explode는 '폭발시키다' '폭발하다' '타파하다' '파열하다'라는 뜻으로 쓰이지만, 원래는 16세기경 극장에서 쓰이던 용어였다. explode는 라틴어 explodere(박수나 소리를 쳐서 내쫓다)가 어원인데, ex(밖으로) + plaudere(박수치다) = explaudere에서 나온 단어이다. 옛날 극장에서는 관객들이 마음에 들지 않는 배우가 등장하면 박수를 치고 야유를 퍼부으면서 무대에서 몰아냈는데, 이를 explode라고 했다. 여기서 파생된 단어로는 ad(더하다) + plaudere(박수치다) = applaud(박수갈채를 보내다, 성원하다)와 plaudit(갈채, 칭찬)를 꼽을 수 있다.

이 단어는 '경멸하여 거절하다'라는 뜻으로까지 확대되었으며, 17세기에 물리학이 발달하자 '폭탄 같은 힘과 소리로 폭발하다'라는 뜻으로 쓰이게 되었다.

- **Explode with rage** 화를 벌컥 내다
- **Explode a bombshell** 깜짝 놀라게 하다, 폭탄발언을 하다
- **Exploder** 뇌관
- **At last audience exploded with laughter(anger)** 드디어 관중들이 웃음을 터뜨렸다(화를 벌컥 냈다)
- **Nicolaus Copernicus had exploded the geocentric theory** 코페르니쿠스가 천동설을 뒤집었다
- **A applaud to the echo** 극구 칭찬하다
- **President Kim Dae Jung have got a general applause at the opening ceremony of The 3th ASEM** 김대중 대통령은 '제3차 아셈 대회'의 개막식에서 만장의 박수를 받았다

●●●순대 속을 채우는 것 Farce

Farce란 '소극(笑劇)' '익살극'을 뜻하는데, 라틴어 farcire(채우다)에서 파생된 farsu와 farcia(삽입)가 중프랑스어 farcir(풍자적인 희극, 속을 채우다)로 변형된 것을 영어로 받아들인 것이다. 여기서 나온 farsa와 farsia는 기도 중 kyrie eleison(기리에 엘레이손), "주여, 불쌍히 여기소서(Lord have mercy)"라는 기도문 사이에 삽입된 다양한 표현을 뜻했으며, 프랑스에서는 종교극, 예컨대 중세의 기적극(miracle play)에 삽입되는 즉흥적인 익살(gag)이나 익살맞은 몸짓 등을 뜻했다.

18세기에는 원래의 라틴어 뜻이 되살아나 조류나 생선의 배 속에 넣는 소(filling), 또

는 양념하여 다진 고기(forcemeat 포스미트, 가늘게 저민 뒤 조린 고기)나 순대(stuffing)를 뜻했다. 오늘날에는 '소극' '익살극' 이외에도 연설이나 문학작품의 '여백 메우기'의 뜻으로도 사용되며, '시시한 일(trivial thing)' '흉내내기(mock)' '익살을 떨다(joke)' '흥미를 돋우다(interest)' '순대 속을 채우다(stuff)'라는 뜻으로도 쓰인다.

- **Farce a speech with wit** 연설에 기지를 섞다
- **Do your stuff**(best)! 잘해라!(최선을 다하라!)
- **He stuffed** (up) his head with rubbish 그는 멍청이야
- **That's the stuff!** 바로 그거야! 맞다!

●●● '솜씨'가 곧 '예술' Art

문명이 시작된 이래 인간은 수천 년 동안 그 시대에 걸맞은 예술을 끊임없이 창조해냈다. '알타미라 동굴 벽화'에서 백남준의 '비디오 아트'에 이르는 예술의 역사는 인류의 역사와 더불어 혼란과 조화, 진보와 퇴행을 거듭하면서 축적되었다. 그래서 예술의 초창기에는 오늘날처럼 '정신적 산물'의 개념보다는 '기술적 측면'과 '육체노동'의 개념에 가까웠던 것이다.

예술을 나타내는 영어 art는 라틴어 ars(기술)에서 비롯되었다. 인도유럽조어 ar(잇다)에서 파생된 ars는 그리스어 harmos(관절)와 라틴어 artus(관절), armus(어깨), arma(무기) 등과 뿌리가 같다. artus의 파생어 articulus(소관절)에서 비롯된 article(조항, 기사, 관사)도 마찬가지이다.

Art는 13세기 중반 고프랑스어에서 건너와 영어로 정착했다. 당시에는 '기술'이라는 의미 이외에도 7과목의 중등교육 기초과정(문법, 논리학, 수사학, 산수, 기하, 천문, 음악)을 뜻하는 '교양과목(liberal arts)'을 가리키기도 했다. 말하자면 로마제국의 자유인들이 배웠던 'artes liberales'를 본뜬 것이다.

1970년대 술취한 화가들이 자주 말했던 "Art is long, Life is short"라는 격언은 원래 그리스의 의사 히포크라테스(Hippocrates, BC 460?~BC 377?)의 경구를 라틴어로 번역한 "Ars longa, Vita brevis"를 영역한 것이다. ars는 그리스어 techne(기술)를 번역한 것으로, 의술을 배우려면 오랜 시간이 걸린다는 의미이다. 그 후 art가 '미술'의 의미를 갖

게 된 것은 17세기 말부터이며, '예술'의 의미는 19세기에 들어서야 부여되었다.

　Art를 직업으로 삼는 사람을 뜻하는 영어로는 artisan(장인)과 artist(예술가)가 있는데, 전자는 1538년 이탈리아어에서 들어온 단어이며, 후자는 1581년 프랑스어에서 들어온 단어이다. 현대 프랑스어 artiste는 '예능인'을 뜻한다.

- **Art and part**　공범, 관여
- **Art for art's sake**　예술을 위한 예술(예술 지상주의)
- **Black art**　마술(magic)
- **Art Deco**　아르데코(1920~1930년대 장식적 디자인 예술의 흐름)
- **Art Nouveau**　아르누보(19세기 말에서 20세기 초까지의 미술 양식)
- **The Faculty of Arts**　대학의 교양학부
- **Article by article**　조목조목

●●●함께 소리지르기　Symphony

　1989년 11월 9일 냉전시대의 산물인 '베를린 장벽'을 허물어버린 독일은 역사적인 통일을 세계 만방에 고하는 자리에서 베토벤의 '교향곡 제9번'을 연주함으로써 43년 동안 쌓였던 분단의 설움을 단숨에 날려버렸다.

　베토벤의 제9번 교향곡은 제4악장에 독일의 극작가이자 시인인 실러(J. F. von Schiller, 1759~1805)의 '환희의 송가(Song of Joy)'를 합창으로 끝을 맺기 때문에 '합창 교향곡'이라고도 한다.

　교향곡은 영어로 symphony인데, 그리스어 syn(함께)과 ponia(소리)의 합성어 sympnonia(조화로운 음)에서 유래된 단어로 오늘날의 '완전 협화음정'을 뜻한다. 이후 symphony는 여러 가지 뜻으로 사용되어 다성부성악곡(多聲部聲樂曲, symponiae sacre)에도 사용되었으나, 17세기 이후에는 순수한 악기 합주곡을 뜻하게 되었다.

프리드리히 실러

오늘날 symphony는 교향곡을 뜻하지만, 일반적으로 관현악을 위해 작곡된 소나타(sonata)를 말한다. 소나타는 그리스어 saune(울리다), 즉 영어의 sound(소리)에서 나온 단어이며, 17세기 초 오페라의 성악곡에 대응하여 모든 기악곡에 붙인 이름이었다. 이 소나타가 오늘날처럼 하나의 기악곡으로 발전한 것은 18세기 중반이다.

특히 접두어 syn는 여러 가지 라틴어와 복합되어 영어의 파생어를 많이 만들어냈는데, 일부는 자음접변 현상이 일어났다.

syn + energy(에너지, 힘) = synergy(공동 상승작용. 두 가지 약을 한꺼번에 먹었을 때 효과가 커지는 것을 일컫는다), syn + onoma(이름) = synonym(동의어), syn + agein(가져오다) = synagogue(함께 하는 것, 유대교 예배당), syn + ballein(던지다) = symbol(함께 나타내다, 상징), syn + dromos(경쟁) = syndrome(동시 발생, 증후군), syn + metron(척도) = symmetry(대칭), syn + histanai(서다, 장치하다) = system(부분을 함께 한 전체, 체계)

●●● 지르박은 춤에 미친 벌레 Jitterbug

지터벅(jitterbug)은 '재즈에 맞추어 열광적으로 춤추는 사람'이나 '지르박을 추다'라는 뜻이다. 미국식 발음으로 읽으면 '지러벅'인데, 일본 사람들이 '지르박'으로 잘못 알아들었던 것이 우리나라에 그대로 정착되었다.

Jitterbug는 13세기 말 제프리 초서 시대부터 쓰인 스코틀랜드 방언 chitter(지저귀다, 추워서 떨다), 근대 영어 chatter(지껄이다, 재잘거리다)가 변형된 단어로, 미국에서는 '금주법(the prohibition Law, 1920~1933)'이 내려진 뒤부터 '숙취,' 알코올 중독에 의한 '수전증' '환각증상' 등과 관련된 '신경과민' '불안함' '안절부절못하다' '신경질을 부리다' '떨다'라는 뜻을 가지고 있다.

한편, bug는 '열중하고 있는 사람'이라는 뜻으로 firebug(방화광), movie bug(영화광), litterbug(함부로 쓰레기 버리는 사람) 등의 합성어에도 많이 쓰인다. 예를 들면 'be bitten with the bug(열중하다)'라는 속어에서 알 수 있듯이, 뭔가 쉬지 않고 꿈틀거리는 '곤충'의 이미지에서 따온 말이라 할 수 있다.

Jitterbug은 재즈와 만나면서 '재즈 뮤지션'이나 '재즈광'의 뜻으로 쓰이다가, 1930년대에 이르러서는 '빠른 리듬에 맞춰 힘차고 새로운 춤'을 가리키게 되었다. 빠른 스텝과 즉흥성이 강한 자유스러운 춤 형식은 무도장에서 추는 전통 댄스와 큰 차이가 있는데, 이는 마치 '아주 신경질적인 사람,' 즉 jitterbug의 움직임을 그대로 표현한 것이라할 수 있다.

- **Jitterbug** 신경질적인 사람
- **Chatter box** 수다쟁이(chatter pie)
- **Who chatters to you will chatter of you** 남의 말을 자네에게 하는 자는 자네 소문도 남에게 말하는 법이네
- **Put a bug in a person's ear** 살짝 남에게 귀띔하다
- **Don't be a litterbug** 쓰레기를 버리지 마시오

●●●재즈는 원래 춤의 이름 Jazz

4비트의 리듬인 래그타임(ragtime)에 맞춰 추는 3박자의 춤 재즈(Jazz)는 춤의 의미는 사라지고 음악 그 자체를 가리키게 되었다.

'재즈'의 어원에 대한 설은 다양하다. 외설스러운 뜻을 가진 영국의 고어 jazz에서 비롯됐다는 설도 있고, 드럼 연주자 찰스의 이름에서 비롯되었다는 설 등이 존재한다.

재즈는 처음에 저속한 음악으로 취급받아 뉴올리언스의 매춘지역에 자리 잡을 수밖에 없었다. 여기서 유래된 '재즈 베이비'는 '누구하고나 동침하는 여자' 라는 뜻을

재즈 뮤지션 디지 갈레스피

가지고 있다. 한마디로 당시의 재즈는 도시 암흑가의 음악으로 취급되었던 것이다. 하지만 지하통로를 통해 점차 백인들의 세계로 침투해 1950년대에 모던 재즈로 발전하면서 일반적인 음악으로 굳건히 자리매김했다.

- **…and all that jazz** …이라든가 하는 것, 등등
- **Jazz around** 놀러다니다

- **Jazz up** 활기를 띠게 하다, 격려하다
- **Jazzman** 재즈 연주자
- **Jazzy** 재즈식의, 활발한, 야한, 마구 떠들어대는

●●●●발이 엮어내는 예술들 Samba & etc.

삼바(Samba)는 브라질에서 유행하는 춤으로 아프리카에서 건너왔다. samba의 어원은 아프리카어에서 차용한 포르투갈어 Zambacueca의 단축형이거나, 포르투갈어 zamacueco(바보스러운)와 zamparse(부딪히다)에서 유래된 zambapalo(괴상한 춤)의 단축형이라고 한다.

아프리카 콩고어 tangu(춤추다)에서 차용한 탱고(Tango)는 아르헨티나에서 유행하는 춤으로, 스페인어로 '흑인의 댄스 축제'라는 뜻이다. 1890년대 영어로 들어온 tango는 아라비아가 원조인 스페인의 플라멩코 댄스(flamenco dance)로서 탱고 플라멩코라고도 하는데, 아르헨티나 댄스와는 전혀 공통점이 없다.

룸바(Rumba, Rhumba)는 아프리카에서 건너온 쿠바의 춤으로, 선원들이 배를 인도하는 마법의 표지로 믿고 있던 rhombus(마름모꼴), 즉 스페인어로 rombo의 표지가 붙어 있는 배의 나침반에서 비롯되었다. rombo는 rumbo로 바뀌어 '나침반' '지도력' '허영' '화려한 허식'을 뜻하다가 rumba로 바뀌면서 '파티' '야단법석'이라는 뜻을 지니게 되었고, 결국에는 춤의 이름으로까지 확대되었다.

맘보(Mambo)는 흑인들의 부두교(Voodoo)에 뿌리를 두고 있다. 스페인어에서 나온 아이티의 혼성어 mambo, mambu에서 그대로 차용해온 이 단어는 '부두교 여사제의 이름'이다.

●●●우연과 해프닝과 행복, 위험 Haphazard

르네상스 시대에 처음 쓰인 haphazard는 hap(운, 우연, 행운)과 hazard(danger 위험)의 합성어인데, 당시에는 '우연(chance)'이라는 뜻으로 쓰였다. hap은 지금도 당시의 뜻

그대로 쓰이고 있으며, '우연히 …을 하다(to do)'라는 동사의 뜻이 추가되었다. 이후 hap은 mishap(악운), hapless(불운한, 불행한), happen(일어나다, 생기다)의 어근이 되었으며, '행운'에서 '기쁘다'로 뜻이 변한 happy(행복한)의 어근이기도 하다. 또 19세기에 미국식 영어인 happening(사건, 일)과 circumstance(상황)의 합성어 happenstance (happenchance 우연한 사건이나 일)의 어원이기도 하다.

Hazard는 고프랑스어 hasard(운에 따라 결정되는 주사위 놀이)에서 비롯되었는데, 처음엔 '운(fate, destiny)'의 뜻만 있었으나 나중에 haphazard라는 합성어와 똑같은 뜻이 되었다. 또 다른 주사위 놀이 jeopardy와 마찬가지로 큰 돈을 벌 수도 있고 크게 손해볼 수도 있다는 양면성 덕분에 두 단어는 모두 '위험 (danger, peril, risk)'이라는 뜻으로 쓰이게 되었다. 이후 스포츠에도 적용되어 골프의 '장애구역'이나 승마의 '장애물,' 테니스의 '공 받는 쪽의 코트'를 가리키게 되었다. hazardous의 원래 뜻은 '운세를 시험해보다' '위험을 무릅쓰다' '모험을 즐기다' 라는 뜻으로 쓰이다가 '위험'이라는 뜻을 갖게 되면서부터 '위험한'이라는 형용사로 군어졌다.

주사위 놀이 '제퍼디'

- **At〔By〕haphazard** 우연히, 되는대로(at random)
- **If anything should happen to** …에게 만일의 사태가 일어난다면
- **As it happens** 공교롭게도
- **I wish you happiness** (여성에게) 결혼을 축하합니다
- **At all hazards** 기어코

●●●고통에서 즐거움으로 변한 Sports

현대의 스포츠는 냉혹한 생존경쟁이나 투쟁의 산물이다. 따라서 영웅들을 추모하는 의식이자 신의 제전이었던 스포츠를 고대 그리스에서는 agon(고통)이라고 불렀다. 지금도 이 단어는 영어의 agonize(괴로워하다, 필사적으로 노력하다)나 agony(통증, 고통)로 남아 있다.

로마시대의 검투사

고대 그리스의 '하는 운동'이 로마시대에는 '보는 운동'으로 바뀌었다. 로마의 황제들은 노예나 평민들의 정치적 불만을 해소하기 위해 먹을 것을 주어가며 무료로 운동경기를 보여주었다. 대표적인 것이 바로 콜로세움에서 벌어진 검투사와 사자의 싸움, 검투사끼리의 시합, 기독교인들을 사자의 밥으로 내놓은 것 등이다.

당시에 가장 유명했던 검투사로는 스파르타쿠스를 꼽을 수 있다. 그는 노예해방을 부르짖으며 반란을 일으켰으나 실패하고 말았다. 하지만 그의 정신은 노동해방운동에 영향을 미쳐 지금도 러시아와 동유럽의 노동자 체육대회나 스포츠 클럽의 명칭으로 많이 애용되고 있다.

생존경쟁이나 전쟁에서 비롯된 각종 스포츠 경기는 시간이 흐르면서 침울한 정신 상태를 해소하고 서로의 우정을 돈독히 하며 평화를 구축하는 장치로 발전해 나갔다. 마침내 1896년 쿠베르탱 남작에 의해 근대 올림픽이 부활하기에 이르렀다.

스포츠(sports)의 어원은 라틴어 portare(운반하다, 영어로 porter)이다. 여기에 탈락을 뜻하는 접두어 de(또는 des)가 붙어 deportare(슬픈 상태를 해소하다)라는 단어가 만들어졌는데, 여기서 영어 disport(놀이, 즐거움, 즐겁게 하다, 장난치다)가 생겨났으며 sport는 바로 이 disport의 생략형이다.

- **Disport〔Sport〕 oneself** 즐겁게 놀다
- **The school sports** (학교) 운동회
- **What sport!** 참 재미있군!
- **Be a sport!** 떳떳하게 해!
- **In〔For〕 sport** 장난삼아, 농담으로
- **She has sport her door** 그녀는 문을 굳게 닫았다

●●● 열정은 괴로움 속에서 나온다 Passion

Passion과 patience는 뜻이 서로 정반대인 것처럼 느껴지지만, 어원을 따져보면 그

렇지 않다. 둘 다 라틴어 pati → passio(괴로워하다)에서 파생된 말이기 때문이다.

Patience는 라틴어 pati의 명사형 patientia(참을성)가 프랑스어로 쓰이다가 영어에 그대로 차용된 단어이다. 기독교에서 십자가에 못 박힌 예수 그리스도의 괴로움을 표현할 때 쓰였는데, 나중에는 '순교자의 괴로움'으로 뜻이 확대되었고, 14세기경에는 통증과 같은 '육체적 괴로움'을 뜻하다가, 지금의 '인내' '끈기' '참을성'이라는 뜻으로 굳어졌다. 여기서 파생된 형용사 patient는 명사로 쓰일 때 '환자'라는 뜻을 가지고 있다.

Passion은 12세기경 라틴어 passionem(괴로움)이 그대로 영어에 차용된 것이다. 당시에는 그리스어 pathos('감정' '애정,' 지금은 '페이소스' '정념' '연민의 정을 자아내는 힘'으로 쓰인다)의 번역어로 사용되었으며, 이때에도 라틴어 passionem의 영향을 받아 '강하다' '연정' '열정'으로 뜻이 확대되었다. 그 후 16세기 셰익스피어 시대에 이르러 '사랑' '감정'의 뜻이 강해지면서 오늘날에는 '격정' '애착' '격노(outburst)' '열애' '열망'이라는 뜻으로 쓰이게 되었다.

- **Fly〔Fall, Get〕into a passion** 벌컥 성내다
- **Have a passion for** …을 매우 좋아하다
- **The patience of Job** (욥과 같은) 인내심(『구약성경』「욥기」)
- **Be enough to try the patience of a saint** 아무리 인내심이 강할지라도 화낼 정도
- **Have no patience with** …을 참을 수가 없다
- **Passion music** 수난곡(受難曲)

● ● ● 협회가 축구로 변하다 Soccer

축구(soccer)는 협회(association)의 머리부분인 assoc에서 유래되었다. 1890년경 영국의 대학생들 사이에서는 축구의 정식 명칭인 association football이 번거롭다고 해서 assoc라는 단축형을 선호했다. 여기서 soc만 골라 -er을 붙여 지금의 soccer가 탄생한 것이다. 이때 어미로 붙인 er은 '행위자'를 뜻하는 것이 아니라 rugby(럭비)를 rugguer라고 부르는 것처럼 당시 유행하던 은어성 어미이다.

Football도 축구이지만 미국에서는 주로 '미식축구(American football)'를 가리키며, 영

국에서는 '럭비축구(rugby football)'를 가리킨다.

월드컵을 비롯해 전 세계의 각종 축구대회를 개최하는 '국제축구연맹'의 약칭은 FIFA(Fédération Internationale du Football Assocation)이다. 20세기 초 유럽 지역에서 국제축구경기의 인기가 높아지자, 선수들의 국적 문제와 경기규칙의 통일을 위해 국제적인 축구연맹 연합체가 필요해졌다. 그래서 1904년 5월 21일 프랑스가 단체설립을 제창해 네덜란드·덴마크·벨기에·스위스·스웨덴·스페인 등 7개국이 파리에 모여 각국의 축구연맹을 국제적인 연합체로 출범시키기로 의결했다. 본부는 스위스 취리히에 있으며 현재 211개 회원국(2017년 기준)을 보유하고 있다.

●●●●잘 받아넘기는 것이 테니스 **Tennis**

Tennis는 옛 프랑스어 tenetz 또는 tenez에서 유래한 것으로 전해지는데, 영어의 receive(받다)나 hold(잡다)에 해당된다. 이 단어들은 maintain(유지하다)이나 obtain(획득하다), 그리고 sustain(지탱하다) 등의 어간 -taine으로 자리 잡았는데, 모두 '손'이나 '가짐, 지님'의 뜻을 갖고 있다.

테니스 스코어에서 zero를 love라고 하는 이유는 무엇일까? 테니스의 발상지는 프랑스이다. 숫자 0을 그냥 쓰기엔 좀 그랬는지 모양이 비슷한 l' oeuf(프랑스어로 '알〔卵〕'을 뜻한다)를 썼는데, 이 발음과 비슷한 영어 단어가 바로 love였던 것이다. 확실히 zero나 nothing보다는 좋지 않은가. 어떤 어원사전에는 labor of love(무보수노동, 즉 그저 좋아서 하는 일)라는 표현의 love가 nothing과 통한다는 근거를 내세우기도 한다.

참고로 국제테니스연맹에서 주최하는 '데이비스컵 경기대회(Davis Cup Match)'는 국가대항 남자부의 세계 최강을 결정하는 국제대회를 말하며, '페더레이션컵 대회 (Federation Cup Match)'는 여자 선수들만이 참가하는 국제테니스연맹컵 대회를 말한다.

권위와 전통을 자랑하는 4대 토너먼트 대회로는 1877년부터 윔블던(Wimbledon)에서 개최되는 전영 오픈을 비롯하여, 1881년부터 시작된 전미 오픈, 1891년부터 시작된 프랑스 오픈, 1905년부터 시작된 호주 오픈 등이 있으며, 한 해에 이 4개 토너먼트에서 모두 우승하는 것을 '그랜드 슬램(grand slam. slam은 원래 카드놀이에서 전승하는 것을 말한다)'이라 한다.

최초로 그랜드 슬램을 달성한 선수는 1938년 미국의 도널드 버지(Donald Budge)이다.

●●●징크스는 운동선수들의 전유물인가 Jinx

'불운을 가져오는 재수없는 것(사람)'이라는 뜻의 jinx는 20세기 초반 미국 야구계에서 쓰이기 시작해 널리 퍼진 단어라는 사실은 확실하지만, 그 유래에 관해서는 두 가지 설이 있다. 첫째는 딱따구리의 일종인 개미핥기새의 그리스어 junx에서 비롯되었다는 설이고, 둘째는 'Captain Jinks of the Horse Marines'라는 노래에서 비롯되었다는 설이다.

유럽과 아시아에 걸쳐 서식하는 개미핥기새는 놀라거나 주위를 경계할 때 목을 오른쪽으로 비트는 이상한 습성이 있다. 그리고 암컷과 수컷이 짝짓기할 때는 서로 마주보고 고개를 흔들면서 부리 안쪽이 다 보이게끔 부리를 크게 벌리는 묘한 의식을 벌인다. 사람들은 이 새를 신비롭게 여겼으며, 마법이나 마술과 관련된 미신에 결부시켜 생각했다. 따라서 이 새를 가리키는 junx라는 그리스어가 yunx 또는 jynx로 변형되어 전래되면서 위와 같은 의미로 사용되었다는 것이 첫 번째 설이다. 그러나 jinx라는 단어가 20세기 초 미국에서 사용되기 시작했고 북미지역에서는 이 새를 볼 수 없다는 사실에서 그 신빙성이 떨어진다.

보다 설득력 있는 주장은 윌리엄 링가드(William Lingard)가 1868년 첫선을 보인 유명한 노래 'Captain Jinks of the Horse Marines(기병대장 징크스)'에 담겨 있다. 훈련을 받던 기병대장 징크스가 나팔소리 때문에 병이 나고, 또 그가 말에 오르는데 모자가 발판에 떨어지는 등 불길한 일들이 계속 생긴다는 내용에서 비롯됐다는 것이다. 게다가 1902년에 마크 트웨인의 친구이자 소설가인 어네스트 크로스비가 미국과 스페인 간의 전쟁을 다룬 'Captain Jinks, Hero(영웅, 징크스 대장)'라는 반제국주의 소설을 발표하기도 했다. 이 두 번째 설을 뒷받침하는 또 다른 증거로 20세기 초 스포츠 관련 문헌들에서 jink를 jinks라고 표기한 사례가 많다는 점을 들 수 있다.

●●●뱃사람들의 연판장 Round Robin

17세기 초 라운드 로빈(벨기에)

Round robin은 원래 가톨릭의 성사(sacrament, 세례 · 견진 · 성체 · 고백 · 병자 · 신품 · 혼인 성사를 가리킨다)나 기독교의 성례전(sacrament, 세례와 성찬을 가리킨다) 때 쓰이던 둥근 빵을 가리켰다. 이 둥근 빵은 작은 그릇이나 상자에 넣어 보관했기 때문에 jack in the box(깜짝 상자, 용수철로 도깨비가 튀어나오게 하는 장난감)와 같은 뜻으로 쓰이기도 했다.

이 단어는 뱃사람들에 의해서 전혀 다른 뜻으로 변질되었다. 이들은 선장에게 탄원서를 쓸 때 서명자의 순서를 숨기려고 일부러 원형으로 서명했는데, 당시 선상반란의 주동자는 교수형에 처해지는게 보통이었다. 하지만 원형으로 서명된 탄원서에서는 주동자를 가려낼 수 없었다. 그렇다고 선원 모두를 교수형에 처할 수도 없는 노릇이었다. 이 사건이 있은 후 round robin은 '사발통문식 탄원서(청원서)' '원탁회의'라는 뜻으로 쓰이게 되었다.

이 단어가 1890년대에 미국으로 건너가면서 뜻을 하나 더 갖게 되었다. 스포츠 경기에서 풀 리그(full league)를 round robin이라고 불렀던 것이다. 참고로 마상(馬上) 창겨루기 경기에서 유래된 토너먼트(tournament)는 상대방과 '일대일로 경기해서(match play)' 이기는 팀이나 선수가 결승(final game)까지 올라가는 것을 말한다.

●●●멋쟁이들이 먹는 요리 Macaroni

이탈리아의 대표적인 음식 중 하나로 마카로니(macaroni)를 꼽을 수 있다. 마카로니는 파스타(pasta)의 일종으로 밀가루와 치즈 그리고 버터를 섞어 반죽한 것을 실이나 빨대 모양으로 뽑은 서양식 국수이다. 그래서 macaroni는 '뒤범벅의(mixed)'라는 뜻도 있다. 라틴어 macerare(잘게 부수다)에서 따온 이탈리아어 maccare(으깨다, 타박상을 입다)에서 비롯되었으며, 영어의 macerate(물에 담가 부드럽게 하다, 잘게 부수다, 야위게 하다)

도 여기서 유래된 단어이다.

1700년대 중반 런던에 '마카로니 클럽(Macaroni Club)'이라는 모임이 등장했다. 긴 곱슬머리에 조그만 망원경을 갖고 다니며 여행 경험이 풍부한 멋쟁이(dandy, fop) 젊은이들의 모임이었다. 이들은 대륙의 패션이나 취미 그리고 음식에 대해 강렬한 호기심을 갖고 있었는데, 특히 마카로니는 영국에서 매우 진귀했기 때문에 자기들 모임의 이름으로 삼았던 것이다. 이후 macaroni라는 말은 이 클럽의 멤버뿐만 아니라 기성세대가 도저히 봐줄 수 없는 대륙의 복장과 풍습을 흉내내는 젊은이들을 가리키는 말로 뜻이 확대되었다. macaroni는 '이탈리아인'의 속칭이기도 하다.

미국에서 macaroni mills는 '마카로니 제분소'가 아니라 제재소(sawmill)를 가리킨다. 나무를 켤 때 생기는 톱밥을 치즈가 섞인 밀가루에 비유한 것이다.

●●● '생명의 물' 위스키 Whisky

이 세상의 모든 증류주는 메소포타미아 문명과 이집트 문명을 잉태한 중동이 그 발생지이다. 유럽은 십자군 전쟁을 틈타 중동에서 이 증류법을 배워왔다. 문헌에 따르면, 12세기경 이탈리아의 살레르노에서 한 연금술사가 증류법을 선보였는데, 여기서 증류된 술을 '생명의 물(aqua vitae)'이라고 불렀다. 이것을 스코틀랜드의 수도사가 영국으로 가져와 wisqe(물) + beatha(생명) = wisqe beathadh → whiskybae → whisky의 변천과정을 거쳐 오늘에 이르렀다.

러시아인은 증류한 술을 woda(물)에서 파생된 vodka(조그만 물)라고 불렀는데, '감자를 으깬 것(mash)'을 증류한 술이다. 영어의 고어인 게일어 wisqe나 러시아어 woda는 모두 인도유럽조어 wed('Water' 항목 참조)에서 비롯된 단어들이다. 미국에서도 스카치 위스키와 같은 술을 '버번 위스키(bourbons whiskey)'라고 하는데, 이는 켄터키 주의 버번 카운티 (Bourbon County)에서 처음 생산되었기 때문에 붙여진 이름이다.

스카치 위스키는 맥아(malt 엿기름)를 원료로 두 번 증류한 몰트 위스키(malt whisky)를 말한다. 몰트 위스키는 맥아를 건조할 때 스코틀랜드에서 많이 나오는 토탄(peat)을 사용하기 때문에 향이 진한 게 특징이다. 1830년대 이후 양조법이 개량되면서 그레인(grain 곡물) 위스키가 등장했다. 몰트 위스키는 향이 짙고 품질이 뛰어나지만 비싼

게 흠이었으며, 그레인 위스키는 향이 조금 밋밋하지만 가격은 절반밖에 되지 않았다. 그래서 상인들은 이 두 가지를 적절히 섞어서 제품을 만들었는데, 이것을 블렌드 위스키(blended whisky)라고 한다. 이 블렌드 위스키는 세계 시장의 95퍼센트를 차지하고 있다. 참고로 미국과 아일랜드 산은 whiskey로 표기하며, 영국과 캐나다 산은 whisky로 표기한다.

- **Be against the grain** 뜻이 맞지 않다(grain에는 '곡물' 이외에 '기질' '성미'라는 뜻도 있다)
- **A rogue(angel) in grain** 타고난 악인(성인)
- **He took me with a grain of salt** 그는 내 말을(에누리해서) 대충 들었다(여기서 grain은 무게 단위로 0.0648그램)
- **Grain alcohol** 에틸 알코올
- **Oil and water don't blend** 물과 기름은 섞이지 않는다

●●● 암브로시아와 나무아미타불
Ambrosia & Mortal

그리스 신화에 등장하는 불멸불사의 신들의 음식 ambrosia는 그리스어로 a(not) + mbrotos(mortal)에서 나온 말인데, 불교의 '아미타,' 즉 산스크리트어에서 유래한 것이다. '나무아미타불(南無阿彌陀佛)'에서 아(阿)는 불(不)을 뜻하는데, 그리스어 접두사 a(n)-의 의미와 발음이 같다. 그리고 미타(彌陀)는 '죽음'을 의미하며 영어 mort-의 어원과 의미가 같다. 즉, '죽음'을 뜻하는 mor(t)-는 '부수다' 라는 의미의 산스크리트어가 그리스어를 거쳐 라틴어로 들어온 것이다. 그래서 형용사 ambrosial은 '맛좋은' '신성한(divine)'이라는 뜻을 가지고 있다.

- **Mortal** 죽음을 피할 수 없는, 치명적인, 지독한, 인간, 사람
- **Mortality** 사망자 수, 사망률
- **Infant mortality** 유아 사망률
- **Mortify** …에게 굴욕감을 주다, …을 분하게 만들다(…의 생명·자존심을 죽게〔morti-〕+ 만들다〔-fy〕)
- **Mortgage** 저당, 담보대부(금), …을 저당잡히다(죽은〔mort-〕+ 담보물〔gage〕, 대출금을 전액 상환

할 때까지 부동산은 은행 소유이기 때문에 mort-가 붙는다)

- **Murder** 살인, 살해, …을 죽이다, 망치다
- **An attempted murder** 살인 미수
- **A murderous weapon** 흉기
- **Mortar** 회반죽, 절구, 박격포(석회를 부수는〔mort-〕 곳, 통〔-ar〕)
- **Morbid** (정신이) 병적인(병의〔morb-〕 + 기미가 있는〔-id〕)
- **Moribund** 다 죽어가는, 빈사 상태의

●●●한국인의 양념 고추 Hot(Red) Pepper

한국인을 대표하는 음식은 김치(kimchi)라 할 수 있다. 이 김치의 맛을 내는 데 가장 중요한 양념(seasoning, condiment)이 바로 고추이다.

서양에서 고추를 넣은 요리로는 프랑스 파리의 '아 라 킹(a la king, 버섯, 피망 등 고추류를 넣고 베샤멜 소스로 조리한 것)'이 있다. cayenne도 '고추' '고춧가루' 등의 뜻이 있으며, capsicum도 '고추(씨)'를 뜻한다. 우리가 먹는 고추는 보통 hot(red) pepper라고 부른다.

고추의 원산지는 멕시코이며, 포르투갈 상인이 유럽으로 들여왔으나 사람들의 주목을 끌지는 못했다. 이 고추는 포르투갈 상인에 의해 일본으로 건너왔고, 임진왜란을 전후하여 비로소 우리나라에 전래되었다. 당시 고추는 울분에 차 있던 우리의 사회적 정서를 대변해주는 양념으로 적격이었기 때문에 호평을 받은 것으로 생각된다.

특히 고추에는 캡사이신(capsaicin)이라는 성분이 있어 잡균의 발효를 억제하고 신맛을 대폭 줄여주는 효과가 있으며, 유산균(젖산균)이 풍부해 다이어트와 항암식품으로 세계적인 각광을 받고 있다.

●●●손으로 일구어내다 Manure

'거름' '비료'라는 말로 쓰이는 manure는 라틴어 manus(손)와 operari(일하다, 작용하다)의 합성어 manoperare에서 비롯된 말이다. 문자 그대로 '손을 써서 일하다'라는 뜻인데, '토지나 재산을 운용(관리)하다'라는 뜻으로까지 확대되었다.

토지를 관리할 때 가장 중요한 일은 아무래도 토지를 일구는 것이 아닐까. 그래서 고대영어에서는 maynoverer로 바뀌면서 '토지를 일구다(cultivate)'라는 뜻으로 변용되었으며, '정신이나 신체의 연마 또는 단련(culture)'이라는 뜻도 갖게 되었다. 이처럼 '토지를 일구다'라는 뜻은 무리 없이 '토지를 비옥하게 만들다'라는 단어를 만들어 냈으며, 명사형으로 '거름' '퇴비' '비료'라는 단어도 생겨났다.

Manoperare가 고프랑스어를 거쳐서 영어로 들어왔을 때에는 maneuver 또는 manoeuvre로 변형되었다. 이 말은 '손으로 조작하다'라는 뜻이 강해 명사로는 '기동작전(연습)' '조작' '계략' '묘책', 동사로는 '연습하다' '책략을 쓰다' '교묘히 유도하다'라는 뜻으로 쓰였다.

- **Manure** 두엄
- **Chemical manure** 화학비료(fertilizer)
- **Nitrogenous manure** 질소비료
- **Hollywood maneuvers all visitors into the gambling house** 할리우드는 모든 방문객들을 도박장으로 교묘하게 끌어들였다
- **Maneuverable Reentry Vehicle** 기동핵탄두(MARV)

●●●집 떠나면 고생 Travel

중세 봉건사회로 접어들면서 자급자족의 장원제(manorialism)가 정착되어 도로의 사용이 줄어들자 황폐해지기 시작했다. 더구나 도로에 노상강도가 판을 쳐 여행자들은 이중의 고통을 감수해야만 했다.

도로의 상태가 우수했던 로마제국 시대에도 중세 때와 사정이 그리 다를 게 없었으며, 특히 말기에는 치안이 문란해져 여행은 고통 그 자체였다. 그래서 여행이라는 단어도 tri(3개) + palium(pale 말뚝) = tripalium에서 나왔던 것이다. 로마시대에는 이 tripalium이라는 3개의 뾰족한 말뚝이 달린 도구로 사람을 고문했는데, 나중에는 '고통' '골절'이라는 뜻으로 쓰였다. 이것이 프랑스어로 들어가 travail(노동, 수고, 학습, 작업)이 되었으며, 영어에 그대로 차용되어 travail(산고, 진통, 고생)이 된 것이다. 이처럼 tripalium은 travel(여행)과 trouble(고생, 근심, 수고, 불화, 고장)이라는 단어를 만들어냈으

며, palium은 pale(말뚝)과 pole(막대, 봉)의 어원이 되었다.

단기 여행을 뜻하는 trip에는 '헛디딤' '발걸이' '실수' 등의 뜻이 있는데, '발에 걸려 넘어짐'에서 '뛰어오르다' '분주히 돌아다니다'를 거쳐 '짧은 여행'으로까지 발전했다. 그리고 tour는 '회전하다'에서 '돌아다니다'로, journey는 '하루의 일'에서 '하루의 여정'으로 발전한 단어인데, journal(일지, 일간지)과 어원이 같다. fare(운임)도 동사로는 '지내다' '여행하다'라는 뜻이 있다. 여기서 farewell(안녕)이 나왔는데 fear 와 어원이 같다. 아무튼 중세 사람들에게 여행은 공포스러웠던 모양이다.

- **Sightseeing party** 유람(관광)단
- **Fish in troubled waters** 혼란을 틈타 한몫 챙기다(troubled waters, chaos, disorder)
- **Traveler's check** 여행자 수표
- **Travelling salesman** 외판원(traveller)
- **The wind troubled the waters** 바람이 거친 파도를 일으켰다

●●● 원래는 가방을 나르는 사람
Portmanteau

Portmanteau는 '양쪽으로 열리는 대형 여행용 가방'을 말한다. 이것은 프랑스어 porte(porte 나르다)와 manteau(mantle 망토)의 합성어로, 본래는 '국왕의 외투를 들어 나르는 고관'을 뜻했다. 16세기경 영어로 들어오면서부터 여러 종류의 의복이나 여행용 가방을 나르는 사람이나 여행가방을 가리켰다.

이 'portmanteau'는 양쪽으로 열리게끔 되어 있어서 영어에서는 '두 가지 이상의 용도(성질)를 가진'이라는 뜻으로도 쓰이게 되었다. 이것을 보통 portmanteau word라고 하는데, 다음과 같은 혼성어를 가리킨다.

- motel : motor(자동차) + hotel(호텔)
- brunch(이른 점심, 아점) : breakfast(아침) + lunch(점심)
- smog(스모그) : smoke(연기) + fog(안개)

- rurban(전원도시의, 교외의) : rural(시골의) + urban(도시의)

- oxbridge(옥스브리지, 명문대학) : Oxford(옥스퍼드 대학) + Cambridge(케임브리지 대학)

- liger(라이거) : lion(수사자) + tiger(암호랑이)

- tigon(타이곤) : tiger(수호랑이) + lion(암사자)

●●● 1가제트짜리 선물 Gazette

이탈리아어로 gazzetta라는 형태의 신문은 16세기 베네
치아(Venecia, 베니스)에서 최초로 간행되었다. 당시 이 신문
은 한 부에 1가제트(gazet, 르네상스 시대 베네치아에서 통용된 아
주 싼 주화)에 팔렸던 저렴한 신문이었는데, gazet라는 화폐
단위에서 gazzetta라는 단어가 생겼다. 당시 이 신문은 대
범한 보도, 일상적인 뉴스, 떠도는 소문, 엉터리 이야기 등
으로 지면을 가득 채웠는데, 한마디로 요즘의 타블로이드
(tabloid)판 신문과 비슷했다.

1가제트짜리 동전

Gazette의 또 다른 기원은 '쓸데없는 지껄임'이라는 뜻을 가진 이탈리아어 gazza의
지소어라는 주장이다. 영어로 chatter(잡담, 지껄임, 수다), gossip(잡담, 세상이야기, 신문의 만
필), town talk(촌동네의 화제), tattle(객담, 수다, 소문, 지껄이다, 수다떨다), magpie(까치, 수다쟁
이)와 같은 뜻을 지니고 있다.

이 단어는 영국으로 건너오면서 gazette로 바뀌었으
며, 정부의 '공식 정기간행물,' 즉 '관보(官報)' '공보(公
報, official gazette)' 또는 옥스퍼드 대학의 '학보(學報)'라는
뜻으로 쓰였다. 영국 최초의 gazette는 1165년에 옥스퍼
드 재판소가 설치되면서 발행한 〈옥스퍼드 가제트(The
Oxford Gazette)〉인데, 이후에 〈런던 가제트(The London
Gazette)〉로 바뀌었다. 매주 화요일과 금요일에 발행되었
으며 연금의 공고, 관리의 임용과 승진, 파산 등 공적인
고지사항이 실렸다.

1799년 판 〈런던 가제트〉

160

여기에서 파생된 gazetteer는 'gazette에 기사를 싣는 사람' '관보 기자'라는 뜻인데, 지금은 '지명 사전' '지명 색인' '가이드 북'이라는 뜻으로 쓰이고 있다.

●●● 소치기에서 학사로 Bachelor

지금은 대학 졸업자를 뜻하는 학사(學士)가 옛날에는 소치기에 지나지 않았다는 사실을 알고나 있는지. 하기야 우골탑(牛骨塔)이 대학(大學)을 가리켰다니 어떤 연관성이 있는지도 모르겠다.

실제로 학사의 뜻을 지닌 bachelor는 속류 라틴어 bacca(cow 암소)에서 나온 말이다(정통 라틴어로는 pecu라고 한다). 그래서 baccalius는 '영국의 농장이나 목초지에서 일하는 사람'을 뜻했다. 이후 13세기경 프랑스어에서 차용된 중세영어 bacheler는 '자신에게 주어진 책임과 위엄을 지키기에 너무 어리거나 가난해서 다른 기사의 밑에서 일하는 기사(bachelor at arms)'를 가리켰다.

교황 그레고리오 9세

14세기 후반에 bachelor로 형태가 바뀌면서부터 '길드(guild)의 젊은이' → '대학에서 석사(碩士, master)를 취득하지 못하고 가장 낮은 학위를 받은 학사'를 가리켰다. 이 학사라는 칭호는 제178대 교황 그레고리오 9세(재위기간 1165~1241)가 만든 학위체계에서 처음 선보여 baccalaureate degree라고 부르게 되었다. baccalaureate는 bacca(암소)와는 달리 문학·예술 분야의 우수성을 상징하는 월계수(월계수 열매는 laurel berry)에서 따온 말이다. 지금도 프랑스에서는 '대학입학 자격시험'을 baccalaureat라고 부르며, 영어의 baccalaureate는 학사(bachelor's degree)와 같은 뜻으로 쓰이고 있다.

시간이 흘러 bachelor는 보통 '미혼 남성(maid는 미혼 여성)'도 뜻하게 되었는데, 기사 bachelor와 마찬가지로 미혼 남성은 아직 젊고 재산도 없어 시민으로 인정받지 못했기 때문이다.

- **I have kept bachelor's hall at forty five** 나는 45세까지 홀아비 신세를 면했다

- **Bachelor mother** 미혼모, 혼자 힘으로 아기를 키우는 어머니
- **Doctor of Law(Theology, Medicine)** 법학(신학, 의학)박사. 이외의 박사에는 모두 Doctor of Philosophy(Ph.D, K.Phil)를 붙인다

◦◦●●하늘이 내려준 재능 **Talent**

Talent는 고대 바빌론 사람들이 사용했던 '무게의 단위'였다. 그 후 그리스인들이 이 말을 받아들여 talanton(balance 천칭)이라고 했는데, 금이나 은을 계량하는 척도나 화폐의 단위로 사용했다. 하지만 이 화폐의 단위는 시대와 장소에 따라 다양해서 정확한 액수를 가늠하기란 불가능하다.

중세영어에서는 기존의 '천칭'에 비유적인 의미를 덧붙여 '어떤 정신적인 경향'을 가리켰고, 나중에는 '특별한 재능·능력'이라는 뜻으로 변하게 되었다. 이러한 변화는 15세기에 번역된 『신약성경』 가운데 「마태오 복음서」 제25장 14~30절에서 주인이 세 사람의 종에게 각기 다른 수의 talent(화폐)를 각자의 능력에 따라 나눠준 데서 비롯되었다. 여기서 주인은 타고난 재능·능력이 많을수록 그만큼 더 많은 talent를 종에게 주었던 것이다. 많은 talent를 가진 사람은 '신으로부터 주어졌다'고 여겼기 때문에, 나중에는 '타고난 재능을 가진 사람'이라는 뜻으로 쓰이게 된 것이다.

지금은 주로 TV 드라마에 출연하는 연예인을 영화배우(actor, actress)와 구분하기 위해 쓰이고 있다. 말 그대로 탤런트는 연기학원에서 만들어지는 것이 아니라 선천적인 재능이 있어야 하는가 보다.

참고로 TV 드라마를 만드는 과정에는 크게 제작진(staff)과 출연진(casting, 또는 배역)으로 나눌 수 있는데, 이들이 맡고 있는 역할(role)에 따라 구분해보면 다음과 같다.

- **Original** 원작
- **Writing** 작품
- **Plot** 각색
- **Property man** 소품담당
- **Set** 무대장치
- **Negotiation** 섭외
- **Assistant Director** 조연출자(AD)
- **Floor Director** 무대감독(FD)
- **Coordinator** 코디네이터
- **Art** 미술
- **Make up** 분장
- **Sound** 음향

- **Illumination** 조명
- **Photographic director** 촬영감독
- **Studio** 촬영소
- **Producer** 프로듀서(PD, 기획제작자)
- **Director** 연출자

- **Music** 음악
- **Costume** 의상
- **Title** 타이틀, 자막(드라마 끝부분의 표제 영상)
- **Extra** 보조 출연자

●●●반드시 읽어야 하는 이야기 Legend

전설(傳說)이란 예로부터 전해 내려오는 이야기를 말하며, 현실적인 근거가 없는 허황된 이야기라고 생각하기 쉽다. 그러나 어느 정도 역사적인 사건과 밀접한 관계가 있기 때문에 원시종교와 관련된 신이나 초자연적 인간에 대한 상상적인 이야기를 뜻하는 설화(說話, tale)와는 사뭇 다르다고 할 수 있다.

전설을 의미하는 영어로는 saga와 legend가 있다. 그 중에서 saga는 주로 중세 북유럽의 전설을 말하며, 넓은 의미로 무용담이나 모험담을 가리킬 때 쓰인다. 반면에 legend는 라틴어 legenda(읽어야 하는 이야기)에서 비롯된 것으로 고프랑스어를 거쳐 14세기에 영어로 들어온 단어이다. 동사형 legere는 '읽다' '모으다' '선택하다'라는 뜻으로, 여기서 파생된 lecture(강의, 훈계)나 lesson(학과, 수업, 교훈)도 legend와 마찬가지로 읽기에서 비롯되었다.

중세 기독교에서는 추상적인 강론보다 성서 이야기나 위대한 성인들과 순교자들의 이야기를 들려줌으로써 신자들에게 그리스도의 가르침을 보다 효과적으로 전달할 수 있었다. legend가 처음 영어로 들어왔을 때는 성인전을 뜻했으나, 그 이야기가 미화되고 과장되어 사실과 동떨어진 내용으로 변질되고 말았다. 그래서 legend는 성인전에서 전설이라는 뜻으로 바뀌었으며, 나중에는 종교 분야에만 한정되지 않고 가공된 이야기(fiction) 전반을 가리키게 되었다. lesson에는 아직도 아침·저녁기도 때 읽는 성서의 일부인 '일과(日課)'라는 종교적인 뜻이 들어 있다.

한편, 라틴어 legenda의 동사형 legere에는 '읽다'라는 뜻 이외에도 '모으다' '선택하다'라는 뜻도 담겨 있음은 위에서 밝혔다. 이것이 영어로 차용된 뒤 접두사가 붙으면서 여러 가지 단어들이 만들어졌다. 예를 들면, con(같이) + legere(모으다) = collect(수

집하다), inter(…사이에) + legere(모으다) = intellect(지성), neg(부정 접두어) + legere(모으다) = neglect(게으르다, 무시하다), re(다시) + legere(모으다) = recollect(회상하다), se(밖으로) + legere(모으다) = select(선택하다) 등이 모두 legere에서 파생된 단어들이다.

- **The Golden Legend** 성인전
- **Let my failure be a lesson to you** 나의 전철을 밟지 말라
- **Saga novel** 대하소설(어떤 가문이나 특정 사회를 역사적으로 서술한 장편소설)
- **I have a lecture from mom** 난 엄마에게 꾸지람을 들었다
- **I learn my lesson** 난 내 경험에서 배운다
- **Lecture from(without) notes** 원고를 보고(보지 않고) 강연하다
- **Object lesson** 실물교육, 구체적 사례

●●●비밀스러운 의식 Mystery

1179년 헨리 1세가 처음 인정해준
프린스턴 길드의 포스터

Mystery에는 크게 두 가지 뜻이 있다. 첫 번째로 '손재주' '수공업' 또는 중세의 특권적인 동업자조합인 '직인 길드(journeyman guild)'를 뜻한다. 길드 조직은 master(장인), journeyman(직인), apprentice(도제) 등 3개의 계급으로 구성되었는데, 11세기에 상업 길드(commercial guild)를 설립하고 12세기에 수공업 길드(craft guild)를 설립하여 도시의 실권을 장악했으나 근대 산업의 등장과 더불어 쇠퇴하고 말았다. 특히 성서의 이야기를 묘사한 중세의 '기적극(mystery play, miracle play)'은 온갖 '기교'를 사용한 '길드'에서 상연되었다. 길드의 조합원들은 마차를 개조한 간이무대를 마련해 길거리에서 기적극을 공연했던 것이다.

이처럼 '기술' '직업'의 뜻을 지닌 mystery는 minister(성직자, 장관, 공사), ministry(내각)처럼 라틴어 ministerium(청사, 사무소)에서 나온 말인데('Minister' 항목 참조), 라틴어 mynisterium(비밀, 불가사의)과 철자와 발음이 비슷해 혼동을 일으켜 이것과 같은 어원

164

으로 생각했다. 그래서 복수 mysteries(mystique)는 '비결' '신비함'이라는 뜻으로 많이 쓰인다.

두 번째로 '비밀' '신비' '불가사의'라는 뜻의 일반적인 mystery는 위에서 말했듯이 mynisterium에서 나왔으며, 이것은 고대 그리스의 종교의식에서 유래되었다. 즉, 그리스어 myein(눈, 입을 다물다) → mystes(비밀의식에 가입한 자)에서 나온 mysterion(비밀의식, 교의)이 그 어원이다. 비밀의식에 참가한 자만이 그 의식을 볼 수 있었으며, 또 그에 대해 외부에 절대로 발설하지 않겠다는 것을 서약했다.

이러한 종교적 의미가 중세 기독교로 옮겨진 뒤부터 mystery는 '신의 계시에 의해서만 이해되는 종교적 진리나 의식,' 즉 기독교의 '성찬식(sacrament)'을 뜻하게 되었다. 하지만 얼마 지나지 않아 mystery는 '인간의 이해력을 초월한 숨겨진 것'이나 '비밀'이라는 보다 일반적인 의미가 되었다. 이와 비슷한 단어로는 enigma(난해한 수수께끼), riddle(역설적인 수수께끼), puzzle(풀기 힘든 수수께끼) 등이 있다.

- **A mysterious murder** 미궁에 빠진 살인사건
- **Mystagogue** 비법 전수자
- **Mystery drama(novel)** 추리극(소설)
- **Guildhall** 시청, 읍사무소(town office)
- **Guild socialism** 길드 사회주의(20세기 초 영국에서 산업 국유화와 길드에 의한 산업 경영을 주장했던 사회주의)

●●● 벽으로 둘러싸인 정원 Paradise

하느님의 명을 어기고 금단의 열매를 따먹어 원죄(original sin)를 범한 아담과 이브는 원래 '에덴동산(the Garden of Eden)'에 살고 있었다. 중세의 그림에서 에덴동산은 보통 벽으로 둘러싸인 정원의 모습으로 그려져 있다. 거기에는 문이 하나 있는데, 나중에 두 사람은 이곳을 통해 추방당하고 만다.

이 에덴동산은 영어로 들어오면서 paradise(천국,

사각형의 에덴동산

낙원)라고 불렸다. 이 단어는 고대 페르시아어 pairdaeza에서 유래되어 역대 페르시아 왕을 위해 만든 '벽으로 둘러싸인 널찍한 공원' '유원지'를 일컫는 단어였다. 그래서 에덴동산이 벽으로 둘러싸인 정원으로 묘사된 것이다.

Pairdaeza는 pairi(둘러싸다)와 daeza(형태로 만들다, 세우다)의 합성어로, pairi는 영어의 peri(주변, 근처)라는 접두어가 되어 perimeter(경계선, 둘레), periphrase(에둘러서 말하다), periphrasis(완곡어법), peripheral(주변의, 말초적인), periscope(잠망경) 등의 단어 앞에 붙게 되었으며, daeza는 영어의 dough(밀가루 반죽, 흙 반죽 덩어리)가 되었다. 노르만 정복 이후 paradise는 무대에서 가장 먼 '맨 위층 자리'를 뜻하기도 했는데, 그곳이 아무래도 천국과 가장 가까운 자리여서 그렇지 않을까 싶다.

Paradise와 비슷한 의미로 utopia가 있는데, 토머스 모어의 『유토피아(Utopia)』라는 작품 이후 '이상향' '공상적 사회체제'를 뜻하게 되었다. 이것은 그리스어 ou(아무 데도 없는)와 topos(장소)의 합성어로, 말 그대로 실재하지 않는 곳이다.

- **Peripatetic(ism)** 소요하는, 순회하는, 도붓장수(아리스토텔레스의 소요학파)
- **Paradise Lost** 밀턴의 서사시 『실낙원』
- **Live in a fool's paradise** 환상의 세계에서 살다, 어리석게도 만사가 순조롭다고 믿다
- **Periderm** 동물의 포피(胞皮), 식물의 주피(周皮)
- **Peripheral nervous system** 말초신경계
- **Utopian Socialism** 공상적 사회주의
- **Scientific Socialism** 과학적 사회주의, 마르크스주의

●●●사제가 입던 외투 Domino

Domino는 옛날 프랑스에서 '성직자들이 겨울에 입는 두건이 달린 외투'를 가리킨 것으로, 라틴어 dominus(주인)에서 유래되어 이 외투를 입은 사제를 뜻했다. 또한 'benedicamus Domino(주를 찬양하다)'처럼 사제가 미사를 드리면서 'Domino(주인이신 신)'라는 말을 자주 했기 때문에 사제의 외투를 그렇게 불렀을 것이다.

시간이 흘러 domino는 가면무도회에서 얼굴의 윗부분만 가리는 가면이 달린 외투를 뜻했다. 이 가면이 붙은 외투가 '도미노 놀이(dominos)'라는 말의 기원이 되었다. 도

미노 놀이는 표면에 찍은 28개의 네모난 골패로 점
수를 맞추는 놀이인데, 18세기 이탈리아에서 고안되
어 프랑스를 통해 영국으로 들어왔다. 흑단(黑檀)으로
만든 이 놀이용 골패의 뒷면은 마치 검은 외투를 닮
았고 그 골패의 앞면에 찍힌 흑점은 가면의 눈처럼
보였기 때문에 이 놀이에 '도미노'라는 이름을 붙인
것이다.

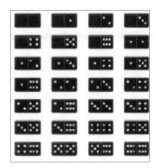

도미노 게임

이 놀이에서 유래된 정치용어로 'domino effect(도
미노 효과, 하나의 사건이 다른 사건을 유발하는 연쇄효과)'와
'domino theory(한 지역이 공산화되면, 그 인접지역도 공산화된다는 정치이론)'라는 말을 익히
들어보았을 것이다.

한편, 라틴어 dominus의 동사 dominari(지배하다)는 프랑스어 dominer를 거쳐 영어
의 dominate(rule 지배하다, surrender 굴복시키다), dominant(prevailing 지배적인, superior 우세
한), dominion(지배권, 자치령) 등의 단어들을 만들어냈다.

- **Anno Domini** 서기(A.D = in the year of the Lord / B.C = Before Christ)
- **The dominical day** 주일, 일요일
- **Domination** 지배, 우월
- **Dominations** 제4계급인 주품(主品)천사
- **Dominie** 성직자, 목사
- **The Dominion of Canada** 캐나다 자치령(Dominion Day는 자치령 창설 기념일을 말하는데, 예
  를 들면 캐나다는 7월 1일, 뉴질랜드는 9월 26일이다)
- **The venture enterprises had fallen like dominos** 벤처기업 무너졌다
- **It's all domino with me!** 나는 이제 다 글렀어!

●●●조물주를 부르고 신주를 따르는 것 God

'신' '조물주' '남신(男神)' '신상(神像)' 등의 뜻을 가진 God은 게르만어 Gudan
또는 Gutham에서 비롯된 말인데, 인도유럽조어 gher(부르다, 따르다)에서 파생되었다.

이 단어는 게르만족들이 기독교로 개종한 뒤 그리스도의 조각상을 만들 때 '신주(神酒)를 따르면서 신을 부르는 것'을 뜻했다.

앵글로색슨 시대에는 사람이 신에게 홀린 것처럼 '제정신이 아닌' 경우에 gidig라는 표현을 썼는데 이것은 gudan(guthan 신)의 형용사형으로서, 현대영어에서는 giddy라는 형태로 자리 잡아 '현기증이 나는' '어지러운' '아찔한' '경솔한'이라는 뜻으로 쓰이고 있다.

또 16세기경 프랑스어에서 차용해온 enthusiasm(열광, 열정)도 원래 '신에게 홀림'이라는 뜻으로, 그리스어 entheos(영감을 받다), 즉 en(in) + theos(god) = in god(신에게서)에서 비롯된 말이다.

- **God the Father, God the Son, God the Holy Ghost** 성부와 성자와 성령, 성삼위(聖三位, trinity)를 가리킨다
- **For God's sake** 제발, 부디
- **God helps those who help themselves** 하늘은 스스로 돕는 자를 돕는다
- **Godly** 신을 공경하는, 독실한(pious), 경건한(holy)
- **You have acted〔played〕 the giddy goat yesterday** 네가 어제 경솔한 짓다
- **Giddy-go-round** 회전목마(merry-go-round)
- **He is an enthusiastic(al) baseball fan** 그는 열렬한(eager) 야구팬이다
- **Theology** 신학
- **Theocracy** 신정(神政)

●●● 죽은 자가 사는 황천 Hell

지옥(hell)도 천당(heaven)과 마찬가지로 인도유럽조어 kel(덮다, 숨기다)에서 나온 단어이다. 특히 앵글로색슨 시대의 hell은 고대 게르만족 신화에서 나온 Hel의 자취이다. 당시 Hel은 '죽은 자가 사는 황천'을 뜻했는데, 이후 그곳을 지배하는 무시무시한 여신으로 의인화되었다.

한편, 고대 노르드어의 hel은 '북방의 어느 황량하고 얼어붙은 지하'로 묘사되었는데, 싸움에서 죽은 전사는 모두 valhalla(북유럽 신화에 나오는 신의 전당)로 간다고 믿었다. 나중에 기독교가 들어오자 hel은 '징벌의 장소'로 변했으며, 악한 사람은 모두 거기

서 영원히 불로 태워진다고 믿었다.

이처럼 hel은 두 가지 경로를 통해 hell로 자리 잡았지만, 영어에 hall(홀, 집회장, 회관, 학부), hull(cover 껍질·덮개, 껍질을 벗기다), hole(pit 구멍·구덩이, fix 궁지), hollow(empty 속이 빈, sunken 움푹 파인, false 내실없는) 등의 여러 가지 파생어들을 만들어냈다.

- **Refugees make their life a hell** 난민들은 지옥 같은 생활을 한다
- **What the hell?** 알게 뭐야?
- **All hell let〔broke〕loose** (지옥을 풀어놓은 것 같은) 대혼란이었다
- **A liberty hall** 멋대로 행동할 수 있는 곳
- **Hulled rice** 현미
- **In the hollow of one's hand** …에게 완전히 예속(장악)되어

●●●탈곡장의 황소가 그려낸 둥근 원 Halo

후광(halo)은 예로부터 신성(holiness, sacredness)을 나타내는 표시이다. 하지만 그 기원은 불경스럽게도 아주 낮은 곳, 수소의 발굽 밑에 있다. 고대 그리스에서는 대부분 수소가 곡물의 탈곡에 이용되었다. 축의 둘레를 회전하는 막대의 끝에 매단 수소가 탈곡장 바닥에 깔린 곡식을 밟고 끝없이 원을 그리면 그 가장자리엔 으깨진 곡식들이 원을 그리며 퍼

태양의 광륜

졌다. 그리스인들은 둥글게 원을 그린 이 탈곡장 바닥을 halos라고 했다.

그 후 태양이나 달의 둥근 표면을 가리킬 때 쓰였으며, 천체의 둘레에 가끔 안개를 통해 보이는 빛의 고리를 가리키기도 했다. 영어 halo는 바로 후자의 의미를 차용해 '성인의 머리를 에워싼 후광' '광륜(光輪)'의 뜻으로까지 의미를 확대시켰다.

물론 기독교 이전 시대, 즉 로마시대의 황제들도 스스로를 신성시하여 자신의 초상화에 halo를 그려 넣기도 했다. 하지만 기독교도 예술가들은 이 후광을 아주 난해한 상징예술의 경지로까지 끌어올렸다. 예를 들면, 성모 마리아에는 별을 새긴 머리장식을 붙이고, 그리스도에는 십자가형 후광을 붙였으며, 신에는 세 방향으로 방사

되는 빛을 붙이고, 보통 사람들의 초상화에는 사각형의 후광을 붙였던 것이다.

예술에서 후광이 자주 등장하자 영어는 halo 이외에 두 개의 동의어를 만들어냈다. 그 중 하나가 aureole(보배로운 왕관, 후광)인데, 라틴어 aureola corona('황금의 관'이라는 뜻)가 고프랑스어로 들어온 다음 영어로 차용되었다. 또 하나는 nimbus(후광, 분위기, 비구름)로, 라틴어 nimbus('구름'이라는 뜻)에서 직접 영어로 차용해온 말이다.

- **Halo effect** 후광효과(하나의 뛰어난 특질 때문에 그 인물 전체의 가치를 과대평가하는 것)
- **Halogen** 할로겐
- **The coronary arteries(veins)** (심장의) 관상 동맥(정맥)
- **Aura** 분위기, 기운, 영기(靈氣)

●●●건강과 공휴일은 같은 말 Holiday

'휴일'을 뜻하는 holiday는 holy(신성한)와 day의 합성어이다. '신성한'이라는 뜻의 holy는 흠이 없이 '완전한'이라는 의미에서 비롯되었다. 인간은 뭔가 부족하지만 신은 완벽하고 완전한 존재이다. 또 몸이 상하거나 병들지 않고 완전한 상태를 건강하다고 한다. 그래서 뭔가를 신성하게 만드는 것이 hallow이며, 모든 성인의 대축일(All Saints' Day, 11월 1일)을 만성절(萬聖節, Hallowmas)이라 하고, 그 전날 밤(10월 31일 밤)을 Halloween 이라고 한다.

비슷한 단어 whole은 '완전한, 전체의'라는 뜻이며, 여기에 접미사 -some을 붙이면 wholesome(건강에 좋은)이 된다. 또한 노인이 건강한 것을 hale(노익장의)이라고 하며, heal(병·상처 따위를 고치다), health(건강), healthy(건강한)도 holy에서 유래되었다.

●●●골프장의 유령 Bogey

제2차 세계대전 당시 영국의 스코틀랜드계 조종사들은 '적군 비행기'인 독일 공군기를 'bogey'라고 불렀다. "Bogeys jinked in the cloud(적기들이 구름 속으로 숨어버렸다)"처럼 bogey, jink는 모두 영국 공군의 은어로 쓰였는데, bogey는 '적군 비행기' '국적

불명의 비행기'라는 뜻으로 영어에 정식 등록되었다.

Bogey는 스코틀랜드 영어 bugs(유령, 작은 귀신)에서 비롯되었다. 그런데 bug가 '곤충(insect)'을 뜻하면서 '유령'이라는 의미는 사라지고 bugbear(나쁜 아이를 잡아먹는 귀신, 걱정거리)라는 말에 그 흔적을 남겼을 뿐이다. 그래서 '유령' '허수아비'의 뜻을 가진 단어는 bogle로 형태를 바꾸게 되었다. bogey가 '적군 비행기'가 된 이유는 아마도 멀리서 보니 유령처럼 보였기 때문이었을 것이다. 또 미국의 속어로 bogey는 '마리화나 담배'를 가리키기도 한다.

Jink도 마찬가지로 스코틀랜드 영어에서 차용한 단어이다. 이것은 재빠른 움직임을 나타내는 의태어로, '재빨리 방향전환하다' '슬쩍 피하다' '재빨리 피함(dodge)' '날쌔게 도망침'이라는 뜻으로 자리 잡았으며, 제2차 세계대전 이후 '지그재그로 대공포화를 피하다(피함)'라는 뜻이 추가되었다. 또 이 단어의 복수형 jinks(또는 high jinks)는 '장난' '법석'이라는 뜻이다.

Bogey는 골프용어로 도입되어 '한 홀에서 기준타(par)보다 1타 많은 스코어를 기록하는 것'을 뜻하는 용어로 쓰였다. 유령이 발목을 잡으니 정상적으로 점수를 낼 수 없기에 붙인 이름이다. 참고로 알바트로스(albatross)는 한 홀에서 기준타보다 3타 적은 스코어를 기록하는 것을 말하는데, 주로 영국에서 쓰는 단어이며, 미국에서는 더블이글(double eagle)이라고 한다. 또 이글(eagle)은 기준타보다 2타가 적은 스코어를 기록했을 때, 버디(birdie 작은새)는 1타가 적은 스코어를 기록했을 때를 가리킨다. 그리고 홀인원(hole in one)은 파 3에 한 번에 공을 홀에 집어넣을 때를 말하는데, 그 확률이 몇백만 분의 1이기 때문에 골퍼들의 일생 최대의 행운이라고 이야기한다. 이처럼 골프에서 기준타보다 한 타씩 줄어들면 새들의 크기가 작은새 → 독수리 → 알바트로스로 점점 더 커진다. 참고로 골프는 모두 18홀로 파 3이 4개, 파 4가 10개, 파 5가 4개, 합계 72타가 기준이다.

●●● 정말로 그 의미를 알고 있는지 Very

Very(매우)의 접두어 ver(i)-는 '참'을 뜻하기 때문에 '정말로'에 더 가까운 뜻을 가진다. veri-에 명사형 접미사 -ty가 붙으면 verity(진실함, 진실성, 진실)가 되고, -able이 붙으면 veritable(참된, 진짜의)이 되며, '…으로 가득 찬'이라는 의미의 접미어 -acious가 붙으면 veracious(거짓말을 하지 않는, 정직한, 진실한)가 되고, '…하게 만들다'라는 동사형 접미어 -fy와 결합하면 verify(증명하다, 입증하다, 확증하다)가 된다.

또 접두사 a-가 ver에 붙으면 aver(단언하다, 주장하다)가 되며, '말하다'라는 접미어 dict와 결합하면 verdict(평결, 회답, 판정)가 된다.

●●●전혀 무섭지 않았던 존재 Ghost

죽은 자의 영혼, 즉 '망령'이나 '유령'을 뜻하는 ghost는 인도유럽조어 gheis(무섭게 하다)에서 비롯되어, 고대영어에서는 gast(숨소리, 넋)가 되었고, 중세영어에서는 gost가 되었다. 15세기 후반부터는 무서움과 공포의 이미지가 강하게 배어나와 오늘날 우리가 쓰는 ghost로 정착되었다.

원래 ghost는 '생명의 근원이나 안식처'의 개념으로 쓰였다. 앵글로색슨족은 기독교가 영국에 들어오기 이전에는 영혼과 육체를 별개의 것으로 여기고 있었다. 인간이 죽으면 육체는 사라지지만 영혼은 저승에서 영원히 산다고 믿었다. 그래서 죽음이란 영혼이 육체에서 이탈하는 것에 지나지 않는다고 생각한 것이다.

14세기부터는 ghost에 '망령'의 개념이 생겨났다. 살아 있는 사람 앞에 죽은 사람의 넋이 나타난 것이다. 죽은 자는 저승에서, 즉 영혼의 안식처에서 가만히 있지 않고 다시 이승으로 나왔는데, 이는 이전과 판이하게 다른 사고방식이었다. 이후 17세기에, 즉 셰익스피어의 4대 비극 중 하나인 『맥베스(Macbeth)』가 선보였을 때는 주인공 맥베스가 망령과 본격적으로 대화까지 나누기 시작했다.

본래 ghost는 무서운 존재가 아니었다. 기독교의 '삼위일체설(Trinity, 하느님과 예수 그리스도, 성령을 하나로 보는 입장)' 가운데 '성령'을 holy spirit이라고 하는데, 물론 지금도 쓰이지만 14세기 이전에는 holy ghost라고 했다. 독일어에도 '정신'을 Geist라고 하는데, 이것도 ghost와 같은 어원을 가지고 있다.

20세기에 들어와 사회에서 가장 영향력 있는 존재로 군림하고 있는 텔레비전의 '제2영상(이중화면 가운데 흐릿한 쪽)'도 ghost 또는 ghost image라고 하는데, 수상기 화면에 유령이 비친다는 뜻으로 만들어진 단어일 것이다.

- **Give up the ghost** 죽다, 단념하다
- **Ghost station** 무인(無人) 역
- **Ghostwriter** 대필자(代筆者)
- **As pale〔white〕as a ghost** 얼굴이 파래져서
- **Without a ghost of a chance** 전혀 가망이 없는

●●●원래는 성에 포위되는 것 Obsession

『유토피아(Utopia)』(1516)의 작가 영국의 토머스 모어 경(Sir Thomas More, 1477~1535)의 또 다른 저작 『리처드 3세의 역사』에 obsession이라는 단어가 나온다. 이때의 뜻은 지금처럼 '강박관념'이나 '망상에 사로잡힘'이라는 뜻으로 쓰인 것이 아니라 예기치 않은 적군의 '포위'라는 뜻으로 쓰였다.

토머스 모어 경

16세기에 '포위하다'라는 뜻이었던 동사형 obsess는 라틴어 ob(반대쪽에) + sidere(앉다) = obsidere(대치하다, 포위하다)에서 나온 말이다. 군대가 성을 포위하듯이 악령도 사람을 포위할 수 있다고 여긴 사람들은 악령이 사람들을 따라다니며 괴롭히고, 사람의 마음속에 들어갈 기회를 엿보고 있을 때 바로 obsess라고 표현했던 것이다. 그래서 명사형 obsession은 외부의 악마에게 괴롭힘을 당하는 일, 즉 '악마에게 사로잡힘'이라는 뜻이 되었다.

심리학이 발달하여 '사람을 홀리거나 괴롭히는 악마'라는 뜻으로 바뀌면서 '정신을 빼앗는 고정관념이나 감정'의 뜻으로 굳어졌다. 이후 이 단어는 한동안 사라졌다가 19세기 말 정신분석학이 자리 잡으면서 다시 살아나 지금은 obsess가 '신들리다' '괴롭히다' '사로잡히다' '고민하다'로, obsession은 '사로잡힘' '망상' '강박관념' 등 정신분석학 용어의 복합어로 많이 쓰이고 있다.

- **Obsessional neurosis** 강박 신경증
- **Obsessive compulsive** 강박의, 강박 신경증 환자
- **She was obsessed by jealous** 그녀는 질투심에 사로잡혔다

●●●●카리브해의 용감한 사나이들 Cannibal

1492년 10월 12일 크리스토퍼 콜럼버스(1451~1506)가 서인도제도를 발견했을 때, 스스로를 갈리비(Galibi, '용감한 사나이들'이라는 뜻)라고 불렸던 카리브족(Caribs)과 마주쳤다. 이 원주민들은 콜럼버스가 오기 1세기 전에 서인도제도의 일부인 소(小) 앤틸리스 제도(the Lesser Antilles)를 점령하고 선주민인 아라와크족을 남아메리카 쪽으로 몰아내면서 카리브해의 패권을 장악하고 있었다. 성격이 난폭한 이들은 의식(ritual)을 치를 때 산 제물을 바치고 인육을 먹는 풍습을 갖고 있었다.

콜럼버스가 이들을 처음 접했을 때 Galivi라는 발음이 마치 Canibal이나 Laniba처럼 들렸다. 왜냐하면 당시 아시아를 지배하고 있던 몽골의 지도자를 '칸(khan, '위대한 사람'이라는 뜻)'이라고 부른다는 것을 알고 있었고, 서인도제도가 바로 동아시아와 가까이 있다고 여겼기 때문이다.

유럽인들이 보기에 야만적인 인육먹기 풍습은 이 카리스브족의 이름을 따 스페인어로 carival 또는 canibal로 자리 잡았으며, 영어에서는 16세기경 카리브족을 가리키는 말로 차용되었다. 오래 지나지 않아 셰익스피어 시대에 들어 canibal은 cannibal로 변해 '식인자' '서로 잡아먹는 동물' '식인의'라는 뜻으로 정착되었다.

참고로 콜럼버스가 발견한 서인도제도의 나라 가운데 도미니카 공화국은 콜럼버스가 '주님의 날(主日),' 즉 the dominical day에 발견했기 때문에 붙인 이름이다.

- **Cannibalism** 식인 풍습
- **Cannibalize** 식인하다, 산짐승의 고기를 먹다, (기계, 차량에서) 쓸 만한 부품을 빼내다, (타기업에서) 인원을 빼돌리다
- **Cannibalization** 수리, 조립

Chapter

5

과학 기술과 산업

●●●생명을 다루는 학문 Biology

'생물학' '생태학(ecology)' '생태' 등으로 번역되는 biology는 그리스어 bios(life 생명, 생활)에서 비롯된 '생명'이라는 뜻의 bio와 logos(이성)에서 비롯된 logy(학문)의 합성어이다.

Bios는 라틴어에서 vita로 변했는데, 바로 여기서 이탈리아어 vita, 프랑스어 vie, 스페인어 vita 등의 단어들이 생겨났다. 라틴어 vita는 영어로 들어와 vital(생명의, 생생한, 불가결한), vitality(생명력, 활력, 활기, 생기, 지속력), vitalize(활력을 불어넣다, 생기를 주다), vitalism(활력론, 생기론) 등의 단어들을 만들어냈다.

한편, bio는 영어에서 '생명'이나 '생활'의 뜻을 지닌 여러 단어들의 접두어로 사용되었는데, 그 대표적인 예를 들면 다음과 같다.

- **Bioastronautics** 우주생리학
- **Biocenology** 생물 군집학
- **Biochemical oxygen demand** 생화학적 산소요구량(BOD)
- **Biocide** 생물파괴제(생물에 유해한 화학물질)
- **Bioclean room** 무균실
- **Biogenesis** 생물발생설(생물은 생물에서 발생한다는 이론)
- **Biography** 전기(傳記), 초기의 영사기(또는 그 상품명)
- **Biological child** (양자에 대해) 친자
- **Biosensor** 생체 감응장치
- **Biowarfare** 생물전, 세균전

●●●세포는 원래 작은 방 Cell

중세 유럽의 수도원에 예수의 성상(聖像)을 안치해놓은 조그만 방을 셀라(cella)라고 했는데, 라틴어 cellula(독방)에서 따온 말이다. 지금도 cell에는 '작은 방' '수도원이나 교도소의 독방' '별장의 작은 방'이라는 뜻이 있다.

근대에 이르러서는 영국의 물리학자 로버트 훅(Robert Hooke, 1635~1703)이 현미경으

로 코르크의 구조를 밝혀내어 코르크 마개에 있는 작고 무수한 구멍을 '셀(cell)'이라고 불렀다. 그 후 '셀'이라는 명칭은 코르크처럼 죽어 있는 것뿐만 아니라 동식물의 살아 있는 복잡한 핵의 구조에도 적용되었다.

수도원의 독방

근래에 들어 cell은 중세부터 쓰이던 '작은 방'이나 '세포'의 뜻에서 한층 더 쓰임새를 넓혀나갔다. 볼타(A. Volta, 1745~1827)가 전지를 발명한 뒤에는 '전지(cell이 모인 것이 battery이다. '건전지'는 dry cell),' 19세기 유럽 혁명기에는 정치적 조직 단위로서의 '세포,' 컴퓨터의 발명 이후에는 비트 기억 소자인 '셀'이라는 뜻으로까지 쓰이게 되었다. 미국에서는 cellular phone(휴대전화)의 약자로도 쓴다.

- **Cell division(fusion)** 세포분열(세포융합)
- **Cellmate** 감방 동기
- **A condemned cell** 사형수 독방
- **Cellar** 포도주 보관 냉장고, 저장실
- **Cellarman** 저장실 관리인, 포도주 상인
- **I am the cellar** 내가 맨 꼴찌야
- **Know from cellar to garret** 온 집안 구석구석까지 알다

●●● 옆에서 밥 먹으면 기생충 Parasite

생물학(biology)의 발전에 따라 '기생충(parasite)'이라는 말은 '다른 유기체로부터 영양분을 섭취하여 사는 동물이나 식물'이라는 뜻으로 자리 잡게 되었다.

하지만 이 단어의 기원은 생물학 용어와 사뭇 다르다. parasite는 그리스어 para(옆에) + sitos(음식물) = parasaitos(다른 사람의 식탁에서 밥 먹는 사람, 밥을 먹기 위해 아첨하는 사람)

에서 비롯된 것으로, 문자 그대로 '옆에서 먹는 것'이라는 뜻에서 나온 단어이다.

고대 그리스에서 parasite는 종교적인 것과 일반적인 것 두 가지 뜻이 있었다. 종교적인 parasite는 '성직자를 보좌하는 사람'을 뜻했으며, 사원에 찾아오는 사람들에게 식사를 제공하고 연회를 준비하는 일을 도맡았다. 일반적인 parasite는 '시청과 같은 공공장소에서 그 직책에 따라 식사에 초대받은 사람'을 뜻했다.

이 일반적인 parasite가 '식객' '음식물을 내주는 사람'의 뜻을 갖게 된 것은 그리스 희극 때문이었다. 희극에 나오는 parasite의 주목적은 맛있는 식사를 얻어먹는 것이었기 때문에 연회 주최자(patron)가 내뱉는 재미없는 이야기나 핀잔도 그저 달갑게 받아들이고 참아내야만 했던 것이다. 그래서 parasite에는 오늘날 '기생충' '겨우살이'라는 뜻 이외에도 '식객' '아첨꾼'이라는 뜻이 추가되었다.

- **Parasiticide** 기생충 구충제
- **Parasitology** 기생충학
- **Parasitize** 기생하다, 탁란(托卵)하다(뻐꾸기처럼 다른 둥지에 알을 낳아 다른 새가 부화하도록 하는 것)
- **Host** (기생 동식물의) 숙주(宿主 ↔ parasite)
- **Symbiosis** 공생(상태)(↔ parasitism 기생(상태), 아첨)
- **Parasite store** 기생형 상점(구내매점, 약국 등)

●●●섬에서 유래된 당뇨병 특효약의 이름 Insulin

과학자들이 제각기 연구에 몰두하다가 거의 동시에 어떤 것을 발견하고, 또 그것에 똑같은 이름을 붙이는 경우가 있다. 인슐린(insulin)의 경우가 바로 그 좋은 예라고 할 수 있다. 인슐린은 탄수화물의 신진대사와 혈액 속의 당분, 즉 혈당량을 조절하는 데 필요한 호르몬(Hormone)이다. 호르몬이 부족하면 당뇨병(diabetes, glycosuria)에 걸리기 십상이다.

프랑스의 과학자 드 메이에르(De Meyer)는 1909년 저서에서 당뇨병에 특효약을 발견하고 insulin이라는 이름을 제안했다. 그로부터 7년 뒤 영국의 생리학자 셰퍼 경(Sir. E. A. Shaffer)도 똑같은 이름을 제안했으며, 1921년 캐나다의 프레드릭 밴팅(Frederick G.

Banting)과 찰스 베스트(Charles H. Best)도 췌장(膵臟, pancreas, 이자)에서 이 호르몬을 추출하여 insulin이라는 이름을 붙였다.

Insulin은 isle(섬), insular(섬의), isolate(고립시키다, 분리하다), insulate(격리하다, 고립시키다, 차단하다, 방음이나 단열하다) 등의 어원인 라틴어 insula(섬)에서 나온 단어로, 인슐린을 합성하는 췌장 속의 특수한 세포군 the islet of Langerhans(랑게르한스 섬)에서 착안해낸 이름이다. 여기서 islet(아주 작은 섬)은 isle(작은 섬)의 지소어로 섬 크기대로 따지면 islands(제도) 〉 island 〉 isle 〉 islet의 순서이다.

- **Insulin shock〔coma〕** (인슐린 다량 주사에 의한) 인슐린 쇼크
- **Isolated point** (수학에서의) 고립점(acnode)
- **Isolato** (신체적, 정신적으로) 따돌림 받은 자, 고립된 자, 왕따당한 자
- **Insulating board** 단열(절연)판
- **Insulation** 절연, 격리, 고립, 애자(碍子)

●●●체액의 균형 상태 Temper

중세의 사고방식에 따르면, temper는 '흙' '물' '불' '바람'의 4대 원소와 각각이 가진 '마른' '물기있는' '뜨거운' '차가운' 4가지 성질들이 균형있게 합성된 상태를 말한다. 이 단어는 인도유럽조어 temp(늘이다, 확대하다)에서 유래된 라틴어 tempus(적당한 시기, 계절)에서 차용해온 것으로, 라틴어 temperare(조합하다, 조정하다)와 고대영어 temprian(올바로 혼합하다, 조절하다) 등의 과정을 거쳐 명사형 temper(혼합, 조절)로 정착되었다.

또한 temper는 인간의 육체적·정신적 구성요소, 즉 temperament(기질, 체질, 성질)를 만들어내는 4가지 체액의 '조합, 조절 또는 균형'이라는 뜻도 가지고 있었다. 특히 스트레스(stress) 등 무엇인가 외부로부터 자극을 받았을 때 정신적인 침착성이나 분노와 같은 감정의 균형을 그 사람의 temper(기질, 성질, 진정시키다, 조절하다, 담금질하다, 조율하다)라고 불렀던 것이다.

따라서 to be out of temper는 '감정의 균형이 깨지는 것'을 의미하며, to keep(lose) one's temper는 '바로 그 균형을 유지 또는 상실'하는 것을 말한다. 아무튼 temper에 들어가거나(go into) 나오거나(out of) 잃거나(lose) 하면 '화를 내는 것'이고, 지키거나(keep) 조절하거나(control) 붙들거나(hold) 하면 '화를 참는 것'이라 할 수 있다.

- Barman tempered strong whiskey with ice 바텐더가 독한 위스키에 얼음을 탔
- God tempers the wind to the shorn lamb 털을 막 깎인 어린 양에게는 하느님도 모진 바람을 보내지 않는다
- An equal (even) temperament 평균율
- Temperance drink 무알코올 음료
- A temperance pledge 금주 맹세
- A temperate (moderate) living 절제된 생활
- Temperature 온도, 기온

●●●신체의 균형을 유지하는 4가지 체액 Humour

중세 때까지도 humour는 지금처럼 '우스운 것'이 아니라 고대 그리스의 생리학 이론으로까지 거슬러 올라가야 할 정도로 아주 '진지한 것'이었다. 당시에는 인간의 신체가 '4가지의 기본 체액(humour),' 즉 흑담즙(黑膽汁), 점액, 혈액, 황담즙(黃膽汁)으로 구성되어 있다고 여겼다. 의학에 대한 지식이 불충분했던 당시에 히포크라테스는 다음과 같이 아주 사변적(speculative)이고 도식적인(schematic) 생각을 가지고 있었다.

"인체는 흑담즙, 점액, 황담즙, 혈액으로 이루어졌는데, 이것들이 혼합되는 힘이나

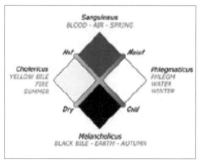

양이 균형을 이룰 때 건강하다. 이 4가지 체액은 각각 4계절과 '공기 · 물 · 흙 · 불'의 4원소, '습 · 건 · 냉 · 열'의 4가지 성질과 관계가 있다."

이 이론은 어이없게도 18세기 근대 의학이 발달하기까지 한 번도 의심을 사지 않은 채 의학계를 풍미했다.

Humour는 프랑스어에서 차용한 것으

히포크라테스의 '4액체설' 도형

로, 처음에는 라틴어 humor(수분, 액체)에 가까운 '습기'와 '수증기'를 표현하다가 점차 '4체액'이라는 뜻이 확대된 '기질' '성질'이라는 뜻으로 쓰이게 되었다(humour에서 나온 형용사 humid는 '습한' '축축한'이라는 뜻이다). 그래서 good humored(pleased 유쾌한)와 ill humored(displeased 불쾌한)이라는 말을 쓰게 되었으며, 셰익스피어 시대에는 '기분(feeling)' '변덕(whim)'이라는 뜻이 더해졌다.

근대 초기 희극에서는 하나의 기질(humour)에 사로잡혀 있는 인물(character)이 등장하여 정상궤도를 벗어난 '풍자적 행동'으로 관중의 폭소를 자아냈다. 이후 변덕스럽고 공상적이며 어처구니없는 행동과 결부되어 '즐거움' '해학' '유머' '익살' 등의 뜻으로 정착되었다.

- I'm in a good(ill) humour 나는 기분이 좋다(나쁘다)
- I will go there when the humour takes me 기분 내키면 거기로 갈게
- Every man has〔in〕his humor 각인각색
- A sense of humor 유머감각
- Humorsome 변덕스러운(capricious), 까탈스러운(peevish)
- Sanguine 명랑한(cheerful), 낙천적인(optimistic), 자신만만한(confident), 다혈질의(hot-tempered)

●●● 원래는 자궁의 질환 Hysteria

히스테리(hysteria, 프랑스어와 독일어로는 hysterie)란 정신질환으로 운동마비, 실성, 경련 등의 신체증상이나 건망증 등의 정신증상이 나타나는 것을 말하지만, 정신적 원인에 따른 일시적인 병적 흥분상태(morbid excitement)를 통틀어서 말하기도 한다.

고대 그리스의 의사들은 이 병이 여성 특유의 질병이라 여기고 자궁(womb, uterus, matrix)에 이상이 생겨 발생하는 것으로 생각했다. 독일어로도 '진통'이나 '히스테리'를 Mutterweh(Mutter〔어머니〕+ weh〔고통, 슬픔〕)라고 하는데, 이 단어가 그와 같은 생각을 뒷받침해주는 명백한 증거라 할 수 있다.

그리스어로 '자궁'은 hystera인데, 이것이 hysterikos(자궁의, 자궁을 잃다)라는 단어를 만들어냈고, 다시 고프랑스어로 들어가 hysterique(히스테리의, 히스테리 환자)가 되었으며, 17세기에 영어로 들어와 hysteric(히스테릭 환자, 발작)이 되었다.

19세기 말까지 지그문트 프로이트가 히스테리의 원인과 치료에 관한 연구를 본격적으로 시작하면서 이 질병의 이름을 hysteria(히스테리, 병적 흥분)라고 부르게 되었다.

- **Hysterectomy** 자궁절제(hysterotomy)
- **She had hysterics** 그녀가 발작을 일으켰다(She had fallen into hysterics)
- **Epidemic hysteria** 집단 히스테리
- **Uterine cancer** 자궁암
- **Uterine brothers** 아버지가 다른 형제(동복 형제)

●●●성병 예방의 방패 Condome

최근 들어 에이즈(Acquired Immune Deficiency Syndrom을 줄여서 AIDS라고 부른다. 후천성 면역결핍증)가 창궐하면서 콘돔은 성병으로부터 지켜주는 든든한 방패 역할을 하고 있다. 일찍이 이집트인과 로마인은 기름을 바른 동물의 방광과 내장을 페니스의 덮개로 썼다는 기록이 남아 있다. 1550년대 이탈리아 파두아 대학 해부학 교수 가브리엘 팔로피우스가 약을 바른 아마포를 귀두에 씌우는 덮개, 즉 지금의 콘돔을 남성용 성병 예방기구로 처음 만들어냈다. 그는 clitoris(음핵)라는 용어를 처음 사용한 해부학자이기도 하다.

이 덮개에 콘돔이라는 이름이 붙은 것은 17세기에 이르러서다. 50명의 애인을 둔 '즐거운 왕' 영국의 찰스 2세(재위기간 1660~1685)를 위해 왕의 측근이 시의인 콘돔(Condom) 박사에게 매독을 피할 수 있는 방법을 찾아내라는 명령을 내렸고, 그가 기름을 바른 양의 맹장으로 페니스 덮개를 만든 데서 유래했다고 한다.

그러나 18세기에도 콘돔은 armor(갑옷), machine(기계), cundum shield(컨덤 방패), preservative(예방제) 등으로 불렸다.

또 프랑스 남부 콩돔(condom)이라는 소도시가 기원이라는 설도 있다. french에는 '펠라티오(fellatio 구강성교)'라는 뜻도 있으며, french letter(safe)는 '콘돔,' french postcard는 '외설사진,' french disease는 '성병,' french kiss는 '혀를 맞대고 깊숙이 하는 입맞춤'을 말하듯이, 호색한적 기질이 물씬 풍기는 단어들을 영어에 선사해주었기 때문에

condom이라는 마을이 콘돔의 유래라는 주장도 설득력이 있다.

마지막으로 라틴어 condus(확보, 보존)에서 파생된 condum(곡물 저장용 토기, 피난처)에서 유래되었다는 주장이다. 하지만 이 모든 주장이 정확한 증거를 제시하지 못하고 있기 때문에 콘돔의 역사는 한마디로 conundrum(riddle 수수께끼, 난제)이다. 참고로 condominium(콘도미니엄, 콘도)은 콘돔과 전혀 관계가 없다. 이 단어는 con(공동으로)과 dominium(통치)의 합성어로 '공동경영'이라는 뜻인데, 경영수법의 하나이며 요즘엔 레저산업 용어로 쓰이고 있다. 유럽에서 시작된 콘도는 소유권과 사용권을 분리한 것인데, 주로 사용권을 가지고 이용하는 숙박시설이다.

●●●4의 배수 8 더하기 1 Nine

8을 뜻하는 영어의 eight나 독일어 Acht는 인도유럽조어 okto(2배수)에서 비롯된 그리스어 octa와 라틴어 octo에서 따온 것이다. 그래서 4를 숫자의 기준으로 삼았던 8세기 고대영어 시대에 8은 '4의 2배수'라는 뜻이었다.

이렇게 볼 때 9는 자연히 8 다음에 오는 첫 번째 수였다. 즉 1·2·3·4는 제1그룹, 5·6·7·8은 제2그룹, 9는 제3그룹의 첫 번째 수이므로 '새로운' 숫자였던 것이다. 그래서 9는 고대영어 nigon에서 변화한 nine으로 표기하게 되었다. 참고로 그리스어와 라틴어 숫자는 다음과 같다. 그리스어와 라틴어는 영어의 어근과 접두어로 많이 쓰이고 있으니 암기해두면 아주 유용할 것이다.

	그리스어	라틴어	영어
1	mono	uni(unus)	one
2	di	bi(du)	two
3	tri	tri(tres)	three
4	tetra	quadri(quattour)	four
5	penta	quint(quinque)	five
6	hexa	sext(sex)	six

7	hepta	sept(septem)	seven
8	octa	oct(octo)	eight
9	ennea	nova(novem)	nine
10	deca	decem(decem)	ten

- **Octopus** 문어, 즉 octo(8) + pus(leg), 다리가 8개 달린 것을 뜻한다
- **Octave** 옥타브(8도 음정), 8개가 한 벌
- **Octagon** 8각형, 8각실
- **Octet(te)** 8중창
- **Octahedron** 8면체
- **Nine times out of ten** 십중팔구
- **Nine to five** 오전 9시부터 오후 5시까지의 통상적인 근무 시간
- **(Up) to the nines** 완전히, 화려하게

●●●●10을 빼고 남은 하나 Eleven

10진법은 사람이 10개의 손가락을 갖게 된 데서 유래했다. 숫자는 0부터 9까지 10개가 사용되었으며, 1단위 숫자는 그 자체의 값만 지녔고, 10단위 숫자는 그 숫자의 10배의 값을, 100단위 숫자는 100배의 값을 지녔다.

600년경 인도에서 쓰이기 시작한 이 수의 체계는 아라비아로 건너가 더욱 발전했기 때문에 보통 '아라비아 숫자(Arabic Numerals)'라고 부른다. 하지만 유럽에서는 이것을 받아들이지 않고 불편한 로마숫자(Roman Numerals)를 그대로 사용했다. 다행히 1600년대에 소수점을 사용하여 분수를 표시할 수 있게 되면서 전 세계로 퍼져나가 상업(trade, commerce)과 산수(arithmetics)의 발전에 크게 기여했다.

10(ten)을 넘어선 숫자, 즉 11(eleven)은 '10에 1을 더한' 개념이 아니라 '10의 뒤에 남은 하나'라는 뜻이다. 그래서 eleven의 9세기경 고대영어식 표기는 고대 게르만조어 ain(one) + lif(leave) = ainlif(하나가 남다)에서 따온 endleofan이었으며, 이와 마찬가지로 12(twelve)도 고대 게르만조어 twa(two) + lif(leave) = twalif(2개가 남다)에서 나온 twelf였다.

하지만 12를 넘어선 기분 나쁜 숫자 13부터는 다시 의미와 표기방식이 달라진다. 즉, '10에 얼마를 더한 것'을 가리키는 표시법에 지나지 않았다. 13은 three + teen = thirteen, 14는 four + teen = fourteen, 15는 five + teen = fifteen 등으로 단순히 나아갔던 것이다. 아마도 12라는 숫자를 성스럽고 완벽한 것으로 생각했던 서양 사람들의 사고방식에 따른 것이리라. 올림포스 신도 12명이고, 이스라엘 부족도 12개, 그리스도의 사도도 12명이었다.

- **Eleven o'clock** 11시경에 먹는 간단한 식사
- **Eleven-plus** [examination] 11세에 치르는 영국의 중등학교 진학 적성시험
- **At the eleventh hour** 막바지에, 최후의 순간에
- **The Twelve Apostles** 예수의 12사도
- **The Twelve Tables** 로마의 12동판법(BC 451~ BC 450)

●●● 최고 또 최고 Hyper & Mega

우리는 동네에서 하이퍼마켓(Hypermarket)이나 슈퍼마켓(Supermarket)을 쉽게 찾을 수 있다. hyper나 super는 각각 고대 그리스어와 라틴어의 전치사 또는 부사로 영어의 over에 해당하며, 반대말은 각각 hypo와 sub로 영어의 under에 해당한다. 이 단어들의 뿌리를 살펴보면 의외로 상당히 친숙하다.

예를 들면 다음과 같다. hyperactive(가만히 있지 못하는) = hyper(위에 있는, 정도가 높은) + active(활동적인)는 '매우 활동적인'이라는 뜻이며, hyperthermia(고체온증) = hyper(높은) + therm(열) + ia(병)는 체온이 높은 병, hypothermia(저체온증) = hypo(낮은) + therm(열) + ia(병)는 '체온이 낮은 병'이라는 뜻이다. 또한 hypertension은 '고혈압'이며, hypotension은 '저혈압'이다. 그리고 hypothesis는 hypo(아래) + thesis(놓음), 즉 '아래 부분에 놓는 것'이므로 '전제조건' '가정'이라는 뜻이다. 반면, super가 접두어로 쓰인 단어로는 supernova(초신성, 대낮에도 보일 만큼 갑자기 밝아지는 별), superrace(우수 민족), supersonic(초음속의) 등이 있다.

'100만'에 해당하는 고대 그리스어는 mega이며, 라틴어로는 million이다. million은

deciescentena milla라는 뜻이며, deca는 ten(10), centum은 hundred(100), mile은 thousand(1,000)이므로 그 값은 이 세 개를 곱한 것이다. mega로 시작하는 단어로는 megaphone(큰소리, 확성기), megalopolis(거대도시), megadose(대량 투여), megalith(거석, 고인돌, lith는 stone), megalomania(과대 망상증 환자) 등이 있다.

●●●혼돈에서 가스로 Gas

그리스인들은 우주가 태초에 온통 무질서한 혼합물로 구성되어 있다 여기고, 이를 chaos(카오스, 혼돈, 무질서)라고 불렀다. chaos는 '광활한 구멍'이라는 뜻인데, 별과 행성이 형성되지 않은 우주공간을 표현하는 단어였다. 영어의 chasm(gap 틈, 구멍, 간격)도 chaos에서 나왔다.

1600년경 플랑드르(지금의 벨기에 지방)의 화학자 헬몬트(J. B. Helmond, 1579~1644)는 나무나 석탄이 탈 때 발생하는 증기와 과일주스에서 생기는 공기에 관심을 두었다. 이는 지금의 이산화탄소를 말하는데, 그는 공기(air) 이외에도 각종의 기체가 있음을 인정하고 이 기체에 카오스라는 뜻이 담긴 이름을 붙이기로 했다. 이때 chaos에서 o를 생략하고 ch를 g로 바꾸어 gas(가스)라는 이름이 탄생된 것이다.

자동차에 사용하는 연료는 액체 상태이지만 엔진 내부에서 증발하면 기체 상태의 가스로 바뀐다. 가스만이 공기와 결합하여 피스톤을 움직이고 엔진을 작동시킬 수 있다. 이 액체는 쉽게 가스로 변하기 때문에 gas(가스) + oline ('유지'를 나타내는 접미어) = gasoline(휘발유)이라고 불렀다. 미국에서는 보통 gasoline(영국에서는 petrol)을 줄여서 gas라고 한다. gas station은 '주유소(filling station. gasteria는 셀프 주유소)'이다. 참고로 기름 종류를 알아보면 다음과 같다.

- crude oil　원유
- petroleum　석유
- petrol　휘발유(미국은 gasolinel)
- kerosene　등유(영국은 paraffin oil)

- light oil   경유
- crude petroleum, heavy oil   중유

- **Chaos theory**   카오스 이론(초기 조건의 변화에 아주 민감한 시스템에서 일어나는 비주기적이고 예측불
  허한 움직임을 다루는 이론)
- **We live in a chaotic world**   우리는 혼돈스러운 세상에 살고 있다
- **Step on the gas**   속력을 내다, 액셀러레이터를 밟다, 서두르다
- **Tear gas**   최루가스
- **Laughing gas**   마취용 아산화질소가스, 웃음 가스
- **Gas cooker**〔stove〕   가스 레인지
- **Gas heater**〔fire〕   가스 난방기

◦◦●공기와 태도는 어원이 다르다 Air

먼저 air를 영어사전에서 찾아보자. '공기' '하늘' '실바람' '공군' '항공교통'
'분위기' '라디오 방송' '멜로디' 등 공중이나 공기와 관계있는 단어들로 이어지다
가 엉뚱하게도 '태도' '모양'이라는 뜻이 튀어나온다. 물론 '그 사람이 만들어내는
분위기(雰圍氣)'에서 말하는 기(氣)와 공기(空氣)를 억지로 연관지을 수도 있다.

하지만 공기의 air는 그리스어 aer(불다 〉 바람)가 어원이며 프랑스어를 거쳐 영어로
들어온 것으로, airing(바람에 말림, 산책), airy(통풍이 잘 되는, 쾌활한)에 아직도 그 의미가
남아 있다. 반면, '태도'의 air는 프랑스어 aire(질, 체질)에서 파생된 단어이다.

- **Aerobics**   에어로빅스(호흡기의 산소 소비를 증가시키는 운동)
- **Aerobacter**   호기성(好氣性) 세균
- **Beat the air**   헛수고하다
- **Go on the air**   방송하다(되다)
- **A slight air**   산들바람
- **Air castle**   공중누각, 백일몽
- **Air and graces**   점잖은 척하는 태도
- **Assume airs**   뽐내다

●●● 산소(酸素)는 신맛이 난다(?) Oxygen

산소를 발견한 프리스틀리

영국의 화학자 프리스틀리(Joseph Priestley, 1733~1804)는 1774년 최초로 산소를 추출하여 '탈 플로지스톤 공기'라는 이름을 붙였다(1775년 발표). 그는 이 플로지스톤(phlogiston)을 제거한 공기가 산소였으나 산소임을 몰랐다. 그는 모든 가연성 물질이 탈수록 그만큼 플로지스톤의 양도 많아진다고 믿었는데, 이 이론은 연금술적 차원에서 제기된 '플로지스톤 설'에 따른 것이다.

Phlogiston은 그리스어 phlox(화염, 불꽃)의 동사 phlogistos(타다)에서 따온 말이다. phlox는 라틴어 pyro, 프랑스어 feu, 영어 flame으로까지 이어졌다.

스웨덴의 화학자 쉘레(K. W. Scheele, 1742~1786)는 프리스틀리보다 먼저 산소를 발견하고 'vital air(생명의 공기)'라고 불렀는데, 애석하게도 발표를 2년이나 늦은 1777년에 하여 프리스틀리에게 우선권을 빼앗기고 말았다.

'근대 화학의 아버지'라 불리는 프랑스의 화학자 라부아지에(A. L. Lavoisier, 1743~1794)는 프리스틀리의 실험결과를 토대로 산소의 존재를 규명했으나 산소가 산(酸)을 만들어내는 데 필수적이라고 잘못 생각해 1777년 이 기체에 'principe oxygine(산을 만들어내는 요소)'라는 이름을 붙였다. 이것은 그리스어 oxys(시다, 산)와 gennao(생성하다)의 합성어 oxygene으로 불리다가 oxygen이라는 명칭으로 굳어지게 되었다. 산소의 원소 기호는 O, 원자번호 8로 무색무취이며, 공기 부피의 약 5분의 1을 차지하고 있다.

- **Oxyacetylene welding** 산소아세틸렌 용접
- **An oxygen breathing apparatus** 산소 흡입기
- **Oxygen cycle** 산소 순환(산소가 동물의 호흡으로 이산화탄소가 되고 식물의 광합성에 의해 다시 산소가 되는 순환)
- **Oxymoron** 모순 어법(예를 들면 cruel kindness, rounded triangle 등)

●●●안티몬 가루로 만든 아이섀도 Alcohol

옛날부터 동서양을 막론하고 사시(斜視)는 재앙을 몰고온다고 여겨 모든 사람에게 두려움의 대상이었다. 고대 이집트인들은 이 사시의 사악한 힘을 없애기 위해 콜(kohl)이라는 가루를 눈 가장자리에 발랐다고 한다. 이것은 안티몬이라는 금속의 가루로 만든 것인데, 눈 주위에 칠한 검은색이 태양빛을 흡수하여 눈에 들어가는 반사광을 대폭 줄여주었다. 지금은 야구선수와 미식축구선수들이 여름에 그 효과를 톡톡히 누리고 있다. 이처럼 아이섀도(eye shadow)는 아름답게 보이기 위한 것이 아니라 사시로부터 자신을 지키기 위해 탄생했던 것이다.

이 안티몬 가루는 나중에 아라비아로 들어가 al(영어의 정관사 the) + kohl(검은 가루) = alkohl(알코올)이라고 불렸다. 지금도 영어, 프랑스어, 독일어 모두 kohl은 '먹' '화장먹'이라는 뜻이다.

한편, 서양의 중세 연금술사(alchemist)들은 어떤 금속을 가열하여 승화시킨 다음 남은 금속 가루를 alkohl이라고 불렀으며, 나중에는 거기서 얻어지는 액체나 농축액까지 alcohol 또는 spirit(독주)라고 확대해서 사용했다. 와인도 그 범주에 포함되어 alcohol of wine이라는 단어가 만들어졌고, 이를 줄여 alcohol로 쓰면서 '알코올' '주정' '술' '알코올류'뿐만 아니라 '증류주 일반'까지도 뜻하게 되었다.

- **Alcoholic drinks** 알코올 음료
- **Alcoholic poisoning** 알코올 중독(alcoholism)
- **Alcoholicity** 알코올 도수
- **Alcometer** 음주 측정기
- **Alcoholysis effect** 알코올 분해작용
- **Blood alcohol concentration** 혈중 알코올 농도(BAC)

●●●강제노동하는 인조인간 Robot

인간의 힘든 일을 대신할 수 있도록 제작된 기계 robot은 20세기의 발명품이지만,

「로섬의 만능인간」의 한 장면

그 어근은 선사시대(the Prehistoric Age)까지 거슬러 올라간다. 인도유럽조어 orbho(부친으로부터 떼어놓다, 부친을 빼앗기다)에서 비롯된 그리스어 orphanos(고아가 되다)는 영어의 orphan(고아)의 어원이 되었으며, 고대 슬라브어로 들어가서는 orbu(노예)가 되었고, 알파벳의 위치변동을 통해 rabu로 되었다가 다시 rabota(노예, 강제노동)가 되었다. 이것은 체코어로 robota(강제노동, 수고)가 되었는데, 체코의 세계적인 극작가 카렐 차페크(Karel Chapek, 1890~1938)가 1920년 그의 희곡 『로섬의 만능인간(Rossum' s universal Robots, R.U.R)』에서 처음으로 robot이라는 말을 사용했다. 여기서 Rossum은 robots의 제작자를 가리키며, 이 작품이 1923년 영어로 번역되면서 robot이 영어 단어로 자리를 잡게 되었다. 당시 사람들은 기계나 과학기술이 인간에게 던져준 엄청난 충격을 대변해줄 수 있는 말을 찾고 있었는데, 바로 이 robot이 그 강렬한 욕구를 충족시켜주었던 것이다.

이 단어는 1923년 이후 여러 가지 파생어를 만들어냈다. robotize(로봇화하다, 자동화하다), robotesque(로봇과 같은 형태의), roboteer(로봇 제작자), robotism(감정이 없는 기계적 행위나 성격) 등이 그것들이다. 로봇에 관한 연구가 진척된 1940년대에는 robotic(al)(로봇의, 로봇과 같은), robotics(로봇공학, robotology)와 같은 단어들이 그 뒤를 이었다. 특히 남아프리카 공화국에서는 이 robot이 '자동식 교통신호장치(an automatic traffic signal system)'까지 뜻하게 되었다.

●●● 행성의 주위를 맴도는 위성 Satellite

라틴어 satelles(수행원)에서 유래된 이 단어는 16세기경까지 '수행원(attendant)' '식객(dependent)'이라는 뜻으로 사용되었다. 그 후 천문학의 발달 덕분에 '위성'의 뜻으로 쓰이기 시작해 지금은 '위성방송' '위성국' '염색체의 부수체(附隨體)' 등으로까지 뜻을 넓혀갔다. 이 단어도 accessory처럼 '주(主)'에 부수하는 '종(從)'의 개념을 지니고 있다. 파생어로는 artifical satellite(인공위성), satellite hookup(위성 중계), satellite a person out(…을 본사에서 좌천하다) 등이 있다.

◦◦◦반짝거리는 호박(琥珀) Electric

호박(amber)은 수지의 단단한 화석으로 밝은 황금색을 띠고 있다. 그래서 '금과 은의 합금'인 호박금(electrum)이라는 뜻도 있다. electrum은 그리스의 elector(빛나는 것, 빛나는 태양)에서 유래된 라틴어로, 영국의 물리학자 길버트(William Gilbert, 1544~1603)가 『자석에 대하여(De magnete)』라는 저서에서 처음으로 electrica라는 말을 쓰면서 영어로 정착되었다. 이후 이 단어는 문질렀을 때 다른 물체를 끌어당기기도 하고 튕기기도 하는 호박과 똑같은 성질을 가진 물질을 가리킬 때 사용했다.

그러나 자성(magnetism) 그 자체는 새로운 발견이 아니다. 고대 그리스시대에 "만물의 근원은 물이다"라고 주장했던 밀레투스의 철학자 탈레스(Thales, BC 624?~BC 546?)가 이미 설명했기 때문이다. 이 과학적인 라틴어 electrum은 영어에서 electric(thrilling 전기의, 자극적인, 강렬한)이나 electricity(전기, 전기학), 그리고 전자시대에 들어서면서 electronic(전자의)과 electron(전자)이라는 말의 어원이 되었다('엘렉트라 콤플렉스' 항목 참조).

- **Electric discharge** 방전
- **The electric chair** (사형용) 전기의자
- **Electric current** 전류
- **Negative(positive, static) electricity** 음(양, 정)전기
- **An electronic flash** 스트로보(발광장치)
- **Electronic data processing system** 전자 정보 처리 시스템(EDPS)
- **Electroplate** 전기도금하다, 전기도금한 것
- **Electronic smog** 전자파 스모그(건강에 해로운 TV나 라디오의 전파)

●●●●성스러운 금속 Iron

고대 인류의 문명은 석기시대(the Stone Age)와 청동기시대(the Blonze Age) 그리고 철기시대(the Iron Age)로 구분할 수 있다. 기록에 따르면, 이미 기원전 4000년경 이집트인들은 철광석에서 추출한 철로 구슬(beads)을 만들어 목에 걸고 다녔다고 한다. 그로부터 약 2,000년 뒤 소아시아(the Asia Minor, 지금의 터키 지방)의 히타이트족(the Hittite)이 새로이 철을 제련하는 기술을 개발했는데, 기원전 1200년경 그들이 멸망할 때까지 이 기술은 한동안 비밀에 부쳐졌다. 이렇게 철의 제련술은 신비하고 신성한 이미지를 간직한 채, 점차 중동 지역과 남부 유럽으로 보급되었다.

철은 고대 이탈리아에 살았던 에트루리아인의 말로 aisar(신), 움브리아인의 말로는 esono(신성한)라고 했는데, 모두 신(神)과 관련이 있었다. 기원전 5세기경 켈트족은 이 단어들과 더불어 철의 제련술까지 서유럽과 브리튼 섬으로 가져갔다. 켈트계 게르만어 계통의 isarno는 '성스러운 금속'을 뜻하는데, 고대영어에서는 isern이라는 형태를 취했으며, 중세영어에 들어오면서 s가 탈락해 iron이라는 지금의 형태로 자리 잡았다. 하지만 독일어에서는 s가 그대로 남아 Eisen이 되었다.

쇠에는 '신성함'뿐만 아니라 그 성질상 '차가운' 이미지도 가지고 있어 as hard as iron(굳은, 엄격한)이라는 말도 생겨났다. 그래서 사물이나 현상을 냉정하고 빈정대는 투로 바라보는 것을 irony라고 했던 것이다. irony는 주로 문학에서 '풍자(satire)' '비꼬기' '빗댐' '반어법'이라는 뜻으로 쓰이고 있다.

- **Will of iron** 무쇠 같은 의지
- **Steigeisen** 등산화 밑에 대는 철제 장비로, 보통 줄여서 Eisen(아이젠)이라고 한다
- **Flatiron** 다리미(plat〔평평한〕 + iron)
- **Have too many irons in the fire** 한꺼번에 너무 많은 일을 벌이다
- **Iron house** 감옥(jail)
- **Strike while the iron is hot** 쇠뿔은 단김에 빼라
- **The irony of fate** 운명의 장난
- **Dictators are certain to rule with a rod of iron** 독재자들은 압제를 하기 마련이다

●●●다이아몬드는 영원하다 Diamond

"A diamond is forever!" 1947년 세계 최대의 다이아몬드 회사 '드 비어스(De Beers)'는 이 카피로 다이아몬드를 연인들의 '영원한 사랑'의 징표로 만들었다. 금강석(金剛石)이라고도 부르는 다이아몬드를 처음으로 장신구로 사용한 종족은 기원전 7~8세기경 인도의 드라비다족(族)이다. 로마시대에는 주로 왕실이나 귀족의 호신부(護身符)로 사용되었으며, 17세기 말 베네치아의 V. 페르지가 '라운드 브릴리언트 컷(round brilliant cut)'이라는 연마법을 고안해낸 이후로 보석으로서 최고의 자리를 차지하게 되었다.

이 기법은 다이아몬드를 가장 효과적으로 빛나도록 58면체의 다각으로 깎는 것인데, 상부의 절단 각도(크라운 각도)를 34.5도, 하부의 절단 각도(파빌리온 각도)를 40.75도, 평평한 윗면을 53퍼센트로 유지하면 '하트 앤 애로우(heart and arrow)'라는 무늬가 나와 가장 아름다운 다이아몬드가 만들어진다고 한다.

18세기 초 브라질에서 다이아몬드 광산이 발견되기 전까지 인도가 유일한 다이아몬드 산출국이었고, 유럽으로 유입되는 다이아몬드 양이 적어 유럽에서는 한때 왕실과 귀족만이 소유할 수 있도록 법률로 규제하기도 했다. 이후 1866년 남아프리카 공화국에서 대규모의 다이아몬드 광산이 발견되고 근대적 채굴법이 개발되면서 다이아몬드는 비로소 대중화의 길을 걸을 수 있었다.

광물 가운데 가장 '단단한 돌(경도 10도)'이라는 뜻의 라틴어 adamant에서 a-가 탈락한 형태로 프랑스어로 차용된 diamant가 '노르만 정복' 이후 영어로 들어와서 diamond가 되었다. 다이아몬드는 '4월의 탄생석'이기도 하며, 그 모양 때문에 '마름모꼴' '야구장의 내야'를 뜻하기도 한다.

- **A diamond in the rough** 천연 그대로의 금강석(a rough diamond), 다듬어지지 않은 인물
- **A diamond of the first water** 최고급 다이아몬드(여기서 water는 투명도), 최고위층 인물
- **It is diamond cut diamond** 막상막하의 경기다
- **Black diamonds** 시추용 검정 다이아몬드, 석탄(coal)
- **Diamond anniversary** (결혼 등의) 60주년 기념일
- **Diamond jubilee** (여)왕의 즉위 60주년 또는 75주년 축전
- **4C** 다이아몬드의 가치를 결정하는 4가지 기준. cut(연마상태), color(색깔), clarity(투명도), carat(캐럿)

●●●인간의 욕망을 재는 잣대 Gold

금은 청동기시대를 이끈 구리만큼이나 인간이 오래전부터 사용한 금속이다. 이미 『구약성경』의 「창세기」에도 언급되어 있으며, 4대 문명권과 라틴아메리카의 고대문 명권에서도 금은 지금 못지않게 매우 중시되었다.

금에 대한 인간의 욕망은 중세에 들어 '현자의 돌(the philosopher's stone, 비금속을 금 으로 바꿀 수 있는 재료)'로 인공금을 얻기 위한 연금술(錬金術, alchemy)을 발달시켰고, 동양의 금을 구하려는 마르코 폴로나 콜럼버스의 항해를 부추기기도 했다. 이후 근 대 유럽의 발전을 가져온 금과 은을 얻기 위해 유럽인들은 남아메리카의 아마존 강 변에 있다고 여긴 '황금의 땅'이라는 뜻의 엘도라도(El Dorado)를 찾아 침략을 감행 했다.

이러한 행보는 1848~1849년 캘리포니아 주에서 발견된 금을 채취하기 위해 사람 들이 몰려들면서(gold rush) 그 절정을 이루었다. 특히 1849년 캘리포니아로 몰려온 사 람들을 '포티 나이너스(forty-niners)'라고 부르는데, 개척자의 이미지가 연상되는 스포 츠인 미식축구의 팀 이름으로도 쓰이고 있다.

또 금은 '부와 희소성'의 이미지 때문에 마약(narcotic, junk)의 은어로도 쓰인다. 여 기에서 Acapulco gold(아카풀코 골드, 멕시코산 양질의 마리화나), Golden Crescent(황금의 초 승달 지대, 이란·아프가니스탄·파키스탄 북부에 걸친 마약 생산·거래 지역)와 더불어 Golden Triangle(황금의 삼각 지대, 타이·미얀마·라오스의 국경 접경 지대로 세계에서 거래되는 아편의 70퍼센트를 생산·공급)이라는 말이 나왔다.

원소기호 Au(원자번호 79)는 라틴어로 '금'을 뜻하는 aurum에서 따왔는데, 이것은 헤브라이어로 '빛'을 뜻하는 or에서 유래된 것으로 프랑스어에서도 금을 or라고 한 다. 영어의 gold나 독일어의 Geld는 고대영어 geolu(yellow)가 변한 것이지만, 이것은 중세영어 gliteren(빛나다)과도 어원이 같다.

- **As good as gold** 아주 착하고, 아주 친절하여
- **Go for the gold** 성공을 위해 혼신을 다하다
- **Gold anniversary** 50주년 기념일
- **The crock of gold at the end of the rainbow** 결코 얻을 수 없는 부, 그림의 떡(무지개 끝에 걸 려 있는 황금단지)

- **Voice of gold** 아름다운 목소리
- **Worth one's weight in gold** 아주 쓸모 있는 사람
- **Black gold** 석유나 고무
- **Gold standard** 금본위제도(金本位制度, 금의 일정량의 가치를 기준으로 단위 화폐의 가치를 재는 화폐 제도. 이 제도는 1944년 브레튼 우즈 협정에서 달러를 기축통화(key currency)로 정했기 때문에 달러만이 금과 일정한 교환비율을 유지하고, 다른 나라의 통화는 미국의 달러와 일정한 교환비율을 유지한다)

●●●달의 여신 루나의 얼굴색 Silver

은(銀)은 자연에서 얻을 수 있는 양이 금보다 적고 까다로운 정제법을 거쳐야 하기 때문에 고대 이집트와 중세에서는 금보다 더 귀중하게 여겼다.

소아시아와 에게 해의 섬에서 채굴되었던 은은 주로 장신구와 용기로 사용되었으며, 기원전 3000년경의 이집트와 메소포타미아의 고대 유적을 비롯해, 바빌로니아 제국시대의 유물에서도 은제품이 출토되었다. 은화(銀貨)는 기원전 6세기경 리디아 왕국에서 처음으로 제조되었는데, 이것이 그리스의 드라크마(Drachma)와 로마의 데나라우스(Denarius)로 이어졌으며, 『구약성경』에도 은화가 여러 군데에서 언급되고 있다.

16세기에 이르러서는 신대륙으로부터 방대한 양의 은이 유럽으로 유입되어 은의 가격이 하락해 가격혁명을 일으키기도 했다. 이후 은은 무역과 통화제도의 토대가 되었다.

은은 주로 방연석(方鉛石)에서 채취되었기 때문에 납과 함께 산출되는 경우가 많은데, 고대 사람들은 이미 기원전 4000년부터 납에서 은을 분리시키는 법을 알고 있었다. 원소기호 Ag(원자번호 47)는 라틴어로 은을 뜻하는 argentum에서 따왔으며, 프랑스어의 argent 또한 여기서 유래되었다. 하지만 영어의 silver와 독일어의 Silber는 아시리아어로 은을 뜻하는 sarpu에서 비롯된 앵글로색슨어 seolfor와 고지독일어 Silabar를 거쳐 정착되었다.

금이 태양을 상징하는 데 반해 은은 달의 여신으로 숭배되었으며, 연금술사들은 은을 라틴어로 달을 뜻하는 Luna와 연결시켰다. 그래서 연금술사들은 초승달을 은의

상징으로 여겼다.

- **Cross a person's palm with silver** …에게 (뇌물의) 돈을 주다
- **Silver screen stars** 은막의 스타들
- **Silver anniversary** 25주년 기념일
- **Silver bullet** (문제 해결의) 묘책, 특효약
- **Silver-plating** 은도금
- **Silverwork** 은세공

●●●키프로스의 금속 Copper

원소기호 Cu(원자번호 29)인 구리(銅, copper)는 로마제국 당시 주산지의 지명을 따서 cyprium('키프로스의 금속'이라는 뜻)으로 불렸는데, 이후 cuprum으로 줄여 쓰다가 영어로 넘어와 copper가 되었다.

구리는 제련법이 비교적 간단했기 때문에 금속 중 가장 먼저 이용되었다. 석기시대 다음으로 동기시대(銅器時代)와 청동기시대(靑銅器時代)가 도래한 이유가 바로 여기에 있다.

중세에는 주로 전쟁에서 필요한 무기 등을 제작하는 데 이용했으나 산업혁명 시기에는 기계용 재료로 널리 사용되었으며, 19세기 말 전기가 산업적으로 이용되면서부터 열과 전기 전도율이 은(銀) 다음으로 높아서 전선이나 열선의 주재료로 쓰였다. 특히 구리는 아연(zinc)을 첨가한 황동(brass), 주석(tin)을 첨가한 청동(bronze), 주석과 알루미늄을 첨가한 알루미늄청동 등 합금으로 많이 쓰인다.

매력적인 광택 덕분에 거울로 많이 쓰인 구리는 신화에서는 미의 여신 아프로디테(비너스)와, 연금술에서는 금성과 연관이 깊다.

- **Clear one's coppers** 가래를 뱉다
- **Cool one's coppers** 술을 깨기 위해 물을 마시다
- **Have hot coppers** 목이 마르다
- **Bronzed** 햇볕에 탄
- **Bronzer** 피부를 햇볕에 그을린 것처럼 보이게 하는 화장품(태닝 오일)
- **Brass band** 취주 악단
- **As bold as brass** 아주 뻔뻔스러운(impudent)

●●●빛나는 것이라고 모두 금은 아니다 Glitter

"All is not gold that glitters(번쩍이는 것이라고 모두 금은 아니다)"라는 영어 속담은 사람이나 사물을 외관만 보고 판단해서는 안 된다는 뜻을 담고 있다. 여기서 glitter는 '빛나다'라는 뜻의 고노르드어 glitra에서 비롯된 중세영어 gliteren이 변화된 것이다. '반짝거리다, 빛남'은 glitter 이외에도 glisten이 있으며, '광택, 윤이 나다'는 glaze이다. 이보다 빛이 약하지만 '어스레한 빛, 희미하게 빛나다'는 gleam, '깜박이다' '희미한 빛'은 glimmer이다. 그런데 윤이 나는 것은 '미끄럽기' 때문에 glide고, 유리도 빛을 반사하기 때문에 glass이다.

유리뿐만 아니라 눈도 수정체가 있어 빛을 반사한다. 그래서 '눈을 부릅뜨고 노려보는 것, 매서운 눈초리'나 '눈부신 빛'을 glare라고 한다. 얼굴 표정에서도 기쁘면 빛이 나기 때문에 '기뻐서 얼굴에 빛이 나는, 즐거운, 만족스러운'은 glad이며, '기쁨, 환희'는 glee이다.

- **Glider** 미끄러지는 사람(것), (항공) 글라이더, 활공기
- **A gleam of wit** 기지(機智)의 번뜩임
- **A gleam of hope** 한 가닥(줄기) 희망
- **Not a glimmer** 전혀
- **Glitterati** 사교계 사람들(beautiful people)
- **In high glee** 매우 좋아서, 대단히 기뻐서(full of glee)
- **Glee club** 남성 합창단

●●●움직이는 사다리와 계단
Escalator & Elevator

1900년 세기가 바뀌면서 뉴욕의 맨해튼 거리에 고가철도가 완성되었다. 이때 오티스 엘리베이터사(Otis Elevator company)가 플랫폼(Platform 단[壇], 대지[臺地], 연단, 승강대)까지 물건을 실어 나르는 '움직이는 계단'을 설치하고, 이것을 '에스컬레이터(escalator)'라고 불렀다.

세계 최초로 에스컬레이터를 개발한 이 회사는 맨 처음 이 움직이는 계단의 상표 이름을 정할 때 '성벽을 사다리로 기어오르다' 라는 뜻의 escalade에 동작의 주격을 나타내는 어미 or을 붙여 'escalador' 라고 부르려고 했다. 하지만 자사가 이미 발명했던 엘리베이터(elevator)와 어미 형태가 같은 'escalator' 라는 단어를 상품이름으로 정했다. 이 상품은 같은 해 파리에서 열린 만국박람회에 출품하여 호평을 받기도 했다.

Escalade는 라틴어 scala(사다리)에서 비롯된 이탈리아어 scalata(사다리)에서 차용해 온 말인데, '기어오르기' '성벽 오르기' '(벨트 컨베이어식의) 움직이는 보도(travelator)' '사다리로 오르다' 라는 뜻의 영어로 정착되었다. 그 후 escalade는 escalator라는 단어의 영향 때문에 사용 빈도가 낮아졌고 1920년대부터 escalate라는 단어가 그 자리를 차지하여 '에스컬레이터로 오르다' '급등하다' '(임금, 가격이) 자동으로 상승하다'라는 뜻을 지니게 되었다. 1950년대, 특히 핵무기 경쟁에 사용되면서 '점증하다' 라는 비유적인 의미까지 추가되었다. 또 1930년부터 일반명사가 된 escalator는 '단계적 상승' '안락한 출세 코스'라는 뜻까지 추가되었다.

한편, '움직이는 계단' 엘리베이터도 이보다 앞선 1854년 '뉴욕 박람회'에서 오

엘리사 오티스가 만든 최초의 엘리베이터

티스사의 창립자 엘리사 G. 오티스(Elisha G. Otis)가 처음 대중 앞에 선보였다. 그는 자신이 만든 엘리베이터에 짐을 실어 올라타고는 위로 끌어올리도록 했다. 그는 안전을 증명하기 위해 인부에게 엘리베이터를 끌어올리는 줄을 끊으라고 했다. 깜짝 놀란 관중들은 불안했으나 안전장치가 설치되어 아무 일도 일어나지 않았다. 안전성이 입증된 엘리베이터는 1857년 브로드웨이에 있는 '하우트 백화점(E. V. Haughwout Department store)'이 설치된 이후 급속도로 보급되었다. 이 엘리베이터는 고층건물을 지을 수 있게 한 일등공신이기도 하다.

Elevator는 보통 알고 있듯이 elevate(lift 들어올리다)에 or을 붙인 것이 아니라, 라틴어 elevare(들어올리다)의 명사형 elevator(들어올리는 것, 기중기)를 17세기 중반에 영어로 차용한 것이다.

- **Escalator clause** 신축 조항(경제 사정에 따라 임금의 증감을 결정하는 조항)
- **Escalator scale** 신축 조항에 따른 임금 체계
- **Elevated railroad〔railway〕** 고가철도(영국은 overhead railway)
- **Elevation** 고도(height), 해발(altitude), 승진(advancement), 향상(improvement)
- **Elevator shoes** 키높이 구두
- **Elevator talk** 간단한 피상적인 이야기
- **Grain elevator** 대형 곡물창고

●●● 로보캅의 주인공들 Cyborg

1948년 미국의 수학자 노버트 위너(Nobert Winner)는 "나는 동작의 제어(control)나 소통(communication)의 이론을 다루는 모든 분야에, 그것이 기계이든 동물이든 cybernetics라는 이름을 붙이기로 결정했다"라고 발표함으로써 이 새로운 용어를 과학에 도입하기에 이르렀다. 이 분야는 컴퓨터와 뇌를 '지배하는' 자동제어 기구를 탐구하며, 프랑스어 cybernetique(지배술)를 영어로 차용해서 cybernetics(인공두뇌학)라고 이름 붙인 것이다.

이는 그리스어 kyberman(pilot, steer 배의 키를 쥐다, 조종하다)의 명사 kybernetes(타수舵手)가 어원인데, 전류의 크기 단위인 '암페어(ampere)'에 이름을 남긴 프랑스 물리학자 앙드레 M. 앙페르(A. M. Ampere, 1775~1836)가 1834년에 『과학철학 시론(Essai sur la philosophie des sciences)』에서 처음 사용했다. 이후 kyberman은 라틴어 gubernare(지시하다, 지배하다)로 변형되었다가 영어의 govern(지배하다)으로 변형되었다.

SF영화 리들리 스콧 감독의 「블레이드 러너(Blade Runner)」(1982)나 폴 버호벤 감독의 「로보캅(Robocop)」(1987)에 cyborg가 등장하는데, 이는 cybernetic organism(인공두뇌의 유기체)의 단축형으로 '전자 장치를 통해 신체기관의 일부 기능을 대신하는 유기체'를 뜻한다.

또한 cybernetics는 '사이보그와 폭력적인 디스토피아(dystopia, utopia의 반대말)를 주제로 한 SF의 한 분야'를 가리키는 cyberpunk의 어근이기도 하다. punk는 1970년대 영국의 punk rock 뮤지션과 그 추종자들의 이색 복장과 행동을 뜻하는데, 지금은 그들을 모방한 '활동적이고 화려한 생활양식'을 뜻한다.

참고로 dystopia의 접두사 dys는 '이상' '악화' '불량' '곤란' '결여' 등의 뜻을 지니고 있다

- **Cybernate** 인공두뇌화하다, 컴퓨터로 자동제어하다
- **Cyberphobia** 컴퓨터 공포증
- **Cyber sales** 네트워크 상의 판매
- **Cybersport** 전자 게임
- **Govern oneself** 처신하다, 자제하다
- **Convey the will of those who are governed to those who govern** 국민의 뜻을 상달하다

●●● 긴급조난 구조신호
SOS & May Day

'SOS'는 조난당한 선박이 구조를 요청하는 '무전 조난신호'에 사용되는 국제 모스부호이지만, 지금은 '위기신호' '구원요청' 등의 뜻으로 널리 쓰이고 있다. 사람들은 SOS가 'Save our Souls'나 'Save our Ship'의 약자로 생각하기 쉽지만 실은 그렇지 않다. SOS는 모스부호(Morse Sign)로 '돈돈돈(···) 쯔쯔쯔 (___) 돈돈돈(···)'처럼 짧은 부호인 3개의 점(dot)과 긴 부호인 3개의 대쉬(dash)로 이루어졌으며, 송신하기 쉽고 식별도 용이하기 때문에 1906년 베를린에서 열린 제1회 '국제 무선전신회의'에서 선박조난 구조요청 신호로 채택되었다.

SOS가 쓰이기 전에는 '마르코니 무선통신 주식회사'의 구조신호 'CQD(come quick danger)'를 사용했다. CQ가 발음상 'seek you'와 비슷했고, 'call to quarters'나 'come quickly'라는 뜻으로 해석하기 쉬웠으며, D는 'danger(위험)'나 'distress(조난, 재난, 불행)'을 뜻했기 때문이다.

이 신호의 단점은 혼선이 되면 알아듣기 힘들었고, 또 무선전화에 의한 소리의 송신 기술이 발달하면서 사라지고 말았다. 대신 may day라는 단어가 국제적인 무선통신 구조신호로 채택되었는데, 우리가 흔히 알고 있는 '노동절(MayDay, 5월 1일)'과는 전혀 관계가 없다.

May day는 프랑스어 Venez m'aider(나를 살려주세요)가 와전된 단어이다. Venez는 Venir(come 오다)의 명령형이며, m'은 목적격 me가 모음 앞에 올 때의 단독형이므로 영어의 me(나를)라는 뜻이고, 또한 aider는 영어의 aid(돕다, 구하다)라는 뜻이다. 여기서 venez를 생략한 m'aider(məde)가 발음이 비슷한 영어의 may day(meidei)로 바뀐 것이다.

●●● 힘 그 자체 Dynamite

1866년 노벨은 니트로글리세린을 점토에 섞어 안전하게 폭약을 만든 뒤, 여기에 dynamite 라고 이름 붙였다. 근대적 화약의 시초이자 폭약의 대명사가 된 다이너마이트는 그리스어 dunamis(force 힘, 동력)에서 따왔는데, '힘'을 뜻하는 접두어 dynam(o)과 '폭약'을 뜻하는 접미어 ite의 합성어이다.

dynamo는 '힘'이라는 이미지 때문에 지금도 슬라브어계 국가에서는 스포츠 클럽, 특히 축구 클럽의 이름으로 많이 쓰이고 있다('디나모 키에프' '디나모 모스크바' 등). 참고로 접미어

노벨상 인증서

ite는 사람, 신봉자, 광물, 화석, 제품, 염류, 화약 등 다양한 뜻을 가지고 있음을 알아두자. 예를 들면 다음과 같다.

- adamsite : 재채기 나게 하는 독가스
- israelite : 유대인(Jew)
- islamite : 이슬람교도(muslim)
- ammonite : 암모나이트(조개화석), 암모니아 비료
- ebonite : 암모니아 폭약, 에보나이트(vulcanite 경질고무, 경화고무)
- vulcanite : 경화고무(ebonite)

- graphite : 흑연
- biotite : 흑운모
- quartzite : 석영암

- **The dynamics of a power struggle** 권력투쟁의 역학
- **Dynamism** 역본설, 역동설
- **Dynamitism** 급진적 혁명주의
- **Dynamo** 발전기, 정력가
- **An alternating**(a direct) **current dynamo** 교류(직류) 발전기

●●● 멀리 있어도 가깝게 들리는 소리 Telephone

우리나라 최초의 전화기

1876년 2월 15일 오후 1시경 엘리샤 그레이(Elisha Gray)보다 몇 시간 빨리 특허신청을 낸 스코틀랜드 태생의 미국인 벨(Alexander Graham Bell)이 독점권을 따낸 전화(telephone)는 미국 독립 100주년을 기념하는 '필라델피아 엑스포'에 출품되어 대단한 호평을 받았다. 당시에는 이 전화가 지구촌의 공간 개념을 완전히 바꾸어 놓으리라고는 아무도 상상하지 못했다.

Telephone이라는 단어는 전화가 발명되기 이전인 1830년경 이미 프랑스의 과학자가 전신기를 발명하여 붙인 이름이다. 이것을 영어로 차용해서 쓴 것은 1844년경으로, 선박의 '경계신호장치'라는 뜻으로 쓰였다. 그 후 벨이 전화를 발명한 후에 이 단어를 차용함으로써 프랑스에서 건너온 telephone은 영어에서는 전혀 다르게 쓰였다. 1876년 3월 10일 벨이 '전화'를 통해 말한 첫마디 "왓슨, 이리 와서 나 좀 보게나(MR. Watson, come here. I want you)"는 세계 최초의 전화 통화 기록으로 남아 있다.

우리나라는 1882년 3월 고종황제 때 청나라 시찰을 마치고 돌아온 영선사 김윤식

일행이 처음으로 전화를 접한 것으로 전해진다. 전화기는 청나라를 통해 들어왔는데, 지금처럼 전화기라 부르지 않고 '전어기(말을 전하는 기계)'라고 불렀다. 청나라 관리들은 영어 telephone을 중국식 발음으로 표기한 '득률풍(得律風)'이라고 전해주었다.

Telephone은 그리스어 tele(멀리)와 phon(소리)의 합성어이다. tele라는 접두어는 이미 1648년에 scope(볼 것)와 합성하여 telescope(망원경)가 되었으며, 1797년에는 graphos(그리다)와 합성하여 telegraph(전신)가 되었고, 1852년에는 gramma(쓰인 것)와 합성하여 telegram(전보)이 되었다. 이밖에도 안방의 주역으로 버젓이 자리 잡고 있는 텔레비전은 그리스어 tele(멀리)와 라틴어 videre(본다)의 명사형 visio(보는 것)의 합성어로 1920년대에 television으로 명명되었다. 또 서로가 떨어져 있어도 감응으로 통하는 telepathy(정신 감응)도 이미 1882년에 영어로 선보였는데, 역시 tele(멀리)와 patheia(감각)의 합성어이다.

- **Teleology** 목적론
- **Telephone directory**〔book〕 전화번호부
- **Televox** 기계인간(robot)

●●●현대인의 애마 Car

자동차는 기차보다 늦게 발명되었지만, 그 확산 속도는 놀랄 만큼 빨라 지금은 운송 수단의 총아로 군림하고 있다. 자동차가 어느 정도 대중화되어 마차를 대신하자, 제작자들은 자동차에 고유의 이름을 붙여야만 했다. automation(자동장치), motoring(모터 마차), oil locomotive(기름 기관차) 등이 거론되었으나 1876년 프랑스에서 automobile(스스로 움직이는 것)로 낙찰되었다. 미국에선 automobile로 쓰기로 했지만, 영국에서는 무슨 이유인지는 모르지만 motorcar를 고집했다.

아무튼 지금은 '자동차' 하면 일반적으로 'car'를 쓰고 있는데, 이 단어는 프랑스 북부의 갈리아인이 사용한 karros(이륜마차)에서 비롯된 단어이다. 이것이 로마로 전해져 라틴어 carrus가 되고, 14세기에 이르러 영어로 들어오면서 car(이륜전차, 짐마차)로 변형되었다.

19세기에 이르러 기차가 발명되자, 미국에서는 기관차(locomotive)의 뒤에 달려 있는 객차를 car라고 불렀으며, 영국에서는 carriage라고 불렀다. car는 지금도 기차에 dining car(식당차), freight car(화물차), passenger car(객차), sleeping car(침대차) 등의 형태로 남아 있다.

1886년 자동차가 발명되어 car는 비로소 '자동차'의 의미로 쓰이게 되었으며, '이륜마차'의 뜻은 chariot가, '짐마차'의 뜻은 cart가 맡게 되었다. 단, 한 마리의 말이 끄는 '경마차'는 carriole(또는 carryall)이라고 한다.

Car와 같은 어원을 갖는 단어로는 cargo(짐을 싣다, 청구하다)를 꼽을 수 있다. 겉으로 보기엔 전혀 연관이 없는 것처럼 보이지만, carpenter(목수)는 car(마차)와 penter(제조인)의 합성어로서 이들과 어원이 같다. 독일어로 '목수'는 Zimmermann이며, 이는 '방을 만드는 사람'이라는 뜻이다. 의미의 차이가 있는 것은 아마도 앵글로색슨족과 게르만족의 문화적 차이 때문이지 않을까 싶다.

- **Put the cart before the horse** 앞뒤가 뒤바뀌다
- **Carry the day** 승리를 거두다, 성공하다
- **Carry-on suitcase** 기내 반입용 가방

●●●하층민도 탈 수 있는 마차 Bus

1886년 독일에서 다임러(Gottlieb Daimler)와 벤츠(Karl Benz)에서 처음 선보인 자동차는 눈부신 발전을 거듭했다. 초반에는 승용차 위주로 성능과 디자인이 개선되었지만, 나중에는 도시의 대중교통 수단인 버스로 발전하기에 이르렀다.

Bus는 omnibus의 단축형인데, 라틴어 omni(모든)의 여격(與格) 복수형인 omnibus(모든 사람을 위해서)가 프랑스어로 들어가 voitre omnibus(모든 사람의 탈 것)가 되었는데, 1829년에 뒷부분만 영어로 차용되었으며, 1832년에 더 줄어들어 bus가 되었다.

Omnibus는 1828년 프랑스에서 처음으로 '승합마차'라는 뜻으로 쓰였다. 이는 귀족이나 하층민의 구별없이 시민(citoyen, citizen)이면 누구나 탈 수 있었기 때문에 사회적으로도 크나큰 의미를 부여해주었다. 이런 분위기가 가능했던 것은 구체제(ancien

regime)를 타파한 '프랑스 대
혁명'의 영향이 컸다고 할 수
있을 것이다.

이듬해 영국에서도 처음으
로 3마리의 말이 끄는
omnibus가 런던의 거리를 질
주했다. 이후 동력이 말에서
가솔린 엔진으로, 다시 독일
뮌헨의 기술자 디젤(Rudolf
Diesel)이 발명한 디젤 엔진으

고틀리프 다임러의 3륜 자동차

로 바뀌면서 오늘날의 버스가 탄생했다. 지금도 자동차의 마력(馬力, horse power)은 말
의 이미지로 기계에 서려 있다. 런던의 명물 2층 버스(double decker)의 위층을 'top'이
라고 부르는데, 이것은 마차의 지붕에 좌석이 있었던 시대의 산물이라 할 수 있다.

농담 한마디 해보자. 런던의 2층 버스를 탈 때는 매우 조심해야 한다. 차장이 승객
들에게 "All die!(모두 죽는다!)"라고 몇 번씩이나 소리치기 때문이다. 하지만 자세히 들
어보면 영어 듣기 실력의 차이로 천당과 지옥을 왔다갔다 할 만한 말이다. 실제로는
"Hold tight! (꼭 잡아주세요!)"라고 소리치기 때문이다.

- **Miss the bus** 기회를 놓치다
- **Omnibus book** 염가 보급판 책
- **Omnibus bill** 일괄 법안
- **Omnibus train** 역마다 서는 완행열차
- **Aero bus** 합승 여객기

●●●대공사격에서 비난의 화살로 Flak

제2차 세계대전 당시 전쟁터에서는 수많은 신종 살상무기들이 선보였다. 그 가운
데 가장 눈에 띄는 것이 전투기에 대항했던 대공포일 것이다.

당시 독일군은 대공포를 Flieger Abwehr Kanone라고 불렀는데, 이것은 Flieger(비행기), Abwehr(방어), Kanone(대포)의 세 단어가 합성된 '비행기 방어포(antiaircraft cannon)'라는 뜻이다. 독일군은 이 긴 단어들을 줄여 Flak라고 불렀는데, 독일 공군의 영국 공습(1938) 이후 영국의 파일럿들이 영어로 차용했다는 기사가 1940년도 〈런던 타임스〉에 실렸다. 이때 '방탄복(flak suit)'이란 단어도 같이 생겼다.

전쟁이 끝난 뒤 미국으로 건너간 Flak는 1960년대부터 마치 대공포화 같은 '잇따른(격렬한) 비난' '격렬한 논쟁'이라는 뜻으로까지 확대되었다. 영어로는 flak 또는 flack라고 표기한다.

●●●이메일 주소로 들어간 골뱅이 @

'앳 마크'란 인터넷에서 이메일을 주고받는 사람의 주소를 나타내는 문자 가운데 사용자 이름과 도메인 이름을 구분해주는 기호를 말한다. 예를 들어 kdufree@naver.com의 경우 kdufree는 사용자, naver.com은 도메인 이름을 나타낸다. 미국의 컴퓨터 프로그래머 레이 톰린슨(Ray Tomlinson)이 1971년 전자우편을 개발하면서 발신자 이름과 위치를 구분하기 위해 이 표시를 도입해 처음 사용했다고 한다.

나라마다 @을 부르는 이름이 다르다. 우리나라에서는 골뱅이라 부르며, 스웨덴에서는 '코끼리 코,' 아프리카에서는 '원숭이 꼬리,' 프랑스와 이탈리아에서는 '달팽이,' 중국선 '생쥐'라고 부른다.

@은 영어 at의 발음과 의미가 똑같다. 원래는 상업기호로 '단가(單價),' '…으로'라는 뜻이다. 하지만 우리가 사용하는 @ 마크는 영어의 at이 아니라 라틴어 ad를 디자인한 것이다. ad는 영어의 at이나 to에 해당하는 접두어로, adapt(적응 · 순응시키다, 개조 · 각색하다), addrees(연설, 주최, 연설하다, 주소를 쓰다) 등에 쓰이고 있다.

●●●컴퓨터에 쓰이는 용어들 Browser etc.

기술이 고도로 발전하여 새로운 기계가 발명되더라도 그것에 걸맞은 용어까지 만들기란 보통 어려운 일이 아니다. 그래서 기존의 명칭을 조금 손질해 재사용하거나 합성어를 만들어 쓰는 게 일반적이다. 컴퓨터에 사용되는 용어도 예외는 아니다.

인터넷상의 월드 와이드 웹(world wide web, www)에서 정보를 검색하기 위한 소프트웨어를 브라우저(browser)라고 한다. 최초의 웹 브라우저는 1993년 미국의 일리노이 대학교에서 개발한 '모자이크' 프로그램인데, 간편한 마우스 조작만으로 월드 와이드 웹을 검색할 수 있게 해주었다. 대표적인 웹 브라우저로는 1994년 넷스케이프 커뮤니케이션스가 발매한 '넷스케이프 네비게이터'와 현재 주류를 이루고 있는 마이크로소프트의 '인터넷 익스플로러'가 있다.

Browser는 '새싹을 먹는 소나 사슴' '책을 여기저기 읽는 사람' '책을 서서 읽는 사람' '상품을 살 의향도 없이 만지작거리는 사람'을 뜻한다. 동사형 browse는 원래 '새싹'을 가리키는 명사였는데, 소나 사슴이 이것을 게걸스럽게 먹는 모습에서 '새싹을 먹다'라는 동사로 발전한 것이다. 오늘날에는 '책을 띄엄띄엄 읽다'(서점에서) '책을 서서 읽다'(가게 등에서) 상품을 쓰윽 훑어보다'라는 뜻을 갖게 되었고, '정보를 검색하다'라는 뜻도 컴퓨터 발명 후 사전에 오르게 되었다.

로그인(log in)은 말 그대로는 '통나무를 바다에 던지다'인데, log에는 '통나무' 이외에 '항해일지'나 '항해속도 측정기'라는 뜻도 있다. 이는 옛날에 통나무를 바다에 던져 그것이 떠내려가는 시간을 보고 배의 속도를 계측한 데서 유래했다. 컴퓨터에서는 이런 개념을 유추해서 '컴퓨터에 접속하다' '사용 개시하다'라는 뜻으로 쓰인다.

캐시(cache)란 컴퓨터의 CPU(Central Processing Unit, 중앙처리장치)가 빨리 처리할 수 있도록 자주 사용되는 명령이나 데이터를 일시적으로 저장하는 보조기억장치이다. 이 단어는 '탐험대가 나중에 쓰기 위해 숨겨놓은 식량이나 탄약 또는 그것들을 숨겨놓은 곳'을 뜻했다.

코퍼스(corpus)란 실제로 사용되고 있는 수많은 언어들을 모아놓은 일종의 컴퓨터 데이터베이스를 말한다. '언어자료' '자료의 집성, 전집'을 뜻하는 corpus를 그대로 차용한 것이다. 하지만 corpus에는 corpse처럼 '시체'라는 뜻도 있는데, 이들은 모두 라틴어 corpus(body)에서 나온 형제지간 단어이다. 즉, 인체 → 시체 → 살덩어리 → 어휘덩어리 → 언어자료 → 자료의 집성 → 전집의 순서로 의미가 변화한 것이다.

이 밖에 화소(pixel)는 picture + element, 모뎀(modem, 전화 회선을 인터넷에 접속하는 장치)은 modulator + demodulator, 그리고 비트(bit, 정보량의 최소단위)는 binary(2진법) + digit(0~9 중 하나, 본래 손가락으로 세었다)의 합성어이다.

Chapter

6

동물왕국의
영어

동물도 영혼을 지니고 있다

Animal(동물), animation(생기, 만화영화 ↔ inanimation 무기력), animate(활력 있는, 생기를 불어넣다)는 모두 라틴어 anima(생명, 영혼)에서 나온 단어들이다. 따라서 무생물의 의식이나 인격을 인정하는 원시종교를 애니머티즘(animatism)이라고 한다. 또 나무와 돌 등도 생물과 마찬가지로 영혼이 있다고 믿는 물활론(物活論)이나 사람 및 사물의 활동은 모두 영(靈)의 힘에 따른다는 정령신앙(精靈信仰)을 애니미즘(animism)이라고 한다. 그리고 things animate and inanimate는 '생물과 무생물'을 뜻하며, 또 음악용어인 animato도 '활기차게' 연주하라는 뜻이다.

Animal은 '고등동물(the higher animal)'과 '하등동물(the lower animal)'로 나뉘는데, animal은 보통 '포유동물(mammal, mammalia)'을 가리키며, domestic animal은 '가축(livestock, cattle)'을 가리킨다. 명사형 animality는 동물의 성질, 즉 '수성(獸性)'을 뜻하며, animal matter는 '동물질'을 뜻한다. 그리고 animal courage란 '만용(蠻勇)'을 뜻하는데, 같은 맥락에서 animal faith는 '맹신(盲信)'을 뜻한다. 그런데 "Is there such an animal?"은 무슨 뜻일까. 그것은 '그런 동물이 있단 말인가?'가 아니라 "Does such a thing exist," 즉 '그럴 리가 없다' '전혀 믿을 수 없다'라는 말이다.

끝으로 animal에 관한 유명한 말들을 소개해보기로 한다. 영국의 작가 D.H. 로렌스는 "Be a good animal, true to your animal instinct(훌륭한 동물이 되라, 동물 본연에 충실하라)"라는 말을 남겼는데, 여기서 animal은 '살아 있는 존재'의 개념으로 사용되었으며, animal instinct는 '동물적 본능'이 아닌 '물질주의나 세속주의에서 벗어난 자유로운 삶'을 누리라는 뜻으로 말한 것이다. 그리고 아리스토텔레스의 유명한 말 "Man is by nature a political animal(인간은 본래 정치적 동물이다)" 정도는 외워두자.

인간의 친구, 개

개는 인간과 가장 친근한 동물이다. 고대 이집트에서는 집을 지키거나 사냥에 이용되었으며, 고대 로마의 폼페이 유적에서는 '개조심'이라고 적혀 있는 모자이크 타일이 발견되기도 했다. 위다(Ouida, 1839~1908)의 『플랜더스의 개』도 화가를 꿈꾸는 소년 네로와 늙은 충견 파트라슈와의 따스한 우정을 그린 작품으로 우리에게 널리 알려져 있다. 속담 중에 "Love me, Love my dog(나를 사랑하려면 내 개도 사랑하라)"라는 말이 있는데, 나와 친해지려면 나와 관련된 사람이나 물건, 그리고 결점까지도 이해해야 한다는 뜻이다. 이처럼 서양에서는 개를 가족의 일원으로 여기기 때문에, "Is your dog housebroken?(당신 개는 똥오줌을 가리나요?)"라는 표현이 생겨났다(여기서 housebroken 은 '온순한(docile)' '집에 길들여진(house-trained)'이라는 뜻).

우리나 서양 사람이나 '개죽음'이라는 표현은 의미가 똑같다. 즉, '아무 쓸모없이 비참한 죽음을 맞다'를 die a dog's death(like a dog)라고 표현한다. dirty dog는 '비열한 놈, 신용할 수 없는 사람'이라는 뜻이며, dead dog는 '무용지물'을 뜻한다. 비슷한 표현으로 underdog는 '패자'를 뜻하며, 반대로 top dog는 '승자'나 '보스(boss)'를 가리킨다. 그리고 dog's dinner는 개의 만찬이 아니라 '먹다 남은 밥'이나 '엉망진창(mess)'을 뜻한다. 속어로 like a dog's dinner 하면 놀랍게도 '멋지게' '화려하게'라는 뜻으로 통한다. 그래서 "Now my wife is dressed up like a dog's dinner" 하면 '지금 내 마누라는 몸치장을 하고 있어'라는 뜻이다.

우리나라에서는 7~8월 무더운 날을 삼복더위라고 하는데, 서양에서도 마찬가지로 이 시기를 dog day라 한다. 이때 우리는 보신탕을 즐겨먹는데, 영어로 eat dog는 개를 먹는 것이 아니라 '굴욕을 참다'라는 뜻이다. 못 먹는 고기를 억지로 먹으니 그럴 수밖에. 그리고 hot dog는 뜨거운 개고기가 아니라 독일산 프랑크 소시지를 빵에 얹어먹는 패스트푸드를 말하는데, 소시지가 몸통이 긴 독일산 닥스훈트와 모양이 비슷해서 붙인 이름이라고 한다.

또 dog's letter라는 표현이 있다. 이것은 개가 쓴 편지가 아니라 알파벳 R의 속칭이다. 개가 으르렁거리는 소리와 R의 발음이 서양 사람의 귀에 비슷하게 들리기 때문에 붙여진 것이다.

원래 dog는 '개과 동물의 수컷'을 의미한다. 따라서 dog wolf나 dog fox는 모두 수컷 늑대와 수컷 여우를 가리킨다. 라틴어로 개과는 canis라고 하는데, 지금까지도 canine appetite(왕성한 식욕), k-9 dog(군용견이나 경찰견. canine dog와 발음과 같다), canine madness(광견병), canine tooth(송곳니), kennel(개집) 등에 그 흔적이 남아 있다.

이 밖에 경주견으로 널리 알려진 그레이하운드(greyhound)는 회색견이 아니라 고 노르드어 grey(bitch) + hund(hound)의 합성어이다. bitch는 원래 개과의 암컷을 가리키는데, '불평' '불쾌한 것'이라는 뜻으로까지 확대되었으며, 속어로는 '매춘부'를 뜻한다. 그러므로 a son of a bitch는 '개자식,' 즉 '매춘부 아들놈'이라는 욕설이다. 그리고 bitch goddess는 '세속적·물질적 성공' 또는 '파멸이 뻔한 일시적 성공'을 뜻한다. 참고로 물개(海狗)는 sea dog가 아니라 fur seal이라고 한다.

성경과 명작 속에 나타난 개의 이미지

성경 속의 개의 이미지는 그리 좋지 않다. 『신약성경』「바리새인에게 보내는 편지」 제3장 2절 "Beware the dogs, beware of evil workers(저 개들을 조심하시오, 사악한 자들을 경계하시오)"와 「마태오 복음서」 제7장 6절 "Do not give dogs what is holy(성스러운 것을 개에게 주지 말지어다)"에서처럼 상당히 부정적이다.

개가 등장하는 속담 "A living dog is better than a dead lion(산 개가 죽은 사자보다 더 낫다)"은 아무리 '백수의 왕' 사자라도 죽으면 개도 물어뜯는다는 말이니, '불행하더라도 살아 있는 편이 훨씬 낫다'는 뜻으로 『구약성경』「전도서」 제9장 4절에서 따온 말이다. 또 "Caress your dog, and he'll spoil your clothes(개를 귀여워하면 네 옷을 버린다)"는 '기른 개에게 손을 물린다'는 뜻이다. "In to the mouth of a bad dog often falls a good bone(못된 개의 입에 종종 살 붙은 뼈다귀가 들어온다)"은 '이 세상에서 선이 반드시 악보다 돋보인다고 할 수 없다'는 뜻이다.

또 셰익스피어의 『줄리어스 시저』에서 시저(카이사르)를 암살한 자들에게 복수를 다짐한 안토니우스가 "Cry 'Havoc' and let slip the dogs of war('모두 죽여라'라고 외치며, 전쟁에 개를 풀다)"라는 대목이 있다. 여기서 개를 푼다는 것은 '전쟁을 시작하다' '혼란을 일으키다'라는 뜻으로, 이는 전쟁의 참혹성을 암시한다. 셰익스피어는 다른 작품에서도 종종 개를 나쁜 이미지로 묘사하고 있다.

하지만 '스누피'와 '찰리 브라운'으로 유명한 작가 찰스 슐츠(Charles M. Schulz)는 "Happiness is a warm puppy(행복이란 따스한 강아지와 같은 것)"라고 말하면서 개에 호감을 표시했는데, 이것은 1963년에 그가 출간한 책 제목이기도 하다.

개와 고양이 사이는 견원지간

우리는 서로 사이가 좋지 않은 사람들을 일컬을 때 개와 원숭이 사이, 즉 견원지간(犬猿之間)이라고 하지만 영어로는 개와 고양이 사이, 즉 cat and dog라고 표현한다. 서양에서는 예로부터 고양이를 액막이 동물로 여겼는데, 특히 비행사들은 고양이나 고양이 인형을 무사고의 마스코트로 삼아 기내에 가지고 들어갔다. 고양이는 내동댕이쳐도 사뿐히 착지하기 때문에 일리가 있는 믿음이다. 그래서 "land like a cat(고양이처럼 착지하다, 즉 위험한 처지를 잘 극복하다)"라는 관용구와 "A cat has nine lives(고양이는 9개의 목숨을 갖고 있다, 즉 쉽게 죽지 않는다)"라는 속담까지 생겨났다.

그리고 호기심이 많은 성질 때문에 "Curiosity killed the cat(호기심이 신세를 망친다)"이라는 속담이 나왔으며, as curious as a cat은 '몹시 캐기를 좋아하는'이라는 표현이다. 또한 「톰과 제리」라는 만화영화에서 보았듯이 play cat and mouse with a person은 '갖고 놀다' '감질나게 하다' '형세를 엿보다'라는 뜻임을 쉽게 짐작할 수 있다. 이와 비슷한 말로 see〔watch〕 which way the cat jumps(wait for the cat to jump 기회를 엿보다, 형세를 관망하다)가 있다. 따라서 cat and mouse thriller book은 '스릴 만점의 추리소설'을 말한다. 아무리 꾀가 많은 생쥐라도 고양이 목에 방울을 다는 일은 거의 불가능하다. 이때 생쥐들이 모여서 하는 말! "Who'll bell the cat?(누가 고양이 목에 방울을 달 것인가, 즉 누가 스스로 어려운 일을 떠맡을 것인가)."

영화 「뜨거운 양철 지붕 위의 고양이」
의 포스터

리처드 브룩스 감독에 폴 뉴먼과 엘리자베스 테일러가 주연한 「뜨거운 양철 지붕 위의 고양이(Cat on a hot tin roof)」(1958)라는 영화가 있다. 테네시 윌리엄스의 희곡을 영화로 만든 작품으로 불구자 폴 뉴먼이 사랑의 좌절과, 탐욕에 젖어 있는 가족간에 겪는 갈등을 적나라하게 보여주었다. 여기서 like a cat on a hot tin roof(like a cat on hot bricks)는 영화의 내용처럼 '안절부절못하여' '불안해 어쩔 줄 모르고'라는 뜻이다. 또 like a scalded cat(덴 고양이처럼 놀라 어쩔 줄 모르고)도 비슷한 말이다.

루이스 캐럴의 『이상한 나라의 앨리스』를 보면 체서(Cheshire)라는 고양이가 나온다. 괜히 히죽히죽 웃는 체서에 빗대어 grin like a Cheshire cat(괜히 히죽히죽 웃다)와 enough to make a cat laugh(고양이도 웃을 만큼 아주 우스운, 우스꽝스러운)라는 말이 생겨났다. 체서는 영국 북서부의 주인데, 이 웃고 있는 고양이를 상표로 한 크고 둥글넓적한 '체서 치즈(Cheshire cheese)'로 유명하다.

고양이는 낮에는 주로 졸지만(catnap, doze 선잠) 밤이 되면 동네를 어슬렁거리며 돌아다닌다. 이런 고양이를 도둑고양이라고도 부르는데 cat burglar가 바로 '밤손님'이라는 뜻이다. 하지만 교미기에는 서로 짝을 차지하려고 아주 시끄럽게 운다(caterwaul). 특히 한밤에 암컷끼리 싸우는 소리(catfight 말싸움, 여성끼리의 격한 싸움) 때문에 잠을 설치는 경우도 있다. 이런 고양이를 자루에서 꺼내면(let the cat out of the bag) '비밀을 누설하다,' 스스로 고양이가 자루에서 나오면(the cat is out of the bag) '비밀이 새다'라는 뜻이다. 이와 비슷한 표현으로 put[set] the cat among the pigeons(비밀로 할 일을 누설해서 파란을 일으키다)가 있다. 이렇게 비밀을 누설하는 짓은 배신(변절)이나 다름없는데, turn the cat in the pan이 바로 그런 뜻이다. "Has the cat got your tongue?(고양이가 네 혓바닥을 가져갔니?)"는 '왜 말이 없지?'라는 말을 에둘러 표현한 것이다.

- **Care killed the cat** 근심은 목숨이 9개인 고양이마저도 죽인다(근심은 몸에 해롭다)
- **Don't buy a cat in a[the] bag[sack]** 자루 속의 고양이는 사지 마라(잘 보고 사라는 뜻)
- **When the cat's away, the mice will play** 고양이가 사라져야 쥐가 활개를 친다(호랑이 없는 골에 토끼가 왕노릇한다)

사람 있는 곳에 쥐가 있다

인간이 집을 짓고 살기 시작하자 쥐도 인간의 집에 집을 짓고 살았다. 밉든 곱든 아주 오랫동안 한지붕 아래서 각자의 삶을 누렸던 것이다. 따라서 mouse and man하면 '쥐와 사람'이 아니라 뜻이 확대되어 '모든 생물'을 가리킨다. 쥐에는 종류에 따라서 시궁창이나 집에 사는 시궁쥐(집쥐)는 rat, 살살거리며 약삭빠른 생쥐(새앙쥐)는 mouse(복수형은 mice)라고 한다.

눈에 띄는 것은 닥치는 대로 먹어치우고 엉망으로 만들어놓는 쥐의 습성 때문에 before the rat get at it('훔쳐가기 전에' '뒤죽박죽되기 전에')이라는 관용구가 생겨났다. 한편, rat cheese는 쥐가 먹는 치즈이기 때문에 체더 치즈(cheddar cheese)와 같은 '값싼 치즈'를 가리킨다. 그렇다면 우글거리는 쥐들이 달리기 하는 a rat race에 어떤 모습이 연상될까. 바로 '과다 경쟁' '대혼잡' '치열한 경쟁 사회'라는 뜻이 쉽게 떠오를 것이다. 그러면 ratrun은 무슨 뜻일까. 당연히 쥐가 다니는 길이므로 '샛길'이나 '지름길(shortcut)'이라는 뜻이다.

사람이 사는 집에는 먹을 것이라도 있지만 교회에는 먹을 것이 뭐 있겠는가. 그래서 as poor as a church mouse는 '찢어지게 가난한'이라는 뜻이다. 조용히 먹이를 훔쳐 먹는 모습에서는 as quiet as a mouse(아주 조용한, 고요하기 짝이 없는)라는 표현이 나왔으며, as drunk as a mouse는 술독에 빠진 쥐처럼 '고주망태가 되어'라는 뜻이고, like a drowned mouse는 '물에 빠진 생쥐 모양으로' '초라한 몰골로'이라는 뜻이다. 또 쥐의 살살거리는 모습은 비열한 이미지를 떠올리게 해 weasel(족제비)처럼 '밀고자(snitcher)'나 '배신자(betrayer)'라는 뜻을 낳았으며, smell a rat(눈치채다, 알아채다, 의심을 품다)이라는 관용구도 생겨났다.

최근에는 컴퓨터에도 쥐가 살기 시작했다. 바닥에 붙어 있는 볼(ball)을 책상 위에 움직여 모니터의 커서(cursor)를 이동시키는 장치가 쥐처럼 생겨 mouse라고 부른다.

한편, 「톰과 제리」에 나오듯 생쥐는 귀여운 이미지의 상징이기도 하다. 그래서 mouse는 '귀여운 아이나 여자'의 애칭으로 쓰이기도 한다.

- **Every dog has his day** 쥐구멍에도 볕들 날 있다(Every cloud has a silver lining 먹구름 뒤쪽은 은빛으로 빛난다)
- **Rats leave a sinking ship** 쥐들은 배가 가라앉으면 떠난다(어려움이 닥치면 몸담은 곳을 떠난다.)

겁 많은 설치류, 토끼

토끼는 예로부터 인간에게 털과 고기를 제공해주었지만 지금은 애완용으로 더 각광을 받고 있다. 토끼를 키울 때에는 반드시 토끼장에 나무토막을 넣어주어야 한다. 토끼(집토끼는 rabbit, 산토끼는 hare)는 설치류(rodents)라서 어금니가 매일 조금씩 자라는데, 이 어금니를 갈지 않으면 음식을 먹지 못해 결국 죽고 만다. 이처럼 나무토막을 끊임없이 갈아대는 모습 때문에 '수다쟁이'라는 뜻도 가지고 있다.

토끼는 특히 겁이 많아 '겁쟁이'나 '서투른 초보자'를 가리킨다. 그래서 as weak (timid) as a rabbit은 '토끼처럼 나약한(소심한)'이라는 뜻이며, 테니스나 골프 등의 선수들 중 하수를 rabbit이라 부르기도 한다(고수는 tiger라 한다). 3월은 토끼의 교미기라서 as mad as a March hare는 '미쳐 날뛰는' '변덕스러운'이라는 뜻이며, 이와 비슷한 의미의 형용사 harebrained는 '무모한' '경솔한' '변덕스러운'이라는 뜻이다. 또 뜀박질을 잘하는 특성 때문에 rabbit foot는 '탈옥수'를 뜻한다.

예로부터 유럽 사람들은 이 흰토끼의 왼쪽 뒷발(rabbit's foot)을 '행운'의 부적으로 여겨 주머니에 넣고 다니는 습관이 있다.

흰토끼 왼쪽 뒷발로 만든 마스코트

이 밖에 다산(多産)을 하는 초식동물이기 때문에 breed like rabbits는 '아이를 많이 낳다'라는 뜻이며, 귀가 크기 때문에 rabbit ears는 '관중을 너무 의식하는 선수나 심판' 'V자형 TV 실내 안테나'를 가리키기도 한다.

복합어 rabbit hutch는 '토끼장'을 말하며, '비좁은 집'을 뜻하기도 한다. rabbit ball은 원래 '1920년대에 도입된 탄력이 좋은 야구공'을 말하지만, 지금은 보통 '홈런이 많이 나오는 시즌'을 가리킨다.

쥐나 토끼와 같은 설치류는 재난을 미리 감지하는 능력이 뛰어나 산소 함유량에 민감한 토끼를 잠수함에 태우고 다니는데, 여기에서 '잠수함 속의 토끼'라는 말이 나왔다. 여담 한마디, 『25시』의 작가 게오르규(Constantin Virgil Gheorghiu, 1916~1992)는 정치적으로 억압적인 상황이나 사람이 살 수 없는 환경 등에 가장 먼저 소리를 내는 사람이 바로 시인이라고 표현했다.

- **If you run after two hares, you will catch neither** 두 마리 토끼를 쫓다가는 다 놓친다, 한 우물만 파라
- **First catch your hare**〔rabbit〕 토끼부터 먼저 잡아라, 일에는 순서가 있다

일 잘하고 충직한 소

가축(livestock)의 대명사 소는 태어나서 인간에게 노동력을 바치고, 죽어서는 고기를 바친다. 소는 그 뛰어난 노동력 때문에 옛날엔 화폐를 대신하기도 했다('Money' 항목 참조). 수소(황소)는 bull, 거세한 식용 수소는 ox, 암소는 cow, 송아지는 calf라고 하며, 젖소는 milk cow라고 한다. 수소는 '힘'과 '부지런함'의 상징이다. 그래서 제3공화국 때 '민주공화당'의 상징이기도 했다.

스페인 사람들은 소를 제물로 바치는 켈트족과 북아프리카에서 야생의 소를 끌고 이주해온 이베로족의 후손이라고 한다. 그래서 스페인과 포르투갈이 자리 잡고 있는

반도를 '이베리아 반도(the Iberian Peninsula)'라고 부른다. 바로 이 소의 후손들이 오늘날 스페인을 온통 투우에 열광하도록 만들고 있다. 투우(鬪牛)는 bullfight, 투우장은 bullring, 투우사는 bullfighter라고 한다. 투우는 보통 여름에는 오후 7시, 봄과 가을에는 5~6시에 시작되는데, 여기서 죽은 소는 도축장으로 옮겨지며, 이 소를 죽인 투우사의 이름표를 달아 정육점에서 식용으로 팔린다. 바로 이 투우에서 like a red flag to a bull(몹시 화나게 하다)라는 표현이 나왔다.

수소는 곰과 같은 '완력'의 이미지 때문에 '경찰'이나 '형사'라는 뜻도 있으며, a bull in a china shop(그릇가게에 들어간 황소)처럼 '난동, 횡포 부리는 불량배(bully)'를 뜻하기도 한다. like a bull at a gate는 '맹렬하게'라는 뜻이며, take the bull by the horns(황소의 양쪽 뿔을 잡다)는 '용감하게 맞서다'라는 뜻이다. 또 bulldoze는 '불도저로 땅을 고르다' '강행하다'라는 뜻이므로 bulldoze my way는 '내 식으로 밀어붙이다'라는 뜻이다. 형용사 bullish도 '완고한' '우둔한'이라는 뜻이다. 주식시장에서는 위를 향해 뿔로 치받는 모습 때문에 '사들이는 편'이나 '강세(↔ bear)'를 뜻하며, bull market은 '강세시장'을 가리킨다. 이 밖에 bull's eye는 '과녁의 중심' '정곡'을 뜻하며, bull shit는 '허튼소리'라는 뜻인데, shit가 '똥(dung)'이나 '제기랄'이라는 뜻이기 때문이다.

전형적인 영국인이나 영국 전체를 가리킬 때 John Bull이라고 표현하는데, 이는 『걸리버 여행기』(1725)의 작가 조너선 스위프트와 절친했던 영국인 의사 존 아버스넛(John Arbuthnot)이 『존 불의 역사(The History of John Bull)』라는 책에서 영국인의 무뚝뚝함, 솔직함, 완고함을 수소와 같은 농부 존 불로 묘사하면서부터 비롯되었다.

런던에서 북서쪽으로 80킬로미터 떨어진 템스 강 상류에 있는 옥스퍼드 대학교는 헨리 2세가 1249년에 영국 최초로 설립한 대학으로 '소가 물을 먹는 여울' 또는 '소가 냇가를 건너가는 곳'이라는 뜻이다.

그러나 암소는 정반대의 이미지이다. She is cowed(그녀는 겁을 먹었다)처럼 연약하고 비겁한 이미지를 갖고 있어 coward는

미국인 엉클 샘과 영국인 존 불

'겁쟁이' '얼간이'라는 뜻이다. 또 미국에서는 '뚱뚱한 아줌마'를 cow라고 표현하기도 한다. 그래도 elephant보다는 낫지 않을까.

코뿔소는 무소라고도 하는데, 라틴어 rhino(nose, 코) + ceros(horn, 뿔) = rhinoceros라는 합성어를 영어로 차용해온 것이다. 여기서 파생된 단어로는 rhinology(비과학鼻科學), rhinorrhea(비루, 코의 점액이 너무 많이 나오는 증상), rhinoplasty(코 성형술) 등이 있다.

자동차의 힘은 곧 말의 힘

인류의 가장 오래된 교통수단인 말은 소와 더불어 인간의 생활에 커다란 영향을 주었다. 지금도 그 이미지는 자동차의 Horse Power(HP, 馬力)로 생생하게 남아 있다. 지금 말은 경마나 의전용으로만 쓰이지만 옛날엔 기병(horse, cavalry)으로서 큰 몫을 차지했다. 말은 식욕도 왕성한데 eat like a horse는 '대식가'를 뜻한다. 또 ride(mount) the high horse는 '뽐내다' '뻐기다'라는 뜻이다. 말을 타면 사람들이 내려다보이니까 우쭐해지는 것은 당연하지 않을까.

영국에서는 크리켓, 경마 등 상류사회 스포츠에 말을 이용한다. 그래서 말은 명망(prestige)의 상징이었다. 특히 경마(horse racing)라는 명칭을 사용한 공식 경기는 1174년 영국의 헨리 2세 때 미스필드에서 개최되었다. 현재 경마의 기원인 더비 경마는 1780년 5월 4일 36두의 말이 출전한 가운데 열렸다. 이 경기는 스탠리 백작이 아내의 생일(5월 4일)을 축하하기 위한 것으로, 귀족들이 소유한 세 살짜리 암말로만 이루어진 1마일(약 2,414미터) 경주였다. 이후 더비는 이때의 규정을 그대로 따르고 백작의 명칭을 따서 오늘날까지 이어져오고 있다.

현재 엘리자베스 2세의 부군 필립 공(Prince Philip, Duke of Edinburgh)의 이름도 phil(사랑하다) + hippo(말), 즉 '말을 사랑하는 사람'이라는 뜻이다. hippo는 지금 하마(河馬)를 가리키는데, 정식 명칭은 hippopotamus(그리스어로 hippos(말) + potamos(강))이다. 라틴어로 말은 equus이며, 현대자동차의 브랜드로도 쓰이고 있다. 기수(騎手)나 곡마사(曲馬師)는 바로 이 라틴어에서 파생된 equestrian(horseman)이라고 한다.

말에서 나온 관용구들

경마에서 실력 미지수의 말을 다크호스(dark horse)라고 하는데, 선거에서는 예상 외로 힘을 가진 후보자를 말한다. 이때 dark는 '사람들에게 알려지지 않은 비밀'이라는 뜻이다. 경마의 기수는 jockey라고 한다. 이들 중에는 스코틀랜드 출신이 많았기 때문에 jack의 스코틀랜드식 방언 jock에서 jockey라는 말이 나온 것이다. 이것은 '조종하다'라는 뜻 이외에도 '속이다(deceive, cheat)'라는 동사의 뜻으로도 많이 쓰인다. 예를 들면, He jockeyed me out of my property(그는 나의 재산을 속여서 빼앗았다)가 있다. 같은 맥락에서 jockey for position(power)은 '비집고 앞으로 나서려 하다' '유리한 입장에 서려고 일을 꾸미다' '권력을 얻으려고 책략을 쓰다'라는 뜻이다.

경마에 빠지면 재산을 날리기 십상이다. put my shirt on a horse는 '내 전 재산을 말에게 걸다,' lose my shirt on a horse는 입고 있던 셔츠까지 몽땅 걸어 잃었으므로 '내 전 재산을 경마에서 날리다'라는 뜻이다. 경마의 '배당금'은 '내기'라는 뜻을 가진 stake라고 한다.

"Set a beggar on horseback and he'll ride to the devil(거지를 말에 앉혀라, 그러면 그는 악마에게로 달려갈 것이다)"이라는 속담이 있다. 이는 개구리 올챙이 적 생각 못하는 법이라 거지가 벼락부자가 되면 기고만장해 신세를 망친다는 뜻이다.

보통 누구나 아는 '상식'은 common sense라고 하지만, '개나 소나 다 아는 것'이라고 가볍게 말할 때는 horse sense라고 한다. 말의 부지런한 이미지에서 a willing horse라는 표현이 나왔는데, 이것은 an eager beaver나 a busy bee와 같은 맥락이다. 또 horse and buggy(말과 사륜마차)는 자동차 이전의 교통수단을 말하기 때문에 '시대에 뒤진(out of date)' '낡은(old)'이라는 뜻이다.

제아무리 고귀한 말이라도 죽으면 아무런 소용이 없다. 그래서 flog(beat) a dead horse(죽은 말에 채찍질하다)는 '헛수고하다(pay for a dead horse 헛돈을 쓰다)'라는 뜻이다. 중간에 말을 갈아탄다는 표현, 즉 change(swap) horses in midstream은 '변절하다' '계획을 중도에서 변경하다'라는 뜻이다. 상대가 조급해할 때 쓰는 표현인 "Hold your horse, please!"는 '제발 진정해!'라는 뜻이며, a horse may stumble on four feet는 '말도 네 발이 엉킬 수 있다,' 즉 "원숭이도 나무에서

넬슨 제독의 '빅토리아'호

떨어질 수 있다"는 속담이다.

말발굽에 대는 편자는 말에게는 신발이나 다름없기 때문에 horseshoe라고 한다. 영국에서는 이 편자가 악귀를 쫓아주고 행운을 가져온다고 하여 대문이나 출입구에 걸어두었다. 1805년 트라팔가르 해전에서 스페인의 '무적함대'를 물리친 호레이쇼 넬슨 제독의 지휘함인 '빅토리아 호'의 마스트에도 행운의 상징으로 이 편자가 새겨진 깃발을 걸어두었다고 한다.

고집이 센 나귀

나귀는 영어로 ass라고 한다. 나귀와 비슷한 노새(mule)는 암말(mare)과 수나귀를 교미시켜 낳은 잡종으로 크기는 말만 하고 나귀를 닮았으며, 힘은 세지만 생식력이 없다.

근면과 힘의 상징인 나귀와 노새는 모두 '고집쟁이' '바보'의 뜻을 지니고 있다. 속된 말로 멍청하게 일만 하기 때문에 그런 이미지를 가질 수밖에 없었던 것이다. 그래서 play the ass(ass along)는 '바보짓을 하다'라는 뜻이며, He made an ass(donkey) of himself는 '그는 스스로 조롱거리가 되었다'라는 뜻이다. ass의 형용사 asinine은 '어리석은(stupid)' '고집 센(stubborn)' '완고한(obstinate)'이라는 뜻이다.

이런 멍청한 동물이 사자의 탈을 뒤집어쓰면 어떻게 될까. an ass in a lion's skin은 '남의 권세로 뽐내는 사람,' 즉 '호가호위(狐假虎威)하는 자'를 가리킨다. 그리고 the asses' bridge(pons asinorum)는 글자 그대로 '당나귀는 못 건너는 다리'인데, 이는 유클리드 기하학 제1편 제5명제 '이등변 삼각형의 두 밑각은 서로 같다'라는 뜻이다. 강을 건너기가 무서워 두 다리를 쫙 벌리고 다리 위에서 버티고 서 있는 나귀의 모습에 비유했으니 아주 정확한 표현이라 할 수 있다.

이 밖에도 ass는 '엉덩이'(arse)와 '여자의 성기'라는 뜻도 있다. 그래서 kiss her ass 하면 '그녀에게 굽신거리다, 아첨하다'라는 뜻이며 아첨꾼은 ass kisser라고 한다. 그리고 티베트에서처럼 험난한 길에서 '노새가 끄는 짐수레 행렬'을 mule train이라고 한다.

• **A living ass (dog) is better than a dead doctor (lion)** 죽은 학자보다 산 노새

220

임금님 귀는 당나귀 귀

"Our king's ears are just like donkey's ears." 귀가 유난히 길면 우리는 당나귀의 귀를 연상한다. 서양에서도 마찬가지다. 그런데 donkey's ears는 엉뚱하게도 '아주 오랫동안(a long time, dog's age)'이라는 뜻이다. 원래 정확한 표현은 donkey's years인데 동음이의어를 활용한 것이다. 길쭉한 당나귀의 귀를 세월에 비유한 미국인들의 유머가 담긴 표현이라 할 수 있다.

또 당나귀는 '민주당의 상징(공화당은 코끼리)'이기도 한데, 당나귀가 근면과 힘을 상징하기 때문이다. 그래서 donkey work는 '아주 힘든 일'을 가리킨다.

원래는 깨끗한 습성을 지닌 돼지

『구약성경』의 「레위기」를 보면, 먹어선 안 되는 동물 두 가지가 나와 있다. 하나는 발굽이 있는 동물이고 또 하나는 되새김질을 하지 않는 동물이다. 돼지는 이 두 가지 모두에 해당되기 때문에 먹어서도 안 되고 시체를 만져서도 안 된다고 적혀 있다. 그래서 유대교의 나라 이스라엘에서는 상징적으로 돼지를 동물원에 한 마리만 사육하고 있다고 한다.

이처럼 돼지는 억울하게도 원래의 습성과는 달리 불결함과 탐욕스러움의 대명사로 알려져 있다. 그래서 속어로도 '행실이 나쁜 여자'나 '경찰관'을 가리키기도 한다. 하지만 스탈린주의를 풍자한 조지 오웰의 『동물농장』에서는 나폴레옹이라 불리는 돼지가 지식을 갖춘 혁명 지도자로서 두 발로 서서 독재를 자행하기도 한다. "We pigs are brain workers(우리 돼지들은 두뇌 노동자이다)."

자신을 돼지로 만드는 일(make a pig of oneself)은 '욕심을 부리다' '돼지처럼 많이 먹다'라는 뜻이며, go to pigs and whistles는 '난봉을 부리다'라는 뜻이다. 돼지의 휘파람, 즉 pig's whisper는 '아주 작은 목소리' '단시간'을 말하며, 돼지의 눈, 즉 pig's eye(ear, neck)는 '작은 눈'을 뜻하기 때문에 'In a pig's eye(never), I will'은 '나는 결코 하지 않겠다'라는 뜻이 된다. 하지만 'Please the pigs, I will can'은 '경우에 따라서 할 수도 있다'라는 뜻이다.

시장으로 돼지를 몰고 가는 drive one's pig to market은 '코골다(snore)'라는 뜻이며, 시장 앞에 수식어가 붙으면, 즉 drive(bring) one's pigs to a fine(a pretty, the wrong) market은 '팔아서 손해보다' '헛다리짚다'라는 뜻이다. 우스갯소리로 '날아다니는 돼지'라는 말, 즉 pig may fly는 '전혀 불가능한 일'을 가리킬 때 쓰이는 표현이다.

돼지 중에서도 pig는 가장 일반적으로 쓰이는 말이며, boar는 거세하지 않은 수퇘지, hog는 거세한 수퇘지, sow는 성숙한 암퇘지를 가리키며, 돼지의 복수형인 swine은 문학적 · 비유적 표현으로 많이 쓰인다. 멧돼지는 wild boar라고 한다.

우리가 보통 모르모트(marmotte)라 부르는 실험용 동물은 기니피그(guinea pig)를 말한다. 그리고 유명한 식품회사 '켈로그'의 이름은 kill + hog = kellog(돼지를 죽이다)인데, 원래 돼지 잡는 푸줏간에서 출발했다. 해군들끼리 말하는 pig boat는 몸통이 통통한 잠수함(submarine)을 가리킨다.

- **Never buy a pig in a poke** 자루에 든 돼지를 사지 마라, 물건은 직접 보고 골라라, 충동구매를 하지 마라

선한 이미지의 양과 악한 이미지의 염소

양의 이미지는 온순함이다. 따라서 sheep에는 '온순한 사람' '기가 약한 사람'의 뜻이 있다. 형용사 sheepish도 '매우 수줍어하는' '소심한'이라는 뜻이다. 여기에서 as meek as a lamb(양처럼 온순한), as dead as mutton(완전히 죽은; mutton은 양고기, 즉 양이 죽은 것)이라는 표현이 나왔다. lamb은 생후 1년 미만의 어린 새끼 양을 가리킨다. 이렇듯 순진한 양이 사람을 쳐다보면 마음이 흔들릴 것이다. make(cast) sheep's eyes at someone은 '추파를 던지다'라는 뜻이다.

양은 무리지어 다니기 때문에 follow like sheep은 '맹종하다,' sheep that have no shepherd(sheep without shepherd)는 양치기 없는 양, 즉 '오합지졸'이라는 뜻이다. 이처럼 양은 무리를 지어 다니기 때문에 수가 많아 서양에서는 '억지로 잠을 청할 때' 양을 센다고 하여 count sheep이라는 말이 나왔다. 양의 꼬리를 흔드는 것, 즉 in the shake of a lamb's tail(in two shakes(half a shake) of a lamb's tail, in a brace(couple) of shakes)은 양의 꼬리가 짧은 데에 비유해 '순식간에'라는 뜻이 되었다.

『성경』에 a (flock of) sheep without a shepherd(목자 없는 양, 「마가 복음서」, 제9장 36절)라는 말이 자주 나오는데, 나중에 sheep은 '기독교 신자'를 가리키게 되었고, shepherd는 당연히 '목자'를 뜻하게 되었다. 따라서 the Lamb of God은 '예수'를 가리킨다. 「마태오 복음서」 제10장 16절에 "Behold, I send you forth as sheep in the midst of wolves(괜찮겠는가, 너희들을 마치 늑대의 소굴로 보내는 것 같구나)"라는 대목이 나온다. 전도의 길은 고난의 연속이 아니겠는가.

그런데 변종으로 검은 양(black sheep)이 나올 수도 있다. 따라서 'There is a black sheep in every flock(어느 집이나 걱정거리가 있는 법이다)'라는 표현에는 '골칫거리' '이단자' '말썽꾼'이라는 뜻이 있다.

양과 반대로 염소는 '악인' '호색한' '바보'라는 부정적 의미를 가지고 있다. 기독교에서는 심판의 자리에 사람들을 좌우로 나눠 앉게 하는데, 오른쪽에 앉은 사람을 축복한다. 이는 "He shall set the sheep on the right hand, but the goats on the left(양을 오른쪽에, 염소를 왼쪽에 두어라.〔「마태오 복음서」 제25장 32~34절〕)"라는 구절에도 잘 나타나 있다. 따라서 separate the sheep from the goats(양과 염소를 분리시키다)는 '선인과 악인을 구별하다'라는 뜻이다. 또 goat's wool은 '있을 수 없는 일'을 뜻하는데, 염소에 양의 털이 날 리 만무하기 때문이다.

- One may as well be hanged for a sheep as for a lamb 이왕 내친김에 끝까지
- A red sky at night is the shepherd's delight 저녁놀은 양치기의 기쁨이다
- A red sky in the morning is the shepherd's warning 아침놀은 양치기에게 주의를 준다

가금의 대표적인 동물, 닭

닭(chicken)은 '어린 수컷 새'라는 뜻의 고대영어 cicen에서 나온 말로, 영국에서는 주로 fowl이라고 부르는데, 닭·오리·거위와 같은 가금(家禽, poultry)을 가리키기도 한다. 병아리는 chick라 하며, 닭의 모이는 chicken feed라 하는데 '잔돈'이나 '푼돈'을 가리키기도 한다. 닭이 모이를 먹으면 얼마나 먹겠는가.

살아 있는 닭이나 닭고기는 모두 chicken이라고 하지만, 프랑스어의 영향을 받은 탓에 일치하지 않은 것들도 많다. 1066년 윌리엄 1세의 '노르만 정복' 이후 프랑스어를 구사하는 사람들이 상류계급을 차지하면서 가축의 사육은 영국인이 담당하고, 고기의 시식은 프랑스인이 독차지한 탓이다. 예를 들어 소(ox)의 고기는 beef, 송아지(calf)의 고기는 veal, 돼지(pig)의 고기는 pork, 양(sheep)의 고기는 mutton이라 한다.

'켄터키 프라이드 치킨(Kentucky Fried Chicken, KFC)'은 커널 샌더스(Colonel H. Sanders, 1890~1980)가 1930년 켄터키 주 코빈에 있는 주유소에서 일할 때 여행객들을 위해 주

유소 내의 식탁에서 음식을 제공하면서부터 시작되었는데, KFC 간판에 나오는 노인이 바로 그 사람이다.

닭은 침착성이 없고 겁도 많아 '어린 계집애'나 '겁쟁이(coward)'로 통하기도 한다. 따라서 chickenheart는 '새가슴' '약한 마음,' chickenhearted는 '겁 많은(cowardly)' '소심한(timid),' 동사 chicken out는 '꽁무니를 빼다' '무서워서 손을 떼다'라는 뜻이다. 해가 지면 홰에 오르는 닭의 습성 때문에 go to bed with the chickens(lamb)는 '밤에 일찍 자다'라는 뜻이다. 닭은 조류이지만 날지 못하므로 chicken colonel은 군대 속어로 공군 대령이 아니라 '육군 대령'을 가리킨다.

두 사람이 차에 올라타 서로 마주보고 달리는 게임을 a game of chicken 또는 chicken game(치킨 게임)이라 하는데, '담력 시험' '상대를 굴복시키려고 하는 전략'을 가리키며, 이런 게임을 하는 것(play chicken)은 '담력을 시험하다' '상대편이 손을 뗄까 봐 서로 협박하다'라는 뜻이다. 이 게임에서 두 사람이 정면 돌진하다가 먼저 핸들을 꺾는 사람이 진다. 핸들을 꺾는 사람은 겁쟁이로 취급받지만, 둘 다 핸들을 꺾지 않으면 모두 승자가 되지만 함께 자멸하고 만다. '혼동과 격분으로 어쩔 줄 모르는' 상황은 run around like a chicken with its head cut off(머리가 잘린 닭처럼 뛰어다니다)라고 표현한다.

프랑스의 상징, 수탉

'갈리아의 수탉(Gaul's Cock)'은 프랑스를 가리킨다. 미국에서는 수탉을 rooster라고 하는데, roost는 '홰' '닭장' '잠자리'를 가리킨다. 고개를 뻣뻣이 세운 수탉의 부정적

1998년 프랑스 월드컵 마스코트
퓨티(Footix)

이미지는 '왕초'나 '두목(cock of the walk(dunghill))'이라는 뜻뿐만 아니라 'Old cock!(어이, 대장!)'이라는 호칭도 만들어냈으며, '무모한 행동'이나 '실없는 짓'을 가리키기도 한다. 하지만 긍정적 이미지의 the cock of the school은 수석 학생(head boy)이나 학교의 '짱'을 가리킨다. 그리고 일찍 일어나 새벽을 알리는 닭의 울음소리(crow)는 cockcrow(새벽)라는 단어를 만들어냈다.

'싸움닭(闘鶏)'은 a fighting cock(gamecock)라 하며,

cockfight나 cockfighting은 '닭싸움'을 말한다. 두 마리 싸움닭 중에 어느 한쪽이 쓰러질 때까지 싸우는 닭싸움은 로마시대부터 시작하여 셰익스피어 시대에 크게 유행했다. 닭싸움이 벌어지는 투계장을 cockpit라 하는데, 장소가 좁기 때문에 '비행기나 우주선의 조종석'이나 '비좁은 장소'를 가리키기도 한다. 이 흥미진진한 닭싸움에서 this beats cockfighting(이렇게 재미있는 일은 없다, 참 재미있다), fight like a fighting cock(맹렬히 싸우다), live like a fighting cock(잘 먹고 호사스럽게 살다), that cock won't fight(그런 수는 안 통해)라는 표현들이 나왔다.

Cock and bull story는 『이솝 우화』의 수탉과 황소가 서로 뽐내는 이야기에서 나온 말로, '터무니없거나 황당무계한 이야기(an untrue story)'를 가리킨다. 이와 비슷한 poppycock는 '허튼소리' '당치 않은 말(nonsense)'이라는 뜻이다.

이 밖에 cock는 '수도관이나 가스관의 마개(stopcock)'라는 뜻도 있다. 이 수도꼭지처럼 단단히 틀어막는다는 이미지에서 나온 cocksure는 '확신하는' '독단적인' '자부심이 강한'이라는 형용사이며, 총의 반(半) 안전장치를 푸는 go off at half cock는 '너무 빨리 발포하다' '조급히 굴다'라는 뜻이다.

- **As the old cock crows, the young cock learns** 늙은 수탉이 울면 병아리들이 따라 운다(부모가 하는 일은 아이들이 따라한다)
- **Every cock crows in (on) its own dunghill** 모든 닭들은 자기의 두엄 속에서만 운다(집안에서만 활개치다)
- **cock a doodle doo** 꼬끼오

암탉이 울면 집안이 망한다?

그렇지 않다. 암탉이 울어야 알을 낳기 때문에 집안이 흥한다. 영어에도 "Don't sell your hens on rainy day"라는 말이 있다. '비 오는 날엔 암탉을 팔지 말라,' 즉 '손해 보고 팔지 말라'는 뜻이다. 아마도 비 오는 날엔 닭이 밖에 나가지 않고 둥지에서 알을 낳을 확률이 높기 때문에 생긴 말일 것이다. 이 비에 젖은 암탉 때문에 as mad as a wet hen(격노한)이라는 말도 생겨났다.

Hen은 암탉뿐만 아니라 '조류의 암컷'이라는 뜻으로도 많이 쓰이며, 은유적으로는 '다산'과 '모성애' 그리고 '끈기'를 나타내지만 '말 많은 중년 여성'을 뜻하기도 한다. 이런 마누라의 잔소리는 henpeck(암탉이 쪼다)라는 단어를 만들어내 '남편을 들볶다'라는 뜻으로 쓰이며, 형용사 henpecked는 '엄처시하의' '공처가의'라는 뜻이다. 아이들을 잡는 과보호 엄마도 mother hen이라 한다. 여학생 기숙사(hencoop 닭장, 새장(cage))에서 벌이는 '남녀 혼성 파티'를 a cock and hen party라고 한다.

A hen on은 '진행 중인 음모, 중대한 일이나 계획' 그리고 '중대한 일이 일어나려 한다'라는 뜻이다. '뜨거운 번철 위의 암탉,' 즉 like a hen on a hot griddle(like a hen with one chicken)은 '뜨거운 양철 지붕 위의 고양이'나 '덴 고양이'처럼 '사소한 일로 조마조마하여' '안절부절못하여'라는 뜻이다. 그리고 닭은 이빨이 없고 부리(bill, beak)만 있으므로 as scarce(rare) as hen's teeth는 '아주 적은' '거의 드문'이라는 뜻으로 쓰인다.

- **Better is my neighbor's hen than mine** 이웃집 닭이 내 것보다 더 좋다(남의 떡이 더 크게 보인다)
- **Better an egg today than a hen tomorrow** 작지만 눈앞의 이익이 더 시급하다(현실적으로 살아라)
- **The chicken gives advice to the hen** 병아리도 어미닭에게 충고할 수 있다(아무리 많이 배운 사람도 일자무식한테 배울 수도 있다)

달걀 값은 에그머니?

콩글리쉬로 에그머니(egg money)는 '달걀 값'이며, '삶'은 '달걀'은 life is egg이다. 그러나 삶은 달걀의 정확한 영어는 a boiled egg이며, 날달걀은 a raw egg이다.

'닭이 먼저냐 달걀이 먼저냐(Which came first, the chicken or the egg?)'라는 유명한 논쟁이 있지만, 알은 새가 되기 이전의 상태라는 것은 분명하다. 따라서 egg는 '풋내기(rookie)' '애송이'를 가리키기도 하며, in the egg는 '초기에' '사전에'라는 뜻이다.

달걀은 노른자위와 흰자위로 구성되어 있는데, 영어로는 각각 yolk와 egg white라고 한다. 이처럼 알은 노른자위와 흰자위로 꽉 차 있기 때문에 as full as an egg는 '꽉 찬'이라는 뜻이다.

그리고 egg에 good이나 bad를 붙여 '좋은 사람'이나 '나쁜 놈(불량배, guy)'의 은유적인 표현으로 쓰이기도 하며, 'old egg!'는 '야, 이봐(old cock! 어이, 형씨!)'라는 뜻이다. 또 깨지기 쉬운 특성 때문에 tread(walk) on eggs(달걀을 다루다, 달걀 위를 걷다)라는 표현은 '세심히 주의를 기울이다'와 '살얼음을 밟는 것 같다'라는 뜻이다.

우리와 마찬가지로 영어에서도 황금알 golden eggs는 '큰 돈벌이'나 '횡재'를 뜻하지만, 본래 '알을 낳다'라는 뜻의 lay an egg는 '알 까다'라는 우리말처럼 '실패하다' '실수하다'라는 뜻으로 많이 쓰인다. 이는 알의 모양이 알파벳 O(zero)와 비슷해서 비롯되었다. 참고로 ham and hen fruit는 '햄 에그'라는 간이음식을 말하는데, '암탉의 과일'은 다름 아닌 달걀을 가리킨다.

- **Don't put all your eggs in one basket** 달걀을 한 바구니에 모두 담지 마라(위험은 분산시켜라)

황금 알을 낳는 거위

서양에 "황금 알을 낳는 거위를 죽이지 마라(Kill not the goose that lays the golden eggs)"라는 속담이 있다. 눈앞의 이익보다는 미래를 바라보라는 뜻이다. 또 자기 자랑만 늘어놓는 사람들 때문에 "All his geese are swans(자기 거위는 모두 백조라고 한다, 과대평가하다)"라는 속담도 생겼다.

영국의 유명한 동요집 『머더 구스(Mother Goose)』는 주인공 할머니가 거위를 타고 다녀서 붙여진 제목이다. 여기에 'goosy goosy gander…'라는 노래가 있는데, gander는 거위의 수컷을 말한다. 풍자로 가득한 앰브로스 비어스(Ambrose Bierce)의 용어해설집 『악마의 사전(The Devil's Dictionary)』을 보면 거위는 '무언가를 쓰기 위한 깃털을 제공하는 새'라고 나와 있고, 필기도구 pen도 라틴어 penna(깃)가 어원이다. 펜은 원래 거위의 깃털로 만들었다는 얘기다. 베토벤의 초상화에도 이 깃털 펜이 나온다. 그런데 pencil은 pen과 비슷하지만 라틴어 pencillus(작은 꼬리)에서 나온 말로 pen과는 어원이 다르다('Pen & Pencil' 항목 참조).

거위는 '멍청이' '얼간이(simpleton)'라는 뜻도 있다. 그리고 연극에서 배우들이 관객들의 야유를 받는 것을 get the goose라고 한다(goose는 거위 소리를 내는 관객들의 야유). 그리고 cook my goose(내 거위를 요리하다)는 '나에게 악평을 하다' '나의 기회(계획, 희망)를 박탈하다'라는 뜻이다. 그리고 거위의 몸통은 다리미와 닮아 복수형인 gooses는 '재봉사의 큰 다리미'를 뜻하며, She can(will) not say boo to a goose(그녀는 거위에게 '우' 하는 소리도 낼 수 없다)는 '겁이 많아 할 말도 못하다'라는 뜻이다. 그리고 goose bumps〔pimples〕는 거위의 뾰루지, 즉 '소름'이라는 뜻이기 때문에 I had goose bumps 〔pimpls〕 all over는 '나는 온몸에 전율을 느꼈다'라는 뜻이다.

같은 오리과의 기러기는 wild goose라고 하는데, a wild goose chase(기러기 뒤쫓기)는 '뜬구름 잡듯이 막연한 목적의 추구'나 '가망성 없는 계획이나 희망'을 뜻한다.

미운 오리새끼

안데르센의 동화 『미운 오리새끼(The Ugly Duckling)』와 '월트 디즈니' 사의 유명한 만화영화의 주인공 도널드 덕(Donald Duck)에서 알 수 있듯이 오리는 서양 사람들에게 친근한 가금류이다. 특히 영국에서는 오리가 예로부터 '잠수하는 새(diver)'로 알려져 있으며, 거위와 달리 '귀여운 여자(darling)'의 애칭으로도 많이 쓰인다.

오리는 특히 꼬리가 짧기 때문에 in two shakes of duck's tail(오리의 꼬리를 두 번 흔들기)은 '곧' '갑자기' '눈 깜짝할 사이'라는 뜻이다. 대개 닭의 품에서 부화하는 오리새끼들은 알에서 나오자마자 자연스레 물속으로 들어간다. 자기 새끼인 줄 알고 있던 어미닭은 애간장을 태울 수밖에. 바로 여기서 take to something like a duck to water(아주 자연스럽게 일에 착수하다)라는 표현이 나왔다. 이처럼 오리는 주로 물속에 살기 때문에 lovely weather for ducks(a fine day for ducks 오리에게 좋은 날)는 '비 오는 날' 또는 '악천후'를 뜻한다. 냇가에서 얇은 돌로 물 위를 팔매치기하는 물수제비뜨기는 duck(암컷) and drake(수컷)라고 하며, make〔play〕 ducks and drakes of〔with〕 money는 '돈을 물 쓰듯 하다'라는 뜻이다.

A dead duck은 '중요하지 않은 문제,' duck soup(a sitting duck)은 '식은 죽 먹기' '봉'을 말하며, 정치용어로 lame duck은 '임기가 남은 낙선 대통령' '낙오자' '파산자'를 가리킨다. 이 말은 18세기 런던의 증권시장에서 처음 사용되었는데, 거래과정에서의 손실로 빚을 갚지 못해 증권시장에서 퇴출된 사람, 즉 졸지에 경제력이 없어진 경제적인 무능력자를 의미했다.

이 레임 덕은 19세기에 미국으로 건너가 정계에 자리를 잡았다. 재선거에 실패해 남은 임기를 채우고 있는 상·하원의원, 주지사, 대통령 등 처량한 임기말의 고위직을 뒤뚱거리는 오리에 비유한 것이다. 이러한 비유에 오리를 끌어들인 이유는 "이미 기운이 빠져 허우적거리고 뒤뚱대는 오리에 총알을 낭비하지 마라"는 사냥꾼들의 격언 때문이었다.

그리고 duck을 동사로 쓰면 오리가 물속에 머리를 집어넣듯 '남의 머리를 물속에 처박다' '머리를 들었다 숙였다 하다(bob)' '머리를 숙이다(duck at)'라는 뜻이 있다. 권투에서도 상대편의 펀치를 피하기 위해 몸을 구부리는 동작을 ducking motion이라고 한다. 방한복에 쓰이는 오리털 파카는 duck down이라고 하는데, 여기서 down은 새의 '솜털'을 가리킨다. 참고로 오리너구리는 duckbill, 논병아리는 dabchick, 오리발은 webfoot이다.

사슴과 노루는 사촌지간

마이클 치미노 감독, 로버트 드 니로 주연의 「디어 헌터」(1979)는 베트남 전쟁의 후유증을 그린 반전영화로, 아카데미 작품상과 감독상까지 받은 훌륭한 영화이다. 이 영화에서 주인공 로버트 드 니로와 두 친구들은 베트남에 가기 전까지 사슴 사냥을 즐겼다.

사슴(deer)은 고지독일어 Tior(wild animal)가 어원인 고대영어 deor(animal)에서 나온 말이다. 수사슴은 buck, 암사슴은 doe, 새끼사슴은 fawn이라고 하는데, small deer는 새끼사슴이 아니라 '조그만 짐승'이나 '시정잡배'를 뜻한다. 대표적인 사냥감 중 하나인 사슴이 사냥꾼(deer stalker, deer hunter)을 피해 목숨 걸고 달아나는 모습을 연상하면 run like a deer는 '질주하다'라는 뜻임을 쉽게 떠올릴 수 있을 것이다.

사슴과 비슷하지만 뿔(antler)이 없는 노루는 roe deer라고 하며, 북미산 큰사슴은 엘크(elk)라고 한다.

고슴도치는 방어구를 등에 지고 다니는 돼지

고슴도치는 영어로 hedgehog라고 한다. 이 단어는 hedge(장벽, 울타리, 방지책)와 hog(돼지)의 복합어로, 몸통이 온통 가시로 뒤덮인 고슴도치의 모습을 잘 표현한다. 따라서 hedgehog는 '견고한 요새' '철조망'이라는 뜻도 있으며, 흉측한 모습 때문에 미국 학생들 사이에서는 '매력없는 여자' '추녀'로 통한다. 또 비슷한 종류로 아프리카에 사는 호저도 고프랑스어로 '가시 달린 돼지'라는 뜻의 porcupine이라고 한다.

하지만 "고슴도치도 제 새끼를 가장 예뻐한다(The owl thinks her own young fairest, The crow thinks her own bird fairest)"는 말이 있지 않은가. 그래서 제 새끼가 조금이라도 어리광을 부리면 좋아서 어쩔 줄 모른다. 이와 비슷한 속담으로 "No one is immune to flattery(아첨에 넘어가지 않는 사람은 아무도 없다)" 가 있다.

굴속에 연기 피워 오소리 잡기

오소리는 이마에 흰 점이 있는데 이것이 배지(badge 기장, 식별표지)처럼 생겼기 때문에 badger라고 불렀다. 이 녀석은 족제비과 포유류로 앞발에 큰 발톱이 있어 땅을 파기에 알맞다. 낮에는 굴을 파고(그래서 오소리를 잡을 땐 굴속에 연기를 피워 나오게 한다) 그 속에 있다가 밤에 돌아다니는데, 예로부터 모피는 방한복으로, 털은 붓으로 애용되어왔다. 이 녀석의 행동반경은 몸집에 비해 매우 넓어 밤에는 아주 멀리까지 돌아다닌다. 이렇듯 여기저기 돌아다니는 모습 때문에 badger는 사투리(특히 오소리가 주의 별명인 위스콘신 주)로 '식료품 행상인(peddler, hawker)'을 뜻하기도 한다.

그런데 badger가 동사로 쓰이면 '채근하다' '조르다' '괴롭히다'라는 뜻이다. 오소리가 조바심이 많은 동물이라 그런 것 같다.

한편, badger game은 '오소리 놀이'보다는 '여자를 미끼로 돈을 뜯어내는 사기행각'으로 많이 쓰인다. 여기저기서 튀어나오는 오소리를 여자라는 미끼로 본 것이다. 오소리를 가지고 노는 장난은 badger baiting(오소리 지분대기, 오소리를 통에 넣고 개가 달려들게 하는 놀이. bait는 먹이, 미끼)이라고 한다.

- **My wife badger me for a new car** 마누라가 새 차를 사달라고 조르다

다람쥐는 정신과 의사

다람쥐(squirrel)는 도토리(acorn) 등 견과류(nut)를 주로 먹는데, 겨울을 대비해 먹이를 저장하는 습성 때문에 '잡동사니를 소중히 간직하는 사람'을 뜻하며, squirrel away는 '저장하다(store, keep)'라는 뜻이다. 그런데 이 nut는 속어로 '미치광이'를 뜻하기도한다. 그래서 squirrel은 속어로 이 nut를 치료하는 사람인 '정신과 의사'나 '심리학자'를 가리킨다.

"Go round and round나 repeat the same thing forever"는 '다람쥐 쳇바퀴 돌 듯하다'를 뜻하는데 우리와 달리 다람쥐가 들어가지 않는다.

다람쥐와 비슷한 종류인 줄다람쥐는 chipmunk라고 하며, 다람쥐보다 크고 귀에털이 나 있으며 꼬리가 길고 큰 청설모는 korean squirrel이라고 한다.

지하세계의 무법자, 두더지

두더지(mole)는 땅속을 헤집고 다니기 때문에 거의 햇빛을 보지 못한다. 그러니 자연히 눈이 퇴화될 수밖에 없다. 따라서 두더지는 '어두운 곳에서 일하는 사람(비밀공작원)'이나 '묵묵히 일하는 사람'을 뜻하며, '터널 굴착기'라는 뜻도 있다. as blind as a mole은 당연히 '눈먼'이라는 뜻이다. 또 mole은 '두더지' 이외에 '사마귀'나 '점' 그리고 '방파제'라는 뜻도 있다.

교활함의 이미지, 여우

As cunning(sly) as a fox하면 '여우같이 교활한, 간사한'이라는 뜻이다. 그래서 장사꾼들을 이 여우에 비유하여 'Merchant play the fox(장사꾼은 교활하다)'라고 표현한다. fox brush는 '여우 꼬리(fox tail은 여우 꼬리가 아니라 '강아지풀'을 가리킨다. 모양이 아주 비슷하다)'를 가리키는데, 사슴 사냥의 기념물이 '머리'이듯이 여우 사냥꾼들은 이 '꼬리'를 여우 사냥의 기념물로 삼았다.

버스나 지하철에서 노인들이 앞에 서 있으면 일부러 잠자는 척하는 젊은이들이 아직도 많이 있다. 이때의 꾀잠을 바로 fox sleep이라고 한다. 혹시 '여우잠'을 자지는 않았나 반성해볼 일이다.

남자는 늑대, 여자는 여우

맞는 말이다. 그래서 "Beware of men. They're all wolves"라는 말이 나왔으며, 여자들을 유혹하는 행동도 wolf call(wolf whistle 휘파람)이라고 한다. 늑대(이리)의 성질은 사납고 탐욕스러워 '색마' '식탐' '탐욕스러운 사람'을 뜻하며, 기독교와 유대교에서는 악마의 화신으로 그려졌다. as greedy as a wolf는 '늑대처럼 탐욕스러운'이라는 뜻이며, the big bad wolf는 '위험스러운 것' '위협'을 뜻한다. 동사로 쓰이면 '게걸스럽게 먹다' '탐내다'라는 뜻이다. I have a wolf in my stomach는 '난 몹시 배고프다'라는 뜻이며, keep the wolf from the door는 '기갈을 면하다' '요기하다'라는 뜻이다.

동화에 자주 등장하는 늑대, 즉 '양의 탈을 쓴 늑대'는 a wolf in sheep's clothing이나 a wolf in lamb's(sheep's) skin이라고 한다. 또 양치기 소년의 거짓말 '늑대가 온다'에서 나온 'Cry wolf(too often)'는 '거짓 경고를 남발하다'라는 뜻이며, a lone wolf

는 한 마리 외로운 늑대, 즉 '단독 행동을 즐기는 사람'을 가리킨다. 그런데 이 사나운 늑대의 양쪽 귀를 잡고 있는 장면을 상상해보라. 정말 아찔하지 않은가. 그래서 have(hold) a wolf by the ears는 '진퇴양난에 빠진 상태'를 가리키며, see(have seen) a wolf는 '말문이 막히다'라는 뜻이다.

- **To mention the wolf's name is to see the same** 호랑이도 제 말하면 온다
- **He sets the wolf to guard the sheep** 늑대에게 양을 맡기다, 고양이에게 생선가게를 맡기다

여우 못지않게 약삭빠른 족제비

Weasel은 '족제비'나 '그 모피'를 가리킨다. 우리나라에서는 꼬리털을 황모(黃毛)라 하여 붓을 만드는 데 쓰인다. 이 녀석은 매우 민첩하기 때문에 '약삭빠르거나 교활한 사람'을, 야행성 동물이라 '밀고자(snitcher, betrayer)'를 뜻한다. 그래서 catch a weasel asleep(잠든 족제비를 잡는 일)은 '약삭빠른 사람을 속이다'라는 뜻이다. 더구나 헤엄도 잘 치기 때문에 '무한궤도가 달린 설상차(snowmobile)' '수륙 양용차(Landing Vehicle Tractor, LVT)'를 뜻하기도 한다. 동사로 쓰이면 '말끝을 흐리다' '의무 등을 회피(기피)하다' '밀고하다'라는 뜻이다. 형용사 weasel faced는 '족제비처럼 얼굴이 뾰족한' '교활한 얼굴의'라는 뜻이다.

이들과 비슷한 종류로 둔해 보이지만 능청스러운 너구리(raccoon)는 개과에 속하는 동물 가운데 유일하게 겨울잠을 자는 동물이다. 「여우·너구리·두꺼비 키재기」라는 동물 이야기에서는 지능이 가장 낮은 동물로 등장하며, 다소 둔해 보이는 외모 때문에 의뭉스럽고 미련한 동물로 인식되어 의뭉스럽고 능청스러운 사람에 비유되기도 한다. "너구리굴 보고 피물(皮物) 돈 꺼내 쓴다"라는 속담은 '가죽을 팔기 전에 먼저 곰을 잡아라' '숲 밖으로 나갈 때까지 소리를 지르지 말라'와 같은 표현으로 미리 설치지 말라는 뜻이다. 한마디로, 떡 줄 사람은 생각지도 않는데 김칫국부터 마시지 말라는 표현은 다음과 같다.

- Catch your bear before you sell its skin.
- First catch your hare then cook him.
- Sell the skin before one has killed the bear.
- Don't count your chickens before they are hatched.

- Don't hallo〔halloa〕 till you are out of the wood.

스컹크는 방귀가 최대의 무기

스컹크(skunk)는 생김새가 족제비와 비슷하며, 항문 옆에 한 쌍의 항문선(肛門腺)이 발달되어 위험에 처하면 심한 악취가 나는 황금색 액체를 3~4미터까지 발사할 수 있다. 이 액체가 다른 동물의 눈에 들어가면 일시적으로 눈이 어두워져 공격할 수 없게 되는데, 스컹크는 이것 하나 믿고 강적을 만나도 도망가려 하지 않는다.

심한 악취를 내뿜는 스컹크는 '싫은 놈'을 가리키며, 냄새 때문에 제대로 싸워보지도 못하고 도망가야 하니까 '영패(shutout)'를 뜻하기도 한다. 스컹크는 눈을 흐리게 해 잘 안 보이게 하므로 군사용어로 '레이더상의 미확인 물체'를 가리킨다. 동사로는 '영패시키다' '계획 등을 완전히 망치다' '사취하다(skunk out of)'라는 뜻이 있다.

Skunk drunk는 스컹크 방귀를 맡듯이 혼미해질 때까지 마시는 것이므로 '고주망태가 된'이라는 뜻이며, skunkweed는 skunk cabbage(앉은부채)처럼 '향기가 좋지 않은 식물'을 가리킨다. skunk works는 컴퓨터나 우주선 등을 설계할 때 사용하는 '비밀 실험실'을 뜻하는 속어이다.

프랑스인은 개구리

고대 로마에서는 개구리를 다산과 풍요의 상징으로 여겨 비너스 여신에게 바쳤다. 프랑스 사람들은 우리가 개고기를 먹는다고 질색하지만, 정작 그들은 개구리·달팽이·말고기 등 별것 다 먹는다. 그래서 서양에서도 프랑스 사람을 경멸적으로 Frog, Froggy 또는 Frogeater라고 부른다. 하기야 그 이니셜도 fr로 똑같다.

개구리는 은유적으로 '불쾌한 녀석' '지겨운 놈' '쉰 목소리'라는 뜻을 가지고 있는데, I have a frog in my throat은 '난 목이 쉬었어'라는 뜻이다. 속어로는 '1달러짜리 지폐(frogskin)'를 가리키며, '하자가 있는 컴퓨터 프로그램'을 뜻하기도 한다. 또 개구리는 냉혈동물이기 때문에 as cold as a frog는 '아주 차가운; froggy는 '차가운' '냉담한'이라는 뜻을 지니고 있다.

옛날 우리나라에선 중죄인을 다룰 때 사지(四肢)를 묶어 고문을 가했는데, 서양에서는 네 사람이 각기 팔다리를 붙들고 형장으로 데려갔다고 한다. 바로 이것을 frog march(개구리 행진)라고 하는데, 지금은 '억지로 걷게 하다'라는 뜻으로 쓰인다. 또 정말 불가능한 일을 서양에서는 frog hair(개구리 털)라고 표현하며 이는 '정치자금'을 뜻한다. 사실 이런 돈은 출처가 애매하지만 어떻게든 만들어지니 참으로 그럴듯한 표현이 아닌가 싶다. 양서류인 개구리에 사람을 붙인 frogman은 '잠수부'를 가리킨다.

어렸을 적 학교나 동네에서 또래들과 같이하는 '말뚝 박기'라는 놀이에선 상대의 등을 짚고 올라탄 다음 가위 바위 보로 승패를 가른다. 이때 등을 짚고 올라타는 동작이 개구리의 도약과 닮아 이 놀이를 leapfrog라고 한다. 부모님 말씀 안 듣고 나중에 비 오는 날 후회하는 동화 속의 '청개구리'는 tree frog라고 하며, 서양에서도 개구리를 죽이면 사흘간 큰 비가 내린다(rain hard for three days)는 속설이 있다. 그래서 rain frogs는 '큰비가 내리다'라는 뜻이다. '우물 안의 개구리'나 '독불장군'은 a big frog in a small pond라고 표현한다.

두꺼비는 황소개구리의 천적?

오래전 텔레비전에서 두꺼비가 황소개구리를 꽉 껴안자 황소개구리가 질식사하는 장면이 방영되어 장안의 화제가 된 적이 있다. 그래서 혹시 두꺼비(toad)가 황소개구리(bull frog)의 천적이 아닐까 하는 생각이 들기도 했다. 하지만 그 진실은 발정이 난 수컷 두꺼비가 황소개구리를 암컷으로 착각한 나머지 놓치지 않으려고 안간힘을 쓴 것으로 밝혀졌다. 정말 운 나쁜 황소개구리였다.

두꺼비는 생김새가 아주 고약해 '징그러운 놈'이나 '경멸스러운 인물'을 뜻하기도 한다. 숙어 a toad under the harrow(써레 밑의 두꺼비)는 '늘 박해받고 있는 사람'이라는 뜻이며, eat his toads(그의 두꺼비를 먹다)는 '그에게 아부하다'라는 뜻이기 때문에 toad eater는 '아첨꾼(toady, flatterer)'을 의미한다.

다양한 곰의 이미지

우리나라에서 곰은 단군신화의 웅녀(熊女)처럼 '인내'의 이미지가 강하다. 영어 사전에서 bear라는 단어를 찾아보면 무려 27가지의 뜻이 담겨 있다. 나르다(carry), 지니다(have), 견디다(endure), 책임지다(be responsible for), 이익을 낳다(yield), 누르다(press), 방향을 잡다(orient), 열매를 맺다(fruit), 아이를 낳다(give birth to) 등등. 하지만 곰곰이 따져보면 곰에는 이러한 단어들의 이미지들이 모두 담겨 있다.

기독교에서는 곰을 탐욕과 잔혹함의 상징으로 생각했으며, 특히 무뚝뚝하고 난폭한 이미지에서 '경찰'이라는 속어까지 등장했다. 이에 따라 bears wall to wall은 '경찰이 쫙 깔려 있다'라는 뜻이며, bear trap은 '속도위반 측정기'를 말한다. 그리고 강인함의 이미지는 bear leader(강력한 지도자)나 a bear for difficulty(고난을 잘 참는 사람)라는 표현을 만들어냈으며, 난장판의 이미지는 a regular bear(난폭한 놈)와 bear garden(곰 사육장, 즉 몹시 떠들썩한 장소)뿐만 아니라 as cross as a bear(like a

프랑크푸르트 금융가에 있는 황소와 곰

bear with a sore head 몹시 성미가 까다로운, 기분이 매우 언짢은), play the bear with(…을 망치다) 등의 관용구들도 만들어냈다.

곰처럼 껴안는 bear hug는 '힘찬 포옹' '그레코로망형에서의 공격자세(상체만 공격함)' '매력적인 가격의 기업매수 제의' 등의 뜻이 있다. 또한 곰이 손을 위에서 아래로 내려치는 모습은 주식의 '내림세(약세)'를 뜻하기 때문에 '주식을 파는 사람'은 bear 라고 하고, 황소가 뿔을 아래서 위로 치받는 모습은 '오름세(강세)'를 뜻하기 때문에 '사는 사람'은 bull이라고 한다. 그리고 최근에는 '급등락세'를 deer(사슴)라고 부르기도 한다. 튀어올랐다 떨어지는 사슴의 모습에 비유한 것이다.

테디 베어와 시어도어 루스벨트

Bear는 원래 고대영어 brun(brown)에서 나온 말로 '갈색의 동물'이라는 뜻이지만 beaver와 함께 색깔이 곧 동물 자체를 가리키게 된 경우이다. 테디 베어도 바로 갈색인 불곰의 새끼였다. 전 세계인들의 사랑을 받고 있는 테디 베어는 1903년에 탄생되었는데, 미국이 아닌 독일의 마르가르테 슈타이프가 만든 곰 인형이 시초이다. 이후 미국의 한 무역회사에서 이 곰 인형들을 수입하여 미국에 첫선을 보임으로써 일반에게 널리 알려지게 되었다.

미국의 제26대 대통령인 시어도어 루스벨트(Theodore Roosevelt)는 곰 사냥을 좋아했는데, 어느 날 사냥에 나섰다가 어미를 잃은 새끼 곰을 보고 살려준 일화가 있었다.

이 일화를 봉제업자가 놓칠 리 없다. 그는 곧바로 시어도어 루스벨트의 애칭인 테디(Teddy)를 곰 인형에 붙여 판매했는데, 이것이 바로 '테디 베어'이다.

불곰의 학명은 Ursus arctos인데, ursus는 라틴어로 '곰'을 뜻하며, arctos는 '북쪽의'라는 뜻이다. 앞가슴에 반달 모양의 흰무늬가 있는 반달가슴곰(반달곰)의 학명은 Selenarotos thibetanus인데, Selene은 다름 아닌 로마신화에 나오는 '달의 여신'이다. '큰곰(大熊)제약'의 간장약 이름도 '우루사(Ursa)'이다.

미국 공화당의 상징, 코끼리

태국에서는 인도의 소와 마찬가지로 흰 코끼리를 아주 신성시하는데, 왕이 마음에 들지 않는 신하에게 흰 코끼리를 선물했다고 한다. 선물받은 흰 코끼리에게는 반드시 귀한 먹이만 먹여야 해 그 비용이 만만치 않았기 때문이다. 따라서 white elephant는 '거추장스러운 것' '달갑지 않은 선물'이라는 뜻을 지니고 있다. '분홍색 코끼리(pink elephant)'는 '술에 취해 보이는 헛것'을 뜻한다.

코끼리는 태어난 곳을 기억해두어 죽을 때 그곳으로 가서 죽을 정도로 기억력이 뛰어난 동물이다. 몇십 년 전에 인간에게서 당한 수모를 기억해 복수하는 영화 「주만지(Jumanji)」(1995)를 보아도 알 수 있을 것이다. 그래서 an elephant memory는 '뛰어난 기억력'을 가리킨다.

또 장님 세 사람이 각자 코끼리를 만져보고 나름대로 규정하는 이야기는 사물의 부분만 보고 전체를 판단하는 오류를 말하지만, 아무튼 '코끼리를 보다(see the elephant)'는 '세상물정을 알다'라는 뜻으로 쓰인다.

공화당의 상징 코끼리와
민주당의 상징 당나귀

미국 공화당의 상징은 바로 이 코끼리인데, Grand Old Party(G.O.P)라는 별칭에 어울리는 동물이다. 참고로 수코끼리는 bull elephant, 암코끼리는 cow elephant, 코끼리 새끼는 calf elephant라고 하며, 코끼리의 기다란 코는 trunk(나무줄기), 상아는 ivory(피아노 건반), 울음소리는 trumpet(트럼펫)이라고 하는데 그 소리가 비슷하긴 하다.

그러면 the elephant's ear는 무엇일까? 이것은 코끼리의 귀 외에도 '토란(土卵)'이나 '베고니아'를 가리킨다. 잎 모양이 마치 코끼리의 귀를 닮아서 붙여진 이름이다.

Lions Club은 사자 클럽?

'라이온스 클럽'이란 Liberty(자유), Intelligence(지성), Our(우리의), Nation's Safety(나라의 안녕)의 이니셜이며 1917년에 창설된 국제적인 사회봉사단체를 말한다. 그러면 see [show] the lions는 무슨 뜻일까? lion의 복수형에는 '명승지'라는 뜻이 있다. 옛날 런던을 관광하는 사람들이 런던탑(the Tower of London) 앞에 있는 사자상을 보러 간 데서 유래했다. '사자를 보러(보여주러) 간다'는 말은 '명승지를 구경(안내)하다'라는 뜻이다.

'백수의 왕(the King of Beast)' 사자는 동서고금을 막론하고 용맹과 권위뿐만 아니라 명성의 상징으로 많이 쓰였다. 그래서 the lion of the day는 '당대의 명물'을 말하며, lion hunter는 '사자 사냥꾼'이라는 뜻 이외에도 '명망가의 꽁무니를 따라다니는 사람', 특히 '유명인과 사진 찍기에 혈안이 된 사람'을 뜻한다. lion's share는 '노른자위(yolk)'나 '최대의 몫(the cream, the best)'의 은유적 표현이다. lion's skin은 '허세'나 '호가호위(狐假虎威)'를 의미한다.

길을 가는데 눈앞에 사자가 버티고 서 있으면 얼마나 놀라겠는가. 따라서 a lion in the way[path]는 '앞에 가로놓인 난관'을 뜻하며, beard the lion[a man] in his den(walk into the lion's den 우리에 있는 사자의 수염을 당기다, 사자 우리로 들어가다)은 '논쟁에서 벅찬 상대에게 과감히 덤비다,' put[run] my head into the lion's mouth(사자 입속에 내 머리를 집어넣다)는 '큰 모험을 하다,' throw a slave to the lions(노예를 사자 앞에 던져놓다)는 '죽게 내버려두다'라는 뜻이다.

민들레에도 사자가 들어 있다. 꽃잎이 '사자의 이빨'과 비슷해 고프랑스어로 dent de lion이라고 불렸는데, 이것이 영어로 정착하면서 dandelion이 되었다. 참고로 영국 왕실의 문장(紋章)은 사자(잉글랜드)와 유니콘(일각수, 스코틀랜드)가 받들고 있어 lion and unicorn이라 하며, the British Lion은 영국(국민)을 가리킨다. 바다사자는 steller's sea lion이다.

골프 천재 타이거 우즈

용맹스럽기로 사자에 뒤지지 않는 호랑이도 He works like a tiger(그는 무섭게 일해) 등 여러 가지 관용구와 숙어를 만들어냈고, 또 세계적인 골프 선수의 이름에까지 등장했다. tiger는 골프나 테니스의 '고수'를 뜻하기도 하는데, 골프의 황제 타이거 우즈의 이름에는 그런 뜻이 담겨 있다. 하지만 tiger woods는 '호랑이 숲'이 아니라 '호랑이 반점무늬가 박힌 나무'라는 뜻이다.

그런데 호랑이의 등에 타거나 꼬리를 밟았다고 생각해보라. 얼마나 끔찍한 일인가. 그래서 ride a tiger는 '위험스런 일을 하다'라는 뜻이며, take a tiger by the tail은 '예상외로 고전하다' '예기치 않은 곤경에 빠지다'라는 뜻이다. 이 밖에 blind tiger는 눈먼 호랑이가 아니라 '무허가 주점'이나 '불법 주류 판매소'를 가리킨다. 뉴욕에 'Blind Tiger Ale House'라는 유명한 맥주집이 있었는데, 옛날 '금주법' 시절에 단속을 눈감아준 경찰을 blind tiger 또는 blind pig라 불렀기 때문이다.

킬리만자로의 표범

국민가수 조용필의 히트곡 중에 '킬리만자로의 표범'이라는 노래가 있다. 이 킬리만자로 산에 살고 있는 아프리카 표범은 leopard(panther)라고 하며, 중남미 표범은 jaguar, cheetah(치타)는 hunting leopard라고도 한다. 속담에 "Can the leopard change his spots?(표범이 자기 반점을 바꿀 수 있나?)"라는 표현이 있는데, 이는 '본성은 고치지 못한다'는 뜻이다.

아프리카 초원의 청소부, 하이에나

하이에나(hyena)는 앞다리가 뒷다리보다 약간 길고 어깨에 갈기가 있다. 턱이 아주 강하며 심지어 사자까지도 공격하는 대담성이 있다. 야행성 동물인 이 녀석은 성질이 사나우며 죽은 짐승의 고기도 깨끗이 먹어치우기 때문에 '아프리카 초원의 청소부'라고 불린다. 따라서 하이에나는 비유적으로 '잔인한 사람(cruel person)' '욕심꾸러기(rapacious person)' '배신자(treacherous person)'라는 뜻으로 많이 쓰인다.

특히 사하라 사막 남부 지역의 아프리카에 분포하는 얼룩점박이 하이에나(spotted hyena)는 덩치가 가장 크며 울음소리가 마치 웃는 것처럼 들려 laughing hyena라 부르기도 한다.

사막의 배, 낙타

낙타는 말이 들어오기 이전에 아라비아나 이집트에서 중요한 교통수단으로 사육되어 the pride of the desert라 부르기도 한다. 단봉낙타(Arabian camel, dromedary)는 기원전 3000년경 이집트에서 사육되어 서아시아와 북아프리카로 진출했다. 반면 쌍봉낙타

(Bactrian camel. 박트리아는 그리스인들이 중앙아시아에 세운 나라로, 중국에서는 대하大夏라 불렀다)는 기원전 1200년경 투르키스탄('터키인의 땅'이라는 뜻)에서 가축으로 기르다가 토지가 건조해지면서 페르시아, 몽골, 중국 등지로 전파되었다. 물이 아니라 지방이 들어 있는 낙타의 혹은 hump(camelback)라고 한다.

Camel은 '믿기 어려운 일'이나 '참을 수 없는 일'이라는 뜻으로도 쓰인다. 따라서 break the camel's back은 '계속 무거운 짐을 지워 결국 못 견디게 하다'라는 뜻이며, swallow a camel은 '믿을 수 없는(터무니없는) 일을 받아들이다' '묵인하다'라는 뜻이다. 동사로 쓰이면 '틀에 박힌 방식으로 행하다'라는 뜻이다.

원숭이도 나무에서 떨어진다

긴꼬리가 달린 원숭이는 monkey, 유인원 가운데 덩치가 가장 큰 것은 gorilla, 지능이 높은 것은 chimpanzee, 사람 이외의 영장류 그리고 꼬리 없는 원숭이는 ape라고 한다. 어렸을 적 동네에 서커스단이 들어오면 아이들에게 가장 인기있는 동물이 바로 원숭이였다. 흉내도 잘 내고 재주도 잘 넘기 때문이다. make a monkey of(원숭이로 만들다)는 '웃음거리로 만들다' '속이다'라는 뜻이며, monkey around with는 '빈둥거리다' '…을 가지고 장난치다'라는 뜻이다. 또 monkey business는 '사기' '장난(monkeyshines)'을 가리키며, monkey suit는 제복이나 정장(tuxedo)을 가리키는데, 서커스단의 원숭이가 입는 브라스 밴드부 유니폼을 연상하면 그럴듯한 표현이다.

영국의 찰스 황태자는 원숭이에 대해 다음과 같이 말한 적이 있다. "I learned the way a monkey learns— by watching its parents(나는 원숭이가 어떻게 배우는지를 알았네 — 다름이 아니라 부모를 관찰하더라고)." 어미를 따라하면서 생존 기술을 터득한 원숭이는 혼자 힘으로 뭐든지 할 수 있다. 그러나 원숭이도 나무에서 떨어진다(Even Homer sometimes nods). 아니, 원숭이가 나무에서 떨어지다니, 깜짝 놀랄 일이다. 이때 "I'll be a monkey's uncle!" 하면 '아이구, 깜짝이야!' '깜짝 놀랐는걸!'이라는 뜻이다.

유명한 일화로 'monkey trial(원숭이 재판)'이 있다. 테네시 주에서는 일찍이 다윈의 진화론을 가르치지 못하게 하는 Anti-Evolution Law(반 진화론법. 버틀러법Butler law)가 있었는데, 1925년 데이튼(Dayton)의 공립학교 교사 존 스콥스(John Scopes)가 금기시된 진화론을 가르쳐 법정에 서게 되었다. 인간이 원숭이에서 진화했다는 '진화론자'와 신이 인간을 만들었다는 '창조론자' 간에 논쟁이 벌어졌던 이 재판에서 진화론자가

존 스콥스

패소해 벌금 100달러를 물었다.

악어 구별하기

악어의 alligator는 북미 또는 중국산, crocodile은 아프리카산, caiman은 중남미산, gavial은 턱이 긴 인도산 악어를 일컫는다. 이 중에서 alligator는 해병대에서 사용하는 '수륙양용 경전차'와 '스윙(swing) 음악광'을 뜻하기도 한다.

악어는 먹이를 잡아먹을 때 눈물을 흘린다는 말이 있다. 그래서 crocodile tears는 '거짓 눈물' 또는 '위선자'라는 뜻이다. 그러므로 한국의 경제위기에 대한 미국의 태도를 다음과 같이 표현할 수 있다. "USA shed crocodile tears for the Korean agony(미국은 한국의 고충에 대해 거짓눈물을 흘렸다)."

냉혈동물, 뱀

영어에서는 냉혹하고 음흉한 인간을 snake라고 표현한다. 이브가 선악과를 따먹도록 꼬드긴 뱀의 이미지가 서양 사람들의 뇌리에 깊이 박혀 있기 때문이리라. '은혜를 원수로 보답하다'는 warm a snake in one's bosom이라고 표현한다. 또 he have snakes in his boots는 '그는 신발 속에 뱀을 넣고 다닌다,' 즉 '알코올 중독에 걸려 있다'라는 뜻이다. 또 뱀은 풀 속에 몰래 숨어 있다가 갑자기 사람을 공격하기 때문에 snake in the grass는 '숨은 적'이나 '눈에 보이지 않는 위험'을 가리킨다. 그리고 '뱀 구덩이'라는 뜻의 snake pit는 '악질 정신병원'이나 '아수라장'을, snake charmer는 인도 등지에서 '뱀을 부리는 사람'을 뜻한다.

Snake eyes는 주사위 놀이에서 주사위 두 개를 던져 똑같이 1이 나오는 경우를 가리키는데, 그 모양이 뱀의 눈과 같아서 붙여진 말이다. snake eyes가 나오면 게임에서 지기 때문에 이 주사위를 던진 사람에게는 불운한 일이라 '불길한 징조'라는 뜻으로 많이 쓰인다.

19세기 미국에서는 돌팔이 의사들이 환각증상을 일으키는 약들을 만병통치약(panacea)이라 속이고 사용했다. 이런 가짜 약을 뱀기름(snake oil), 이를 판매하는 사람을 뱀기름 장사(snake oil salesman)라고 불렀는데, 인디언들이 뱀기름을 치료제로 사용

240

한 데서 유래한 단어들이다. 뱀기름 장사들은 자신들이 개발한 치료제를 기적의 치료제(miraculous remedy)라고 불렀으나 약의 제조법이나 성분은 아무도 몰랐다. 그래서 지금도 snake oil은 '허풍'이나 '과대광고를 통해 판매하는 미심쩍은 제품'을 은유적으로 표현할 때 쓰인다.

인디언 추장을 내세운 뱀기름 광고

Snake보다 큰 뱀은 serpent라고 하는데, 보통 수사적으로 쓰이며(the Old Serpent, 악마, 「창세기」 제3장 1~5절), 천문학에서도 '뱀자리'를 serpent라고 한다. 형용사 snaky는 '음흉한' '냉혹한'이라는 뜻이지만, 강원도 영월의 동강처럼 뱀 모양의 '구불구불한'이라는 뜻도 있어 사행천(蛇行川), 또는 곡류천(曲流川, meander)을 가리키기도 한다. 런던에 있는 '하이드 파크'의 길고 가느다란 냇가 이름도 Serpentine이다. 참고로 도마뱀은 lizard이다.

상상 속의 동물, 용

동양에서는 용이 상서롭고 고귀한 존재의 상징으로 여기지만, 서양에서는 '사나움' '용맹'의 상징으로 많이 쓰인다. 따라서 '용기병(龍騎兵)'은 dragoon, '무력적인 박해'는 dragonnade(persecution)이라고 한다. 또 '보물의 수호자'라는 이미지에서 '여성 보호자(chaperon)'라는 뜻도 있다.

여기서 나온 복합어 dragon light는 '범인의 눈을 못 뜨게 하는 경찰용 강력 조명'을 말하며, dragon's teeth(용의 이빨)는 '분쟁의 씨앗'이라는 뜻이다. 또 툭 튀어나온 눈을 가진 '잠자리'는 dragonfly라고 하며, flying dragon은 '날도마뱀'을 가리킨다.

더 높이 나는 새가 더 멀리 본다

"The higher a bird flies, the farther it sees." 미국의 작가 리처드 바크(Richard Bach)의 『갈매기의 꿈』이라는 책에 나오는 "The gull sees farthest who flies highest"와 일맥상통하는 문장이다. 자유의 참된 의미를 깨닫기 위해 비상을 꿈꾸는 한 마리 갈매기를 통해서 인간의 삶의 본질을 그린 이 작품은 매우 감동적이다.

몇몇 나라들은 국조(國鳥, national bird)를 정해 국가의 상징으로 삼기도 하는데, 미국은 대머리 독수리(bald eagle)를 국조로 삼아 '자유의 새(the bird of freedom, 미국 국장(國章)의 독수리)'라 부르며, 영국의 국조는 울새(robin)인데 '신의 새(God's bird)'로 불리며, Robert라는 이름의 애칭으로도 쓰인다. 오스트레일리아는 금조(琴鳥, lyrebird), 일본은 꿩(pheasant)이 국조이다. 참고로 우리나라는 아직 국조가 정해지지 않았지만 대통령 휘장에 봉황(the chinese phoenix)이 들어가 있다.

Bird는 a queer bird(괴상한 녀석, 괴짜), a leery old bird(교활한 남자), old bird(노련한 사람, 조심성 있는 사람, 아저씨), a rare bird(비상한 사람)처럼 속어로 '어떤 특징을 가진 사람'을 가리키기도 한다. 또 자유의 상징이지만 반어적으로 '형기(刑期)' '형무소'를 뜻하기도 한다. The bird has(is) flown은 '죄수가 달아나 버렸다' '봉을 놓쳤다'라는 뜻이다. 우리는 보통 멍청한 사람들을 새대가리라고 놀리는데, 영어도 마찬가지로 birdbrain이라 하며, 형용사 birdbrained는 '우둔한(stupid)'이라는 뜻이다.

이 밖에 재잘거리는 새의 울음소리는 like a bird처럼 '즐겁게' '명랑하게' '부지런히'라는 뜻으로 많이 쓰인다. 하지만 그 소리가 소음으로 들릴 때는 '관객 · 청중의 야유(the bird),' give someone the bird(get the bird 야유하다, 해고하다)로 쓰인다. 그리고 크기가 작은 새의 이미지는 a little bird told me(I heard a little bird sing so 그냥 어떤 사람으로부터 들었다), strictly for the birds(시시한, 한 푼의 가치도 없는), eat like a bird(적게 먹다)라는 관용구를 만들어냈다. 최근 가금류에 치명적인 전염병으로 등장한 조류독감 AI는 Avian Influenza의 약자이다.

- **Bird of paradise** 극락조
- **Bird of passage** 철새, 뜨내기, 방랑자
- **Bird of peace** 비둘기
- **Bird of prey** 맹금
- **The bird of Jove** 독수리, 제우스의 새
- **The bird of Juno** 공작, 헤라의 새
- **The bird of night** 〔**Minerva**〕 (미네르바의) 부엉이
- **The bird of wonder** 불사조(phoenix)
- **A bird in the hand is worth two in the bush** 숲 속의 두 마리 새보다 수중의 새 한 마리
가 실속이 있다(여기서 a bird in the hand는 '현실의 이익'을 말한다)
- **Birds of a feather flock together** 유유상종(類類相從, 여기서 birds of a feather는 '같은 부류의
사람들'을 말한다)

- **Kill two birds with one stone** 일석이조, 일거양득
- **The early bird catches the worm** 일찍 일어나는 새가 벌레를 잡는다(여기서 early bird는 '부지런한 사람'을 말한다)

하늘을 나는 가장 큰 새, 앨버트로스

우리나라에서는 신천옹(信天翁)이라 부르는 앨버트로스(albatross)는 지상에 존재하는 새들 중 가장 높이, 그리고 가장 멀리 날 수 있으며, 날개를 펴면 총길이가 무려 4미터가 넘는다. 더구나 쉬지 않고 한번에 3,200킬로미터를 간다니 정말 대단한 새이다.

그런데 이 앨버트로스는 우리에게 골프용어로 더 잘 알려져 있다. 기준 타수(par)보다 1타 적으면 버디(birdie), 2타 적으면 이글(eagle) 3타 적으면 앨버트로스이니 타수가 적어질수록 새의 크기가 커진다. 반대로 기준 타수보다 1타 많으면 보기(bogey)라고 하는데, 이것은 '유령'이라는 뜻이므로 벙커나 해저드에 빠지면 유령에 발목 잡혔다고 봐야 할 것이다.

앨버트로스는 더블 이글(double eagle)이나 골든 이글(golden eagle)이라고도 하지만 골든 이글이란 용어는 잘 사용하지 않는다. 또 홀인원(hole in one)은 한 번에 홀인하는 것을 말하는데, 3타 홀에서 이루어진다. 이 3타 홀에서의 홀인원은 이글에 해당하므로 3타 홀에서의 앨버트로스는 없다. 4타 홀에서의 홀인원을 앨버트로스라고 하며, 5타 홀에서 두 번에 홀아웃을 해도 앨버트로스라고 한다.

이 새와 반대로 지상에 있는 새들 중 가장 작은 새는 벌새(hummingbird)이다.

눈이 매서운 매

"꿩 잡는 매"라는 말이 있다. 이때의 매는 생후 1년 미만의 사냥용 '보라매'를 뜻하는데, 그만큼 매(hawk)는 눈이 날카롭고 방심하지 않는다(hawk eyed). 그래서 야구에서 '외야수' 그리고 '탐욕스러운 사람'이나 '사기꾼(sharper)'을 가리키기도 한다.

또 hawk가 동사로 쓰이면 '행상하다' '외치고 돌아다니며 팔다'라는 뜻이므로 hawker는 '행상인(peddler)'을 뜻한다. 엄밀히 따지자면 hawker는 '마차(요즘엔 봉고)에 물건을 싣고 팔러 다니는 사람'이며, peddler(pedlar)는 직접 물건을 가지고 팔러 다니는 '도붓장수'를 가리킨다. 정치적으로는 '강경론자,' 즉 '매파(the Hawks)'를 뜻하며, 이에 반해 온건론자는 '비둘기파(the Doves)'라고 한다.

영국의 유명한 우주물리학자 스티븐 호킹(Stephen Hawking)이라는 이름도 '매사냥'이라는 뜻이며, 그의 매부리코는 hawk nose이다.

- **The police watch a key suspect like a hawk** 경찰이 유력한 용의자를 엄중히 감시하고 있다

평화의 상징, 비둘기

비둘기(pigeon)는 '작은 새'라는 뜻의 라틴어 pipion에서 유래되었다. 귀엽고 성질이 온순하며 '평화(olive branch)'를 상징하는 새이기도 한 비둘기는 많은 사람들이 귀여워한다. 공원이나 광장에서 기르기도 하고 각종 행사에도 자주 쓰이며, 귀소성(歸巢性)이 강해 예로부터 통신이나 군사적 목적(a carrier pigeon)으로도 많이 이용되어 왔는데, 이 비둘기가 전하는 편지를 pigeongram이라고 한다. 비둘기 중에서도 길들여진 집비둘기는 pigeon, 작은 야생 비둘기는 dove, 통칭은 culver라고 한다.

비둘기의 온순한 성질은 as gentle as a dove(아주 온순한, pigeon-hearted 상냥한)라는 형용사를 낳았다. 정치에서도 온건파(a soft-liner)가 '비둘기파(the Doves)'로 불린다는 것은 위에서 살펴보았다. 따라서 dawk(dove + hawk)는 '비둘기파와 매파의 중간파'나 '소극적 반전론자'를 뜻한다.

비둘기의 순진한 이미지 때문에 '잘 속는 사람' '멍청이' '밀고자(stool pigeon)'라는 속어로도 쓰인다. 즉, pluck a pigeon(비둘기를 빼앗다)은 '멍청이를 속여 돈을 빼앗다,' put[set] the cat among the pigeons(비둘기 무리에 고양이를 풀어놓기)는 '비밀을 누설해서 파란을 일으키다'라는 뜻이다.

화려함의 상징, 공작

공작(peacock, 암컷은 peahen) 수컷의 꼬리는 화려함의 극치를 보여준다. 그래서 공작은 '허영에 들떠 우쭐대는 사람'이나 '몹시 뻐기는 얼치기 신사'를 가리킨다. as proud [chesty] as a peacock은 바로 그런 뜻이며, he played the peacock untill now(he have peacocked untill now)는 '그는 여태까지 자랑을 일삼아왔다'라는 뜻이다. 명사형 peacockery는 '과시' '허영' '겉치레'라는 뜻이다.

공작은 깃털에 둥근 점박이 무늬가 콩처럼 박혀 있어 완두콩(pea)과 수탉(cock)의 합

성어라고 생각하기 쉬우나, 실은 중세영어 pe(공작류) + cok(새의 수컷) = pecok에서 나온 이름이다. 공작을 암수 구별 없이 집합적으로 쓸 때는 peafowl이라고 한다.

칠면조는 얼굴이 일곱 개가 아니다

칠면조(七面鳥, turkey)는 원래 북아메리카가 원산지인 가금류로, 털이 없는 머리와 목이 여러 가지 색으로 변하기 때문에 붙여진 이름이다. 칠색조가 더 맞지 않을까 싶지만, 칠면조는 특히 미국의 '추수감사절(Thanksgiving Day)'의 음식으로 유명하다. 이 축제는 1621년 플리머스 식민지의 윌리엄 브래드퍼드 총독의 포고로 주민들이 가을 수확에 대해 신에게 감사드리고 칠면조를 먹은 뒤부터 미국 전역으로 확산되었다. 그후 링컨 대통령이 1863년 11월 마지막 주 목요일을 '신에 대한 감사와 찬미의 날'로 공식 선포한 뒤로 지금까지 전해 내려오고 있다.

그런데 칠면조 고기는 맛이 별로다. 실제로 미국에서는 turkey가 '맛없는(값싼) 고기'라는 속어로도 쓰이며, 같은 맥락에서 '실패작' '바보' 등을 가리키기도 한다. 이 turkey 앞에 cold를 붙이면 '노골적인(기탄없는) 이야기' '새침떼기' 또는 '마약 중독자에 대한 금단 조치'를 말하는데, I have a turkey on my back은 '나는 마약 중독자이다'라는 뜻이다.

동사로도 talk cold turkey는 '진지하게 말하다' '기탄없이 말하다'이다. 하지만 cold를 빼고 say turkey라고 하면 '상냥하게 말하다'라는 뜻이다. 그리고 swell like a turkey cock가 '칠면조처럼 뽐내다' '거만하게 행동하다'이니, as proud as a turkey는 당연히 '득의양양한' '뽐내는'이라는 뜻이지만, turkey 앞에 lame(절름발이)이 붙으면 '겸손한'이라는 뜻으로 바뀐다.

까마귀 고기를 먹으면 기억이 없어질까?

'너 까마귀 고기를 먹었니?'라는 말을 영어로 'Have you eat crow?'라고 할 것 같지만, 이 표현은 '너 마지못해 일하냐?'라는 뜻이다. 'Why are you so forgetful?'이 맞는 표현이며, eat (boiled) crow는 eat dog와 마찬가지로 '마지못해 일하다' '굴욕을 참다' '패배를 인정하다'라는 뜻이다. 까마귀는 검은색이라 white crow는 '진귀한 것'을 뜻한다. 그리고 까마귀가 떼를 지어 날아가는 모습에서 나온 as the crow flies(in a crow line, in a beeline)는 '일직선으로, 지름길로'라는 뜻이다.

그러나 '군중' '다수'를 뜻하는 crowd와 어원상 전혀 관계없다. crowd는 고대영어 crod(multitude 다수)와 중세 고지독일어 kroten(to crowd 몰리다)에서 나온 단어이다.

조잘거리는 사람의 이미지, 까치

우리나라에서는 옛날부터 아침에 까치가 울면 반가운 사람이 온다고 해서 길조(吉鳥)로 여겨왔다. 하지만 지금은 전선을 훼손하고 약한 조류들을 못살게 굴며 과실까지 몽땅 먹어치우기 때문에 그리 좋은 인상이 아니다. 아무튼 까치는 시끄럽게 울어대는 게 특징이다. 그래서 서양에서도 까치(magpie)는 비유적으로 '조잘거리는 사람' '수다쟁이'(idle chatterer)를 뜻한다. 또 이것저것 아무거나 먹어치우는 탓에 '잡동사니 수집가'라는 뜻도 있다.

한 마리의 제비가 여름을 만들지는 않는다

'One swallow does not make a summer,' 즉 '하나를 가지고 속단하지 말라'는 뜻이다. swallow가 동사로 쓰이면 '꿀꺽 삼키다' '말끔히 없애다'라는 뜻이며, he swallowed his own words(그는 스스로 한 말을 취소했다)에서처럼 '취소하다(cancel, withdraw)'라는 뜻도 있다.

결혼식이나 파티석상에서 입는 제비꼬리 모양의 옷, 즉 연미복(燕尾服)은 swallow-tailed coat 또는 swallowtail(s)이라고 한다.

뻐꾸기 둥지 위로 날아간 새

『뻐꾸기 둥지 위로 날아간 새(One flew over the Cuckoo's nest)』는 켄 케시(Ken Kesey)의 1962년도 장편소설로, "한 마리가 뻐꾸기의 둥지 위로 날아갔다"라는 인디언 전래동화의 한 구절에서 따온 제목이다. 강자가 지배하는 사회체제에서 희생을 강요당하는 약자와, 백인들에게 궁지에 내몰린 인디언들의 비참한 상황을 혼혈 인디언의 시각으로 예리하게 파헤친 작품이다. 1975년에 밀로스 포먼 감독이 영화로 만들어(잭 니콜슨 주연) 아카데미 영화제에서 작품상 등 5개 부문을 수상했다.

이 영화는 정신병원에 들어온 환자의 인간성이 억압당해 병세가 오히려 악화되는 사실에 격분한 한 청년이 병원 관리체제에 과감히 도전했다가 로보토미(Lobotomie '전두엽백질절제술'; 정신분열증 치료나 암〔癌〕 등 악성종양에 따른 통증을 진정시키는 데 쓰인다)의 희생양이 된다는 이야기이다. cuckoo' s nest는 이 영화에서 '뻐꾸기 둥지'보다는 '정신병동'이라는 뜻으로 쓰인 게 맞다. cuckoo가 '미친 사람' '얼간이'라는 뜻도 있기 때문이다. 영화 제목을 굳이 우리말로 하자면 '정신병동을 탈출한 사람' 정도가 되겠다. 또 cuckoo land도 직역하면 정신병자의 나라이므로 '환상의 나라'임을 미루어 짐작할 수 있다.

「뻐꾸기 둥지위로 날아간 새」의 주요 배경인 정신병동

뻐꾸기는 '뻐꾹 뻐꾹' 하고 우는 수컷에서 따온 이름이다. 봄을 알리는 전령사의 좋은 이미지를 갖고 있지만 부정적 이미지도 만만치 않다. 이 녀석은 다른 새의 둥지에 알을 낳는데(탁란, 托卵), 어린 새는 가짜 어미의 품에서 부화한 뒤에도 먹이를 계속 받아먹으면서 자란다. 심지어 가짜 어미의 알과 새끼를 둥지 밖으로 밀어내고 둥지를 독차지하는 파렴치한(정신 나간?) 새이다. 따라서 the cuckoo in the nest는 '평온한 부모 자식 관계를 어지럽히는 침입자'라는 뜻으로 쓰인다.

'앵무새 죽이기' 가 아니라 '입내새 죽이기'

원제는 'To kill a Mockingbird'인데, 1960년에 출간되어 '퓰리처상'을 수상한 하퍼 리(Harper Lee)의 동명소설을 영화로 만든 것이다. 로버트 멀리건(Robert Mulligan)이 감독하고 그레고리 펙(Gregory Peck)이 주연을 맡았는데, 국내에서는 「알라바마 이야기」라는 제목으로 소개되었다.

'앵무새 죽이기'라는 제목은 극중에서 아이들이 장난삼아 앵무새를 사냥하려는 것을 가리킨다. 줄거리는 1930년대 앨라배마 주의 작은 도시를 배경으로 두 아이를 키우는 홀아비 변호사 핀치(그레고리 펙)의 어린 딸 스카웃(메리 배드햄)의 관점에서 전개된다. 핀치는 아이들에게 아무런 해도 끼치지 않는 앵무새를 죽이는 것은 나쁜 짓이라고 가르쳐준다. 이처럼 앵무새는 인종차별적인 편견으로 누명을 쓰고 끝내 살해당하는 힘없는 유색인종이나 소외받는 가난한 사람 등, 죄 없는 타자(他者)를 상징한다.

그런데 mockingbird는 정확히 말하면 '흉내지바퀴(입내새)'라는 새이다. 이 새는 고유의 지저귀는 소리를 지니고 있지만 좀처럼 사용하지 않고, 대신 자기 근처에서 지저귀는 새들의 울음소리를 흉내낸다.

앵무새는 parrot라고 하는데, 사람의 말을 잘 따라하는 습성 때문에 '뜻도 모르고 남의 말을 따라하는 사람'을 가리키기도 한다. 그래서 like a parrot(parrot fashion)은 '앵무새처럼' '뜻도 모르고'라는 뜻이며, play the parrot도 '남의 말을 따라하다'라는 뜻이다. 또 parrot-cry는 '널리 쓰이지만 의미가 불분명한 말(슬로건)'을 가리킨다. 앵무새와 비슷한 잉꼬는 parrakeet라고 한다.

카나리아는 원래 새가 아니라 개

유독가스를 감지하는 능력이 뛰어나 탄광에서 매우 중요하게 이용되는 카나리아(canary)는 밝은 노란색을 띤 작은 새로, 모로코 근해에 있는 카나리아 제도(스페인령으로, 우리나라 원양어업 기지 '라스팔마스'가 있는 곳)가 원산지이다. 소리가 아름다워 긍정적인 이미지로는 '여가수(우리나라에도 '신 카나리아'라는 여가수가 있었다. 종달새(skylark)나 개똥지빠귀(thrush)도 마찬가지이다)'나 '젊은 여자'를 가리키며, 부정적인 이미지로는 '밀고자'를 가리킨다.

카나리아라는 섬은 원래 새가 아니라 개에서 따온 명칭이다. 옛날 그 섬에는 아프리카 본토의 침입자들이 데려왔다가 방치해둔 커다란 들개들이 많이 살고 있었는데, 개과동물을 뜻하는 라틴어 canis에서 이름을 따와 이 섬을 Canary Islands라고 불렀던 것이다. 그래서 직역하면 '개의 섬'이 된다.

이 섬에는 원래 아름다운 소리를 내는 초록색 새가 많이 살고 있었다고 한다. 16세기경 이탈리아 상인들이 이 새를 잡아다가 애완용으로 기르기 시작하면서 canaria라는 이름을 붙여주었으며, 나중에 영국으로 건너오면서 canary(bird)가 되었다. 이후 꾸준한 품종 개량을 거치면서 이 새는 여러 가지 색을 띠게 되었는데, 그 중에서도 노란 새가 가장 사랑을 많이 받아 canary는 '밝은 노랑'이라는 뜻을 갖게 되었다.

미네르바의 부엉이는 황혼녘에 난다

역사는 그 시대가 지나야 올바로 평가될 수 있다는 뜻으로 독일의 철학자 G.W.F 헤겔이 『법철학 비판서설』에서 한 말이다. 부엉이(owl)는 아테나(로마 신화에서는 미네르바)

여신이 '지혜'의 상징으로 데리고 다녔던 새이다. 바로 여기서 bring〔carry〕 owls to Athens(아테나 여신에게 부엉이를 주다)라는 말이 나왔는데, 이는 마치 공자에게 『논어』를 선물하는 격이니, '쓸데없는 짓'이나 '사족을 달다'라는 뜻이다. 이와 비슷한 속담으로는 'To carry coals to New Castle(뉴캐슬로 석탄 나르기. 뉴캐슬은 영국 최대의 석탄 산지이다)'이 있다.

부엉이는 야행성 조류라 '밤일(?)하는 사람'이나 '밤을 새는 사람'을 뜻하며, 은어로 '점잔 빼는 사람' '약은 체하는 바보'를 가리키기도 한다. 그래서 fly with the owl은 부엉이처럼 날아다니므로 '야행성 기질이 있는'이라는 뜻이며, as blind〔stupid〕 as an owl은 '앞을 내다보지 못하는' '아둔한'이라는 뜻이다. owl light는 '황혼'이나 '땅거미(twilight),' owl train은 '야간 열차,' owl show는 '심야 쇼'를 가리킨다.

올빼미와 부엉이는 어떻게 구별할까. 머리에 귀 모양의 깃이 달려 있으면 부엉이, 없으면 올빼미이다.

대식가의 이미지, 펠리컨

사다새나 가람조(伽藍鳥)로도 불리는 펠리컨은 아랫부리 주머니가 피부로 되어 있어 평소에는 보이지 않다가 먹이를 낚았을 때 크게 늘어난다. 그래서 '대식가'라는 뜻으로도 쓰이며 '잘 빈정대는 여자'를 가리키기도 한다.

Pelican crossing은 pedestrian light controlled crossing의 변형된 준말로, 보행자가 신호등을 조작할 수 있는 '누름단추 신호식 횡단보도'를 뜻한다. 또 Pelican State는 루이지애나 주를, Pelican은 루이지애나 주 사람을 가리킨다.

장수와 고고함의 상징, 학

십장생(十長生) 중 하나인 학(두루미)은 영어로 crane이라고 하는데, 기다란 목 모양을 따서 '기중기(크레인)'나 관(siphon)이라는 뜻도 있다. 중국 고사(故事)에 서로 싸우는 조개와 황새의 이야기가 있다. 조개는 蚌(방)이고 황새는 鷸(휼)이기 때문에 이를 蚌鷸之爭(방휼지쟁)이라고 하며, 둘이 싸울 때 어부가 모두 잡아가는 것을 漁父之利(어부지리)라고 한다. 전자는 싸우는 당사자를, 후자는 이익을 얻는 자를 뜻하지만, 두 가지 모두 '서로 다투는 틈을 타 엉뚱하게도 제삼자가 이익을 취하는 모습'을 표현할 때 쓰인다. 영어로는 play both ends against the middle(양다리를 걸치다, 두 사람을 서로 다투게 하여 덕을 보다, 어부지리를 얻다), 또는 fish in troubled waters(혼란한 틈을 타서 이득을 보다)라고 한다.

그리고 동사로 crane at은 '목을 쭉 빼다'라는 뜻 이외에 두리번거리는 그 모습에서 '주저하다' '카메라가 크레인을 이용해 이동하다'라는 뜻도 가지고 있다.

학과 비슷한 조류로 황새(stork)가 있다. 스웨덴의 전설에 따르면, stork라는 이름은 예수의 죽음과 관련이 있다고 한다. 예수가 십자가에 못 박혀 피를 흘릴 때 황새들이 주위를 돌면서 "Sticka! Sticka!" 하고 외쳐댔다. 영어로 strong!(힘내라!)이라는 뜻의 이 sticka가 영어의 stork('굳센'이라는 뜻의 stark도 어원이 같다)로 변형되어 황새가 되었고, 이 때부터 황새는 '생'과 '부활'의 의미를 지니게 되었다.

King Stork는 『이솝 우화』 중 '왕을 원하는 개구리들' 편에서 개구리들을 모조리 잡아먹은 두 번째 왕 황새로 '폭군'이라는 뜻으로 쓰인다. 반면, 개구리들이 업신여겼던 첫 번째 왕 통나무는 '무능한 왕(King Log)'을 가리킨다. 그리고 서양의 전설 가운데 황새가 갓난아기를 물고 온 이야기에 나오는 a visit from the stork는 '아기의 출생'을 뜻한다. 서양에서는 아이의 탄생을 축하하는 뜻에서 얇은 포대기에 싸인 아이를 황새가 부리로 물고 오는 그림을 카드에 그려넣은 뒤 다음과 같은 문구를 새겨넣는다. "We are expecting a visit from the stork(우리는 황새의 방문을 기대하고 있습니다, 우리는 아이의 탄생을 기원합니다)."

아기를 물고 온 황새 카드

그런데 stork's bill은 '황새의 부리'가 아니라 황새 부리 모양의 꽃잎이 여러 갈래로 피는 양아욱(제라늄geranium)을 말한다. "뱁새가 황새를 따라가면 다리가 찢어진다"라는 속담은 'If a crow-tit tries to walk like a stork, he will break his legs'라고 표현한다. 여기서 crow는 까마귀이며, tit는 '작은 새'를 통칭하는 말인데, 이 두 단어의 합성어가 바로 뱁새이다. titmouse는 박새를 가리킨다.

이와 비슷한 조류인 왜가리는 heron, 해오라기(백로)는 egret(white heron)라고 한다.

동창이 밝았느냐, 노고지리 우지진다

농부의 부지런함을 묘사하는 남구만(南九萬, 1629~1711)의 시조 첫 대목이다. 종다리 또는 노고지리라고도 하는 종달새(skylark)는 이른 아침에 하늘로 날아 지저귀는 습성 때문에 '아침형 인간'의 상징(반대는 올빼미)이 되었다. rise(be up, get up) with the lark는 '아침 일찍 일어나다'라는 뜻이다. 'Go to bed with the lamb and rise with the lark(양과 함께 자고 종달새와 함께 일어나라)'라는 속담이 있다. 역시 일찍 자고 일찍 일어나라는 뜻이다. 또 종달새는 카나리아나 개똥지빠귀처럼 '시인' '가수'의 뜻으로도 쓰인다. 이처럼 즐겁게 노래하는 종달새는 as happy as a lark(매우 즐거운)라는 관용구를 만들어냈다.

이 밖에 lark는 '희롱' '장난' '농담'이라는 뜻도 가지고 있다. 그래서 for a lark(농담으로, 장난삼아), have a lark with(장난치다, 조롱하다), up to one's larks(장난에 팔려), what a lark!(아이 재미있어!) 등의 관용구가 나왔다. 동사로 lark about는 '장난치며 떠들어대다'라는 뜻이며, 형용사 larkish나 larky는 '들뜬' '까부는' '장난을 좋아하는'이라는 뜻이다.

- **If the sky falls, we shall catch larks** 하늘이 무너지면 종달새가 잡힐 테지(공연한 지레 걱정·기우(杞憂)는 할 것 없다는 뜻)

눈가리고 아옹하는 타조

지상에서 가장 빠른 동물은 치타이며, 지상에서 가장 큰 조류는 타조(ostrich)이다. 하지만 타조는 어리석어 적이 나타나면 마치 꿩이 눈 속에 머리를 파묻듯이 머리를 모래 속에 파묻고 자신을 은폐한다. 그래서 he buried his head in the sand like an ostrich는 '그는 어리석은 짓을 했다'라는 뜻이며, 이런 어리석음 때문에 '현실 도피자' '방관자'라는 뜻으로도 자주 쓰인다. 여기서 나온 ostrich belief(policy)는 '눈 가리고 아옹하기' '얕은 꾀'를 말한다.

또 타조는 몸집에 걸맞게 대식가이기도 하다. wrestlers have the digestion of an ostrich는 '레슬링 선수들은 대식가이다'라는 뜻이다.

물에 사는 척추동물의 총칭, Fish

보통 어류나 물고기를 가리키는 fish는 12세기경 라틴어 piscis에서 들여온 말이다. 이 어류는 크게 민물고기(freshwater fish)와 바닷물고기(saltwater fish)으로 나뉜다. fish는 물고기 이외에 an odd fish(이상한 녀석), a poor fish(불쌍한 녀석), a queer fish(괴짜), a cold fish(냉정한 사람)처럼 보통 수식어와 함께 '특이한 사람' '녀석' '잘 속는 사람' '봉'을 가리키기도 한다.

우리는 생선회(slices of raw fish)를 좋아하지만 영국인들은 튀긴 생선에 감자튀김을 넣고 소금을 뿌린 fish and chips를 좋아한다. 전통적으로 서양에서는 가톨릭 교리에 따라 금요일엔 육류 대신 생선을 먹는다. 이날을 'Fishing Day'라 하며, eat fish on Fridays는 '금육재일(禁肉齋日)에 고기 대신 생선을 먹다'라는 뜻이다. 그래서 목요일의 낚시는 크나큰 즐거움이었다. 미국의 제31대 대통령 허버트 후버도 낚시광이었는데, "Fishing is much more than fish(낚시의 즐거움은 고기잡는 것보다 더 크다)," "All men are equal before fish(모든 인간은 물고기 앞에서 평등하다)"라는 말을 남겼다.

동사로는 '낚다' '잡다' '찾아내다'라는 뜻이다. 즉, fish for compliments(칭찬받으려고 유도하다), fish in muddy waters(골치 아픈 문제에 낚이다), fish in troubled waters(혼란한 틈을 타서 이득을 보다, 불난 틈에 도둑질하다, 어부지리를 얻다), fish or cut bait(낚든지 미끼를 자르든지 해야 하므로 양자택일하다, 거취를 명백히 하다), fishing expedition(법적 신문, 조사) 등에 쓰인다.

낚시 하면 강태공을 떠올리지 않을 수 없다. 강태공(姜太公)은 중국 주나라 시대의 실존인물로 본명은 강상(姜尚)이다. 그는 때를 기다리기 위해 평생을 공부만 하고 벼슬길에 오르지 않았다. 세월이 흘러 서백(西伯, 서방 제후의 장) 희창(熙昌)이란 사람이 강가를 지나다 우연히 낚시하는 노인을 만났는데 그가 바로 강상이었다.

서백 희창의 간청을 받아들인 강상은 그의 책사가 되었는데, 나중에 신하가 강상의 낚싯대를 들어보았더니 바늘은 없고 실만 있었다고 한다. 그것은 때를 기다리기 위해 세월을 낚았다는 뜻이기도 하다. 그 후 희창은 주나라를 거머쥐고 문왕(文王)이 되지만, 끝까지 책사인 강태공의 조언을 따랐다. 결국 진정으로 천하를 거머쥔 자는 강태공이었으니 그보다 낚시 잘하는 자는 없다고 해야 할 것이다. 이 강태공을 angler(낚시꾼, 계책을 써서 손아귀에 넣으려는 사람, 아귀)라고 한다.

- A big fish in a little pond 우물 안 개구리
- A fish out of water 물을 떠난 물고기, 자기 분야가 아니면 실력을 발휘하지 못하는 사람
- A pretty (fine, nice) kettle of fish 뒤죽박죽, 대혼란
- Land one's fish 잡은 물고기를 끌어올리다, 마음먹은 것을 손에 넣다
- Loaves and fishes 자신의 이익, 세속 이득
- I have other (bigger, better, more important) fish to fry 해야 할 다른 중대한
- The best fish smell when they are three days old 아무리 좋은 물고기라도 사흘이면 냄새난다(귀한 손님도 사흘이면 귀찮다)
- There are as good fish in the sea as ever came out of it 물고기는 바다에 얼마든지 있다(좋은 기회는 한 번만 있는 것이 아니다)
- You should have seen the fish that got away 놓친 물고기를 당신에게 보여주고 싶었다(놓친 물고기가 더 큰 법이다)
- All is fish that comes to his net 그는 무엇이든지 이용한다(어떤 경우에도 자기 잇속은 차린다)
- The cat would eat fish but is unwilling to wet her feet 고양이는 물고기를 좋아하지만 발에 물을 적시려 하지 않는다(노력하지 않고 대가를 얻으려고 한다)

지구상에서 가장 큰 동물, 고래

고래(whale)의 이미지는 거대함이다. a whale of a difference는 '어마어마한 차이'라는 뜻이며, a whale of success는 '대성공'을 뜻한다. 또 무엇에 열심인 사람을 가리키기도 하므로 I am a whale on card game은 '나는 카드광이다'라는 뜻이다. 동사로 쓰이면 별로 안 좋은 표현으로 '패다'라는 뜻인데, the teacher whale(beat) the tar out of students는 '선생님이 학생들을 사정없이 때리다'라는 뜻이다. 그리고 it is very like a whale은 비꼬는 투로 '암 그렇고 말고' '지당하신 말씀'이라는 뜻이다(셰익스피어의 『햄릿』에 나오는 말이다).

"고래 싸움에 새우등 터진다"라는 속담은 'An innocent bystander gets hurt(suffers a side blow) in a fight'이다. 새우는 shrimp라고 하는데, '난쟁이'(dwarf) '꼬마' '하찮은 사람'을 뜻하며, 몸 색깔 때문에 '연분홍색'을 뜻하기도 한다. 이와 같은 뜻으로 쓰이는 치어(稚魚, 잔챙이)는 fry(fingerling)이다.

바다의 난폭자, 상어

상어(shark)의 잔인함과 게걸스러운 이미지는 식인상어 이야기를 다룬 영화 「조스」에 잘 나타나 있다. 상어는 예로부터 고리대금업자나 욕심 많은 지주의 상징이었다. 따

라서 shark를 동사로 쓰면 '착취하다(exploit)' '사기 치다(swindle)'라는 뜻이다. 하지만 나쁜 뜻만 있는 건 아니다. 미국에서는 다재다능한 학생을 가리켜 shark라고 한다.

바다의 보리로 불리는 등푸른 생선들

떼를 지어 다니는 어류 중 대표적인 것으로 청어(herring), 정어리(sardine), 꽁치(saury), 고등어(mackerel) 등이 있다. 이들은 모두 등푸른 생선으로 고도 불포화지방산의 일종인 DHA(docosahexaenoic acid)가 풍부한데, 이 성분은 두뇌작용을 활발하게 하고 혈중 콜레스테롤을 낮춰주는 작용을 한다.

이들 가운데 겨울에 잡은 청어는 배를 따지 않은 채 엮어 그늘진 곳에서 겨우내 얼렸다 말렸다를 반복한다. 이것을 과메기라 하는데, 지금은 청어가 귀해 꽁치로 대신한다. 과메기라는 말은 청어의 눈을 꼬챙이로 꿰어 말렸다는 관목(貫目)에서 나왔으며, 경북 포항의 구룡포 사투리로 '목'을 '메기'라 해서 '관메기'라 불렀다가 다시 'ㄴ'이 탈락해 '과메기'로 굳어진 것이다.

이처럼 떼지어 다니는 모습에서 as thick as herrings(빽빽이 들어찬), packed as close as herrings(콩나물 시루같이), sardine fit(입추의 여지없는), packed in like sardines(빽빽하게 들어차서, 콩나물 시루같이)라는 관용구들이 나왔다. 그리고 neither fish, flesh, fowl, nor good red herring(neither fish, flesh, nor fowl)은 '정체불명의' '알쏭달쏭한'이라는 뜻인데, 여기서 red herring은 훈제한 청어(smoked herring)를 말하며, '문제의 핵심을 흐리게 하는 말' '거짓 정보'나 '그럴싸한 보고서'라는 뜻도 있다. 중세시대 때 탈주범들이 냄새가 지독한 이 훈제 청어를 뿌려 추적자의 개들을 따돌린 데서 나온 말이다. 'Holy mackerel(moses)!'은 기쁨이나 노여움으로 놀랐을 때 쓰이는 '저런!' '설마!'라는 뜻의 감탄사이다.

북해에서 잡은 청어가 런던에 도착할 무렵에는 거의 죽기 때문에 as dead as a herring(완전히 죽은)이라는 말이 나왔는데, 이를 방지하기 위해 물탱크에 바다메기를 몇 마리 집어넣고 운송해온다고 한다. 이렇게 하면 바다메기들에게 안 잡아먹히려고 긴장감을 늦추지 않는 청어들이 런던까지 활어 상태로 올 수 있다.

청어류의 새끼는 sprat라고 하며, '어린애' '하찮은 놈'을 가리키기도 한다. 그래서 throw(fling away) a sprat to catch a herring(mackerel, whale)은 '새우로 도미를 낚다' '작은 밑천으로 큰 것을 얻다'라는 뜻이다.

송어와 숭어는 전혀 다른 물고기

독일 출신 '가곡의 왕' 슈베르트의 명곡 '송어'를 '숭어'로 잘못 알고 있는 사람들이 많다. 송어와 숭어는 전혀 다른 물고기이지만, 우리나라 고등학교 음악 교과서의 대부분에 '숭어'라고 되어 있으니 기가 막힐 노릇이다.

가곡 '송어'의 원제목은 「Die Forelle」(1817)인데 영어로는 trout이다. 송어는 '물어 뜯는 물고기(gnawer)'라는 뜻의 그리스어 troctes와 '날카로운 이빨을 가지고 있는 물고기(a fish with sharp teeth)'라는 뜻의 라틴어 trocta에서 따온 이름이다. 그래서 old trout는 남의 일에 간섭 잘하고 수다스러운 '추한 노파'나 '화를 잘 내는 여자'를 가리키기도 한다. 송어와 비슷한 종류로 산천어(열목어)가 있는데, 몸길이는 송어의 절반 정도밖에 되지 않는다. 이 물고기는 송어와 학명이 같으며 짝짓기도 가능하다.숭어과의 어류는 mullet라고 한다.

광어와 도다리의 구별법

도다리(flounder)는 가자미류이며, 광어(flatfish)는 넙치류인데, 눈이 쏠린 방향만 다를 뿐 사촌간이며 모두 납작한 게 특징이다. 하지만 앞에서 보았을 때 눈이 왼쪽에 있으면 광어이고 오른쪽에 있으면 도다리이다. 바로 여기서 '좌(左)광 우(右)도'라는 말이 나왔다. 이 녀석들은 부화할 때만 해도 양쪽에 눈이 달려 있으나 자라면서 한쪽으로 쏠린다.

눈이 쏠리기 시작할 때부터 몸통도 납작해지는데, 이는 바다 밑바닥 생활에 적응하기 위한 처절한 몸부림이라 할 수 있다. 도다리는 광어에 비해 몸통 폭이 커 둥근 마름모꼴이며, 자연산은 배가 하얗고 매끄럽다고 한다. 이와 비슷한 종류로는 가자미(plaice)와 서대기(sole)가 있다.

우리는 '두 눈을 한곳으로 잘 모으거나 눈을 잘 흘기는 사람'을 '넙치눈이(광어눈이)'라고 부르는데, 영어로는 a cross-eyed person이라고 한다.

해장국으로 좋은 생선들

황태탕이나 대구탕은 단백질이 풍부해 콩나물국 버금가는 해장국이다. 이 중 명태는 상태에 따라 여러 가지로 불린다. 얼지 않은 것은 생태, 바싹 말린 것은 북어, 반쯤 말린 것은 코다리, 겨울철에 잡아 얼린 것은 동태(frozen pollack)라고 부르며, 산란기 중에 잡은 명태를 덕장에서 얼리고 말리는 과정을 반복해 가공한 것을 황태라 부른다. 또 명태의 새끼는 노가리라고 하며, 명란젓은 바로 이 명태의 알로 담은 젓갈이다. 대구류(pollack)에 속하는 명태는 walleyed pollack, alaska pollack이라 하며, 명태보다 조금 큰 대구는 cod(codfish)라 한다. 대구포는 jerked cod이다.

빤질이의 상징 미꾸라지와 뱀장어

미꾸라지(loach, mudfish)는 미끌미끌한 점액을 분비하는데, 이 점액의 구성 성분인 황산콘드로이친이 노화 예방에 좋다고 한다. 그래서 우리나라 사람들은 예로부터 미꾸라지를 가을의 최고 보양식으로 애용하고 있다. 미꾸라지는 이 미끌미끌한 점액 때문에 '빤질이'를 뜻하기도 한다. 우리의 속담 "미꾸라지 한 마리가 온 웅덩이를 흐려놓는다"와 같은 서양 속담에는 미꾸라지 대신 사과가 들어간다. 즉, 'One rotten apple spoils the barrel(썩은 사과 한 개가 통 전체를 망친다)'이다.

이와 비슷한 민물고기로 eel(뱀장어, 뱀장어처럼 잘 빠져나가는 사람이나 물건)을 꼽을 수 있는데 as slippery as an eel은 '미끈미끈한' '요리조리 잘 빠져나가는'이라는 뜻이며, a slippery〔an eely〕 fellow는 '미꾸라지 같은 놈'을 뜻한다.

세계적인 석유 메이커 '쉘'의 마크, 조가비

조개(shellfish, clam)의 껍질을 조가비(shell)라고 한다. 물론 달걀의 껍질(egg shell)이나 거북의 등껍질(tortoise shell), 그리고 과일의 껍질이나 깍지, 심지어 포탄의 탄피까지도 shell이라고 한다. 그래서 shell shock는 '탄환 충격(폭탄으로 인한 기억력, 시력 상실증),' 즉 전투 신경증세(battle fatigue)를 뜻하며, a tear shell은 '최루탄'을 뜻한다.

조개는 그 단단한 이미지 때문에 '말없는 사람'이나 '침묵을 지키다'라는 뜻을 갖고 있으며, 조가비도 마찬가지이다. 그래서 come out of my shell은 '내 속내를 드러내다,' 반대로 go into my shell은 '침묵을 지키다'라는 뜻이다. shell을 동사로 쓰면 '껍질을 벗기다' '껍질이 벗겨지다'라는 뜻이며, as easy as shelling peas(콩껍질 벗기듯 쉬운)는 '아주 쉬운'이라는 뜻의 관용구이다.

원시시대에는 조가비를 화폐로 사용했다. 그런데 가장 문명국이라 자처하는 미국에서도 여전히 조개를 화폐로 쓰고 있다. 바로 1달러(지폐)를 속어로 clam이라 부르기 때문이다.

참고로 shell company는 '쉘' 정유회사가 아니라 조개같이 작은 회사, 즉 '주식의 공개 매입 대상이 되는 약소 회사'를 가리킨다.

느리지만 끈질긴 거북

거북은 크게 두 종류로 구별하는데, tortoise는 아주 느린 육지나 민물의 거북(남생이), turtle은 바다거북을 말한다. 거북 종류 가운데 가장 큰 장수거북은 leatherback turtle 이라고 한다. 이 바다거북을 뒤집어놓는 turn turtle은 '전복하다' '어쩔 도리가 없다' '겁먹다'라는 뜻으로 쓰인다. 목 부분을 접어서 입는 스웨터를 폴로 넥(polo neck)이라고 하는데, 바로 이 거북의 목을 닮아 turtleneck이라고도 한다.

『이솝 우화』의 hare and tortoise는 '토끼와 거북의 경주,' 즉 '참을성의 승리'를 의미하는데 바로 여기서 "Slow and steady wins the race(느리지만 성실한 자가 승리한다)"라는 말이 나왔다. 루이스 캐럴의 『이상한 나라의 앨리스』에도 "We called him 'tortoise' because he taught us(우리는 그를 '토트어스'라 부른다. 왜냐하면 그가 우리를 가르쳐주었으니까)"라는 대목이 나오는데, tortoise와 taught us가 발음이 비슷하기 때문에 나온 재미있는 표현이라 할 수 있다.

1899년 은나라의 옛 왕도 은허(殷墟)에서 발견된 갑골문자(甲骨文字, 귀갑문자)는 거북 등껍질(turtleback)이나 짐승의 뼈에 새긴 상형문자로서, 영어로는 inscriptions on bones and tortoise carapaces라고 한다.

가재는 게 편

우리 속담에 "가재는 게 편이요, 초록은 동색"이라는 말이 있다. 서로 인연이 있는 데로 편들어 붙는다는 뜻이다. 가재는 집게의 모양 때문에 crayfish나 crawfish라고 하는데, crawfish는 가재의 잘 숨는 모습에 빗대어 '꽁무니 빼는 자'나 '변절자'라는 뜻도 있다.

그리고 게(crab)는 똑바로 가지 못하고 옆으로 새는 모습 때문에 '실패(failure)' '심술쟁이'나 '까다로운 사람'을 뜻하기도 하며, crabber는 '게잡이 어부'뿐만 아니라 집게발 때문에 '헐뜯는 자' '혹평가'라는 뜻도 있다. 동사로 쓰이면 '경로를 벗어나다' '앞으로 밀려나다'라는 뜻이다. 따라서 turn out(come off) crabs는 '실패로 돌아가다'라는 뜻이다. 남자들의 불결한 행동 때문에 생기는 '사면발니'는 crab louse(게처럼 물어뜯는 집게가 달려 있는 이)라고 한다.

조개의 사촌, 굴

'Never eat an oyster unless there's an R in the month.' 서양 사람들은 굴을 좋아하지만 '영어 알파벳 R이 들어 있지 않은 달'에는 굴을 먹지 않는다. 즉 5월(may), 6월(June), 7월(July), 8월(August)에는 날씨가 더워 굴이 쉽게 상하기 때문이다.

굴은 맛있지만 까먹기가 매우 힘들어 쉽게 까기 위한 칼, 즉 oyster knife가 따로 있을 정도이다. he is as close as an oyster(그는 입이 무겁다)에서처럼 굴은 '입이 무겁고 과묵한 사람'의 상징이다. 하지만 '손쉬운 대상'이나 '좋아하는 것'이라는 뜻도 있어 the world is the salesman's oyster(세상은 세일즈맨의 봉이다)나 tennis is my oyster(테니스가 내 취미이다)라는 표현이 가능하다.

참고로, 굴 양식장은 '굴의 침대(oyster bed)' '굴 은행(oyster bank)' '굴 농장(oyster farm)' '굴의 공원(oyster park)'으로, 그리고 굴 요리집은 '굴의 바(oyster bar)' '굴의 칸막이(oyster bay)' '굴의 집(oyster house)' 등으로 아주 다양하게 불린다.

게르만 민족이 먹지 않는 낙지

낙지는 발이 8개라 영어로 octopus이다. octo는 라틴어로 숫자 '8'을 가리키는데, October도 '8번째' 달이라는 뜻이다. 그런데 10월이 된 이유는 로마력에서는 3월이 첫 번째 달이었기 때문이다.

예로부터 서양에서는 유대교의 영향으로 지느러미와 비늘이 없는 어류는 부정한 것으로 여겼다. 그러나 게 · 새우 · 패류는 일찍이 서양 사람들의 입맛에 들어 터부(taboo)의 대상에서 제외되고, 괴상하게 생긴 아귀 · 오징어 · 문어 · 낙지 종류만 악마의 물고기(devilfish)로 차별대우를 받았다. 게르만족과 노르만족도 낙지류를 혐오했는데, 주로 온대나 열대지역의 바다에서 서식하기 때문에 거의 구경을 못했으니 괴상하게 여길 수밖에 없었다.

참고로 octagon은 '8각형,' octahedron은 '8면체,' octave는 '8음계,' octopod는 '다리가 8개 달린 동물,' octogenarian은 '80대의 사람,' octoroon은 '흑인의 피가 8분의 1이 섞인 혼혈아'를 가리킨다.

메두사의 머리채, 해파리

이상고온으로 바다 속에 플랑크톤이 늘어나면 해파리도 급속도로 증가한다. 이렇게 늘어난 해파리는 연안으로 몰려와 어부뿐만 아니라 여름철 해수욕객들에게 큰 피해를 준다. 이 녀석은 몸이 한천질이라 jellyfish라고 하는데, 그리스 신화에 나오는 메두사의 헝클어진 머리채와 닮아 medusa라고도 한다. 또 해파리의 몸체가 말랑말랑하기 때문에, 이를 빗대어 '기개나 의지가 약한 사람'을

메두사의 머리채

가리키기도 한다. 이처럼 생김새에 따라 이름 붙은 어류로는 불가사리(starfish, 별), 복어(balloonfish, 공), 갈치(cutlassfish, 단검) 등이 있다.

곤충을 삼등분하면? → 죽는다

초등학교 자연시간에 나온 문제의 엽기적인 답이다. 절지동물(節肢動物)인 곤충을 삼등분하면 정답은 '머리, 가슴, 배'이다. 라틴어 in + secare(to cut) = insecare(안으로 자르다, 쪼개다)에서 유래된 in(안으로) + sect(자르다, 쪼개다) = insect가 바로 '곤충'이다. 이외에 a cross section(횡단면), bi(two) + sect = bisect(이등분하다, 양분하다), dis(apart) + sect = dissect(절개·해부하다, 상세히 분석하다), inter(each other) + sect = intersect(교차하다), se(to cut) + parate(to part) = separate(분리, 독립, 별거하다) 등도 여기에서 파생된 단어이다. 약간 의아하게 생각하겠지만 saw(자르는 톱)와 sex(원래 '남성과 여성을 가름'이라는 뜻)도 sect와 어원이 같다. 여기서 나온 복합어로는 insect pests(해충), insectifuge(구충제) 등이 있다. 이 곤충은 모두 몸집이 작기 때문에 insect는 '소인배'를 뜻하기도 한다.

또 en(in) + tom(to cut) = entom(o)- 역시 '곤충'을 뜻하는 접두어인데, 이것은 그리스어로 '분할하다(cut up)'라는 뜻이다. 따라서 entomology(insectology)는 '곤충학,' entomologist는 '곤충학자'이다. 더 이상 쪼개지지 않는 '원자'도 a(not) + tom(to cut) = atom이므로 곤충과 어원이 같으며, 가로로 자르면 속이 여러 개로 갈라져 있는 tomato(토마토)도 마찬가지이다.

이 밖에 dicho(in two) + tomy (cutting) = dichotomy(이분법), epi(on, outside) + tome(to cut) = epitome(요약, 발췌, 전형) 등도 어원이 같다. '컴퓨터 단층(斷層) 촬영'인 CT는

computed tomography의 약자이다.

곤충을 가리키는 가장 일반적인 말은 insect이며, worm은 지렁이 등의 연충, beetle은 딱정벌레·풍뎅이 등의 갑충, bug는 소금쟁이·장구벌레 등의 반시류(半翅類)를 가리킨다. you have bugs in the brain은 '넌 좀 유별나,' he put a bug in my ear는 '그가 살짝 나에게 귀띔해주었다'라는 뜻이다.

근면과 떼거리의 상징, 꿀벌

'I'm a busy bee(나, 되게 바쁜 사람이야)'에서처럼 꿀벌은 개미와 더불어 무척 바쁘고 부지런한 곤충의 대명사이다. 그래서 bee는 '일꾼'이라는 뜻도 있다. 거기에 '모임'이라는 뜻이 더해지는데, 이는 꿀벌의 군집성을 나타내는 것이라 할 수 있다. a husking bee(자선 옥수수 껍질 벗기기 모임), a spelling bee(철자 경기대회), an apple bee(사과밭 품앗이 일꾼)도 같은 맥락이며, beehive도 '벌집' 이외에 '붐비는 장소(crowded place)'라는 뜻이 있다. 그런데 사람들은 이 꿀벌들이 집으로 돌아올 때 일직선으로 날아온다고 여겨 make a beeline for, 즉 '일직선으로 날다' '직행하다'라는 말을 만들어냈다.

벌의 무릎, 즉 the bee's knees는 무슨 뜻일까. 1797년경에는 the cat's whiskers [pyjamas](고양이 수염[잠옷]), the flea's eyebrows(벼룩 눈썹), the canary's tusks(카나리아 송곳니)처럼 '조그마한 것' '사소한 것'이라는 뜻이었으나, 1920년대에 들어 복수형태를 띠면서 the acme of excellence, 즉 '최상급'이나 '최적임자'로 돌변했다. 꽃가루를 다리에 묻혀오니 당연히 중요할 수밖에 없지 않을까. 그렇다면 the birds and the bees는 무슨 뜻일까. 다름 아닌 '성교육의 기초 지식'을 말한다. "아기는 어떻게 생겨나는가?"라는 초보적인 성 관련 물음에 새가 알을 낳아서 품는 것이나 벌이 꽃가루를 옮겨서 꽃이 수정되는 것과 마찬가지라고 설명해준 데서 유래된 말이다.

공격적인 말벌(wasp)은 '성질을 잘 내거나 까다로운 사람'이나 '통증을 주는 것'을 뜻한다. 미국 사회의 주류를 이루는 WASP(White Anglo-Saxon Protestant 앵글로색슨계 백인 신교도)도 이런 이미지와 비슷하다고 볼 수 있다.

크기가 만만치 않은 호박벌(hornet)도 '귀찮게 구는 사람' '심술쟁이' '곤란' '맹공'이라는 뜻이 있으며, as mad as a hornet는 '몹시 화가 난' 상태를 가리킨다. 그리고 호박벌 집(hornet's nest)은 '벌집을 쑤신 것 같은 큰 난리' '분기탱천' '공공의 적'을 뜻하며, stir up a hornet's nest(bring a hornet's nest about one's ears)는 '벌집을 건드리다' '말썽을 일으키다'라는 뜻이다. 이렇게 꿀벌을 빼놓고는 모두 공격적이거나 신경질적인 이미지를 갖고 있다.

주로 양초나 색연필을 만들 때 쓰이는 밀랍(蜜蠟)은 beeswax라고 한다. 이것은 business라는 뜻도 있어 none of your beeswax하면 "네 일이 아니야"라는 뜻이다.

- **Tramps swarm like bees in the underpass** 지하도에 부랑자들이 떼 지어 있다
- **I have a bee in my bonnet〔head〕** 난 화가 나 약간 머리가 돌았다

영혼의 상징, 나비

나비는 영어로 butterfly인데, 마녀가 나비로 변해서 버터를 훔쳐간다는 전설에서 비롯된 단어이다. '변덕쟁이' '바람둥이' '경박한 여자'를 가리키기도 하며, '불안한 마음' '설렘' '초조함'을 나타낼 때도 쓰인다. 또 수영에서 나비처럼 손으로 물을 할퀴는 동작도 '버터플라이(butterfly stroke)'라고 한다. 보통 나비 종류에서 나비를 제외한 것들은 모두 나방이라고 부른다. 바퀴로 나비를 깔아뭉개기, 즉 break a butterfly on a wheel은 '모기 보고 칼 빼기'를 뜻하며, have butterflies(in the stomach)는 '조마조마하다' '두근두근거리다'라는 뜻이다.

나비효과(butterfly effect)란 브라질에 있는 나비가 날갯짓을 하면 다음 달 뉴욕에서 폭풍을 일어날 수도 있다는 이론으로, 미국의 기상학자 에드워드 로렌츠(E. Lorentz)가 1961년 기상관측을 하면서 구상해낸 것이다. 이것은 어떤 일이 시작될 때 생긴 아주 작은 차이가 결국에는 큰 차이를 가져올 수 있다는 이론인데, 카오스 이론(Chaos Theory)의 토대가 되었다.

그리스 신화에서 '영혼'을 뜻하는 프시케(Psyche)도 '나비'라는 뜻을 가지고 있으며, 회화에서도 대부분 나비의 날개가 달린 모습으로 그려져 있다.

이 밖에 어렸을 적 여름방학의 필수품인 매미채(포충망)는 butterfly net라고 하며, butterfly ball은 야구의 너클 볼(knuckle ball)을 말한다. 나비 넥타이는 a bow tie이다.

"Float〔flying〕 like a butterfly, sting like a bee(나비처럼 날아서 벌처럼 쏘겠다)." 무하마드 알리(Muhammad Ali)가 1964년 2월 25일 소니 리스턴과의 시합을 앞두고 한 말이다. 당시에 그의 본명은 케시어스 클레이였는데, 정말 그렇게 해서 KO로 이긴 뒤로 이슬람식으로 개명했다.

송충이는 솔잎을 먹어야 한다

Caterpillar는 '털이 많은 고양이'라는 뜻의 고프랑스어 catepelose에서 나온 말로 '모충(毛蟲)'이나 '송충이와 같은 나방이나 나비의 유충'을 가리킨다. 그리고 몸통의 마디로 움직이는 모습이 비슷해 '무한궤도 장치'를 뜻하기도 한다.

우리나라 속담에 제 분수를 알라는 뜻의 "송충이는 솔잎을 먹어야 한다"는 표현을 영어로는 'Don't bite off more than you can chew'라고 한다. 즉, '씹어 먹을 만큼 이상을 뜯지 말라'는 것은 힘겨운 일을 계획하지 말라는 뜻이다.

개미는 좀벌레?

좀이 쑤셔 안절부절못할 때는 영어로 why do you have ants in your pants?(네 바지 속에 개미 들어갔어? 왜 그렇게 안절부절못하니?)라고 한다. 이와 비슷한 표현으로 I have ants in my pants(뭔가 하고 싶어 좀이 쑤신다)가 있다. 이 문장들은 모두 개미의 근면성보다는 쉬지 않고 움직이는 모습에서 나온 표현이다.

개미의 근면함을 엿볼 수 있는 『구약성경』의 「잠언」 제6장 6절을 소개해본다. "Go to the ant, thou(you) sluggard; consider her way and be wise(게으른 자여, 개미에게 가서 하는 것을 보고 지혜를 얻을지어다)." 흰개미는 termite라고 한다.

개미와 반대되는 이미지, 베짱이

『이솝 우화』의 '개미와 베짱이'에서 개미가 한여름 동안 열심히 일할 때에 노래만 부르고 노는 베짱이 등의 여치류를 grasshopper(katydid)라고 하며, knee-high to a grasshopper는 여치의 무릎높이이므로 '아주 어린'이라는 뜻이다. 메뚜기는 locust, 매미는 cicada(cicala, balm cricket), 귀뚜라미는 cricket(평화와 행운의 상징으로, 울음소리는 chirp)라고 한다. 그래서 as merry(chirpy, lively) as a cricket은 '매우 쾌활(명랑)하게'라는 뜻이다.

탐식자 메뚜기

1938년 미국의 여류작가로선 처음으로 노벨문학상을 수상한 펄벅(Pearl Buck) 여사의 『대지(The Good Earth)』(1931)는 왕룽이라는 한 농부의 삶을 통해 중국의 근현대사를 파헤친 대작이다. 왕룽과 오란, 그들 가족의 파란만장한 삶, 죽음, 사랑, 질병, 기근, 전쟁, 혁명, 질투를 묘사한 이 소설은 1937년 영화로도 만들어졌다.

이 영화에서 메뚜기 떼의 대공세가 아주 인상적이었는데, 이것을 최고의 장면으로 꼽는 사람들도 있다. 그래서 메뚜기(locust)는 '탐식자' '파괴자'라는 뜻으로도 쓰인다.

「대지」의 영화 포스터

파리는 나는 벌레

파리는 '날다'라는 뜻의 고지독일어 fliogan(to fly)에서 나온 말인데, 나중엔 병을 옮기는 '해충'이라는 뜻으로도 쓰였다. a fly in the ointment를 직역하면 '연고 속의 파리'이다. 즉, '옥의 티'라는 뜻이며, there are no flies on him은 '그는 흠잡을 데가 없는 사람이다'라는 뜻이다. 또 빈대를 잡으려다 초가삼간을 태우는 행위, 즉 목적에 걸맞지 않게 '무리하게 강력한 수단을 쓰는 행위'는 crush(break) a fly(butterfly) on the wheel(파리(나비)를 수레바퀴로 깔아뭉개다)이라고 한다. 여기서 a fly on the wheel은 '허세부리는 자'를 뜻한다.

우리는 보통 가게가 한산할 때 '파리 날린다'라고 표현한다. 서양에서도 파리의 이미지는 비슷하다. '지루해서 하품하다' '필요없는 동작으로 관객의 시선을 끌다'는 catch flies, '혼자 술 마시다'는 drink with flies라 한다. 그리고 a fly on the wall(벽에 붙은 파리)은 mouse in the corner(구석에 있는 생쥐)와 마찬가지로 눈에 잘 띄지 않아 '몰래 타인을 감시·관찰하는 사람'을 가리킨다.

하찮은 것의 상징, 각다귀

각다귀(gnat)는 모기와 모양이 비슷하나 조금 크다. gnat는 고대영어 gnagan(to gnaw 물어뜯다)에서 나온 말이다. 우리말로도 각다귀는 '남의 것을 뜯어먹고 사는 사람'을 가리킨다. 「마태오 복음서」에 "Ye blind guides, which strain at a gnat, and swallow a camel"라는 구절이 있다. 바리새인들이 각다귀(율법의 작은 것)를 보고는 긴장하지만, 낙타(율법의 중대한 것)를 꿀꺽 삼키고도 모르는 체하는 것을 지적한 것인데, 여기서 strain at a gnat는 큰 일은 소홀히 하고 작은 일에 구애받는 '소탐대실'을 의미한다. 하지만 gnat's whistle(the gnatswhistle)은 속어로 '일품(masterpiece)'을 가리킨다.

말라리아를 옮기는 모기의 애벌레(幼蟲, larva)는 '장구벌레(mosquito larva)'라고 한다. 모기(mosquito)는 스페인어로 '작은 날벌레'라는 뜻의 mosca에서 나온 말인데, 너무 작아 '사소한 일'이라는 뜻으로 많이 쓰인다. '모깃불'은 a smudge, a mosquito fumigator[smoker]라고 하며, '모깃불을 피워 모기를 내쫓다'는 smoke[fumigate] out mosquitoes(smoke mosquitoes away)이다.

깔따구(midge)는 모기처럼 생긴 작은 날벌레로 물지는 않지만 알레르기성 질환을 일으키기도 하는데, '난쟁이'나 '꼬마'를 가리키기도 한다. 모기보다 작은 날벌레 하루살이(ephemera, ephemerid)는 그리스어 ephemeros(하루 목숨)에서 나온 말로, 하루 정도 날아다니기 때문에 dayfly, 주로 5월에 부화하기 때문에 mayfly라고도 부른다. 이 녀석들은 부화하기까지 오랜 시간이 걸리지만 1시간에서 2~3일 정도, 길어야 3주 정도 산다고 한다. 그래서 '명이 아주 짧은 것'을 가리키기도 한다.

시속 0.018킬로미터의 달팽이

달팽이(snail)는 1초에 0.5센티미터를 움직이는 아주 느린 연체동물인데, 머리끝에 두 개의 더듬이가 있고, 그 끝에는 명암만 구별할 수 있는 눈이 달려 있다. 달팽이는 느린 속성 때문에 '느림보' '빈둥거리는 사람'을 가리키며, as slow as a snail은 '아주 느린' '굼뜬(snail paced)' 그리고 at a snail's pace는 '느릿느릿하게'라는 뜻이다.

딱정벌레를 닮은 폭스바겐

히틀러 치하에서 생산되기 시작한 독일의 국민차 폭스바겐(Volkswagen)의 별명이 바로 '딱정벌레(beetle)'이다. 이 차의 모습이 꼭 딱정벌레를 닮았기 때문에 붙여진 별명이다. 이 딱정벌레는 눈이 아주 작기 때문에 '근시인 사람'을 뜻하기도 하는데, as blind as a beetle은 '지독히 근시안인' '눈먼'이라는 뜻이다. 이런 표현에는 beetle 대신 owl(부엉이)이나 mole(두더지)이 쓰이기도 한다. 송승헌의 '송충이 눈썹'은 beetle brows라고 표현한다.

1960년대 영국 출신의 전설적인 4인조 록 그룹 '비틀스'는 원래 the Beetles였다. 1959년 순회공연 중 비행기 사고로 23세의 젊은 나이에 사망한 미국의 전설적인 가수 겸 작곡가인 버디 홀리(Buddy Holly)가 1957년 그룹 '크리케츠(the Crikets 귀뚜라미)'를 결성하자, 이를 흉내내 the Beetles(딱정벌레)로 그룹 이름을 지었는데, 나중에 존 레논이 e를 a로 바꿔 Beatles로 정했다. 이 벌레와 비슷한 것으로 무당벌레(ladybird, ladybug)가 있다.

집착과 기생의 대명사, 거머리

서양에서는 거머리(leech)가 '흡혈귀' '고리대금업자' '착취자' '기생충 같은 사람' 등 부정적 이미지로 등장하지만, 한방에서는 거머리가 어혈(瘀血)을 삭이고 월경불순을 트이게 하는 효력이 있어 폐경·타박상·충혈 등을 치료하는 데 요긴하게 쓰였다. 특히 사람이나 가축의 피를 빨아 배가 부른 거머리가 효험이 있다고 한다.

물론 서양에서도 거머리를 붙여 피를 빨아냈기 때문에 leech를 동사로 쓰면 '달라붙어 짜내다' '희생물로 삼다' '거머리를 붙여 피를 빨아내다'라는 뜻이다. 이 때문에 거머리는 우스갯소리로 '의사'를 가리키기도 하는데, 'While men go after a leech, the body is buried(장례 치른 뒤에 의사 찾기, 사후약방문)'라는 속담에도 등장한다.

이와 비슷한 이미지의 곤충으로 진드기(tick, mite)가 있다. 이것도 '귀찮은 녀석' '집착하는 사람(barnacle)'을 가리키는데, fasten on me like a tick나 cling to me like a leech는 모두 '진드기같이 달라붙다'라는 뜻이다.

중세 유럽을 공포로 몰아넣었던 높이뛰기 선수, 벼룩

몇 차례에 걸쳐 14세기 중세 유럽을 공포의 도가니로 몰아넣었던 페스트(pest). 일명 흑사병(Black Death)으로 불리는 이 무시무시한 병을 옮기는 숙주가 바로 벼룩이다. 당시 유럽의 인구가 이 병 때문에 5분의 1이 줄어들었으며, '백년전쟁'이 중단되기도 했다. 서양 사람들은 상대가 재채기를 하면 "God bless you!"라고 말해준다. 재채기할 때 몸에서 영혼이 빠져나가지 못하도록 하거나 악마가 기도 속에 들어가지 못하도록 신의 가호를 빌어준 데서 유래한 것으로 "Thank you"라고 답례해주어야 한다.

이 pest는 '해충' '유해물' '역병(疫病)'을 가리키기도 한다. "Pest on〔upon〕 him!"은 '염병(染病)할 자식!'이라는 뜻이다. 그리고 a regular pest of the neighborhood(동네의 망나니)에서처럼 a pest는 '성가신 사람' '귀찮은 물건' '골칫거리'를 뜻한다.

벼룩(flea)은 은시류(Siphonaptera)에 속하는 해충으로 '하찮은(귀찮은) 사람이나 물건'을 뜻하기도 한다. a flea in one's ear(귓속의 벼룩)는 '꾸중' '듣기 싫은 소리'나 '따끔하게 비꼬는 말'이므로 send a person away with a flea in his ear는 '듣기 싫은 말을 해서 쫓아버리다'라는 뜻이다. 또 a flea in one's nose(콧속의 벼룩)는 '별난 생각'이라는 뜻이다.

왕성한 체력의 소유자 벼룩은 자기 몸의 100배인 20센티미터까지 튀어오르며, 35센티미터까지도 뛸 수 있다. 버러지 세상의 육상 스타라고 할 만하다. as fit as a flea[fiddle]라는 표현은 '아주 건강한' '원기 왕성한'이라는 뜻이다.

이 벼룩의 이미지는 fleabag(침낭, 싸구려 여관[flea house], 영화관 등 불결한 건물[fleapit], 퇴역 경주마, 지저분한 노파), flea circus(벼룩 서커스, 구경거리), fleabite(벼룩이 문 자국, 약간의 아픔을 느끼는 고통이나 사소한 일) 등의 복합어들을 만들어냈다. 특히 벼룩시장(flea market)은 중고품을 사고파는 곳을 말하는데, 벼룩이 들끓는 중고품을 사고팔아서 붙여졌다는 설과, 잡상인들이 단속을 피해 달아났다가 다시 나타나는 모습에서 유래되었다는 설이 있다.

우리말로 '벼룩의 간을 빼먹다'라는 표현은 skin a flea for it's hide이다. 벼룩과 비슷한 해충으로는 louse(이)가 있다.

가장 작은 세균, 바이러스

바이러스(virus, 비루스)란 전염성 병독이나 병원체를 말하는데, 세균보다 작아서 세균 여과기로도 분리할 수 없으며, 전자 현미경으로만 볼 수 있는 작은 균이다. 이것은 도덕적·정신적 '해독'이나 '악영향'을 뜻하기도 하며, 컴퓨터 바이러스(computer virus)나 휴대전화 바이러스처럼 과학용어로도 쓰인다.

바이러스는 그리스어 ios(poison 독)와 라틴어 venom(poisonous emanation 독을 내품음)에서 따온 말인데, venom은 그대로 영어에 차용되어 '독액' '악의'라는 뜻으로 쓰이고 있다.

Chapter

7

식물나라의
영어

식물은 한곳에 고정시켜놓은 것

동물과 달리 식물(plant)은 움직이지 않고 일정한 장소에서 자라기 때문에 어원도 '어느 곳에 고정시키다(fix to place)'라는 뜻의 라틴어 plantare이다. 그래서 plant는 '식물' '묘목' '생육(growth)' 이외에 a water power plant(수력발전소)나 plant export(설비 수출)처럼 고정의 이미지인 '시설' '설비'라는 뜻도 가지고 있으며, I plant myself는 '스스로 꿋꿋이 서다(내 지위를 차지하다)'라는 뜻이다.

동사로는 missionaries plant Christianity among heathens(선교사들이 이교도들에게 기독교를 전하다)에서처럼 '사상(신앙)을 주입하다' '심어주다(implant)'라는 뜻으로 쓰인다.

만물의 최고봉, 꽃

아름다운 꽃을 싫어하는 사람은 없다. 꽃이 세상에서 최고라고 하는 사람들도 많다. 실제로 flower는 '최고(the best)' '전성기(the prime)' '자부심(the pride)'이라는 뜻을 갖고 있는 라틴어 flos가 어원이다. 그래서 flower는 '꽃처럼 아름다운 사람' '정수(精粹, essence)' '만발' '한창때'를 가리키기도 한다. flowers of speech는 '미사여구,' the flower of one's youth는 '한창 젊을 때,' the flower of chivalry는 '기사도의 꽃'이라는 뜻이다. 더구나 5월의 꽃을 으뜸으로 쳤으니 as welcome as the flowers in May는 '대환영을 받는'이라는 뜻이다. 이 밖에 flower는 '꽃이 만발하다(in full bloom)' '문화 · 예술 등이 꽃피다' '번영하다(flourish)' '성숙하다(mature)'라는 동사로도 쓰인다.

꽃은 종류에 따라 flower(초목의 꽃), blossom(과수의 꽃), bloom(관상용 꽃), floral tribute(헌화), artificial flowers(조화) 등으로 구분한다. 이 가운데 어떤 꽃이라도 한 다발(a bunch of flowers)을 선물받으면 기분이 좋지 않을까?

복합어로 flower arrangement는 꽃꽂이, flower bed는 화단(花壇), flower child는 히피족이나 비현실적인 사람을 가리킨다. 히피족들의 경우 평화와 사랑의 상징으로 꽃을 달고 다녔기 때문이다. 특히 flower de luce(프랑스어로는 fleur-de-lis)는 '붓꽃 모양의 문장(紋章)'을 말하는데, 1147년부터 공화국 이전까지 프랑스 왕실의 문장이었다.

우리나라의 국화(國花)는 무궁화

무궁화(無窮花)의 학명은 Hibiscus syriacus Linnaeus이다. 이집트의 히비스(Hibis) 여신처럼 꽃이 아름다워 여신의 이름을 속명으로 했으며, 자생지로 알려진 중동의 시리아를 종명으로 한 다음 명명자인 린네의 라틴어 이름을 마지막에 붙인 것이다. 이 밖에 무궁화의 학명으로 Althaea rosea(약용 장미)가 사용되기도 하는데, althaea는 그리스어로 '치료하다'라는 뜻이다. 한방에서도 무궁화는 오래전부터 위경련·복통·설사 등에 좋은 약으로 쓰여 왔다. 영어로 무궁화는 shrub althaea(약용 관목) 또는 '샤론의 장미(예수 그리스도)'라는 뜻의 Rose of Sharon이라고 한다.

동음이의어의 국화(菊花)는 chrysanthemum이라 한다. 그리스어 chrys(golden, yellow)와 antemon(flower)의 합성어 chrysantemon(금빛 나는 꽃)이 16세기 중반에 영어로 차용된 것이다. 루스 베네딕트의 명저 『국화와 칼(The chrysanthemum and the sword)』(1946)의 제목에는 이 책의 성격이 잘 드러나 있다. 국화는 일본 황실의 상징이며, 칼은 사무라이의 상징이기 때문에 일본 문화에 관한 저서임을 쉽게 알 수 있다.

영국의 국화(國花)는 장미

장미는 영국의 국화이지만, 전 세계 생산량의 3분의 1을 차지하고 있는 불가리아가 세계 최대의 산지이다. 특히 이곳에서 생산되는 장미 오일은 예로부터 품질이 우수하기로 유명하다. 에센셜 오일의 여왕으로 불리는 장미 오일은 스트레스와 피부 미용에 특효라고 알려져 있다. 우유 팩 하나(250밀리리터) 정도의 오일을 얻기 위해서는 반드시 오전에 직접 손으로 딴 약 1,000킬로그램의 장미 꽃잎이 필요하다. 그래서 장미 오일은 아주 비싸며 극히 소량만 사용한다.

'There is no rose without a thorn(가시 없는 장미는 없다).' 이는 완전한 행복은 없다는 뜻이다. 이처럼 장미는 '행복'이나 '낙관' '미인'의 뜻으로 많이 쓰인다. 그래서 a bed of roses는 '안락한 지위'나 '걱정없는 환경'을 말하며, 'Life is not all roses(인생이 즐거운 것만은 아니다)'라는 말도 같은 맥락에서 나왔다.

Rose-colored(roseate)는 '장미빛의'라는 형용사말고도 '유망한' '밝은' '낙관적인'이라는 뜻도 가지고 있다. 그래서 rose-colored glasses는 '낙관적인 견해'를 가리킨다. 또 rose bud는 장미 꽃봉오리를 말하는데, '예쁜 소녀'를 상징한다. a blue rose(푸른 장미)는 일종의 형용모순으로 '있을 수 없는 것'을 가리키며, under the rose는 '비밀리에(secretly)' '몰래(furtively)'라는 뜻이다.

하지만 이렇게 아름다운 장미가 정치판에 뛰어들면 볼썽사나워진다. the Wars of the Roses(장미전쟁, 1455~1485. 일명 '30년 전쟁')는 랭커스터 가문(붉은 장미)과 요크 가문

튜더 왕조를 연 헨리 7세

(백장미) 사이에 벌어진 왕위(王位) 다툼을 말하는데, 랭커스터 가문의 리치먼드 백작 헨리 튜더가 1485년 웨일스에 상륙하여 '보즈워스 전투'에서 리처드 3세에게 승리함으로써 전쟁이 끝났다. 헨리는 왕좌에 즉위하여 헨리 7세라 칭하고 '튜더 왕조' 시대를 열었다.

미국으로 건너간 장미도 정치판에서 권력의 소용돌이에 휘말리고 만다. Rose Garden(장미 화원)은 원래 백악관의 정원을 가리키는데, Rose Garden Strategy(로즈 가든 전략)는 '현직 대통령이 기득권을 살려 재선을 노리는 선거 전략'을 말한다.

순결의 상징, 백합

백합 또는 나리라고 불리는 lily는 하얀색 꽃으로 순결과 아름다움의 상징이다. the lilies and roses는 백합과 장미처럼 아름다운 얼굴, 즉 '미모'를 가리키며, 새하얀 섬섬옥수(纖纖玉手)는 lily hand라고 한다. 하지만 여성적이고 나약한 이미지 때문에 '나약한 남자'나 '동성연애자'의 속어로도 쓰이며, lily-livered는 '겁많은(coward, timid)'이라는 뜻이다.

또한 백합은 그 색 때문에 흑인을 배척하는 단어로 쓰이기도 한다. the lily white movement란 흑인의 참정권을 부인하는 '범백인(凡白人) 운동'을 뜻한다.

아침의 영광, 나팔꽃

나팔꽃은 아침에 피었다가 저녁에 지는데, '립스틱 짙게 바르고'라는 유행가 가사에도 나와 있다. 영어로는 morning glory라고 하며, 짧은 사랑을 표현할 때 많이 쓰이기 때문에 꽃말도 '허무한 사랑'이다. 넝쿨로 담이나 나무를 타고 올라가기 때문에 '결속'이라는 꽃말도 있다.

톡 하고 건드리면 터질 것만 같은 그대, 봉숭아

옛날부터 여성들이 손톱에 물을 들이는 데 많이 사용했던 봉숭아(garden balsam)는 우리 민족과 아주 친숙한 꽃이다. '봉선화 연정'이나 '울밑에 선 봉선화야'라는 노래도 있지 않은가. 이 노래에서 울밑은 울타리 밑이니 balsam에 garden이라는 단어를 붙여주는 게 당연한 것 같다. 또 줄기와 가지 사이에서 꽃이 피며 우뚝 일어선 봉황(鳳凰)의 모습과 닮아 봉선화(鳳仙花)라고 부른다.

이 꽃은 삭과를 만지면 터져서 씨가 나오므로 touch-me-not(나를 건드리지 말아요)이라고도 하며, '거만한 사람'이나 '쌀쌀한 여자'를 가리키기도 한다.

제비꽃을 왜 오랑캐꽃이라 부를까

제비꽃(violet)이 필 무렵 오랑캐가 쳐들어와서 그렇게 불렀는데, 봄이 왔음을 알리는 귀여운 모습 때문에 일부 지방에선 병아리꽃이라 부르기도 한다. 꽃잎이 보라색을 띠기 때문에 '청자색(reddish-blue)'을 뜻하기도 하며, 소화하기 아주 까다로운 색깔이라 비유적으로 '매우 신경질적인 사람'을 가리킬 때 많이 쓰인다. a shrinking(modest) violet은 '수줍어하는 사람' '내성적인 사람'이라는 뜻이다.

제비꽃과 비슷한 tricolored violet은 '삼색 제비꽃,' 즉 '팬지(pansy)'를 가리키며, dogtooth violet는 '얼레지'를 가리킨다.

난초꽃 모양과 같은 고환

'난초'나 '그 꽃'을 뜻하는 orchid는 orchis라는 그리스어에서 라틴어를 거쳐 영어로 들어온 말이다. orchis는 원래 '고환'을 가리켰으나 꽃 모양이 고환과 비슷해 '난초'로까지 의미가 확장된 것이다. 따라서 orchidotomy(orchiectomy)는 '고환절개술'이나 '거세,' orchitis는 '고환염'을 말한다. 고환은 영어로 testicles라고 하는데, 정소(精巢)를 뜻하는 testis의 지소어이다.

영국에서는 orchis가 영국산 야생란(wild orchid)을, orchid는 외래종을 가리킨다. 또한 꽃 색깔 때문에 '연자줏빛'이라는 뜻으로도 쓰이며, 꽃이 화려하기 때문에 형용사 orchidaceous는 '화사한'이라는 뜻을 가지고 있다.

행운의 상징, 네잎클로버

토끼풀이라 불리는 클로버는 보통 잎이 3개 달려 있지만, 드물게 4개 달린 것도 있다. 서양에서는 이 네잎클로버(four-leaf clover)를 '행운의 상징'으로 여긴다. 토끼들이 풀밭에서 이 클로버를 뜯어먹고 있는 모습을 보면 정말 남부러울 게 없는 것처럼 보인다. 그래서 "They are in the clover"라는 표현은 '그들은 호화롭게 산다'라는 뜻이다.

cloverleaf는 모양 때문에 고속도로의 '입체교차로'를 뜻하기도 한다.

옛날 서양의 시골 아이들은 마땅히 놀 곳이 없어 풀밭에서 토끼풀을 발로 차면서 놀았는데, 거기서 유래된 clover kicker(클로버를 차는 사람)는 '농부(peasant, farmer)'나 '시골뜨기(clown)'를 가리킨다.

모양이 비슷한 바닐라와 바기나

바닐라 열매

바닐라(vanilla)는 난초과 덩굴식물로 열대 아메리카가 원산지이다. 아메리카 원주민들이 초콜릿의 향료로 사용하는 것을 본 콜럼버스가 유럽에 전했다고 한다. 열매는 작두콩의 꼬투리 모양처럼 생겼고 3개의 모난 줄이 있으며 익으면 짙은 갈색을 띤다. 발효시킨 열매에서 바닐린(vanillin)이라는 향료를 얻는데, 아이스크림, 푸딩, 캔디, 음료 등에 두루 쓰인다.

Vanilla는 라틴어 vagina(칼집, 덮개, 여성의 음부)에서 비롯된 스페인어 vaina(칼집, 덮개)의 지소어 vainilla(식물, 과일)에서 나왔다. vagina는 바닐라 열매와 그 모양과 색깔이 비슷했기 때문에 붙인 이름이다.

목재에서 나무로

나무나 수목을 뜻하는 tree는 산스크리트어 daru에서 나온 말인데, 원래는 '목재(wood)'라는 뜻이었다. 이것이 그리스어 drys로 되었다가 고노르드어로 차용되면서 '나무'라는 뜻의 tre(tree)가 되었는데, 이것을 영어가 받아들인 것이다.

Tree는 높이 10피트 이상의 나무를 뜻한다. shrub이나 bush는 관목(보통 사람의 키보다 낮은 나무), pine tree는 소나무, evergreen tree는 상록수, wood는 목재를 가리킨다.

이 밖에 tree는 '가계도(家系圖, family tree)' '혈관이나 기관지의 관계(管系)'라는 뜻도 있으며, the Tree는 '십자가'를 뜻한다. 그리고 an axletree(굴대), a saddletree(안장틀) 등의 복합어에도 쓰인다. 여기서 나온 관용구로는 as trees walking(어렴풋이, 불명료하게), at the top of the tree(최고〔지도자〕의 지위에), bark up the wrong tree(엉뚱한 사람에게 불평하다), in the dry tree(역경에 처하여), up a tree(어쩔 줄 몰라서) 등이 있다.

Tree of Buddha는 '보리수(bo tree, linden tree, pipal tree, 산스크리트어로는 Bodhendrum)'를 뜻하며, tree of liberty는 '기념으로 심는 자유의 나무'를 뜻한다. tree에 관련된 속담 하나를 배워보자. "See the trees and not the forest(나무만 보고 숲을 못 보다, 즉 눈앞의 일에 얽매어 전체를 못 보다)."

승리의 상징, 월계수

그리스의 아테네에서 처음 올림픽이 열렸을 때 각 종목 우승자에게 월계관을 씌워 주었다. 이 전통은 근대 올림픽으로까지 이어져 마라톤 우승자에게 월계수 잎으로 만든 관을 씌워주었다. 그래서 월계수(laurel)는 영어로 '승리'와 '명예'라는 뜻이 있 으며, win(gain) laurels는 '명예·명성을 얻다'라는 뜻이다. 또 '계관시인'은 poet laureate, '노벨상 수상자'는 a nobel prize laureate라고 한다. 이러한 영광을 지키기 위해 우리는 "Look to your laurels!(명예를 더럽히지 않도록 조심하라!)"라는 말을 염두에 둬야 할 것이다.

월계수는 그리스 신화에서 아폴론에게 쫓기다 월계수로 변한 님프의 이름을 따 daphne라고도 한다. bay도 '월계수'라는 뜻이 있으며, 복수로 쓰면 '월계관' '명성 (fame)'이라는 뜻이다.

평화와 화해의 상징, 올리브

노아의 방주와 비둘기

평화의 상징으로 대표되는 동물에는 비둘기 (pigeon), 식물로는 올리브(olive)가 있다. 『구약성 경』을 보면 물 위를 떠나니던 방주가 아라랏(아 라라트) 산에 내려앉자 노아가 시험 삼아 비둘기 를 지상으로 날려 보낸다. 그 비둘기가 올리브 가지를 물고 오자 노아는 비로소 지상의 홍수 가 멎었음을 알았다. 이때부터 비둘기와 올리 브 가지(olive branch)는 '평화'와 '화해'의 상징이 되었다. "The enemy hold out the olive branch(적이 화해를 제의해왔다)"처럼.

또 olive crown은 월계수와 마찬가지로 '승리'를 상징하기도 한다. 「시편」에서는 olive branchse가 '자식들'이라는 뜻으로 쓰였다.

천안의 명물, 수양버들

축 늘어진(weeping) 버드나무(willow), 즉 수양버들(a weeping willow)은 천안의 명물이다. 영국에서는 이 버드나무를 크리켓의 배트를 만드는 데 많이 쓰인다. handle the willow하면 '크리켓을 하다'라는 뜻이다. 또 서양에서는 애인의 죽음을 애도할 때 버드나무 가지로 만든 화환을 썼기 때문에 wear the willow는 '애인의 죽음을 슬퍼하다'라는 뜻이 된다.

버드나무 가지는 가늘고 긴 모양 때문에 형용사 willowy는 '나긋나긋한' '가냘픈' '날씬한'이라는 뜻이다. 봄날 버드나무의 부드러운 눈(willow bud)은 마치 솜처럼 생겨서 willow는 '솜틀' '솜틀로 틀다'라는 뜻도 갖게 되었다.

인간은 생각하는 갈대

프랑스의 유명한 철학자이자 수학자인 파스칼(B. Pascal, 1623~1662)의 『팡세』 서두에 나오는 명언이다.

"L'homme est un roseau le plus faible de la nature: mais c'est un roseau pensant(Man is only a reed, the weakest in nature, but he is a thinking reed. 인간은 자연 가운데서 가장 약한 갈대에 불과하다. 그러나 생각하는 갈대이다)." 이는 「마태오 복음서」 제12장 20절과 「이사야서」 제42장 3절에 나오는 '부러진 갈대(a broken reed)'에서 나온 말이다. 이 부러진 갈대는 '믿을 수 없는 사람'을 일컬을 때 쓰이며, lean on a reed는 '못 믿을 사람(물건)에 의지하다'라는 뜻이다.

예로부터 서양에서는 갈대(reed)가 특히 피리로 많이 쓰였기 때문에 시어로 '목적(牧笛)'이라는 뜻도 있으며, 오보에 · 바순 · 클라리넷 등의 '목관악기'를 가리키기도 한다. reed organ은 페달식 풍금을 말한다.

담쟁이 연맹, Ivy League

미국 북동부 8개 명문대학(하버드, 예일, 프린스턴, 컬럼비아, 펜실베이니아, 브라운, 코넬, 다트머스)의 별명이 바로 'the Ivy League'이며, 그 재학생은 'Ivy Leaguer'라고 한다.

'아이비 리그'에 속하는 8개 대학의 기장

그래서 이 담쟁이(ivy)가 형용사로 쓰이면 '학구적인' '학교의'라는 뜻이 되어 '아이비 리그'로 부른다. 참고로 ivy vine은 '야생 포도류'를 가리킨다.

동양의 주식, 쌀

쌀(rice)은 동아시아와 동남아시아인들의 주식으로, 생산량은 밀 다음으로 많다. 이 쌀은 껍질이 있는 벼와 껍질만 벗긴 갈색의 현미(hulled〔brown rice〕), 정미(polished rice)로 구분한다. 서양에서는 이 쌀을 결혼식 후 신랑과 신부에게 '다산'을 기원하며 뿌려주는데, 이를 rice throwing이라고 한다.

'한국전쟁' 당시 많이 먹었던 주먹밥은 rice ball이라고 하며, 환자에게 먹이는 미음은 rice water라고 한다. 벼농사는 a rice crop, 벼농사에서 가장 많이 발생하는 도열병(稻熱病)은 rice blast disease라고 한다. 또 ricer는 쌀과 전혀 관계없는 용어로, 감자를 쌀알만큼 작아질 때까지 으깨는 주방기구를 말한다.

베갯속의 왕겨

우리의 조상들은 왕겨를 베갯속의 재료로 삼았다. 화학제품인 스폰지가 등장하면서 자리를 내주었고, '웰빙 시대'가 되면서 세라믹이나 게르마늄 같은 것들에게 쫓겨나고 말았다.

왕겨(chaff)는 영어로 '여물' '찌꺼기' '하찮은 것' 등의 뜻을 지니고 있다. chaff and dust(먼지)는 '폐기물'을 말한다. 이 밖에 chaff는 레이더 탐지 방해용으로 비행기에 뿌리는 '금속가루'를 뜻하기도 하며, '악의없는 농담이나 놀림'의 뜻도 가지고 있다.

- **You must separate (the) wheat from (the) chaff** 너는 옥석을 구분해야만 한다

원래 허수아비의 재료는 짚

가을철 황금 들녘에서 홀로 참새와 맞서고 있는 파수꾼 허수아비를 옛날엔 짚(straw)으로 만들었다. 이 허수아비가 쓰는 모자는 straw hat(밀짚모자)이라고 하는데, 미국에서는 '지방순회 여름극장'을 뜻하기도 한다.

허수아비(straw man)를 은유적으로 표현하면 '위증하는 증인'이나 '보잘것없는 사

람'이라는 뜻이며, straw boss도 마찬가지로 '실권없는 상사'를 가리킨다. 그래서 not worth a straw(bean)는 '한 푼의 가치도 없는' 사람이나 물건을 표현할 때 쓰인다. 그리고 throw straws against the wind(make bricks without straw), 즉 '바람을 향해 지푸라기를 던지다'라는 표현은 '불가능한 일을 꾀하다'라는 뜻이다. split straws는 지푸라기가 보잘것없이 소소한데 이것을 또 쪼갠다는 말이니 '시시콜콜 따지다'라는 뜻이다. 마찬가지로 last straw는 '더 이상 못 견디는 최후의 매우 적은 부담' '인내의 한계를 넘게 하는 것'을 뜻한다. 여기서 나온 속담이 바로 "It's the last straw that breaks the camel's back(작은 짐이라도 한도를 넘으면 낙타 등을 부러뜨린다)"이다.

합성어 straw vote(poll)는 '비공식 여론조사,' straw wedding은 결혼 2주년 기념일인 '고혼식(藁婚式)'을 말한다. '물에 빠지면 지푸라기라도 잡는다'를 영어로 표현하면 'a drowning man will catch at a straw'이다.

참고로 straw(짚) + berry(씨 없는 작은 과일) = strawberry는 딸기이다. 영국의 귀족들은 관에 이 딸기잎 장식을 달았기 때문에 strawberry leaves는 '고위 귀족의 지위(공작 · 후작 · 백작)'를 의미하게 되었다.

서양인의 주식, 밀

밀(wheat)과 비슷한 곡식을 한번 알아보자. 우선 보리(barley)는 식용뿐만 아니라 맥주와 위스키의 원료로도 쓰이며, 귀리(oats)는 오트밀을 만들어 먹거나 가축의 사료로 쓰인다. '라이보리'라고도 불리는 호밀(rye)은 빵이나 위스키의 원료뿐만 아니라 가축의 사료로도 사용된다.

집안에 식량이 있으면 든든하기 때문에 as good as wheat는 '아주 좋은'이라는 뜻이며, separate (the) wheat from (the) chaff는 '밀'과 '겨'를 구별해내는 일이니 '좋은 것과 나쁜 것을 구별하다' 또는 '유능한 사람과 무능한 사람을 구별하다'라는 뜻이다. wheatear는 '밀 이삭,' wheat germ는 '맥아(麥芽)'이다.

정력에 좋은 귀리

서양에서는 귀리(oats)를 밀 다음으로 많이 먹는다. 귀리를 갈아 오트밀(oatmeal) 수프를 만들어 먹는데, 영양가도 높고 정력에도 그만이라고 한다. 그래서 이 단어를 복수로 쓰면 '성적 만족'이라는 뜻이 된다. feel one's oats는 '기운이 넘치다,' smell one's oats는 '갑자기 기운이 나다'의 뜻이 담겨 있다.

귀리는 서양인의 주식이어서 그 뜻이 생활과 밀접하게 연관되어 있다. earn one's oats는 '내 생활비를 벌다,' be off one's oats는 '식욕을 잃다'라는 뜻인데, 이를 보다 넓은 의미로 해석한 know one's oats는 '세상물정에 밝다' '통달하다'라는 뜻이다. 속어로 oat opera는 '서부극'을 가리킨다.

활기를 불어넣는 채소

'채소' '푸성귀'라는 뜻을 지닌 vegetable은 '활기를 불어넣다(animate)'라는 라틴어 vegetabilis에서 나왔다. 단어의 뜻에서도 알 수 있듯이 채식(a vegetable diet)은 건강에 좋은 것이다. 나중에 이 단어는 의미가 확대되어 식물(plant)이라는 뜻도 갖게 되었다. 또한 I became a mere vegetable은 '(붙박이로 있는 식물처럼) 난 활기를 잃었다'라는 뜻이다.

형용사로는 vegetable existence(식물인간이나 무기력한 사람), vegetable matter(식물성), vegetable soup(채소 수프) 등에 쓰인다.

당근은 말밥

홍당무라고도 하는 당근(carrot)은 말이 제일 좋아하는 먹이다. 그래서 은유적으로 '설득의 수단'이나 '미끼' 그리고 '포상'의 뜻으로 많이 쓰인다. 국제정치학에서 carrot-and-stick, 즉 '당근과 채찍'은 상대 국가의 합병이나 침공의 빌미를 마련할 때 쓰는 정책(policy)을 뜻한다. 또 당근은 붉은색이기 때문에 carrottop은 '머리카락이 붉은 사람,' 즉 '빨강머리'의 애칭으로도 많이 쓰인다.

당근은 김치를 담글 때 양념으로 쓰인다. 참고로 김치는 배추(chinese cabbage)를 소금에 절여 만드는데, 여기에는 파(a green onion), 부추(leek), 마늘(garlic), 생강(ginger), 양파(onion), 고추(redpepper), 고춧가루(cayenne), 배(pear), 참깨(sesame)와 젓갈(salted fish) 등이 양념으로 들어간다.

호박은 축구공

'호박이 넝쿨째로 들어온다'라는 표현은 금상첨화(錦上添花)와 같은 격으로 큰 복이 들어온다는 뜻이다. 호박(pumpkin)에는 '거물'이나 '중요한 것'이라는 뜻이 숨어 있다. 그리고 'oh, my pumpkin(오, 내 사랑)'은 'oh, my darling'처럼 친근한 표현으로 쓰인다.

pumpkin head는 정반대로 '미련둥이'나 '멍텅구리'를 가리키며, pumpkin headed 는 '아둔한' '어리석은'이라는 뜻이다. 또 pumpkin roller(호박을 굴리는 사람)는 clover kicker처럼 '농부'라는 뜻이 있다. 이 밖에 pumpkin은 속어로 '축구공'이나 '바람 빠진 타이어'를 가리키기도 한다.

구황작물의 대명사, 감자

페루가 원산지인 감자는 임진왜란 이후 일본에서 들어온 작물이다. 옛날 농촌에서는 가을철 추수 때까지 감자(potato, white potato, Irish potato)나 고구마(sweet potato)로 끼니를 때 웠다. 이렇게 고마운 감자가 정작 영어에서는 '보잘것없는 것'을 은유적으로 표현할 때 쓰이며, 속어로는 '놈'을 가리키기도 하는데, 크기 때문에 '야구공'을 뜻하기도 한다.

감자는 고구마와 마찬가지로 술의 원료로 많이 쓰였다. potato spirit(spirit은 '영혼'을 뜻하지만 '독주'나 '알코올'이라는 뜻도 있다)는 '감자로 만든 술이나 알코올'을 뜻하며, potatory는 형용사로 '술을 마시는' '술독에 빠진(drunken ↔ sober 술 취하지 않은, 술 마시지 않은)'이라는 뜻이다.

'슈퍼 땅콩' 김미현

미국의 LPGA골프 대회에서 몇 차례 우승을 거두어 박세리와 함께 한국 여자선수들의 재능을 세계에 널리 알린 여자 프로골퍼 김미현은 키가 작아 '땅콩(peanut)'이라는 별명을 얻었다. 단순히 땅콩이 아니라 '슈퍼 땅콩'으로 골프계에 우뚝 섰다.

땅콩 또는 낙화생(落花生)은 밤(chestnut), 호두(walnut)와 함께 견과류(nut)를 대표한다. 크기가 아주 작기 때문에 '키가 작은 사람'이나 '아주 적은 액수' 또는 '하찮은 꼴'을 나타낼 때 많이 쓰인다. 그래서 peanut gallery는 극장의 가장 싼 자리, 즉 '최상층 맨 끝 좌석'을 가리킨다.

Nut는 딱딱한 성질 때문에 a hard nut to crack는 '어려운 문제'나 '처치 곤란한 일'을 가리키며, 감자처럼 '대가리'라는 비속어로도 쓰인다. '바보'나 '미치광이'라는 속어로도 쓰이기 때문에 nut house(nut college, nut factory 정신병원)라는 복합어가 나왔으며, talk like a nut(바보같은 소리를 하다), for nuts(at all 전혀, 도무지), go nuts(미치다), Nuts!(Nonsense! 말도 안 되는 소리!), off one's nut(미쳐서)라는 표현들이 생겨났다. 또 '아주 좋아하는 것'이나 '기쁨을 주는 것'이라는 뜻도 있어 a golf nut는 '골프광'을 뜻하며, 'This is the nuts to〔for〕me(이거 괜찮군)'라는 표현도 자주 쓰인다. 그런데 이 견과류를 복수로 쓰면 속어로 무엇을 말할까? 호두 두 개는 다름 아닌 '고환(testicles)'을 뜻한다.

- **I have a nut to crack with you** 너와 상의할 일이 있어

향신료의 대표 주자, 후추

비린내를 없애주는 매운 향신료의 대표적인 것이 바로 후추(pepper)이다. 이 후추는 여물지 않은 것을 으깬 black pepper와 여문 것을 으깬 white pepper로 나뉜다. 고추는 red pepper라고 한다. 그리고 round pepper는 으깨지 않은 후추열매를 뜻한다. 식탁에 소금과 함께 놓여 있는 후추병은 pepper caster(castor)라고 부른다.

Pepper and salt는 '후추와 소금'이라는 뜻보다 '희고 검은 점이 뒤섞인(옷감)' '희끗희끗한(머리카락)'이라는 뜻으로 자주 쓰인다. 시위 진압용으로 쓰이는 최루가스는 pepper fog(pepper gas)라고 하며, 형용사 peppery는 '매운'이라는 뜻보다는 '신랄한' '열렬한' '통렬한'이라는 뜻으로 더 많이 쓰인다. 그리고 동사로 쓰이면 공격이나 질문 따위를 '퍼붓다' '맹렬히 공격하다'라는 뜻이다.

손바닥 크기의 종려

종려 또는 야자로 불리는 palm은 크기가 손바닥만 하다. 원래 '손을 편 크기'라는 라틴어 palmas에서 나온 말이기 때문에 palm은 '손바닥'이라는 뜻도 있다.

옛날 사제들은 예루살렘 성지순례를 무사히 마치고 돌아오면서 기념으로 이 종려나무 잎이나 가지를 가져왔는데, 바로 여기서 '승리(triumph)'라는 뜻을 갖게 되었으며, palmer는 '순례자'라는 뜻이 되었다. 그러나 성지순례를 하지도 않고 순례자에게 돈을 주고 사서 가지고 다닌 사람도 있었다. 그래서 palmer에 '속임수를 쓰는 사람'이나 '요술쟁이'라는 뜻이 포함되었다. bear the palm(승리하다) ↔ give the palm to(⋯에게 지다), 형용사 palmy는 '무성한' '번영하는'이라는 뜻이다. 그래서 '영자의 전성시대'는 'Young Ja's palmy days'라고 표현한다.

땅에서 나는 단백질, 콩

콩(bean)은 단백질이 풍부하여 '땅에서 나는 쇠고기'라고 불릴 정도이다. bean fed는

'원기 왕성한,' 콩으로 만든 두부는 bean curd, 콩깻묵은 bean cake라고 한다.

우리는 흔히 유치장에 가면 '콩밥 먹으러 간다'고 말하는데, 미국에서도 beanery 는 '콩이 주로 나오는 싸구려 식당'이나 속어로 '유치장'을 뜻한다. 그리고 야구에서 투수가 고의로 타자의 머리 쪽으로 던지는 공을 '빈볼(bean ball)'이라 하는데, bean은 속어로 '머리'라는 뜻을 담고 있다. 또 완두콩(pea)을 생각해보자. 꼬투리를 따면 고른 크기로 들어 있는 완두콩의 모습에서 as like as two peas in a pod, 즉 '똑같이 생긴'이 라는 뜻을 가지고 있다.

Old bean(야, 이 사람아)은 old egg(야, 임마)보다는 높고 old cock(어이, 형씨)보다는 낮 은 호칭이다.

양파는 껍질 연합체

'단일'이라는 뜻의 라틴어 접두어 uni에서 파생된 union(연합)과 onion(양파)은 자매지 간이다. oni가 uni의 변형이기 때문이다. 여러 겹의 껍질들이 단단히 결속해 있는 양 파에서 우리는 '연합'의 이미지를 쉽게 떠올릴 수 있다.

양파는 '머리' '야구공' '사람'이라는 뜻으로도 쓰이며, 미군 속어로는 '얼간이' 를 뜻한다. '서투른 계획'이나 '실패한 사업'을 말할 때 이 단어를 사용한다. a tough onion, 여기에서 onion은 '지칠 줄 모르는 녀석'이라는 뜻이다.

양파가 가장 많이 쓰이는 용도는 물론 음식이지만 'I know my onions(나는 내일을 잘 알고 있다)'와 'I almost die off my onion(정말 돌아버리겠어)'라는 표현에도 양파가 들 어간다. 두 문장 모두 onion이 '머리'의 뜻으로 쓰였다. 양파 껍질은 반투명하기 때문 에 onionskin는 항공편지지나 타자용지 같은 '얇은 반투명지'를 가리키기도 한다.

- **An onion will not produce a rose** 양파 심어 장미 안 나온대(콩 심은 데 콩 나고 팥 심은 데 팥 난 다)

라틴아메리카의 문명을 지탱한 옥수수

밀과 쌀에 이어 세계 3대 작물로 꼽히는 옥수수(corn)는 라틴아메리카의 문명을 지탱 해준 은인이었다. 감자와 함께 이들의 주식이었던 옥수수는 1493년 3월 콜럼버스가 신대륙 발견을 마치고 돌아갈 때 함께 스페인으로 건너가 18세기경 유럽 전역으로 퍼지게 되었다. corn은 고지독일어 Korn(곡물)에서 차용해온 단어라 '곡물'의 총칭이기도 하지만, 미국에서는 주로 '옥수수'라는 뜻으로 쓰이며, 영국에서는 '밀,' 스코틀랜드와 아일랜드에서는 '귀리'를 가리킨다. 이렇듯 corn은 곡물이나 곡식의 뜻으로 쓰였기 때문에 Corn in Egypt하면 '풍요'를 뜻한다(「창세기」 제42장 1~3절).

　Corn은 그리스어로 '뿔모양'이라는 어원 때문에(unicorn) '티눈'이나 '물집'을 뜻하기도 한다. 즉, he trod(step) on my corns(그 녀석이 내 아픈 곳을 찔렀어)이다. corn 앞에 a가 붙으면 '도토리(acorn)'가 된다.

소금과 쌍벽을 이루는 조미료, 설탕

중국 광동성과 인도 뱅갈 연안이 원산지인 사탕수수(sugarcane)는 사탕무(sugar beet)와 더불어 설탕의 주원료로서 옛날에는 약으로 많이 쓰였다. 17세기에 동인도회사를 통해 유럽으로 건너간 설탕은 단숨에 유럽인의 식탁을 점령해버렸다. 단맛 때문에 sugar는 '달콤한 말' '유혹' 또는 '뇌물'의 뜻을 지니고 있으며(sugar daddy, 돈으로 젊은 여자를 유혹하는 중년남자), 달콤한 호칭의 '여보, 당신(darling, honey)'을 뜻하기도 한다. 당뇨병(diabetes mellitus)도 그냥 sugar라기도 하며, 흰설탕은 색깔 때문에 속어로 '환각제(LSD)'라는 뜻도 있다.

　이 sugar가 동사로 쓰이면 '아첨하다' '매수하다'라는 뜻이며, 수동태로 쓰이면 '저주하다'라는 뜻이다.

　당분을 섭취하면 일시적으로 안정감을 느끼지만 지나치면 심장병이나 우울증이 심해질 수 있다. 이런 증상을 '슈가 블루스(sugar blues)'라고 한다. 이는 윌리엄 더프티(William Dufty)가 쓴 책의 제목이기도 한데, 설탕은 중독성 물질이기 때문에 섭취를 중단하면 금단현상(withdrawal symptoms)을 겪는다고 한다.

Apple 대신 과일이 된 fruit

'노르만 정복' 이후에 프랑스어에서 들어온 fruit는 그동안 '과일'의 뜻으로 쓰이던 apple을 '사과'라는 현재의 자리로 밀어냈다. fruit는 라틴어 fructus(enjoying 즐김)에서 파생된 단어로, 프랑스어로 자리 잡을 때 과일로 의미가 바뀌었다.

　과일로 확고한 위치를 구축한 fruit는 '열매' '농산물'뿐만 아니라 '수확물' '생산물,' 더 나아가 산물(product), 결과나 성과(result), 보수(reward), 수익(profit)으로까지 의미를 확장해갔다. 따라서 the fruit of the body는 '자녀'를 말하며, the fruits of my labors는 '내 노동의 성과'를 말한다. 이 밖에 fruit는 '남자 동성애' '기인(奇人)' '속이기 쉬운 사람' 등을 가리키는 속어이기도 하다. 참고로 제철 과일은 fruits in season이라고 한다.

역사를 바꾼 4개의 사과

나무딸기(an apple of Cain 카인의 과일, 우리나라의 복분자), 가지(Jew's apple 유대인의 과일, 즉 eggplant), 석류(Carthaginian apple, pomegranate), 토마토(an apple of love 사랑의 과일) 등에도 사과가 들어간다. 이는 fruit가 '과일'의 명칭을 대신하기 전까지 apple이 과일의 대명사였기 때문이다.

Apples and oranges는 단순히 '사과와 오렌지'가 아니라 '서로 비교할 수 없는 것'을 뜻하고 compare apples and oranges는 '전혀 다른 것들을 비교하다'라는 뜻이다. 비슷한 표현으로 as like as an apple to an oyster(전혀 닮지 않은)가 있다. apple knocker는 pumpkin roller나 clover kicker처럼 '시골뜨기' '농부'를 말하는데, 도시 사람들이 농부가 사과를 막대기로 쳐서 수확한다고 오해한 데서 유래된 말이다.

또 역사의 흐름을 바꿔놓은 과일도 다름 아닌 사과이다.

1. 아담의 사과

『구약성경』「창세기」편을 보면 태초의 인간인 아담과 하와(이브)가 선악과를 따먹지 말라는 하느님의 금기를 어기고 뱀의 꼬임에 넘어가 따먹는 바람에 낙원(Eden)에서 쫓겨난다. 원죄설의 근거가 되는 이 선악과가 명확한 증거는 없지만 보통 사과라고 말한다. 이후 헤브라이즘의 시대를 연 이 '아담의 사과'는 세계를 바꾼 첫 번째 사과로 불렸다. 아담이 먹은 그 사과(Adam's apple)는 남자의 목에 있는 후골(喉骨, 울대뼈)을 가리킨다.

2. 파리스의 사과

바다의 여신 테티스의 결혼식에 초대받지 못한 '불화의 여신' 에리스가 격분해 신들 사이로 던진 황금사과에는 '가장 아름다운 여신에게'라는 글이 새겨져 있었다. 헤라, 아프로디테, 아테나 이 세 여신들은 나름대로 이유를 대며 자신이 그 사과의 주인임을 주장한다.

해결책을 찾지 못하자, 불길한 신탁 때문에 숲 속에 버려져 양치기가 키운 트로이의 왕 프리아모스의 아들 파리스에게 판결을 부탁한다. 젊은 파리스가 소아시아의 통치권(헤라)이나 전투에서의 무적의 힘(아테나)보다 아름다운 여인(아프로디테)을 택하는 바람에 트로이 전쟁이 일어난다.

실은 정당한 선택이었지만 아프로디테가 약속한 아름다운 여인은 스파르타의 왕 메넬라오스의 아내 헬레나였고, 파리스는 그녀를 데리고 트로이로 달아났다. 그래서 그리스 연합군은 그녀를 구출하러 트로이를 상대로 전쟁을 벌였는데, 이것이 바로 '트로이 전쟁'이다. 트로이 전쟁 이후 그리스의 헬레니즘은 한 시대를 풍미하게 되었으며, '파리스의 사과'는 세계를 바꾼 두 번째 사과로 불렸다.

3. 빌헬름 텔의 사과

14세기의 스위스는 폭군 게슬러 공작의 학정 밑에서 아주 힘들게 살아갔다. 어느 날 게슬러는 광장에 모자를 걸어놓은 긴 장대를 세워놓고 마을에 들어오는 사람들 모두에게 그 앞에서 절을 하라고 명령했다. 하지만 빌헬름 텔은 그 명을 따르지 않았다.

빌헬름 텔

골칫거리인 빌헬름 텔(윌리엄 텔)을 없애야겠다고 생각한 게슬러는 빌헬름 텔의 어린 아들의 머리 위에 사과를 올려놓고 단 한 발로 사과를 명중시키라고 명령했고, 명사수 빌헬름 텔은 성공했다.

독재자에게 의연히 맞선 빌헬름 텔의 이야기는 스위스 독립운동의 시발점이 된 중요한 사건이었으며, 약소국의 독립운동을 확산시키는 도화선이 되었다. 빌헬름 텔의 '자유의 사과'는 세계를 바꾼 세 번째 사과로 불렸다.

4. 뉴턴의 사과

1665년경 유럽 일대에 흑사병이 만연해 대학이 휴교하자, 뉴턴은 고향에 내려왔다. 어느 날 정원의 나무에서 우연히 사과가 떨어지는 것을 보고 지구와 사과 사이에 어떤 힘이 존재한다는 것을 순간적으로 깨달았다. 즉, 지구가 사과를 당기는 힘이 있다는 것을 착안해 모든 물체 사이에는 만유인력이 존재한다는 사실을 밝혀낸 것이다.

만유인력의 발견은 근대 과학을 발전시키는 획기적인 사건이 되었기 때문에 이 '과학의 사과'는 세계를 바꾼 네 번째 사과가 되었다.

이처럼 사과는 '금단의 열매(the forbidden fruit)'나 '분쟁의 씨앗(the apple of discord)'으로 불리기도 하며, 따면 연기를 내면서 재가 되는 '소돔의 사과(the apple of Sodom, the Dead Sea apple)'는 '유명무실'이나 '실망의 원인'을 뜻하기도 한다.

이 밖에 뉴욕 등 대도시나 번화가를 the Big Apple이라 부르기도 한다. 이 명칭은 존 피츠제럴드가 1921년 〈모닝 텔레그래프〉지에 연재한 경마 칼럼의 제목을 「Around the big apple」이라 붙인 뒤부터 흔하게 사용되었다. 이는 흑인들이 뉴욕을 경마로 떼돈을 벌 수 있는 기회의 땅, 즉 Big Apple이라 불렀기 때문이라고 한다.

A bad〔rotten〕 apple은 나쁜(썩은) 사과이기 때문에 '암적인 존재'를 뜻하며, the apple of my eye는 '눈동자' '내게 매우 소중한 것'을 가리킨다. 사과를 광내는 것, 즉 polish apples는 '비위를 맞추다' '아첨하다'라는 뜻이다.

사과 성분이 들어 있는 포마드

지금은 멋을 내기 위해 머리에 무스를 바르지만 옛날엔 주로 포마드를 발랐다. 이 머릿기름에는 사과 성분이 들어 있어 pomade라고 불렀는데, 이것은 바로 '사과·배 등 이과(梨果)'를 뜻하는 pome에서 나온 단어로 라틴어 pomum(사과, 과일)이 어원이며 프랑스어 pommade를 거쳐 영어로 들어온 낱말이다. 여기서 파생된 pomander는 '사과향료'나 주로 옷장에 넣어두는 '향료알,' pomegranate는 같은 이과식물인 '석류,' pomelo는 '자몽,' pomiculture는 '과수 재배'를 뜻한다.

포도는 예수 그리스도의 피

와인과 코냑의 원료로 쓰이는 포도는 옛날에는 약으로 쓰였다. 특히 '포도 식이요법(grape care)'은 결핵에 효험이 있었다고 하는데, 요즘에는 다이어트의 한 방법으로 쓰이고 있다. 또한 와인은 예수의 피로 상징되어 유럽의 각 수도원에서 직접 제조하기도 했다. 포도는 「여우와 신포도」라는 제목으로 『이솝 우화』에도 나온다. 너무 높이 달린 포도를 따먹을 수 없자 여우는 "에잇, 저건 분명히 신포도일 거야" 하면서 체념해버린다. 그래서 sour grapes(신포도)에는 '오기'나 '지기 싫어하기'라는 뜻도 숨어 있다.

grapefruit는 포도가 아니라 자몽(pemelo)의 한 종류인 노란 껍질의 과일을 말하는데, 포도처럼 송이로 열리기 때문에 붙여진 이름이다. 복수로 쓰면 '유방'을 뜻한다(반드시 복수여야만 한다). 이 노란색은 어리거나 약한 것의 상징이기도 하다. Grapefruit League는 '메이저리그 개막 이전의 시범경기'를 가리킨다.

건강한 사람의 혈색은 복숭앗빛

안색이 노래지면 건강이 좋지 않다는 신호이다. 얼굴이 예쁜 복숭앗빛을 띠면 일단 안심해도 좋다. 그래서 peach가 형용사로 쓰이면 '혈색이 좋은' 또는 '근사한'이라는 뜻이다. 라틴어 persicum(페르시아의 과일)에서 나온 peach는 '훌륭한 사람(물건)'이나 '예쁜 소녀'를 가리키기도 한다.

Peach가 동사로 쓰이면 뜻밖에도 '고발(밀고)하다(betray, reveal)'라는 뜻이 된다. 무르익은 복숭아는 껍질이 '잘 벗겨지기 때문에' 생긴 뜻인지도 모른다.

- **A peach of artist** 훌륭한 예술가

오렌지 군단으로 불리는 네덜란드 축구팀

1974년 '독일 월드컵대회'에서 요한 크루이프가 이끈 네덜란드 대표팀은 결승전에서 베켄바워가 이끄는 홈팀 독일에게 비록 2대 1로 패했지만 '토털 사커(전원 공격, 전원 수비)'로 전 세계 축구팬들에게 커다란 인상을 심어주었다. 이때 이들이 입은 오렌지색상의 때문에 네덜란드 대표팀은 '오렌지 군단'으로 불리게 되었다.

오렌지 공 윌리엄

'오렌지'라는 명칭은 네덜란드 공화국 초대 총독을 지낸 오렌지 공 윌리엄(윌리엄 1세, 침묵공; 네덜란드어로는 오라녜 빌렘)에서 비롯되었다. 네덜란드의 국부로 추앙받는 그는 스페인의 가톨릭에 맞선 신교도의 수호자였다. 그래서 1975년에 결성된 에이레의 신교도 비밀결사대원들도 그의 이름을 따서 자신들을 'Orangeman'이라 불렀다.

Squeeze(suck) an orange는 '오렌지를 쥐어짜다,' 즉 '단물을 빼먹다'라는 뜻이며, 오렌지와 비슷한 밀감은 a mandarin(중국 청나라 관리)

orange, 귤밭은 a tangerine orchard, 한랭지의 오렌지 온실은 orangery라고 한다. 감귤(citrus)은 귤과 밀감을 통칭하는 단어이다.

졸음을 쫓는 약, 커피
이디오피아 카파(Kaffa) 지방이 원산지인 커피(coffee)는 16세기에 아랍으로 전해져 각광을 받았다. 이슬람교 특유의 지루한 예배 시간에 졸음을 쫓아주는 특효약이었기 때문이다. 이후 17세기경 아라비아와 터키를 거쳐 유럽으로 건너간 커피는 유럽인의 기호음료로 확고히 자리 잡았다.

오스만제국의 수도 콘스탄티노플(지금의 이스탄불)에 처음으로 손님에게 커피를 파는 '커피 하우스(Coffee House)'가 생겼으며, 예멘에서 커피를 공급받았다. 여기에서 바로 최고급 커피의 하나인 모카(mocha)가 탄생했는데, 예멘 남서부의 커피 출하항구 Mocha에서 그 이름을 따왔다.

Coffee-and cake는 '커피와 케이크(값싼 식사)'나 '생필품'을 가리키며, coffee and cake job은 '변변치 않은 일'을 뜻한다. 속어로 coffee and cocoa는 '그렇게 말하다(say so)'이며, coffee grinder(커피 가는 기계)는 '매춘부'나 '털털거리는 자동차'를 가리킨다. 정치판 속어로 coffee klatch campaign은 '가정방문 유세'이다.

옷이 된 무화과 나뭇잎
아담과 이브는 에덴동산에서 옷을 입지 않고 살았지만, 원죄를 짓고 추방된 뒤부터는 수치심을 견디지 못해 옷을 입기 시작했다고 한다. 그들이 맨 처음 옷으로 만들어 입은 재료는 바로 무화과 나뭇잎이었다.

Fig에는 '무화과(無花果)' 이외에 '옷차림' '복장' '모양' '상태' '꾸미다'라는 뜻도 있으며, in full fig는 '정장을 하고,' in good fig는 '건강하게(healthily)'라는 뜻이다.

무화과는 말 그대로 꽃이 피지 않고 열매를 맺는 식물인데, 특히 지중해의 동부 지방에서 많이 생산되기 때문에 고대 그리스인들이 즐겨 먹었다. 이것을 햇빛에 말리면 단맛이 더해지지만 포도열매만큼 작아지기 때문에 비유적으로 '조금' '하찮은 것'이라는 뜻으로도 쓰인다.

- **I don't care a fig for you** 너 따윈 안중에도 없어

- **A fig for you!** 네까짓 게 뭔데!
- **A fig for money!** 돈 따위가 뭐야!

흑인들의 한이 서린 목화밭

남북전쟁(1861~1865)의 원인 중 가장 큰 부분은 흑인 노예 문제였다. 1619년 아프리카 흑인이 버지니아에 처음으로 유입된 이후 노예의 수가 증가했으나 18세기 말부터 노예의 필요가 줄어들어 남부에서조차 노예해방의 기운이 감돌 정도였다.

하지만 1793년 조면기(繰綿機)의 발명을 계기로 면 생산이 대폭 증가하여 노예노동은 남부의 대농장제에서 필요해질 수밖에 없었다. 그래서 값싼 노동력이 필요한 북부 상공업 지역과 면 생산 증대에 신경써야 할 남부 농업지대가 흑인 노예를 놓고 일대 격전을 벌였다. 목화 때문에 흑인들만 곤욕을 치른 것이다.

우리나라에서는 고려 공민왕 때인 1363년 원나라에 사신으로 갔던 문익점이 귀국할 때 목화씨를 붓대 속에 숨겨 들어와 재배에 성공했다. 이후부터 우리나라는 비로소 무명옷을 만들어 입을 수 있게 되었다. 이 목숨을 건 밀수(密輸)야말로 가난한 백성들에게 의복의 혁명을 가져온 쾌거라 할 수 있을 것이다.

Cotton은 아랍어 cutun에서 차용해온 중세영어 coton이 어원이다. 이것은 '솜' '목화(cotton plant)' '무명실(sewing cotton)' '식물의 솜털'을 가리키며, 여기서 cotton bud(면봉), cotton freak(마약중독자), cotton goods(면제품), absorbent cotton(탈지면)과 같은 단어들이 생겨났다.

목화의 주요 산지인 미국 남부에서 솜은 부와 출세와 친근함을 상징한다.

- **Be sitting on high cotton** 기뻐 날뛰다
- **In tall cotton** 크게 성공하여
- **Shit in high cotton** 호화롭게 산다
- **I don't cotton to him at all** 난 전혀 그가 좋아지지 않는다

구르는 돌에는 이끼가 끼지 않는다

'A rolling stone gathers no moss'는 '구르는 돌에는 이끼가 끼지 않는다'는 뜻이다. 이곳저곳 기웃거리지 말고 한 우물을 파야 성과를 거둘 수 있다는 말이다. moss는 고대

영어 mos(늪지)에서 나온 말로, '이끼(lichen)'라는 말 이외에도 비슷한 모양 때문에 '두 발' '음모'를 가리키기도 한다.

형용사 mossy(mossgrown)는 '이끼가 낀' '시대에 뒤떨어진' '보수적인' '고풍의'라는 뜻이다. 또 mossback은 말 그대로 등에 이끼가 끼어 있는 것처럼 보이는 '늙은 바다거북' '시대에 뒤떨어진 사람(back number)' '극단적 보수주의자(fogey)'를 뜻하며, 등에 털이 많은 '아메리카 들소(bison)'를 가리키기도 한다.

이와 발음이 비슷한 moth는 '나방' '좀벌레'라는 뜻인데, 등불에 모여드는 나방처럼 '유혹에 빠져드는 사람'을 비유할 때도 쓰인다. moth eaten은 '좀 먹은' 이외에도 moss와 마찬가지로 '낡은' '시대에 뒤떨어진'이라는 뜻도 있다. 방충제인 '좀약'은 나프탈렌처럼 구슬모양으로 되어 있어 mothball이라고 한다. 그래서 in mothballs은 '잘 간수하여' '처박아두어' '뒤로 미루어' '예비역으로 돌려(mothball fleet는 예비 함대)'라는 뜻이며, 반대로 out of mothball은 '다시 끄집어내어'라는 뜻이다.

옛날에 금잔디 동산에…

위의 제목은 '메기의 추억'이라는 노래에 나오는 가사이다. 원제는 'When you and I were young'이다. 조지 존슨(George Johnson) 작사, 제임스 버터필드(James Butterfield) 작곡으로, 노래는 포스터 앤 앨런(Foster & Allen) 등이 불렀다.

금잔디는 영어로 golden(beautiful autumnal) turf라고 하는데, 잔디를 가리키는 영어로는 lawn, grass, turf, sod 등이 있다. lawn은 '손질한 잔디,' grass는 '풀' '잡초(weed)'의 뜻이 강하며(grass green은 풀빛, grass cloth는 모시), 시어(詩語)로 '숲속의 빈터(glade)'라는 아름다운 뜻도 있다. turf는 '뗏장' 이외에 '경마장'이라는 뜻이며, sod는 '떼'라는 뜻과 the old sod(고향, 조국)에서처럼 '땅'의 의미도 지니고 있다.

'As long as grass grows and water runs'는 풀이 자라고 물이 흐르듯 기나긴, 즉 '영원히'라는 뜻이다. 공원에서 많이 보는 팻말 '잔디밭에 들어가지 마시오'는 'Keep off the grass('참견 마시오'라는 뜻도 있다)'라고 표현한다.

Chapter

8

신화 속으로
떠나는 영어 여행

혼돈과 질서

그리스인들은 우주가 태초에는 무질서한 혼합물로 구성되어 있을 것이라고 상상했다. 그래서 '입을 벌린 구멍'이라는 뜻의 chaos(혼돈, 무질서)라고 불렀다. chasm(blank 공백, gap 빈틈·간격)의 어원도 chaos이다.

1600년경 플랑드르의 화학자 헬몬트가 석탄에서 발생하는 증기를 발견하고 그 명칭을 chaos에서 따왔다. 즉, chaos에서 o를 생략하고 ch를 g로 바꾸어 gas라고 이름을 붙인 것이다. 원유에서 정제된 자동차 연료 또한 액체에서 기체로 바뀌기 때문에 gasoline(휘발유)이라고 하며, 줄여서 gas라고도 한다. step on the gas는 '속력을 내다'라는 뜻이다.

이후 카오스에서 형태가 갖춰진 물체 kosmos(코스모스)가 창조되었는데, 그리스어로 '질서(order)' '조화(harmony)' '정연한 배열(arrangement)'을 뜻한다. 라틴어에는 k가 없기 때문에 c를 대신 써서 영어로 cosmos라고 표기한다. 오늘날에는 우주(universe)를 cosmos라고도 부른다. 형용사 cosmic은 '우주처럼 넓고 무게 있는'이라는 뜻이 있어 cosmopolitan은 '자신을 세계 전체의 일부로 보는 사람,' cosmopolitanism은 '사해동포주의'를 뜻하며, cosmic ray(우주선)라는 단어에도 쓰인다.

Cosmos는 얼굴을 정연하게 배열해주는 도구들, 즉 파우더·크림·립스틱·마스카라 등에 차용되어 cosmetic(화장품)이라는 단어를 탄생시켰다. 여자들이 화장하는 모습을 보면 마치 카오스에서 코스모스를 창조해내기 위해 혼신을 다하는 것처럼 보인다. 어떻게 보면 화장은 일종의 위장(僞裝)이라 할 수 있지 않을까.

카오스에서 탄생한 가이아와 우라노스

그리스 신화를 보면 카오스에서 탄생한 최초의 존재는 인간이 아닌 신 가이아(Gaia)와 우라노스(Ouranos)이다. gaia는 그리스어로 '대지'를 뜻하고 ouranos는 '하늘'을 뜻한다. 그리스인들은 대지를 여성으로 인식하여 가이아는 '대지의 여신'이었으며, 우라노스는 그에 대응하여 '하늘의 신'이었던 것이다.

Geography(땅에 대한 설명, 지리, 지리학), geology(땅에 대한 학문, 지질학), geometry(땅에 대한 측정, 기하학) 등 geo-로 시작하는 단어들은 바로 이 고대의 여신을 상기시킨다. 지구가 우주의 중심이고 태양과 달, 행성은 지구 주위를 공전한다는 프톨레마이오스의 이론은 geocentric theory(지구 중심설, 천동설)라 하며, 지표면이나 지구 내부의 물리적 과정, 열이나 자성 또는 해류나 대기의 움직임 등을 연구하는 지구물리학은 geophysics 라고 한다.

로마 신화에서 '대지의 여신'은 Terra 또는 Tellus인데, 가이아와 동일하게 여겼다. 영어에도 terra(땅, 토지, 대지), terrain(영역, 분야), territory(영토, 영지)라는 단어에 흔적을 남겼다. 형용사 terrestrial(지구상의, 세속적인 ↔ celestial 하늘의, 거룩한, 옛날 중국의)에 라틴어 접두어 extra(외부)가 붙으면 '외계인' '외계에서 온 생명체'를 뜻한다.

우라노스에 근거한 단어 uranography는 천체의 별자리를 설명하는 것을 말하며, uranology(astronomy)는 천문학을 말한다. 특히 1781년 독일계 영국인 천문학자 허셜은 새로운 행성을 발견해 Uranos(우라노스, 천왕성)라 명명했다. 이어 1789년에는 화학자 클라프로트가 새로운 금속을 발견해 uranium(우라늄, 방사능 금속 원소)이라고 불렀다. 이 우라늄은 원자폭탄이 개발되자 무척 유명해졌는데, 가장 오래된 그리스 신이 가장 치명적인 살상 무기와 관련된 이름으로 지금까지 살아 있는 셈이 되었다.

외눈박이 거인족, 키클롭스

우라노스와 가이아의 자식들은 엄청난 체구와 강력한 힘을 가진 무서운 존재였다. 이들을 Gigantes(기간테스, 거인족)라고 불렀는데 영어로는 giants라고 한다. 이 거인족으로부터 '거대한'이라는 뜻의 gigantic이라는 단어가 파생되었다. '무수한'이라는 뜻의 접두어 giga(반대는 nano, 10억분의 1)는 byte에 붙어 '10억 바이트(gigabyte)'의 정보단위를 만들어냈다.

'파괴적인 힘'을 가진 거인족의 모습은 마치 괴수와 같았다. 브리아레오스(Briareos)는 수백 개의 팔이 달린 형상으로 그려졌으며, 키클롭스들(Cyclopes, 단수형은 Cyclops)은 그리스어로 '둥근 눈'이라는 뜻으로 이마 한가운데에 커다란 눈이 달려 있는 외눈박이들이다. 이들은 '브론테스' '스테로페스' '아르게스'라고 불리는 삼형제이며, 각각 '천둥(thunder)' '번개(lightning)' '벼락(thunderbolt)'을 뜻한다. 이들은 화산 속에서 주물을 담당하는 대장장이었다. 그래서 고대 그리스인들은 화산에서 가끔씩 우르르 하는 이상한 소리가 들리면 이들의 소행으로 여겼다.

우라노스와 가이아 사이에서 태어난 키클롭스들은 그리스 초창기에 가장 강력했던 두 도시 미케네와 티린스의 성곽을 건설한 것으로 알려졌다. 그리스인들은 어떻게 엄청나게 큰 바위 덩어리들을 그토록 잘 짜맞출 수 있었는지 의아해했다. 한참을 고민한 끝에 그런 성곽을 쌓을 수 있는 족속은 오로지 키클롭스들 같은 거대한 존재 뿐이라고 결론지었던 것이다. 그래서 흙 반죽이 아닌 거대한 돌덩어리로만 건설된 성벽을 cyclopean이라고 한다.

'엄청난 양'의 지식이 담긴 사전 cyclopedia(encyclopedia), 회오리바람이나 인도양의 열대성 저기압 cyclone, 자전거나 순환·주기라는 뜻의 cycle도 모두 키클롭스에서 나온 단어들이다.

불길한 이름, 타이타닉

우라노스와 가이아의 거인 자손들 가운데 가장 중요한 존재는 바로 티탄족이었다. 그리스인들은 그들을 엄청난 체구의 거인들로 생각했기 때문에 titan은 giant와 동일한 뜻을 갖게 되었으며, gigantic이라고 묘사할 수 있는 것은 대부분 titanic으로 바꿔 쓸 수 있다.

타이타닉 호

1911년 당시로서는 굉장히 큰 초호화판 여객선이 건조되었는데, '타이타닉(Titanic)'이라고 이름 붙였다. 1912년 4월 14일 이 배는 첫 항해 도중 북대서양 뉴펀들랜드 남쪽 해역에서 빙하에 부딪혀 3시간 만에 가라앉고 말았다. 2,206명의 승객 가운데 1,500명 이상이 익사했던 그날의 참사는 유사 이래 가장 큰 선박사고로 기록되었다.

만약 배의 소유주들이 신화에 대해 조금만 알고 있었더라면 그토록 허영심 가득한 명칭은 피했을 것이다. 신화 속에 나오는 티탄족들은 '파괴적 행위'를 담당했기 때문에 이 명칭을 사용하는 것이 아주 불길한 징조라는 것을 말이다.

1789년 영국의 목사 윌리엄 그레거는 새로운 금속을 발견했는데, 이 금속은 클라프로트의 제안에 따라 titanium(티타늄)으로 명명됐다. 우연의 일치겠지만 티타늄은 원래 불순물과 섞여 있으면 잘 부서져 그리 쓸모가 없는 금속이다. 하지만 화학자들이 티타늄을 아주 순수한 상태로 만드는 데 성공하면서 매우 단단한 금속임이 알려졌다. 티타늄은 그 '엄청난(titanic)' 강도에 걸맞은 이름이라 할 수 있다.

The weary titan(기진맥진한 타이탄)은 영국이나 구 소련처럼 한창때가 지나 기세가 꺾인 대국을 말한다.

아버지를 죽인 농경의 신, 크로노스

티탄족 가운데 가장 강력한 존재는 크로노스(Cronos)였다. 그는 티탄족을 이끌고 아버지 우라노스에 맞서 반란을 주도했다. 그러자 어머니인 가이아는 아들 크로노스에게 '스퀴테(Schythe)'라는 거대한 낫을 건네주며 우라노스를 죽이도록 사주했다. 최초의 철기 문화를 가졌던 스키타이족(Scythian)의 명칭도 바로 여기서 나왔다.

Cronos라는 단어는 그리스어가 아니라 선주민의 언어이지만 그리스어 chronos(시간)와 어원이 같을 것이라고 생각하기 쉽다. 그 때문에 사람들은 크로노스를 '시간의 신'으로 여기기도 하는데 전혀 관련이 없다. 하지만 '자식을 낳는 족족 모두 잡아먹는' 크로노스의 행위와 '모든 시작을 말끔히 없애버리는' 시간의 의미를 동일시해 그를 '시간의 신'으로 여기는 사람들도 있다. 여기서 유래된 단어로 chronic(만성의, 오래가는), chronology(연표, 연대기), chronometer(정밀시계), chronograph(스톱워치) 등이 있다.

아마도 그리스인들이 정착하기 이전에 살던 주민들에게 크노로스는 '농경의 신'이었을 것이다. 아버지 우라노스를 공격할 때 쓰였던 스퀴테는 곡식을 수확하기 위한 도구였기 때문이다. 그래서 로마인들은 사투르누스(Saturnus)라고 불리는 '농경의 신'을 크로노스와 동일시했다. 그들은 12월 17일부터 23일까지의 1주일을 축제기간(saturnalia)으로 정해서 사투르누스를 기리며 즐겁게 보냈다. 그러나 이 기간 중에 지나친 방종과 과음이 만연하는 바람에 결국 saturnalia는 야단법석과 방종, 과음이 판치는 파티로 변질되었다.

그리스인들은 크로노스를 태양계의 여섯 번째 행성인 토성(土星)과 관련지어 생각했다. 당시 그리스인들에게 알려진 행성 가운데 이 여섯 번째 행성이 지구로부터 가장 멀리 떨어져 있는 별이었고, 이 행성이 하늘의 신 우라노스에 대한 공격을 주도하고 있는 것처럼 보였기 때문이다. 로마인들은 이 행성을 Saturn(새턴)으로 명명했고 지금까지 사용하고 있다. 여섯 번째 날인 토요일도 Saturday이므로, 농경이나 흙(土)과의 연관성을 잘 보여주고 있다.

토성의 영향을 받고 태어난 아이를 'saturnine baby'라 하는데, 이 낱말은 '무뚝뚝한(blunt)' '음울한(gloomy)'이라는 뜻이 있으며, saturnine(lead) poisoning은 무거운 납의 성질과 연결되어 '납중독'이라는 뜻이다.

대양의 신, 오케아노스

여성 티탄족이었던 테티스의 남편 오케아노스(Oceanos)는 티탄족 가운데 가장 나이가 많았으며 육지를 둘러싼 바다의 상징이다. 그리스인들은 바다가 땅 전체를 둘러싸고 있는지 몰랐으며, 육지는 동서남북 중 세 방향으로만 이어진다(continue)고 생각했다. 그래서 지금도 유럽과 아시아, 아프리카로 폭넓게 이어지는 육지를 continent(대륙)라고 부른다.

사람들은 오케아노스와 테티스는 서쪽 끝 너머에 살고 있을 것이라고 생각했다. 하지만 지구에 대해서 좀 더 지식을 쌓은 뒤 사람들은 지중해보다도 훨씬 더 넓은 바다가 있다는 사실을 알게 되었다. 그들은 이렇게 '드넓게 펼쳐진 대양'을 오케아노스에서 유래된 Ocean이라고 불렀다. 또한 호주·뉴질랜드·뉴기니아와 수천 개의 섬들은 가장 넓은 대양, 즉 태평양으로 둘러싸여 있기 때문에 오세아니아(Oceania)라는 이름으로 함께 묶여 있다. 이것은 ocean bed(해저), oceanography(oceanology, 해양학), ocean liner(원양 정기선) 등의 단어들을 만들어내기도 했다.

피곤에 지친 거인, 아틀라스

티탄족 가운데 가장 널리 알려진 존재는 아틀라스(Atlas)일 것이다. 아틀라스가 티탄족의 후손인지는 확실하지 않다. 고대 그리스 신화 중에는 그를 우라노스의 아들이자 크로노스, 오케아노스, 이아페토스 등의 티탄족과 형제지간으로 묘사한 것도 있지만, 그를 이아페토스의 아들이자 우라노스의 손자, 즉 크로노스와 오케아노스의 조카로 묘사한 것도 있다. 이는 그리스의 작가들이 각자 자신의 스타일대로 신화를 이야기했기 때문이다.

아무튼 아틀라스는 다른 티탄족들과 연합해 제우스가 이끄는 더 젊고 강력한 신들을 상대로 싸웠다. 결국 티탄족들은 패배했으며 아틀라스에게 주어진 형벌은 그의 어깨로 하늘을 떠받치는 것이었다. 실제로 Atlas라는 이름은 그리스어로 '지탱하다'라는 뜻이다.

그리스인들은 아틀라스가 서쪽 끝의 지브롤터 해협 부근에 살고 있다고 여겨 그를 찾아 서쪽으로 떠났지만 찾을 수는 없었다. 그 대신 거대한 산악지대를 발견하고는 아틀라스가 돌덩어리로 변한 것이라고 결론을 내렸다. 그래서 모로코와 알제리에 걸쳐 있는 이 산맥을 Atlas Mountains(아틀라스 산맥)라고 불렀다.

지구를 떠받치고 있는 아틀라스

또한 그들은 아틀라스를 아틀란티스들의 아버지라고 여겼다. 이 여신들도 아버지처럼 서쪽 끝에 산다고 생각하여 '서쪽'을 의미하는 헤스페리데스(Hesperides)라고 불렀다.

시간이 흐르면서 그리스인들이 천문학을 깊이 연구하여 하늘은 적어도 지구에서 수백만 마일 이상 떨어져 있다는 것을 밝혀냈다. 이때부터 아틀라스가 하늘이 아니라 '지구를 떠받치고 있다'는 생각을 하게 되었다. 오늘날 아틀라스는 커다란 지구를 한쪽 어깨 위에 올려놓고 다른 한쪽 팔로 지구를 지탱하고 있는 '피곤에 지친 거인'으로 묘사되고 있다.

인간의 신체에도 아틀라스와 같은 역할을 하고 있는 뼈가 있다. 두개골은 등을 타고 올라가는 척추에 의해 지탱되고 있는데, 가장 윗부분에서 머리를 지탱하고 있는 뼈가 바로 atlas(제1경추, 환추環椎)이다.

한편, 1500년경 플랑드르의 지리학자 G.메르카토르가 최초의 근대식 지도를 펴내면서 아틀라스를 표지 그림으로 썼다. 그 덕분에 지도책의 제목이 '아틀라스'가 되었다. 이후 지도책뿐만 아니라 인간의 해부도처럼 어떤 대상을 그림이나 사진으로 설명해주는 책들은 모두 아틀라스라고 한다.

바다의 요정, 아틀란티스

젊은 처녀의 모습을 한 작은 여신들을 님프(nymph)라고 불렀다. 이것은 그리스어로 '어린 소녀'라는 뜻이다. 이 때문에 동물학에서는 곤충의 초기 형태인 '애벌레'를 님프라고 한다.

그리스인들은 님프들이 여러 가지 자연물을 상징하고 있다고 생각했다. 그들은 수목들 사이, 바위나 산 속, 그리고 호수와 강 속에 사는 존재들로 그려졌다. 말하자면 님프들은 특정한 나무나 특정한 개울의 '요정(spirit, elf)'이었던 셈이다.

아틀란티스는 바다와 연관된 님프들이라 할 수 있다. 님프들 중에 오케아노스의 딸들 오케아니데스(Oceanides, 단수형은 오케아니스Oceanis) 가운데 도리스와 고대 '바다의 신' 네레우스(Nereus) 사이에 50명의 딸들인 네레이데스(Nereides, 단수형은 네레이스 Nereis)가 있었다. 아틀란티스들은 오케아노스가 있는 서쪽 끝 바다와도 연관이 있었다. 그래서 이 바다는 Ocean뿐만 아니라 Atlantic이라고도 불렸는데, 오늘날에는 Atlantic Ocean(대서양)으로 불린다. 이렇게 해서 아틀라스와 오케아노스는 미국 조지아 주의 주도인 Athlanta나 뉴저지 주의 Atlantic City, Ocean City 같은 도시에도 자취를 남겼다.

기원전 355년 그리스 철학자 플라톤은 지진이 일어난 후 서쪽 바다 속으로 가라앉은 거대한 육지에 대한 이야기를 지었는데, 그는 이 땅을 '아틀란티스(Atlantis)'라고 불렀다. 순전히 지어낸 이야기에 지나지 않지만, 그 뒤부터 아틀란티스가 실제로 존재했다고 주장하는 사람들이 계속 등장했다. 가수 도노반도 '아틀란티스'라는 노래를 불렀다.

태양의 신, 헬리오스

히페리온(Hyperion)은 토성의 제6위성에 이름을 남긴 티탄족으로, '태양의 신'이라 여겼다. 시간이 흐르면서 '태양의 신'은 그의 아들 헬리오스(Helios)가 대신하게 되었다. 태양의 광선 가운데 하나는 지구상에서 알려진 어느 원소로도 만들 수 없는 것이었다. 영국의 천문학자 노먼 로키어는 이 광선이 오직 태양에서 생기는 원소에 의해서만 생성된다고 결론짓고 이 원소를 헬륨(helium)이라고 이름 지었다. 27년 후 이 원소는 지구에서도 발견되었지만 이미 확고하게 자리 잡은 터라 지금도 이 원소는 헬륨, 즉 '태양의 원소'로 불리고 있다.

접두사 helio는 태양과 관련된 수많은 단어에 쓰이고 있다. 그 예로 코페르니쿠스의 heliocentric theory(태양 중심설)를 들 수 있다. 언제나 태양을 보고 있는 해바라기 (sunflower)를 heliotrope라고도 하는데, 그리스어로 '태양을 향해 돌다'라는 뜻이다. heliolatry(태양숭배), heliotheraphy(sunbath 일광욕), heliosis(sunstroke 일사병) 등도 낯익은 단어들이다.

달의 여신 셀레네와 새벽의 여신 에오스

티탄족인 히페리온에게는 아들 헬리오스 이외에도 셀레네(Selene)와 에오스(Eos)라는 두 딸이 있었다. 셀레네는 '달의 여신'이고 에오스는 '새벽의 여신'이다.

그리스인들은 에오스가 여명뿐 아니라 여명이 출현하는 방향도 상징한다고 여겼다. 영어의 east(동쪽)도 eos와 비슷하다. 따라서 접두어 eo는 어떤 일의 첫 시작점, 즉 '여명'을 뜻한다. 예를 들어보자. 공룡이 멸종한 뒤 지구 역사에서는 조류와 포유류가 널리 분포한 시기를 그리스어로 '새로운 동물'을 뜻하는 Cenozoic period(신생대)라고 한다. 그리고 이 신생대 초기를 Eocene(시신세)라고 한다. 또 과학자들은 말의 가장 오래된 조상을 Eohippus(에오히푸스, 여명기의 말)라고 불렀다. 그리고 수억 년 전 고대인들이 땅속에 남긴 원시적인 도구들을 발견했을 때 이를 Eolith(원시석기, lith는 '돌'이라는 뜻)라고 불렀다. 참고로 Neolith는 '신석기,' Paleolith는 '구석기'이다.

로마의 솔, 루나, 오로라

로마인들도 여러 형태의 빛의 신들을 가지고 있었다. 로마인들은 태양의 신 헬리오스를 솔(Sol), 셀레네를 루나(Luna), 에오스를 아우로라(Aurora 오로라)와 동일한 신으로 생각했다.

Solar라는 단어는 영어에서 흔히 접할 수 있는 형용사로서 태양과 연관된 사물을, lunar는 달과 연관된 사물을 묘사하는 데 사용된다. 예를 들어 태양과 주위를 공전하는 행성들을 solar system(태양계)이라고 한다. 지구가 태양을 한 바퀴 공전하는 데 걸리는 시간은 solar year(태양년)라 하며, 달이 지구를 한 바퀴 공전하는 데 걸리는 시간은 lunar month(태음월)라고 한다. 태음월이 열두 번 지나가면 태양년보다 6일 짧은 lunar year(태음년)가 된다.

그 밖에도 solar는 일광욕을 위해 빛이 들어올 수 있도록 만든 방 solarium(일광욕실)에도 쓰이는데, '해시계(sundial)'라는 뜻도 가지고 있다. '광선을 차단하다'라는 뜻의 parasol은 '양산'을 말한다. 또 어떤 사물을 보고 lunate라는 단어를 쓰면 모양이 '초승달처럼 생겼다'는 것을 의미하며, '정신이상의(insane)' '광기의(mad)'라는 뜻을 지닌 lunatic은 lunatic asylum(insane hospital 정신병원), lunatic fringe(열성 지지자) 등으로 쓰인다.

로마의 아우로라 여신은 실제로 매우 화려한 자연현상에 그 흔적을 남겼다. 여명과 같은 빛이 동쪽에서가 아니라 북쪽에서 출현하는 현상을 northern lights(북극광)라 불렀다. 바로 아우로라 여신의 흔적을 느낄 수 있는 자연현상이다. 1621년 프랑스의 천문학자이자 철학자인 피에르 가센디는 이를 aurora borealis(북쪽의 여명)라 이름 붙였으며, 1773년 영국의 탐험가 제임스 쿡은 남쪽으로 항해하다가 southern lights(남극광)를 발견하고는 이 빛을 aurora australis(남쪽의 여명)라고 이름을 지었다. 참고로 Australia(호주)는 '남쪽의 나라'라는 뜻이다.

복수의 여신, 에리니에스

우라노스와 가이아 사이의 딸들 중에는 거인족이나 티탄족이 아닌 존재들도 있었다. 에리니에스(Erinyes, 단수형은 에리니스Erinys)라는 세 자매들이 바로 그들이다. 가공할 만한 공포감을 주었던 그녀들은 특히 심각한 죄를 지은 사람들을 징벌했다. 죄인들을 쫓아다니며 불안하게 만들고 정신이 나가도록 했는데, 아마도 그녀들은 양심의 가책 또는 한 번 저지른 잘못 때문에 평생토록 갖게 되는 비참한 심정의 상징이었을 것이다. 사람들은 그녀들이 너무 무서워 자살하기도 했기 때문에 그녀들은 하데스와 아주 가깝게 지냈다.

그리스인들은 이 자매들을 엉뚱하게도 '에우메니데스(Eumenides)'라고 불렀다. '친절한 사람들'이라는 뜻인데 이렇게 부른 것은 이 자매들이 사람들에게 친절히 대해주길 바랐기 때문이다. 이처럼 불쾌한 것을 유쾌한 명칭으로 부름으로써 불쾌한 감정을 피해보려는 완곡어법을 euphemism이라고 한다. 이 말은 그리스어로 '호평하다(eupheme)'라는 뜻이다.

로마인들은 복수의 여신들을 푸리아(Furia, 영어로는 Furies)라고 했는데 이것은 fury(분노, 격심함, 격정)라는 단어의 어원이 되었다. 본래 이 단어는 격렬하게 요동치는 일종의 광기를 뜻했다. 미국에서는 특별히 이와 같이 행동하는 여자를 일컬어 fury라고 한다. 세월이 흘러 지금은 이런 의미가 약화되었고, 단지 형용사 furious에 '몹시 화내다(angry)' '격렬한(violent, severe, fierce)'이라는 뜻만 남아 있다.

운명을 관장하는 세 여신들

모이라이(Moirae, 단수형은 모이라Moira)라는 고대의 세 자매는 우라노스의 딸이거나 조카들이었을 것이다. 이들은 우주의 행로를 조종했으며, 신들도 이에 개입할 수 없다고 생각했다. 이 모이라이 세 자매의 이름은 각각 클로토(Clotho), 라케시스(Lachesis), 아트로포스(Atropos)이다.

클로토는 살아 있는 각 개인들의 삶을 상징하는 실을 뽑고 있는 존재로 그려졌다. 사실 이 이름은 '실을 뽑는 자'라는 뜻이다. 보통 뽑힌 실들은 cloth(옷감)가 되고 옷감은 다시 clothes(옷)로 만들어진다. clothe(dress 옷을 입다), clothing(covering 덮개) 등도 여기서 파생되었다.

라케시스라는 단어는 그리스어로 '추첨(lot)'이라는 뜻이다. 그리스에서는 아이들이 태어날 때 자신만의 삶의 모습을 결정하는 제비를 뽑는다고 생각했다. 또한 라케시스는 클로토가 뽑은 실의 길이를 측정하고 결정함으로써 운명을 통제하는 신이 되었다.

몇몇 그리스인들은 한 사람의 운명이 행위의 결과나 그의 메리트(merit)에 따라서 달라진다고 생각했다. 여기서 메리트는 모이라이와 관련이 있다. 메리트는 원래 장점과 단점을 아우르는 말이었지만, 요즘에는 '훌륭하다' 또는 '가치가 있다'라는 뜻으로 쓰인다.

마지막으로 보통 큰 가위를 들고 있는 존재로 그려지는 아트로포스는 라케시스가 표시한 지점에서 그 실을 끊는다. 이것은 죽음을 뜻하는데, atropos는 그리스어로 '돌아오지 않다'라는 뜻이다. 그 누구도, 그 무엇으로도 그녀의 행동을 막을 수 없다. 아트로포스는 '아트로핀(astropine 경련 이완제)'의 어원이 되었다.

로마인들은 또 다른 세 명의 여신들이 인간의 운명을 결정한다고 생각했다. 이들을 파르카이(Parcae)라고 불렀는데 라틴어로는 '생성시키다'라는 뜻이다. 세 자매가 어떤 행동을 하느냐에 따라 인간의 미래가 달라지기 때문이었다. 그리스인들은 신들이 미래를 계시해주는 방식을 oracle(신탁)이라고 불렀다. 여사제들이 보통 미래에 대해 자세한 예언을 해주지 않았기 때문에 신탁은 최소한 두 가지 이상의 의미로 해석될 수 있었다. 여기서 나온 표현인 oracular statement라고 하면 '직설적인 뜻이 없고 양쪽으로 모두 생각할 수 있는 애매한 표현'을 뜻한다.

oracle은 그리스어로 '기도하다'라는 뜻으로, 여기서 '지성소' '예언자' '현인'이라는 말이 나왔다. 형용사 oracular는 '엄숙한, 점잔을 빼는, 수수께끼 같은'이라는 뜻이며, 가톨릭에서는 하느님께 기도하기 위해 특별한 목적으로 봉헌된 경당(經堂)을 Oratorium이라 한다. 이 단어는 라틴어로 들어오면서 '말하다(speak, utter)'로 변형되었다. 여기서 oral(구두의), oration(연설), orator(웅변가, 연설자), oratory(웅변, 수사, 기도실) 등의 단어들이 파생되었다.

Oracle(말하다)과 같은 의미의 라틴어로는 fatum이 있다. 신탁은 세 명의 파르카이(또는 모이라이)가 결정하는 미래에 관한 일이었기에 로마인들은 이 세 명의 여신을 파타(Fata)라고도 불렀다. 이들을 영어로 Three Fates라고 하는데, fate는 '변화될 수 없는 미래'를 뜻하며, 모든 미래는 이미 결정되어 있다고 믿는 사람을 fatalist(운명론자)라고 한다.

로마인들은 파르카이 중 세 번째 여신을 모르타(Morta), 즉 '죽음의 천사'라 불렀다. 인간은 mortal(죽어야 할 운명의)한 존재이며, 불사하는 신은 immortal(불멸의)한 존재이다. 상처가 심해서 죽게 된다면 그 상처는 mortal(fatal 치명적인)한 것이다. 이것은 a mortal hour(지루한 시간)와 mortician(undertaker 장의사)에 그 흔적이 남아 있다.

포르투나

티케(Tyche)는 그리스어로 '행운(운명)'을 뜻하며, 행운과 기회와 번영을 주관하는 대중적인 여신이다. 그녀는 머리에 왕관을 쓰고 한 손에 '풍요의 뿔'인 코르누코피아(comucopia)를 들고, 다른 한 손에는 운명의 열쇠를 들고 있는 모습으로 묘사된다. 티케는 악한 행동을 응징하고 과도한 번영을 벌하는 복수의 여신 네메시스와 관련이 있으며, 일설에는 운명의 여신들을 가리키는 모이라이 가운데 가장 강력한 힘을 발휘하는 여신이라고 한다.

티케는 로마 신화에서 '행운과 복수와 운명의 여신' 포르투나(Fortuna)와 동일시되었는데, 이는 라틴어 vortumna('돌리는 사람')에서 따온 이름이다. 포르투나는 거대한 세월의 바퀴를 거꾸로 돌려 행복과 슬픔, 그리고 삶과 죽음에 머물도록 했기 때문에 그렇게 불렸다. 이는 영어 fortune의 어원이 되었고 행운(luck), 재산(wealth), 운명(fate)이라는 뜻이 담겨 있다. make a fortune은 '부자가 되다,' marry a fortune은 '돈 많은 여자와 결혼하다'이며, fortune-teller는 '점쟁이'를 말한다.

죽음의 신과 잠의 신은 형제지간

그리스인들은 죽음에도 장점이 있다고 생각했다. 지루하고 피곤한 인생을 산 사람에게 죽음은 마치 휴식과도 같다. 이 때문에 그들은 '죽음의 신' 타나토스(Thanatos)를 '잠의 신' 히프노스(Hypnos)와 형제지간으로 생각했다. '히프노스' 하면 낯익은 몇몇 단어들이 떠오를 것이다. 약물이나 최면술에 의한 '수면 상태'는 hypnosis, '수면제'는 hypnotic, '최면술사'는 hypnotist라 한다.

로마 신화에서 '잠의 신'은 솜누스(Somnus)이다. somnolent(졸리는), somnambulis(몽유

병), somnolence(비몽사몽, 졸음), somniloquy(잠꼬대)도 그의 이름에서 나온 것이다. 불면증은 insomnia다.

히프노스의 아들은 모르페우스(Morpheus)이다. 그리스인들은 모르페우스가 잠자는 사람에게 형상을 가져다준다고 믿었기 때문에 그를 '꿈의 신'이라 불렀다. morpheus는 그리스어로 '형태' 또는 '모양'이라는 뜻이기 때문에 morphology는 생명의 형태와 구성을 연구하는 생물학 분야를 말한다. 여기에 부정의 의미를 가진 접두어 'a-'를 붙여 amorphous로 만들면 '무정형'을 뜻하며, '허무주의(nihilism)'라는 뜻으로도 쓰인다. 이 밖에 꿈의 신은 morphinism(모르핀 중독), in the arms of Morpheus(asleep 잠든)라는 단어들에 잠들어 있다.

1803년 독일의 화학자 F. W. 제어튀르너는 통증으로 괴로워하는 사람들을 안정시키고 수면을 가능하게 하는 순수 화학물질을 약초에서 분리하여 morphine(모르핀)이라는 이름을 붙여주었다.

자식들을 잡아먹은 크로노스

최초의 하늘의 신 우라노스는 아들 크로노스에 패배해 쫓겨나면서 크로노스 역시 아들에게 쫓겨날 것이라고 예언했다. 그러자 불안해진 크로노스는 그의 아내 레아가 자식을 낳을 때마다 잡아먹어 버렸다. 남편이 자식을 잡아먹을 때마다 괴로워하던 그녀는 여섯 번째 아이를 숨기고 돌멩이에 아기 옷을 입혀서 그것을 대신 먹게 했다. 그렇게 해서 살아난 막내가 바로 제우스이다. 그는 염소 아말테이아(amaltheia)의 젖을 먹고 자랐다. 이 염소의 뿔에는 신들이 마시는 술 넥타르와 신들의 음식인 암브로시아가 가득 차 있었으며, 바라는 것은 무엇이든지 이루어지게 하는 힘이 있었기 때문에 '코르누코피아(comucopia)'라고 불렸다. 성인이 된 제우스는 어머니 레아의 도움으로 속임수를 써서 하늘나라로 올라가 크로노스의 음료수 시중을 들게 되었다. 그는 크로노스에게 구토약을 섞은 음료를 먹여 나머지 다섯 형제자매를 모두 토해내도록 했다.

그리스인들은 제우스와 그 형제자매들 그리고 그들의 자손이 올림포스 산에 살고 있

염소의 젖을 먹는 제우스

다고 믿었기 때문에 그들을 '올림포스의 신들(the Olympians gods)'이라고 불렀다. 그리스 남서부의 엘리스(Elis)라는 지역에서는 제우스를 기리기 위해 4년마다 특별한 경기를 벌였다. 기원전 776년 올림피아(Olympia)라는 계곡에서 처음 개최된 이 경기는 서기 393년 폐지되었다가 1896년 프랑스의 쿠베르탱 남작에 의해 '올림픽 경기(Olympic Games)'라는 명칭으로 부활하여 현재에 이르고 있다. 제우스는 올림픽 경기의 이름만으로도 자신에 대한 존경심을 여전히 지속시키고 있는 셈이다.

티탄족과 싸워 이긴 제우스와 형제들

크로노스에게 구출된 올림포스의 신들은 제우스(Zeus 유피테르, 주피터)를 지도자로 세우고 티탄족에 맞서 반란을 일으켰다. 승리를 거둔 제우스는 포세이돈(Poseidon 넵투누스, 넵튠)에게 바다를 주었다. son of neptune은 '뱃사람'을 뜻한다.

하데스(Hades 플루토스, 플루토)에게는 지하세계를 주고 자신은 하늘을 차지했다. 그리스어로 '보이지 않는 것'이라는 뜻의 하데스는 지하세계를 관장했기 때문에 '죽음의 신'으로도 여겼다. 지하세계는 늘 죽음과 관련이 있었기 때문에 죽은 자들의 영혼이 살고 있는 장소는 죽음의 신의 이름을 따서 하데스라고 불렀다. 그래서 하데스는 올림포스의 신이 아닌 '지하세계의 신'이다.

그리스인들에게는 하데스 이외에도 지하세계의 신이 더 있었다. 이 신들은 보통 무시무시한 괴물로 묘사되었고 카오스에서 직접 탄생한 존재라고 생각했다. 카오스는 '밤의 여신'인 닉스(Nyx)와 '지하세계의 어둠'의 신 에레보스(Erebus)를 낳았다. 지금까지도 밤과 관련된 것은 nocturnal(밤의)이라고 표현하고, 저녁에 연주하는 음악을 nocturne(야상곡)이라고 한다. as dark as Erebus 하면 '칠흑같이 캄캄한'이라는 뜻이다.

타르타로스(Tartaros) 또한 올림포스 신들의 신화 이전에 지하세계의 신이었다. 제우스가 크로노스를 대신했듯이 하데스도 타르타로스를 대신했다. 하데스는 죽은 자들 중에서 비교적 죄가 가벼운 사람들이 살고 있는 장소로 생각되었으며, 그 아래로 더 내려가면 특별한 악인들이나 악신들에게 형벌을 내리는 곳인 타르타로스(무한지옥)가 있다고 생각했다. 기독교의 지옥(hell) 개념에도 상당한 영향을 주었을 것이다.

타르타로스는 역사적으로 비극적인 에피소드의 일부분에도 그 자취가 남아 있다. 1200년대 칭기즈칸이 이끄는 몽골족은 중앙아시아·중국·페르시아·러시아 등지를 침략하면서 살상과 파괴를 일삼았다. 그들의 기세는 마치 땅을 뒤엎고 세상을 타르타로스로 만들려는 것 같았다. 그래서 몽골족을 자연스럽게 '타타르족(Tartar)'이라고 불렀다.

지하세계 하데스에는 스틱스(Styx) 강이 흐르는데, 이 강과 관련된 단어로 stygian이 있다. stygian darkness는 '칠흑같은 어둠,' 즉 '지하세계의 암흑'이라는 뜻으로 사용된다.

저승으로 들어가려면 뱃사공 카론(Charon)의 배를 타고 스틱스 강을 건너야 하며, 그곳을 지키는 케르베로스(Cerberos)라는 머리가 셋 달린 개에게 입장료를 지불해야 한다. give a sop to Cerberos(케르베로스에 빵 한 조각을 던져주다)는 '공직자에게 뇌물을 바치다'라는 뜻이다. 익살스런 표현으로 카론은 '뱃사공,' 케르베로스는 '경비원'이라는 뜻으로 쓰이기도 한다.

죽은 자들의 영혼은 하데스에 있는 레테(Lethe, 그리스어로 '망각'이라는 뜻)라는 강에서 물을 마시는데 이 물을 마시면 곧바로 전생을 잊어버리고 유령이 된다. 그래서 '망각을 일으키는 것'이라는 뜻으로 lethean이라는 말을 사용한다. 또 '졸음이 오거나 몸이 나른해져 잘 잊기 쉬운 상태' '혼수상태'를 lethargy라고 한다. 하지만 완전한 망각은 오로지 죽음으로만 가능하기 때문에 lethal은 곧 '치명적'이라는 뜻이며, lethal weapon은 '흉기'를 가리킨다.

지하는 금과 은이 산출되는 곳으로 부(富)와 연관되어 하데스는 로마시대에 들어와 부의 신 플루토스(Plutos 플루톤)라는 이름을 갖게 되었다. 이 단어에서 부호계급인 plute, 부자들이 지배하는 정부를 뜻하는 plutocracy(금권정치)가 나왔다. 태양계에서 가장 먼 9번째 행성이 '명왕성(Pluto)'으로 정의되었지만, 2006년 8월 '국제천문연맹(IAU)'에서 행성에 대한 분류법을 정정한 이후 '왜소행성(dwarf planet) 134340'으로 전락하고 말았다.

행복이 가득한 곳 샹젤리제

착한 일을 많이 한 영혼은 하데스의 특별 구역으로 들어가는데, 이곳은 크로노스가 통치하는 곳으로 황금시대의 전설이 서려 있는 듯한 공간이다. 이 낙원을 '엘리시움(Elysium)' 또는 '엘리시움 들판(Elysium Fields)'이라고 불렀다. 지금도 엘리시움은 '행복이 가득한 장소나 시간'을 가리키며, 때로는 '천국(Heaven, Paradise)'과 동의어로도 쓰인다. elysian joy는 '극락의 환희'를 뜻한다.

샹젤리제 거리

프랑스 파리 시내에서 개선문으로 이르는 가장 훌륭하고 넓은 길 '샹젤리제(Champs Élysées)'와 대통령 관저로 쓰이는 엘리제(Élysées) 궁도 바로 여기서 따온 명칭이다.

별자리가 된 제우스의 연인들

로마인들은 제우스를 유피테르(주피터)와 동일시하는데, 이에 해당하는 명칭이 하나 더 있다. 그것은 바로 Jove이다. 하지만 이 단어는 감탄문 'By Jove!(맹세코, 천만에!)'라는 구절 이외에는 그리 많이 사용되지 않는다. 그 대신 형용사형이 필요할 경우에는 Jupiter보다 Jove가 많이 활용되고 있다. 즉, 태양계 행성 중에서 가장 큰 '목성(주피터)의 영향을 받고 태어난 아이'를 jovial baby라 한다. 이 형용사는 '유쾌한(merry)' '쾌활한(jolly)' '명랑한(cheerful)'이라는 뜻을 지니고 있다.

제우스는 이오(Io)라는 '강의 요정'과 사랑에 빠진 적이 있었다. 제우스는 질투가 심한 부인 헤라(Hera) 때문에 이오를 흰 소로 변신시켰다. 그러나 헤라는 이 소에 대해 의심을 품고 아르고스(Argos 또는 Argus, 엄중한 감시인)라는 거인족을 보내 소를 감시하도록 했는데, 아르고스는 눈이 백 개나 되어 잠을 잘 때도 그 중 몇 개는 항상 뜨고 있었다. 그 때문에 '조심스럽고 주의 깊은 사람'을 Argos-eyed(감시가 엄한, 빈틈없는)라고 한다. 제우스는 백 개의 눈을 모두 감긴 후 아르고스를 죽여 버렸다. 슬픔에 찬 헤라는 죽은 아르고스의 눈들을 자신이 애지중지하던 공작새의 깃에 붙여 놓았다. 그래서 공작새과에 속하는 조류를 Argos pheasant라고 부른다.

언젠가 이오가 유럽과 아시아를 가르는 해협을 건넌 적이 있었다. 그래서 이 해협을 '소가 건너가다'라는 뜻의 Bosporus(보스포루스)라고 했다. 소로 변신한 이오는 그리스와 남부 이탈리아를 가르는 지중해 지역을 헤엄쳐 건너기도 했기 때문에 이 지역의 바다를 '이오니아 해(Ionian Sea)'라고 한다.

12궁도를 메운 '상상의 동물들'

선사시대 이래로 유목민과 농경민들은 별들의 형태를 보고 달력을 만들었다. 1년 동안 볼 수 있는 별들은 계속 달라지기 때문에 변화하는 별의 형태를 한눈에 알아보기 위해서 별들을 집단으로 묶어 구분했다. 이렇게 구분된 별들을 '별자리(constellation)'라고 부른다. 태양이 통과하는 12개의 별자리는 수많은 상상의 동물로 구성되어 있다. 그래서 이 별자리를 그리스어로 '동물들의 무리'를 뜻하는 zodiac(궁도宮圖)이라 부른다. 그리스인들은 대부분의 별자리들을 바빌로니아인에게서 물려받았기 때문에 자신들의 신화에 맞추어 별자리 그림을 변화시키거나 또 다른 신화를 만들어 별자리 그림을 설명했다.

12궁도 중에는 라틴어로 카프리코르누스(Capricornus 뿔 달린 염소, 즉 염소자리)라는 별자리가 있다. 그리스인들은 이 별자리를 제우스가 자신의 어린 시절에 젖을 먹여 길러준 것에 대한 감사의 보답으로 하늘에 옮겨 놓은 염소 아말테이아라고 생각했다. 단어에도 아말테이아의 흔적이 있다. 제우스는 염소의 뿔 중 하나를 골라서 넥타와 암브로시아로 가득 채울 수 있는 힘을 주었는데, cornucopia(horn of plenty 풍요의 뿔)가 바로 그것이다.

제우스와 연결된 또 다른 별자리는 요정 칼리스토(Callisto)와 관련되어 있다. 어느 날 아르카스(Arcas)가 사냥을 나갔다가 곰으로 변신한 칼리스토와 마주쳤다. 그 곰이 자신의 어머니일 거라고는 꿈에도 생각지 못한 아르카스는 창을 높이 처들고 달려들었다. 그 절체절명의 순간 제우스가 나타나 아르카스를 곰으로 만들었다. 그러고는 그들을 하늘로 옮겨 놓았다. 그래서 칼리스토는 '큰곰자리(Ursa Major)'가 되었고 아르카스는 '작은곰자리(Ursa Minor)'로 남게 되었다.

북극성은 큰곰자리 별 가운데 하나이다. 그리스인들은 북쪽으로 여행을 가면 북극성이 점점 더 높아지며, 그와 동시에 두 개의 곰 별자리가 모두 뜬다는 것을 알고 있었다. 그리스어로 곰이 arkto였기 때문에 사람들은 북부 지역을 arktikos라고 불렀다. 그래서 영어로 북극 부근의 지역은 arctic zone(북극대)이라 하고 그 지역을 둘러싸고 있는 가상의 선은 arctic circle(북극권)이라고 한다. 얼음으로 뒤덮인 북극대의 바다도 arctic ocean(북극해)이 되었다. 반대로 antarctic zone(남극대)은 남극 주위를 말하는데 이곳은 가상선인 antarctic circle(남극권)에 의해 구분된다. 접두어 ant-는 '반대'를 뜻하므로 antarctic은 북극의 반대편인 남극이라는 뜻이다. 남극 지대의 얼어붙은 대륙은 antarctica(남극 대륙)라 하며 그 주위의 바다는 antarctic ocean(남극해)이라 한다.

한편, 제우스는 종종 그 자신이 변한 동물들을 하늘에 별자리로 남겨 두었다. 그 예로 에우로페를 납치하기 위해 변신했던 황소는 황소자리(Taurus, 라틴어로 '황소'라는 뜻)로 남겨 놓았다. 이른 봄에 태양은 황소자리로 진입한다. 이 별자리가 황소자리가 된 것은 아마도 땅을 갈 시기를 상징하기 위해서였을 것이다.

그리고 제우스가 가니메데스를 납치하려고 변신했던 독수리는 독수리자리(Aquila, 라틴어로 '독수리'라는 뜻)로 남았다.

제우스의 누이들

크로노스와 레아에게는 세 아들뿐 아니라 헤라, '농경의 여신' 데메테르(Demeter), '화로의 여신' 헤스티아(Hestia)라는 세 딸도 있었다. 농경의 여신 데메테르는 그리스인이 정착하기 이전의 고대 종교와 관련 있는 여신으로 그녀에 대한 유명한 이야기가 있다.

데메테르에게는 페르세포네(Persephone)라는 딸이 있었다. 그러던 어느 날 페르세포네를 사모한 지하세계의 신 하데스가 그녀를 납치했다. 데메테르가 슬픔에 빠지자 땅에서는 곡식이 자라지 못했다. 그래서 제우스는 페르세포네가 지하세계의 음식을 입에 대지 않았다면 그녀를 다시 땅 위로 되돌려주라고 하데스를 설득했다. 그러나 하데스는 페르세포네를 되돌려보내기 싫어 속임수를 써서 그녀에게 석류알 네 개를 먹게 했다. 별 수 없이 페르세포네는 먹은 석류알 개수만큼 1년 중 4개월을 땅속에 머무르게 되었다. 그동안 땅 위에는 곡식이 자라지 않았고 초목은 잎새가 모두 떨어졌으며 태양도 비추는 둥 마는 둥 했다. 매년 겨울이 오는 까닭을 페르세포네의 일화를 통해 설명해주고 있는 셈이다.

데메테르는 엘레우시스(Eleusis) 근처에서 숭배되었다. 신화에 따르면 그녀가 페르세포네를 찾아 헤매는 도중 엘레우시스 지역을 지나다 이곳에서 융숭한 대접을 받았다고 한다. 그 대가로 데메테르는 이 지역민들에게 어떤 의식을 가르쳐주었다. 이 의식을 행할 때 회원이 아닌 사람들은 이 의식에 참석할 수 없었다. 또 참석한 사람은 이 의식을 아무에게도 공개하지 않겠다는 서약을 해야만 했다. 서약한 사람들은 그리스어로 '닫힌 입'이라는 뜻의 mystes라 불렸다. 고대 그리스에는 이처럼 수많은 '밀교(mystery religion)'가 있었으며, mystery라는 단어는 점차 그 뜻이 약화돼 '비밀의, 숨겨진'이라는 뜻으로 쓰였지만 지금은 보통 '교묘하게 숨겨진 해답을 찾아내야 하는 난해한 범죄'라는 의미로 사용되고 있다.

한편, 로마인들은 크로노스의 세 딸들을 자신의 신들과 동일시했다. 헤라는 '유피테르(주피터)의 아내' 유노(Juno), 데메테르는 로마인들의 '농경의 여신' 케레스(Ceres), 헤스티아는 '화로의 여신' 베스타(Vesta)와 동일시한 것이다. 1년 중 여섯 번째 달은 유노에게 바쳐 이 달을 June(6월)이라고 한다. 또 유노(헤라)는 '결혼의 여신'이기 때문에 서양에서는 6월에 결혼식을 많이 올린다. 케레스(데메테르)는 밀이나 옥수수·쌀·호밀과 귀리 등의 곡물을 돌보는 여신인데, cereals(곡물, 아침 식사용 곡물식)도 여기서 비롯된 단어이다. 성냥(match)이 처음 발명되었을 때 그것이 마치 작은 화로 같다고 해서 사람들은 성냥을 한동안 vesta라 부르기도 했다.

불과 화로의 여신, 헤스티아

헤스티아는 크로노스와 레아 사이에서 태어난 6명의 자식들 가운데 맏딸로 영원히 숫처녀로 살았다. 헤스티아는 고대 그리스어에서 '화로'를 뜻하는데, 화로는 고대 그리스에서 가정의 중심이었기 때문에 이 여신은 '가정의 수호신'으로 받들어졌다.

헤스티아는 로마 신화의 베스타(Vesta)와 동일시되었다. 로마인들은 국가의 대사가 있을 때마다 이 여신에게 제사를 지내고 길흉을 점쳤다. 신전에는 베스탈(vestal)이라는 6명의 여사제가 평생 순결을 지키면서 제단의 성화(vestal fire)가 꺼지지 않도록 지켰다. 그래서 vestal virgin은 수녀(nun)라는 뜻도 있다.

아프로디테의 허리띠

제우스가 권력을 장악한 후부터 신들의 세계에서는 더 이상 통치권의 찬탈 행위가 일어나지 않았다. 대신에 그들은 평화적으로 올림포스 신의 일원이 될 수 있었으며, 다른 신들과 동등한 지위를 부여받았다. 모든 신들은 제우스의 지배를 받는 상태였다.

아마도 올림포스 신의 후손들은 본래 그리스와 동맹을 맺은 여러 선주민들이 숭배하던 신들이었을 것이다. 몇몇 신들은 현실적으로 하나의 이름 아래 묶였을 수도 있다. 이 때문에 특정한 신에 대해서 제대로 짜여지지 않은 이야기들이 몇 개씩이나 나오게 되었다. 예를 들어 아프로디테(Aphrodite) 여신의 탄생에 대해서는 완전히 다른 두 가지 이야기가 있다.

아프로디테 여신

한 이야기에는 그녀가 우라노스와 가이아의 딸로 묘사되어 있다. 그녀는 조개껍데기에서 분비된 바다거품(그리스어로 aphro는 '거품')에서 탄생했다. 티탄족의 자매로 올림포스 신들보다 훨씬 더 오래된 신이며, 그녀에 관한 이야기는 그리스인들 이전의 원주민들이 숭배했던 여신에 관한 신화로 볼 수 있다. 또 다른 이야기에는, 그리스인들은 아프로디테를 제우스와 티탄족 여신 디오네 사이에서 태어난 딸로 여기고 '올림포스 12신'의 일원으로 섬기기도 했다. 이처럼 아프로디테가 어떻게 탄생했든 그리스인들이 그녀를 가장 아름다운 '미와 사랑의 여신'으로 생각했던 것만은 틀림없다. 그래서 육체적인 사랑, 즉 '성애를 자극하는 미약(媚藥), 최음제'는 aphrodisiac, '성적 흥분, 성욕'은 aphrodisia라고 한다.

로마인들은 아프로디테를 비너스(Venus)와 동일시했기 때문에 두 여신 모두 아름다움의 원형이라고 할 수 있다. 로마인들은 비너스를 매우 존경해 그 이름에서 유래한 venerate라는 말은 '삼가고 경외하다'라는 뜻을 갖게 되었다. 또 나이 먹은 사람들은 존중받아야 하기 때문에 노인들에 대해서는 venerable(존경할 만한)이라고 표현한다.

아프로디테는 케스토스(cestos)라는 허리띠를 차고 있었는데, 그녀의 매력을 한층 돋보이게 하고 사람들의 눈길을 사로잡았던 것으로 알려져 있다. 그래서 아름답고도 매력적인 여자를 보면 '아프로디테의 허리띠(cestos himas, Aphrodite's belt)'를 차고 있다고 표현한다. 그런데 고대 로마시대에 들어와 가죽으로 된 권투선수 장갑으로도 쓰이고, 또 의학자들은 띠처럼 생긴 '촌충(cestoid)'에 케스토스라는 이름을 붙여 이 단어가 갖고 있던 서정성을 퇴색시키고 말았다.

비너스는 주요 행성인 '금성'에 이름이 부여된 유일한 여신이기도 하다. 태양계에서 태양과 달 다음으로 밝고 아름다우며 별 중에서는 가장 밝게 빛나는 별이다. 금성은 태양의 어느 쪽에 자리 잡고 있느냐에 따라 어둠별(evening star)이라 불리기도 하고, 샛별(morning star)이라 불리기도 한다.

처음에 그리스인들은 샛별과 어둠별을 두 개의 다른 행성으로 생각했다. 그래서 각각 다른 이름을 붙여주었는데, 샛별은 포스포로스(Phosphoros, '빛의 전령'이라는 뜻)라고 불렀다. 이 별이 동쪽 하늘에 뜨고 나면 곧 여명이 밝아왔기 때문이다. 반면, 어둠별은 일몰 후 서쪽 하늘에서 빛을 냈기 때문에 헤스페로스(Hesperos, '서쪽'이라는 뜻. vesper)라고 불렀다. 나중에 포스포로스와 헤스페로스가 같은 별임을 알게 된 그리스인들은 그 아름다움에 걸맞게 아프로디테(금성)라는 이름을 붙여주었다.

아도니스 콤플렉스

아도니스 콤플렉스(adonis complex)란 현대 사회에서 남성들이 외모 때문에 갖는 강박 관념이나 우울증 또는 '남성 외모 집착증'을 말한다. 아도니스는 그리스 신화에 나오는 미청년으로, 미의 여신 아프로디테의 애인이었다.

아프로디테의 아름다움을 깎아내리다가 여신의 저주를 받은 '스미르나'라는 여인이 있었다. 그 여인에게서 아도니스라는 사내아이가 태어났는데, 아프로디테는 어린 아도니스를 빼앗아 하데스의 부인인 페르세포네에게 맡겨 기르도록 했다. 아도니스가 너무나 아름다운 청년의 모습으로 자라자, 아도니스에게 반한 페르세포네는 아프로디테에게 아도니스를 돌려주지 않았다. 두 여신이 한 청년을 두고 다툼을 벌이자, 제우스가 중재에 나서서 1년의 3분의 1은 지하세계에서 페르세포네와, 3분의 1은 아프로디테와, 나머지 3분의 1은 아도니스 마음대로 하도록 했다.

하지만 아도니스는 자신에게 맡겨진 3분의 1도 아프로디테와 함께 보냈으며, 아프로디테도 아도니스에게 푹 빠져 잠시도 그에게서 떨어지려 하지 않았다. 여신이 잠깐 아도니스를 남겨두고 올림포스로 올라간 사이 아도니스는 사냥을 하다 그만 멧돼지에게 받혀 죽었다. 너무 순식간에 일어난 일이라 아도니스의 비명소리를 듣고 여신이 달려왔을 때는 이미 때가 늦었다. 아도니스의 죽음을 슬퍼하던 여신은 그가 흘린 붉은 피 위에 넥타르(nectar)를 뿌렸다. 피와 신주가 섞여 거품이 일더니 얼마 후 석류꽃 같은 핏빛 꽃 한 송이가 피었다. 꽃은 얼마 지나지 않아 시들었는데, 그것이 바로 아네모네(Anemone), 바람꽃(windflower)이다.

지혜의 여신, 아테나

신화에서는 제우스가 그의 첫 번째 아내인 메티스(Metis)를 잡아먹고는 바로 헤라와 결혼했다고 한다. 하지만 제우스의 몸 안에는 메티스의 딸이 자라고 있었다. 그가 심한 두통으로 스스로 자기 머리를 열자 아테나(Athena)가 성인의 몸으로 무장을 한 채 튀어나왔다. metis는 그리스어로 '지혜'라는 뜻이다. 그래서 아테나는 '지식의 여신'이자 '전쟁과 평화의 여신'으로 여겨졌다. 이 신화는 제우스가 권력을 잡은 후에 지혜를 얻었으며, 머릿속으로 생각을 하면서부터 기술의 발달을 가져다준 지식이 생겨났음을 의미하고 있다.

아테나는 그녀를 찬미하기 위한 도시 아테네(Athenai 영어로는 Athens)를 특별히 감독

전쟁과 평화의 여신, 아테나

하는 여신이기도 하다. 그리스 문명의 전성기에 아테네는 그리스에서 가장 강력하고 문명화된 도시로서의 명성을 지니고 있었다.

아테나의 또 다른 이름은 팔라스(Pallas)이다. 팔라스라는 여신을 숭배하던 부족이 정복자인 그리스인들에게 편입되면서 팔라스와 아테나를 동일한 여신으로 간주했을 가능성이 높다. 어쨌든 시문학에서는 종종 아테나가 '팔라스 아테나'로 그려지고 있다.

트로이(트로이아)라는 도시에는 팔라디움(palladium)이라고 불리는 팔라스 아테나의 동상이 있었다. 트로이 시민들은 팔라디움이 도시 안에 있는 한 트로이는 멸망하지 않을 것이라 믿었다. 그러나 그들은 이 동상을 잃어버렸고 트로이는 함락당하고 말았다. 이에 유래해서 요즘에는 한 나라를 수호하고 있는 어떤 상징물이나 전통 또는 소중한 미풍양속을 palladium이라고 부른다.

또 아테나는 극장이나 경기장이 아니라 실존했던 역사상 가장 아름다운 건물과 연관이 있다. 아테나는 결혼이나 연애를 한 적이 없었기 때문에 그리스인들은 종종 그녀를 '아테나 파르테노스(Athena Parthenos 처녀 아테나)'라고 불렀는데, 아테네 사람들이 그녀를 경배하기 위해 지은 아름다운 신전의 이름이 파르테논(Parthenon, BC 438년 완공)이다. 로마인들은 수예와 목공의 여신 '미네르바(Minerva, 라틴어로 '정신'이라는 뜻)'를 아테나와 동일시했지만, 라틴어 이름보다는 그리스 이름이 우리에게 더 잘 알려져 있다. 아마도 아테네 시의 높은 명성 때문일 것이다.

신들의 전령, 헤르메스

제우스의 아들 가운데 헤르메스(Hermes)라는 신이 있었다. 헤르메스의 어머니는 마이아(Maia)로, 플레이아데스(Pleiades, 단수형은 플레이아드Pleiad)라 불리는 아틀라스의 일곱 딸 중 한 명이었다. 그러던 어느 날, 그녀들은 험악한 사냥꾼(오리온이라는 거인족)에게 쫓기고 있었다. 그래서 제우스는 그녀들을 비둘기로 변신시켜 하늘로 올려 보냈으며, 황소자리의 조그맣고 귀여운 별무리를 이루었다. '정확히 일곱 명의 유명인사 모임' 가운데 한 사람을 '플레이아드'라 부르곤 한다.

헤르메스는 '신들의 전령'이었다. 따라서 매우 빨리 움직이는 신이라 보통 그의 신발과 투구에는 날개가 달려 있는 것으로 표현되었다. 또한 그는 통상과 계략, 발명의 신이기도 했다. 그리스 시대 후반기에는 이집트 학문의 신 토트(Thoth)를 받아들여 헤르메스와 동일시했는데, '헤르메스 트리스메기스토스(Hermes Trismegistos, 매우 훌륭한 헤르메스라는 뜻)'라고 불렀다. 고대 이집트인들은 화학자로서의 명망이 높았

헤르메스의 지팡이

기 때문에 헤르메스 트리스메기스토스를 특히 '화학과 지식의 신'으로 섬겼다. 사실 chemistry(화학)는 '이집트'의 옛 명칭이며, 옛말로 화학은 hermetic art(헤르메스의 기술)였다. 화학자들은 어떤 용기의 내용물이 바깥 공기와 접하지 않게 하려고 용기의 뚜껑을 꽉 조여 닫아놓곤 했다. 그래서 공기가 압축되어 있는 상태를 hermetically sealed라고 표현한다.

고대에는 전령사들이 통치자와 통치자 사이, 또는 각 군부대 사이에 메시지를 전달하는 일을 했다. 이들을 살해하는 것은 금지돼 있었으며 어느 정도 우대를 받았다. 그들은 카두케우스(caduceus)라는 특별한 지팡이를 임무의 징표로 가지고 다녔는데, 신들의 전령 헤르메스의 카두케우스에서 비롯된 것이다. 헤르메스는 아주 빠르게 움직여야 했기 때문에 투구와 신발뿐만 아니라 지팡이에도 날개가 달려 있었다. 나중에 그가 헤르메스 트리스메기스토스가 되었을 때에는 지팡이뿐만 아니라 의약품까지 가지고 다녔다. 이것은 상처를 치료하는 데 쓰이는 가상의 가루약으로 hermetic powder라 불렸다. 뱀이 허물을 벗는 것을 젊음을 소생시키는 능력으로 본 그리스인들은 의사들에게서 회춘을 기대했다. 그래서 헤르메스의 지팡이는 두 마리의 뱀이 감아오르고 끝에 날개가 한 쌍 달려 있는 모양으로 그려졌으며, 후에 의사나 약사, 군대의 의무병과를 상징하는 데 쓰였다.

태양계에서 별들 사이를 가장 빠르게 움직이는 첫 번째 행성의 이름(Mercury, 水星)은 발 빠른 헤르메스의 이름에서 따왔다. 로마인들은 헤르메스를 자신들의 '상업의 신' 메르쿠리우스(Mercurius, 영어식은 Mercury머큐리)와 동일시했는데, 장사는 계산이 빨라야 하기 때문에 잘 어울리는 이름이다. 또 mercury는 수은(水銀, quicksilver, 원소기호 Hg)을 가리키기도 하는데, 상온에서 액체인 유일한 금속이라서 붙인 이름이다. mercurial은

'재치 있는, 변하기 쉬운, 경박한'이라는 뜻을 가지고 있으며, mercurochrome은 찰과상에 바르는 '빨간약'을 말하는데, 알코올 성분이 들어 있어 빨리 증발한다.

헤르메스와 아프로디테 사이에 헤르마프로디토스(Hermaproditos)라는 아들이 있었는데, 그를 소아시아 이다(Ida)의 산속 요정들이 키웠다. 그러던 어느 날, 미소년으로 자란 그가 연못에서 목욕하는 모습을 본 연못의 요정이 그에게 홀딱 반해 사랑을 고백했다. 매번 거절을 당했지만 이 요정은 포기하지 않고 헤르마프로디토스와 영원히 하나가 되겠다고 신들에게 간절히 빌었다. 결국 둘은 하나가 되어 남성과 여성을 동시에 지닌 자웅동체(雌雄同體)가 되었다. 바로 여기서 남녀 구별이 힘들거나 양성의 특징을 모두 가진 '자웅동체(hermaphrodite)'가 탄생했다.

쌍둥이 남매 아폴론과 아르테미스

제우스에게는 쌍둥이 자녀가 있었는데, 티탄족의 레토(Leto)가 그들의 어머니이다. 레토는 질투심 강한 헤라를 피해 에게 해의 가장 작은 섬 델로스(Delos)라는 곳으로 도망쳤다. 그곳에서 쌍둥이 남매 아폴론(Apollon)과 아르테미스(Artemis)가 태어나자 델로스 섬은 바다 밑으로 가라앉아 다시는 떠오르지 않았다. 이 쌍둥이 남매는 이 섬의 퀸토스(Cynthus) 산에서 출생했기 때문에 종종 킨티오스(Cynthios)와 킨티아(Cynthia)로 불리기도 한다.

이들은 모두 젊은 궁사로 그려졌다. 아폴론은 남성적 미의 이상형이며, 아르테미스는 '사냥의 여신'이다. 로마인들은 아폴론을 대신할 신이 없어 그냥 아폴로(Apollo)라 불렀지만, 아르테미스는 숲의 여신 '디아나(Diana, 영어로는 다이애나)'와 동일한 신으로 여겼다. 영어권에서는 아르테미스보다 디아나가 더 익숙하다.

레토의 어머니는 티탄족 포이베였다. 포이베(그리스어로 '빛나는 사람'이라는 뜻)는 그리스 이전 시대에 달 또는 태양의 여신으로, 그리스인들은 이 신을 자신들의 신화 체계로 끌어들였다. 그래서 아폴론과 아르테미스는 포이베의 손자와 손녀가 되었으며 태양과 달을 지배할 수 있게 되었다. '태양의 신'으로 숭배받은 아폴론은 포이베란 명칭의 남성형을 물려받아 종종 포이보스 아폴론(Phoebus Apollon), 또는 포이보스(Phoebos)라고도 불린다.

아르테미스는 '달의 여신'이다. 이는 올림포스 신들이 티탄족의 자리를 대신한 또 다른 사례이다. 아폴론과 아르테미스의 화살에 맞은 사람들은 반드시 죽었다. 그리스인들은 이들이 도처의 사람들에게 화살을 쏘아 전염병이 발생한다고 생각했고, 전염병이 발생하면 아폴론에게 제발 멈추게 해달라고 빌었다. 이런 일들을 계기로 아폴론은 병을 치료하는 일과도 연관을 맺게 되었으며, 이것은 아폴론에게 아들이 있다는 신화를 낳았다. 아들의 이름은 아스클레피오스(Asclepios)이지만 라틴어 이름 아이스쿨라피우스(Aesculapius)가 더 유명하다. 그는 나중에 '의약과 치료의 신'이 되었다.

하데스가 그 때문에 자신의 임무를 제대로 수행하지 못하게 되자 동생인 제우스는 형을 위해 천둥 번개를 쳐서 손자인 아스클레피오스를 죽이고 말았다. 그는 죽은 뒤에 별자리가 되었고, 양손에 큰 뱀을 쥐고 있는 형상으로 그려졌다. 여기서 큰 뱀은 약품과 의사의 상징물이다.

용감한 자가 미인을 얻는다

제우스와 헤라 사이에는 아레스(Ares)라는 아들이 있었다. 그는 싸움을 즐기는 '전쟁의 신'으로 잔인하고 피에 굶주린 모습을 하고 있다. 그가 전쟁에 임할 때는 두 아들 포보스(Phobos)와 데이모스(Deimos)가 전차를 준비했다. 그리스어로 포보스는 '두려움'을, 데이모스는 '공포'를 뜻한다. 이것은 전쟁이 두려움과 공포를 동반한다는 사실을 암시하고 있다.

포보스는 '비정상적인 두려움'을 뜻하는 phobia로 현대 심리학에 흔적을 남기고 있다. 예를 들어 라틴어 claustrum(좁은 곳, 밀폐된 곳)과 phobia가 만나 claustrophobia(폐소 공포증), 19세기 독일의 신경학자 C. 베스트팔(C. Westphal, 1833~1890)이 1871년에 처음으로 소개한 상황공포로 낯선 거리나 사람들이 밀집한 백화점이나 광장 또는 공공의 장소 등을 꺼리는 증상인 agora(광장) + phobia(공포증) = agoraphobia 등이 있다. 또 어떤 병은 물을 마시려고 할 때 속에서 경련이 일어나는데, 이를 hydrophobia(공수병 恐水病)라 한다.

참고로 고소공포증은 acrophobia(a fear of heights), 대인공포증은 anthropophobia, 남성공포증은 androphobia, 여성공포증은 gynephobia라고 한다.

그리스인들이 태양계의 네 번째 행성인 화성(火星, Mars)에 아레스의 이름을 붙인 것은 이 행성이 붉은색을 띠고 있어 그의 불같은 성질이나 전쟁의 신 이미지와 딱 들어맞았기 때문이다. 로마인들은 '전쟁의 신' 마르스(Mars)와 아레스를 동일시했으며, 마르스를 상당히 중요한 신으로 생각했기 때문에 1년 내내 모셨는데, 세 번째 달은 그를 기리는 뜻에서 March(3월)라고 불렸다. 바로 여기서 '호전적인'이라는 뜻의 martial(warlike), martialism(군인 정신), marshal(육군 원수), martial law(계엄령) 등의 단어가 생겨났다.

에로티시즘

아레스와 아프로디테 사이에 에로스(Eros)라는 어린아이가 있었다. 그는 '연애의 신'으로 활을 가지고 다니는 꼬마로 그려지는데, 그가 쏜 황금화살에 맞은 사람들은 모두 사랑에 빠지고 납으로 된 화살에 맞으면 증오심에 불탄다. 에로스는 종종 눈가리개를 한 모습으로도 그려지는데, 이것은 젊은이들이 맹목적인 사랑에 빠질 수 있음을 암시한다. 에로스가 아레스와 아프로디테의 자식이라는 설에서 우리는 고대 그리스의 아름다운 여인들이 군인들에게 매력을 느꼈으며 군인들도 마찬가지였음을 알 수 있다.

정신분석학에서는 에로스를 리비도(Libido)에서 발생하는 성적 쾌락을 목적으로 하는 본능으로 규정하고 있다. 이처럼 에로스는 성애(sexual love)의 뜻이 강하기 때문에 erotic(관능적인)과 eroticism(성욕, 성적 흥분)이라는 말을 낳았으며, 이런 종류를 다룬 문학과 예술을 erotica 또는 erotology라고 한다.

로마인들은 에로스와 동일한 신 큐피드(Cupid)라는 이름에 더 익숙하다. 낭만적이기보다는 현실적인 로마인들의 성격을 반영하듯, 큐피드에서 유래된 cupidity(욕심, 탐욕)는 성애보다는 돈이나 물질을 지나치게 사랑하는 것을 뜻한다.

버림받은 재주꾼, 헤파이스토스

헤라의 또 다른 자식으로 헤파이스토스(Hephaistos)가 있다. 태어날 때 너무 몸이 허약한 그를 수치스럽게 여긴 헤라가 올림포스 산 아래로 그를 떨어뜨리는 바람에 불구가 되었다고 한다. 또 다른 이야기에서는 제우스와 헤라가 말다툼을 할 때 그가 헤라의 편을 들었기 때문에 제우스가 하늘에서 내동댕이쳐서 그렇게 되었다고 한다.

그는 '대장간의 신'이라서 늘 대장간에서 일하고 있는 모습으로 묘사된다. 로마인들은 불의 신을 시칠리아 섬의 거대한 에트나(Etna) 화산 깊숙한 곳에서 일하고 있는 모습으로 그렸다. 로마인들은 이 신을 불카누스(Vulcanus)라고 불렀으며 헤파이스토스와 동일한 신으로 여겼다. 하지만 영어권에서는 Vulcan(벌컨)이 더 익숙하다. 그래서 우리는 에트나 산처럼 불을 내뿜고 있는 산을 volcano(화산)라고 한다.

1839년 미국의 발명가 찰스 굿이어는 우연히 고무와 황을 동시에 가열하면 기온에 관계없이 건조하지만 유연한 상태로 변한다는 사실을 발견했다. 이후 고무는 타이어 등 여러 분야에서 실용화되었다. 고무를 만드는 방법에는 황과 함께 열을 가하는 공정이 포함되어 있는데 이러한 고무를 vulcanized(가황처리된)라고 표현한다.

에트나 화산

어머니에게 버림받은 기형아, 프리아포스

디오니소스와 아프로디테 사이에서, 또는 디오니소스와 님프 사이에서 태어났다는 프리아포스(Priapos)는 장난꾸러기에다 키는 작지만 유난히 성기가 비대했다. 창피한 어머니는 그를 자식으로 인정하지 않았기 때문에 난봉꾼 아버지를 따라다녔다. 일설에 따르면 헤라가 그의 부모를 미워해 산모의 배를 쓰다듬는 바람에 기형이 되었다고 한다. 그는 숲 속에서 늘 님프들의 꽁무니를 따라다니면서 자신의 남근을 잘라 창 던지듯 하며 장난을 치고 놀았다.

이 때문에 priapos는 phallus(남근)를 뜻하기도 하며, '디오니소스 축제(로마 신화에서는 바카날리아)' 때에는 사람들이 '풍요와 다산'의 상징인 이 남근상(男根像)을 짊어지고 다녔다고 한다. 의학용어로 priapism은 '통증을 동반한 지속 발기증'을 뜻하는데, 이 증세는 꼭 성욕과 관계 있는 것은 아니다.

일월화수목금토

고대인들은 사람이 태어날 때 일곱 행성(수성, 금성, 화성, 목성, 토성 및 태양과 달)들이 어떻게 위치해 있었는지를 연구하면 그의 운명에 대한 정보를 얻을 수 있다고 생각했다. 이것을 '점성술(astrology)'이라고 한다.

예를 들면, 수성은 어느 행성보다도 움직임이 빠르다. 그래서 수성 아래에서 태어난 사람은 재치와 생기가 넘치고 활기차지만 변덕스럽다고 생각한다. mercurial이란 단어에는 바로 그런 뜻이 들어 있다. 또 반대로 토성 아래에서 태어나면 무겁고 침울하며 둔한 성격을 지니게 된다. saturnine은 바로 그런 뜻이다. 화성 아래에서 태어난 사람은 호전적(martial, bellicose, warlike)이다. 목성 아래에서 태어난 사람은 누구나 행복해진다. 그래서 jovial 은 바로 '즐겁다'는 뜻을 가지고 있다.

달은 어땠을까? 고대인들은 보름달의 빛을 쐬이게 되면 미쳐버릴지도 모른다고 생각했으니, 당연히 달은 사람들의 마음에 불안감을 심어주었을 것이다. 따라서 crazy(미친)보다 고상한 lunatic이라는 말은 달의 여신 루나에서 유래했으며, 보통 loony(머리가 돈)로 표현한다. moon strike는 달을 치는 것이 아니라 '달 착륙'을 말한다. 그리고 달을 따달라는 ask for the moon은 '무리한 요구를 하다,' 달을 보고 짖는 bark at the moon은 '쓸데없이 떠들어대다'라는 뜻이다.

일곱 개의 행성들은 각각 일주일 중 특별한 하루를 책임지고 있다고 생각했다. 첫째 날(태양), 둘째 날(달), 셋째 날(화성), 넷째 날(수성), 다섯째 날(목성), 여섯째 날(금성), 일곱째 날(토성). 각각의 요일은 행성의 라틴어 명칭에 따라 지어졌으며 이 명칭은 라틴 계통의 언어에 지속되어 왔다. 실례로 월요일, 화요일, 수요일, 목요일은 프랑스어로 각각 lundi, mardi, mercredi, jeudi이다. 또 영어의 토요일은 dies saturni(사투르누스의 날)의 saturn's day가 Saturday로, 일요일은 dies Solis(태양의 날)의 Sun's day가 Sunday로, 월요일은 dies Lunae(달의 날)의 moon's day가 Monday로 된 것이다.

그러나 영어에서 나머지 4개 요일은 앵글로색슨족이 기독교로 개종하기 전에 섬겼던 노르만 신들의 명칭을 따서 붙였다. 화요일(Tuesday)은 '티우(Tiw)의 날(Tiwesdaeg)'이라는 뜻인데, 노르만 신화에서 군신(軍神)으로 그리스 신화의 아레스나 로마 신화의 마르스에 해당한다. 수요일(Wednesday)은 '워덴(Woden, 보딘)의 날(Wodnesdaeg)'이라는 뜻으로 '대기와 폭풍의 신'이며, 북유럽 신화에서는 오딘(Odin)이

우레의 신 토르

라고 한다. 그의 아내는 '사랑의 여신' 프리그(Frigg)이며, 그녀는 그리스 신화의 아프로디테에 해당한다. 여기서 바로 '프리그의 날(Frigedaeg),' 즉 금요일(friday)이 생겨났다. 워덴과 프리그 사이에 토르(Thor)라는 아들이 있었다. 그는 '우레의 신'으로 로마 신화의 유피테르에 해당한다. 바로 여기서 '토르의 날(Thurresdaeg),' 즉 목요일(Thursday)이 생겨났다. 이것은 thunder(천둥, 우레)와 어원이 같으며, 여기서 astonish, astound(surprise 놀라게 하다) 등의 파생어가 생겨났다.

중세 연금술사들은 세상에는 일곱 개의 행성과 일곱 가지 금속이 있다고 믿었다. 그래서 그들은 천체와 금속을 짝지었는데 연금술사들이 알고 있었던 일곱 가지의 금속은 금·은·구리·철·주석·납·수은이었다.

금속이 가지고 있는 색깔과 관련지어 금은 태양과, 달은 은과 짝을 이루었다. 구리는 하늘에서 가장 밝은 빛을 내는 금성과 짝이 되었다. 또 전쟁 무기를 만드는 철은 당연히 화성과, 무겁고 둔탁한 납은 토성과 연결되었다. 수은은 액체 상태이며 쉽게 움직이는 성질이 있기 때문에 빨리 움직이는 수성과 연결되었다. 그리고 주석은 마지막 남은 목성과 짝을 이루게 되었다.

아주 예외적으로 몇 가지 사례에서도 중세 연금술사들의 믿음에 대한 흔적이 남아 있기는 하다. 가장 유명한 예가 바로 질산은 합성물이다. '질산은'은 lunar caustic이라는 명칭에 아직까지 남아 있다. caustic은 그리스어로 '물어뜯다'라는 뜻으로 강한 부식작용을 하는 물질인 질산과 관련된 단어이다. lunar는 물론 은과 관련이 있다. 그리고 붉은빛을 띠고 있는 납(lead)과 산소의 화합물은 일반적으로 red lead(연단)로 알려져 있다. 또한 이것은 종종 saturn red로 표현되기도 한다. 납은 토성과 짝을 이루는 금속이었기 때문이다. 또한 다양한 색깔을 가진 일련의 철 화합물은 Mars가 들어간 mars yellow, mars brown, mars orange, mars violet 등의 옛 명칭으로 불리고 있다.

자연과 관계 있는 반신들

그리스 신화에 나오는 신들 가운데 올림포스 신들보다 비중이 약간 떨어지는 신들이 수없이 등장한다. 이들 가운데 일부가 바로 반신(demigod, 半神)들이다. 이들은 비록 신들보다는 약하지만 그래도 인간보다는 능력이 월등하다. 간혹 죽기도 하지만 죽은 다음에는 대부분 신이 된다. 아스클레피오스가 하나의 본보기이다.

반신들 중에서도 상위권에 드는 신들 가운데 하나가 디오니소스(Dionysos)이다. 그는 본래 밀교에서 중심인물로 여기는 '경작의 신'이었다. 페르세포네가 하데스에게 납치되어 내려갔다가 돌아왔듯이 그도 역시 살해당했다가(죽음) 곧바로 소생했다(부활). 바로 이 점이 중요하다. 왜냐하면 죽음은 겨울에 식물이 시들어가는 것을, 부활은 봄에 식물이 다시 자라는 것을 상징하기 때문에 이 양자는 밀교에서 아주 중요한 역할을 한다.

로마시대에 들어와 디오니소스는 바쿠스(Bacchus)라는 이름으로 알려졌다. 사람들이 바쿠스를 위한 감사 축제를 벌였는데 거의 광란에 가까웠던 그 축제를 디오니시아(Dionysia, 주신제) 또는 바카날리아(Bacchanalia)라 불렀다. 그리고 그 축제에는 대개 바칸테(Bacchante)라 불리는 여인들이 참석했다. 오늘날 bacchanalia는 광적인 축제를 말하며, bacchante(남성은 bacchant)는 자신의 감정을 주체하지 못하고 미치기 직전까지 이른 상태의 여성을 일컫는다. 차츰 인기가 높아진 디오니소스는 마침내 올림포스 신들의 일원으로 받아들여졌다. 그리스 신화에서 그는 제우스의 아들로 나오며 그의 어머니는 세멜레(Semele)이다.

헤르메스의 아들 판(Pan)은 들판과 숲의 신, 즉 '모든 자연의 요정'이며, 그의 이름도 그리스어로 '모든(凡, all)'이라는 뜻이다. 거인족과 한판 붙은 제우스가 승리를 거두자 판은 너무 기뻐 환호성을 질렀는데, 전쟁이 끝난 뒤 그는 자기의 고함소리에 거인족이 놀라 겁을 먹고 도망갔다고 으스댔다. '공황, 공포'라는 뜻의 panic, panic button(비상벨) 등은 바로 이 이야기에서 비롯되었으며, pantheon(모든 신을 모시는 판테온 신전), pansophism(박학다식), panorama(전경, 개관), pantology(백과사전적 지식) 등은 '모든'의 뜻을 가지고 있는 단어들이다.

판은 간단한 악기를 불며 즐겁게 춤추고 있는 모습으로 묘사된다. 이 악기는 아직까지도 팬파이프(panpipe, '판의 파이프'라는 뜻)라고 불린다. 판은 물의 님프를 사랑했지만 그녀는 도망쳐버렸다. 그가 그녀를 뒤쫓아가자 그녀는 그를 피해 달아나게 해달라고 신에게 빌었다. 간청을 받아들인 신은 그녀를 강가의 갈대로 만들어주었다. 그러자 슬픔에 잠긴 판은 갈대를 꺾어서 팬파이프를 만들었다. 판이 사랑했던 이 요정의 이름은 그리스어로 '관'이란 뜻의 시링크스(Syrinx)였다. 그래서 '새의 울대'나 '팬파이프'를 시링크스라고도 한다. 또 음악과 전혀 상관이 없지만 저수지에서 물을 방출하거나 유입하는 관들은 syringe(세척기, 주사기)로 불린다.

'씨를 뿌리는 남자(sower)'라는 뜻이 담긴 '숲과 목축의 신' 사티로스(Satyros, Satyr)는 디오니소스의 수행원으로 장난이 무척 심하고 주색(酒色)을 밝혔다. '호색한'을 뜻하는 satyric도 바로 여기서 나온 말이다. 그리고 '여성음란증(nymphomania)'과 상반되는 '남성음란증'을 satyriasis라고 하는데, satyr와 - iasis(닮은 꼴)의 합성어이다.

로마인들은 사티로스를 파우누스(Faunus)와 동일시했다. 파우누스는 '야생동물의 신'이었고 그의 누이인 플로라(Flora)는 '꽃과 식생의 신'이었다. 그래서 특정 지역의 동물 서식지는 fauna, 식물 서식지는 flora라고 한다.

318

식물의 신 가운데 특히 '과일나무의 여신'을 포모나(Pomona)라고 했다. 라틴어로 pomum은 '과일'을 뜻하며 여러 가지 파생어를 낳았다. 사과처럼 과즙과 섬유질이 풍부한 과일은 pome(이과梨果), 사과처럼 생긴 알갱이가 여러 개 붙어 있는 석류는 pomegranate, 자몽은 pomelo이다. 머릿기름으로 쓰이는 pomade(포마드)라는 연고제에는 사과 성분이 들어 있으며, 이 연고제를 넣고 다니는 작은 상자는 pomander(향료갑, 향료)라고 한다.

가끔씩 거론되는 여신들 가운데 이리스(Iris, 영어로는 아이리스)가 있다. 그녀 역시 신의 전령사로서, 특히 인간에게 신의 메시지를 전달하는 역할을 맡았다. 그래서 그녀는 자주 하늘에서 땅으로 내려와야만 했는데, 이때 사용한 계단이 바로 무지개였다. 실제로 iris는 그리스어로 '무지개'를 뜻한다. 무지개는 일곱 가지 색깔로 되어 있어 iris는 '여러 가지 색깔을 띠고 있는 물체'를 가리킬 때 쓰인다. 1721년 덴마크의 박물학자 야콥 베기누스 윈슬로는 눈의 색깔이 있는 부분을 iris(홍채)라고 이름 지었다. 이 것은 갖가지 색깔의 꽃이 피는 '붓꽃'을 뜻하기도 한다.

그리스어 iris의 복수형 irides는 몇몇 영어 단어들에 나타나 있다. 예를 들어 물 위의 기름이나 비누 거품, 그리고 조개껍데기의 안쪽에 생기는 얇은 막 등은 보는 각도에 따라서 그 빛깔이 달라진다. 바로 이것을 iridescence(무지갯빛, 진줏빛)이라고 한다.

9명의 예술의 여신들

뮤즈들(Muses, 단수형은 Muse)은 '즐거움'을 상징한다. 제우스의 딸인 이 아홉 명의 아름다운 여신들의 어머니는 티탄족의 므네모시네(Mnemosyne)이다. 이 이름은 그리스어로 '기억' '곰곰이 생각하다'라는 뜻이다. 오늘날에는 mnemonic이라고 하면 흔히 '기억에 관련된 것'이나 '기억력을 돕는 것'을, mnemonics는 '기억술'이나 '기억 증진법'을 가리킨다.

뮤즈들은 여러 예술 분야의 여신들이다. 그녀들은 특히 시적 영감을 불어넣어 주었기 때문에 옛날 시인들은 영감을 얻기 위해서 뮤즈에게 기도한 다음 작품을 쓰곤 했다. 문자를 사용하기 전까지 시는 암기해서 낭송하는 것이었다. 그래서 시의 영감을 뜻하는 뮤즈가 기억의 여신 므네모시네의 딸이라고 생각한 것은 자연스러운 일이다. 또 고대의 시나 희곡 및 암송 작품들은 아름다운 선율이 흐르는 가운데 공연되었는데, 이 선율을 music이라고 했다.

뮤즈를 섬기기 위해 지은 신전에서는 학술과 연구 활동도 이루어졌다. 이 신전의 이름은 museum으로, 오늘날 예술이나 과학 분야의 귀중품을 수집, 소장하기 위해 지은 건물을 일컫는다.

아홉 명의 뮤즈들은 제각기 예술의 한 분야를 책임졌다. 뮤즈들의 우두머리 칼리오페(Calliope)의 이름은 '아름다운 목소리'를 뜻하는 그리스어에서 나왔다. 지금은 연주를 하면 기적 소리가 나는 악기를 말한다. 특히 서커스 행렬이나 회전목마에서 칼리오페로 연주하는 음악을 흔히 들을 수 있다. 하지만 그 소리는 발랄하고 명랑하기는 해도 '아름다운 목소리'라고 표현하기는 어렵다.

클리오(Clio, …에 대해 말하다)는 역사의 뮤즈이다. 에라토(Erato)와 우라니아(Urania)는 에로스와 우라노스를 여성형으로 바꿔 부른 뮤즈들이다. 사랑을 뜻하는 에로스에서 연애시의 뮤즈 에라토가 나왔으며, 하늘을 뜻하는 우라노스에서 천문학의 뮤즈 우라니아가 나온 것이다.

에우테르페(Euterpe, 아주 기뻐하다)는 일반적인 음악의 뮤즈이다. 반면, 폴리힘니아(Polyhymnia)는 종교 음악의 뮤즈이다. 이 뮤즈의 이름은 '여러 송가곡'을 의미한다. hymn은 지금도 '종교적 내용이 담긴 노래'라는 의미로 사용되고 있다.

탈리아(Thalia 꽃이 피다)는 희극의 뮤즈이며 멜포메네(Melpomene 노래하다)는 비극의 뮤즈이다. 마지막으로 테르프시코레(Terpsichore)는 무용의 뮤즈이다. 이 이름은 어떤 이유인지는 알 수 없지만 지금까지 전해져 내려오고 있으며, 익살스럽게 말할 때 무용을 terpsichorean art라고 한다.

뮤즈 이외에도 기분을 상쾌하게 하는 그라티아이(Gratiae, 그리스 신화의 카리테스에 해당)라고 알려진 세 자매가 있었다. 이들은 여성의 매력을 담당하고 있는 여신들이다. 이들을 영어로 표현하면 the three Graces이다. 여기에서 비롯된 단어로 graceful(우아한, 품위있는)과 gracious(호의적인, 친절한)가 있다.

우리가 보통 요정(妖精)이라고 부르는 님프(nymph)는 '신부'를 뜻하는 그리스어 numphe가 어원이다. 그리스인들은 강·산·들·숲 등 모든 자연에 님프들이 살고 있다고 여겼다. 이들은 젊고 아름다웠기 때문에 종종 신과 인간의 흠모 대상이 되기도 했다.

자연 속에서 신과 인간이 만나 사랑을 나누는 모습은 그리스 신화를 한층 더 에로틱하게 해주고 있다. 그래서 nymph는 '아름다운 소녀' 외에도 '방정치 못한 여자'라는 뜻이 있으며, 그런 성격 때문에 nymphomania(여성음란증), nymphomaniac(여성음란증환자), nymphae(소음순, 애벌레)처럼 성(性)과 관련된 용어에 쓰이고 있다.

건강을 묻는 게 인사

히기에이아(Hygeia)는 '건강'이라는 뜻이다. 그녀는 아스클레피오스의 딸이자 '건강의 여신'이다. 지금도 hygiene(위생학)이라는 단어는 건강을 지키는 방법을 연구하는 학문을 말한다. 아스클레피오스의 또 다른 딸은 파나케이아(Panacea, 그리스어로 '만병통치약'이라는 뜻)인데, 오늘날 이 이름은 '어려운 문제를 쉽게 풀어내는 방책'을 뜻하는 말로도 사용된다.

　로마인들에게 히기에이아와 동일한 신으로 여기는 건강의 신은 살루스(Salus)이다. 그래서 salutary란 단어는 '건강한' '이로운'이란 뜻을 갖게 되었다. 우리가 인사를 나눌 때 보통 그 사람의 건강이나 행복을 바라는 뜻에서 "안녕하세요?"라고 한다. 그래서 salutation(인사, 경례)이나 salute(인사하다, 인사, 경례)라는 말은 모두 '인사'라는 뜻을 갖게 되었다. salutatory는 내빈에게 하는 인사말이다.

1월이 된 두 얼굴의 신, 야누스

야누스는 '문의 신'이라 시작(문을 통해 들어가는 입구)과 끝(문을 통해 나가는 출구)을 주재한다. 그래서 한쪽은 앞을 바라보고 또 다른 쪽은 뒤를 바라보는 두 개의 얼굴을 가진 것으로 그려졌다. 1년 중 1월은 지난해를 마감하고 새로운 한 해를 시작하는 시기이다. 과거를 추억하고 미래의 희망을 가져보는 달을 기념하기 위해 사람들은 이 달을 야누스(Janus)의 이름을 따서 January라고 불렀다.

문의 수호신, 야누스

　Janus-faced는 '대칭적인' '양면의' '표리부동한'이라는 뜻이기 때문에 a janus-faced foreign policy는 '양면외교'를 말한다. 또한 문의 이미지에 걸맞게 건물 입구에서 그 건물을 지키는 사람을 janitor(수위, 건물 관리인)라고 한다.

반란의 태풍, 티폰

대지의 여신 가이아는 자신의 거인족 자식들이 죽어가자 가장 험악하고 우람한 거인족 티폰(Typhon)을 낳았다. 그는 키와 몸집이 수백 마일이나 되었고, 눈에서 번개와 불꽃을 내뿜는 100개의 뱀 머리로 이루어져 있었다. 올림포스 신들은 공포에 휩싸였다. 한번은 아프로디테와 에로스가 강둑에서 티폰을 만난 적이 있었다. 그들은 공포에 질린 나머지 강물로 뛰어들어 물고기로 변신했는데 이 물고기가 열두 번째 궁도 '물고기자리(Pisces)'가 되었다.

제우스가 티폰과 대결을 벌이게 되었다. 제우스는 죽을 뻔했으나 티폰에게 벼락을 내리꽂아 가까스로 승리를 거두었다. 그 후 티폰의 이야기는 중세의 아랍인들을 통해 동남아시아까지 전해져 '태풍'이라는 뜻의 typhoon으로 변형되어 쓰이고 있다.

개죽음으로 끝난 오리온

올림포스 신들이 제우스에게 반란을 일으켰다가 실패로 끝난 적이 있었다. 그때 마침 거인족 삼형제 중 한 명이 제우스의 편을 들어주었다. 그는 바로 100개의 팔과 50개의 머리를 가지고 있는 브리아레오스(Briareos)였다.

주로 사냥으로 소일을 하던 거인족 오리온도 아폴론을 공격한 적이 있다. 그러자 아폴론은 전갈을 보내 그를 죽이려고 했으나 실패해 아르테미스를 꾀어 그녀가 자신도 모르게 오리온을 살해하게 만들었다. 오리온을 사랑했던 그녀는 나중에 자기가 오리온을 죽였다는 사실을 알고 슬픔에 잠겼다. 그녀는 곧 명의인 아스클레피오스를 찾아가 그를 소생시켜달라고 간절히 애원해 아스클레피오스는 그 부탁을 들어주었다. 그 사실을 알고 지하의 신 하데스가 분통을 터뜨리며 제우스에게 부탁하자 제우스는 벼락으로 오리온과 아스클레피오스를 죽여버렸다.

오리온자리 근처에는 시리우스(Sirius)가 있다. 그리스인들은 시리우스를 오리온이 데리고 다니던 사냥개라고 생각했기 때문에 '큰개자리(Canis Major)'의 일부로 삼았다. 시리우스는 한여름 태양과 같이 뜬다. 그래서 고대인들은 태양의 밝기에다 이 별의 밝기가 더해져 한여름 무더위가 기승을 부리는 것으로 여겼다. 영어로도 삼복더위를 '개의 날(dog days)'이라고 한다.

프로키온(Procyon)이라는 또 하나의 별이 있는데, 그리스인들은 프로키온을 '작은개자리(Canis Minor)'의 별로 여겼다. 이렇게 오리온은 두 마리 개의 도움을 받으며 황소와 맞서고 있는 형상을 갖추게 되었다.

경멸과 두려움의 대상, 여자 괴물 고르곤

그리스인들은 반수반인(대개는 여성)의 괴물들을 정밀하게 묘사하곤 했다. 하르파이들(Harpies, 단수형은 Harpy. '낚아채다'라는 그리스어에서 유래)은 새의 몸통에 여자의 머리를 가지고 있는 것으로 그려졌다. 처음에 그녀들은 죽어가는 인간의 영혼을 낚아채는 '바람의 요정'들이었다. 시간이 흐르면서 그녀들은 더러운 악취를 풍기는 '탐욕스러운 존재'로 그려졌다. 그들이 원하는 대상이 인간의 영혼 대신 음식물로 바뀐 것이다.

더욱 끔찍한 몰골을 한 존재는 고르고(Gorgo, 단수형은 Gorgon)이다. 사실 고르고 세 자매에 관한 이야기는 여러 가지가 있다. 세 자매의 이름에 대해서는 '스테노(힘)'와 '에우리알레(멀리 날다)' '메두사(여왕)'라는 것이 정설이지만 '에키드나'가 들어가는 경우도 많다. 이들은 날개와 새의 발톱을 가졌다는 점에서는 하르파이들과 같지만 머리칼이 꿈틀거리는 뱀의 모습이다. 지금도 혐오스러울 정도로 추한 여인을 빗대어 gorgon이라고 한다.

세 명의 고르고 가운데 가장 유명한 존재는 바로 메두사(Medusa)이다. 그녀는 세 자매 중 가장 나이가 어렸지만 공포스러운 존재였다. 그녀의 이름은 동물학에서 쉽게 발견할 수 있다. 해파리는 먹이를 찾아 꿈틀거리는 많은 촉수를 가지고 있는데 그 모습이 마치 꿈틀거리는 뱀처럼 보인다. 그래서 해파리(jellyfish)를 medusa라고 부르기도 하며, 바다 속에서 흐느적거리기 때문에 '의지가 약한 사람'이나 '기개가 없는 사람'을 뜻하기도 한다. medusa locks는 '헝클어진 머리채'를 뜻한다. 해부학 용어로 혈액순환이 원활하지 못해 배꼽 주변의 정맥이 부풀어오르는 증상도 메두사의 머리채와 비슷하다고 해서 caput medusa(라틴어로 '메두사의 머리')라고 한다.

고르고 자매 가운데 에키드나(Echidna)는 상반신은 아름다운 여인이지만 하반신은 무서운 뱀 모양을 하고 있다. 에키드나는 그리스 신화에 등장하는 많은 괴물들의 어미이며 그들의 아비는 티폰이다. 그런 에키드나의 자식 가운데 히드라(Hydra, 그리스어로 '물')라는 물의 괴물이 있다. 이 괴물은 머리가 아홉 개 달린 뱀의 몸을 가지고 있는데 머리가 하나 잘리면 곧바로 그 자리에서 머리 두 개가 생겨났다. 그래서 '해결하려고 노력하는데도 계속 악화되는 조건'을 hydra-headed(근절하기 어려운)라고 한다.

에키드나의 또 다른 자식은 스핑크스(Sphinx)이다. 이 괴물은 여자의 머리에 사자의 몸통을 가지고 있었다. 스핑크스는 여행객들을 세워놓고 수수께끼를 풀지 못하는 사람들은 그 자리에서 죽였다. 그래서 이해하기 어려운 사람이나 수수께끼 같은 말을 하는 사람을 가리켜 sphinx라고 한다. 또 말을 거의 하지 않는 사람도 역시 이해하기 힘들기 때문에 '과묵한 사람'을 가리킬 때에도 사용된다. sphinx는 '꽉 졸라매다'라는 그리스어의 본래 뜻과도 아주 잘 맞아떨어진다. 한편, 입을 오므릴 때 사용하는 근육처럼 구멍을 조이는 근육을 가리켜 sphincter(괄약근)라고 부른다.

이집트인들은 종종 사자의 몸 위에 자신들이 모시는 왕의 머리를 붙인 동상을 세웠는데, 그리스인들은 이를 스핑크스라고 불렀다. 특히 이집트에는 길이 172피트에 높이가 66피트나 되는 '거대한 스핑크스(Great Sphinx)'가 있다.

에키드나의 자식들 가운데 키마이라(Chimaera, 영어로는 키메라)라는 괴물이 있다. 이 괴물은 반괴물이 아니라 3등분 괴물이었다. 즉 사자의 머리, 염소의 몸통(종종 등 뒤에서 염소 머리가 튀어나온다), 용 또는 뱀의 꼬리로 이루어졌으며 입에서는 불을 내뿜었다. 이 괴물은 보통 괴물들보다 훨씬 과격했다. 그래서 chimaera는 '상상의 동물'이라는 뜻뿐만 아니라 '공상' '터무니없는 생각'을 가리킬 때도 쓰인다.

사자의 머리, 염소의 몸통, 용의 꼬리 등 3등분으로 이뤄진 키마이라와 같은 괴물에 비해 좀 더 단순한 모양의 괴물이 있는데 그 괴물은 퓌톤(Python)이라는 뱀이다. 비록 형상은 뱀이지만 엄청나게 큰 이 괴물은 아폴론이 쏜 화살에 맞아 죽었다. 때문에 아테나가 팔라스라는 거인족을 죽여 '팔라스 아테나'가 된 것처럼 아폴론도 때때로 '아폴론 퓌티오스(Apollon Pythios)'라고 불린다. 이 뱀을 무찔렀던 그 장소에 아폴론은 '델포이 신전'을 세웠다.

사실 퓌톤은 델포이 신전의 초기 명칭이었다. 아폴론과 퓌톤의 신화는 그리스의 신 아폴론이 원주민의 토착신을 몰아냈음을 상징한다. 그렇다고 토착신들의 자취가 완전히 사라진 것은 아니었다. 신탁을 계시했던 여사제들은 pythoness라고 불렀으며, 델포이 신전에서는 4년마다 운동경기(올림피아 경기 다음으로 중요했다)가 열렸는데 이 경기를 '퓌티아 경기(Pythian Games)'라고 불렀다.

오늘날 동물학에서도 보아뱀이나 아나콘다처럼 실제로 존재하는 거대한 뱀을 동물학에서는 python(비단뱀)이라고 한다.

반인반마 켄타우로스족과 유혹의 요정 세이렌
반인반마로 그려진 켄타우로스족은 비교적 덜 무서운 존재였다. 아마도 말이 없었던 족속들이 맨 처음 말을 탄 기마족들의 습격을 받았을 때 그들을 보고 만들어낸 말이었을 것이다. 말을 탄 사람들을 본 적이 없던 사람들은 말과 사람이 하나로 붙어 있는 줄로 착각하고 공포에 떨었을 것이다.

켄타우로스족은 대개 사납고 난폭한 존재로, 활과 화살을 가지고 싸우는 모습으로 많이 묘사된다. 단 케이론(Cheiron)은 예외였다. 그는 품위있고 점잖았으며 지혜로웠다. 그래서 그리스 영웅들을 가르쳤고 아스클레피오스에게 의술을 가르쳐주기도 했다. 케이론은 죽은 뒤에 아홉 번째 궁도인 '궁수자리(Sagittarius)'로 올라갔다. 이 별자리는 보통 활시위를 당기고 있는 켄타우로스의 모습으로 그려진다.

유혹의 요정 세이렌

그리스 신화의 괴물 중 일부는 무섭기는커녕 아주 매력적인 존재들로 묘사되었다. 세이렌들(Seirenes, 단수형은 Seiren)은 보통 아주 어여쁜 아가씨들로 그려졌다. 그녀들은 노래를 불러 자신들 곁을 지나가는 선원들의 넋을 잃게 한 다음, 자기들 쪽으로 유인해 바위에 부딪혀 죽게 만들곤 했다. 이 신화는 넓게 펼쳐진 해안의 정경이 평화롭고 사심없는 모습으로 뱃사공들과 선박을 유혹하지만, 바다 밑에 숨겨져 있는 암초들은 모든 것을 괴멸시켜버릴 수도 있다는 것을 비유한다.

지금은 남자들을 유혹해서 사랑에 빠지게 만든 다음 남자들이 비참해지는 꼴을 즐기는 요부를 siren이라고 한다. 또한 남자들을 그럴듯한 말로 속여서 어쩔 줄 모르게 만드는 것을 siren song이라고 한다. 세이렌은 아름다운 소리가 아니라 경찰차나 소방차에 부착된 경적(사이렌)을 뜻하기도 한다. 인어의 모습에서 따온 siren suit는 상하가 붙은 작업복 · 아동복 · 방공복을 말한다.

하르파이들과 마찬가지로 세이렌들도 처음에는 죽은 사람들의 영혼을 데리고 가는 '바람의 요정'들이었다. 이런 공통점 때문에 종종 세이렌들이 하르파이들처럼 새의 몸통을 지닌 존재로 그려지기도 했다. 그러나 세이렌은 늘 바다와 관련이 있었기 때문에 나중에 허리 윗부분은 여인이며 밑부분은 물고기인 존재로 많이 그려졌다. 즉 인어(mermaid)가 된 것이다.

바다에는 해우(海牛. 해마는 sea horse, hippocampus)라 불리는 포유류가 있다. 이 동물은 머리에서 어깨까지 바다 위에 내놓은 채 어미가 자식을 포옹하듯이 새끼를 꼭 껴안고 있는 습성이 있다. 그래서 선원들이 멀리서 이 동물들을 보면 처음에는 새끼를 끌어안고 있는 사람처럼 여긴다. 그러다가 곧 물 속으로 들어가는 모습을 보면 지느러미가 보이기 때문에 선원들은 인어를 본 듯한 착각에 빠진다. 이런 착각 때문에 해우와 그 과에 속하는 동물들을 Sirenia(Sirenian)라고 한다.

인간 편에 섰던 프로메테우스

그리스 신화에는 인간이 어떻게 창조되었는지에 대한 설명이 별로 없다. 그나마 티탄족인 프로메테우스(Prometheus)에 관련된 부분에서 잠깐 나올 뿐이다. 그의 이름은 그리스어로 '미리 알다(forethought)'라는 뜻이며, 동생 에피메테우스(Epimetheus)는 '뒤늦게 알다'라는 뜻이다. 말하자면 프로메테우스는 어떤 일의 결과를 미리 내다볼 수 있을 정도로 지혜로웠지만, 에피메테우스는 아둔해서 일이 다 끝난 후에야 그 결과를 이해한 인물이었다.

두 명 모두 티탄족 이아페토스(Iapetos)의 아들이었기 때문에 아틀라스와는 형제지간인 셈이다. 하지만 아틀라스 등의 티탄족이 올림포스 신들과 전쟁을 치를 때 프로메테우스는 올림포스의 신들이 승리할 줄 미리 알았기 때문에 동생 에피메테우스까지 설득해 티탄족 편을 들지 않았다. 그래서 이 두 형제는 대부분의 티탄족들에게 내려진 징벌을 면할 수 있었다. 티탄족과의 전쟁이 끝나자 제우스는 프로메테우스에게 인간을 창조하라는 명령을 내렸다.

프로메테우스는 인간들이 올림포스 신들에게 맞설 수 있도록 도와주기 위해 최선을 다했다. 제우스가 대홍수로 인류를 멸망시키려고 하자 프로메테우스는 데우칼리온(Deucalion, 몇몇 신화에서는 프로메테우스의 아들로 나와 있다)이라는 인간에게 이 사실을 미리 알려주었다. 그래서 데우칼리온은 배를 만들어 아내인 피라(Pyrrha, 보통 에피메테우스의 딸로 묘사된다)와 함께 탈출할 수 있었다.

인류는 대홍수를 피하려고 안간힘을 썼지만 올림포스 신들은 아무런 도움도 주지 않았다. 인간들은 고통스럽고 원시적인 삶에서 헤어나지 못했다. 인간을 창조한(또는 인간의 조상이었던) 프로메테우스는 인간들을 불쌍히 여겼다. 그래서 인간들이 좀 더 편안하게 살 수 있도록 여러 가지 기술과 과학 지식을 가르쳐주었다. 특히 그는 태양에서 불을 훔쳐와 그 사용법을 가르쳐주었다(이 이야기는 프로메테우스가 그리스의 원주민들에게 '불의 신'으로 숭배되고 있었으나, 그리스인들의 정복 전쟁 이후부터는 헤파이스토스가 그를 대신했음을 말해주고 있다).

프로메테우스가 한 이 모든 일은 제우스의 권위에 대항하는 것이었다. 그의 이름에서 유래한 promethean은 '독창적인' '과감하게 어떤 권위에 도전하는 행위' 또는 '독창적인 행위나 정신'을 뜻하며, promethean agonies는 인간에게 불을 건네준 죄로 제우스가 내린 형벌, 즉 독수리에게 프로메테우스의 간을 쪼아 먹게 한 '형벌의 고통'을 뜻한다. 접두어 pro(앞선)는 지금

형벌의 고통을 받는 프로메테우스

prologue(머리말, 맺는말은 epilogue), progress(진보, 추이) 등에 붙으며, 의미 상승이 되어 전문가(professional)의 뜻으로도 많이 쓰인다.

제우스의 복수와 '판도라'라는 선물

제우스는 프로메테우스에게 앙갚음하기 위해 아름다운 여인을 만들었다. 그녀는 올림포스의 신들로부터 아름다움, 우아함, 재기발랄함과 어여쁜 목소리 등 모든 재능을 부여받았다. 그녀가 바로 판도라(Pandora, 그리스어로 pan은 '모든,' dora는 '선물'이라는 뜻. 즉, 판도라는 '팔방미인'을 뜻한다)이다. 그리고 그녀를 곧 에피메테우스에게 보냈다. 프로메테우스가 제우스의 선물은 아무것도 받지 말라고 당부했지만 에피메테우스는 아름다움에 반해 판도라를 아내로 삼고 말았다.

어느 날 판도라와 에피메테우스는 신들에게서 상자 하나를 선물로 받았다. 프로메테우스는 판도라에게 무슨 일이 있어도 그 상자를 열어보지 말라고 했다. 그러나 호기심이 발동한 그녀는 뚜껑을 열고야 말았다. 상자의 뚜껑이 열리자 늙음, 죽음, 배고픔, 병치레, 슬픔 등 인간이라면 누구나 겪어야만 하는 고통의 악귀들이 모두 밖으로 뛰쳐나왔다. 상자 밑바닥에 남은 것은 오로지 '희망' 밖에 없었다. 무거운 고통을 짊어져야 할 때에도 인간이 계속해서 살아갈 수 있는 것은 바로 이 희망이 남아 있었기 때문이다. 그래서 별일이 없을 때에는 번거롭지 않지만, 사태가 심각해지면 수많은 골칫거리를 낳는 것을 '판도라의 상자(Pandora's box)'라고 부른다.

판도라의 이야기는 일종의 교훈이다. 에피메테우스의 경우에는 앞으로 벌어질 일의 결과를 잘 생각해서 행동하라는 경고를, 판도라의 경우에는 쓸데없는 호기심을

갖지 말라는 주의를 준 것이다.

인간의 오만과 신들의 복수

몇몇 신화에서는 자신이 율법 위에 있다고 생각하는 자만심을 버리라고 충고하고 있다. 그리스 신화에서는 이를 신의 권위에 대항하는 것으로 여겼으며, 이를 hubris(오만, 형용사는 hubristic)라고 했다. 그렇게 되면 신들은 '복수의 여신' 네메시스(Nemesis)에게 그 오만한 자를 처벌하도록 했다. 그녀의 이름은 '분배하다'라는 그리스어에서 나왔으며, 모든 문제를 평정한다는 뜻이다. 누군가가 지나치게 운이 좋아 곧 자만하고 방자하게 굴 때 네메시스는 행운이 찾아왔던 만큼의 액운을 되돌려줌으로써 상황을 평정하는 것이다.

그리스 신화는 대부분 행운보다는 오히려 불행에 의해서 문제가 해결된다. 그래서 nemesis는 '인과응보' '강한 상대' '징벌자'를 뜻하게 되었다.

지금도 자만은 일곱 가지 악덕 가운데서도 가장 심각한 죄목으로 여겨지고 있다. 『성경』에서도 천사였던 루시퍼(Lucifer)가 악마로 변한 까닭은 바로 이 자만심 때문이었다. 우리는 신들이 어떤 인간에게든 분에 넘치는 행운을 주지 않으려 한다는 의미로 'jealous gods(질투하는 신)'라는 표현을 쓰는데, 이 말에서 우리는 그리스인들의 자만심을 느낄 수 있다. 그래서 '자만은 멸망에 이르는 길(Pride goes before a fall)'이라고 말하기도 한다.

파에톤(Phaethon)은 헬리오스의 아들이지만 신이 아니라 인간이었다. 그런데도 그는 태양신의 아들임을 자랑하면서 자기도 태양을 몰고 하늘을 가로질러 갈 수 있다고 오만을 부렸다. 그는 아버지를 속여서 마차를 몰아도 좋다는 허락을 받아냈다.

그러나 파에톤은 태양을 움직일 수는 있었지만 태양을 끌고 가는 말은 다룰 줄 몰랐다. 태양은 이내 그 궤도를 벗어나 지표면에 곤두박질했다. 그리스인들은 사하라 사막의 작열하는 모래톱을 곤두박질치기 직전의 태양 마차에 대지가 그을린 흔적이라고 여겼다. 또 아프리카인들의 피부가 검은 것도 이 때문이라고 생각했다. 지구를 구하기 위해서 제우스는 벼락으로 파에톤을 죽여야만 했다. 파에톤이라는 말은 오늘날 '난폭 운전자'를 말하며, 덮개나 문짝이 없는 마차나 자동차를 가리키기도 한다.

거미가 된 처녀 아라크네

위의 이야기와 비슷한 교훈을 주는 신화 중 하나가 아라크네(Arachne)에 대한 이야기다. 그녀는 소아시아 서부 지역의 리디아(Lydia) 왕국에 살던 처녀로 수예에 능했다. 그녀는 너무 교만해진 나머지 자기의 기술이 '공예의 여신' 아테나보다 못할 게 없다며 아테나에게 도전장을 냈다. 아테나는 그 도전을 받아들이고 시합을 벌였다.

아테나는 신들을 찬미하는 온갖 이야기들을 수놓았지만, 아라크네는 신들을 모독하는 이야기로 가득 채웠다. 아라크네의 작품은 훌륭했으나 아테나의 작품은 완벽했다. 아테나는 아라크네의 작품 주제를 눈치채고 분노에 찬 나머지 그녀의 작품을 갈기갈기 찢어버렸다. 공포에 휩싸인 아라크네가 밧줄에 목을 매달아 자살하려던 찰나 아테나는 아라크네를 거미로 둔갑시켜 실을 짜내는 벌을 주었다. Arachne는 그리스어로 '거미'라는 뜻이다. 이 신화는 틀림없이 거미가 집을 짓는 모습을 보고 지어낸 이야기일 것이다. 그래도 한 가지 교훈은 확실히 전해주고 있다. "자만을 버려라."

이 아가씨의 이름은 동물학에서 거미(spider), 진드기(tick), 전갈(scorpion) 등과 같은 거미류를 총칭하는 아라크니드(Arachnid)라는 학술명으로 남아 있다. 또 거미집처럼 가늘고 섬세한 물체를 말할 때에도 arachnoid(거미망막)라는 표현을 쓴다.

영원히 목이 마른 탄탈로스

이 이야기는 제우스가 낳은 리디아인 아들 탄탈로스(Tantalos)에서 출발한다. 제우스를 비롯한 모든 신들은 그를 총애했다. 그 총애가 대단해 탄탈로스는 신들의 연회에 합석해서 신들의 음식인 암브로시아(ambrosia)와 넥타르(nectar, 신주)를 먹을 수 있었다. ambrosia는 앞에서도 말했듯이 그리스어로 '죽지 않다'라는 뜻이며 nectar는 '죽음을 물리치다'라는 뜻이다. 이 음식 때문에 신들에게는 피가 아닌 이코르(ichor)라는 물질이 흘러 영원히 죽지 않았던 것이다.

오늘날 nectar와 ambrosia는 맛있는 음식을 뜻하는 단어가 되었다. 특히 넥타르는 감미로운 액체를 말한다. 벌이 꿀을 만들 때 사용하는 꽃 속의 달콤한 액체를 넥타(nectar)라고 한다. 또한 부드러운 껍질에 싸인 복숭아의 한 종류 역시 이 달콤한 맛 때문에 nectarine(천도복숭아)이라고 부른다.

그는 신들과의 친분을 너무 과신한 나머지 이 음식과 음료수가 마치 자기 것인 양 마음대로 지상으로 가져가 친구들에게 나눠주며 자랑하고 다녔다. 곧 네메시스가 뒤

영원한 목마름에 고통받는 탄탈로스

따라와 그를 타르타로스(지옥)에 가두고 음식과 관련된 특이한 고문을 가했다. 목까지 차오르는 물 한가운데에 서 있는 고문이었고, 그가 물을 마시려고 몸을 굽히면 물은 저 아래로 내려갔다가 이내 소용돌이치며 사라져버렸다. 또 일어나면 다시 물이 목까지 차올라 영원히 굶주림과 목마름에 시달리게 했던 것이다.

이 때문에 tantalize라는 말은 곧 이루어질 것처럼 기대를 품게 하지만 막상 아무것도 실현되지 않는 행위, 감질나게 하는 행위를 일컬을 때 쓰인다. 또한 포도주 병이 죽 늘어서 있지만 애석하게도 잠겨 있는 진열장을 '탄탈로스'라고 부른다. 눈앞에 술이 있어도 열쇠가 없으면 손댈 수 없기 때문이다.

똑같은 운명을 타고난 탄탈로스의 딸

니오베(Niobe)는 탄탈로스의 딸이지만 아버지의 비참한 운명을 알지 못했다. 그녀는 일곱 명의 아들과 일곱 명의 딸을 두었다. 자식들은 모두 용모가 준수한데다 재주도 뛰어났기 때문에 니오베는 자식들 칭찬에 시간가는 줄 몰랐다. 더구나 레토가 아무리 대단해도 그녀에게는 아들 딸 한 명씩밖에 없지 않느냐고 비아냥거리기까지 했다.

레토의 자녀는 아폴론과 아르테미스였다. 이들은 어머니가 조롱당하자 니오베에게 앙갚음을 했다. 아폴론은 그녀의 일곱 아들을 모두 활로 쏘아 죽였고 아르테미스도 일곱 명의 딸을 모두 죽여버렸다. 니오베는 마지막으로 죽은 막내딸을 끌어안고 하염없이 눈물을 흘렸다. 그러자 신들은 그녀를 가엾이 여겨 샘물이 계속해서 흘러나오는 비석으로 만들어주었다.

고르디우스의 매듭과 미다스의 손

그리스인들이 신화를 통해 말해주는 교훈으로 "자만을 버려라"는 것과는 완전히 다른 교훈도 있었다. 고르디우스(Gordius 또는 고르디아스Gordias)는 소달구지를 타고 소아시아 프리지아(Phrygia)의 수도로 들어와 신탁에 따라 왕으로 추대되었다. 고르디우스는 복잡한 매듭의 고삐로 소달구지의 멍에를 묶고 이 매듭을 푸는 사람이 앞으로 동방 전체를 지배할 것이라고 공언했다. 그 후 수많은 사람들이 이 매듭을 풀려고 시도해보았지만 아무도 성공하지 못했다. 그때부터 Gordian knot(고르디우스의 매듭)는 복잡하게 얽혀 있어서 도무지 해결의 기미가 보이지 않는 막막한 문제를 말할 때 사용되었다.

그 매듭은 실제로 존재했다. 기원전 333년 알렉산드로스 대왕이 프리지아를 지날 때 사람들이 그에게 '고르디우스의 매듭'을 보여주었다. 그는 그것을 끙끙거리며 푸는 대신 칼을 들고 단번에 매듭을 두 동강 내버렸다. 그래서인지는 모르겠지만 아시아의 전 지역을 한 번도 패하지 않고 정복해 나갈 수 있었다. 이때부터 to cut the Gordian knot라는 말은 '단도직입적이고 기발한 방법으로 복잡한 문제를 해결하다'라는 뜻이 되었다.

한편, 고르디우스의 아들 미다스(Midas)는 꽤 부자였음에도 더 큰 부자가 되고 싶어했다. 그러던 어느 날 길을 헤매던 디오니소스의 스승 실레노스(Silenos)를 환대하고 디오니소스에게 안내해준 적이 있었다. 그러자 디오니소스는 그에 대한 보답으로 소원을 들어줄 테니 바라는 것을 말해보라고 했다. 미다스는 그가 손대는 것은 무엇이든지 금으로 변하게 해달라고 부탁했다. 하지만 진수성찬과 포도주조차 모두 금으로 변하는 바람에 굶어죽기에 이르렀다. 자신의 욕심을 후회한 그는 디오니소스에게 본래대로 돌려달라고 애원하고서야 겨우 마법이 풀렸다. 그 후 미다스 왕은 부귀영화를 버리고 시골에 은둔하면서 판(Pan)을 숭배하며 여생을 보냈다고 한다.

이 이야기에서 Midas touch(미다스의 손) 또는 golden touch(황금 손길)라는 말이 나왔다. '닿는 것은 무엇이든지 금으로 변하게 하는 손'이라는 뜻의 이 말은 현재 '사업상 눈에 띄게 성공한 사람'이나 '돈 버는 재주'를 가리키는 말로 쓰이고 있다. 대부분의 사람들은 이 능력을 찬양하고 부러워하지만, 정작 그리스인들이 말하고자 한 것은 "돈이 전부가 아니다"라는 교훈이었다.

다이달로스의 미궁

'대장간의 신' 헤파이스토스의 자손인 다이달로스(Daedalos)는 '명장(名匠)'이라는 뜻을 가지고 있는데, 말 그대로 그는 수많은 연장을 발명했다. 조카인 탈로스를 제자로 삼았으나 그의 뛰어난 솜씨를 시기하여 죽이고 크레타 섬으로 도망쳤다. 크레타의 왕 미노스에게도 기술을 인정받은 그는 흰 소를 사랑한 왕의 아내 파시파에가 괴물

미노타우로스를 낳자 이 괴물을 가두기 위한 미궁(迷宮) 라비린토스(labyrinthos)를 지었다. 그래서 labyrinthine은 '복잡하게 얽힌' '착잡한'이라는 뜻이며, daedal은 '교묘한'(elaborate) '복잡한(intricate)' '다양한(varied),' daedalian은 '재주가 좋은' '창조적인'이라는 뜻이다.

다이달로스의 미궁

그러나 미노스 왕과 말다툼을 한 그는 아들 이카로스(Icaros)와 함께 자신이 만든 미궁에 갇히고 말았다. 밀랍에 깃털을 달아 만든 양 날개를 이용해 가까스로 미궁을 탈출하는 데 성공한 그는 아들에게 태양 가까이 다가가지 말라고 주의를 주었다. 하지만 흥분한 이카로스는 충고를 무시하고 너무 높이 올라가다 그만 밀랍이 녹아내리는 바람에 바다에 추락하고 말았다. 사람들은 이카로스가 추락한 곳을 '이카로스 해(Icarian Sea)'라고 불렀으며, icarian은 '무모한(reckless)' '저돌적인(rash)'이라는 뜻으로 쓰이고 있다.

애틋한 사랑에 얽힌 이야기들

그리스인들은 연애담에도 관심이 많았다. 그래서 그리스 신화의 수많은 이야기들은 오늘날의 '러브 스토리'에도 많은 영향을 주었다. 몇몇 이야기들은 가슴을 저미는 감동으로 놀랍게도 3,000년에 걸쳐 전해 내려오고 있다. 그 한 예가 바로 오르페우스(Orpheus)의 이야기이다.

오르페우스는 아폴론과 칼리오페(Calliope, 뮤즈의 우두머리)의 아들이다. 그런 부모를 둔 덕분에 오르페우스는 아름다운 노래를 부를 수 있었다.

그의 노래 솜씨는 너무도 유명했기 때문에 orphean이란 말은 아직도 '아름다운 선율로 사람을 매혹시키다(melodious, enchanting)'라는 뜻을 가지고 있다. 그래서 수많은 음악관에 Orpheum이란 이름이 붙게 되었고, 오늘날까지도 수많은 극장들의 이름으로 이어져 내려오고 있다.

오르페우스는 에우리디케(Eurydike)와 결혼했다. 그러나 행복한 시간은 쏜살같이 지나가고 그녀는 뱀에 물려 죽고 말았다. 그는 그녀를 되살려내기로 결심하고 하데스를 찾아갔다. 그가 수금(lyre)을 타고 노래하면서 지하세계로 내려가자 그의 음악에 감동한 카론은 산 사람인 그가 강을 건너게 해주었고, 케르베로스도 고개를 숙이고 저승으로 들어가도록 허락해주었으며, 하데스의 무뚝뚝한 얼굴에서도 눈물이 흘러내렸다. 하데스는 이 아름다운 악사에게 에우리디케를 돌려주기로 했다. 물론 한 가지 조건이 있었다. 지하세계를 완전히 빠져나갈 때까지 결코 뒤돌아보지 말아야 한다는 것이었다.

오르페우스는 노래를 부르고 연주를 하면서 지상으로 다시 올라갔다. 저승을 거의 빠져나올 무렵 에우리디케가 정말로 따라오고 있는지 궁금한 나머지 그만 뒤를 돌아보고 말았다. 그녀는 아직 뒤따라오고 있었다. 하지만 오르페우스가 뒤돌아본 순간 그녀는 슬픈 울음소리와 함께 떠밀리듯 저 밑으로 사라져버렸다.

지하세계를 헤매다 다시 지상으로 되돌아온 오르페우스는 그 후 밀교의 중심인물이 되었다. 그를 숭배하는 밀교는 매우 유명해져 orphic이라는 단어는 mystical(신비한, 밀교의)과 같은 의미로 쓰이고 있다.

나르시시즘

또 다른 사랑 이야기는 산의 님프였던 에코(Echo, 그리스어로 '소리'라는 뜻)에 대한 이야기이다. 장황한 수다로 헤라를 욕하고 다녔던 그녀는 결국 몇 마디 말밖에 할 수 없는 벌을 받게 되었다. 그나마도 다른 사람이 그녀에게 한 말 중 마지막 몇 마디만 되풀이할 수 있을 뿐이었다. 그러던 중 에코는 나르키소스(Narcissos)라는 젊은 미남 청년을 사랑하게 되었다. 그러나 그녀는 그가 한 말의 마지막 몇 마디를 반복하는 것밖에 할 수 없었기 때문에 자신의 감정을 표현할 길이 없었다. 점점 야위어 간 그녀는 마침내 목소리 외에는 아무것도 남지 않았다. 그녀의 목소리는 지금도 산속에서 들을 수 있으며 echo(메아리, 흉내)라고 불린다.

그녀에게 가혹하면서도 오만하게 굴었던 나르키소스에게도 파멸의 시간이 찾아왔다. 어느 날 나르키소스는 물에 비친 자신의 모습을 보게 되었다. 자신의 모습을 한 번도 본 적이 없었던 그는 자신인 줄 전혀 깨닫지 못하고 자신을 사랑하게 되었다. 당연히 물그림자는 아무런 반응이 없었다. 이제 나르키소스 자신이 거부당한 셈이다. 그는 점점 야위어 결국에는 죽고 말았다. 그 후 그는 꽃이 되었는데 사람들은 그의 이름을 따서 narcissus(수선화)라고 불렀다. 수선(水仙)은 한자로 '물속에 사는 신선'이라는 뜻이다. 여기서 narcissistic(자아도취의, 허영에 찬), narcissism(자아도취), narcotic(마취성의), NARC(속어로 마약 단속반), narcotism(마약, 마취), narcosis(혼수상태, 마취법), nark(앞잡이, 밀고하다) 등의 단어들이 생겨났다.

큐피드와 프시케의 러브 스토리

프시케(Psyche, 사이키)는 정말로 아름다운 공주였다. 그녀를 한번 본 남자들은 누구나 곧 사랑에 빠졌다. 그래서 비너스가 이를 질투하게 되었다. 그녀는 아들 큐피드(에로스)에게 프시케가 거렁뱅이와 사랑에 빠지도록 사랑의 화살을 쏘아 혼내주라고 했다. 흔히 볼 수 있는 오만과 보복의 전형적인 모습이다.

큐피드는 임무를 수행하려고 지상으로 내려와 프시케에게 화살을 막 쏘려는 순간, 실수로 그만 자기 화살에 찔리고 말았다. 큐피드 자신이 그녀를 사랑하게 된 것이다. 그는 한밤중에 그녀를 찾아가 구애한 후 결혼에 성공하게 되었다. 그는 이 소문이 비너스의 귀에 들어가지 않게 하기 위해서 그녀에게 자신의 얼굴을 보여주지 않았다. 프시케의 자매들은 그들의 사랑을 시기했다. 그래서 프시케에게 네 남편은 어쩌면 못생긴 괴물일지도 모른다고, 그렇지 않으면 왜 얼굴을 보여주지 않느냐고 지분거렸다. 그녀는 정말 그럴지도 모른다는 생각이 들어 큐피드가 잠든 사이 그의 침대로 갔다. 그녀는 큐피드의 얼굴을 보려고 램프를 그의 얼굴 가까이에 대고 허리를 숙였다. 바로 그때 램프에서 흘러나온 기름이 얼굴에 떨어지는 바람에 놀란 큐피드가 눈을 떴다. 그리고 큐피드는 안타깝게도 약속을 깨고 자신의 얼굴을 본 그녀를 떠나버렸다.

프시케와 큐피드의 이야기에는 단순한 사랑 이야기 이상의 의미가 있다. 영혼(프시케)은 원래 모든 것이 사랑(큐피드)으로 이루어진 하늘나라에 있었으나, 한동안 고통과 슬픔을 참아내며 지상에서 방황해야 하는 형벌을 받는다. 그래도 영혼이 순수하고 진실하다면 결국 하늘나라로 돌아와 그 사랑과 함께하게 된다. 이것이 바로 이 신화에 숨어 있는 의미이다.

이 신화는 마치 애벌레의 상황과 아주 비슷하다. 못생긴 애벌레는 무덤 속에 있는 사람처럼 죽은 듯이 고치 속에 있다가 사람의 영혼이 좀 더 나은 삶을 향해 무덤에서 나오듯 허물을 벗고 아름다운 나비로 변한다. 이런 생각 때문에 예술가들은 종종 프시케를 나비 날개가 달린 모습으로 묘사했다. 그래서 psyche는 '나비, 나방'이라는 뜻도 있다. 또 '정신, 영혼'이라는 뜻을 가진 psyche는 psychology(심리학), psychiatrist(정신의학자), psychedelic(환각제), psychoanalysis(정신분석학), psychopath(반사회적 성격장애자), psychosis(정신이상), psychotherapy(정신·심리요법), psychic(영매) 등 여러 단어에 남게 되었다.

피그말리온 효과

키프로스의 조각가 피그말리온(Pygmalion)은 이상적인 여성을 발견할 수 없음을 한탄한 나머지 자신이 원하는 여성을 직접 조각하여 갈라테이아(Galateia)라고 이름을 지어주었다. 그 후 피그말리온은 상아로 된 이 조각상과 사랑에 빠지고 말았는데, 그는 '아프로디테(비너스) 축제' 때 자기가 조각한 갈라테이아 같은 여성을 배필로 맞게 해달라고 여신에게 기원했다.

조각상과 사랑에 빠진 피그말리온

아프로디테는 아름다움과 사랑에 대한 간절한 마음을 갖고 있는 피그말리온을 기특하게 여겨 갈라테이아에게 생명을 불어넣어줌으로써 그의 소원을 들어주었다. 이 둘은 결혼했고 그렇게 해서 태어난 딸이 바로 파포스(Paphos)인데, 아프로디테에게 봉헌된 도시 파포스는 바로 이 딸의 이름에서 따온 것이다.

'피그말리온 효과(pygmalion effect)'란 지극한 사랑으로 어떤 대가를 얻었을 때 표현하는 말이다. 반대로 나쁜 사람으로 낙인찍히면 그에 걸맞게 행동하는 것을 '낙인효과(stigma effect)'라고 한다.

메두사의 머리를 벤 페르세우스

페르세우스(Perseus)처럼 신과 인간 사이에서 태어난 자들은 용맹스러운 영웅들이었는데, 이들의 시대를 '영웅시대(Heroic Age)'라고 부른다. 아르고스의 왕 아크리시오스(Acrisios)는 장차 외손자의 손에 죽을 것이라는 신탁(神託)을 두려워한 나머지, 딸인 다나에(Danae)와 아버지가 제우스인 외손자 페르세우스를 상자에 넣어 바다에 떠내려 보냈다. 세리포스 섬에 닿은 모자는 폴리데크테스(Polydectes) 왕의 궁전에 머물게 되었다. 그 왕이 어머니와 강제로 결혼하려 하자 페르세우스는 어머니를 구하기 위해 어머니 몸값으로 메두사의 목을 가져오겠다고 제안했다. 신들의 총애를 받았던 그는 여러 신들의 도움으로 천신만고 끝에 메두사의 목을 잘라 자루에 넣고 귀환했다. 도중에 그는 아틀라스를 만나 메두사의 머리를 보여줌으로써 아틀라스를 거대한 돌산으로 만들어 지리한 형벌에 종지부를 찍어주었다. 이것이 바로 아프리카 북서부의 아틀라스 산맥(Atlas Mountains)이다.

한편, 에티오피아의 왕 케페우스(Cepheus)는 그리스어로 '정원을 가꾸는 사람'이라는 뜻인데, 카시오페이아와 결혼하여 안드로메다(Andromeda)를 낳았다. 허영심 많은 카시오페이아는 자기 딸이 바다의 님프 네레이스보다 더 아름답다고 으스대다가 바다의 신 포세이돈의 노여움을 샀다. 포세이돈은 안드로메다를 제물로 바치지 않으면 바다괴물을 보내 에티오피아를 혼란에 빠뜨리겠다고 협박했다. 그래서 왕은 안드로메다를 제물로 바닷가 바위에 묶어두었다.

때마침 메두사를 처치한 뒤 페가소스를 타고 하늘을 날아가던 페르세우스가 안드로메다를 발견했다. 페르세우스는 케페우스에게 안드로메다와의 결혼을 허락하면 그녀를 구해주겠다고 제안했다. 왕은 목숨이 위태로운 딸을 살리기 위해 이를 허락했다. 페르세우스는 다가오는 괴물에게 메두사의 머리를 보여주어 돌로 변하게 만든 다음, 그녀와 결혼해 어머니에게 데려갔다.

아테나에게 바친 이 메두사의 머리는 '아테나의 방패'에 붙여져 완벽한 방어능력을 갖추게 되었다. 이 방패는 제우스가 딸에게 선물한 것으로 아이기스(aegis)라 불렸는데, aegis는 '보호' '후원' '지도'라는 뜻을 가지고 있으며, under the aegis of 는 '…의 보호(후원) 아래'라는 뜻이다. 레이더에 걸리지 않는 군함도 '이지스함'이라고 한다.

아리아드네의 실꾸리

아테네인들은 해마다 미노스 왕에게 각각 일곱 명의 젊은 남녀를 공물로 바쳤다. 이들은 라비린토스에서 키운 미노타우로스, 즉 '미노스의 황소' 먹이가 되었다. 하지만 아테네인들 가운데 누구든 미노타우로스를 죽이고 미궁에서 빠져나오면 더 이상 공물을 안 바쳐도 된다고 미노스 왕이 선언했다.

테세우스와 미노타우로스의 결투

어느 해 공물을 바칠 때가 오자, 아테네의 왕 아이게우스(Aigeus)의 아들 테세우스(Theseus)가 미노스 왕에게 공물로 보내는 젊은 남녀 각 일곱 명 가운데 끼어 크레타 섬으로 건너갔다. 이때 미노스 왕의 딸 아리아드네(Ariadne)가 테세우스를 사랑하여 그에게 검과 실꾸리(clue)를 건네주었다. 이 실의 끝을 미궁의 입구에 매어놓아 그는 길을 잃지 않고 괴물 미노타우로스를 퇴치하고

336

아테네인들과 함께 아리아드네를 데리고 무사히 섬을 빠져나왔다.

Clue는 원래 '작은 뭉치'라는 뜻으로, 지금은 '단서' '길'이라는 뜻으로 많이 쓰이며 '정보' '사건'이라는 뜻도 갖게 되었다. 여기서 cloud(구름), clod(흙 한 덩어리, 시골뜨기), clot(엉긴 덩어리, 바보), clew(실꾸리, 단서) 등의 단어들이 파생되었다.

테세우스는 미노타우로스를 물리치고 돌아오는 도중 아리아드네를 낙소스 섬에 홀로 두었으며, 아테네 항구 가까이 배가 이르렀을 때 무사함의 표시로 흰 돛을 달기로 한 약속도 깜박 잊어버리고 말았다.

검은 돛을 단 테세우스의 배를 본 아버지 아이게우스는 비탄에 빠져 바다에 몸을 던져 죽었다. 이전까지 미노스 왕에게 바칠 공물을 실어 나르는 배는 슬픔의 표시로 검은 돛을 다는 것이 관습이었기 때문이다. 그 바다는 지금도 에게 해(Aegean Sea, '아이게우스의 바다'라는 뜻)로 불린다.

프로크루스테스의 침대

'늘이는 자' 또는 '두드려서 펴는 자'를 뜻하는 프로크루스테스(Procrustes)라는 도둑은 아테네 교외에 살면서 지나가는 나그네를 집에 초대한다고 데려와 쇠침대에 눕히고는 침대 길이보다 다리가 짧으면 다리를 잡아 늘이고 다리가 길면 잘라버렸다. 그는 결국 자신이 저질렀던 만행과 똑같은 수법으로 테세우스에게 죽음을 당했다.

이 신화에서 '프로크루스테스의 침대(Procrustean bed)'와 '프로크루스테스 체계(Procrustean method)'라는 말이 생겨났는데, 자신이 정한 일방적인 기준에 다른 사람들의 견해를 억지로 짜맞추려는 아집과 편견(distortion, sophistry), 또는 융통성 없음을 비유한 말이다. procrustean은 '견강부회의'라는 형용사이다.

오이디푸스 콤플렉스

소포클레스(Sophocles, BC 496~BC 406)의 『오이디푸스 왕』의 줄거리는 다음과 같다. 오이디푸스는 테베를 건설한 카드모스의 증손자 라이오스(Laios)와 이오카스테 사이에서 태어난 아들로, 아들이 아비를 죽이고 어미를 범한다는 신탁에 따라 태어나자마자 양치기에 의해 코린토스 산에 버려졌다. 양치기는 차마 죽일 수 없어 갓난아이를 나무에 매달아 놓았는데, 지나가던 농부가 발견하여 코린토스 왕에게 데려다 주었다. 왕은 아이를 양자로 삼아 오이디푸스(Oedipous)라고 불렀다. 이는 '부어오른 발'이라는 뜻으로, 아이가 버려질 당시 복사뼈에 쇠못이 꽂혀 부어 있었기 때문에 붙인 이름이다.

청년이 된 오이디푸스는 자신의 뿌리를 알고자 델포이에서 신탁을 받았는데, 그것은 바로 앞의 내용과 같았다. 그는 신탁을 피하려고 방랑하다가 테베로 가는 좁은 길에서 한 노인을 만나 사소한 시비 끝에 그를 죽이고 말았다. 그 노인이 바로 자기의 아버지인 줄도 모르고 죽인 것이다. 당시 테베에는 스핑크스라는 괴물이 나타나 수수께끼를 내어 풀지 못하는 사람을 잡아먹고 있었다. 이때 그 유명한 수수께끼를 푼 사람이 바로 오이디푸스였다. "아침에는 네 발, 낮에는 두 발, 밤에는 세 발인 것은 무엇이냐"는 질문에 "사람"이라고 대답한 것이다. 이에 스핑크스는 굴욕감을 이기지 못해 스스로 목숨을 끊어버리고 말았다.

그리하여 이 괴물을 죽이는 자에게 왕위는 물론 자기 자신까지도 바치겠다고 한 왕비의 약속에 따라 오이디푸스는 테베의 왕이 되었다. 그러던 중 테베에 돌림병과 기근이 만연하자 신탁으로 알아보니 왕이 어머니와 결혼했기 때문이라는 것이었다. 이 사실을 전해들은 어머니는 자살하고, 오이디푸스는 자신의 눈을 찌르고 누이이자 딸인 안티고네(Antigone)의 부축을 받으며 방랑하다 불행한 삶을 마감했다. 이때 아테네의 영웅 테세우스가 후한 장례식을 치러주어 그의 영혼을 조금이나마 달래주었다.

이 비극의 주인공 이름을 딴 '오이디푸스 콤플렉스'는 엘렉트라 콤플렉스와 반대로 '친모복합(親母複合)'을 말한다. 프로이트는 유아에게도 성징이 존재하며, 3~4세 때는 이미 정신적·성적 발달이 이루어져 '남근기(phallic stage)'에 도달해 6~7세까지 계속된다고 주장했다. 이 시기에는 성의 구별 능력이 생겨 성적 관심을 품는데, 특히 사내아이는 어머니에게 애정을 느껴 아버지를 연적으로 여기고 질투를 느낀다.

하지만 아버지도 사랑하기 때문에 스스로의 적개심에 고통을 느끼며, 또 그 때문에 아버지에게 벌을 받지 않을까 하는 '거세 불안(castration anxiety)'을 느끼기도 한다. 이와 같이 어머니에 대한 애착, 아버지에 대한 적의, 그에 따른 체벌에 대한 불안 등이 세 가지를 중심으로 발현하는 관념 복합체를 프로이트는 '오이디푸스 콤플렉스(Oedipus Complex)'라고 불렀다.

콜키스의 황금양털

보이오티아 지방의 오르코메노스 왕 아타마스(Athamas)와 님프 네펠레(Nephele) 사이에서 프릭소스(Phrixos)와 헬레(Helle) 남매가 태어났다. 하지만 아타마스는 네펠레와 헤어진 뒤, '물거품의 흰 여신'이라는 뜻의 이노(Ino)를 새 아내로 맞이했다. 전처의 자식들을 눈엣가시로 여긴 이노는 삶은 씨앗을 심어 곡식이 자라지 않게 한 다음, 프릭소스를 제물로 바쳐야만 곡식이 자랄 수 있다는 신탁(神託)을 꾸며냈다.

아타마스가 거짓 신탁에 따라 프릭소스의 목을 베려고 하자, 네펠레가 보낸 황금 양이 남매를 태우고 날아서 도망쳤다. 안타깝게도 헬레는 바다를 건너 날아갈 때 황금양의 등에서 떨어져 죽었는데, 그곳을 '헬레의 바다'라는 뜻의 헬레스폰투스 또는 헬레스폰트(Hellespont, 지금의 다르다넬스 해협)라 부르게 되었다. 콜키스의 황금양털은 바로 이 양의 가죽이라고 한다.

헤라클레스의 12가지 과업

"헤라클레스 없이는 되는 일도 없다"라는 속담이 있듯이, 그는 초인적인 힘을 지닌 가장 위대한 그리스의 영웅이다. 그의 이름에서 나온 herculean은 '(헤라클레스 같은) 큰 힘이 필요한, 매우 어려운, 괴력의'라는 뜻으로 쓰이며, a herculean task는 '매우 어려운 일'을 가리킨다.

그는 제우스와 알크메네 사이에서 태어났다. 알크메네는 암피트리온과 부부로 지내면서 쌍둥이 형제를 낳았는데, 하나는 제우스의 아들인 헤라클레스였고 또 하나는 암피트리온의 아들인 이피클레스였다. 제우스의 아내 헤라의 지시를 받은 분만의 여신 에일레이티아가 주술로 헤라클레스의 출산을 방해했으나, 알크메네의

12가지 과업을 수행하는
헤라클레스

여종인 갈린티아스가 이미 아들을 낳았다고 거짓말을 하여 에일레이티아가 방심한 틈을 타 무사히 헤라클레스를 낳았다고 한다.

그는 가끔씩 정신이 나가 큰일을 저지르는 바람에 '12가지의 과업'을 수행해야 하는 업보를 지녔다. 첫 번째 과업 '네메아의 사자 죽이기'에 성공해 그 가죽을 벗겨 옷을 해입었다. 이 사자 가죽 덕분에 그는 어떤 무기라도 방어할 수 있었다. 다섯 번째 과업은 30년 동안 한 번도 치우지 않은 아우게이아스(Augeas)의 외양간을 하루 만에 치우는 것이었다. 그래서 '아주 더럽거나 썩은 것'을 Augean stables(아우게이아스의 외양간)이라고

하며, 그가 두 개의 강줄기를 끌어들여 가볍게 일을 마쳤기 때문에 '신속 강력한 조치로 범죄나 부패를 일소하는 것'을 cleanse the Augean stables라고 한다.

일리아스와 오디세이

기원전 850년경 전설적인 장님 시인 호메로스(Homeros, 호머)는 서양에서 가장 위대한 장편 서사시 『일리아스(Ilias, 일리아드)』와 『오디세이아(Odysseia, 오디세이)』를 지었다. 이 두 서사시는 트로이 전쟁의 발발에서부터 전쟁이 끝나고 그리스로 귀환하는 과정까지 영웅들이 펼치는 드라마틱한 이야기다. 1868년 독일의 사업가 하인리히 슐리만이 터키 북서쪽에서 유적을 발견하여 트로이 전쟁 이야기는 사실로 밝혀졌다. 이 도시는 건설자 트로스(Tros)의 이름을 따서 '트로스의 도시'라는 뜻의 트로이아(트로이)라 불렸으며, 아들 일리오스(Ilios)의 이름을 따 '일리오스의 도시'라는 뜻의 일리온이라고도 불렸다. 일리아스는 '일리온에 대하여'라는 뜻이며, 오디세이아는 '오디세우스의 여정'이라는 뜻이다.

이야기는 바다의 여신 테티스(Thetis)에서부터 시작된다. 그녀는 너무 아름다워 신들이 앞다퉈 결혼하려고 했으나, 그녀가 신과 결혼해서 낳은 아들이 제우스를 죽일 것이라는 예언이 있었다. 그래서 제우스는 그녀를 인간인 펠레우스(Peleus)와 결혼시켰다. 성대한 결혼식 후 모든 신이 모인 피로연이 열렸지만, 우연한 실수로 '불화의 여신' 에리스(Eris, 아레스의 누이 또는 딸)를 초청하지 않았다.

화가 난 에리스는 피로연장에 나타나 '최고의 미인에게'라는 금박이 새겨진 사과를 바닥에 던졌다. 그러자 헤라, 아테나, 아프로디테는 서로 자기 것이라고 우겼다. 하지만 누가 최고의 미인이라고 결론내릴 수 있는 신들은 아무도 없었다. 그래서 선택 결정권은 파리스(Paris)라는 목동에게 넘어갔다.

당시 트로이 왕은 프리아모스(Priamos)였는데, 헤카베(Hekabe, 헤쿠바)에게서 낳은 장남이 헥토르(Hector)였고 둘째가 파리스였다. 헤카베는 파리스를 낳기 전에 태어날 아이가 장작불로 변하는 꿈을 꾸었는데, 신탁을 들어보니 트로이 멸망의 원인이 될 것이라고 했다. 그래서 아이를 낳자마자 하인에게 맡겨 죽여 없애라고 명령했다. 하지만 하인은 아기를 불쌍히 여겨 산속에 버리고 돌아왔고 파리스는 기적적으로 양치기에게 발견되어 그의 손에서 자랐다. 그가 바로 '불화의 사과(apple of discord)'의 주인을 선택해야만 했던 것이다.

헤라는 부를, 아테나는 전사의 영예를, 아프로디테는 인간 중 최고의 미인을 파리스에게 제안했다. 파리스는 아프로디테를 지목했다. 이것이 바로 그 유명한 '파리스의 심판(judgement of Paris)'이다. 사실 제대로 된 판단이었으나 헤라와 아테나는 심한 모욕감을 느낀 나머지 파리스와 트로이를 증오하게 되었다. 그 후 파리스는 간직하고 있던 증표를 아버지에게 보여주고 트로이의 왕궁으로 복귀했다.

프리아모스에게는 카산드라(Cassandra)라는 딸이 있었다. 그녀는 아폴론이 구애하자 사랑을 받아들이는 대신 예언 능력을 달라고 요구하여 미래를 알 수 있는 힘을 갖게 되었다. 하지만 예언 능력만 받고서 약속을 지키지 않자 성난 아폴론은 아무도 그녀의 예언을 믿지 않게 만들어버렸다. 그래서 파리스가 돌아오면 트로이를 멸망으로 이끌 것이라고 예언했지만 아무도 그녀를 믿지 않았다.

아프로디테는 파리스와의 약속을 지켰다. 파리스는 헬레네(Helene)를 트로이로 데리고 왔으나 그녀는 이미 아가멤논(Agamemnon)의 동생인 스파르타의 왕 메넬라오스(Menelaos)의 아내였다. 그리스인들이 헬레네를 되찾기 위해 트로이 원정을 감행함으로써 트로이 전쟁이 시작되었다. 헬레네는 오늘날에도 Helena, Ella, Ellen, Ellena, Ellain, Eleanor, Elenora 등의 이름으로 변형되어 여전히 사랑받고 있다.

이타케 섬 출신의 유일한 귀환자, 오디세우스

메넬라오스는 프리아모스 왕에게 아내를 돌려 달라고 요구했으나 거절당하자 그리스의 모든 지역에 전령을 보내 트로이 공격에 동참할 것을 호소했다. 그러나 이타케 섬의 왕 오디세우스(Odysseus, 라틴어로는 울리세스)는 헬레네의 사촌 페넬로페(Penelope 또는 페넬로페이아Penelopeia)와의 사이에 텔레마코스(Telemachos)라는 아들을 두고 있었기 때문에 참전을 꺼려했다. 하지만 그리스 동맹국 간의 약속을 지켜야 했고, 그가 나서지 않으면 그리스가 패한다는 예언 때문에 결국 참전하여 전쟁을 승리로 이끄는 데 큰 역할을 했다. 그의 아버지 라이르테스(Laertes)도 콜키스의 황금양털을 찾아 떠났던 '50명의 아르고 호 선원' 중 한 사람이었다.

아킬레우스가 죽고 그가 쓰던 갑옷을 가장 용감한 사람에게 물려주게 되었을 때, 오디세우스는 아이아스와 겨루어 마침내 그것을 차지했다. 전쟁 끝무렵에는 목마(木馬) 속에 병사를 숨기는 전술로 트로이를 함락시켜 헬레네를 구출하기도 했다. 그는 오랜 고생 끝에 고향으로 돌아갔기에 odyssean은 '장기 모험여행의'라는 뜻도 있다.

트로이 전쟁 최고 영웅, 아킬레우스

아킬레우스는 펠레우스와 테티스 사이에서 태어난 아들이다. 그런데 이상한 점이 하나 있다. 펠레우스와 테티스의 결혼식이 끝나고 얼마 되지 않아 트로이 전쟁이 일어났는데, 어느새 아킬레우스가 커서 참전까지 했는지, 더구나 10년 정도 걸린 전쟁이 끝나기도 전에 그의 아들 네오프톨레모스(Neoptolemos)까지 참전했는지 시간상 도무지 이해가 안 간다. 신들은 시간을 초월한 존재이기 때문일까.

아무튼 아킬레우스는 그리스 신화에서 헤라클레스 다음으로 유명한 영웅이지만, 헤라클레스와는 달리 문무를 겸비한 영웅이었다. 그가 태어나자 테티스는 그를 스틱스 강물에 담가 불사의 존재로 만들려고 했다. 아쉽게도 그녀가 잡고 있던 발뒤꿈치 부분은 물에 적시지 못했다. 그래서 트로이 전쟁 도중 파리스가 쏜 화살이 발뒤꿈치에 맞아 목숨을 잃고 말았다.

이 때문에 '치명적인 약점' '급소'를 Achilles heel(아킬레스의 뒤꿈치)이라 하며, 장딴지 근육과 뒤꿈치 뼈를 이어주는 튼튼한 힘줄을 Achilles tendon(아킬레스 건)이라고 한다. 아킬레스를 처음 의학용어에 도입한 사람은 플랑드르 출신의 해부학자 페어하인(P. Verheyen, 1648~1711)이다. 그는 자기 발을 직접 잘라 해부하면서 라틴어로 아킬레스 건(chorda Achillis)이라 이름 붙였다. 이 용어를 오늘날 사용하는 Tendo Achillis로 바꾼 사람은 독일의 해부학자 하이스터(Lorenz Heister, 1683~1758)이며, 이것이 영어로 Achilles tendon이 되었다.

아킬레우스와 헥토르의 대결

그리스 동맹군이 트로이를 치기 위해 아울리스(Aulis) 항구로 집결했으나 바람이 불지 않아 출항을 못하고 있었다. 이때 예언가들이 아가멤논의 딸을 아르테미스 신전에 바쳐야 한다고 입을 모았다. 미케네의 왕 아가멤논(Agamemnon)은 딸 이피게네이아(Iphigeneia)를 아킬레우스에게 시집보내려 하니 당장 아울리스로 보내라고 아내 클리타임네스트라에게 거짓말을 했다. 그녀를 희생물로 바치자 바람이 불기 시작해 아가멤논은 트로이로 향할 수 있었다. 나중에 이 사실을 안 아내는 이때부터 남편을 증오하기 시작했다.

트로이 전쟁은 지리멸렬했다. 그러다 아가멤논이 아킬레우스와 다투면서부터 활기를 띠기 시작했다. 이들은 일부 전리품의 분배방식을 놓고 언쟁을 벌이다 화가 난 아킬레우스는 파트로클로스(Patroklos)와 부하들을 이끌고 후방으로 철수해버렸다. 그 틈을 타서 트로이군이 성밖으로 나와 그리스군을 격퇴하기 시작했다. 하지만 아킬레우스는 강건너 불구경하듯 방관만 할 뿐이었다.

영화 「트로이」의 한 장면

아킬레우스가 꿈쩍 않자 그리스 동맹군은 패배 일보 직전까지 갔다. 이를 보다 못해 파트로클로스가 아킬레우스를 대신해 그의 갑옷을 빌려 입고 전투에 나섰다. 승승장구하던 파트로클로스는 아킬레우스의 당부도 잊은 채 무모하게 헥토르와 대결하다가 패배해 죽고 말았다. 친구의 죽음에 분노한 아킬레우스는 당장 뛰쳐나가 트로이군을 격파시키고 헥토르와 맞대결을 벌였다. 이들은 물러설 수 없는 한판 승부를 벌였고 이 팽팽한 대결의 승리는 아킬레우스에게 돌아갔다. 그는 헥토르의 시체를 전차에 매달고 막사로 돌아왔다. 그날 밤 트로이의 왕 프리아모스가 아킬레우스의 막사로 몰래 찾아와 아들의 시체를 건네줄 것을 간청하자 헥토르 몸무게만큼의 황금을 받고 되돌려주었다. 하지만 그도 또 다른 전투에서 파리스가 쏜 화살이 뒤꿈치에 맞아 전사하고 말았다.

트로이의 목마

트로이 전쟁의 승리는 오디세우스의 전략에서 나왔다. 그는 거대한 목마를 만들어 그 안에 병사들을 가득 채우고 성문 밖에 세워두었다. 나머지 병사들은 성 위쪽으로 매복하기 위해 승선하고 있었다. 트로이 병사들은 이를 보고 그리스 동맹군이 철수하는 것으로 착각해, 목마를 아테나 여신에게 바치는 전리품으로 여겨 성 안으로 들여놓았다.

아폴론을 모시고 있던 트로이의 사제인 라오콘(Laocoon)은 이런 경솔한 행동에 경고를 했다. "저는 그리스인들이 선물을 가져오더라도 두렵기만 합니다." 이 말에는 오랫동안 적대시하던 사람이 갑자기 친절하다고 해서 그를 믿어서는 안 된다는 경고가 들어 있다. 그러자 그리스 편을 들고 있던 포세이돈이 바다뱀을 보내 그와 아들을 목 졸라 죽였다.

트로이 군사들이 승리에 도취해 잔치를 벌인 뒤 잠이 들자 목마에 숨어 있던 그리스 병사들이 뛰쳐나와 성문을 열어주었고, 성 밖에서 매복해 있던 병사들이 물밀듯이 들이닥쳤다. 트로이는 순식간에 아수라장이 되었다. 프리아모스와 나머지 아들들도 몰살을 당했고 헬레네도 붙잡혔으나 메넬라오스는 너무도 아름다운 그녀를 차마 죽이지 못하고 다시 스파르타로 데려갔다. 이렇게 해서 10여 년에 걸친 트로이 전쟁은 대단원의 막을 내렸다. 로마의 전설에 따르면 트로이 왕족 가운데 아이네이아스(Aeneas)가 탈출에 성공했고, 그 후 그의 후손들이 로마를 건설했다고 한다.

지금도 적의 심장부에 잠입해 공격 기회를 노리는 집단을 Trojan horse라고 부른다.

엘렉트라 콤플렉스

아가멤논이 트로이 전쟁에 나간 틈을 타 아가멤논의 아내 클리타임네스트라는 예쁜 딸을 제물로 빼앗긴 것에 대한 복수로 아이기스토스(Aegisthos)와 통정을 하고 만다. 전쟁이 끝나 남편이 귀환하자 그녀는 정부 아이기스토스와 짜고 개선 축하연에서 아가멤논을 독살해버렸다. 그녀는 보복이 두려워 어린 아들 오레스테스(Orestes)까지 없애려고 했다. 이때 아가멤논의 장녀 엘렉트라(Electra, '현명한 사람'이라는 뜻)는 오레스테스를 몰래 아가멤논의 처남인 포키스의 왕 스트로피오스(Strophios)에게 보내 훗날을 기약했다.

복수의 기회를 엿보던 엘렉트라는 마침내 동생이 장성하자 미케네로 불러들여 어머니와 정부를 죽이고 아버지의 복수를 갚았다. 엘렉트라 이야기는 우발적인 오이디푸스 이야기와는 사뭇 다르다. 엘렉트라는 처음부터 계획적이고 치밀하게 복수를 실행에 옮겼던 것이다. 여자가 한을 품으면 오뉴월에도 서리가 내린다는 말이 맞긴 맞는 모양이다.

여자아이가 무의식적으로 어머니에 대해 적의를 품고 아버지에게 애정을 품는 심리상태, 즉 '친부복합(親父複合)'을 '엘렉트라 콤플렉스(Electra Complex)'라고 한다. 이 용어를 처음 사용한 사람은 스위스의 심리학자 융(Carl Jung, 1875~1961)이다.

엘렉트라는 섬뜩할 정도로 찌릿찌릿한 성격에 걸맞은 단어들을 몇 개 만들어냈다. 엘렉트라는 그리스어로 '호박(amber)'이라는 뜻도 있는데, 그녀의 눈이 호박색이었다는 이유에서였다. 이것을 명주 천에 문지르면 정전기가 발생한다고 해서 electricity(전기), electric current(전류), electron(전자) 등의 단어들이 생겨났다.

영어에 이름을 남긴 트로이 전쟁의 조연들

필로스(Pilos)의 왕 네스토르(Nestor)는 환갑의 나이였지만 트로이 전쟁에 그리스 동맹군으로 참전해 끝까지 살아남았다. 그는 경륜이 풍부하고 지혜로운 인물이라 그의 이름은 영어에서도 '지혜로운 자'라는 뜻으로 쓰인다.

전령사 스텐토르(Stentor)는 큰 목소리 덕분에 병사들을 집합시킬 때 아주 쓸모가 있었는데, stentorian(소리가 큰), stentorphone(고성능 확성기) 등에 이름을 남겼다. 『일리아스』에 나오는 못생기고 겁 많은 선동가 테르시테스(Thersites)는 thersitical(소란스러운, 입버릇이 나쁜)이라는 형용사를 낳았다.

아이아스(Aias, 라틴어로 Ajax)는 살라미스의 왕 텔라몬의 아들로 '위대한 아이아스'(Ajax the greater)로 불린다. 트로이 전쟁에서 아킬레우스 다음가는 용사로 인정을 받았으나, 아킬레우스가 죽은 후 그의 유품인 갑옷을 놓고 오디세우스와 겨루었다가 패하자 분한 나머지 자살하고 말았다. 그는 네덜란드 축구 명문구단 'AFC 아약스(1900년 창단, 연고지는 암스테르담)'의 명칭으로 남기도 했다.

오디세우스의 파란만장한 귀향

10여 년에 걸친 전쟁이 끝나고 고향길에 오른 오디세우스는 집에 당도하기까지 다시 10여 년이 걸렸다. 그가 처음 머무른 곳의 원주민들은 로토스(lotus)라는 과일을 먹고 있었는데, 이것을 먹으면 맛에 반해 만사를 잊어버리기 때문에 그곳을 떠나려 하지 않았다. 이 이야기에 근거해 lotus-eater(무위도식자), lotus land(paradise 도원경)라는 단어가 생겼다. 이 식

세이렌에게 유혹받는 오디세우스

물은 신화 속에서만 존재하며, 현실에서는 '연꽃'을 가리킨다.

그는 '바람의 신' 아이올로스(Aeolos)가 살고 있는 섬에서도 머물렀다. 바람의 신이 서풍 이외의 바람이 든 주머니를 오디세우스에게 주었기 때문에, 이 자루를 묶어 놓으면 서풍만 불어 고향 이타케까지 갈 수 있었다. 하지만 눈앞에 고향을 두고 방심한 나머지 잠이 든 사이에 부하들이 호기심을 참지 못하고 자루를 풀어헤치고 말았다. 그러자 온갖 바람이 불어 일행은 다시 망망대해로 표류하게 되었다.

모든 별들의 신 아스트라이오스와 새벽의 여신 에오스의 아들 가운데 매서운 '북

풍' 보레아스(Boreas)는 영어의 boreal(북쪽의)로 남았으며, 솔솔 불어오는 부드러운 '서풍' 제피로스(Zephyros)는 zephyr(서풍)로 남았다.

페넬로페와의 재회

구혼자들을 외면하는 페넬로페

이타케 섬에서는 오디세우스가 이미 죽었다는 풍문이 나돌았고, 온갖 실력자들이 그의 아내 페넬로페에게 청혼을 했다. 하지만 정숙한 아내는 남편이 살아 있음을 확신했기 때문에 모든 청혼을 거절했다. 대신에 그녀는 구혼자들에게 시아버지 라에르테스의 수의(壽衣)를 다 짜면 생각해보겠다고 둘러댔다. 그녀는 낮에는 수의를 짜고 밤에는 다시 풀어버렸기 때문에 일이 끝나지 않을 것처럼 보였다. 이 일은 결국 배반한 하녀 때문에 발각되고 만다.

아들 텔레마코스가 있었지만 어리고 힘이 없어 도움받을 수도 없었다. 그래서 페넬로페는 왕국에 남아 있던 늙은 충신 멘토르(Mentor)의 충고대로 움직였다. 지금도 mentor는 '조언자' '고문'이라는 뜻으로 쓰인다.

그 사이에 오디세우스가 천신만고 끝에 고향으로 돌아왔다. 마음씨 좋은 돼지치기 에우마이오스(Eumaeos)는 거지로 변장한 그를 몰라보았으나 기꺼이 도와주었다. 결혼식이 거행될 회관에는 구혼자들로 북적거렸으며 거지 차림의 오디세우스도 거기에 잠입해 있었다. 페넬로페는 오디세우스가 쓰던 활로 과녁을 맞히는 사람과 결혼하겠다고 선언했다. 하지만 누구도 활시위를 당기지 못했다. 이때 오디세우스가 나서서 정확히 과녁을 관통시켰다. 페넬로페는 그가 남편임을 한눈에 알아보았다. 그 순간 오디세우스의 충신들이 들이닥쳐 구혼자들을 모두 없애버렸다. 오디세우스와 페넬로페는 무려 20여 년 만에 재회의 감격을 누린 것이다. 한편, 아버지 라에르테스는 구혼자의 아버지들과 화해를 도모함으로써 평화를 되찾았다. 『오디세이아』는 여기서 막을 내린다.

Chapter

9

영국·미국 사람들의 이름짓는 법

●●● 지명에 따른 성

영미권 사람들의 성(姓)은 대부분 조상에게서 물려받거나 지명(地名)을 따르는 게 보통이다. 하지만 Smith(대장장이)처럼 직업에서 비롯된 것도 많으며, Kennedy(울퉁불퉁한 머리를 가진 사람)처럼 별명(nickname)에서 비롯된 것도 심심치 않게 눈에 띈다. 따라서 여기서는 지명, 별명, 직업 및 사회적 지위에서 비롯된 성, 그리고 유대인들이 많이 쓰는 성을 소개하기로 한다.

미국 건국 당시의 인구 통계에 따르면, 유럽에서 이민 온 사람들이 전체 인구의 80퍼센트를 차지했으며 나머지는 아프리카 등지에서 노예로 끌려온 흑인들이었다. 유럽계 이민자들의 분포도를 보면 잉글랜드계(60퍼센트), 아일랜드계(10퍼센트), 독일계(9퍼센트), 스코틀랜드계(8퍼센트), 네덜란드계(3퍼센트), 프랑스계(2퍼센트) 순으로 구성되어 있었다. 따라서 미국인들의 성은 영국계가 단연 압도적일 수밖에 없었다.

잉글랜드 출신의 성으로는 Inglis, Inglish, Englad 등이 있으며, 스코틀랜드 출신의 성으로는 Scott, Scutt, Scutts, Scotter, Scutter, Scotiland, Sootlan, 웨일스 출신의 성으로는 Wallace, Wallas, Wallis, Wallice, Walles, Walsh, Welsh, 아일랜드 출신의 성으로는 Ireland, Irish, 브리타니(Brittany) 출신의 성으로는 Bret, Bretton, Britten, Britton, Brutton 등을 꼽을 수 있다.

그리고 프랑스 출신 성으로는 Francis(프랑크족, 프랑스 사람), French(프랑크족 또는 자유민의 나라) 등이 있으며, 가스코니(Gascony, 가스코뉴Gascogne) 출신의 Gascons, Gaston, Gaskin, Gascogne, 부르군디(Burgundy) 출신의 Burgoyne, 파리 출신의 Paris(애칭은 Patric), 노르만디(Normandy) 출신의 Norman, Northman, Norsman, Normand 등이 있다.

국토의 4분의 1이 바다보다 낮은 나라 네덜란드계의 성으로는 Netherhand(낮은 땅), Netherlander(낮은 땅에 사는 사람) 등이 있으며, 홀란드(Holland) 출신의 Holland, Hollander, 프리슬랜드(Friesland) 출신의 Frasier, Frazier, Frasher(곱슬머리 사람들 또는 용감한 사람들), 플랑드르(Flandre) 출신의 Fleming, Fladers 등이 있다.

이탈리아의 로마 출신으로는 Rome, Roman, Romano, Romero, Room 등이 있으며 게르마니아 출신으로는 German, Jarman, Jermyn, Norris, 롬바르디아(Rombardia) 출신으로는 Rombardo(소매상 자손), 그리스 출신으로는 Greco 등이 있다.

스페인 출신의 성으로는 Rodriguez(Rodrigo의 아들), Garia(Gerald의 아들), Gonzales

(Gonzalo의 아들), Lopez(Lope의 아들), Martinez(Martin의 아들), Hermandez(Hermando의 아들), Perez(Pedro, Peter의 아들), Sanchez(Sancho의 아들) 등이 많으며, 바스크(Basque, Vasco) 출신으로는 Vasquez(바스크 출신 사람들), Castro, Castillo, Rios, Costa, Acosta 등이 있다.

독일 출신의 성으로는 Myer(시장), Meyer, Schwartz(검은), Hoffman(왕실 관리인), Schneider(재단사), Schulz(면장), Klein(작은), Mann(남자), Fisher(어부), Schroeder(마부), Mueller(방앗간 주인), Weiss(흰색), Frank(자유인), Beyer, Bayer(바바리아 사람) 등이 대부분이다. 그리고 헝가리(Hungary, 훈족의 나라) 출신의 성으로는 Unger('헝가리 사람'의 독일식 표기 Ungar의 변형), Ungaro 등이 있다.

1820~1960년까지 약 140년 동안 미국으로 건너온 폴란드인은 약 48만 명가량이며, 지금은 주로 시카고(50만), 디트로이트(30만), 버팔로(25만), 뉴욕(20만)에 살고 있다. 폴란드(pol + land, 평평한 땅) 출신의 성으로는 Pollack(독일계), Pole(영국계), Polsky(폴란드계), Polikoff, Polakoff(러시아계), Polacek(체코계) 등을 꼽을 수 있다. 또 폴란드계 러시아 출신의 성으로는 Rosso, Rossow, Rossaw, Rossi 등이 있다. 고노르드어로 '바다로 간 사람들'이라는 뜻의 Rossi족은 해적 바이킹의 일족으로 9세기경 현재의 러시아를 침략해 정착했다.

●●● 별명에서 비롯된 성

중세영어로 별명(別名)은 an ekename인데 부정관사 an의 n이 ekename에 붙어 a nekename이 되었다가 시간이 흐르면서 nickname으로 굳어졌다. 별명을 『웹스터 영영사전』에 따라 정의하면 다음과 같다.

"별명이란 어떤 사람이나 장소 또는 사물에 '덧붙인' 이름이나 '또 다른' 이름으로, Doc이나 Shorty처럼 재미·애정·웃음거리의 뜻이 담겨 있거나, Frederick을 Freddy로, David를 Davy로 부르듯이 고유의 이름을 친근한 형태로 바꾸어 부르는 것."

하지만 원래 별명이란 자기와 다른 사람을 구별하는 보조 수단으로 사용하기 위해 덧붙인 이름과 또 다른 이름까지도 포함하기 때문에 어쩌면 모든 성이 별명이라고 해도 과언은 아닐 것이다. 동서고금을 막론하고 사회 각층의 사람들에겐 별명이 있기 마련이다. 특히 눈에 띄는 신체적 특징과 행동, 성격에 대해 사랑과 미움, 찬사와 질시 그리고 측은한 마음과 기대감 등 온갖 느낌을 표현한 것이 바로 별명이라 하겠다.

별명에서 유래된 성을 보면 중세시대 서양 사람들이 사람과 동물, 그리고 사물에 대해 어떻게 생각하고 느꼈는지를 잘 알 수 있다. 문화적으로나 사회적으로 그리 높은 수준이 못 되었던 당시에는 거칠고 소박한 생활 속에서 우러나온 단순 명쾌하고 솔직한 표현이 일반적이었다. 그래서 지금 우리가 볼 때는 잔혹스럽기까지 한 별명조차도 거리낌 없이 성으로 차용한 경우가 많았다.

따라서 그러한 별명을 성으로 가진 자손들은 정신적으로나 사회적으로 피해를 입는 경우가 많아 스펠링을 약간 바꾸어 위장하거나 아예 성을 바꾸기도 했다. 우리나라 김씨 성에 '치국'이나 구씨 성에 '공탄'이라는 이름을 붙이면 자녀들이 정신적 피해를 입는 것과 마찬가지라 할 수 있다. 이런 부정적 측면도 무시할 수 없지만 서양 사람들의 성에는 유머와 다양한 변화와 특징을 담고 있기 때문에 우리가 볼 때는 분명히 관심과 흥미의 대상이 아닐 수 없다.

별명은 여러 가지로 구별된다. 하지만 여기서는 신체와 외모의 특징, 성격과 행동, 동식물의 이름에서 따온 것 등 크게 세 가지로 나누어 그 유래와 의미, 그리고 별명에서 유래된 성의 특징을 살펴보기로 한다.

신체와 외모의 특징에 따른 별명

사람들은 각기 다른 신체적 특징을 갖고 있기 때문에 이에 따른 별명이 상당히 많다. 특히 머리카락이나 피부나 눈동자의 색 그리고 신장, 몸무게, 생김새 등의 외모는 별명을 만들어내는 가장 기본적인 요소들이다. 별명에서 가장 많이 쓰이는 색깔은 역시 Brown(갈색)이다. 이 성은 고대영어의 Brun이나 고프랑스어의 Brunn에서 유래되었다. 그러나 앵글로색슨족은 원래 금발에 피부가 하얀 사람들이 대부분이고 검은 머리를 가진 사람들이 적었기 때문에, Brown 성을 가졌다고 해서 그 조상의 피부가 갈색이라는 뜻이 아님을 염두에 두어야 한다.

Brown이라는 성은 Browne, Broun, Bron, Burnett 등으로 다양하게 변화하기도 하며, 프랑스에서는 Brun, 독일에서는 Brun, Bruns, 이탈리아에서는 Bruno 등으로 불리고 있다. 특히 미국에 Brown이 많은데, 그 까닭은 최초로 '공민권 운동(Civil Right Movement)'을 전개한 노예제 폐지론자 존 브라운(John Brown)의 인기가 높아 그의 성을 많이 따랐기 때문이라고 한다. 머리카락이나 피부가 유난히 검은 사람은 Black이나

Blackman이라는 성을 취했다.

프랑스의 성 Moreau(Moor인처럼 검다)도 원래 '검은 피부를 가진 사람'에게 붙인 별명이며, 독일인의 성 Mohr, Schwartz, Swartz도 마찬가지이다. 이 밖에 스페인의 Negron, Conegro, 그리스인의 성 Karas, Melas, 체코인의 성 Cerny, Czerny, 아일랜드인의 성 Dow, Dolan, Dowd도 Black에 해당된다. 하지만 영국인의 Blachine(흰색)이나 Brownie(갈색)는 피부색이 아니라 눈동자의 색에서 유래된 별명이다.

존 브라운

한편, 피부가 하얗거나 금발을 가진 사람은 Blank, Blanks, Blanke 등으로 불렸다. 이것은 고프랑스어 blanc(white)에서 유래되었으며, 고프랑스어 blund(blond, yellow-haired)에서 유래된 Blaunt, Blunt, Blunden 등도 마찬가지이다. 또 앵글로색슨계의 성에는 고대영어의 hwit에서 유래된 White가 1066년 '노르만 정복' 이전부터 일반적으로 많이 쓰였으며, Whited나 Whitted는 Whitehead의 단축형이라 할 수 있다. 당시 White는 '백발의 노인'을 가리키는 것이 아니라 원래 '금발의 젊은이'에게 붙인 별명이었다.

White에 해당하는 스코틀랜드의 성은 Baines, Baynes이며, 웨일스의 성은 Gwynn, Gwin, 독일의 성은 Witt, Witty, Lichter, 프랑스의 성은 Blanc, Le Blanc, Blanchet, 이탈리아의 성은 Bianca, Bianchi이다.

이 밖에 white의 이미지를 빌려 성으로 차용한 단어로는 snow, frost, swan, lily, blossom, flower 등이 있다. 한편, 이와 대조적인 black의 이미지를 지닌 coal(석탄), charcoal(목탄), charred wood(숯) 등에서 따온 성으로는 Cole, Cola와 Raven(갈까마귀), Crow(까마귀, 프랑스어로는 Corbin, Corbet) 등이 있다. 우리가 중년의 사랑을 표현할 때 보통 '로맨스 그레이'라고 말하는데, 실제로 Grey, Gray라는 성도 '중년(middle-aged person)'에서 나온 것이다. 이것은 고대영어 grag(grey)에서 변화된 것으로 원래 '회색 머리카락을 지닌 사람'이라는 뜻이다. 웨일스 지방에는 gray라는 뜻을 지닌 Lloyd, Lloyds, Loyd라는 성이 많다.

붉은색 머리카락을 지닌 사람들은 Red라는 성을 쓰는 경우가 매우 드물며, 대신 red의 중세시대의 표기인 Reed, Reid, Reade를 많이 쓰고 있다. 또한 고프랑스어

rous(rouse)에서 유래된 Rouse, Rowse, Russ 그리고 rous에 지소어(指小語) 'el'이 붙은 Russel도 붉은 머리카락의 소유자가 조상임을 보여주는 경우이며, 독일의 Roth, 이탈리아의 Rossini, Rossett 등도 이에 해당한다.

이 밖에 Gold나 Bright도 머리카락 색을 성으로 삼은 경우이다. Bright는 고대영어 beorht(bright hair)에서 유래된 성이며, Gold나 Gould도 앵글로색슨계 금발의 남자에게 붙인 성이다.

그러나 Green이나 Scarlett이나 Bluett의 경우는 위의 경우처럼 피부색이나 머리카락 색에서 유래된 성이 아니다. Green은 원래 '풀이 나 있는 시골이나 공터 가까이 사는 사람,' Scarlett은 '붉은 옷을 입거나 붉은 모자를 쓴 사람,' Bluett은 '파란 옷을 입거나 파란 모자를 쓴 사람'이라는 뜻이다.

한편, 신장과 체격과 외모에 따른 성도 자주 접할 수 있다. 예를 들어 키가 큰 사람은 영국계의 Biggs, Lang, Long, Longman, Longfellow, Mitchell, 프랑스계의 Grand, Grant, Legrand, 스칸디나비아계의 Storr 등을 꼽을 수 있다. 이 성들은 실제로 키가 커서 붙였겠지만, 사람들로부터 존경받고 주목받는 대상이 되고 싶은 심정을 담은 것이기도 했다. 이 밖에 키는 크지만 홀쭉한 사람은 Pine(소나무), Pike(창), Crane(학)이라는 별명을 성으로 삼았다.

반면, 키가 작은 사람은 영국계의 Smale, Short, Little, 프랑스계의 Bassett, Curt, Curtin, Pettit, Petit, Lacour, 독일계의 Klein, Kline, Kurtz, Kus, Wenig, 이탈리아계의 Basso, Curico 등을 꼽을 수 있다. 이 중에서도 특히 Lit, Littel, Lytle, Lyttle, Litter 등은 Little의 변형으로 그 유래를 감추려는 흔적이 역력한 성이라 할 수 있으며, Smale도 small을 변형한 성에 해당된다.

이 밖에 '굴뚝새'라는 뜻의 Wren과 '새끼 청어'라는 뜻의 Sprat도 키작은 사람의 성으로 차용되었다. 참고로 'Sprat Day'는 11월 9일 '런던 시장 취임일(London Mayer's Day)'을 가리키는데, 옛날에는 바로 이날부터 청어잡이 시즌이 시작되었다고 한다. 지금은 취임일이 11월 둘째 토요일로 바뀌어 800년 전통의 화려한 '로드 메이어스 쇼(Lord Mayor's show)'가 펼쳐진다.

살찐 사람이나 빼빼 마른 사람의 별명도 성으로 굳어진 경우가 많다. 영국계의 Broad, Bradd, Bradman, Fatt, Major, Rounds와 프랑스계의 Gras, Grass, Gross, Grose, Bass, Barrel 등이 바로 그렇다. 살찐 사람은 특히 배가 나온 것이 특징이다. 그래서

Rounds 같은 경우는 '배가 둥근 사람'이라는 뜻이며, Barrell은 '통(cask)'이라는 뜻으로 도량의 단위 Barrel(배럴. 영국 158.98리터, 미국 155.98리터)로도 쓰인다. Bass도 원래는 통이라는 뜻으로 '맥주병처럼 배가 나온 사람'을 가리킨다. 또 Grass는 '살찐(fat)'이라는 뜻이며, Gros도 '크고 뚱뚱한 사람'에게 붙인 별명이다.

우리가 빼빼 마른 사람을 보통 '뼈만 남은 사람'이라고 부르듯이, 영어권에서도 Bones, Baines 등은 '뼈(bone)'에서 유래된 별명으로 복수형을 취한다. 하지만 Bone, Bonn(e) 등과 같은 단수형은 고프랑스어 bon(good)에서 유래된 것이다. 이 밖에도 Lank(키 크고 야윈 사람), Lean, Thin(얇은), Thiny, Sprigg(s)(작은 가지), Twigg(e)(잔가지) 등이 홀쭉한 사람의 성으로 많이 쓰인다.

그리고 특이한 신체적 특징을 부각시켜 별명으로 쓰는 경우도 있다. 꼽추, 안짱다리, 왕주먹, 가분수처럼 남들이 곱지 않은 시선을 보낼 별명도 아무런 거리낌 없이 성으로 삼는 서양 사람들의 용기는 참으로 대단하다. 그러나 어찌하랴. 조상 대대로 물려받은 성인데. 아무튼 타인의 신체적 결함을 거침없이 지적하는 서양 사람들의 잔혹함을 엿볼 수 있는 대목이다. 예를 들어 Crockett, Crooks, Crum, Crump 등은 '키가 작고 등이 굽은 사람'을 가리키며, Crookshank(s), Cruickshank 등은 crook + shank, 즉 '굽은 다리(crooked leg)를 가진 사람'을 말한다.

또 중세시대 영국에서는 head(머리), foot(발), cheek(뺨), hand(손), fist(주먹), thumb(엄지), tooth(치아), bread(수염), lock(머리카락) 등처럼 인체의 각 부위를 형용사 없이 성으로 삼은 경우도 있었다. 영어의 fist에 해당하는 독일의 성 Faust(주먹)와 프랑스의 성 Poincare(네모난 주먹)도 이에 해당한다.

그러나 중세 이후부터는 신체의 각 부위에 형용사를 붙여 별명을 짓기 시작했다. Broadhead(큰 머리), Brockett(곰의 머리), Bullitt(황소 머리), Doggett, Dockett(개의 머리), Duckkett(오리의 머리), Smollet(작은 머리), Weatherhead(양의 머리), Whitehead(금발 머리) 등이 바로 그것들인데, 프랑스어에서 'ett'와 'itt'는 '작은' '어린'이라는 뜻을 지닌 지소어이다. 독일의 성 Kopf(머리), Haupf(머리), Grosskopf(큰 머리), Rinskopf(여우 머리)와 이탈리아의 성 Capone나 Caputo도 '큰 머리'라는 뜻을 지니고 있다. 이탈리아계의 유명한 '마피아단' 두목 알 카포네(Al Capone)도 바로 이 성을 갖고 있다.

또 스코틀랜드의 3대 기성(奇姓)으로는 Kennedy와 Cameron, 그리고 Cambell을 꼽을 수 있다. 1963년에 암살당한 미국의 제35대 대통령 J. F. Kennedy는 '보기 흉한 머리,' 「타이타닉」의 명감독 James Cameron은 '비뚤어진 코,' 유명한 패션모델 Naomi Cambell은 '비뚤어진 입'이라는 뜻이며, 『데카메론』의 작가 이탈리아의 보카치오 (Giovanni Boccacio)도 '보기 흉한 입'이라는 뜻에서 유래된 성이다. 이 밖에도 세기의 트럼펫 연주자 루이 암스트롱과 우주비행사 닐 암스트롱의 성 Armstrong은 말 그대로 'strong arm(강인한 팔)을 가진 사람'을 뜻하며, Beard나 Barbe는 '턱수염 난 사람,' Sherlock은 '금발 머리를 가진 사람,' Whitelam은 '하얀 목을 가진 사람'을 뜻한다.

성격과 행동의 특징에서 비롯된 별명

앞에서 살펴본 신체적 특징뿐만 아니라 성격이나 행동도 별명으로 많이 사용되었다. 특히 '쾌활한 성격을 지닌 사람'은 예로부터 주위 사람들에게 호감을 샀기 때문에 별명으로 안성맞춤이었다. 영미계의 Bliss, Gay, Joyk, Merriam 등은 '유쾌한, 기분 좋은 (agreeable, pleasing)'이라는 뜻에서 비롯된 별명이며, Murray(merry)도 마찬가지이다. 독일계의 Froehlich, Funk, Lust와 프랑스계의 Joly, Doucette도 이에 해당된다.

또한 '붙임성이 좋고 상냥해서 사랑을 느낄 만한 사람'에게는 Darling, Fear(s)(중세영어 fere〔lovely〕에서 비롯), Leaf, Sweet, Treat 등의 별명을 붙여주었다.

고대영어 saeling(happy)에서 비롯된 Seeley나 Silliman은 '행복한 사람'의 뜻을 지닌 별명이다. 그런데 이 단어는 의미 변화를 일으켜 '사람은 좋은데 단순한 사람'으로 변했다가 지금은 '멍청한 사람(silly man)'으로 바뀌고 말았다. 그래서 이 성을 가진 사람들은 Selly, Zealey, Celley, Seally나 Sillman, Sellman, Silman 등으로 스펠링을 바꿔 위장하지 않을 수 없었다. 이와 마찬가지의 경우가 Starling이라는 성이다. 이 성은 원래 '축복받은(blessed)' '행복한(happy)' '번창하는(prosperous)'이라는 뜻을 지녔으나, 시간이 흐르면서 '정직한(innocent)' '단순한(simple)' '어리석은(foolish)'이라는 뜻으로 바뀌었다.

이와 반대로 의미 변화를 통해 뜻이 격상되거나 일반화 또는 특수화된 것들도 많다. steward는 '마구간지기'에서 '비행기 승무원'으로 상향 조정되었으며, maestro는 '장인'에서 '모든 분야의 일인자'의 뜻으로 확장되었고, deer와 fowl는 '작은 동물'과 '가금류'에서 '사슴'과 '닭'으로 특정 동물을 가리키게 되었다.

'아름답고 미남인 사람'은 Fair나 Fairchild로 불렸다. 이와 같은 뜻으로 독일계의 Shoen, Shain, 프랑스계의 Le Beau, Dubeau, Le Belle, Beauregard, 이탈리아계의

Bonnelli, Bonfiglio, Bono, Buono, Bonomo가 있다. 그런데 '좋은'이나 '친구'의 뜻을 지닌 별명에서 따온 성은 대부분 프랑스의 영향 때문이다. Bone, Bonner, Bonney, Good, Goodfellow, Bunker(고프랑스어 bon quer(good heart)에서 비롯) 등이 바로 그러한 예이다.

'예의 바르고 고상한 사람'에게는 Curtis, Fine, Gallant, Gentry, Handy 등의 별명이 붙었다. 특히 Curtis는 고프랑스어 Corteis에서 변화된 Courteous(예의 바른)와 뿌리가 같은데 Cortes, Kertess, Cortis 등으로 변형되었다.

'사려깊고 현명한 사람'에게는 Sage, Sennot, Wise, Wiseman의 별명이 붙었는데, 독일계의 Weisman이나 Klug도 이와 같은 부류에 속한다.

'정직하고 공평무사한 사람'도 남들의 칭찬을 받아 Just라는 별명을 얻었으며, '충실한 하인'에게는 Goodhue, Goodhugh, Goodhind, Trueman 등의 별명을 붙였다.

'민첩하고 두뇌가 명석한 사람'에게는 Keen(e), Lightbody, Smart, Snell, Sharpe, Spry 등의 별명을 붙였으며, '솜씨가 뛰어난 사람'에게는 Sleigh나 Slye라는 별명을 붙였다. 또한 '매우 엄격한 사람'에게는 Seavere, Stark, Starnes, Stern(strict, 단호한) 등의 별명을 붙였다.

그러나 동서양을 불문하고 다른 사람들로부터 가장 많이 칭송받는 사람은 '용감무쌍하고 대범한 성격의 소유자'일 것이다. 이들에게는 '용감한(brave, bold)'이라는 뜻의 Crews, Crouse, Frick, Moody, Pruitt 등과 '사자(lion)'라는 뜻을 지닌 Leon, Leone 등의 별명이 주어졌다.

지금까지 타인들에게서 칭송받고 바람직한 성격의 소유자들에게 붙이는 별명과 거기서 유래된 성을 살펴보았다. 하지만 이와 반대로 별명이 성으로 굳어진 것들도 상당히 많다. 예를 들어 Coutts, Coot(e), Coots 등은 '어리석은 사람'이라는 뜻의 별명이며, '천박하고 비열한 사람'에게는 Squibb(scurvy, 상스러운, 야비한), '태만한 사람'에게는 Lordan, 마치 쇠로 된 신발을 신은 사람처럼 '거동이 느리거나 참을성이 강한 사람'에게는 Pettiford라는 별명을 붙여주었다.

그리고 '잘난 체하고 거만한 사람'에게는 Prout, '거만하게 걷는 사람'에게는 Proudfoot, '약자를 괴롭히는 사람'에게는 Royster, '야만스럽고 거친 사람'에게는 Salvage, Savage, Ramage(wild) 등의 좋지 못한 별명을 붙였다.

그 밖에 '맨발로 걷는 사람'이라는 뜻의 Barefoot과 Barfoot이라는 별명은 중세 가톨릭 수도사(friar)나 순례자(pilgrim)가 예수의 길을 따르기 위해 행했던 고행(penance) 중 하나로 맨발로 다녔던 것에서 유래되었다. 이와 관련된 성으로는 Palmer(예루살렘 성지 순례자)와 Ramey(예루살렘에서 종려나무 가지를 갖고 돌아온 순례자)가 있다. 당시에는 수도원이나 성당에서 성지 순례자들에게 고행의 하나로 맨발로 다닐 것을 명했기 때문에 할 수 없이 맨발로 참배한 경우가 대부분이었지만, 자신의 수행을 보다 극적으로 보이기 위해 스스로 맨발로 참배하는 경우도 많았다. 이러한 참배의 성취와 회개의 표시로 순례자들은 종려나무 가지를 꺾어 가지고 돌아와 교회의 제단에 바쳤는데, 스스로 종려나무 가지를 지니고 다니거나 두 장의 잎으로 십자가를 만들어 주머니에 넣고 다니는 사람도 있었다.

또 '발 빠르고 경쾌한 사람'에게는 Swift, Goforth, Golightly, Lightfoot, Starteavant (start + avant, start forward) 등의 별명을 붙였다. 교통기관이 변변치 못했던 옛날에는 이들이 매우 중요했음을 반증해주는 별명이라 하겠다.

그러나 아무리 이해하려고 해도 수긍하기 힘든 별명은 Bastard이다. 이것은 '서자, 사생아(lovechild)' 또는 '개자식(son of a bitch)'이라는 뜻을 지녔으며, 17세기경부터 성으로 사용된 것 같다. 뜻이 워낙 좋지 않아 요즘 사람들은 이 성을 많이 포기했지만 프랑스에서는 아직도 많이 남아 있다.

그리고 '지나치게 쾌락을 추구하는 남자'에게는 Lovejoy(love + joy)나 Lovelace(love + lass, 처녀)라는 별명을 붙여주었다. 하지만 Lovelock은 '쾌락을 추구하는 형'이라기보다는 '기다란 머리를 늘어뜨린 멋쟁이(dandyman)'에게 붙인 별명이다. 또 Lovelady는 '여자에게 아부하는 사람'이나 '여성스러운 사람'에게, Loveman은 '애인'이나 '사랑하는 사람의 자손'에게 붙인 별명으로 Lowman, Leaman, Leeman, Leman, Lemon, Liman, Limon 등으로 다양하게 변화되었다.

고프랑스어가 쓰일 당시 영국은 초서의 『캔터베리 이야기』에서도 나타나 있듯이, 성에 대해 상당히 너그러운 시대였기 때문에 이것들을 그리 나쁜 이름으로 생각하지 않았다. 심지어 영국의 정복자 윌리엄 공의 이름도 공문서(state documents)에는 William the Bastard로 기재되어 있을 정도이니까. 더구나 세계적인 문호 셰익스피어 (William Shakespeare, 1564~1616)라는 성도 원래는 '싸움을 좋아하고 창을 휘두르는 애물단지(shake + spear)'에게 붙인 별명이었다.

사회적 지위와 직업에서 비롯된 별명

12세기 영국은 신분제도가 확립된 봉건사회(Feudal Society)였기 때문에 토지는 가장 중요한 재산이었다. 1199년 왕위에 오른 존(John)은 아버지 헨리 2세가 형들에게 영토를 모두 나누어주자 땅이 하나도 없었다. 그래서 그에게는 글자 그대로 Lackland라는 별명이 붙었으며, 지금도 스코틀랜드 지방에는 이 별명을 성으로 삼은 사람들이 가끔씩 눈에 띈다.

13세기경 중세 영국 사회의 밑바닥을 차지하고 있던 반자유민 villein(serf)은 영주를 위해 일하는 조건으로 토지 사용이 허락된 하급 지주였다. 이들은 겨우 2분의 1에이커(1에이커는 4046.8㎡)의 토지밖에 경작하지 못했기 때문에 Halfacre라는 별명을 얻었다. 반면, 15에이커의 토지를 경작한 사람은 Halfyard, 30에이커의 토지를 경작한 사람은 Verge(가장자리, 경계)나 Neat라고 불렀다. Neat는 고대영어로 '소(ox, cow)'라는 뜻으로 목동(cowherd)이나 소처럼 머리가 큰 사람에게 붙인 별명이기도 하다.

한편, 당시에는 일가족을 먹여 살리는 데 보통 60~120에이커 정도의 농지(a hide of land)가 필요했다. 그래서 이 정도를 소유한 사람에게는 Hide라는 별명이 붙었다. 그리고 영주에게 소작료를 지불하고, 특별한 경우에는 영주를 위해 무보수로 일하는 조건으로 농지를 빌리는 소작인에게는 Moll이라는 별명이 붙었다(이것은 Merry의 애칭이기도 하다).

독일계에서도 Huff, Huber, Hoover 등은 바로 hube(hide)라는 토지 단위에서 비롯된 성으로 조상들이 모두 농부였음을 알 수 있다. 이들의 2배 정도(240에이커)를 경작한 사람에게는 Halfknight라는 별명이 붙었다. 이는 40일 동안 한 사람의 기사나 기마병을 양성하는 데 필요한 금액의 절반을 지불하는 대신 240에이커의 땅을 경작할 수 있는 사람을 뜻하며, '얼치기 기사(half a knight)'에게 붙인 조롱섞인 별명이기도 하다.

한편, 지금은 '남편'을 뜻하는 husband는 원래 '26에이커 정도(a husband land)를 경작하는 농부'를 가리켰다. 그래서 husbandman은 지금도 '농사꾼, 머슴'을 뜻하며, husbandry(농업)는 farming이나 agriculture와 같은 뜻으로 쓰이고 있다.

그리고 이들보다 넓은 경작지를 소유하고, 영주에게 어느 정도의 소작료를 지불하지만 봉사(무임금노동)의 의무가 없는 사람에게는 Franklin, Freeman, Burgess 등의 별명을 붙였다. Franklin(소지주, 향사鄕士)은 Freeman보다 약간 사회적 지위가 높았는데, Gentry(신사층)와 Yeoman(요맨, 1년에 40실링 이상의 수입이 있는 토지를 소유한 자유민)의 중간 정도의 토지 소유자였다.

Burgess는 '자치도시의 자유민(freeman of borough)'으로서 국왕에게 특별한 의무를 갖는 대신에 그만큼의 특권을 누렸던 계급이다. 이것은 고프랑스어 burgeis에서 유래되었으며, 원래 '자치도시의 거주자'를 뜻했다. 또한 Freeland와 Fry라는 별명이 성인 사람은 조상이 소작료나 봉사의 의무가 없이 작은 땅(plot)을 경작했다고 볼 수 있다.

Knight는 고대영어 cniht(어린 머슴)가 중세시대에 이르러 '기병으로서 봉사의 의무가 있는 농민 소작인' 또는 '기사'의 뜻으로 격상된 단어이다. 중세시대에는 기사에게 대부분 봉토를 하사했지만 땅이 없는 기사도 있었다. 그래서 이들은 자기보다 높은 지위에 있는 기사의 시중을 들면서 생계를 유지했다. 더구나 기사는 대부분 말을 타고 싸우는 훈련을 받았기 때문에 말과 무기, 그리고 투구를 자기 힘으로 구입해야만 했으며, 영주의 부름에 즉각 따라야만 했다.

그런데 오늘날에는 국가나 왕실에 대한 공로가 큰 사람에게 Sir(경)라는 칭호를 붙인다. 1960년대 세계 팝송계를 주름잡았던 리버풀 출신의 4인조 록 가수 비틀스(Beatles)도 1965년 영국 왕실로부터 기사 작위 중 가장 낮은 MBE(Member of the Order of the British Empire)를 받아 화제를 뿌리기도 했다.

한편, 기사의 방패잡이였던 squire(shield bearer)도 knight와 비슷한 신분이었지만, 귀족보다는 낮은 계급이었다. 아무튼 Knight나 Squire가 성인 사람은 조상이 중세시대의 기사 계급이라고 보아도 별 무리가 없을 것 같다.

귀족 출신의 성으로는 Baron(남작), Earl(백작), Duke(공작), Prince(왕자)가 있으며, 프랑스계 사람은 Chevalier(기사), Le Conte(백작), Le Duc(공작), 독일계 사람은 Ritter(기사), Graff(백작), Herzog(공작), Prinz(왕자) 등을 성으로 삼았다. 하지만 중세의 기록을 보면 천민이나 하층민들도 자신의 출신 성분을 숨기기 위해 이러한 귀족의 칭호를 성으로 자주 사용했다.

자신의 출신지가 시골이나 지방임을 보여주는 성으로는 Pagan, Paine, Payne 등이 있다. Pagan은 라틴어 Paganus(시골사람)에서 비롯된 고프랑스어 Paien이 중세시대에 영어로 들어온 것이다. 그 후 기독교가 유럽에 정착되면서 '이교도(heathen)'나 '촌부(country-peasant)'의 뜻을 지니게 되었는데, 신앙심이 돈독지 못한 사람에게 붙인 별명이다. 이에 해당하는 독일계 성은 Heider, Heiderman, 이탈리아계 성은 Pagano, 아일랜드계 성은 Fagan이다.

이 밖에 사회적 지위는 아니지만 중세 유럽에서 유행되었던 야외극(pageant)이나 축제(festival)에서 배우들이 맡았던 역할에서도 별명을 따왔다. 그 중 가장 흔했던 것이 바로 King(왕)이다. 따라서 King이라는 별명을 성으로 갖고 있는 사람들은 왕족 출신이 아니었음을 염두에 두어야 한다. 마틴 루터 킹 목사를 보아도 그렇다.

King과 같은 종류의 성으로는 Rex, Ray, Rey, Ruy 등이 있다. Rey와 Ray는 고프랑스어 rei(king)에서 유래되었으며, Roy는 같은 고프랑스어 roi(king)에서 유래되었다. 현대 프랑스어에서도 왕은 roi이다. 독일계의 Kaiser, Kiser, Koenig, 프랑스계의 Le Roy, 이탈리아계의 Corona, 그리스계의 Rigas 등도 이와 같은 종류의 성이라 할 수 있다. 하지만 신체나 풍채가 왕처럼 당당한 사람에게도 가끔 King이라는 별명을 붙여주곤 했다. 그리고 야외극이나 축제에서는 여왕의 역할도 남자가 했기 때문에 Queen이라는 별명을 성으로 삼는 경우도 있었다.

그리고 흥미로운 역사적 배경을 지닌 성으로는 Drinkwater(drink + water)가 있다. 이 별명은 '맥주 살 돈이 없어 물만 마시는 사람'이나 '술을 물 마시듯 들이켜는 사람(toper)'이라는 뜻에서 나온 것이라고 한다. 하지만 '절대 금주주의자(teetotaler)'에서 비롯되었다는 설도 만만치 않다. 왜냐하면 이에 대응하는 독일계의 Trinkwasser(trink + Wasser), 프랑스계의 Boileau(boil + eau), 이탈리아계의 Bevilaqua(bevil + aqua) 등이 모두 '절대 금주주의자'라는 뜻에서 나온 것이라고 주장하고 있기 때문이다.

끝으로 세상에서 가장 끔찍한 성을 하나 소개해보기로 한다. 옛날 범죄자의 손에 벌겋게 달아오른 낙인을 찍는 형집행자에게 붙인 별명 Bernard와 Burnand가 바로 그것이다. 이것은 원래 'burn + hand'라는 뜻임을 쉽게 짐작할 수 있을 것이다.

●●● 동물에서 비롯된 성

중세시대 영국 사람들은 상당히 직설적이며, 단순 명쾌한 말로 상대를 부르기를 좋아했던 것 같다. 그래서인지 인간을 동물에 비유하는 경우도 적지 않았다. 당시 귀족들의 가장 일반적인 취미생활은 사냥이었는데, 특히 매를 이용한 사냥을 즐겨했다. 매(hawk)는 독일어의 Falk, 노르웨이어의 Falk 등에서도 알 수 있듯이 유럽 전역에서 사랑받아온 새이다. 그 때문에 새와 관련된 성 가운데 Hawk가 가장 많다. 이는 사람들이 '매를 이용한 사냥(hawking, falconry)'을 즐겼고, 또 매처럼 힘차고 용감한 성질을 좋아했음을 보여주는 것이기도 하다.

그런데 이 매의 사육에는 사회적 신분에 따라 다소 차등이 있었다. 왕이나 귀족은 peregrine falcon(송골매)을, 요맨은 goshawk(참매)를, 일반 시민은 sparrow hawk(새매) 밖에 기르지 못하도록 규정한 것이다. 여기서 Peregrine, Goshawk, Sparrowhawk라는 성이 나왔으며, '매를 길들이는 조련사'라는 뜻의 Hawker, Falconner, Faulkner, Kidder라는 성도 당연히 뒤따랐다.

또한 성격이나 자질 그리고 신체적 특징도 동물에 비유되어 다양한 별명이 등장했다. 예를 들어, '영리한 사람'에게는 Owl(부엉이), '멍청한 사람'에게는 Goose(거위), '고운 목소리를 지닌 사람'에게는 Nightingale(적갈색의 작은 새, 원래의 뜻은 night-singer), '좋은 옷 입고 큰소리 치는 사람'에게는 Jay(어치, 수다쟁이) 등의 별명을 붙여주었다. 그리고 '작지만 용감한 사람'에게는 Tit나 Titmuse(titmouse 박새), '작고 수줍어하는 사람'에게는 Wren(굴뚝새), '활달하고 싸움을 좋아하는 키작은 사람'에게는 Sparrow(참새), '살찐 사람'에게는 Partridge(자고새), '성격이 밝고 명랑한 사람'에게는 Finch(피리새류)를 붙였다. 그런데 Finch에는 Goldfinch(방울새 종류의 작은 새), Bullfinch(멋쟁이새), Chaffinch(푸른머리되새) 등이 있는데, 이들 모두 '영리하고 행복한 사람'에게 붙인 별명이다.

맹금류의 왕이라 할 수 있는 독수리(eagle)도 매 못지않게 유럽 사람들이 좋아하는 새이다. 그러므로 Eagles나 Eagell이라는 성은 소수의 '위엄이 있고 기세가 당당한 사람'에게 붙인 별명임을 쉽게 짐작할 수 있으며, 당연히 그 숫자도 Hawk라는 성에 비해 상대적으로 적은 편이다. 그리고 Arnold, Arnald, Arnoll 등은 원래 게르만어에서 유래된 별명으로 '독수리의 위세(eagle power)'라는 뜻을 담고 있다.

영국의 왕실과 귀족, 그리고 부유층에서만 사육되었던 이국적인 새 공작(peacock)은 주로 상층 계급의 별명으로 사용되었다. 날개를 폈을 때의 화려함은 공작을 사육하는 사람의 자만과 사치스러움, 그리고 부의 이미지와 잘 맞아떨어졌기 때문에 Peacock, Peecock, Pacock, Pocock, Pow(e), Poe 등의 별명을 낳았다.

'키가 큰 사람'은 다리가 긴 새, 즉 crane(학), heron(백로), stork(황새)에서 별명을 따왔으며, '검은 머리의 소유자'에게는 Crow(까마귀)나 Raven(갈까마귀)이라는 별명을 붙였다. 특히 raven은 북유럽의 주신 오딘(Odin)이 데리고 다니던 새였기 때문에 아주 중요하게 여겼으며, 별자리(까마귀자리, Corvus)로도 정해진 새이다. 여기서 파생된 성으로는 Ravens, Revan, Revens 등과 복합성인 Ravenhill, Revenhill, Ravenshaw 등이 있다.

Cock(수탉)는 '방자하고 거만한 사람'에게 붙인 별명이다. 그래서 형용사 cocky는 '건방진, 자만심이 센'이라는 뜻을 가지고 있다. 여기에 기독교 이름이 붙어 복합성이 된 것으로는 Willcock(William + Cock), Adcock(Adam + Cock), Simcock(Simon + Cock) 등이 있는데, 이들의 자손은 Willcocks, Adcocks, Simcocks라 부른다.

그러면 성으로 삼은 육지 동물로는 무엇이 있을까? 아무래도 '백수의 왕' 사자(lion)를 가장 먼저 떠올릴 것이다. 하지만 영국에서는 의외로 Lion을 성으로 삼은 경우가 드물었다. 리처드 1세(1157~1199) 정도가 '사자 심장 왕(Richard the Lion-Hearted)'으로 불렸으며, 몇몇 귀족 정도가 Lion을 성으로 삼았을 뿐이다. 아마도 중세시대에 영국 사람들은 사자를 구경할 기회가 극히 드물었기 때문일 것이다. 하지만 팔레스타인 지방에서는 아프리카에서 들여온 사자가 많았다. 따라서 『성경』에도 나와 있듯이, 유대인들은 사자를 '그리스도의 부활'이나 '힘과 강인함'의 상징으로 여겼기 때문에 Lion을 변형시킨 Lyon과 그 자손을 뜻하는 Lyons, 그리고 Leo, Leon, Leonard, Len(n)ard(lion + strong) 등의 성이 많다. 이탈리아의 화가이자 조각가 레오나르도 다 빈치(Leonardo da Vinci, 1452~1519)와 세계적인 지휘자 레너드 번스타인(Leonard Bernstein, 1918~1990)도 이에 해당한다.

또한 옛날 서양 사람들은 bear(곰)과 boar(멧돼지), 그리고 wolf(늑대)를 '숲 속의 왕'이자 '신성한 동물'로 여겼다. 그래서 고대 게르만족이나 고대 노르만족은 곰과 멧돼지를 '전사(warrior)'의 뜻으로 사용했다. 특히 고대 게르만어 eofor는 boar라는 뜻으로 eofor + wine, 즉 boar + friend라는 복합어를 이루어 지금은 Irwin, Erwin, Urwin, Irwing이 되었으며, boar + hard라는 복합어를 이루어 Everard, Everatt, Evered, Everett가 되었다. 또한 bear + strong이 복합어를 이루어 성이 된 것으로는 Barnand, Barnelt, Bernard 등을 꼽을 수 있다. 이것을 성으로 삼은 사람으로 우리는 영국의 극작가 버나드 쇼(Bernard G. Shaw, 1856~1950)를 쉽게 떠올릴 수 있다.

bear + spear(창)란 뜻이 담겨 있는 Beringer는 고대 게르만어로는 Beringar, 고대 프랑스어로는 Berengier였는데, '노르만 정복'이 끝나고 영국으로 들어온 성이다. 이후

12~13세기경부터 영국에서 일반화된 이 성은 Berringer, Bellenger, Bellanger, Benninger, Benger, Barringer 등으로 다양하게 변화되었다.

Wolf는 Raven과 마찬가지로 오딘이 사랑하는 동물로 '영웅(hero)'의 뜻을 담은 성으로 쓰였다. Wolf, Woolf, Wulff 등이 바로 그것들인데, 나중에는 이탈리아계와 북유럽계 사람들의 영향을 받아 Adolph(noble + wolf), Rolph, Rudolph(famous + wolf), Ralph(counsel + wolf) 등의 복합성을 이루는 경향이 많아졌다. 히틀러의 이름이 바로 Adolph이며, 세계적인 의류상표 '랄프 로렌 플로'도 바로 이 이름에서 따왔다.

이렇듯 사납고 힘센 동물 이외에 가축도 성으로서 사랑받아왔다. 특히 영국에서는 예로부터 양을 많이 길러 18세기에는 '엔클루저 운동(Enclosure Movement)'이 일어날 정도였다. 농촌 사람들, 특히 양치기는 가장 중요한 수입원인 양과 더불어 살아가야 했기 때문에 '금발의 곱슬머리인 자식'을 낳으면 자랑스럽게 Lamb(양)이라고 불렀다. 그리고 '활발하게 잘 뛰어다니는 아이'에게는 kid(새끼 염소)에서 따온 Kidd라는 별명을 붙여주었다.

농촌에서 가장 일을 많이 하는 동물은 물론 소이다. 특히 수소(bull)는 힘세고 부지런함의 상징이었기 때문에 성으로 많이 쓰였다. 일반적인 미국 사람들을 '엉클 샘(Uncle Sam)'이라고 부르듯이, 영국 사람들은 '존 불(John Bull)'이라고 부른다. 이처럼 영국 사람들은 수소의 힘센 이미지를 무척 좋아하고 아주 자랑스럽게 여겼다. 시간이 흐르면서 Bull은 Bull(e), Bool(e), Bool(s) 등으로 변했으며, Bullock(bull + calf), Bulled(bull + head), Bullman(bull + keeper), Bull(e)y(bull + clearing) 등의 복합성으로 다양해졌다. 그리고 'turn + bull(소를 돌리다),' 즉 소의 뿔을 잡고 빙빙 돌릴 수 있을 정도로 힘이 센 사람에게 붙인 별명으로는 Turnbull과 여기서 파생된 Turnbill이 있다.

그런데 소와 쌍벽을 이루는 가축인 말(horse)은 그 자체의 성이 없다. hound(사냥개)도 마찬가지이다. 농사일보다도 말 타고 사냥 다니는 것이 더 중요했던 탓에 별명으로 붙이기 꺼려했을까? 아무튼 영국 사람들은 horse 자체의 별명을 쓰는 대신 Horsnail, Horsnell(징 만드는 사람) 등의 복합성을 만들어 썼다. dog도 듣기 민망스러운 Doggett나 Dockett(dog + head)라는 복합성을 만들어냈다.

중세 영국에서는 수퇘지(hog)가 아주 좋은 의미로 쓰였다. 수퇘지는 특히 '젊고 활달한 수컷 동물'의 이미지를 갖고 있기 때문에 Hogg(e)라는 성이 많았으며, '돼지 사육자'에게는 Hoggard, Hoggart, Hoggarth, Hoggett 등의 다양한 성이 붙기도 했다.

hog는 원래 wild boar(멧돼지)를 가리켰으며, 여기서 비롯된 별명으로는 Wildbore, Wyldbore, Willber 등이 있다. 하지만 오늘날 hog는 '수돼지' 이외에 '욕심꾸러기' '불결한 사랑' '탐하다' '난폭운전을 하다'라는 뜻도 있어 '불결하고 멍청하며 욕심 많은 가축'으로 전락하고 말았다. 최근에 '콘 플레이크(Cornflake)'라는 상표로 아이들에게 인기가 높은 식품회사 '켈로그(Kellog)'도 원래의 뜻은 kill + hog(돼지를 죽이다)로, 그 출발은 도살장(slaughterhouse)이나 정육점(butcher shop)이었음을 보여준다.

●●● 미국의 전형적인 유대인 성

미국에는 전 세계 유대인의 45퍼센트 정도인 약 600만 명이 살고 있는 것으로 추정되는데, 이는 미국 전체 인구의 약 2.5퍼센트이다. 미국의 유대계 이민은 1621년 엘리어스 리가르트가 버지니아 주에 첫발을 내디디면서 시작되었다. 이들은 각지에 퍼져 있는 시나고그(synagog 유대교 회당)를 중심으로 생활을 공유하면서 미국 사회 전체에

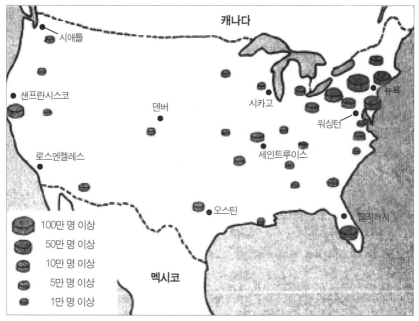

미국의 유대인 분포도

크나큰 영향력을 행사해왔다.

특히 이들은 뉴욕에만 약 200만 명가량 몰려 있어 뉴욕은 쥬욕(Jewyork 유대인의 요크)으로 불릴 정도이다. 이는 전통적으로 금융업에 뛰어난 능력을 발휘해온 유대인들이 세계 금융계의 중심인 뉴욕과 정계 로비가 필요한 워싱턴을 주활동 무대로 삼아왔기 때문이리라.

유대인의 성으로는 Cohen이 압도적이다. 이는 헤브라이어 Kohanim('왕자' 또는 '성직자'라는 뜻)에서 유래되었는데, Cahn, Cain, Cogan, Cohan, Cohn, Kahn, Kohenk, Kohn, Kogan, Kogen, Kagan, Kaganoff 등으로 변형되기도 했다. 특히 Kagan, Kaganoff(Kagan의 자손), Kagen은 유대계 러시아인의 성이다.

Cohen 다음으로 많은 성은 Levy이다. 이는 이스라엘의 12민족 중 하나인 Levi(헤브라이어 Lewi, 즉 '연합하다' '동맹을 맺다'라는 뜻에서 비롯)를 시조로 삼고 있는 레비족(Levites)에서 따온 성이다. 『성경』에 따르면, Levi는 Jacob의 셋째 아들로 제사를 주관하는 역할을 맡았다.

이 성도 Cohen과 마찬가지로 유대인이 유럽 전역으로 퍼져나가면서 약간씩 변형되었다. 유대인에게 반감을 갖고 있던 독일에서는 Lehman('봉신' '소작인'이라는 뜻이지만 Levi + man, 즉 '레비족 사람'이라는 뜻도 담겨 있다)으로, 러시아에서는 Levine, La Vine, Lavigne('포도밭 주인'이라는 뜻) 등의 프랑스 풍으로 바꾸어 자신이 유대인임을 감추기도 했다.

Abraham도 분명히 유대인 성이다. 이것은 헤브라이어 Abhraham('만인의 아버지'라는 뜻)에서 비롯되었으며, 'Abraham의 자손'이라는 뜻의 Abrahams, Brahamson, Abrams, Abramson, Brahams 등의 변형이 있다. 그런데 영국보다 미국에서 유난히 Abraham이라는 이름이 많은 것은 제16대 대통령 에이브러햄 링컨(Abraham Lincoln, 1809~1865)의 인기 때문이라고 한다.

Friedman은 Friedrich(peace + rule)의 애칭 Fried에 '자손'이라는 뜻의 man을 붙인 것이다. 이것은 유대인이 즐겨 쓰는 Shaloam이나 Solomon의 원뜻이 '평화'이기 때문에 서로 밀접한 관계가 있다. 특히 독일에서는 유대인에게 헤브라이어의 성을 갖지 못하도록 하여 할 수 없이 독일식 성인 Friedman을 쓰게 되었다. 유대인의 역사에서 기원전 1세기경 다윗 왕과 솔로몬 왕의 통치기는 그야말로 황금시대였다. 특히 솔로몬 왕은 지혜가 뛰어난 인물로 우리에게 널리 알려져 있다. 그래서 유대인은 그의 이름을 자신의 것으로 삼아 긍지를 드높였던 것이다. 이런 추세를 반영하듯이 중세 영국에서는 Salaman, Saloman, Salomenica, Salom, Salmon, Salmond, Sammon, Sammond 등으로 변형된 유대인 성이 크게 유행해 지금까지 이르고 있다.

한편, Katz도 유대인의 성으로 많이 쓰이고 있다. 이 성은 독일어의 '고양이'에서 유래된 것이 아니라 Kohen Tzedek(정의의 사제)의 머리글자를 따온 단축형이다. Kohen Tzedek는 10세기경 『품베디타 성인록(Gaon of Pumbedita)』에 기록되어 있는 인물로 17세기경부터 성으로 사용된 것으로 추정된다. 이 성은 Cohen과 똑같으며 그 조상은 종교의식을 치를 때 특별한 역할을 맡은 사제계급의 일족이었다.

이렇듯 머리글자를 딴 단축형 성은 특히 동유럽 유대인에게서 많이 찾아볼 수 있다. 예를 들면 Shub는 Shobet Ubodek(도살자이자 검사관)의 단축형으로, 소나 양 등의 가축을 도살한 뒤 부정 타지 않도록 의식을 담당한 사제계급에서 유래된 성이며, Shatz는 Shaliach Tzibbur(모임의 대표)의 단축형이다. 이밖에 Segal은 Segan Leviah(레비족의 구성원)의 단축형으로 사제의 보좌역할을 맡았기 때문에 Levi와 같은 뜻의 성으로 많이 사용했으며, 나중에 Chagall이나 Segalowitch 등으로 변형되기도 했다.

David도 빼놓을 수 없는 유대인 성 가운데 하나이며, 헤브라이어로 '가장 사랑하는 사람' '지휘관' '귀여운 자식' '친구' 등의 뜻이 있다. 이 성은 기원전 1000년경 약 40년간 이스라엘을 다스리면서 수도를 예루살렘으로 정했던 다윗 왕이 군주로서 매우 훌륭했기 때문에 유대인들이 이 성을 많이 따랐다.

David에서 파생된 성으로는 Davy, Davidson, Davis, Davison, Davit, Davidge, Daw, Dawson, Dawkins 등이 있다. 그러나 David라는 성을 가졌다고 해서 모두 유대인은 아니다. 웨일스의 수호성인으로 David가 있었는데, 여기서 파생된 성이 바로 Davies이다.

Fisher도 이와 비슷한 경우이다. Fisher는 유대인 색채도 있지만 영국적 색채가 더 짙은 직업(어부)에서 유래된 성이기 때문이다. 영국식으로 따지자면 Fisher는 '물고기를 잡거나 파는 사람'의 뜻을 지니고 있으며, 웨일스계의 성으로 보는 경우가 대부분이다. 유럽에서는 예로부터 생선이 중요한 식료품이었기 때문에 어업에 종사하는 사람들은 Fisher, Fischer, Fisherman 등을 성으로 많이 써왔다.

이처럼 유대적 색채가 짙지 않음에도 유대계 미국인들은 Fisher라는 성을 상당히 많이 사용했다. 유럽의 유대인들은 집안의 상징 간판으로 다양한 물고기를 많이 내걸었는데, 이들이 미국으로 건너오면서 대부분 간판 이름을 가족의 성으로 바꾸었기 때문이다. 아마도 물고기는 『성경』에 등장하는 '오병이어(五甁二魚, 보리떡 5개와 물고기 2마리로 많은 사람들이 배불리 먹다)'의 영향을 많이 받은 탓일 것이다. 그리고 Fischer(독일), Vischer(네덜란드), Poisson(프랑스), Pisciolo(이탈리아) 등의 성을 가진 사람들이 미국으로 이민오면서 모두 Fisher로 바꾼 경우도 상당히 많다.

독일어권에서 미국으로 이민간 유대인들 가운데 별명에서 유래한 Schwartz(Black), Weiss(White), Gross(Long), Klein(Little) 등의 성을 가진 사람들이 많다. 이 중에서 Schwartz와 Weiss는 머리카락 색에서 비롯된 별명이며, Gross와 Klein은 체격에서 비롯된 별명임을 앞에서 이미 살펴보았다.

특히 19세기 초 헝가리 왕국은 유대인들에게 영구적인 성을 갖도록 요구했다. 그래서 유대인들을 광장에 모아놓고 4개의 그룹으로 분류한 다음, 머리가 검은 그룹은 Schwartz, 금발 그룹은 Weiss, 키가 큰 그룹은 Gross, 키가 작은 그룹은 Klein으로 성을 택하도록 강요했던 것이다.

나중에는 Klein을 헝가리어로 번역해서 Fekete로 쓰는 경우도 많았으며, 여기에 Roth(머리가 붉은 사람), Braun(머리가 검은 사람), Blau(머리가 흰 사람) 등이 더해지기도 했다. 이들은 미국으로 건너온 이후에도 다른 곳에서 이주해온 유대인들보다 우월감을 느꼈던 까닭에 비록 강요된 성이었지만 바꾸지 않고 그대로 간직했다.

그러나 미국으로 이주해온 이 유대인들의 성은 발음이 영어식으로 약간씩 바뀌었다. 예를 들면 Weiss〔vais〕는 〔wais〕, Gross〔groːs〕는 〔grous〕로 발음하게 된 것이다. 그런데 최근 미국의 인구 통계에 따르면, 영어식 성인 Black, White, Long, Little 등이 오히려 독일식 성보다 더 많다는 점은 주목할 만하다.

이 밖에도 독일어로 '산, 언덕'을 뜻하는 -berg에 er(지명을 뜻하는 접미사)을 붙인 것도 이 부류에 속한다고 볼 수 있다. 이때 er은 그 사람이 그 전에 살던 곳의 지명을 붙이는 것이 일반적인 사례였다. 예를 들면 Hamburg에서 살다가 Berlin으로 옮긴 사람은 Hamburger가 되며, 다시 Frankfurt로 옮겼다면 Berliner가 되는 식이다.

그런데 미국에 있는 독일계 유대인의 성의 특징을 살펴보면 독일인과 달리 자연을 나타내는 명칭의 어미를 많이 채용하고 있다는 점이다. 예를 들어 -bach(냇가), -baum(나무), -berg(산), -blatt(잎), -blum(꽃), -burg(성, 요새), -dorf(촌), -heim(집), -stadt(도시), -stein(돌), -thal(계곡), -wald(숲) 등을 Rosen이나 Gold 그리고 Green에 붙이는 경우이다.

이 중에서도 특히 Gold는 중세 때부터 유대인들이 고리대금업에 종사했기 때문에

Gold와 Schmidt(Smith 대장장이, 금속가공업자)가 결합하여 Goldschmidt(미국에서는 Goldsmith, 귀금속세공업자)라는 성을 만들어냈다. 이와 비슷한 경우는 Goldstein(미국에서는 Goldstone, 시금석 또는 황옥 Topaz)이다.

또 Rubin은 홍옥(ruby, 독일어로는 Rubin)에서 유래되었다는 설과 Rouven이라는 이름에서 유래되었다는 설이 있다. 이 성은 Reuven, Ruben(s) 등으로 쓰이기도 한다.

중세시대에는 성직자와 귀족 이외에는 문자나 숫자를 읽을 수 있는 사람이 그리 많지 않았다. 그래서 당시 독일의 여러 도시에서는 번호(주소) 대신 그림이나 동물 등을 집간판(Home Sign)에 그려 대문 앞에 내걸었다. Fisher에서 보았듯이, 유대인들 중에는 집간판에 그려 있는 이 동물이나 표시를 자신의 성으로 삼은 사람들이 많다. 예를 들면 Adler(독수리), Apfelbaum(사과나무), Fuchs(여우), Gans(거위), Hirsch(사슴), Leon(사자), Rothschild(붉은 방패), Spiegel(거울), Strauss(타조 또는 꽃다발), Stern(별) 등이 대표적이다.

이 중에서도 특히 Rothschild(로트쉴트)는 영어식으로 Rothschild(로스차일드)로 바뀌어 영국과 미국의 유대인들이 많이 쓰는 성으로 자리 잡았다. 이스라엘 건국에 막대한 자금을 보내준 영국 금융계의 거물 Rothschild 가문이 지금도 세계 금융시장을 뒤흔들고 있는 현실을 보더라도 이 성의 진가를 알 수 있다.

Stern(star)도 앞에서 나왔듯이 집간판에서 유래된 성이다. 특히 '다윗의 별(the Star of David),' 즉 '6개의 빛나는 별(Hexagram)'은 역대 이스라엘 왕의 상징이었으며, 유대인의 상징으로서 현재 이스라엘 국기에도 그려져 있다.

Adler(eagle)는 『구약성경』에서 불사조(phoenix)와 동일시되고 있기 때문인지 '유대인 박해'에서 살아남은 자들의 상징으로서 인기가 높았다.

Fuchs(fox)도 마찬가지로 집간판에서 유래되었는데, 미국으로 이민간 유대인들은 나중에 대부분 Fox로 바꾸었다. 이 밖에 Fuchs를 성으로 삼은 유대인은 '여우 같은 성질의 소유자'나 '독일의 Fuchs 지방에서 온 사람'이라 할 수 있다. 그리고 여우의 털이 붉었기 때문에 '붉은 머리의 소유자(Roth와 같이 쓰인다)'가 Fuchs를 성으로 채택한 경우도 있다.

이 밖에도 독일의 라인 주 바바리아 지방의 스파이어(Speyer)라는 마을에서 유래된 성이 있다. 이곳은 11세기 말경 독일 최초의 유대인 마을이 형성된 곳이다. 14세기 중엽 유럽에 페스트가 창궐하자 사람들은 속죄양을 찾았다. 페스트의 원인을 유대인의 소행으로 돌린 성직자와 제후들은 유대인들에게 우물이나 샘에 독약을 넣었다는 혐의를 뒤집어씌워 죽이거나 강제로 집단수용을 자행했다. 신성로마제국 당시 독일에서 바로 이 스파이어가 유대인들의 강제집단 수용소가 된 셈이었다. 그들 중에는 박해를 피해 아비뇽이나 폴란드 그리고 리투아니아 등지로 피신한 사람도 있지만, 이곳에서 발붙인 사람들은 이곳의 지명을 따서 Shapiro, Spire, Spero, Chapiro, Saphir, Spear 등으로 성을 붙였다. 이들 중 미국으로 이민간 사람들은 Shapiro, Shapero, Shapera 등으로 다양하게 변형된 성을 갖게 되었다.

끝으로 Feldman이라는 성은 원래 '탈출하는 사람'이라는 뜻의 Pelt에서 유래되었다. 또 헤브라이어에서는 P와 F가 교환 가능한 음가(音價)이기 때문에 Pelt가 Feld(또는 Fielt)와 근원이 같다는 주장도 있다. 이 주장이 맞다면 Pelt가 박해 속에서 살아남은 유대인의 성으로는 안성맞춤이 아닐까? 이 Feldman(n)는 Feldheim, Feldstein, Felsen, Felsenbach, Feldbaum, Feldhaus 등처럼 다양한 복합어로 변형되어 유대인의 성으로 사랑받고 있다.

지금까지 유대계 미국인들의 성을 간단히 살펴보았다. 그 결과, 독일계 출신이 압도적 다수를 차지하고 있음을 알 수 있다. 미국에서 상위를 차지하고 있는 성 23개 가운데 15개가 독일어에서 유래되었는데, 이는 미국으로 이민온 독일계 유대인의 숫자가 많음을 증명한다. 그리고 헤브라이어에서 유래된 성이 그 뒤를 잇고 있다. 여기서 유래된 성들은 『성경』에 등장하는 인물과 부족에서 따왔기 때문에 역사적으로 유서가 깊다.

결국 미국으로 이민온 유대인들이 성을 택하는 방식은 크게 세 가지로 나눌 수 있다. 첫째, 사회적으로 불리한 입장에 처해 있더라도 기존의 성에 대해 긍지를 갖고 지켜나가는 방법, 둘째, 약간의 변형을 통해 닮은 꼴을 만들거나 발음하기 쉬운 단축형을 택하는 방법, 셋째, 원래의 성과는 전혀 다르게 영어식 성으로 바꾸는 방법(이들은 대부분 독일이나 오스트리아에서 경멸적인 성을 부여받은 사람들이다)이다.

Chapter

10

미국과 영국의 도시 이름은 어떻게 붙여졌을까?

●●● 미국의 50개 주 지명의 유래

아메리카 합중국은 50개의 주(州, State)로 이루어져 있다. 맨 처음에 13개 주가 연방에 합류했으며, 1867년에 러시아(알렉산드르 2세)로부터 1에이커당 2센트씩 총 720만 달러를 주고 매입했던 알래스카를 1959년 49번째의 주로 편입시켰다. 맨 마지막으로 1897년 매 킨리 대통령이 하와이를 합병한 후 1959년에 50번째 주로 편입시킨 미국은 마침내 50개 의 주를 갖게 되었다. 여기서는 연방에 합류한 순서대로 각 주의 이름의 유래와 별명을 소개하고, 또 영국의 10대 도시의 지명이 어떻게 지어졌는지를 살펴보기로 한다. 괄호 안의 연도는 연방에 합류한 해이다.

델라웨어 주(Delaware State, 1787)

연방에 합류한 13개 주 가운데 1787년 맨 처음 연방헌법에 비준했던 이 주의 공식 애 칭은 '첫 번째 주(the First State)'이다. '델라웨어'라는 지명은 1610년 버지니아 주 총독 이었던 토머스 웨스트(Thomas West), 즉 드 라 와(De La Warr) 남작의 이름에서 따왔다. 이 주의 별명은 '파란 수탉'인데, 독립전쟁 당시 싸움닭으로 유명했던 이 지방의 토 종닭을 기리기 위해 붙인 것이다. 이 밖에도 작지만 가치가 있는 땅이라는 뜻으로 '다이아몬드 주'라는 별명도 있다. 주도(州都)는 도버(Dover)이다.

펜실베이니아 주(Pennsylvania State, 1787)

이 주의 건설자 윌리엄 펜 제독(Sir William Penn)과 '숲의 땅'이라는 뜻의 Sylvania를 합 한 이름이다. 이곳은 영국에서 박해를 받은 퀘이커교도들이 많이 몰려와 살았기 때 문에 '퀘이커 주(the Quaker State)'로도 불린다. 윌리엄 펜도 퀘이커교도였다. 제1차로 연방에 합류한 13개 주 가운데 가장 영향력이 크며 교통의 중심지이기도 하다. 1802 년 제퍼슨이 "펜실베이니아는 미국의 모든 분야에서 '시금석'이다"고 말한 데서 아치 의 꼭대기에 박는 '쐐기돌 주(the Keystone State)'라고 부르기도 한다. 특히 게티즈버그 (Gettysburg)는 제16대 대통령 에이브러햄 링컨의 '게티즈버그 연설'로 유명한 곳이다. "And that goverment of the people, by the people, for the people, shall not perish from the earth(그리고 국민의, 국민에 의한, 국민을 위한 정부는 영원히 이 땅에서 사라지지 않을 것 이다)." 주도는 해리스버그(Harrisburg)이다.

뉴 저지 주(New Jersey State, 1787)

영국 해협에 있는 저지 섬(the Isle of Jersey)에서 따온 이름이다. 프린스턴 대학이 있는 이곳은 미국에서 가장 먼저 도시화를 이루어 도로망이 마치 거미줄과 같은데, 별명은 이미지와는 달리 '정원 주(the Garden State)'이다. 유명한 마술사 데이비드 커퍼필드가 이곳 출신이며, 에디슨의 박물관이 있다. 주도는 트렌턴(Trenton)이다.

조지아 주(Georgia State, 1788)

영국의 국왕 조지 2세(George II, 재위기간 1727~1760)의 이름에서 따왔다. 영국이 플로리다에 있는 스페인 기지와 북쪽의 식민지 사이에 완충지대를 건설하려고 본국 채무자들을 이곳으로 귀양 보내면서 발달했다. 미국 동남부에 자리 잡은 이곳은 땅콩과 복숭아가 특산품이다. 1964년도 노벨평화상 수상자인 인권운동가 마틴 루터 킹 목사의 고향이며, 제39대 대통령 지미 카터(Jimmy Carter)도 이곳의 땅콩 농장 주인이었다. 『바람과 함께 사라지다』에 나오는 '타라 농장'도 바로 이곳에 있었다. 주도는 애틀란타(Atlanta)이다.

코네티컷 주(Connecticut State, 1788)

북동부 뉴 잉글랜드 지방에 자리 잡은 이 주의 이름은 인디언 말로 '바닷물이 역류해 오는 긴 강의 가장자리'라는 뜻의 '퀴네투쿠트(Quinnitukqut)'에서 비롯되었다. 이 주의 공식 명칭은 '헌법 주(the Constitution State)'이며, 이는 1639년 영국 식민지 시대에 미국 최초의 성문법으로 알려진 기본령(the Fundamental Orders)을 채택했기 때문이다.

별명은 열대산 상록수의 일종인 이곳의 특산물 '육두구'에서 따온 '육두구 주(the Nutmeg State)'이다. 이곳 사람들은 약간 모자란 사람들한테 육두구 열매까지 팔 정도로 장사꾼 기질이 뛰어나다. 그래서인지 대기업 회장 가운데 이곳 출신들이 상당히 많으며, '열심히 살면 주식 배당금이 늘어나는 주'라는 별명까지 붙었다. 또한 이곳은 제2차 세계대전 이래 미국 군수산업의 중심지로 자리를 굳혔으며, '아이비 리그'의 명문 예일 대학도 바로 이곳에 있다. 그러나 이곳은 무엇보다도 양키(Yankee)의 본고장으로 유명하다. 주도는 하트퍼드(Hartford)이다.

매사추세츠 주(Massachusetts State, 1788)

이 주의 이름도 인디언 말에서 비롯되었는데, 매사추세츠는 '거대한 산이 있는 곳(great mountain place)'이라는 뜻이다. 이곳은 영국의 두 번째 식민지로, 원래 이름은 '매사추세츠 만 식민지(Massachusetts Bay Colony)'였다. 그래서 '만(灣) 주(the Bay State)'나 '옛 식민지(the Old Colony State)'라고 불리며, 드물게는 '콩을 먹는 주(the Bean-Eating State)'라 불리기도 한다. 하버드 대학, MIT공대가 있으며, 제35대 대통령 J. F. 케네디, 제41대 대통령 조지 부시, 레너드 번스타인, 에드가 앨런 포, 벤저민 프랭클린 등이 이곳 출신이다. 주도는 보스턴(Boston)이다.

메릴랜드 주(Maryland State, 1788)

영국의 국왕 찰스 1세의 부인 헨리에타 마리아(Henrietta Maria)를 기리기 위해 붙여졌다. 조지 워싱턴은 '독립전쟁' 당시 용감했던 메릴랜드 군을 치하하며 '전통 있는 주(the Old Line State)'라 부르기도 했다. 홈런왕 베이브 루스가 이곳 출신이며, 존스 홉킨스 대학이 볼티모어에 있다. 주도는 미 해군사관학교가 있는 아나폴리스(Annapolis)이다.

사우스 캐롤라이나 주(South Carolina State, 1788)

'청교도 혁명'의 당사자인 영국의 국왕 찰스 1세(Charles I, 재위기간 1600~1649)에서 이름을 따왔다(찰스의 라틴어 이름은 Carolus. 노스 캐롤라이나 주도 마찬가지이다). 1710년에 남과 북으로 분리되었는데, 특히 '팔메토'라는 종려나무가 많아 '팔메토 주(the Palmetto State)'라는 별명이 붙었으며, 나중에는 이 주의 공식 나무로 지정되었다. 영국과 독립전쟁을 벌일 때 이 나무로 만든 요새에서 승리를 거둔 적도 있다.

'남북전쟁'이 바로 이곳에서 일어났는데, 1861년 사우스 캐롤라이나 민병대가 찰스턴 항에 있는 연방군의 요새 '포트 섬터(Fort Sumter)'를 공격한 것이 그 발단이었다. 주도는 컬럼비아(Columbia)이다.

뉴 햄프셔 주(New Hampshire State, 1788)

영국의 뉴 햄프셔 주에서 그대로 따온 이름이다. '미국의 스위스'로 불리는 이 주는 지반이 화강암으로 되어 있기 때문에 '화강암 주(the Granite State)'라고 부르기도 한다. 이곳에 최초로 들어온 백인은 프랑스인 샹 플랭이었으나 첫 이민자는 영국인들이었

다. '아이비 리그'에 속하는 다트머스 대학이 하노버에 있으며, '러일전쟁'의 강화조
약인 '포츠머스 조약'(1905)이 체결된 포츠머스도 이 주에 있다. 1944년에는 브레튼우
즈에서 WTO(World Trade Organization, 세계무역기구)의 창설을 위한 '브레튼우즈 협정'이
체결되기도 했다. 주도는 콩코드(Concord)이다.

버지니아 주(Virginia State, 1788)

'버지니아'라는 이름은 결혼하지 않은 영국의 여왕 엘리자베스 1세(Elizarbeth I)를 기리
기 위해 붙여졌다. 1607년 '제임스타운(Jamestown)'에 최초의 영국령 영구 거주지가 건
설된 이곳은 13개 식민지 가운데 면적이 가장 넓었고 영향력도 가장 컸다. 또한 '처녀
지'라는 뜻의 '버지니아'는 영국 이민자들을 끌어모으는 데 아주 적합한 이름이었다.

초기의 미국 대통령 가운데 조지 워싱턴, 토머스 제퍼슨, 제임스 매디슨, 제임스
먼로, 윌리엄 H. 해리슨, 존 타일러, 재커리 테일러, 우드로 윌슨 등 무려 8명이 이곳
출신이며, "자유가 아니면 죽음을 달라"고 외친 패트릭 헨리도 이곳 출신이다. 그리
고 남북전쟁 당시 남부군의 본거지가 이곳의 주도인 리치먼드(Richmond)였으며, 남부
군의 대장 리(Robert E. Lee) 장군도 이곳 출신이다.

뉴욕 주(New York State, 1788)

원래는 네덜란드의 식민지로 뉴 암스테르담(New Amsterdam)이라고 불렸던 이곳은 영
국이 점령한 뒤 요크 공(Duke of York)을 기리기 위해 뉴욕(New York)으로 개칭되었다.
공식 명칭은 '제국 주(the Empire State)'인데, 이 이름을 딴 '엠파이어 스테이트 빌딩'은
얼마 전까지만 해도 세계에서 가장 높은 건물이었다. 또 'big apple'이라는 별명도 있
는데 처음에는 '열광한 재즈 관중'을 가리키다가 지금은 뉴욕의 애칭으로 불리고 있
다. 1891년 스프링필드에서 최초로 농구경기가 벌어졌는데, 농구 황제 마이클 조던을
비롯해 톰 크루즈, 록펠러, 프랭클린 루스벨트 대통령 등이 이곳 출신이다. 주도는 올
버니(Albany)이며, '유서 깊은 북쪽 주(the Old North State)'라 불리기도 한다.

노스 캐롤라이나 주(North Carolina State, 1789)

사우스 캐롤라이나 주와 마찬가지로 영국의 국왕 찰스 1세의 이름에서 따왔다. 이곳
의 별명은 '발꿈치 타르 주(the Tar Heel State)'인데, 남북전쟁 당시 노스 캐롤라이나 출

신 병사들이 자리를 제대로 지키지 않아 발꿈치에 타르를 발라놓아야 한다고 빈정거린 미시시피 출신 병사들이 붙인 별명이다. 작가 O. 헨리가 이곳 출신이며, 키티 호크(Kitty Hawk)에서 라이트 형제가 최초로 비행에 성공한 주로 유명하다. 지금은 세계적인 컴퓨터 제조업체 델(Dell)과 구글(Google)의 대규모 데이터센터가 들어서서 IT산업의 중심지가 되었다. 이곳의 주도는 롤리(Raleigh)이다.

로드 아일랜드 주(Rhode Island State , 1790)

1763년 로드 아일랜드에 세워진 최초의 시나고그 투로 교회

1524년 이곳을 처음 밟은 이탈리아의 탐험가 베라차노(Verrazzano)가 그리스의 '로도스 섬(the Island of Rhodes)'과 크기가 비슷하다고 해서 '로드 아일랜드'라고 불렀다. 그 후 네덜란드에서 이민온 사람들은 이곳의 흙이 붉다고 해서 '로데(Rode, Red)'라고 불렀다.

미국에서 가장 작은 주인 이곳은 종교적인 이유로 매사추세츠 만 식민지(매사추세츠 주)에서 쫓겨난 퀘이커교도들과 암스테르담의 유대인들이 종교의 자유를 찾아 대거 몰려온 피난처로, 1763년 유대인들이 세운 '투로 교회(the Touro Synagogue)'는 미국에서 가장 오래된 유대인 회당이기도 하다. 1776년 5월 4일 맨 먼저 영국으로부터 독립을 선언한 이곳은 대서양 가에 자리 잡고 있어 공식 별명이 '대양 주(the Ocean State)'이다. 주도는 프로비던스(Providence)이다.

버몬트 주(Vermont State, 1791)

이곳은 프랑스어로 '푸른'을 뜻하는 vert와 '산'을 뜻하는 mont의 합성어 vermont에서 따온 이름이다. 그래서 '푸른 산(the Green Mountain)'이라는 별명을 지니고 있다. 또 '대리석과 젖과 꿀의 땅(the Land of Marble, Milk and Honey)'으로도 불린다. 이곳에서는 특이하게 신의 존재를 부정하면 위법이다. 주도는 몬트필리어(Montpelier)이다.

켄터키 주(Kentucky State, 1792)

이로쿼이(Iroquoi) 인디언의 말로 '내일의 땅'이라는 뜻의 '켄타텐(Ken-ta-ten)'에서 비롯된 이름이다. 이 주의 토종풀인 '새 포아 풀(bluegrass)'은 건초용으로 적격인데, 켄터키 주에서 우수한 경주마들이 많이 배출되는 것도 바로 이 풀 덕분이라고 한다. 따라서 별명도 '새포아 풀 주(the Bluegrass State)'이다. 이곳은 '남북전쟁'의 기폭제가 되었다는 스토 부인의 『엉클

스토 부인과 『엉클 톰스 캐빈』

톰스 캐빈』의 무대이기도 하며, 링컨 대통령의 고향이다. 1893년에 생일축하 노래인 '해피 버스데이 투 유(Happy birthday to you)'가 만들어진 곳이기도 한 이곳의 주도는 프랭크퍼트(Frankfort)이다.

테네시 주(Tennesse State, 1796)

뜻이 정확지 않지만, 체로키(Cherokee) 인디언의 말로 '만남의 장소'라는 뜻의 Tauas에서 유래되었다고 한다. 1847년 '멕시코 전쟁' 당시 주지사가 2,800명의 지원병을 모집하자 무려 3만여 명이나 몰려들었다고 해서 '지원병 주(the Volunteer State)'로 불린다. 1807년 9월 21일 단 하루만 킹스턴(Kingston)이 주도였으며, 이후부터는 내슈빌(Nashville)이 차지했다.

오하이오 주(Ohio State, 1803)

인디언 말로 '거대한 강'이라는 뜻이며, 별명은 '칠엽수 주(the Buckeye State)'이다. 이곳은 버지니아 주 못지않게 대통령을 많이 배출했는데, 율리시즈 S. 그랜트, 로더포드 H. 헤이스, 제임스 A. 가필드, 벤저민 해리슨, 윌리엄 매킨리, 윌리엄 H. 태프트, 워런 G. 하딩 등이 바로 그들이다. 하지만 불행하게도 세 명이 재임중 사망했으며, 두 명은 암살당했다. 참고로 뉴욕 주와 매사추세츠 주는 각각 4명의 대통령을 배출했다. 발명왕 토머스 에디슨도 바로 이곳 출신이며, 1900년에 미국 최초로 해리 스티븐스(Harry M.Stevens)가 핫도그를 만든 주이기도 하다. 주도는 콜럼버스(Columbus)이다.

루이지애나 주(Louisiana State, 1812)

프랑스의 탐험가 라 살레(La Salle)가 태양왕 루이 14세(Louis XIV)를 기리기 위해 붙인 이름이다. 이곳은 또 '펠리컨 주(the Pelican State)'나 '설탕 주(the Sugar State)'라 부르기도 한다. 그래서 이곳의 미식축구장도 Sugar Bowl이라고 부른다. 재즈의 거장 루이 암스트롱이 이곳 출신이며, 주도는 배턴 루지(Baton Rouge 붉은 지팡이)이다.

인디애나 주(Indiana State, 1816)

말 그대로 '인디언의 땅'이라는 뜻이지만, 지금은 8,000명 정도의 인디언들만 살고 있다. '상업의 중심지(the Center of Commercial Universe)'라는 공식 별명이 붙었으나 '무지렁이 주(the Hoosier State)'로 더 알려져 있다. 그래서 이 주 사람들은 '무지렁이'로 불린다. 그 어원은 명확지 않지만 초기 개척자들이 평소에 하는 인사말 '누구십니까?(Who's shyer?)'에서 비롯되었다는 설도 있으나, 1830년대 시인 존 핀리(John Finley)의 시 '후지어의 둥지(the Hoosier's nest)'에서 비롯되었다는 설이 유력하다. 영원한 청춘 스타 제임스 딘과 마이클 잭슨, 그리고 올림픽 7관왕 수영선수 마크 스피츠가 이곳 출신이다. 주도는 인디애나폴리스(Indianapolis)이다.

미시시피 주(Mississippi State, 1817)

치페와(Chippewa) 인디언 말로 '물의 아버지'라는 뜻의 'mici zibi'에서 이름을 따왔으며, 세계에서 세 번째로 긴 미시시피 강이 이곳을 지나가기 때문에 붙여진 이름이다. 공식 별명은 '목련 주(the Magnolia State)'이며, 로큰롤의 황제 엘비스 프레슬리와 토크쇼의 여왕 오프라 윈프리가 바로 이 주 출신이다. 주도는 잭슨(Jackson)이다.

일리노이 주(Illinois State, 1818)

이니니(Inini) 인디언의 이름에서 따온 지명으로 '우수한 종족' 또는 '완전무결한 사람들'이라는 뜻이다. 하지만 이곳에 처음 들어온 프랑스인들이 일리니(Illini)라고 잘못 알아들어 이 말이 그대로 굳어져버렸다. 공식 별명은 '초원 주(the Prairie State)'인데, '링컨의 땅(the land of Lincoln)'이라 부르기도 한다. 제16대 대통령 에이브러햄 링컨의 고향은 원래 켄터키 주이지만 실제로 이곳에서 정치 경력을 쌓았고 스프링필드에 묻혔기 때문에 붙여진 이름이다. 맥도날드 창립자 딕과 모리스 형제로부터 경영권을 인수한 레이 크록의 '맥도날드 햄버거'가 최초로 문을 연 디 플레인스(Des Plaines)가 바로 이 주에 있다. 주도는 스프링필드(Springfield)이다.

레이 크록

앨라배마 주(Alabama State, 1819)

촉토(Choctaw) 인디언의 말로 '덤불 청소하는 사람' 또는 '식물 채집하는 사람'이라는 뜻이다. 공식 별명은 '노랑촉새 주(the Yellowhammer State)'인데, 이 새는 딱따구리의 일종이다. 남북전쟁 당시에도 앨라배마 출신 병사들은 누르스름한 제복을 입었다. 최대의 도시는 버밍햄(Birmingham)으로, 영국 산업혁명의 중심지 버밍엄처럼 번영을 기대해서 붙인 이름이며, 미국 최대의 철강회사 'U.S 스틸'이 자리하고 있다. 또 유색 인종에 대한 테러를 일삼는 'KKK단'의 본부가 터스컬루사(Tuscaloosa)에 있어 1960년대 인권운동의 무대이기도 했다. 주도는 몽고메리(Montgomery)이다.

메인 주(Maine State, 1821)

처음에는 섬과 육지(main land)를 구별하기 위해 사용되었지만, 프랑스 앙리 4세의 딸이자 찰스 1세의 부인인 헨리에타 마리아 왕비와도 관련이 있다는 설도 있다. 그녀가 프랑스의 메인(Mayne) 지방을 소유하고 있었기 때문이다. 이 주는 전체 면적의 90퍼센트 가량이 숲으로 덮여 있어 '소나무 주(the Pine Tree State)'라고 불러도 전혀 이상하지 않다. 주도는 오거스타(Augusta)이다.

미주리 주(Missouri State, 1821)

미주리족(Missouri tribe) 인디언에서 따온 이름인데, '거대한 카누의 마을'이라는 뜻이다. 남을 의심하는 성향이 농후한 이곳 사람들을 빗대어 흔히 '보여줘 주(the Show Me State)'라고 부르며, 또 확실한 이유는 모르지만 '구역질 주(the Puke State)'라 부르기도 한다. 제33대 해리 트루먼 대통령과 시인 T. S. 엘리엇이 이 고장 출신이다. 주도는 제퍼슨 시티(Jefferson City)이다.

아칸소 주(Arkansas State, 1836)

수족(Sioux tribe) 인디언의 일파인 콰파우(Quapaw) 인디언이 쓰던 '아켄제아(akenzea)'라는 말에서 비롯된 것으로 여겨지는데, 그 뜻은 명확하지 않지만 '물이 흘러내리는 곳'이라고도 한다. 공식 별명은 '자연 주(the Natural State)' 또는 '기회의 땅(the Land of Opportunity)'이다.

그리고 미국 농무부의 시험 프로그램에는 모르모트 주(the Guinea Pig State)로 표기되어 있으며, '이쑤시개 주(the Toothpick State)'라고도 불린다. 샘 월튼이 미국 최초로 '월마트'를 벤튼 빌(Benton Ville)에 세웠으며, 빌 클린턴 대통령의 고향이기도 한 이곳은 '공장 부지와 소나무 숲이 바로 옆에 붙어 있는 곳'으로도 널리 알려져 있다. 주도는 리틀 록(Little Rock)이다.

미시간 주(Michigan State, 1837)

치페와 인디언의 말로 '커다란 호수'라는 뜻의 mecigama에서 따온 이름이다. 인디언들이 보기엔 개척자들이 먹을 것에 물불 안 가리고 성질이 사나우며 몸에 악취가 나는 족제비과의 동물 울버린과 비슷하다고 해서 '울버린 주(the Wolverine State)'라고 불린다.

이곳은 미국 최초로 고등학교 의무교육을 실시한 주이며, 미시간 주립대학은 미국 최초의 주립대학이다. 그리고 자동차 왕 헨리 포드, 농구 선수 매직 존슨, 팝의 여왕 마돈나, 20세기 후반에 가장 창조적인 음악가로 손꼽히는 가수 스티비 원더 등이 바로 이곳 출신이다. 주도는 랜싱(Lansing)이다.

플로리다 주(Florida State, 1845)

1513년 부활절에 이곳을 처음 발견한 스페인의 탐험가 폰세 데 레온(Ponce de Leon)이 '꽃의 향연(feast of flower)'이라는 뜻으로 지은 명칭이다. 별명은 '햇빛 주(the Sunshine State)'인데, 이에 걸맞게 플로리다 주는 일년 내내 눈부신 태양이 이글거린다. 또 '겨울 샐러드 사발 주(the Winter Salad Bowl State)'라고도 불린다.

이 주의 포트 로더데일(Fort Lauderdale)은 185마일의 긴 수로 덕분에 '미국의 베니치아'로 유명하며, 애팔래치콜라(Apalachicola)는 1851년 존 고리(John Gorrie) 박사가 세계 최초로 기계식 냉장고를 만든 곳으로 유명하다. 주도는 탤러해시(Tallahassee)이다.

텍사스 주(Texas State, 1845)

카도(Caddo) 인디언 말로 '친구'라는 뜻이다. 미국 남서부에 자리 잡고 있는 이곳은 원래 멕시코의 영토였으며, 멕시코 당국의 허가를 받은 미국의 남부인들이 정착해서 살고 있었다. 그런데 1845년 미국의 텍사스 병합으로 독립을 선언했는데, 이에 멕시코는 텍사스를 반란지역으로 인정해 독립을 승인하지 않았다. 결국 두 나라 사이에 벌어진 '멕시코 전쟁(1846~1848)'에서 미국군이 승리를 거두었다. 아이젠하워, 존슨, 아들 부시 대통령이 이곳 출신이며, 댈러스는 케네디가 암살당한 곳이기도 하다. 컨트리 음악의 본고장인 텍사스 주의 공식 별명은 주기(州旗)에 별이 하나라서 '외로운 별 주(the Lone Star State)'이며, 주도는 오스틴(Austin)이다.

아이오와 주(Iowa State, 1846)

인디언 말로 '바로 여기' 또는 '아름다운 땅'이라는 뜻에서 비롯되었다고 하는데 명확하지는 않다. 또는 인디언의 한 종족을 '요람'이나 '잠꾸러기'라고 비하하여 부른 데서 비롯되었다고도 한다. 1763년도에 발행된 프랑스의 지도에는 발음하기도 힘든 '우아우이아토농(Ouaouiatonon)'으로 표기되었으며, 엄격하고 눈치빠른 인디언 추장 호크아이를 기리기 위해 '호크아이 주(the Hawkeys State 매의 눈 주)'라 부르기도 한다. 영원한 서부의 사나이 존 웨인과 후버 대통령이 이곳 출신이며, 영화 '매디슨 카운티의 다리'로 유명한 매디슨 카운티가 바로 이 주에 있다. 주도는 디 모인(Des Moines)이다.

위스콘신 주(Wisconsin State, 1848)

위스콘신 강 이름이 주 이름으로 확대된 이곳은 치페와 인디언 말로 '풀이 많은 곳'이라는 뜻의 Ouisconsin에서 따왔다고 한다. 그러나 뜻이 명확하지 않은 데다가 프랑스 사람에 의해 잘못 전달되기도 한 복잡한 사연을 지니고 있다. 이 주의 공식 상징 동물이 오소리이기 때문에 '오소리 주(the Badger State)'라는 별명을 가지고 있다. 초기의 정착민들이 마치 오소리처럼 반쯤 땅을 파서 뗏집을 짓고 살았기 때문에 붙인 이름이라고 한다. 마술사의 대명사 해리 후디니, 영화 「제3의 사나이」의 주인공 오슨 웰스가 이 고장 출신이며, 주도는 매디슨(Madison)이다.

캘리포니아 주(California State, 1850)

이 주의 이름이 어디서 비롯되었는지는 불분명하지만, 1535년 스페인의 탐험가 코르테즈(Hernan Cortes)가 '뜨거운 아궁이'라는 뜻의 스페인어 '칼리엔테 포르날리아(Caliente fornalia)'라고 부른 데서 유래되었다는 설이 유력하다. 또 그리스 신화에서 칼리피아 여왕이 다스린 전설의 섬 이름에서 비롯되었다는 설도 있으며, 어떤 사람은 1500년에 선보인 스페인의 작가 몬탈보(Montalvo)의 소설 『지상 낙원의 설화(Las Sergas de Esplandian)』에서 비롯되었다고 주장하기도 한다. 이 소설에서 캘리포니아는 지상낙원 근처의 섬 Califia로 표시되어 있다. 별명은 '황금의 주(the Golden State)'이다. 한국 사람들이 가장 많이 사는 로스앤젤레스가 이 주에 있고, 골프 황제 타이거 우즈의 고향(사이프레스)이기도 한 이곳의 주도는 새크라멘토(Sacramento)이다.

미네소타 주(Minnesota State, 1858)

위스콘신 주처럼 미네소타 강이 주의 이름으로 된 이곳은 '하늘빛 물'이라는 뜻을 지닌 수족 인디언의 말에서 비롯된 이름이다. 그래서인지 이곳에는 유난히 호수가 많아 1만~1만 5천 개나 된다고 한다. 그래서 '1만 개 호수의 땅'과 '북극성 주(the North Star State),' 그리고 '땅다람쥐 주(the Gopher State)'라는 별명을 갖고 있다. 팝 가수 밥 딜런, 여배우 제시카 랭의 고향이 바로 이곳이며, 주도는 세인트 폴(Saint Paul)이다.

오리건 주(Oregon State, 1859)

미국 서부에 자리 잡고 있는 이 주의 어원은 불분명하다. 1715년 프랑스 지도에 위스콘신 강을 Ouariconsint라 표기한 데서 유래되었다는 설도 있으나, 1778년 영국의 탐험가 조너선 카버(Jonathan Carver)가 최초로 오리건이라는 이름을 썼다고 한다. 이 이름은 '폭풍' 또는 '마른 사과 조각'을 뜻한다.

이 밖에도 쇼쇼니 인디언(Shoshonean)의 말로 '풍요의 땅'을 뜻하는 '오예르-운-곤(Oyer-un-gon)'에서 비롯되었다는 설도 있다. 별명은 '비버 주(the Beaver State)'이며, 초기 정착자들이 고생을 많이 해 '고생바가지 주(the Hard Case State)'라고도 부르며, 태평양 연안 지역에 자리 잡고 있어 비가 많이 오기 때문에 '물갈퀴 주(the Webfoot State)'라고도 부른다. 주도는 세일럼(Salem)이다.

캔자스 주(Kansas State, 1861)

수족 인디언의 말로 '남풍의 사람들'이라는 뜻의 '칸사(Kansa)'에서 비롯된 이름이다. 또한 이곳에는 암염이 무진장 매장되어 있어 '소금의 땅(the Salt of the Earth)'이라는 별명도 있다. 그리고 이곳을 '노예 주'와 '자유 주' 가운데 어떤 곳으로 정할 것인가를 놓고 노예 옹호론자와 노예 해방론자가 서로 피비린내 나는 싸움을 벌였기 때문에 '피의 캔자스(Bloody Kansas, Bleeding Kansas)'라는 끔찍한 별명도 있으며, 그래서인지 캔자스 주 사람들에게는 Jayhawker(약탈자, 게릴라 대원)라는 별명이 붙어 있다. 이 밖에 '해바라기 주(the Sunflower State)'라고도 불린다. 캔자스 주의 위치토(Wichita)는 1958년 미국에서 처음으로 '피자 헛'이 문을 연 곳이다. 주도는 토피카(Topeka)이다.

웨스트 버지니아 주(West Virginia State, 1863)

이 주는 원래 버지니아 주의 일부였다. 1861년 버지니아가 연방에서 탈퇴하자 서부의 40개 카운티(County)의 대표가 모여 독자적인 정부를 구성했으며, 남북전쟁 기간 중 노예제 금지 주(Non-Slave State)로 공식 승인받았다. 이곳은 특히 험준한 애팔래치아 산맥과 블루 리지(Blue Ridge) 산맥을 끼고 있어서 '산악 주(the Mountain State)'로도 불린다. 『대지』의 작가 펄 벅 여사가 이곳 출신이다. 주도는 찰스턴(Charleston)이다.

네바다 주(Nevada State, 1864)

이곳의 이름은 '눈 덮인 산봉우리'라는 뜻의 스페인어 시에라 네바다(Sierra Nevada) 산맥에서 유래되었다. 하지만 비가 별로 오지 않아 건조한 지역으로 알려져 있다. 이곳의 사막에는 1년에 비가 100밀리미터도 채 오지 않는다고 한다. 1859년 이곳에서 거대한 은광이 발견되었기 때문에 '은의 주(the Silver State)'라고 불린다. 그리고 남북전쟁이 일어났을 때 남북의 분리를 반대한 연방군(The Union)에 가담했기 때문에 '승리를 위해 태어난 주(the Battle-Born State)'라고도 부른다. 세계에서 가장 높은 콘크리트 댐인 후버 댐과 라스베이거스가 있는 이곳의 주도는 카슨 시티(Carson City)로 미국의 주도 가운데 인구가 가장 적다.

네브래스카 주(Nebraska State, 1867)

이 주의 이름은 오토(Oto) 인디언의 말로 '잔잔한 수면'이라는 뜻이다. 이곳의 주산물이 옥수수라 '옥수수 껍질 벗기는 사람의 주(the Cornhusker State)'로 널리 알려져 있으며, 벌레를 잡아먹는 쏙독새가 많다고 해서 '벌레 먹는 주(the Bug-Eating State)'라 부르기도 한다. '미국의 사막'으로 불리는 이곳은 제럴드 포드 대통령, 말콤 X, 말론 브랜도, 헨리 폰다 등의 고향이기도 하다. 주도는 링컨(Lincoln)이다.

콜로라도 주(Colorado State, 1889)
콜로라도 강의 물빛이 붉어 스페인어로 '붉은' 또는 '불그스레한'이라는 뜻의 콜로라도 주의 공식 별명은 '백년 주(the Centennial State)'인데, 미국 독립 100주년이 되는 해에 연방에 가입했기 때문이다. 다른 별명으로는 '납 주(the Lead State)'와 '구리 주(the Copper State)'가 있으며, '다채로운 콜로라도(Colorful Colorado)' 또는 '아메리카의 스위스'라고도 불린다. 로키 산맥으로 유명한 콜로라도의 주도는 덴버(Denver)이다.

노스 다코타 주(North Dakota State, 1899)
수족 인디언의 말로 '동맹자' '친구'라는 뜻이다. 공식 별명은 캐나다와 국경이 접해 있는 'International Peace Garden'이 있어서 '평화 정원 주(the Peace Garden State),' 그리고 리처드슨 다람쥐가 많이 살고 있기 때문에, '리처드슨 다람쥐 주(the Flickertail State)'라는 별명이 붙어 있다. 주도는 비즈마크(Bismarck)이다.

사우스 다코타 주(South Dakota State, 1889)

4명의 대통령이 조각된 큰바위 얼굴

노스 다코타 주와 마찬가지로 수족 인디언의 이름을 딴 것이다. 이곳 남서부 끝의 '블랙힐스(the Black Hills)'의 '러슈모어 산(Mount Rushmore)'에는 거츤 보글럼(Gutzon Borglum)이 조지 워싱턴, 링컨, 제퍼슨, T. 루스벨트의 얼굴을 새긴 '큰바위 얼굴'이 있어 '러슈모어 산 주(Mount Rushmore State)'로 불린다. 북미 초원 지대에 사는 늑대의 일종인 코요테가 많아 '코요테 주(the Coyote State)'라는 별명도 있다. 주도는 피어(Pierre)이다.

몬태나 주(Montana State, 1889)

스페인어로 '산악 지대'를 뜻하는 이 주는 미국에서 네 번째로 크다. 공식 별명은 지하자원이 풍부하고 광산업이 발달한 덕분에 '보물 주(the Treasure State)'이며, 공식 명칭도 '금과 은(Oro y Plata)'이다. 하지만 이곳 사람들은 '거대한 하늘의 주(the Big Sky State)'로 불리기를 더 좋아한다. 주도는 헬레나(Helena)이다.

워싱턴 주(Washington State, 1889)

미국의 초대 대통령 조지 워싱턴을 기리기 위해 붙인 이름이다. 또 이 지역에서 살던 치누크 인디언의 이름을 따 '치누크 주(the Chinook State)'라고도 부른다. 태평양에서 워싱턴 주와 오리건 주의 연안으로 불어오는 따뜻하고 습한 바람도 '치누크 바람'이라고 부르며, 로키 산맥 동쪽 기슭을 타고 불어내리는 따뜻하고 건조한 바람도 '치누크 바람'이라고 부르는데, 특히 이 바람은 콜로라도 지역의 기후에 커다란 영향을 미친다. 그래서 '늘 푸른 주(the Evergreen State)'라고 부른다. 이 주의 대도시 시애틀은 '스타벅스 커피숍'이 맨 처음 개장한 곳으로 유명하다. 주도는 스미스필드(Smithfield)에서 이름이 바뀐 올림피아(Olympia)이다.

아이다호 주(Idaho State, 1890)

카이오와-아파치(Kiowa-Apaches) 인디언들이 이 지역의 코만치(Comanche) 인디언을 '이다히(Idahi)'라고 부른 데서 유래했다지만, 무슨 뜻인지는 정확하지 않다. 어떤 사람은 '물고기를 먹는 사람'이라 하고, 또 어떤 사람은 '산의 보석'이라고 주장한다.

'해가 뜬다' 또는 '지는 해를 잡다'라고 번역되는 인디언 말 '이다 호에(E-dah-hoe)'에서 유래되었다는 주장도 있다. 보석의 산출량이 많아 '보석 주(the Gem State)'라 불리며, 감자가 많이 나와 '감자 주(the Spud State)'라 불리기도 한다. 주도는 보이시(Boise)이다.

와이오밍 주(Wyoming State, 1890)

북서부에 위치한 이 주는 델라웨어(Delaware) 인디언의 말로 '산과 계곡이 교차하는 곳'이라는 뜻을 지니고 있다. 양질의 목초를 찾아 텍사스 주에서 카우보이들이 대거 이동해와 '카우보이 주(the Cowboy State)'라는 별명이 있다. 그리고 이곳은 일찍이 1869

년부터 여성의 참정권을 인정했기 때문에 '평등 주(the Equality State)'라 불리기도 한다. '옐로 스톤 국립공원'으로 유명한 이곳의 주도는 샤이엔(Cheyenne)이다.

유타 주(Utah State, 1896)

서부에 위치한 이 주의 이름은 유트(Ute) 인디언의 말로 '산사람'을 뜻한다. 최초에는 스페인 선교사들이 이곳으로 건너왔으나, 1847년 이후로 동부 지역의 모르몬교도들이 박해를 피해 대거 몰려오면서 개척된 곳이다.

모르몬교(Mormonism)는 1830년 조지프 스미스가 창건한 개신교의 일종으로, 예수 그리스도 후기 성도 교회(The Church of Jesus Christ of Latter-day Saints)'라고 부른다. 이처럼 사람들이 북적거리자 '벌집 주(the Beehive State)'라는 별명을 얻기도 했다. 초창기의 영토는 1848년 멕시코와 함께 조성한 정착지의 일부로 한정되어 있었다. 주도는 솔트 레이크 시티(Salt Lake City)이다.

오클라호마 주(Oklahoma State, 1907)

촉토 인디언의 말로 '붉은 사람들'이라는 뜻이다. 이후 1889년 4월 22일 '홈스테드 법(Homestead Act, 국민이 자작 농장을 가지도록 한 법령)'이 발효되자 쏜살같이 이곳으로 몰려든 정착민을 빗대어 '날쌘돌이 주(the Sooner State)'가 별명이 되었다. 주도는 오클라호마 시티(Oklahoma City)이다.

뉴 멕시코 주(New Mexico State, 1912)

'멕시코 전쟁'의 승리로 미국이 멕시코에게서 빼앗은 땅이다. 이 주를 상징하는 새는 '뻐꾸기(Roadrunner, 두견과의 일종으로 땅위를 '삑삑' 거리고 달리면서 뱀을 잡아먹는다)'이고, '해충 주(the Vermin State)'라는 별명도 갖고 있다. 자동차 번호판에 '매혹의 땅(Land of Enchantment)'이라는 문구를 새기고 다니는 이곳의 특산품은 비즈코치토(Bizcochito)라는 상표로 유명한 쿠키이다. 주민의 3분의 1이 스페인어를 쓰는 이곳의 주도는 샌타 페이(Santa Fe)이다.

애리조나 주(Arizona State, 1912)

피마(Pima) 인디언이나 파파고(Papago) 인디언의 말로 '작은 샘'을 뜻하는 '아리조나

크(arizonac)'에서 유래된 이름이다. 하지만 이곳은 미국에서 가장 건조해 스페인어로 '메마른 땅'을 뜻하는 '아리다 조나(arida zona)'에서 비롯되었다는 설도 있다. 주의 공식 별명은 '그랜드 캐니언 주(the Grand Canyon State)'이며, '우발적인 일이 항상 일어날 수 있는 주' '아메리카의 이탈리아' 또는 1912년 2월 14일에 연방에 합류했기 때문에 '밸런타인 주'라는 별명도 있다. 이곳 사람들은 미국에서 유일하게 '볼로타이(the bolo tie, 금속 고리로 고정하는 끈 넥타이)'라는 공식 타이가 있는 주이기도 하다. 주도는 피닉스(Phoenix)이다.

알래스카 주(Alaska State, 1959)

원주민인 알류트족(the Aleut)의 말로 '위대한 땅' 또는 '바다가 끝나는 곳'이라는 뜻을 지니고 있다. 지금은 '마지막 국경(the Last Frontier)'과 '한밤중에 태양이 있는 땅'으로 불리고 있다. 또 1867년 링컨 대통령 재임 당시 국무장관 윌리엄 시워드(William Henry Seward)가 러시아로부터 아주 싼값으로 땅을 샀지만, 당시에는 그를 비꼬아 '시워드의 바보짓(Seward's Folly)'이나 '시워드의 얼음상자(Seward's Icebox)'라 부르기도 했다. 물론 현재 알래스카의 가치는 말할 필요조차 없다. 주도는 주노(Juneau)이다.

하와이 주(Hawaii State, 1959)

이름의 유래는 불분명하지만 원주민 사이에서는 이 섬을 맨 먼저 발견한 사람으로 알려진 '하와이 로와(Hawaii Loa)'의 이름에서 비롯되었다는 설이 유력하다. 그리고 이 섬에 정착하기 시작한 플로네시아인들의 말로 '고향'이라는 뜻의 '하와이' 또는 '하와이키(Hawaiki)'에서 따왔다는 설도 있다. 별명으로는 '알로하 주(the Aloha State)' 또는 '파인애플 주(the Pineapple State)'가 있다. 토착민의 왕국은 1893년에 무너졌으며, 1894년에 공화국을 선포했다. 그 후 1898년 미국 연방에 흡수되어 오늘날에는 세계적인 관광 명소로 이름을 떨치고 있다. 주도는 호놀룰루(Honolulu)이다.

●●● 영국의 10대 도시 지명의 유래

영국의 공식 명칭은 '그레이트 브리튼 및 북아일랜드 연합왕국(the United Kingdom of Great Britaine and Northen Ireland)'이다. 이 대영제국의 깃발을 '유니언 잭(Umion jack)'이라고 하는데, 1606년 잉글랜드의 붉은색 십자가와 스코틀랜드의 파란 바탕의 흰 대각선을 합해 처음 만들었다. 그 후 1801년 북아일랜드의 붉은 대각선이 추가되어 지금의 모습에 이르렀다. 하지만 1536년 잉글랜드에 합병된 웨일스의 붉은 용이 포함되지 않아 최근에 이것을 유니언 잭에 넣어야 한다는 주장이 일고 있다.

유니언 잭의 변천 과정

영국의 10대 도시는 모두 브리튼 섬에 자리 잡고 있으며, 그 중에서 잉글랜드가 8개, 스코틀랜드는 겨우 2개를 차지하고 있다. 북아일랜드의 수도 벨파스트(Belfast)는 12위권에, 웨일스의 수도 카디프(Cardiff)도 겨우 24위권에 머물고 있을 뿐이다.

영국의 10대 도시를 언어권으로 분류해보면 켈트계의 도시가 런던, 글래스고, 에든버러, 리즈, 맨체스터 등 5개를 차지하고 있다. 여기서는 언어권별로 각 도시의 유래와 원래의 의미를 살펴보고, 거기서 유래하는 성(姓)은 지명(地名)과 어떤 관련이 있는지를 살펴보도록 한다.

켈트계의 도시 이름

이탈리아의 에트루리아 문명과 그리스 문명이 번성했을 때 알프스 북쪽에는 켈트족이 살고 있었다. 이들은 에트루리아인과 그리스인으로부터 철과 수공예 기술을 익혀 '켈트 문명'을 이루었다. 한때는 세력이 강해 기원전 387년에 로마를 위협하기까지 했다. 이들은 유럽의 중서부에 최초의 본격적인 도시를 건설했는데, 화폐를 사용하면서부터 지중해 연안과의 교역이 활발해지자 이를 보호하기 위해 강력한 군사 요새와 그 주변에 도시를 세우기 시작했다.

이들은 그리스의 알파벳을 본떠 만든 문자를 갖고 있었다. 그러나 기독교가 전래되기 이전까지는, 즉 기원전 55년 로마제국의 율리우스 카이사르가 갈리아에 이어 브리튼 섬을 침공하기 전까지는 진정한 문자를 가졌다고 보기 힘들다. 이때 브리튼 섬에 살고 있던 켈트인들은 단일민족이라기보다는 오히려 유럽 각지에서 수차례에 걸쳐 건너온 민족들로 혼성되어 있었다. 그러니 언어도 다양할 수밖에 없었다.

이들이 쓰던 언어는 크게 브리튼 방언계(Brittonic dialects)와 게일 방언계(Gaelic dialects)로 나눌 수 있는데, 전자에서는 지금의 웨일스어(Welsh)와 브르타뉴어(Breton 브르통어)가 파생되었고, 후자에서 스코틀랜드어, 아일랜드어, 맨 섬(Isle of Man, 영국 북부 아일랜드 해의 섬, 수도는 더글라스)의 게일어(Gaelic)가 파생되었다.

영국의 지명에 관한 최초의 기록은 로마제국이 지배했던 기원전 55년에서 서기 410년 사이의 것으로, 그리스어와 라틴어로 되어 있다. 이렇듯 켈트어의 어간에 그리스어와 라틴어 어미가 붙었기 때문에 켈트어의 정확한 원형을 추출해내기란 새우젓 암수 가리는 것만큼이나 어렵다. 따라서 에든버러처럼 전적으로 켈트어계에 속하지 않더라도 켈트어계의 요소가 조금이라도 있으면 편의상 켈트어계로 분류하는 것이 덜 골치 아플 것이다. 여기서도 그에 따랐다.

런던(Greater London)

1965년부터 런던은 우리의 서울특별시처럼 광역화되어 '대런던'이라고 불렸다. 인구 800만 명(2005년 기준)의 대런던은 City of London(또는 City)과 32개의 brough(구)로 이루어지는데, 각 구는 모두 자치성이 강하다. 하지만 행정과 입법 등 런던 전체의 문제는 '대런던시의회(the Greater London Council)'에서 다룬다.

London의 어원은 켈트어의 londos(거치른, 대담한)로 거슬러 올라가는데, 이것은 Londinos('대담한 사람'의 뜻을 지닌 개인이나 부족 이름)에 속하는 영지(領地)로 짐작된다. 영국을 점령한 로마인들은 Londinos에 라틴어 어미 ium을 붙여 Londinium으로 지명을 바꿔버렸다. 이후 고대영어에서는 Lundenne, Lundenburg로 쓰였으며, 중세영어에서는 Lundene, Lundin으로 단축되었고, 근대에 들어와 지금의 London으로 정착되었다.

그런데 서양에서는 대도시를 자신의 성으로 삼는 경우가 매우 드물었다. 그래서 988년 Aelfistan on Londene이라는 이름이 가장 오랜 기록으로 남아 있는데, 지금은 London을 성으로 가진 사람은 런던 시내 전화번호부를 뒤져보아도 50명이 채 되지 않는다. 그러나 『강철 군화(The Iron Heel)』(1907)와 『야성의 절규(The Call of the Wild)』(1903)를 쓴 미국의 사회주의 작가 잭 런던(Jack London, 1876~1916, 본명은 John Griffith Chaney)은 우리의 귀에 낯설지 않다.

이 런던이라는 대도시의 날씨에서 비롯된 London particular는 '런던 특유의 짙은 안개'를 가리키며, London smoke는 '검정에 가까운 짙은 회색'을 뜻한다.

리즈(Leeds)

잉글랜드 중북부의 웨스트 요크서(West Yorkshire) 주에서 가장 큰 도시 리즈는 인구 72만 명으로, 에어(the Aire) 강에 접해 있는 교통과 문화의 중심지이자 양모공업이 발달한 곳이다. 이미 11세기부터 시장도시로 발전했으며, 14세기에 플랑드르의 모직물 공업을 도입하여 18세기에는 드디어 영국 최대의 모직물 공업도시로 성장했다. 이 도시에 관한 가장 오래된 기록은 730년경의 Loidis라고 하는데, 이것은 웨일스어와 브르타뉴어로 나누어지기 이전의 브리튼 방언에서 유래된 것으로 짐작된다. 이 단어는 원래 '에어 강변 전체'를 가리켰으나, 나중에 '그 지역의 중요한 곳'이라는 의미로 축소되었다.

Leeds라는 성도 London과 마찬가지로 아주 드물어 런던 시내 전화번호를 뒤져보면 20여 명에 지나지 않는다. 그리고 켄트(Kent) 주에도 리즈라는 도시가 있는데, 이 도시는 웨스트 요크서 주의 리즈와는 달리 고대영어에서 유래된 지명이다.

맨체스터(Manchester)

잉글랜드 북서부의 '대 맨체스터 주(Greater Manchester, 이전에는 랭커서 주에 속했으나 1974년에 신설되었다. 인구는 250만 명)'의 주도는 맨체스터이다. 9개 공업도시가 합해져 대도시가 된 이곳은 로마시대부터 주둔지로서 유서깊은 곳이다. 에드워드 3세(King Edward III) 때부터 정착하기 시작한 플랑드르 사람들이 양모와 아마 공업을 일으켰으며, 산업혁명 당시에는 면방직 공업의 중심지로 명성을 떨쳤다. 하지만 제2차 세계대전 당시 독일의 폭격을 받아 면방직 공장들이 대부분 파괴되었으나, 그 대신 금융과 유통의 새로운 중심지로 떠오르고 있다.

Manchester의 어미 'chester'는 'caster'와 동일어로 라틴어 'castra(도시)'에서 유래되었다. 따라서 이 도시는 로마군 주둔지의 잔재가 남아 있다고 볼 수 있다. 라틴어

castra는 고대영어에서 caester 또는 ceaster로 변화되어 사용되었으며, 원래는 '로마군 주둔지였던 도시나 성채'를 뜻한다. Manchester는 바로 고브리튼어 manucion과 고대영어 ceaster의 합성어이다. 여기서 mamucion은 고대 브리튼어 mamma가 어근이며, '가슴 모양의 언덕'이라는 뜻이다. 따라서 맨체스터는 '가슴 모양의 언덕 위에 있는 요새나 장소'라는 뜻이다.

한편, Manchester라는 성은 사전에서 찾아보기 힘들며, 런던 시내 전화번호부에도 20여 명 남짓 수록되어 있을 뿐이다. 하지만 이 도시는 Manchester department(면제품 판매부서)나 Manchester goods(면제품)라는 단어로 사전에 기록되어 있어 아직도 면방직 공업의 중심지로서의 명성을 잃지 않고 있다. 우리에게는 1878년에 창단된 '맨체스터 유나이티드'에서 박지성 선수가 활약해 한층 친근감이 느껴지는 도시이다.

글래스고(Glasgow)
스코틀랜드의 최대 도시인 글래스고는 웨일스어에서 유래된 지명이다. 스트래스클라이드(Strathclyde, 스코틀랜드 남서부의 큰 골짜기가 있는 만이라는 뜻) 주의 클라이드 강변에 자리 잡은 이곳은 인구 160만 명의 광역시이며, 원래 시장도시로 발달했는데 아직까지도 대규모 소시장이 남아 있다. 또한 1763년 제임스 와트(James Watt, 1736~1819)가 이곳에서 최초의 증기선을 건조하고 하구의 준설 작업을 마친 뒤부터는 조선업의 중심지로 자리 잡게 되었으며, 공업도시로서의 면모를 갖추게 되었다.

Glasgow는 이미 1136년에 Glasgu라고 기록된 자료가 있다. 이것은 glas(green) + cau(hollow), 즉 '녹색의 움푹 파인 땅'을 가리키는 합성어이다. 원래는 자연 형세(natural feature)를 묘사한 지명이었는데, 그 후 정착촌(settlement)으로 그 의미가 바뀌었으리라 추정된다.

이외에도 glas(gray) + chu(hound), 즉 그레이하운드(grayhound 사냥견)를 가리키는 합성어라는 설도 있다. 한편, Glasgow라는 성은 1358년 John de Glasgu가 가장 오랜 기록으로 남아 있으며, 런던 시내 전화번호부에 40명이 채 안되는 희귀 성에 속한다. '남북전쟁' 이후 남부 사회를 주제로 글을 쓴 미국의 소설가 엘런 글래스고(Ellen Glasgow, 1873~1945) 정도가 우리의 귀에 익다.

에든버러(Edinburgh)

에든버러는 스코틀랜드의 주도이며, 1996년에 폐지되었지만 로디언(Lothian) 주의 주도이기도 했다. 인구 약50만 명으로 자연과 조화를 이룬 아름다운 도시 에든버러는 '북방의 아테네'라는 별명이 붙어 있다. 에든버러는 617년경 거대한 화산암 언덕 위에 자리 잡고 있는 성의 외곽 도시로서 발달한 곳이다. 그 후 1437년 당시 스코틀랜드 왕국의 수도였던 퍼스(Perth, '덤불'이라는 뜻)에서 이곳으로 수도를 옮겼다. 에든버러 성은 잉글랜드와 벌인 항쟁의 거점이었으며, 1603년부터 제임스 1세(King James I, 재위기간 1603~1625)가 잉글랜드의 국왕을 겸하기도 했으나, 1707년 스코틀랜드가 잉글랜드에 합병된 이후부터는 정치적 중요성을 잃고 말았다.

Edinburgh의 burgh는 독일어의 Burg(성, 도시)와 같은 뜻인데, 스코틀랜드에서는 burgh로 쓴다(예를 들어 Newburgh). 이것의 변형으로는 '-borough(예를 들어 Malborough)' '-berry(예를 들어 Rainsberry)' '-bury(예를 들어 Salisbury) 등을 꼽을 수 있다.

어원적으로 따져보면 'burgh'는 고대영어 'burh'에서 유래된 것으로 '요새화된 곳, 요새'라는 뜻을 지니고 있다. 그 밖에 '요새화된 영지·장원·소도시·성채'라는 뜻도 포함되어 있다. 그렇다면 어두(語頭) 부분 Edin은 어디서 유래되었을까? 켈트어 'Eidn(경사진 언덕)'에서 비롯되었다는 설과 고대영어 'Eadwine(번영 + 친구)'에서 비롯되었다는 설이 있다. 후자의 설을 주장하는 학자들은 옛날부터 Eduenesburg나 Edwinesburg와 같은 단어의 기록이 남아 있음을 증거로 제시하고 있다. 그래서 Edinburgh는 노섬브리아(Northumbria, 고대 이탈리아 북부 지방) 최초의 기독교 왕이었으며, 잉글랜드에서 가장 완벽한 통치자였던 앵글로색슨족 출신의 '에드윈 왕(King Edwin, 재위기간 616~632)이 축조한 성'을 뜻한다고 주장한다.

반면, 켈트어계 설을 주장하는 학자들은 원래 켈트인의 지명 Eidyn을 Eidun으로 바꾼 뒤, 앵글인이 어미인 'burh'을 붙였다고 주장한다. 하지만 '에드윈 왕이 축조한 성(the fortress of King Edwin)'이 가장 설득력이 있는 것 같다.

한편, Edinburgh라는 성(姓)은 1233~55년 사이에 Alexander de Edynburgh와 de Edenburgh가 기록으로 남아 있으며, 1356년에는 Thomas of Edynburgh라는 성도 선을 보였다. 지금은 여기서 변형된 Edinborough, Edenborough, Edinborough, Edinbry, Edynbry 등이 남아 있지만, 런던 시내 전화번호부에는 겨우 10명 남짓 수록되어 있을 뿐이다.

앵글로색슨어계의 도시 이름

기원전 55년에서 서기 410년까지 지속된 로마제국의 지배에서 벗어나자마자 브리튼 섬은 다시 북부의 픽트족(Picts)과 스코트족(Scots)으로부터 위협을 받았다. 그래서 이들은 북부 게르만족에게 원군을 요청했다. 이를 계기로 5세기 중반부터 주트족(Jutes, 게르만족의 일파)이 남부 켄트(Kent) 지방으로 침입해 들어왔으며, 색슨족(Saxon)이 템스 강을 거쳐 남부 지방으로, 앵글족(Angle)이 템스 강을 거쳐 북부 지방으로 쳐들어와 스코틀랜드와 경계를 이루며 광범위한 지역에 정착하기에 이르렀다. 영어의 역사에서는 이렇듯 게르만족이 브리튼 섬으로 이동한 450년경부터 노르만인이 영국을 정복한 이후인 약 1100년까지를 '고대영어 시기(Old English period, Anglo - Saxon period)'라고 부른다. 초기 앵글로색슨어의 지명은 어두에 인명을 쓰고 거기에 '-ingas(부족, 일가)'를 붙인 것이 대부분이었다. Hastings(Hæstings → Hæsta 일족), Baling(Bærla 일족), Bukingham(Bucca 일족의 울타리친 땅)이 그 예이다. 여기서 'am(울타리 친 땅, 가옥, 목장, 촌락)'은 사람 이름 뒤에 붙어 Billingham(Billa 일족의 촌락)이나 Nothingham(Snot 일가의 울타리친 땅, 지금은 첫글자 S를 생략한다) 등으로 표기되고 있다.

버밍엄(Birmingham)

잉글랜드의 중부, 즉 웨스트 미들랜드(West Midlands)의 중부 지역에 자리 잡고 있으며, 런던에서 북서부로 약 160킬로미터 정도 떨어진 인구 250만 명의 대도시이다. 이곳은 중세 때부터 시장도시로 발달했는데, 부근에서 산출되는 양질의 석회와 철광석이 풍부해 산업혁명의 중심지로 급속히 떠올라 '검은 주(the Black Country)'라는 별명까지 얻었다.

Birmingham은 고대영어 Beormmundingaham에서 유래되었는데, 이는 '베오른문드 가의 촌락(the ham of Beormmund's people)'이라는 뜻이다. 즉, 어미 '-ham'은 village(촌락), estate(소유지), manor(영지), homestead(정착지) 등의 의미를 가지고 있는데, 가장 많이 사용하는 것이 바로 village이다. 이것은 인명이든 지명이든 단독으로 쓰이는 경우가 거의 없으며, 항상 어미로 사용되는 것이 특징이다. 하지만 앵글로색슨어계에서 비롯했다는 설에 따르면, Birmingham은 '전사 또는 수호자 가문의 정착지'라는 뜻이라고 한다. 그렇다면 Beormmund가 '전사(warrior)' 또는 '수호자(protector)'임을 짐작할 수 있다. Birmingham도 마찬가지로 성으로 쓰이는 경우가 거의 드문데, 런던 시내 전화번호부를 뒤져보면 30명이 조금 넘는 수준이다.

셰필드(Sheffield)

잉글랜드 중북부에 있는 사우스 요크서(South Youkshire) 주의 주도인 이곳은 인구 45만 명(2002년 기준)의 조용한 도시로, 버밍엄 시에서 북동쪽으로 약 100킬로미터 떨어져 있다. 돈(Don) 강과 시프(Sheaf) 강이 합류하는 지점에 자리 잡고 있어 수력발전소가 발달했으며, 가까운 페나인 산맥에는 철광석이 풍부하게 매장되어 있어 예로부터 칼의 생산지로 유명하다. 지금은 특수 철강산업이 발달했지만 매연 공해가 적은 공업도시로 유명하다.

Sheffield는 '시프 강 위의 들판(field on River Sheaf)'이라는 뜻이다. 하지만 river sheaf가 경계(boundary)를 뜻한다는 설도 있다. river가 라틴어에서도 경계를 뜻한다는 것은 이미 살펴본 바 있다. 그런데 Sheffield는 버크서(Berkshire) 주와 서섹스(Sussex) 주에도 있다. 버크서 주의 Sheffield는 고대영어에서 파생된 것으로 sced(shelter 피난처) + feld(open country 트인 지방)의 합성어이며, 서섹스 주의 Sheffield도 고대영어 scip(sheep 양) + feld(들판)의 합성어이지만 각기 어두의 뜻이 다르다는 점에 유의해야 한다.

Sheffield는 영국에서 세 군데나 있기 때문에 성으로 많이 쓰일 것 같지만 실제로는 그렇지 않다. 런던 시내의 전화번호부를 찾아보면 30명이 채 안 된다. 하지만 미국에서는 1만 7천여 명 정도가 있어 인구 랭킹 1,665위를 차지하고 있다는 통계가 있다.

리버풀(Liverpool)

리버풀은 잉글랜드 북서부에 있는 머지사이드(Merseyside) 주의 주도로 인구 70만 정도의 항구도시이다. 이곳은 아이리시 해로 흘러가는 머지(Mersey) 강 우측에 자리 잡고 있으며, 맨체스터에서 남서쪽으로 약 48킬로미터 정도 떨어져 있다. 12세기 후반에 헨리 2세(King Henry II, 재위기간 1154~1189)가 성곽과 도시를 건설했으며, 존 왕(King John, 재위기간 1199~1216)이 항구를 개항했다. 이후 16세기에는 노예무역이 성행했고, 18세기에는 신대륙 및 서아프리카와 삼각무역을 통해 번영을 누렸으며, 산업혁명기에 절정을 이루었다.

우리에게는 1960년대의 세계적인 팝 그룹으로 기사 작위를 받은 비틀스(the Beatles)의 음악적 고향으로 널리 알려져 있다. 지금도 이곳엔 비틀스의 히트곡 '노란 잠수함

(Yellow Submarine)'의 모형이 세워져 있어 노장
년층 팬들을 추억에 젖게 한다.

비틀스와 무하마드 알리

Liverpool은 고대영어 lifrig(thick water 탁한 물)
+ pool(stream 흐름, 웅덩이)의 합성어로 '탁한 물
의 흐름이나 웅덩이'라는 뜻이다. 하지만 원래
는 '평소엔 고여 있지만 만조 때에는 바닷물
이 들어오는 강의 깊은 곳'이라는 뜻이었다.
또 다른 설에 따르면 Leverpool은 '강의 깊은
곳으로 흘러 가는 냇가의 하나'라는 뜻의 옛이름이라는 것이다. 이것은 노르웨이어
의 lifra(탁한 물의 흐름)와 뜻이 같다. 더구나 고대영어 pool은 pool(웅덩이), deep place in
a river(강의 깊은 곳), tidal stream(조류)의 의미가 있으며, 아직도 Poolham,
Poolhampton, Poulton, Hampole 같은 지명에 남아 있다. 참고로 아일랜드의 수도 더
블린(Dublin)도 black pool(검은 웅덩이)이라는 뜻이다. Liverpool도 아주 희귀한 성이어
서 런던 시내 전화번호부를 찾으면 10명이 채 안 된다.

브래드퍼드(Bradford)

이곳은 리즈와 마찬가지로 웨스트 요크서 주에 위치해 있으며, 리즈에서 151킬로미
터 정도 떨어져 있는 공업도시로 인구는 약 45만 명이다. 영국 제7위의 도시인 이곳
은 중세 때부터 양모공업이 발달했으며, 산업혁명 당시에는 입지 조건이 유리해 급
속한 발전을 이루었다. 현재는 세계적으로 유명한 고급 모직물을 비롯하여, 전기공
업이 발달해 있다.

Bradford는 고대영어 brad(broad 넓은) + ford(여울)의 합성어인데, 어두는 형용사로서
Broadwell(넓은 냇가)나 Broadley(넓은 초원)와 같은 지명과 인명에 사용되고 있다. 그리
고 어미는 Cranford(학의 여울)나 Oxford(황소를 위한 여울)나 Shefford(양을 위한 여울)처럼
지명에 주로 사용되고 있다. Bradford라는 지명은 1086년판 『토지대장(Domesday
Book)』(정복자 윌리엄 1세가 1086년에 징세를 목적으로 만든 2권의 토지대장)에 맨 처음 기록되
어 있으며, 도싯(Dorset) 주나 서머싯(Somerset) 주의 7개 카운티에서도 같은 지명으로
쓰이고 있다. 또한 미국에서는 랭킹 565위에 들 정도로 상당히 많이 쓰이고 있다. 하
지만 정작 영국에서는 200명이 채 되지 않는다.

브리스틀(Bristol)

잉글랜드 남서부 에이번(Avon) 주의 주도 브리스틀은 인구 55만 명의 상업도시이다. 이곳은 중세 때부터 아일랜드와의 무역항으로 번성했으며, 15~16세기에는 런던 다음가는 항구도시였다. 그러나 산업혁명 이후 요크서에 양모공업의 주도권을 빼앗기고, 교역항으로서의 지위도 리버풀에 빼앗겨 초라해졌지만, 지금은 인쇄·제지공업과 항공기 산업이 성행하고 있다.

이곳의 지명은 이미 1063년에 Brycgstow, 1169년에는 Bricstou으로 기록되어 있었다. Bristol은 고대영어 brycsg(bridge 다리) + stow(place 장소)의 합성어로 '다리가 있는 곳'이라는 뜻이다. 어두 brycg는 Brigham(village by a bridge 다리로 연결된 촌락)과 Brigley(grove by a bridge 다리로 연결된 작은 숲)의 지명에 사용되고 있으며, 어미 stow는 Churchstow(place of a church 교회가 있는 곳)와 Burstow(place of a fortress 요새가 있는 곳)의 지명에 사용되고 있다.

그러나 어떤 학자는 인쇄술이 발달하기 이전에 사본을 필사했던 사자생(寫字生)이 실수로 Bristow를 Bristol로 쓰는 바람에 16세기 이후부터 Bristol로 일반화되었다는 주장을 펴기도 한다. 이는 어느 정도 설득력이 있는데, 영국의 성(姓)에 Bristol이나 Bristoll 이외에도 Bristow, Bristowe, Brister라는 형태가 많이 남아 있기 때문이다.

실제로 런던 시내 전화번호부에 전자는 10명도 안 되지만, 후자의 형태는 200명이 넘는다. 이는 브리스틀이 1947년에야 에이번 주로 편입되었다는 사실과도 깊은 관계가 있다. 성은 원래 도시 이름과 같았는데, 도시가 변하면서 성도 함께 변했던 것이다. 사람들은 신흥도시의 이름보다는 유서 깊은 도시의 이름을 선호했다. 대부분의 사람들이 '시골에서 도시'로, 또 '소도시에서 대도시'로 이동했지만 '런던'과 같은 신흥 대도시를 성으로 삼는 경우는 아주 드물었던 것이다.

그런데 잉글랜드에 있는 대도시들은 모두 동쪽(브리스틀만 예외)에 자리 잡고 있다. 따라서 중세에 '시골에서 도시로' 이주하는 것은 북부와 서부에서 남부와 동부로 이주하는 것이나 다름없었다. 그러므로 성은 당연히 북부와 서부 쪽이 훨씬 많다. 어떤 조사에 따르면, 북쪽 지방의 성은 500개인 데 반해 남쪽 지방의 성은 겨우 70개밖에 되지 않으며, 서쪽 지방의 성은 700개인 데 반해 동쪽 지방의 성은 겨우 110개밖에 되지 않는다고 한다. 더구나 영국에서는 성이 10~15세기, 즉 중세시대에 등장했기 때문에 지명과 인명은 서로 깊은 관련을 맺을 수밖에 없었던 것이다.

Heaven Star Moon Orient Ocean & Sea Continent Mountain Geography Map Spring Su
tumn Winter East West South North Hinder Water Rival Flow Street Ghetto Slave Eu
ite Green Man People Father Woman Girl Wife Lady Child Aunt, Uncle Gentleman Fr
ble Barber Fo   ilet Die Pres
ney Wheat &Wh   edule Coward
set Quiet Sta   te Perestroik
asnost Fasci   orism Testin
reaucracy Pai   e House Passp
otocol OK Por   tent Invest
avenger Adver   aph Diary Ed
oducer School   Curtain Porce
oloid Explode   d Sports Pas
ccer Tennis J   d) Pepper Ma
avel Portmant   no God Hell
liday Bogey \   lin Temper Hur
steria Condom   atellite Elect
on Diamond Go   May Day Dynam
ephone Car Bus   ull horse donkey
ep chicken deer hedgehog squirrel mole fox wolf Weasel skunk frog bear elephant
ena monkey snake dragoon albatross hawk pigeon crane skylark Fish whale shark tu
opus insect bee butterfly snail virus plant flower tree rice wheat vegetable Ap
it chaos kosmos Gaia Ouranos Inglis Inglish Englad Scott Wallace Delaware Pennsylva
ater London Leeds Manchester Glasgow Edinburgh Birmingham Sheffield Liverpool Bradfo

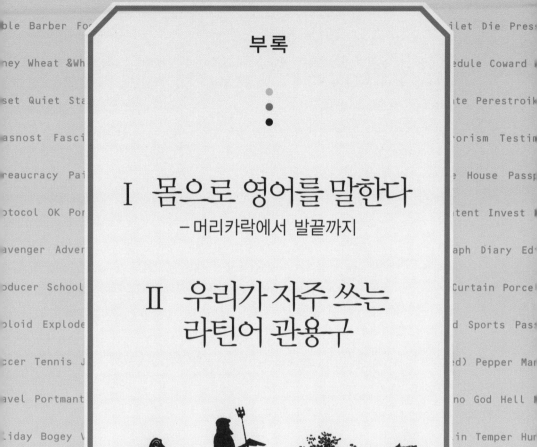

부록

Ⅰ 몸으로 영어를 말한다
－ 머리카락에서 발끝까지

Ⅱ 우리가 자주 쓰는
라틴어 관용구

Body

Be it on your own body! 그것은 전적으로 네 책임이다!

body and breeches 전적으로, 아주, 완전히

body and soul 혼신을 다해, 전적으로, 완전히, 연인

body out 부연(敷衍) 설명하다

give body to …을 구체화하다, 구현하다

in a body 한 덩어리가 되어, 한꺼번에(all together)

resign in a body 총사퇴하다

in body 몸소, 친히

keep body and soul together 근근이 살아가다

know where the bodies are buried (범죄나 스캔들 등의) 비밀을 알고 있다

Over my dead body! 내 눈에 흙이 들어가기 전에는 절대로 안 돼!

Here〔There〕 in body, but not in spirit 몸 따로 마음 따로

heirs of one's body 직계 상속자

the body of Christ 성찬의 빵, 성체(聖體), 교회

* aerobody 경비행기
* physique 체격
* body weight 체중
* constitution 체질
* cadaver 해부용 시체(라틴어 동사 cadere에서 비롯)
* corpse 시체
* mummy 미라, 바짝 마른 사람이나 시체, 짙은 갈색 물감
* dummy 자동차 충돌실험에 쓰이는 인체 모형, 마네킹(mannequin, manikin), 모조품, 가짜, 꼭두각시

Hair

against the hair   억지로, 마지못해, 역행해서

a〔the〕hair of the (same) dog (that bit one)   독(毒)으로 독을 푸는 것, 해장술(자기가 물린 미친 개의 꼬리털을 태워 광견병을 고친다는 로마시대의 미신에서 유래)

both of a hair   비슷한 둘, 우열을 가리기가 힘듦

hang by a (single) hair   풍전등화와 같다, 위기일발이다

keep one's hair on   침착하다, 태연하다

let〔put〕one's hair down   느긋하게 쉬다, 터놓고 말하다

lose one's hair   머리가 벗겨지다, 성내다, 흥분하다

split hairs   꼬치꼬치 따지다

thick(thin) hair   숱이 많은(적은) 머리

hairbreadth, hair's-breadth   털끝만 한 틈, 영국에서는 1/48인치

by a hairbreadth   간발 차이로, 아슬아슬하게

to a hairbreadth   한 치도 어김없이

within a hairbreadth   하마터면

a hairy〔scary〕story   섬뜩한 이야기

　* a baldhead, a baldpate   대머리

　* alopecia, depilatory disease, baldness   탈모증

　* alopecia areata   원형 탈모증

　* a depilatory, a hair remover   탈모제

　* a hair restorer   발모제

　* hair dyeing   머리 염색(약)

　* dandruff, scurf   비듬

　* a hair lotion, a dandruff remover   비듬약

　* plastic surgery, restorative surgery, cosmetic surgery   (미용전문) 성형외과

Head

head and ears 온몸으로, 완전히, 홀딱 빠져

head and shoulders above (머리와 어깨 차이만큼) 월등하게

head and front 절정, 중요한 것

bury(hide, have) one's head in the sand(clouds) 현실을 회피하다, 공상에 잠기다

by a head 머리 하나만큼, 근소한 차이로

by the head and ears(=by head and shoulders) 우격다짐으로, 억지로, 사정없이

crow one's head off(=have a big head, hold(carry) one's head high) 자만하다

eat one's head off 많이 먹기만 하고 일을 하지 않다

give a horse(person) his head 말고삐를 늦추다, 누구를 멋대로 하게 내버려두다

have a head on one's shoulders 머리가 좋다, 빈틈이 없다, 분별이 있다, 냉정하다

have a head for …에 재능이 있다

head first(foremost) 머리부터 먼저, 무모하게, 허둥지둥, 황급히

head(s) or tail(s) 앞이냐 뒤냐(동전던지기로 순번 정하기, 또는 내기)

in one's head 머릿속에서, 암산으로

keep one's head above water(ground) 빚 없이 그럭저럭 살아가다(땅이나 물 위로 겨우 머리를 내밀고 숨을 쉬니까)

knock heads(=bow) 인사하다

make neither head nor tail of(=not make head or(nor) tail of) 뭐가 뭔지 알 수 없다

open one's head 말하다

price on one's head 수배자 현상금

put(place, run) one's head into the lion's mouth 자진해서 위험에 몸을 맡기다, 호랑이 굴에 들어가다

put(lay) heads together 머리를 맞대고 의논하다

scratch one's head 당황하다

wet the baby's head 탄생축하 건배를 하다(침례의식)

 * brain 뇌

 * scalp 두피

398

* a skeleton, a skull　해골, 두개골
* pituitary gland　뇌하수체
* nervous system　신경계
* sympathetic nerve　교감신경
* parasympathetic nerve　부교감신경
* peripheral nerve　말초신경
* autonomic nerve　자율신경
* the five senses　오감(五感)
* coma　혼수상태
* dizziness, vertigo　어지럼, 현기증
* headache　두통
* high blood pressure, hypertension　고혈압
* low blood pressure, hypotension　저혈압
* palsy, paralysis　중풍
* brain tumor　뇌종양
* cerebral hemorrhage　뇌출혈, 뇌일혈
* cerebrovascular accident(CVA), (cerebral) apoplexy　뇌졸중
* cerebral palsy　뇌성마비
* manic-depressive psychosis　조울병. 흥분상태를 나타내는 조(躁) 상태와, 불안한 감정이 주조를 이루는 울(鬱) 상태가 교대로 나타나거나 정상적인 정신상태가 시간 간격에 따라 되풀이하여 나타나는 정신질환
* Parkinson's disease　파킨슨병. 신경회로의 윤활류인 도파민의 감소로 마비 증상이 온다. 최초의 발견자인 제임스 파킨슨 박사의 이름을 딴 병명
* Down's syndrome　다운 증후군. 고령 산모가 걸릴 확률이 높다. 얼굴 형태가 몽골족과 비슷해지는 증상 때문에 '몽골병'이라고도 한다
* imbecility, dementia　치매
* Alzheimer's disease　알츠하이머 병. 치매의 일종인 진행성 뇌질환으로 독일인 의사 알로이스 알츠하이머의 이름에서 따온 병명
* department of neurology　신경과

* neurosurgery　신경외과
* a fever remedy, an antifebrile, an antipyretic　해열제
* an anodyne, an analgesic　진통제

Face

at[in, on] the first face(=at the first glance)　얼핏 보기에는

face and fill　(채소 · 과일 등을) 겉만 번드레하게 담기

face it　현실을 직시하다

face up to　…을 인정하고 대처하다, …에 정면으로 대들다, 감히 맞서다

face the music　의연히 난국에 대처하다, 떳떳이 비판을 받다

Get out of my face!　내 앞에서 꺼져!

have egg on one's face(=look foolish or be embarrassed)　창피당하다

in the face of the world　체면 불구하고

keep one's face straight(=keep a straight face)　일부러 웃지 않다, 정색을 하다

lose (one's) face　체면을 구기다, 망신당하다

on the face of　문서상으로는

open one's face　입을 떼다, 이야기하다(speak)

pull[put on, have, make, wear] a long face　침울한(심각한, 슬픈) 얼굴을 하다

face about　뒤로 돌다, (주의 · 태도 등의) 180도 전향하다

About face!　뒤로 돌아!

Left[Right] face!　좌향좌(우향우)!

skin　피부, 살갗, 가죽, 가죽 부대, 껍질, 구두쇠, 사기꾼, 1달러 지폐

be no skin off one's nose[back]　전혀 상관없다, 관계없다

by[with] the skin of one's teeth　간신히, 가까스로

change one's skin　성격이 딴판이 되다

fly[jump] out of one's skin　기쁘거나 놀라서 펄쩍 뛰다

get under a person's skin　화나게 하다, 마음을 사로잡다, 흥미를 일으키게 하다

have a thick(thin) skin　둔감(예민)하다

in〔with〕a whole skin　무사히, 다치지 않고

make one's skin crawl　소름끼치게 하다

save one's skin　무사히 도망치다

skin and bone(s)　뼈와 가죽뿐인 사람

The skin off your nose!　건배!

under the skin　한꺼풀 벗기면, 내막은

keep one's eyes skinned　눈을 부릅뜨고 살피다, 정신을 바짝 차리다

skin alive　괴롭히다, 호되게 야단치다, 크게 이기다

There is more than one way to skin a cat　해결 방법은 여러 가지이다

skin-flint　구두쇠

skin-deep　깊지 않은, 피상적인('피부 깊숙이'가 아님)

* a pimple, an acne, a comedo　여드름

* liver spots, chloasma　기미

* freckles, flecks, lentigo　주근깨

* dark spots　검버섯

* a spot, a speck　반점

* itch　옴(가려움)

* an abrasion, a scratch　찰과상

* a bruise, a contusion　타박상

* a burn, a scald　화상

* an inflammation　염증

* a swelling, a boil, a tumor, an abscess　종기

* smallpox　천연두, 두창, 마마

* atopy　아토피. 1925년 미국의 A. 코카가 어떤 종류의 물질에 대한 인간 특유의 선천 적 과민성에 대해 명명한 것으로, 유전적인 알레르기성 소인(素因)을 말한다

* tactile〔tactual〕sense, a sense of touch　촉각(觸覺)

* sensory organ　감각기관(感覺器官)

* dermatology 피부과
* an antiphlogistic 소염제

Brow

by〔in〕 the sweat of his brow 이마에 땀 흘리며
draw one's brows together 인상 쓰다
knit〔bend〕 the brows 눈살을 찌푸리다(미간을 찌푸리다 gather one's brows)
a low-browed person 이마가 좁은 사람, 교양이 낮은 사람

eyebrow 눈썹
knit the〔one's〕 eyebrows 눈살을 찌푸리다
raise eyebrows 놀라게 하다(knock one's hat off, razzle-dazzle), 비난을 초래하다
raise one's angry eyebrows 눈에 쌍심지를 켜다
Having a mole over your right eyebrow means you will be lucky with money and have a successful career 오른쪽 눈썹 위에 점이 있으면 재물과 성공이 따를 것이다
* the middle of the forehead, the brow, a glabella 미간(眉間)
* wrinkles 주름살(구김살)
* wrinkle free 주름 없는
* megrim, migraine, hemicrania, a sick headache 편두통

Eye

All my eye and Betty Martin!(=That's all my eye!) 어림없는 소리 마, 말도 안 돼

apply the blind eye 자기에게 불리한 것은 보이지 않는 척하다

by the(one's) eye 눈대중으로

catch the speaker's eye 발언을 허락받다

close one's eyes 죽다

close(shut) one's eyes to(=turn a blind eye to) …을 눈감아 주다, 불문에 부치다

drop one's eyes (염치를 알고) 시선을 떨구다

eyes like pissholes in the snow 숙취로 인해 풀린 눈(pisshole은 누추한 곳)

eyes on stalks (놀라서) 눈이 튀어나오도록

feast one's eye on …을 눈요기하다, 감탄의 눈으로 바라보다

give the big eye(=make eyes at) …에게 추파를 보내다

have an eye in one's head 안목이 있다, 빈틈이 없다

have an eye to(on) the main chance 사리사욕을 꾀하다

have eyes at the back of one's head(=be all eyes) 몹시 경계하다, 꿰뚫어보다

have eyes only for …만 보고(관심이) 있다

hit a person (right) between the eyes 깜짝 놀라게 하다, 강력한 인상을 주다

If you had half an eye 네가 좀 더 영리했더라면

in a pig's eye 결코 …하지 않는(never)

leap(jump) to the eye(s) 금방 눈에 띄다

Mind your eye! 정신 차려(Be careful!)

one in the eye for 실망, 낙담, 실패, 타격, 쇼크

run(cast) an(one's) eye over …을 대강 훑어보다

one's mind's eye 마음의 눈, 상상력

throw dust in the eyes of …의 눈을 현혹하다, …을 속이다

to the eye 표면상으로는

Where are your eyes? 눈이 없어? 똑바로 봐!

with an eye to … 을 목적으로, …을 계획해서

with dry eyes　매정하게, 태연하게

with half an eye　슬쩍, 쉽게

with one's eyes open　일부러, 고의로

the glad eye　추파

the green eye　질투의 눈, (철도의) 푸른 신호등

argus-eyed　감시가 심한, 빈틈없는(shrewd)

eye candy　보기는 좋지만 가치가 없는 사람(물건)

eye-catcher　눈길을 끄는 것(사람)

An eye for an eye, a tooth for a tooth　눈에는 눈, 이에는 이

My sight has become poor suddenly　눈이 갑자기 나빠졌다

* eye lens　수정체(水晶體)

* pupil　눈동자

* iris　홍채

* eyelid　눈꺼풀

* eyeball　눈망울

* crow's foot　눈가 주름살

* pop eye　튀어나온 눈

* eye discharges　눈곱

* a sty(e) in one's eye, a hordeolum　다래끼

* a cataract　백내장

* glaucoma　녹내장

* conjunctivitis　결막염

* xerophthalmia　안구 건조증

* astigmatism, distorted vision　난시

* a squint, strabismus　사시

* an optical illusion　착시

* intraocular pressure　안압

* the sense of sight, eyesight, signt　시각

* an ophthalmic clinic, an ophthalmological hospital　안과 의원

* a test of vision〔visual power〕, an eyesight test, optometry 시력 검사
* Lasek Operation 라섹 수술. 라식 수술과 엑시머레이저 수술의 장점을 결합시킨
  근시·난시·원시 교정 수술법

Ear

ear candy 듣기엔 좋지만 깊이가 없는 음악

ear splitting 지축을 울리는

by ear 악보를 안 보고, 악보 없이

be all ears 주의 깊게 듣다

bend an ear 귀를 기울여 듣다

bow down〔incline〕one's ears to(=lend an〔one's〕ear to, prick up one's ears to, give ear to) …에 귀를 기울이다

have〔keep〕an ear to the ground 여론의 동향에 귀를 기울이다

be by the ears 사이가 나쁘다

bring a storm about one's ears 주위에서 떠들썩한 비난을 받다

play something by ear 임기응변으로 처리하다

go in (at) one ear and out (at) the other 한쪽 귀로 듣고 한쪽 귀로 흘려버리다

stop〔close〕one's ears to(=turn a deaf ear to) …에 귀를 기울이지 않다

from ear to ear 입을 크게 벌리고

I would give my ears (for, to) 어떠한 희생도 치르겠다

Walls have ears 낮말은 새가 듣고 밤말은 쥐가 듣는다(벽에도 귀가 있다)

That's music to my ears! 듣던 중 반가운 소리!

* an earlobe 귓불(귓밥)
* tympanic membrane 고막
* earwax, cerumen 귀지
* tympanitis, otitis media 중이염
* deafness and dumbness 농아

* auditory hallucination 환청

* difficulty in hearing 난청

* a ringing〔singing, buzzing, drumming〕in the ears 이명

* the sense of hearing, auditory〔acoustic〕sense 청각

* ENT(Ear, Nose, Throat), otorhinolaryngology, otolaryngology 이비인후과

Nose

as plain as the nose on〔in〕one's face 지극히 명백하여

by a nose 간발의 차이로, 간신히

count〔tell〕noses 찬성자의 숫자를 세다, 다수결로 일을 결정짓다

follow one's nose (on) 똑바로 가다, 본능적으로 행동하다

have a clean nose 나무랄 데 없다, 죄가 없다

have a (good) nose for 냄새를 잘 맡다, (기자·형사 등이) 잘 탐지하다

have〔hold, keep, put〕one's nose at〔to〕the grindstone 힘써 공부하다, 애쓰다
('맷돌에 코를 매어놓기'란 맷돌 옆을 떠나지 않고 쉴새없이 맷돌을 가는 모습에서 나온 말)

keep one's nose clean 얌전하게 있다, 분규에 휘말리지 않게 하다

lead a person by the nose …을 맹종(盲從)케 하다, 마음대로 부려먹다

make a long nose at …을 조롱하다, 용용 죽겠지 하고 놀리다(코끝에 엄지손가락을
대고 다른 네 손가락을 펴서 흔들며)

pick one's nose 코를 후비다(무례한 행위)

pull a person's nose(=pull a person by the nose) …의 코를 잡아당기다(모욕하는 동작)

on the nose 어김없이, 정확히, 경마에서 일등할 말

pay through the nose 엄청난 대가를 치르다, 바가지 쓰다

nose in the air 코를 쳐들고, 거만한 태도로

nose candy 코카인(cocaine)

nose bag 꼴망태, 소풍 도시락, 방독 마스크(gas mask)

* the nostrils, the naris 콧구멍

* the bridge(ridge) of the nose 콧대(콧날)
* snivel, nose drippings 콧물
* ozena, empyema 축농증
* allergic rhinitis 알레르기성 비염
* a cold 감기
* illness from fatigue 몸살
* sneezing 재채기
* the sense of smell, the olfactory sensation 후각

Mouth

have a big(loud) mouth 큰소리 치다, 입이 가볍다
in everyone's mouth 뭇사람의 입에 오르내려, 소문이 퍼져
keep one's mouth shut 비밀을 지키다, 입을 다물다
watch one's mouth 입조심하다
open one's mouth too wide 엄청난 값을 부르다, 지나치게 요구하다
say a mouthful 중요한(적절한) 말을 하다
with one mouth 이구동성으로
from mouth to mouth 입에서 입으로, 차례로
mouth-made(=lip service) 말로만
mouthbreather 입으로 숨쉬는 사람, 얼간이, 멍청이
mouthpiece 악기 부는 구멍, 대변자, 말 재갈
useless mouths 식충이
What the heart thinks, the mouth speaks 평소에 마음먹은 일은 입 밖으로 나오는 법이다
Don't look a gift horse in the mouth 선물로 받은 물건의 흠을 잡지 마라(옛날 서양에서는 말이 큰 선물이다. 말은 치아를 보고 나이를 알 수 있는데, 선물이니만큼 나이를 따지면 안 된다는 불문율에서 나온 격언)

tooth 치아, 엄숙함, 가혹함, 파괴적인 힘, (물어뜯는 듯한 느낌의) 위력, 강제력, 식성, 기호

armed to the teeth with …로 완전 무장하여

as scarce as hen's teeth 부족한, 수가 극히 적은

between one's teeth 목소리를 죽여

cast〔throw〕…in a person's teeth (행위 등에 대해) 비난하다

chop one's tooth 쓸데없는 말을 지껄이다

cut one's teeth on …으로 경험을 쌓다, …에서 비로소 배우다

get〔sink〕 one's teeth into …에 열중하다

give teeth to(=put teeth in) …을 탄탄하게 하다, (법을) 실행하다

in spite of a person's teeth …의 반대를 무릅쓰고

in the〔a person's〕 teeth 맞대놓고, 꺼리지 않고, 공공연하게

in the teeth of …임에도 불구하고, 거역하여, 맞대들어

have a sweet〔dainty〕 tooth 단것을 좋아하다, 식성이 까다롭다

lie in〔through〕 one's teeth 새빨간 거짓말을 하다

long in the tooth 나이 들어서

pull〔draw〕 a person's teeth …의 무기를 빼앗다, …을 무력하게 하다

put teeth in〔into〕 …의 효력을 강화하다, 효과를 높이다

set〔clench〕 one's teeth 이를 악물다, 결심을 굳게 하다

set〔put〕 a person's teeth on edge 불쾌하게 하다, 초조하게 하다

show one's teeth (이를 드러내어) 적의를 보이다, 위협하다, 성내다

to a person's teeth(=to the teeth of a person) 맞대놓고, 대담하게

to the (very) teeth 빈틈없이, 완전히

the sharp teeth of the wind 살을 에는 듯한 바람

tooth and nail(=desperately, frantically) 전력을 다하여, 필사적으로

tooth fairy 이의 요정(아이의 빠진 젖니를 베개 밑에 두면 요정이 이를 가져가면서 대신 선물을 놓고 간다고 한다)

 * toothbrush 칫솔

 * dentifrice, toothpaste 치약

* front tooth 앞니
* canine tooth 송곳니
* molar (tooth) 어금니
* milk tooth 젖니
* a wisdom tooth 사랑니(지치智齒라고도 하는데, 지혜를 깨닫고 사랑을 알게 되는 18~25세 사이에 생긴다고 해서 붙여진 말이다)
* a false(an artificial) tooth 의치

lip 입술, 꽃잎, 수다, 주제넘은 말, 형사 사건 전문 변호사, 관악기의 주둥이
be steeped to the lips in (악덕·죄 등이) 완전히 몸에 배어 있다
bite one's lip(s) 노여움·괴로움·웃음 등을 참다
button one's lip(s) 입을 다물다, 감정을 숨기다
carry(have, keep) a stiff upper lip 까딱하지 않다, 의연하다
curl one's lip(s)(=make a lip, shoot out the lip) 입술을 비죽거리다(불평, 경멸)
escape(pass) one's lips 말이 부지중에 입 밖으로 나오다, 입에서 새어나오다
hand one's lip 멋쩍어 혀를 날름 내밀다
hang on a person's lips(=hang on the lips of) …의 말에 마음이 쏠리다, …의 말을 경청하다
put(lay) one's finger to one's lips 입술에 손가락을 대다(침묵하라는 신호)
smack(lick) one's lips 입맛을 다시다, 기뻐하다
lip comfort 말뿐인 위안
lip-deep 말뿐인, 입에 발린
lip gloss 립글로스(입술 화장품)
lip mover 멍텅구리, 멍청이

tongue 혀, 말, 언어, 변호사
all tongues (성경에서) 모국어를 갖고 있는 각국의 백성
at one's tongue's end(=at the end of one's tongue) 입에서 술술 나오다
give a person the rough edge of one's tongue …을 호되게 꾸짖다

give tongue(=throw one's tongue) 외치다, 말하다, 입 밖에 내다

have a ready〔fluent, silver〕tongue 달변이다, 유창하다

have a spiteful〔bitter〕tongue 입버릇이 나쁘다

keep a civil〔still〕tongue in one's head(=hold one's tongue) 말을 삼가다

lay (one's) tongue to …을 입 밖에 내다, 말하다

lose one's tongue 말문이 막히다

make a slip of the tongue 실언하다(bite one's tongue off 실언을 후회하다)

on〔at〕the tip of one's tongue 하마터면 말이 나올 뻔하여, 말이 입 끝에서 뱅뱅 돌아

put out one's tongue 혀를 내밀다(경멸, 진찰할 때)

set tongues wagging 뜬소문을 퍼뜨리다

speak with a forked tongue 일구이언(거짓말)하다

speak with〔put, stick〕one's tongue in one's cheek 조롱 투로 말하다, 비꼬다

a long tongue 수다

tongue-in-cheek 놀림조의, 성실치 못한

tongue-lashing 호된 꾸짖음

tongue-tie 짧은 혀, 혀짤배기, 말을 못하게 하다

  * salivary glands 침샘

  * cheek 볼, 뺨, 건방진 말, 태도, 뻔뻔스러움(impudence)

  * dimple 보조개('딤플' 상표의 위스키 병도 3면이 보조개처럼 볼록 들어가 있다)

   * jaw 턱(chin 아래턱)

  * lantern jaw 주걱턱

  * vomiting, emesis 구토(구역질)

  * toothache 치통

  * periodontitis 치주염(풍치)

  * decayed tooth 충치(dental caries)

  * a harelip, a cleft lip〔palate〕 언청이

  * scaling 스케일링

  * yawning 하품

  * hiccup, hiccough 딸꾹질

* the sense of taste, the palate, the gustation 미각
* dentistry 치과
* dental surgery 구강외과

Neck

break the neck of 어려운 고비를 넘기다
breathe down a person's neck (레이스 등에서) 상대방에게 바싹 다가붙다, …을 끈질기게 감시하다
have a lot of neck 뻔뻔스럽다
neck and crop(heels) 온통, 느닷없이, 다짜고짜
neck and neck (경마에서) 나란히, (경기 등에서) 비등하게, 접전을 벌여
neck of the bottle 가장 힘든 시기
neck of the woods(=country, district) 지역, 지방
neck or nothing(nought) 필사적으로(It is neck or nothing 죽느냐 사느냐이다)
pain in the neck 골치 아픈 일(사람)
up to one's neck in …에 몰두하여, 휘말려
save one's neck 교수형을 모면하다, 벌(책임)을 면하다
win(lose) by a neck 목 길이의 차이로 이기다(지다), 간신히 이기다(아깝게 지다)
neck-breaking speed 맹렬한 속도
neckcloth(=neckerchief) 목도리
necklace 목걸이
neck-deep 어려움이나 일에 깊이 빠진
bottleneck 1. 교통체증, 즉 병목현상이 일어나는 곳 2.애로 사항, 즉 생산의 확대과정에서 생산 요소의 부족 때문에 발생하는 장애를 뜻한다

throat 목구멍, 숨통, 좁은 통로, 협류, 목청
A lump was (rising) in his throat 그는 북받치는 감정으로 목이 메었다

at the top of one's throat 목청껏

be at each other's throat 맹렬히 싸우다, 논쟁하다

clear one's throat 헛기침하다

cut one another's throats 서로 다투어 파멸하다(throat-cutting 가혹한)

full to the throat 목구멍까지 차도록, 배불리

give a person the lie in his throat 거짓말임을 폭로하다

have a frog in one's throat 목이 쉬다

jump down a person's throat 호되게 혼내 주다

lie in one's throat 새빨간 거짓말을 하다

stick in one's throat (뼈 · 가시 등이) 목구멍에 걸리다, 마음에 들지 않다, 말이 잘 나
오지 않다

take(seize) a person by the throat …의 목을 조르다

deep throat 내부 고발자

cut throat(=murderer) 살인자

Adam's apple (아담의 사과인) 목울대(울대뼈)라는 돌출부로 성인 남자에서만 뚜렷하
게 나타난다

 * uvula 목젖

 * tonsils, amygdalae 편도선

 * gullet, esophagus 식도

 * thyroid gland 갑상선

 * the larynx 후두

 * a sore throat 인후염

 * laryngitis 후두염

 * tonsillitis, guinsy 편도선염

 * ruptured cervical disk 목 디스크

Shoulder

have broad shoulders   포용력이 있다, 무거운 짐(세금, 책임)을 견디다, 믿음직하다

lay the blame on the right shoulders   나무랄 만한 사람을 나무라다

feel stiff in the shoulders(=have a stiff shoulder)   어깨가 뻐근하다

put[set] one's shoulder to the wheel   노력하다, 분발하다

rub shoulders with   저명인사들과 교제하다

shift the blame[responsibility] on to other shoulders   남에게 책임을 전가하다

shoulder to shoulder   밀집하여, 합심하여

square one's shoulders   싸움 자세나 뽐내는 태도를 취하다

straight from the shoulder   솔직하게, 서슴없이, 함부로

take on one's own shoulders   책임지다

cold shoulder   무시, 냉대(옛날 나그네에게 식은 양의 어깨고기를 내놓은 데서 유래)

shoulder harness   안전 벨트(shoulder belt), 어린 애를 업을 때 쓰는 멜빵

 * rib 늑골(갈비뼈)

 * armpit   겨드랑이

 * frozen shoulder   오십견(五十肩)

 * orthopedics, orthopedic surgery   정형외과

Chest

get something off one's chest   …을 털어놓아 마음의 부담을 덜다

play it close to the chest   신중히(비밀로) 하다, 가슴 깊이 묻어놓다

put hairs on someone's chest   술로 기운을 차리다

raise[place, put] a hand to one's chest   (경의·충성의 표시로) 가슴에 한 손을 대다

beat one's chest   가슴을 치며 통곡하다

chesty   거만한, 뽐내는

bachelor chest   접은 판을 내리면 테이블이 되는 정리 장(궁상맞은 홀아비용)

a medicine chest   약 상자

a military chest   군자금

lung   폐(복수로), 공원, 광장, 인공호흡장치

at the top of one's lungs   큰 소리로, 고래고래 소리 지르며

have good lungs   목소리가 크다

try one's lungs   힘껏 소리 지르다

aqua lung   수중 호흡기

lungs of London   런던의 시내 또는 외곽의 광장 · 공원

lung-hammock   브래지어(hammock은 나무에 매다는 그물침대)

 * a cold on the chest   기침 감기

 * bronchial asthma   기관지 천식

 * a cough, a coughing   기침

 * apnea   무호흡

 * chest trouble〔disease〕, consumption, a lung〔pulmonary〕 disease   폐병

 * tuberculosis(TB)   폐결핵

 * CS(Chest Surgery), thoracic surgery, thoracic and cardiovascular surgery   흉
   부외과

Heart

after one's heart   마음에 맞는, 생각대로의

a heart of gold(oak, stone)   상냥한(용감한, 냉혹한) 사람(man of heart 인정 많은 사람)

at the bottom of one's heart(=at heart)   내심으로는, 실제로는

break the heart of   고비를 넘기다

bring a person's heart into his mouth   깜짝 놀라게 하다

learn by heart   외우다, 암기하다

change of heart (기독교의) 회심(回心), 개종, 기분의 변화

cross one's heart (and hope to die) 신 앞에 맹세하다

gather(take) heart 용기를 내다, 마음을 고쳐먹다

get to the heart of …의 핵심을 잡다

go to one's(the) heart 마음을 울리다, 핵심을 찌르다

have one's heart in(=fix one's heart on) …에 열중하다, 심혈을 기울이다

have one's heart in one's mouth(throat, boots) 겁에 질리다, 걱정이 태산이다

have the(one's) heart in the right place 본성은 착한 사람이다

heart and hand(soul) 몸과 마음을 다하여, 열심히, 완전히

in (good) heart 활기차게

in the heart of …의 한가운데에

lay one's heart at a person's feet …에게 구혼하다

lift (up) one's heart 기운을 내다, 희망을 갖다, 기도하다

near(nearest, next) to a person's heart(=close to one's heart) 친애하는, 소중한

play one's heart out 끝까지, 철저히

search one's heart(conscience) 반성(자아비판)하다

wear(pin) one's heart on one's sleeve 감정을 숨김없이 드러내다

with a heart and a half 기꺼이

with half a heart 마지못해

* blood platelet 혈소판

* the ventricles of the heart, the cardiac ventricle 심실

* an atrium of the heart 심방

* heart disease 심장병

* heart attack 심장마비

* myocardial infarction(MI) 심근경색증

* valvular of the disease heart 심장판막증

* angina pectoris, stenocardia, stricture of the heart 협심증

* congestive heart failure 울혈성 심부전증

* arrhythmia 부정맥. 맥박이 불규칙한 증상

* cardiology 심장내과, 순환기내과

* cardiac surgery 심장외과

* electrocardiogram 심전도 검사

Blood

Blood will tell 핏줄은 속일 수 없다

blood on the carpet 몹시 불쾌한 상황

blood and thunder 유혈과 폭력, 폭력극

blood box(=ambulance) 구급차

blue blood 귀족의 혈통, 부유한 명문가

a blood vessel 혈관

man of blood 냉혹한 사람, 살인자

with blood in one's eyes 살기등등하여, 혈안이 되어

You cannot get blood from a stone 냉혹한 사람에게서 동정을 얻을 수는 없다

* capillaries 모세혈관

* artery 동맥

* vein 정맥

* pulse, heart rate 맥박(심박동수)

* white blood corpuscle 백혈구

* red blood cell(RBC) 적혈구

* lymph 림프(임파)

* a lymph(atic) gland 임파선

* anemia, anaemia 빈혈(증)

* septicemia 패혈증(敗血症)

* arteriosclerosis 동맥경화증

* blood test 혈액검사(랩)

* blood sugar test 혈당검사(슈가)

Back

at the back of(=at one's back of) …의 뒤에서, …을 후원하여, …을 추적하여

answer[talk] back 말대꾸하다

back and forth(=to and fro) 앞뒤로, 이리저리

back and belly 등과 배, 의식(衣食), 앞뒤에서

back to back (with) 등을 맞대고, 연달아

back to front (셔츠를 입을 때) 뒤가 앞에 오도록, 난잡하게, 속속들이

be (flat) on one's back 앓아누워 있다

behind a person's back 본인이 없는 데서, 몰래

break one's back(neck)(=put one's back into) 등뼈(목)를 삐다, 열심히 노력하다

get[have] one's own back on …에게 복수하다, 보복하다

give a person the back(=turn one's back on) …에게 등을 돌리다, 무시하다

have a broad back 관대하다

have one's back to the wall 궁지에 몰리다

know… like the back of one's hand 손등(속내) 보듯 환히 알고 있다

see the back of …을 쫓아 버리다

show the back to …에게서 달아나다

slap a person on the back (친근함의 표시로) …의 등을 톡 치다(a slap on the back 칭찬, 격려의 말)

the back of beyond 머나먼 곳, 벽지(僻地)

with one hand behind one's back 간단히, 손쉽게(한손으로)

  * backbone, the vertebrae 척추
  * a vertebrate(animal) 척추동물
  * an invertebrate(animal) 무척추동물

Belly

go[turn] belly up 실패하다, 도산하다

have fire in one's belly(=be inspired) 영감을 받고 있다

lie on the belly (배를 깔고) 엎드려 자다

The belly has no ears 수염이 석자라도 먹어야 양반

belly in (비행기가) 동체 착륙하다

belly up to 아주 가까이 접근하다, 비위를 맞추다, 아첨하다

stomach 위, 복부, 배, 아랫배, 식욕(appetite), 욕망, 기호, 기분, 원기

I have good(no) stomach for sweets 단것을 먹고 싶다(지 않다)

I've butterflies in the stomach(=Butterfly dance in my stomach) 난 조마조마했다,
두근거렸다.

lie (heavy) on one's stomach 위에 부담을 주다

My eyes are in my stomach 온통 먹는 생각뿐이다

on a full(an empty) stomach 배가 부를(고플) 때에

settle the stomach 구토증을 가라앉히다

stay one's stomach 허기를 채우다

turn a person's stomach …의 기분을 상하게 하다

liver 간(肝), 간장(肝臟), (식용) 간, 적갈색

a hot(cold) liver 열정(냉정)

a white[lily] liver 겁 많음

bowel 창자, 내장, 장 전체, (복수로) 땅속, 동정심, 변통(bowel movement[motion])

bind the bowels 설사를 멈추게 하다

have loose bowels 설사하다

get one's bowels in an uproar 안달복달하다

I have my bowels open[free] quietly 몰래 변을 보았다

bowels of mercy〔compassion〕 동정, 연민

have no bowels 무자비하다

gut decision 직감적인 결단

He hate my gut 그는 나를 증오한다

bust a gut(=sweat one's guts out) 열심히 일하다

spill one's guts(↔ admit nothing) 모조리 털어놓다

* digestive organ 소화기관

* the large intestine 대장

* the small intestine 소장

* duodenum 십이지장(샘창자)

* rectum 직장(곧창자)

* gallbladder 쓸개

* pancreas 이자

* kidney 신장(a man of the right kidney 성질이 좋은 사람)

* the vermiform appendix 충수

* appendix, c(a)ecum, the blind gut 맹장

* the navel, the umbilicus, the belly button 배꼽(omphalos 특히 '대지의 배꼽')

* the pit of the Stomach 명치

* pleura 늑막

* waist 허리

* indigestion, dyspepsia, digestive disorder 소화불량

* stomachache, a stomach upset〔disorder〕 복통

* dysentery 이질

* loose bowels, diarrhea 설사

* gastritis 위염

* stomach cramps, convulsion of the stomach 위경련

* a stomach ulcer 위궤양

* belching, eructation, a burp 트림

* a liver complaint 간장병

* fatty liver   지방간
* inflammation of the liver, hepatitis A(B, C)   간염
* nephrolith   신장결석(lith는 '돌'이라는 뜻)
* pleurisy   늑막염
* peritonitis   복막염
* appendicitis, caecitis, typhlitis   맹장염
* irritable colon syndrome   과민성 대장증후군
* lumbago, a crick in the back, a lame hip   요통
* cancer   암
* diabetes mellitus   당뇨병
* pediatrics   소아과
* internal medicine   내과
* diagnostics radiology   진단 방사선과
* chemotherapy   화학요법
* biopsy   조직검사
* computed tomography(CT)   컴퓨터 단층 촬영
* magnetic resonance imaging(MRI)   공명 단층 촬영 장치
* radiotherapy(RT)   방사선 치료
* an endoscope   내시경
* endoscopy   내시경 검사
* a digestant, a peptic   소화제

Arm

one's better arm   주로 잘 쓰는 팔
one's right arm   오른팔, 심복
an arm and a leg   엄청난 금액, 거금
as long as my(your) arm   몹시 긴

at arm's length   어느 정도 거리를 두고, 쌀쌀하게

give〔offer〕 one's arms to   팔을 내밀다, 협조를 구하다

on the arm   신용 대부로, 무료로

put the arm on   붙잡다, 체포하다, …에게 조르다, 강요하다

take the arm   내민 팔을 붙잡다, 제휴하다

with folded arms(=with one's arms folded)   팔짱을 끼고, 방관하고

within arm's reach   가까운 곳에

with open arms   양팔을 벌리고, 충심으로

arm wrestling   팔씨름

the secular arm   속권(교권에 대한 법원의 권력)

the fore arm   팔뚝

the arm of the law   법의 힘(경찰력)

army   군대(육군)

elbow   팔꿈치, 굽은 관(管), 굴곡, 형사(팔꿈치로 인파를 헤치며 범인을 쫓아가는 모습에서)

at a person's elbow(=at the elbow)   바로 곁에

bend〔crook, lift, raise, tip〕 the〔one's〕 elbow   술을 마시다, 폭음하다(elbow-bender, 술꾼, 사교적인 사람)

get the elbow   퇴짜맞다

give a person the elbow   …와 연분을 끊다, 퇴짜놓다

jog a person's elbow   (주의·경고로) …의 팔꿈치를 쿡 찌르다

More〔All〕 power to your elbow!   더욱 건투하길 빕니다!

out at elbows〔the elbow〕   (옷의 팔꿈치에 구멍이 나) 누더기가 되어(shabby), 초라하게

be packed〔like sardine〕 elbow to elbow   붐비다, 빽빽하다(sardine는 정어리 떼)

rub〔touch〕 elbows with   …와 사귀다

up to the〔one's〕 elbows in   …에 몰두하다

elbow board   (팔꿈치를 괼 수 있는) 창문턱

elbow room   여지, 여유, 충분한 활동 범위, (행동·사고의) 자유

Hand

a bird in the hand 확실한 소유물

a man of his hands 실무자

be on the mending hand 회복 중이다

clean one's hands of …와 관계를 끊다, 손을 떼다

do a hand's turn (손바닥 뒤집는 정도로) 최소의 노력을 하다

from hand to mouth 하루살이로

hand and foot 손발이 되어, 충실히

hand and〔in〕glove (with) …와 절친한 사이로, 한패가 되어(부정적 의미)

hold up one's hands (항복의 표시로) 두 손 들다

in the turn(ing) of a hand 순식간에, 졸지에

make a hand 이익을 얻다(gain), 성공하다(success)

rub one's hands 사과(부탁)하다

stand on one's hands 물구나무서다

with one's hand on one's heart 진정으로

beforehand 사전에, 미리, 벌써(already)

the imposition of hands 기독교의 안수

hand's turn 약간의 노력, 거들어 줌

handbill (손으로 나누어 주는) 광고지, 전단지

second hand 중고품

One hand〔fist〕washes the other 누이 좋고 매부 좋고

an iron hand in a velvet glove 외유내강

　* the back of the hand 손등

　* palm, the hollow of the hand 손바닥

　* the lines in the palm (of one's hand) 손금

Finger

burn one's fingers(=have〔get〕 one's fingers burnt)   괜히 참견하여 혼나다

by a finger's breadth   간신히

crook one's (little) finger   집게손가락을 구부려 사람을 부르다, 폭음하다

cross one's fingers   (액막이로 또는 행운을 빌며) 검지 위에 중지를 포개다

feel one's fingers itch   (해선 안 되는 것을) 하고 싶어 좀이 쑤시다

give a person the finger   (비속한 행동으로) 가운뎃손가락만 세워 모욕(조롱)하다

have a finger in the pie   (사건에) 손을 대다, 간섭하다

look through one's fingers at   …을 슬쩍 엿보다, 보고도 못본 체하다

point a finger at   …을 비난하다, 지탄하다

put one's finger on   …을 확실히 지적 · 지시하다

run one's fingers through one's hair   (당황하여) 손가락으로 머리를 빗질하듯 하다

shake〔wag〕 one's finger at   …을 보고 집게손가락을 세워 두세 번 흔들다(비난 · 경고)

snap one's fingers at   손가락으로 딱 소리내어 주의를 끌다, …을 무시하다

the finger of God   신의 손길(솜씨)

with a wet finger   손쉽게, 수월하게

work one's fingers to the bone   몸을 아끼지 않고 일하다

finger buffet   샌드위치처럼 손으로 먹는 음식이 나오는 간이식당

finger a bribe   뇌물을 받다(옛날 거지에게 주던 빵에서 유래), 좀도둑질하다(pilfer)

finger man(=informer)   밀고자

finger〔manual〕 alphabet   수화문자

the index finger, forefinger   인지(집게손가락, 검지)

the middle finger   중지(가운뎃손가락)

the ring〔third〕 finger   약지(약손가락, 무명지)

the little finger   소지(새끼손가락, to the end of one's little 끝까지, 완전히)

thumb   엄지, (은어로) 마리화나, 히치하이크

a thumb in one's eye   골칫거리(인 사람)

be all thumbs   무디다, 손재주가 전혀 없다

all fingers and thumbs   어색한, 서투른(so clumsy)

bite the thumb at   …을 멸시하다, 모욕하다

by rule of thumb   어림잡아, 경험으로

count one's thumbs   졸면서 시간을 때우다

as easy as kiss my thumb   식은 죽 먹기의, 아주 간단한

get one's thumb out of a person's mouth   …의 손아귀에서 벗어나다

stick out like a sore thumb   확 튀다, 눈에 잘 띄다(다친 엄지손가락에 감은 하얀 붕대처럼)

turn up(down) the thumb   만족(불만)을 표시하다, 칭찬하다(헐뜯다)

twirl〔twiddle〕 one's thumbs   빈둥거리다

under a person's thumb   …의 손아귀에 쥐여서, …이 시키는 대로

thumbs-down   거절, 반대, 비난

thumbsucker   (정치부 기자의 사견이 섞인) 분석 기사, 엄지손가락을 빠는 버릇 (thumbsucking)이 있는 유아, 약한 아기, 무능한 사람

thumbprint   엄지손가락의 지문, (마음에 새겨진) 인상, 특질

golden thumb   돈 잘 버는 사람, 달러 박스

 * knuckle   손가락 마디

 * nail   손톱

fist   주먹, 철권, 파악(grasp)

grease〔cross, oil〕 a person's fist(= grease a person's palm)   뇌물을 주다

hand over fist   두 손으로 번갈아 잡고, 대량의, 점점 더

make a good(bad, poor) fist at〔of〕   …을 잘(서투르게)하다

shake one's fist   (화를 내며) 주먹을 쥐고 부르르 떨다

생식기

pelvis 골반

urethra 요도

bladder 방광

prostate 전립선

testicle 고환

glans 귀두

uterus, womb 자궁(from the womb to the tomb 요람에서 무덤까지)

umbilical cord 탯줄

placenta 태반

ovary 난소

egg cell, ovum (난세포) 난자

cord blood 제대혈, 태반과 탯줄에 있는 혈액

vagina 질, duq초

anus 항문, 라틴어로 '둥근 고리'를 뜻함

hymen 처녀막, 그리스 신화에 나오는 '결혼의 신'(그래서 '결혼'이라는 뜻도 있다)

sphincter (muscle), constrictor 괄약근

erotogenic zones 성감대

urine 소변(number one 어린아이들의 용어 '쉬')

feces, excrements, shit, dung 대변(number tow 어린아이들의 용어 '응가')

urethritis, inflammation of the urethra 요도염

urinary calculus 요도결석(요로결석)

cystitis, inflammation of the bladder 방광염

prostatitis 전립선염

rupture, hernia 탈장

hemorrhoids, piles 치질(암치질 internal hemorrhoids, 수치질 external hemorrhoids)

constipation, costiveness 변비

venereal disease 성병

gonorrhea 임질

syphilis, a secret disease, pox 매독

crab louse 사면발니(모슬毛蝨)

herpes 헤르페스, 급성 염증성 피부질환

obstetrics and gynecology 산부인과

urology, urinology 비뇨기과

Leg

as fast as one's legs would(will) carry one 전속력으로

be(get) a leg upon …을 이기는 데 유리하다

be all legs(and wings) 지나치게 성장하다(커지다)

break a leg (주로 명령형) 힘내다, 잘한다

cost an arm and a leg 매우 비싸다

fall on one's legs 어려움을 벗어나다, 용케 면하다

feel(find) one's legs 걷다, 자신이 붙다

fight at the leg 비열한 수를 쓰다

get a leg in …의 신용을 얻다, …의 환심을 사다

get a person back on his legs …의 건강을 회복시키다, 경제적으로 일어서게 하다

get up on one's (hind) legs 일어서다, 공격적이 되다, 격분하다

hang a leg 꾸물거리다, 꽁무니를 빼다

have a leg up on …보다 유리(우월)하다, …을 출발부터 앞서다

have legs 인내심이 강하다

in high leg 원기 왕성하여, 의기양양하여

leg and leg (경주에서) 백중지세인

leg up 돕다

make a leg 한 발을 뒤로 빼고 절하다(궁정 의례)

off one's legs 휴식하고 있는

on one's〔its〕last legs 다 죽어가며, 기진맥진하여

run off one's legs 일이 많아 지쳐버리다

shake a leg 서두르다

show a leg(=get up) 잠자리에서 일어나다

stretch one's legs 산책하다

take to one's legs 달아나다

try it on the other leg 최후 수단을 써 보다

without a leg to stand on 정당한 근거 없이

leg art 여성의 각선미를 강조한 (누드)사진(cheesecake ↔ beefcake)

blackleg 사기꾼, 파업 반대자

leg-hold trap 덫, 올무

bowlegs 오(O)다리, 안짱다리(knock-knee)

an artificial leg 의족

The boot is on the other leg 입장이 바뀌었다, 번지수가 다르다

limb 사지, 팔다리, 큰 가지(bough)

a limb of the devil〔satan〕 악마의 앞잡이, 개구쟁이

escape with life and limb 큰 손해(상해)를 입지 않고 모면하다

out on a limb 아주 불리한 (위험한) 처지에

sound in wind and limb 더할 나위 없이 건강한

knee 무릎

at one's mother's knees 어머니 슬하에서, 어렸을 적에

bend〔bow〕the knee to〔before〕(drop the knee, fall on one's knees) …에게 무릎을
꿇고 탄원하다, 굴종(굴복)하다

bring〔beat〕a person to his knees 사람을 굴복시키다

knee to knee 무릎을 맞대고, 나란히

on the knees of the gods 사람의 힘이 미치지 않는, 미정의

put a person across〔over〕one's knee 무릎에 뉘어 놓고 엉덩이를 때리다

one's knees knock (together) 무릎이 덜덜 떨리다

up to one's knees (어떤 일에) 깊이 빠져들어, 눈코 뜰 새 없이, 쇄도하여

weak at the knees (감정·공포·병 등으로) 일어서지 못할 정도로

knee-deep 무릎 깊이의, 무릎까지 빠지는, 열중하여, 깊이 빠져

* calf 종아리(장딴지)

* thigh 허벅다리, 넓적다리

* femur, thighbone 대퇴골(넓적다리뼈)

* arthritis, inflammation of a joint 관절염

* rheumatoid arthritis 류머티즘성 관절염

* osteoporosis 골다공증

* varicose vein 하지 정맥류

* infantile paralysis 소아마비

* fracture 골절상

* sprain 삐다

Foot

at a foot's pace 보행 속도로, 보통 걸음으로

at a person's feet …의 발밑에, …에게 복종하여

carry〔sweep〕a person off his feet 열광시키다

catch a person on the wrong foot 불시에 공격하다, 허를 찌르다

dead on one's feet 녹초가 되어

die on one's feet 즉사하다, 좌절하다, 무너지다

drop〔fall, land〕on one's feet 떨어져도 바로서다, 다행히 곤경에서 벗어나다, 운이 좋다

feet first 발부터 먼저, 주저 없이

feet of clay 인격상의(본질적인) 결점(약점)

find〔get, know, take〕the length of a person's foot 남의 약점을 잡다

foot by foot 점차

get〔have〕 a foot in the door of 문을 못 닫게 발을 끼우다, 성공적으로 발을 내딛다, 모임에 참가할 기회를 얻다

get〔have〕 cold feet 겁먹다, 도망칠 자세를 취하다

get〔go, start〕 off on the right(wrong) foot with 순조롭게(잘못) 시작하다, 처음부터 잘 되어 가다(가지 않다)

get one's feet wet 참가하다, 해보다

go to the foot 반에서 꼴찌를 하다

have a foot in both camps 양다리 걸치다, 적과 아군 양쪽에 내통하다

have one's feet on the ground 두 발로 땅 위에 서 있다, 현실적이다

have the ball at one's feet 좋은 기회를 맞고 있다

hold〔keep〕 a person's feet to the fire 압력을 가하다

keep one's foot 똑바로 걷다, 신중히 행동하다, 성공하다

lay something at one's feet 갖다 바치다, 진상하다

miss one's foot 발을 헛디디다, 실각하다

of foot 움직여서

off one's feet 서 있지 못하도록, 정신없이

on the wrong foot 갑자기, 느닷없이

put one's foot down 발을 꽉 디디고 서다, 단호한 태도를 취하다

put one's foot in〔into〕 it〔one's mouth〕 (부주의로) 어려운 처지에 빠지다, 실수하다

set〔put, help〕 a person on his feet 자립시키다, 회복(재기)시키다

set〔put, have〕 one's foot on the neck of …을 완전히 복종시키다

set a plan on foot 계획을 세우다, …에 착수하다

sit at a person's feet …의 가르침을 받다, 문하생이 되다

six feet under 죽어서 매장되어

think on one's feet 순간적으로 판단하다, 지체 없이 대답하다, 머리 회전이 빠르다

throw oneself at a person's foot〔feet〕 발치에 꿇어앉다, 엎드려 애원하다

to one's feet 일어선 상태로

tread under foot 짓밟다, 압박을 가하다

be wet〔damp〕 under foot   방해가 되어, 거치적거려

under〔beneath〕 a person's foot   …의 발밑에 굴복하여, … 가 시키는 대로 움직여

vote with one's feet   퇴장으로 반대 의사를 나타내다

with both feet   단호하게, 강경하게

horse and foot   기병과 보병

foot-in-mouth   실언을 잘하는

Pretty, my foot!   귀엽다니, 어림없는 소리!

ankle 발목

sprain one's ankle   발목을 삐다

beaten down to the ankles   기진맥진하다

ankle biter   어린아이(발목을 깨무는 버릇 때문에)

anklet   발목 장식, 짧은 양말

toe 발가락

a toe in the door   첫걸음, 발디딤

dig in one's toes   단호한 태도를 취하다

dip one's toe(s) in〔into〕   (새로운 일을) 시도하다

kiss the pope's toe   알현(謁見)인사(교황의 오른쪽 신발에 있는 황금 십자가에 입맞추기)

on one's toes   대비하여, 주의하여, 기운이 넘치는, 활발한

stub one's toe   실수하다, 실책하다

toes up   죽어서

tread〔step〕 on a person's toes   남의 발끝을 밟다, 감정을 해치다

turn one's toes out〔in〕   팔자걸음(오리걸음)으로 걷다

turn up one's toes   죽다

toe-in   토인(도로에 주차할 때 앞바퀴를 약간 안쪽으로 향하게 하기)

toe-to-toe   정면으로 맞선

the〔one's〕 toe's length   얼마 안 되는 거리

big〔great〕 toe   엄지발가락

little toe 새끼발가락

* heel 발뒤꿈치

* the sole of the foot 발바닥

* the anklebone, the astragalus 복사뼈, 복숭아뼈

* traffic accident 교통사고

* athlete's foot 무좀

* frostbite, chilblains 동상

* a corn 티눈

* foot-and-mouth disease(FMD) 구제역(가축의 입·발굽에 생기는 전염병)

tiptoe 발끝, 발끝으로 걷다, 발끝으로

* on tiptoe 발끝으로; 살그머니; 큰 기대를 걸고

* walk on tiptoe 발끝으로 살금살금 걷다

* be on the tiptoe of expectation 학수고대하다

* be on tiptoe of excitement 몹시 흥분해 있다

A priori　아 프리오리

From what comes before　선험적

Ab ovo usque ad mala　압 오보 우스퀘 아드 말라

From beginning to end　처음부터 끝까지

Absit omen　압시트 오멘

May this omen be absent　제발 그런 불길한 일이 없기를

Ad absurdum　아드 압수르둠

To the point of absurdity　불합리하게

Ad hoc　아드 오크

For this purpose　적격인, 특별한

Ad infinitum　아드 인피니툼

Without limit; endlessly　무한정한

Ad nauseam　아드 나우세암

To a sickening extent　지겹도록

Ad rem mox nox　아드 램 목스 녹스

Get it done before nightfall　밤이 오기 전에 끝내자

Agnus Dei　아뉴스 데이

Lamb of God　주님의 어린 양

Alea iacta est　알레아 야크타 에스트

The dice has been cast　주사위는 던져졌다

Alis volat propriis　알리스 볼라트 프로프리스

She flies with her own wings　자신의 날개로 난다

Alma Mater　알마 마테르

One's old school　모교

Alter ego　알테르 에고

Other(alternative) self　또 다른 자아

Amicus ad adras　아미쿠스 아드 아드라스

A friend until one's death　죽을 때까지 친구

Amor vincit omnia　아모르 빈치트 옴니아

Love Conquers All   사랑은 모든 것을 극복한다

Anima sana in corpore sano   아니마 사나 인 코르포레 사노

A sound mind in a sound body   건전한 육체에 건전한 정신이 깃든다

Annus horribilis   안누스 오리빌리스

A horrible year   끔찍한 해

Ante victoriam ne canas triumphum   안테 빅토리암 네 카나스 트리움품

Do not sing your triumph before the victory   승리를 거두기 전에 승전가를 부르지 마라

Aqua pura   아쿠아 푸라

Pure water   증류수

Aqua vitae   아쿠아 비테

Alcoholic spirit, e.g. brandy/whisky   생명수; 브랜디나 위스키 같은 알코올 증류주

Ars longa, vita brevis   아르스 롱가 비타 브레비스

Art is long, life is short   예술은 길고 인생은 짧다

Au pied de la lettre   아우 피에드 데 라 레트레

Literally   문자 그대로

Ave Maria   아베 마리아

Hail Mary   로마 가톨릭교의 성모송

Bellum omnium contra omnes   벨룸 옴니움 콘트라 옴네스

War of all against all   만인에 대한 만인의 투쟁

Bono malum superate   보노 말룸 수페라테

Overcome evil with good   선으로 악을 이겨라

Brevissima ad divitias per contemptum divitiarum via est   브레비시마 아드 디비티아스 페르 콘템프툼 디비티아룸 비아 에스트

The shortest road to wealth lies through the contempt of wealth   부자가 되는 지름길은 부를 멀리하는 것이다

Canes timidi vehementius latrant quam mordent   카네스 티미디 베헤멘티우스
라트란트 쾀 모르덴트
Timid dogs bark more fiercely than they bite   겁 많은 개들은 물기보다는
맹렬히 짖는다
Carpe diem   카르페 디엠
Seize the day   현재를 잡아라, 오늘을 즐겨라
Cave canem   카베 카넴
Beware of the dog   개 조심
Caveat emptor   카베아트 엠프토르
Let the buyer beware   살 때 조심하라; 구매 물품의 하자 유무를 구매자가
확인할 책임이 있다는 '구매자 위험 부담 원칙'
Cogito ergo sum   코기토 에르고 숨
I think, therefore I am   나는 생각한다, 고로 존재한다
Corpus Christi   코르푸스 크리스티
The body of Christ   예수 그리스도의 육신; 삼위일체 대축일 후의 목요일에
성체에 대한 신앙심을 고백하는 성체 축일
Credo qvia absurdum   크레도 크비아 압수르둠
I believe because it is absurd   나는 신이 불합리하기에 믿는다

De facto   데 팍토
In fact; In reality   사실상
De nihilo nihilum   데 니일로 니일룸
Nothing can be produced from nothing   무에서는 아무것도 생겨나지 않는다
Deferto neminem   데페르토 네미넴
Accuse no man   남을 탓하지 마라
Dei Gratia   데이 그라티아
By the grace of God   신의 은총으로; 정식 문서에서 왕호(王號) 뒤에 붙인다
Deo volente   데오 볼렌테
God willing   신의 뜻대로

Dicta docta pro datis   딕타 독타 프로 다티스
Smooth words in place of gifts   고운 말은 선물을 대신한다
Dominus illuminatio mea   도미누스 일루미나티오 메아
The Lord is my light   주님은 나의 빛
Dum vita est, spes est   둠 비타 에스트, 스페스 에스트
While there's life, there's hope   생명이 있는 한 희망이 있다

E Pluribus Unum   에 플루리부스 우눔
One from many   여럿이 하나로
Ego spem pretio non emam   에고 스펨 프레티오 논 에맘
I do not buy hope with money   나는 희망을 돈으로 사지 않는다
Errare humanum est   에라레 우마눔 에스트
To err is human   인간이라면 실수도 할 수 있는 법이다
Et alii   에트 알리; et al.
And others   그리고 다른 사람들, 등등
Et cetera 에트 체테라; etc.
And the rest   기타 등등
Et tu, Brute   에트 투, 브루테
And you, Brutus   브루투스, 너 마저도
Ex libris   엑스 리브리스
'Out of the books', i.e. from the library   ~의 장서(藏書)에서; 책의 앞면에
책 주인 이름 앞에 붙이는 글귀
Experientia docet   엑스페리엔티아 도체트
Experience is the best teacher   경험이 최고의 선생이다

Fata regunt orbem, certa stant omnia lege   파타 레군트 오르벰, 체르타
스탄트 옴니아 레게
The fates rule the world, all things exist by law   운명은 세상을 지배하고,
만물은 법칙에 따라 존재한다

Fele absente, mures saltant 펠레 압센테, 무레스 살탄트

While the cat's away, the mice will play 고양이가 없으면 쥐들이 날뛴다

Festina lente 페스티나 렌테

Hurry slowly 천천히 서둘러라〔급할수록 돌아가라〕

Fructu non foliis arborem aestima 프룩트 논 폴리스 아르보렘 에스티마

Judge a tree by its fruit, not by its leaves 나뭇잎이 아니라 열매를 보고 그
나무를 평가하라〔겉모습이 아니라 결과를 보고 판단하라〕

Frustra laborat qui omnibus placere studet 프루스트라 라보라트 퀴 옴니부스
플라체레 스투데트

He labors in vain who strives to please everyone 모든 사람의 마음에 들게
하려는 것은 헛수고다

Gaudeamus igitur juvenes dum sumus 가우데아무스 이지투르 유베네스 둠
수무스

Let's rejoice, therefore, While we are young 그러므로 젊을 때 기뻐하자

Gloria in excelsis deo 글로리아 인 엑셀시스 데오

Glory to God in the highest 지극히 높은 곳에서는 하나님께 영광

Gutta cavat lapidem 구타 카바트 라피뎀

Constant dripping wears the stone 물방울이 바위를 뚫는다

Habe ambitionem et ardorem 하베 암비티오넴 에트 아르도렘

Have ambition and passion 야망과 열정을 가져라

Habeas corpus 하베아스 코르푸스

You must have the body (in court) / writ of the protection of personal
 liberty 인신보호영장

Hic et nunc 이크 에트 눙

Here and now 여기 지금; 외교용어로는 '현 상황하에서(At the present time and
place; in this particular situation)'

Hic et ubique 이크 에트 우비퀘

Here and everywhere   여기나 어디에나, 도처에

Hic jacet sepultus   이크 야체트 세풀투스; H.J.S.

Here lies buried   여기에 묻혀 잠들다

Hic Rhodus, hic salta   이크 로두스, 이크 살타

Here is Rhodes, jump here   여기가 로두스다, 여기서 뛰어

Hodie mihi, cras tibo   오디에 미이, 크라스 티보

It is my lot today, yours tomorrow   오늘은 나에게, 내일은 당신에게

Id est   이드 에스트; i.e.

That is (to say)   즉, 말하자면

Igitur qui desiderat pacem, praeparet bellum   이지투르 데시데라트 파쳄,
프레파레트 벨룸

If you want peace, prepare for war   평화를 원하거든 전쟁을 준비하라

Imperaturus omnibus eligi debet ex omnibus   임페라투루스 옴니부스 엘리지
데베트 엑스 옴니부스

He who govern all men shall be chosen from among all men   만인을
통치할 사람은 만인 가운데서 선택되어야 한다

In absentia   인 압센티아

In one's absence   부재중에

In camera   인 카메라

In private chamber   개인 방 안에서〔비공개로〕

In flagrante delicto   인 플라그란테 델릭토

In the act of committing an offence   현행범으로

In loco parentis   인 로코 파렌티스

In the place of a parent   부모 대신에

In vino veritas   인 비노 베리타스

In wine (there is the) truth   술 속에 진리가 있다

In vitro   인 비트로

In a test tube   체외(시험관)에서 진행되는

Ipsa scientia potestas est   입사 시엔티아 포테스타스 에스트

Knowledge itself is power   지식은 그 자체가 힘이다

Ipso facto   입소 팍토

By that very fact   앞에서 언급한 그 사실 때문에

Ira brevis furor est   이라 브레비스 프로르 에스트

Wrath is but a brief madness   분노는 한낱 미친 짓에 지나지 않는다

Ira deorum   이라 데오룸

Wrath of the gods   신의 분노

Leges sine moribus vanae   레게스 시네 모리부스 바네

Lacking moral sense, laws are in vain   도덕 없는 법은 쓸모가 없다

Letum non omnia finit   레툼 논 옴니아 피니트

Death does not end it all   죽음이 모든 것을 끝내는 것은 아니다

Lram qui vicit, hostem sqperat maximum   르람 퀴 비치트, 오스템 스크페라트 막시뭄

He who overcomes the wrath is to defeat the biggest enemy   분노를 이기는 자는 최대의 적을 극복하는 것이다

Lucete   루체테

To shine   밝게 빛나라

Lumen Gentium   루멘 젠티움

Light of the Nations   나라의 빛

Lumen in caelo   루멘 인 첼로

Light in the Sky   하늘에서의 빛

Lupus pilum mutat, non mentem   루푸스 필룸 무타트, 논 멘템

A wolf can change his coat but not his character   늑대는 털은 바꿔도 마음은 못 바꾼다

Magnum opus   마그눔 오푸스

A great work   걸작

Manus manum lavat   마누스 마눔 라바트

One hand washes the other   한 손이 다른 손을 씻는다〔상부상조〕

Mea culpa   메아 쿨파

My fault   내 탓이오

Medicus curat, natura sanat   메디쿠스 쿠라트, 나투라 사나트

The doctor treats, the nature cures   의사는 치료하고 자연은 치유한다

Memento mori   메멘토 모리

Remember death   죽음을 기억하라

Mens et Manus   멘스 에트 마누스

Mind and Hand   마음과 손

Mens sana in corpore sano   멘스 사나 인 코르포레 사노

A sound mind in a sound body   건전한 정신은 건전한 육체에 깃든다

Modus operandi   모두스 오페란디; M.O.

Mode of operating   작동 모드

Mors innotescit repedante latrone per horas   모르스 인노테스시트 레페단테
라트로네 페르 오라스

Death is coming back every hour appear like a flock of bandits   죽음은
매 시간마다 다시 돌아오는 도적떼처럼 나타난다

Mors sola   모르스 솔라

The only death   죽을 때까지 한 몸

Mortui vivos docent   모르투이 비보스 도첸트

The dead teach the living   죽음이 삶을 가르친다

Mortuo leoni et lepores insultant   모르투오 레오니 에트 레포레스 인술탄트

The lion dies and even the hares insult him   죽은 사자는 토끼마저 깔본다

Multa fidem promissa levant   물타 피뎀 프로미사 레반트

Many promises lessen confidence   약속이 많으면 믿음이 떨어진다

Multi multa, nemo omnia novit   물티 물타, 네모 옴니아 노비트

Many know many things, but No one Knows it All   많은 것을 아는 사람은
많지만, 모든 것을 아는 사람은 없다

Multum non multa   물툼 논 물타

Not many things, but much   '많이'가 아니라 깊이 있게〔양보다 질〕

Mundus vult decipi, ergo decipiatur   문두스 불트 데치피, 에르고 데치피아투르

The world wants to be deceived, so let it be deceived   세상은 속고 싶어
한다. 그러니 속여주자

Ne quid nimis   네 퀴드 니미스

All things in moderation   무슨 일이든 지나치지 않게

Nemo sine vitio est   네모 시네 비티오 에스트

No one is without fault   결점 없는 사람은 아무도 없다

Nihil lacrima citius arescit   니일 라크리마 치티우스 아레치트

Nothing dries more quickly than a tear   눈물보다 빨리 마르는 것은 없다

Nosce Te Ipsum   노셰 테 입숨

Know yourself   너 자신을 알라

Nunc est bibendum   눙 에스트 비벤둠

Now is the time to drink   이제 술을 마실 때가 되었다

Omne initium difficile est   옴네 이니티움 디피칠레 에스트

Beginnings are always hard   처음은 항상 어렵다

Omne trinum perfectum   옴네 트리눔 페르펙툼

Every combination of three is perfect; All good things go by threes   3으로
이루어진 모든 것은 완벽하다

Omnia vincit amor   옴니아 빈치트 아모르

Love Conquers All   사랑은 모든 것을 극복한다

Omniae viae quae ad romam duxerunt   옴니에 비에 퀘 아드 로맘 둑세룬트

All roads lead to Rome   모든 길은 로마로 통한다; 같은 목표에 도달하는데
많은 다른 길이 있다

Omnibus requiem quaesivi, et nusquam inveni in angulo cum libro   옴니부스
레퀴엠 퀘시비 에트 누스쾀 인베니 인 앙굴로 쿰 리브로

Everywhere I have searched for peace and nowhere found it, except in a corner with a book   이 세상 도처에서 쉴 곳을 찾아보았으되, 책이 있는 구석방보다 더 나은 곳은 없다

Opus Dei   오푸스 데이

The work of God   신의 작품

Pax Romana   팍스 로마나

Roman peace   로마의 평화

Per ardua ad astra   페르 아르두아 아드 아스트라

Through difficulties to the stars   역경을 헤치고 별을 향하여

Per fumum   페르 푸뭄

By means of smoke   연기를 통해서; 향수의 어원

Plus ratio quam vis   플루스 라티오 쾀 비스

Reason means more than power   이성은 힘보다 강하다

Post partum   포스트 파르툼

After childbirth   아이를 낳은 뒤의

Potius sero quam numquam   포티우스 세로 쾀 눔쾀

Better Late Than Never   안 하는 것보다는 늦게라도 하는 것이 낫다

Praemonitus, praemunitus   프레모니투스 프레무니투스

Forewarned is forearmed   경계가 곧 경비이다〔유비무환〕

Prima facie   프리마 파치에

At first sight; on the face of it   처음 볼 때는; 언뜻 보기에 증거가 확실한

Pro bono publico   프로 보노 푸블리코

Without charge-for the public good   공익을 위해 무료로; 자신이 사회에서 익힌 재능, 즉 기술이나 지식을 사회나 공공의 목적을 위해 제공하는 자원봉사활동. 미국에서는 주로 변호사들이 사회적 약자에게 무료로 제공하는 법률서비스를 지칭

Quam libet   쾀 리베트

As much as you wish   필요한 만큼, 마음대로

Quid pro quo   퀴드 프로 쿠오

Something for something   보상으로 주는 것(오는 게 있어야 가는 게 있다)

Quid rides? mutato nomine de te fabula narratur   퀴드 리데스? 무타토 노미네

데 테 파불라 나라투르

Why are you laughing? Change the name and the story is about you

뭘 웃나? 이름만 바꾸면 당신 이야긴데

Quo vadis   쿼 바디스

Where are you going   주여, 어디로 가시나이까

Ratias tibi agit res publica   라티아스 티비 아지트 레스 푸블리카

The state should thank you   국가는 그대에게 감사한다

Requiescat in pace   레퀴에스카트 인 파체

Rest in peace   편히 잠드시오

Res, non verba   레스, 논 베르바

Facts instead of words; Action, not words   말만이 아닌 사실; 말이 아닌 행동

Respice finem   레스피체 피넴

Look to the end(consider the outcome)   결과를 생각하라

Rigor mortis   리고르 모르티스

The rigidity of death   죽음의 엄격함

Roma non uno die aedificata est   로마 논 우노 디에 에디피카타 에스트

Rome was not built in a day   로마는 하루아침에 이루어지지 않았다

Sactus, nullus repentini honoris, adeo non principatus appetens   삭투스,

눌루스 레펜티니 오노리스, 아데오 논 프린치파투스 아페텐스

Wise men do not covet the position of sudden fame and the best   현자는

갑작스러운 명예나 최고의 지위를 탐내지 않는다

Scientia est potentia   시엔티아 에스트 포텐티아

Knowledge is power   아는 것이 힘이다

Semper apertus   셈페르 아페르투스

Always open　언제나 열려 있는

Si me amas, serva me　시 메 아마스 세르바 메

If you love me, save me　나를 사랑한다면 나를 구원해

Si vis vitam, para mortem　시 비스 비탐, 파라 모르템

If you want to endure life, prepare yourself for death　삶을 원하거든 죽음을
준비하라

Sine qua non　시네 콰 논

Indispensable　필요불가결한

Sit vis tecum　시트 비스 테쿰

May the Force be with you　힘이 너와 함께하길

Solum omnium lumen　솔룸 옴니움 루멘

The Sun shines everywhere　태양빛은 모든 곳을 비춘다

Sperandum est infestis　스페란둠 에스트 인페스티스

Keep hope alive when it is difficult　어려울 때 희망을 가져라

Spero Spera; Dum spiro spero　스페로 스페라; 둠 스피로 스페로

While I breathe, I hope　숨 쉬는 한 희망은 있다

Spes agit mentum　스페스 아지트 멘툼

Hope will stimulate the mind　희망은 정신을 자극한다

Status quo　스타투스 쿼

The current state of affairs　현재의 상태, 현상 유지

Suaviter in modo, fortiter in re　수아비테르 인 모도, 포르티테르 인 레

Resolute in execution, gentle in manner　행동은 꿋꿋하게, 태도는 부드럽게

Sub judice　수브 유디체

Before a court　미결 상태, (소송 사건의) 심리 중인

Sustine et abstine　수스티네 에트 압스티네

Sustain and abstain　참아라 그리고 절제하라

Taedium vitae　테디움 비테

Pessimism　삶의 권태, 염세

Tempus edax rerum　템푸스 에닥스 레룸

Time, the devourer of all things　모든 것을 잡아먹는 시간

Tempus fugit　템푸스 푸지트

Time flees　시간은 흐른다〔세월은 유수와 같다〕

Terra firma　테라 피르마

Solid ground; Solid earth　하늘과 바다와 대비되는 육지, 대지

Ubiquitous　우비퀴투스

Existing or being everywhere at the same time　언제 어디서나 동시에
존재한다

Urbi et orbi　우르비 에트 오르비

To the city (Rome) and the world　로마 안팎의 신도에게; 교황의 교서를
공포할 때 서두에 쓰는 말

vade in pace　바데 인 파체

Go in peace　편히 가시오

Vade retro Satanas　바데 레트로 사타나스

Go back, Satan　사탄아, 물러가라

Veni vidi vici　베니 비디 비치

I came, I saw, I conquered　왔노라, 보았노라, 이겼노라

Verba volant scripta manent　베르바 볼란트 스크립타 마넨트

Spoken words fly away, written words remain　말은 날아가지만 글은 남는다

Veritas lux mea　베리타스 룩스 메아

The truth is my light　진리는 나의 빛

Veritas omnes mortales alligat　베리타스 옴네스 모르탈레스 알리가트

The truth shall be binding upon all people　진리는 모든 사람을 구속한다

Veritatis lumen　베리타티스 루멘

The Light of Truth　진리의 빛

Vice versa　비체 베르사

The other way around　거꾸로도 반대로도 마찬가지

Vivat Regina　비바트 레지나

Long live the queen　여왕폐하 만세

Vox populi vox dei　복스 포풀리 복스 데이

The voice of the people is the voice of the God　민중의 소리는 신의 소리

Xitus acta probat regulam　크시투스 악타 프로바트 레굴람

The result justifies the actions　결과는 행위를 정당화한다

찾아보기

452

본래 뜻을 찾아가는 우리말 나들이

알아두면 잘난 척하기 딱 좋은 **우리말 잡학사전**

'시치미를 뗀다'고 하는데 도대체 시치미는 무슨 뜻? 우리가 흔히 쓰는 천둥벌거숭이, 조바심, 젬병, 쪽도 못
쓰다 등의 말은 어떻게 나온 말일까? 강강술래가 이순신 장군이 고안한 놀이에서 나온 말이고, 행주치마는
권율장군의 행주대첩에서 나온 말이라는데 그것이 사실일까?
이 책은 이처럼 우리말이면서도 우리가 몰랐던 우리말의 참뜻을 명쾌하게 밝힌 정보 사전이다. 일상생활에서
자주 쓰는 데 그 뜻을 잘 모르는 말, 어렴풋이 알고 있어 엉뚱한 데 갖다 붙이는 말, 알고 보면 굉장히 험한
뜻인데 아무렇지도 않게 여기는 말, 그 속뜻을 알고 나면 '아핫'하고 무릎을 치게 되는 말 등 1,045개의
표제어를 가나다순으로 정리하여 본뜻과 바뀐 뜻을 밝히고 보기글을 실어 누구나 쉽게 읽고 활용할 수 있도록
하였다.

이재운 외 엮음 | 인문·교양 | 552쪽 | 28,000원

역사와 문화 상식의 지평을 넓혀주는 우리말 교양서

알아두면 잘난 척하기 딱 좋은 **우리말 어원사전**

이 책은 우리가 무심코 써왔던 말의 '기원'을 따져 그 의미를 헤아려본 '우리말 족보'와 같은 책이다. 한글과
한자어 그리고 토착화된 외래어를 우리말로 받아들여, 그 생성과 소멸의 과정을 추적해 밝힘으로써 올바른
언어관과 역사관을 갖추는 데 도움을 줄 뿐 아니라, 각각의 말이 타고난 생로병사의 길을 짚어봄으로써 당대
사회의 문화, 정치, 생활풍속 등을 폭넓게 이해할 수 있는 문화 교양서 구실을 톡톡히 하는 책이다.

이재운 외 엮음 | 인문·교양 | 552쪽 | 28,000원

우리의 생활문자인 한자어의 뜻을 바로 새기다

알아두면 잘난 척하기 딱 좋은 **우리 한자어사전**

《알아두면 잘난 척하기 딱 좋은 우리 한자어사전》은 한자어를 쉽게 이해하고 바르게 쓸 수 있도록 길잡이
구실을 하고자 기획한 책으로, 국립국어원이 조사한 자주 쓰는 우리말 6000개 어휘 중에서 고유명사와
순우리말을 뺀 한자어를 거의 담았다.

한자 자체는 단순한 뜻을 담고 있지만, 한자 두 개 세 개가 어울려 새로운 한자어가 되면 거기에는 인간의
삶과 역사와 철학과 사상이 담긴다. 이 책은 우리 조상들이 쓰던 한자어의 뜻을 제대로 새겨 더 또렷하게
드러냈으며, 한자가 생긴 원리부터 제시함 으로써 누구나 쉽게 익히고 널리 활용할 수 있도록 했다.

이재운 외 엮음 | 인문·교양 | 728쪽 | 35,000원

인간과 사회를 바라보는 심박한 시선

알아두면 잘난 척하기 딱 좋은 **문화교양사전**

정보와 지식은 모자라면 불편하고 답답하지만 너무 넘쳐도 탈이다. 필요한 것을 골라내기도 힘들고, 넘치는 정보와 지식이 모두 유용한 것도 아니다. 어찌 보면 전혀 쓸모없는 허접스런 것들도 있고 정확성과 사실성이 모호한 것도 많다. 이 책은 독자들의 그러한 아쉬움을 조금이나마 해소시켜주고자 기획하였다.

최근 사회적으로 이슈가 되고 있는 갖가지 담론들과, 알아두면 유용하게 활용할 수 있는 현실적이고 실용적인 지식들을 중점적으로 담았다. 특히 누구나 알고 있을 교과서적 지식이나 일반상식 수준을 넘어서 꼭 알아둬야 할 만한 전문지식들을 구체적으로 자세하고 알기 쉽게 풀이했다.

김대웅 엮음 | 인문·교양 | 448쪽 | 22,800원

옛사람들의 생활사를 모두 담았다

알아두면 잘난 척하기 딱 좋은 **우리 역사문화사전**

'역사란 현재를 비추는 거울이자 앞으로 되풀이될 시간의 기록'이라고 할 수 있다. 그런 면에서 이 책 《알아두면 잘난 척하기 딱 좋은 우리 역사문화사전》은 그에 부합하는 책이다.

역사는 과거에 살던 수많은 사람의 삶이 모여서 이루어진 것이고, 현대인의 삶 또한 관점과 시각이 다를 뿐 또 다른 역사가 된다. 이 책은 시간에 구애받지 않고 흥미와 재미를 불러일으킬 수 있는 주제로 일관하면서, 차근차근 옛사람들의 삶의 현장을 조명하고 있다. 그 발자취를 따라가면서 역사의 표면과 이면을 들여다보는 재미가 쏠쏠하다.

민병덕 지음 | 인문·교양 | 516쪽 | 28,000원

엉뚱한 실수와 기발한 상상이 창조해낸 인류의 유산

알아두면 잘난 척하기 딱 좋은 **최초의 것들**

우리는 무심코 입고 먹고 쉬면서, 지금 우리가 누리는 그 모든 것이 어떠한 발전 과정을 거쳐 지금의 안락하고 편안한 방식으로 정착되었는지 잘 알지 못한다. 하지만 세상은 우리가 미처 생각지도 못한 사이에 끊임없이 기발한 상상과 엉뚱한 실수로 탄생한 그 무엇이 인류의 삶을 바꾸어왔다.

이 책은 '최초'를 중심으로 그 역사적 맥락을 설명하는 데 주안점을 두었다. 아울러 오늘날 인류가 누리고 있는 온갖 것들은 과연 언제 어디서 어떻게 시작되었는지, 그것들은 어떤 경로로 전파되었는지, 세상의 온갖 것들 중 인간의 삶을 바꾸어놓은 의식주에 얽힌 문화를 조명하면서 그에 부합하는 250여 개의 도판을 제공해 읽는 재미와 보는 재미를 더했다.

김대웅 지음 | 인문·교양 | 552쪽 | 28,000원

그리스·로마 시대 명언들을 이 한 권에 다 모았다

알아두면 잘난 척하기 딱 좋은 **라틴어 격언집**

그리스·로마 시대 명언들을 이 한 권에 다 모았다
그리스·로마 시대의 격언은 당대 집단지성의 핵심이자 시대를 초월한 지혜다. 그 격언들은 때로는 비수와 같은 날카로움으로, 때로는 미소를 자아내는 풍자로 현재 우리의 삶과 사유에 여전히 유효하다.

이 책은 '암흑의 시대(?)'로 일컬어지는 중세에 베스트셀러였던 에라스뮈스의 《아다지아(Adagia)》를 근간으로 한다. 그리스·로마 시대의 철학자, 시인, 극작가, 정치가, 종교인 등의 주옥같은 명언들에 해박한 해설을 덧붙였으며 복잡한 현대사회를 헤쳐나가는 데 지표로 삼을 만한 글들로 가득하다.

데시데리위스 에라스뮈스 원작 | 김대웅·임경민 옮김 | 인문·교양 | 352쪽 | 19,800원

Dictionary of English Miscellaneous Knowledge for Confidence